三十六骑

念远怀人 著

—上—

人民文学出版社
PEOPLE'S LITERATURE PUBLISHING HOUSE

图书在版编目(CIP)数据

三十六骑:上、下/念远怀人著. —北京:人民文学出版社,2024
ISBN 978-7-02-018308-1

Ⅰ. ①三… Ⅱ. ①念… Ⅲ. ①长篇小说-中国-当代
Ⅳ. ①I247.5

中国国家版本馆 CIP 数据核字(2023)第 191710 号

责任编辑 **朱卫净 张玉贞 曹敬雅**
装帧设计 **汪佳诗**

出版发行 **人民文学出版社**
社　　址 **北京市朝内大街 166 号**
邮政编码 **100705**

印　　刷 **山东临沂新华印刷物流集团有限责任公司**
经　　销 **全国新华书店等**

字　　数 **748 千字**
开　　本 **890 毫米×1240 毫米 1/32**
印　　张 **32.25**
版　　次 **2024 年 1 月北京第 1 版**
印　　次 **2024 年 1 月第 1 次印刷**

书　　号 **978-7-02-018308-1**
定　　价 **148.00 元(上、下)**

如有印装质量问题,请与本社图书销售中心调换。电话:010-65233595

目　录

墨者之义

城曰精绝

于阗有巫

北战车师

惊心莎车

麦田玄阵

疏勒归统

相见于江湖

洛阳巷里墨者隐，
长安柳下花自开。

1 / 墨者

八方之广，洛邑为中。王莽之乱后，汉室移都洛阳已四十余年。

洛阳背靠邙山，面临洛水，皇城西面的金市是最繁华的所在。人流似织，车马如龙，一名佩剑的白衣青年男子斜倚拴马柱，一脸倦意，似在养神，又像站着就睡着了。

正是午后，日下白得刺眼，闹市开始安静，只有此起彼伏的打铁声，清脆的是引锤，沉响的是大锤，前前后后响成一片。这是金市里的铁流坊，一街都是铁匠铺，为民间打制犁、灯、剪等物，也会为官家服务。

青年就在这清脆的声浪里，合眼不动。

一个白衣女子戴着帷帽，款款而来。街市中间尘土飞扬，路辙里满是泥泞，这女子行来，却觉得步不沾尘，来到那白衣青年身后，直接撞了一下："又睡了？"

青年兀自不动，哼了一声。

"每一家都问过了，没有叫齐欢的匠人，"女子道，"你说那宫里的小家伙会不会诓我们？"

"你都寻了半天了，"青年睁了眼，还是睡不醒的样子，活动了下筋骨，"是不是该轮到二哥了？"

“我们各自找，看谁先找到。”

青年径自去找了里正，从怀里掏出一支簪笔来。簪笔就是一支精致短小的毛笔，是汉家文官礼服的一部分，上朝要将簪笔插在耳鬓之间。里正一见簪笔，就知道眼前是个微服的官员了，急忙躬身，被青年止住：“我想打听点事。”

“大人……”里正改口，“先生请问。”

“这铁流坊里，谁手艺最好？还接宫里的活儿？”

“倒有两家偶尔会承接宫里的活儿，但论手艺最好，肯定是霍十七……”

青年去寻那霍十七的作坊，手里把玩的那簪笔，其实是断的，刚才只是被青年掩人耳目地捏在了一起。抬眼见到白衣女子静静地站在街角，青年上前刚要说话，女子做了一个噤声的手势，说听，听这节奏，以手和拍。青年凝思听了一会儿，微笑地摇摇头。白衣女子在身上抽出一把竹箫来，当街吹奏起来。白色帽帷之外，只露出箫的一半，和按孔的一双玉手，葱指轻动，一曲流出。

箫声呜呜咽咽，袅袅悠悠，嘈杂着打铁声，宛若游丝，绝不消散。青年觉得天地不再纷扰，乱声尽去，只有箫声清幽，和着一家的打铁声。引锤击打着节奏，大锤总在旋律转折处撞响。箫声与锤声相互缠绕，清幽里间杂出杀伐冷艳来……虽是正午，青年却感到寒意。女子吹奏前行，青年在身后跟着。箫声高亢起来，锤声更急，犹如蹄声驰过，两音交征，青年感到佩剑都颤抖起来，豪气盈胸。

大锤连击三声，沉郁震撼，箫声立止。青年恍觉天地寂静……慢慢地，市井之声才渐渐入耳，发现自己已在一作坊前，烟熏火烤的帘布后，沉寂的锤声又响起来了。女子挑帘而进，看见了那打铁者。

坊里很暗，打铁者背影高大魁伟，精赤着上身，刺青从光头上，延到臂膀和后背，细看是一只麒麟，在肌肉的蠕动下，宛如活物。那上面的汗水能映照出炉火的红光。大汉侧身将一通红的铁器探入水缸，白雾骤然炸起，刺刺有声。

女子揭了帷帽，露出一张少女的脸，面目温婉可人，还有点羞意，在水雾中行揖礼，轻叫一声："齐先生吗？"

雾气散尽，大汉转过头，一脸的虬髯，微微探身，说："姑娘认错人了吧？"

"先生刚才打铁的节奏，分明是《广陵散》。"

"粗鄙之人胡乱敲打，哪敢当先生二字？"

"传说《广陵散》传自东周聂政，又称《聂政刺韩王曲》，是天下最难的古曲了。"少女边说边来到一串悬剑前。

打好的剑长短宽窄不一，剑柄的尾环被一根绳穿了，十几柄倒悬在那里。少女用竹箫扫过，剑剑相碰，发出一串金属之声。女子细听，然后以箫击剑，分明将那《广陵散》继续演奏下去。

"聂政的父亲为韩王铸剑，过期不成，为王所杀。"女子柔嫩的声音在剑声中缓缓而出，"聂政长成学剑，入宫刺韩王，未成。逃进深山学琴，自毁其面，吞炭变声，七年出师。"

音律开始缓和起来："出山再入韩地，竟然路遇妻子，对面不识。妻子忽而哭泣，聂政问：'夫人何所泣？'妻子说：'我夫聂政出游，七年未归，见使君牙齿像他，故而思念哭泣。'聂政黯然回山，用石头击落牙齿……"女子眼中沁出泪来，箫多击在各剑的末端，音色喑哑，却急促起来，"又三年，聂政出山在韩市鼓琴，名动天下。韩王召之入宫，聂政琴中暗藏利刃，奏罢这《广陵散》，当堂击杀韩王……"最后箫多击在剑尖，音色尖锐高亢，啪的一声，竹箫断了，声音戛然而止。

坊内静默，少女以手击掌，诉说在迟缓、坚决的拍击声中继续："官署暴尸在外，悬赏千金想知道刺客之名，但无人能识。有一妇人抚尸大哭，说他是聂政，定是我夫聂政！他不欲连累家人，我却不能苟活，让世人不知他的名字。哭到泪尽肠断，抱尸而亡。"

少女抚掌罢声，屋内沉寂了一会儿，大汉又开始规整手上的活计："姑娘真是好手段，真是好听。"

"乐为心声，最难作伪，先生在劳作时，将此曲随手打出，最能看出先生的志向。"

大汉身形一顿。左手重新抓起小锤，侧身错了一步，好像更靠近了炉膛，脚下不丁不八。而炉下有一助手，刺啦啦地拉动起风箱来。

青年陡然警醒，发现大汉和那助手，与炉膛、铁砧、淬火的木缸、地上好像乱堆的杂物铁具，包括那一排悬剑，形成了一个奇门的虎乱之阵，自己的所在正是死地。青年一跨步就到了少女身前，拉住少女的手。

大汉斜眼，右手又抓起一柄大锤来，走向铁砧。嘴里道："你们认错人了。我只是个粗通音律的铁匠，这里的人都知道我是谁。"

"我知道，你是霍十七，铁流坊最好的铁匠。"青年说着，拉着少女踏前了两步。

那助手站起来，执一小木桶，往木缸里加水。

青年知道随着自己的移位，对方的阵法从虎乱变成轮违阵，又变成现在的大妄阵，几下交换，自己下一步只能出门，锵的一声拔剑而刺，剑尖瞬间停在大汉的后颈上。大汉凝然不动。青年轻轻将剑递在大汉的眼前："先生帮我修修这剑吧？"

剑形高古，剑身上刻有古篆，曰"非攻"。

大汉叹一口气，转过身来："二位借一步说话。"

三人转到一个茅屋旁，门户粗陋低矮，像是一个茅厕。齐欢开门示意，青年只好携少女低头进了。齐欢合门，光线骤暗，青年和少女只觉得地面旋转，墙板反复，尚未明白如何，三人就置身在一间暗室里。

大汉郑重见礼："我就是齐欢。"

"在下班超，"青年拱手，一指少女，"舍妹班昭。"

"小公子可好？"

"小公子？"班超一愣，"哪位小公子？"

气氛突然凝重起来，三人相对无言。

齐欢忽然出手向班超腰上的剑抓来，班超不动，剑自己从鞘内跳出三寸，齐欢的手就要抓在剑刃上，急忙缩手。

班超斜踏一步，把班昭护在身后。

啪的一声，地面翻出机关，将班超的双脚锁住。而班超腰上的剑跳跃而出，已被抓在班超的手里。

齐欢也不知从哪里抓出一把似瓜的铁锤，抡了过来。班超一剑挑向齐欢握锤的手，后发先至。

那铁锤竟像莲苞一样张开了，一朵刀刃组成的莲花犹如盾牌，挡住了剑势。

剑势不停，剑锋反而颤动不休，要将那刀"莲"搅碎。

剑锋刺进莲花，"花瓣"瓣瓣相连，旋转展开，就像一个翅膀张开，羽毛是一把把寒刀，呼地扫了过来。

班超双脚被锁，不能躲闪；身后是妹妹班昭，他也不会躲闪。

挺剑击向“翅膀”，但那翅膀散了，散得漫天都是——三十六瓣羽毛——三十六把寒刀，都向班超身上合拢。

在班超眼里，这些刀是飘过来的。

在齐欢眼里，这些刀也是飘的，像羽毛一样没有分量，纷纷扬扬，像白鹤在空中褪羽，凭空消散，心里空落落的。齐欢眼见着如柳叶的刀飘落了一地，怅然若失。他看着眼前叫班超的青年收了剑，才悚然惊醒。

剑意！这是剑意。齐欢听闻剑道大成后有四境：剑势、剑气、剑意、剑罡。刚才这班超用剑意笼住了自己，也笼住了所有飞刀，刹那间，好像什么都恍惚空虚了。这是一种什么剑意？剑意通心，这叫班超的年轻人，是个什么样的人啊？

“你说的小公子，是小蔡公公吗？”班超问。

齐欢反问：“这是什么剑法？”

“我自创的招法，还没有名字。”班超道。

“谁说没有名字？我叫它惘然十一。”班昭道。

“惘然十一？”

“因为现在我哥只创了十一剑，以后还会有惘然十二的。”班昭道。

惘然？齐欢心想，果然是让人空自消沉的一剑。俯身下来用手里空空的锤把在地上一触，但见地上的刀片身上似有磁石，相互吸引，自动并成“翅膀”，齐欢一卷，瞬间又滚成莲苞（铁锤）的样子。

班超脚上的机关却打开了。

班超打破沉寂：“蔡公公是皇上身边的人，知道我受命要深入西域，让我把这把剑带给你，说先生会随我一同西去。”

齐欢抬起头来：“此去到西域何处？”

“不知，一路向西，且走且看。或许要去那些前人从未去过的地方。”

“此去何时能返？”

“不知，绝域万里，或许有去无回。”

“明白了，何时动身？我得准备一下。”

班超又将那“非攻”剑拔出来，弹击一声，宛若龙吟：“先生是墨家的人吧？”

齐欢目光炯炯，盯着班超。

班超把剑还鞘，双手奉上。“秦火一炬，诸子飘零。武帝尊儒，百家消散。墨家独守江湖，传说参与了赤眉之乱，如今已湮没不闻了。”班超道，“先生勿惊，我对墨家的主张——非攻、兼爱，是非常景仰的。我们也是百家中的残身——史家。”

齐欢接了剑：“原来你是私写国史的班家人。”

“那一个月后，等齐先生一起动身？”

“此番西去，只怕还需一个人。”

“请先生指点。”

“班先生可知道百家中的盗家？”

“真有盗家？”班昭插嘴道，“听说他们追随的是盗跖。盗跖其实是那个坐怀不乱的柳下惠的弟弟，还骂过孔子呢。”班昭转脸看着班超：“对吧？二哥。”

“他们是不会自称盗家的，只称自己为跖门。”班超笑道。

“不错，”齐欢道，“我说的这位，其实是柳下跖的后人，纵横两都的大盗——柳盆子。”

班氏兄妹离了暗室，在坊前与齐欢告别。

“这回算是我先找到的吧？”班昭有点兴奋地说。

“是。”班超微笑着，由着妹妹。

“二哥你好像有点紧张啊？”

“墨家机关无双！”班超感叹，“我们刚才若应对有错，只怕不能活着出来了。”

“哦，这样啊。”

齐欢看着兄妹远去的背影消失，转头看见东边皇城里宫殿威严的屋顶，正在落日中闪光。“小公子，你真是长大了。”

2 / 盗家

长安在五十年前被赤眉及兵乱毁坏过，但底蕴余威犹在。汉室虽已东迁，但文人依旧争论着长安、洛阳两都的优劣，重新回都长安的呼声从没停止过。皇城虽已不在，民间豪族反而更兴盛起来，商坊妓寨鳞次栉比，各地游侠在此抢夺地盘。

长安城被章台街分成东西两块，东边的明渠边的清明门，很是繁华，虽然多是小家小户。闹市的中心是个石砌的小土地祠，供奉的却是孔子的弟子子路。祠边有人杂耍，有人叫卖，很是喧哗。太阳还高着，锁匠柳开却开始收摊。

柳开二十七八岁，神情疏懒，却有一张好面目，日常也注意打理自己，头发梳得纹丝不乱，干干净净，有时还插个花在鬓上。

街坊调笑："就收摊啦，又是去花寡妇的店里吧？"

柳开笑着，也不扭捏："有什么办法呢？又去不起章台。"

章台街是高级妓馆亭台的所在。

那街坊骂："你就显摆吧！"

临着明渠边，种满了桃花，桃花间有个酒家，卖桃花酒，偏女店家姓花，颇有姿色，只是年纪轻轻就守了寡。周边的贩夫走卒，常在这儿打转喝个两口，可能就是为了多看两眼柜台里沽酒的老板娘。花寡妇见过世面，能跟粗人们调笑，但说翻脸就翻脸，会用沽酒的木勺打人。打人和被打的，都不会记恨，来日照样嬉笑。有一阵一个做官的好像看上花寡妇了，天天来喝酒，醉了就睡在小桌边，搞得主顾们都不敢喧哗。后来这做官的也不来了，好像是花寡妇拒了做他的外室。小店又恢复了热闹，主顾们聊侃花寡妇真是可惜了，花寡妇说，我也后悔呢。

不知怎么，花寡妇就看上了锁匠柳开。两人也不避嫌。街坊们追问柳开怎么就得手了。柳开说，她家的钥匙是我配的，我给自己留了一把。

柳开来到老相好的酒家，吓了一跳，小店外站满了人，人人拿着个酒碗，却肃穆无声。见柳开到了，纷纷让开，留出一条道。

瞅了几眼众人，好像都不是左近的。柳开狐疑着进了酒家，看见店里也坐满了客人，一般肃穆地端着酒碗，桌上点满了菜。

柳开径自进了柜台，低声问花寡妇："怎么回事？"

花寡妇说："我怎么知道，说都是找你的。"

"我不认识他们呀。"

"我看他们好像都是城里的侠少，但很客气，都买了酒，我的碗都不够用了，真是发财了呢。"

"侠少？"柳开回眼细看，那倚窗盘坐的不是东城的豪侠领袖陆沉吗？见那陆沉举碗向邻桌致意，邻桌一人个子不高，长须覆胸，被几人簇拥着，也遥遥举碗，气势不输。

柳开环视店一周，发现所有人也在看着他，心里一阵发毛。还是陆沉站起身走过来，一拱手："这一年恕陆沉眼拙，竟不识柳大侠。"

那长须人也走到柜台外，正经地作揖齐眉，俯身很低。店里也一半的人站起来俯身。那人道："在下季孟，久仰柳大侠之名！"

柳开蒙了，季孟是西城的豪侠头目，如今亲自踏到东城，难怪店外也围满了人。这店里怕是长安黑道的各派有头脸的人物都聚齐了。

“什……什么大侠？”柳开有点想躲到女人后面。

“柳大侠既然侠隐在此，我们也不敢请大侠出山，只是来一睹风采，拜会拜会。”东城陆沉道。

“我得知柳大侠在此，急忙赶来。大侠侠踪已现，只怕这里已不再安全。大侠或可移步，我季孟自有安排。”西城季孟道。

“柳大侠城东已住熟了，难道我陆沉在城东还护不住一个人吗？”陆沉转脸向季孟。

“柳大侠还需要你护？”季孟冷笑，对柳开再次俯首，“只要柳大侠愿意，城西侠少，愿以柳大侠马首是瞻。”话音一落，屋里有一半人跪在地上，竟有人似是热泪盈眶，崇敬绝不是作伪。

柳开颤抖起来：“你们……我不是……”柳开突然大哭起来，也跪在地上，“我不是什么大侠，我就是个锁匠……两位老大，各位侠少，你们……别捉弄我了……”

花寡妇看不过去，蹲下抱住吓哭的柳开，抬脸看着两位老大，却也不敢说什么。两位老大面面相觑。季孟回头悄声问手下：“是不是消息有误？”那手下说：“不知道，但这种事也只能信其有，不能疑其无了。就算是假的，传出去，也是说大哥愿结交天下豪侠，得个千金买马骨的美名。”

季孟点头，再向地上的柳开、花寡妇行礼：“柳大侠或有不便之处，季孟这就告辞。改日再来拜访。”一挥手，竟让人留下黄金铜镜等财物一堆，率众而去。

陆沉似乎没有那么心思深沉，但也留下了一些钱物，退了出去，叫了几个人，说以后得留意一下这个“柳大侠”，若有异动，立即报备。

夜里，花寡妇兀自摸索着那些黄金财物，尤其对那铜镜爱不释手。

“你真敢用这些东西吗？”柳开缩在床上。

“是他们送给你的呀。”

“他们一定搞错了。”

“他们为什么管你叫大侠？”

“我怎么知道？”

“那他们巴巴要送钱的那个柳大侠是谁？”

“我怎么知道？”

“那你不让他们拿走？”

“当时……我不敢。”

……

“你还不睡吗？”

“我再摸摸这些宝贝……”

夜已深沉，花寡妇几乎抚着那铜镜睡了。柳开在黑暗中起身，能听见花寡妇在身边均匀的鼾声。柳开披了件衣，支开窗，人无声地飘了出去。

而花寡妇，忽然睁开了双眼。

一轮残月。

长安城所有的屋顶在清辉下像结了一层霜。

柳开赤着足，散着头发，在屋顶上脚不沾瓦地飞驰。他跃上一个大宅的屋脊，突然停了下来，看见屋脊的另一头，站着一个白衣青年，抱着剑，一脸的倦意。

“看你这样子，是床上逃出来的？”青年懒洋洋的，“你这一逃，证明你就是大盗柳盆子。”

柳开，或者柳盆子，背着手默然不动，身后就飞出三道寒光分击那青年，几声轻响，那青年已持剑在手，细看剑尖串着三个暗器。“回旋镖，还有这么隐蔽的手法，身份更错不了了。”

柳盆子脸色变了，这剑法他平生仅见，自知讨不到便宜，赤足一点，向后翻去，在空中忽听见风声，一支箭射来，竟避无可避，只能翻身抓住箭身，借势落在原处。

那青年的拍手声在静夜里显得响亮，还由衷感叹：“都说柳盆子身法无双，名不虚传。”

柳盆子暗顾四周，竟不知箭来自何处，隐隐觉得被一个高手远处锁定着，如芒刺在背。柳盆子向左侧疾飞，空中又一箭射来，只能用手里的箭拨落来箭，又被逼落在了原地。不自觉就身上汗透。柳盆子自认是暗器大家，可这射箭之人，毫无机巧，但把握出箭时机的能力，极其可怖。耳边却传来那青年对自己的赞叹声：“好身法！飞燕折腰，无迹可求！”

柳盆子躬身向右一腾，足尖却钩住屋檐的兽头，一拉，身体又向左边飘去。果然有一箭从右边划过，柳盆子还未得意，又一箭飞来，逼得他不得不又落在了原处。似乎也听见暗处有人咦了一声。

柳盆子知道今夜入了陷阱，反而平静下来，静静打量着屋顶上的青年，杀意盈天。那青年展颜一笑，说：“柳大侠有三绝，暗器、轻功、解锁术。刚才已见识了两绝，可我们是冲着大侠的第三绝来的，”青年躬身一礼，“求大侠援手。”

柳盆子昂然不动，青年挥了下手，暗处有一背弓的黑衣人跃了上来，站在斜侧的屋檐翘角上，嘴里念着：“厉害，竟然能让我射空一支箭。”

青年道:“柳大侠见谅,我们也是见不得光的人。我们有一个同伴被官府所擒,被我们从狱里劫出来。但是她的手一直被一个奇怪的锁铐铐着,我们想尽办法都不能打开。”

“你们是谁?”

“江湖子弟何相问?不是信不过,只怕连累了柳大侠。”

“我若说不去,你们是不是会杀了我?”

“不敢,我们只是不想同伴的那双手废了。”青年道。站在翘角的黑衣人忽然叹气说:“那是双多好的手啊。”

“什么样的锁铐?”

“相当复杂和精巧,不瞒柳大侠,我们找过魔手田四爷,他也没能解开。”

“田四都没有打开?”柳盆子有点来了精神,“你们是劫了田四吧?”

“什么都瞒不过柳大侠。”

“他还活着?”

“当然。虽然未能解开,但我们承他的情,答应他以后若有事,我们兄弟以命相报!”

“好吧,”柳盆子一笑,“我也只能去看看了。”

“多谢!我们也是没法子了,才放出风声逼柳大侠出来。”

三个人在暗夜的街巷里穿行,进了一个院子。窗内黑暗,叩门,有人点起灯火。随即携油灯来开门,照出一张脸来。

柳盆子不禁一呆。

3 不可辜负

开门的是一位白衣少女，油灯火苗如豆，光晕摇曳在少女的脸上，风髻露鬓，蛾眉淡扫，五官柔和，唯一双眼很亮。柳盆子虽未觉得惊艳，却感到这少女的美不食烟火，意味深长。

柳盆子进到屋内，隐隐见到床上卧靠着一人。少女将几盏油灯依次引燃，屋内一下光亮起来。柳盆子才看清那卧床的人是个女子，没有结髻，长发委地，人缩在被子里。

青年向那女子介绍："这位就是柳大侠。"女子仰起脸来，说声："见过柳大侠。"柳盆子觉得眼前一晕，那女子好像极为苍白，睫毛甚长，鼻梁高挑细致，眉眼深邃，轮廓宛若雕削，尽是中原女子所没有的绝美。"你是胡人！"柳盆子惊道。

胡人美姬也不羞涩，展颜一笑，从被子里伸出双被铐住的手，说："有劳柳大侠了。"柳盆子见胡姬身上胡乱披了两三件衣服，衣下好像只有兜肚那样的亵衣，内心不禁浮乱起来，旋即明白，这胡姬被锁已有多日，所以连穿衣起居都有不便，难怪身边会有少女来照顾。

少女举灯过来近照锁铐，顺手掖紧了美姬身上的衣衫。柳盆子见到那双被锁的手，指尖细长，纤纤如玉，突然想起那背弓的黑衣人说的"那是双多好的手啊"。

柳盆子拉起一只手，细看锁铐与手腕的缝隙，心下更是恍惚，入手光滑，宛如无骨，尤其是指尖的凉，竟会引出一脉心疼来。柳盆子定了定神，说："这锁很是机巧，好在你们没有强力破解，否则里面会有刀片旋出，废了姑娘的手。"

"全靠大侠解救。"美姬把手伸得更前，脸侧一边，藏在蓬松散落的长发里。

柳盆子豪气顿生，也不说话，从嘴里掏出一根弯弯曲曲的针来，探入锁孔，细细地感知起来。

柳盆子本来觉得这锁虽精巧，倒也可以破解，谁知在要得手处，发现一个障碍，只能从头再来。绕过这障碍之后，才发现根本是疑阵，解了也无用。柳盆子只觉得内心气闷，觉得这造锁之人全不按锁理行事。

不觉听见鸡鸣，窗外渐渐亮了。柳盆子才发现美姬委地的长发，有一种褐红色的晕边，肤色也不是苍白，而是白得近乎透明，一双眼眸竟透出深海般的幽蓝……柳盆子忽有些嫉妒，都是大盗，怎么我就孤绝一身，他们有这么美的伙伴。

柳盆子浮想联翩，惊觉那双微有凉意的手，忽地抓住了自己的手，心里一动，就觉得手腕一紧，锁铐像变戏法一样铐在了柳盆子的手上。

那美姬从床上振衣而起，一旋身就把衣衫穿好，露出那双完美的手来。

柳盆子的心沉了下去。

"是齐欢！是齐欢出卖我。"柳盆子声音平静，"这锁也是他的手笔吧。"

"齐大师说，你或能解了这锁，但也须一天的时间。"那白衣青年收了柳盆子手上的曲针。

“你们要捉我，也无须这么费事。说吧，到底想干什么？”

“合作，干票大的。”

“合作？”柳盆子举起被铐的手，“就这么合作？”

“想要和柳大侠合作，总得显点本事要柳大侠看得起才行。”青年拱手，“在下班超。”指着少女，“舍妹班昭。”又指着胡人美姬道，“贵霜美人儿，仙奴。”背弓的黑衣人蹲下来，几乎把脸凑在柳盆子的脸上：“我是羽林郎耿恭。”

柳盆子面色一变：“你们是官家的人？”

“也算，也不算。”班超道，“加上齐欢，我们将仿效博望侯张骞，闯一下西域。”

“西域，去那鸟不拉屎的地方作甚？”

“开疆拓土，立不世功勋，岂不比你做贼要好？”耿恭道。班超一拉耿恭，接口说：“你是名满天下从不走空的大盗，想必也知道美玉、宝石、名马，皆出自西域。我们这次直接偷到他们窝里，岂不畅快！你们跖门的人，不是最讲究畅快吗？”

柳盆子眯起眼来，看着班超：“齐欢倒是什么都跟你说呀。但你何尝听过，跖门会和官家合作？”

“所谓官盗不两立，但我们此去外邦，一出汉境，汉律便无用了，谁管你是官是盗。对付那些反复无常的西域各国，或许大侠才是更有用的人。”

“没兴趣。”

耿恭抽出一把短刀来：“不去也行，信不信我将你的手筋脚筋都挑了，免得你再去偷东西。”

“信。”柳盆子抬眼望着天花。

“哎，老班，”耿恭向班超摊手，“这家伙不怕呀。我可真下手啦。”

“柳大侠怎么也是个人物，不用折辱他。咱们报官就好，”班超转脸对着柳盆子，“你就好自为之吧，等我们从西域归来，到时去狱里看你。”

班超一行人已离开，柳盆子连着手铐被绳子缠得像个粽子，悬挂在梁上。柳盆子在自言自语：“柳盆子，你又死在女人手里啦……好女人！唉，死了也是有点不值。”

日光将窗影打在地上，慢慢地移动。

天将正午，地上留下一堆绳子和一个打开的手铐，柳盆子早已不见。

长安东出的宣平门以外，修有驰道，道边栽柳，常有送行人聚于路边长亭，铺席置酒，摘柳鼓琴。也会置一茶摊，随便路人解渴。

午时虽过，进出城的人依旧络绎不绝。长亭里已坐有一人，竟是个极美的胡人女子，盘珠云髻，一身汉人打扮，在席前自斟自饮。或许是眼眸深陷、瞳仁是蓝色的缘故，顾盼间有一种闲淡、忧悒的风华。

路人多有注目，却没人敢上前打搅。

胡女正是仙奴，手把一杯琉璃盏，站起身来，向路上一躬身背着包袱的老妇人招手：“这位大姑[①]，且来喝一杯。”

那老妇两眼浑浊，看了看仙奴手上的杯盏，也不推却，进了长亭。

仙奴以琉璃盏斟满一杯血红色的酒，递在老妇面前，老妇接

① 古代对聪慧女子的尊称。

了，闭眼细嗅，再慢慢喝了，声音喑哑地感叹：“我听说一斛葡萄酒在前朝可以买一个凉州刺史，想不到今天竟喝到了。”

仙奴美目流转，说：“这在西域不算什么。”

老妇以长袖遮住面目，手在脸上一抹，衰老尽去，露出柳盆子的俊朗面目，身形挺拔，就是头上的老妇盘头，胸前的坟包显得滑稽。

仙奴斟满一杯，再次奉上。

柳盆子洒然饮尽。

“如何？”仙奴微笑。

“唯美人美酒不可辜负！”

“我这样的美人，西域遍地都是。”

班超兄妹和耿恭就站在不远的山坡上，遥遥看着长亭里宴饮。

班超道：“看来仙奴那边谈成了。”

耿恭道：“我们是不是该赶回洛都了？”

“不急，都来到这儿了，总得回家看看吧。”

4 五陵侠少

月黑。鸮鸣。

鬼影幢幢，五陵原边缘的周秦墓地上有人盗墓。

两人在盗洞外。一人用绳索提出一筐土，另一人抓土嗅了嗅，说："对了，金木火的味道俱全。"话刚说完，脖子上多出一支箭来，身子慢慢倾倒。旁边的汉子惊恐地望向四周，开始奔逃，又一箭射在他的脖子上。

老半天，盗洞里爬出一人，发现盗洞边的尸体，伏在地上，慢慢爬行。一道箭羽的风声，将他的脖子钉在地上……如是者三。

一个挎弓的黑衣少年走出来，在盗洞前劈断了绳索，在尸体脖子上拔了箭。天色渐亮，少年在山麓的边缘只留了背影。

按汉律，盗墓者，当处以磔刑——割肉离骨，断肢体，最后才割断咽喉。但总有亡命之徒铤而走险。

这几日，五陵原的盗墓团伙都慌了，近期竟有三支盗墓小队被神秘地团灭了。

又是一个月黑风高的长夜。黑衣少年隐在一个山坡边养神。

百步外坡下的盗洞旁站着三个人，窃窃私语……少年耳朵动了一下，也不露头瞄准，贴地平弓搭箭，往半空中一射，一人倒下，一时锣声响彻，有人喊：“有游侠！”四周点起火把，竟有三十多人埋伏在四周。

黑衣少年也不犹豫，起身向火把的薄弱处急奔，边跑边射，在包围圈合拢之前，就突进了树林。十几支雕翎射完，箭无虚发，树林里能跟上少年的只有三个头领。

三个人都是各自帮派的老大，本是行当里有数的狠人。三个帮派先各自猜疑了一番，最后合议出这次团灭事件当不是官方所为，多半是陵邑里那些不知天高地厚的侠少，又来“打猎”了。

总有些豪族将门子弟，以游侠自居，打抱不平，尚武斗狠，但碍于律法，就到郊外猎杀盗墓的散户，名曰“见命”。杀过人的游侠，地位自是不同，内心也觉得在为天下除害。

游侠们遇见了真正的亡命之徒，多半会退却，所以像如今这般被游侠团灭三起的事，几乎没有发生过。三个头领联手做了饵，来反杀这些游侠，也是一种黑暗中的博弈。

原以为能围杀一队游侠，才发现对方只有一个人。

三人围上来，惊骇地发现这个人只是个十五六岁的少年。三人不敢大意，品字形地围上来，一人摘了蒙面，露出一张带刀疤的脸，以及脸下一个铁制的护颈。“知道你射箭只射脖子。”那人的声音沙哑怪异，像是从胸腔里挤出来的。

“我说我怎么射不死你们三个。”黑衣少年也不慌乱，从背上抽出三截短棍，瞬间结成一支长枪，手一抖，枪尖直刺说话的头领，那人手上的铁锏狠砸，铛的一声，长枪呼地弹出一个弧度，刺向了另一个人，那人刚跳开，枪身不停抡到第三个人面前，枪尖抖出一片虚影……三个头领都是练家子，忽然觉得被一杆枪缠住了。

常言说，十日棍，百日刀，千日枪，是说枪作为百兵之王极难练，而这黑衣少年的枪式这三人都未见过，只觉得枪身似鞭，出枪像抽出来的；一旦与兵器磕碰，就反弹出一个弧度，突向另一人，完全不能预判。少年枪式如龙，让三人狼狈不堪，不久都挂了彩。随之三人的临敌经验逐渐占了上风，发现少年毕竟臂力有限，都强力硬攻，大磕大碰，消耗着少年……少年的枪式慢慢被压了下去。

黑衣少年想借树木之势，三个匪首相互呼喝，哪怕又受了点伤，无论怎么移动，也绝不让少年得逞。少年开始喘息起来，舔着嘴唇，像只野兽："你们想杀我，可以，我怎么都能带走一个。说，谁想跟爷走？"是那种还没完全成人的声音。

两个悍匪竟有些犹疑，那露出脸的大喝："不要退，今日不杀了他，以后还有我们的活路吗！"

树林中，兵器之声不再爆响成串，只是零星两三声，间着喘息声。双方都知道到了最凶险的时刻。

一阵箫声袅袅传来，像是在头顶的高处，婉转幽咽，如夜风穿林。四人都不敢稍动，也不敢抬头。

箫声不停，四人不动。

一声剑鸣，一剑从空中而来。那露脸的匪首仰面而倒。

一个青衣少年持剑落在一边。

箫声依然在头上流转，另两个匪首惊疑不定，大声呼啸，召集剩下的宵小。

"没用的，"青衣少年说，"他们都来不了了。"话音未落，瞬间又刺倒一人。最后一人迅速奔逃，往林外跑去。

"好剑法！"黑衣少年喘息着，才敢抬头。却见头上的树枝上坐着一个才十二三岁的持箫少女，少女扔下来一支雕翎箭："帮你拔了一支箭回来。”声音柔嫩。

黑衣少年有意炫技，张弓搭箭，却背过脸看也不看，一箭射出，一会儿林外传来惨叫。

“好箭法！”青衣少年有点难以置信，“原来真有射声箭士！”

“工射者，冥冥中闻声则中之。”少女说着古雅的字句，“好厉害，你叫什么？”

黑衣少年像脱了力一样坐在地上：“茂陵邑耿恭。”

青衣少年收了剑，正经拱手：“平陵邑班超，”一指持箫的少女，“我妹妹，小昭。”

天渐渐亮了，天光从树影间漏下来。

“耿恭，茂陵少年第一，人称飞虎。原来就是你呀！我从来没见过这么俊的箭法。”少年班超叼着根长草。

“班超，我知道你，平陵游侠你算号人物。我也从没见过这么狠的剑法。”少年耿恭疑惑地盯着班超，“不对呀，你们平陵第一的澹台钺，我揍过他……比你差远了。”

“我比较低调。”

“哦。你们也是来‘见命’的？”

“你们这些将种游侠，手上没几条人命，都不好意思见人。”班超摇摇头，“我们可是读书人。”

“你们刚才杀得还少了！就算是为了救我，可……你们深更半夜的，跑坟堆里来干什么？”

“我们是来望气的，”班昭稚嫩的声音响起来，“晚上，才更容易看到气运的光色。这边气岚泛紫，必有大墓。有大墓必有……”班昭巧笑指着耿恭，“麻烦。”

“你们俩？会望气？”耿恭虽觉得荒唐，却没来由地相信眼前的少女。

“家传的，”班超随意地吐掉口中的草根，“家里逼得紧，总得出来练练。”

“你们家……是干什么的呀？”

三人从树林里走出来，声音在拂晓的原野上随风传来。

“你射箭为什么只射人脖子？”

“我觉得这样……很帅。我刚才看了，你的剑都是刺在人的嘴里，太帅了。”

“我那是善良。”

“……”

“盗墓贼都是要被活剐的，不留全尸。我这样，是为了让他们走得完整。”

“哦……真的，假的？不管怎么说，我的命，从此就是你们俩的！”

“我要你的命做什么？”

“我要！”一个稚嫩的女声响起来，“你的命以后就是我一个人的啦。”

长安西北三十里的五陵原，一定是这个世界上风水最好的地方。从周朝开始，这里就埋着帝王将相，不可胜数。汉室高祖时，就勘定陵墓于此，至汉武时，迁全国的豪族富户于此，建立陵邑，形成长陵、安陵、阳陵、茂陵、平陵这五陵，一时繁华无两，盖过长安。

五陵一时聚集了许多的豪门外戚，管束又远不及长安，街上呼啸着一批批富家少年，自比英杰，挥金如土，走狗弄鹰，人称

“五陵少年”，却颇有些一诺千金、尚武好侠的古风。

渭水从五陵原的一侧流过，长河落日，班超兄妹和耿恭策马站在高处，看着他们六年前第一次相见的那片树林，仿佛听见了那三个少年当初的许诺。

班超他们打马而过，来到一座坟前，开始祭拜。墓碑上刻着：先生讳彪，字叔皮，扶风安陵人也……

班昭轻声说：“爹，我们回来了。”

三人立了白幡，洒了酒，在坟前唱了《蒿里》《薤露》之歌。落日已尽，晚风萧瑟，万物静默，唯有长幡在风里呼啦啦地响。

班超跟红着眼睛的班昭说：“你先与你恭哥回去，我想在这儿陪父亲一晚。”

夜已黑透，班超在坟前点了篝火，独自饮酒，不敢睡去。

“父亲，我就要去西域了。你总说我不对，我总要做些什么，看看谁对谁错。”

班超突然砸了酒碗，伏地大哭起来，哭声在旷野里荡散出去……犹如狼嚎，班超不知是在哭父亲，还是哭自己。他知道自己的命运在一年前父亲走的那一日，就改变了。

法场风云

梦里依稀逢知己，
刀下留取咏史才。

5 梦遇

班超知道自己在做梦，却没办法醒过来。

他在梦里看见了十二三岁的自己，执一支巨笔，笔杆竟似铁制的，在一支细小的竹简上书写。

四周堆满了如山的各色竹简。

一只手突然去抽那支巨笔。孩子的手纹丝不动，继续书写。

“秉笔就是执心！”一个声音道，“写就是立！立一家之言。”

孩子写着写着，发现字迹变红，在竹简上殷红一片，细看笔尖里竟滴出血来。孩子悚然站起……发现所有的竹简都渗出血来，很多血，汇聚起来，到处都是……“血！血！”那孩子喊。

“汝心不正！”那威严的声音说。

血流化作一条血龙，将孩子卷起，直到半空。孩子惊呼着，却看见另一个自己——一个一模一样的孩子还在原地危坐，秉笔而书……

梦里的班超好像听见了奔马的蹄声，以及马被勒缰立起的嘶鸣，陡然从灵堂的蒲团上惊醒，坐直了身子。他又一次从噩梦中醒来了。

父亲刚刚身故，班超一身孝服，看见一个远去洛阳报丧的族人冲进了灵堂，对着自己喊“班二先生”。

班超卸了麻衣孝装，在灵前行跪拜大礼，叩头九次，一丝不苟。

素衣的班昭进来："大哥还没有赶回来？"

"大哥在洛都被执了，"班超站起身来说，"有人举报父亲私写国史，伪造图谶。大哥可能是不想父亲声名蒙羞，顶了罪，说皆是他一人所写。"

"那大哥他……"

"不日就要问斩了。我这就赶往洛都。"

"我这就……"

"你陪着母亲。"班超按住妹妹的肩，携剑而去。

班超驱马疾驰，隐隐听见另一骑在身后赶来，叹了口气，慢了马速，追上来的果然是素衣风帽的班昭。

"我这一去，未必回得来。"

"我知道，"班昭面色潮红，咬着嘴唇，"可是二哥，从小到大，你干的那些冒险事，可曾甩得掉我？"

班昭一脸的决绝，叫班超看着心疼，这么些年，他好像从来没忍心拒绝过妹妹。

"知道我要去做什么吗？"

"不知道，"眼泪一下涌满了班昭的眼眶，"反正你做什么我做什么。"

班超在马上倾身，用手抹掉妹妹的眼泪，嘴里喝一声："驾！"纵马蹿了出去。

二骑不再停留，穿华阴，过潼关，至洛都郊外时已是暗夜。

兄妹俩的马蹄声在夜色里格外清亮。

虽是星月微明，但驰道入眼只是一条前伸的深灰色的绸带，或许是疲惫的缘故，班超有一种错觉，觉得自己好像没了重量，随着这连绵起伏的绸带在低飞，那种快意，甚至希望前路没有尽头。

一个黑黢黢的影子，陡然在前路出现，班超大喝一声："小昭勒马！"两匹马发出嘶鸣，踉跄地冲出驰道，班超一下滚落马，拉住了妹妹的马缰。

班超这才看清自己差点撞上的是一辆暗夜无灯的马车，但那马车的马受惊了，带着车厢颠簸着冲出路外。班超跳上马刚想去追，只见车夫跃下车来，扯住车辕回拽，眼见那两匹惊马空自奔腾，尘土飞扬，却前进不得，渐渐平息下来。

班超兄妹相顾骇然，世上竟有如此神力的奇人！只是无暇旁顾，班超抱拳说一声："告罪了，不曾有事吧？"便要催马赶路。车夫一下跃到马前，森然道："惊扰了我家主人，还想走吗？"

马夫的声音有种沙哑中的尖锐，虽看不清面目，也知道年纪不小，身形甚高，却精瘦如鹤，浑不似有那样惊人的力量。

车帘揭开一角，伸出个书童的脸："主人说无妨，由他们去。"

车夫叹气："主人还是醒了。"

班昭忽地跳下马来，跪在路的一边伏低行礼："惊扰到贵人，还望贵人海涵一二。"声音怯生生的，语调却是温婉柔和。班超面色一变，下马也跪在一旁。

车里传出一个声音："你却知道我是贵人？女孩子夤夜疾奔，必是急事吧？"

"要赶去洛都。"

"城门早关了，前面就是桑林，夜里老有些游侠游女在那里玩闹，不妨一起去看看，等天亮一起进城吧。”

班超兄妹随着马车，沿着官道一路行来，道旁的旷野逐渐被开垦过的田地代替。弯月下，一片片农田阡陌相连，一眼望不到边际。此时已经秋收，农田旁堆着高高的麦秸堆，夜风拂来，飘散出暖意的麦香。

隐隐能看见远处城墙连绵的黑影，想必洛都就在几里之外。

几乎所有的城郊，都会遍植桑榆，桑林的深处会有桑台。桑台是前代求雨的地方，日常便是城里人郊游的所在，就像孔子说的，在河里洗完澡，在桑台上跳舞吹风，最后一路唱着歌回家（浴乎沂，风乎舞雩，咏而归）……据说，前代人会在固定的日子，来桑林里淫奔野合。

如今洛都时有宵禁，桑林仍是一些浪荡子和夜行旅人欢聚夜游的地方。

桑林外，马车就停了。林间透出几点火光，阵阵乐曲伴随着笑声传来。走到桑林深处，看见隐隐的高台，台边的空地上生着一堆篝火，周围聚集着数十名男女。有的博戏，有的持笙吹奏，唱着下里巴人的歌谣，还有些少年男女在篝火旁欢笑起舞，眉目生情。

班氏兄妹和马车一行的三人，去火的外围坐了，班超借着火光才看清那主人是个四十岁左右、面目俊朗的男子，神情恬淡，只是面色有些苍白。而那马夫和书童时刻伴在左右，恨不得夹着主人走。

火的近前，一名游女席地而坐，身前放着一张大琴，长近丈许，琴弦密集。抚琴的女子双袖挽在臂间，露出雪藕般的手臂，双臂起落间，仰俯生姿，玉指在弦上飞快弹过，弦音错落，流淌如水。

“那是五十弦的大瑟，竟然能有人在这里弹，也不知他们怎么搬来的。”班昭附耳跟班超说。自己也拿出箫来，幽幽吹起，和了进去。丝管低鸣间，曲调中多了一丝悲意。一时间悲凉之气遍布林间。班超拔出剑来，弹剑而歌。

“薤上露，何易晞，露晞明朝更复落，人死一去何时归……何时归……”

林中有些许男儿附和，起舞的男女已经散开，桑林中只剩下箫瑟和鸣以及班超慷慨苍凉的悲歌。歌声三叠，竟有人在林中暗泣。

那主人叹口气：“何故唱这丧歌？”

“本就身在先父的丧期，且世事难测，谁又知道明日的生死呢？”班超道。

“你兄妹一看就是不俗之人，何必说这些衰迈之言？”

“先生不知，我经年被噩梦所缠，睡眠从不得安稳，为此患了头风，一旦发作，头疼欲裂，几无生趣。”

“倒是同病相怜，我近期睡难安寝，只有在行驶的车内才能稍稍入睡。所以我常会夜里乘车在郊外转到天亮，不想今日就遇见了你们。”

“那打扰先生清梦了。”

“其实也睡不安稳，睡时总陷入同一迷梦，颇为难解。”那主人摇了摇头，转向班超。“可否讲讲你的噩梦？”

“从小先父训我读咏六艺、诸子、诗赋，后来又杂之术数、方技，都能过目不忘。可怕的就是这不忘。我能记得四岁后的每一天，能一天天地数到现在……记得哪一天念了哪一段书，先父读到哪一句时，停顿了一下，打了个喷嚏……那时先父极看重我……”班超眼神在火光里迷离起来，“十四岁那年，我好像忽然懂了——以前只是记得，但不懂——在梦里那些书里的字会动，书里的人都活过来，每天读的每个字、每个人……像一支看不到边的军队……我能看见他们一张张不同的脸……他们像缠住了我一样……其实他们很可怜。”班超闭上了眼，“先父说我心念不纯，才性不正，才会梦见那些污血……从此我都不敢睡长觉。”

“我二哥几乎能在任何时候任何地方睡着，站着也能睡，但都不敢睡长……”班昭插嘴道。

“自此我不爱读书了，先父也不再喜欢我啦。打过我，关过我……呵斥说，无论噩梦，还是头风，都是思虑郁结所致，不去想它便是了。可是如何能放下？我也试过静坐，练气，练剑……没有用！那些噩梦缠上我了，”班超苦笑着，“让先生见笑了。”

“还有这样的事？记得每一天？”那主人想了想，摇摇头，“比起你我好多了。我近来一入睡，都会梦到一高大的金色巨人，从空中飞来，落在我家的房顶上。很大，很高，头上还有一圈白光。我总觉得房子会被他压垮……在家里就更睡不了了。夜夜做同一个梦……我觉得必有蹊跷，难道有人用谶纬咒我吗？”

“那是仙人。”班昭忽然从一旁出声。

那主人转过头来：“何出此言？”

“先生头上之气清贵至极，之上萦着一丝金岚，当是仙人的气晕。”

“你？会望气？”那主人惊奇地盯着班昭。

班超笑道：“舍妹天生就会望气，百不错一。”

“会是哪位仙人？”

“我也不知，”班昭摇头，“完全看不出来，但……金配西方，当是从西方而来。”

那主人面色一变："西方主刑杀，可会是……"

"不是的，不是的，"班昭连连摆手，"是西边的西边，更远的，应是极尊贵的仙人。我也只能看出这些了，但肯定是好事。"

那主人沉思一会儿，淡然一笑："那好，姑且信你。"然后从身上摘下一枚玉佩来，赠予班昭，"姑娘这番话，让我心情大好。天也快亮了，我们就此别过。"

"与先生一见倾心，敢问先生高姓大名？在下扶风平陵……"班超站起来拱手。

"何必呢，"那主人摆手拦住班超的话，"君子倾盖而谈，各奔东西，你我都被梦所扰，你叫我迷梦先生，我叫你噩梦兄，岂不更有意思？"说罢带着两个随从飘然而去。

6 / 法场

午时。

洛都雍门瓮城，空地上有一行刑台。

对看惯了杀人场面的洛阳百姓而言，这是很平常的一天，只是刑场要比以往壮观，人也多了些。

将被行刑的班固穿着白衣。从高台上望去，看到人群里挤满了来自太学院的白衣士子，默然席地而坐，许多是他的同学和朋友。他们渴望做最后一次努力，向监斩官请愿。班固抬头看了看太阳，披散的头发里露出了一张被洛都士林誉为“风神秀彻”的脸。

台下竟有人喝彩，许多百姓甚至女子都是来看看这位名满天下的才子及美男子。喝彩完，就是惋惜的啧啧声，这样的人间雏凤，一个智慧美好的头脸，就要与身体分离了。

本来他不该出现在这里，作为一代大儒的父亲被免官后余荫逐渐散尽，他十七岁就来到了洛都的太学，乍现出自己的光芒。

班固被誉为京师“五雀”之一。三年前，突现祥瑞，有五色雀群，举于皇宫之上。皇帝命百官献《神雀赋》，天下响应，结果皇帝披阅后说，众赋皆是瓦砾，唯有班固、贾逵、傅毅、杨终、侯讽五颂恰如金玉。当时班固才二十岁，又与同为“五雀”之一的傅毅是同学少年，并称为太学“双星”。

去年，班固又作《两都赋》，海内传抄，被誉为大赋第一，人称班“两都”，风头无两。

班固并没有戴枷上镣，也没有身着囚服，仍穿着太学士子般的素色袍子，只是材质变成了孝服麻衣罢了。作为太学的名士，班固临刑前得到了应有的优待和尊重。

班固看着日影正中，觉得时间不多了，对着台下静坐的同学们恭敬地抱拳，一丝不苟地行了躬身的君子之礼。太学的白衣秀士们纷纷起身，肃穆地还礼。

监斩官在监斩台上，看着都为之动容，突然就见到秀士们与警戒线上的士兵有些冲突。接着就有人报告，说有士子要给死囚班固敬酒。

“他自有他的断头酒喝，何须你们来敬？”士兵们只能拦阻。

“断头酒是断头酒，送行酒是送行酒！”有人喊。

监斩官叫人去说，可放一个士子代表，去刑台上敬酒。

一白衣士子被放入警戒线，捧一盏酒拾阶而上，爬上了刑台。

班固看清来人，个头高瘦，面有微须，正是太学里性情最激扬的学兄王充，肃然拱手：“多谢王兄，你我素来不合，不想今日是王兄不怕牵连，来给小弟送行。”

王充将酒呈上，班固接了酒，忍不住向士子的队伍张望了几眼。

“你是在找与你素来交好的傅毅吗？我叫过他，看来是没来。”王充苦笑着，“你我是学问之争，本无其他。君之一去，如庄周失惠施，匠斤失郢人。”

班固仰头喝了：“有众位相送，不虚此生。”

王充回头看那白衣一片淡笑：“太学三千学子，敢来的不过三百。如果有千人请愿，未必不能逼着临刑复奏，重审案情。”

“本朝从无此先例……”

“孟坚，”王充忽然叫了班固的字，“此情此景，何不作诗?”班固还未做反应，王充对着台下喊，“拿琴来！班‘两都’要作诗了!”

监斩官本也是太学出身，也有惜才之念，知道这班固要作绝命诗了，或许这诗也将和《两都赋》一般，名传不朽。吩咐人将那台上的王充拉下，允许一个抱琴的士子送琴上台。

监斩官看那送琴的士子身材弱小，抱着的乐器就显得很大，是一把筑琴。筑琴有十三弦，似筝，但有一伸出琴把，操琴者需站立，一手扶之，一手以竹尺击弦，声调苍凉。

那送琴的士子也如王充一般，与班固低语几句，被士兵拉下台去。

班固似乎情绪开始波动，击筑长歌：

“三王德弥薄，惟后用肉刑。

太仓令有罪，就递长安城。

自恨身无子，困急独茕茕。

小女痛父言，死者不可生。

上书诣阙下，思古歌鸡鸣。

忧心摧折裂，晨风扬激声。

圣汉孝文帝，恻然感至情。

百男何愦愦，不如一缇萦。”

歌声苍凉，那些士子闻歌，有人羞愧低头，有人面带不忿，那白衣队伍开始隐隐涌动。

监斩官细听之下，知道此诗借史抒怀，说的是前朝的故事：

文帝时，一代名医淳于意获罪，被判肉刑（割鼻、砍手或剁足）。淳于意无子，只有五个女儿，淳于缇萦是最小的女儿，跟在囚车后奔跑哭泣。淳于意怒骂："生儿不生男，终究是无用啊！"缇萦听后伤心欲绝，在长安街头哀唱诗经《鸡鸣》与《晨风》，名动一时，于是上书自请做官奴，免父亲的刑罚。文帝悲悯缇萦的心意，自此废除了残忍的肉刑。

监斩官不解，诗中确有临刑的幽愤，但为什么要唱那个叫"缇萦"的女子？最后一句"百男何愦愦，不如一缇萦"，不是在笑话那些来送他的白衣士子吗？说你们百多大好男儿，还不如个女孩有用。难怪他们会惭愧或愤怒。不对，这班固不是要煽动士子们闹事吧？

监斩官隐隐感到了莫名的不安。

"午时三刻已到！"一个声音喊。

监斩官如释重负般地扔下了令牌。

班固自行走到了头砧前，跪下将脸伏在砧板上，面色平静："父亲，孩儿随即就来了。"

断魂鼓一通敲得密集起来。刽子手横了刀，喷了一口酒。

刀高举。

鼓声骤停。

刀开始落……

一声箭鸣，刀插落在地上，噔的一声，刽子手的一只手被钉在旗杆上，箭羽颤晃不已。

全场静穆。

所有人像被魇住一般，都呆呆地看着那支箭羽，直到其不再颤动。

忽然，所有的太学院士子站起冲向行刑台，王充高喊着："恳请复奏！"场面一下乱起来。士兵还在面朝刑台发呆，哪还围拢得住，白衣士子们一下就漫到了刑台下，纷纷冲上台，转眼间，刑台上白茫茫一片，站满了太学生。

台下的太学生还在往上拥，台上已经挤挤挨挨，都在叫嚷着那句"恳请复奏"。

监斩官心道，有预谋的！这是要闹法场！

监斩官急急叫人去搬巡防营的人，自己则带着兵士冲过来，将刑台包围了，将台上的士子与台下的士子隔离开。

小小的刑台上站了五六十个太学生，把班固围在了里面，而被隔离在外的两百多太学生还在冲击着台下兵士围拢的包围圈，也应和台上的一起喊："恳请复奏！恳请复奏！"

监斩官在台下对着台上的士子们喊："你们是未来的国之栋梁，难道不通礼法吗？我对你们已经很礼待了。"转头对士兵说："把他们给我一个个拉下来，注意不要伤人。"

有士子喊："班固是我们太学院的麒麟之才，你们诛杀国士，必蒙百世污名……"

士子和兵士间不可避免地出现了一些撕扯和打斗，其实多是手无缚鸡之力的太学生借着高台之势在蹬踹要爬上来的兵士，免不了被人抓了脚，拉了下来，摔在地上，于是在地上喊："打人啦！"场面一下混乱不堪。

参与监斩的，还有一位严副将，他本就是守雍门的，算是在场最高的军事长官了，从听到箭响，他就知道出大事了。

那是雕羽箭，听声音就知道，是汉军装备的制式箭。大汉不禁刀枪，却禁盾甲和弓弩，因为后者才是真正的军事战备。私藏盾甲弓弩，等同谋逆。所以他第一个反应，是他布在瓮城上的五十名士兵，有人参与了闹法场，射了一箭。

严副将冲上了瓮城城墙，高喝：“谁射的箭？举报者有赏！”

士子们和兵士们对刑台的争夺并没有结束。

士兵们不敢直接打人，只能制服，偏偏士子们又来抢夺，一百士兵对付三百士子，又束手束脚，投鼠忌器，明显占不到分毫便宜。一边丢盔卸甲，一边裂袍散发，打得不可开交。

一阵马蹄爆响，原来是巡防营的援兵来了，两百骑兵甚是粗蛮，穿过城门，一下就冲散了看热闹的百姓，然后向外围冲击刑台的两百多士子碾轧过来。士子们被马势所慑，纷纷散开，有躲闪不及的，摔倒在地，被自己人踩踏了几脚。一时哭叫声四起。

马队一往无前，眼看就要冲断太学生的白衣屏障，突然有一白衣士子，挡在马队的最前方，凝然不动。马势很急，几乎撞在那士子身上时，领队的骑士才紧拉缰绳，那马被拉得双蹄腾起，立在半空一声嘶鸣，几乎挂着那士子的衣衫，落下蹄来。

那领队的北屯司马，拍拍马鬃，低头恶声喝道：“你不要命啦！”

士子面不改色：“太学院王充，要过去，便从王充身上踏过去。”

两人对视，王充丝毫不退。

那北屯司马叹口气，拉马向右闪避。王充却跟上一步挡在马前。北屯司马向左再避，王充侧步又挡，生生把这支马队逼停下来。

冲散的士子，又跑回来了几十位，站在王充的身后，像一排雕像，对峙着巡防营。

7 / 白狼烟

严副将和几名心腹，迅速查找了城墙上有瞄准角度的几个暗角，发现没有藏人。又一一对城上的守兵做了询问，甚至查了箭匣里的箭数，查不出是谁射的箭。有几名士兵说，他们听见箭是从他们头上射来的。严副将一脸狐疑，难道从城外墙下抛射的？旋即否定了这个荒诞的假设，又抬头看了看天上，难不成真是天上射来的？

严副将惊疑不定，正好低头看见瓮城里冲进了巡防营的骑兵。虽有几十个不要命的士子拦阻了马队，但大部分士子散在了一边，围攻刑台的那群兵士压力大减，终于将台上的士子拉下来了一半……几乎都是扛下来的，那些士子在兵士肩上还在叫骂不休。

局势眼看就要控制住了。

突然，刑台上剩下的二三十名士子的脚下，陡然腾起一股白烟，瞬间浓重起来，一下将刑台包裹住，让人视线受阻，那台上的士子慌乱起来，呛得咳声四起，有人喊："着火啦！"

副将在城上看得大惊，这烟他认得，这是白狼烟！

狼烟是战备物资，点烽火的引子。《守哨志》记载，古之烽火用狼粪，烟浓而直，风吹不散。据说是因为狼的肠子是直的。然狼粪稀少，储之不易，如今烽火多烧柴薪，往里投一枚狼粪，依旧有效。传说狼中寿者，毛色变白，其狼粪之烟，也色白，烧一枚，而烟腾十里……白狼烟是狼烟中的极品，极为稀少，多用于极重要的军事要塞或守备之地，今天却在这里出现了……

这是军事行动？副将惶惑起来，突然念头一闪，不好！是巡防营！巡防营中的人要劫法场！这副将也有监斩之责，于是大喝一声："所有人，拔刀！与我冲下去！"

巡防营的北屯司马，也被那白狼烟震惊了。

怎么会有白狼烟？这是第一级的军事信号，是在召集谁？紧接着北屯司马就看见那瓮城上的副将带领五十多个拔刀兵士冲下来，心里一紧，喝令属下，全部拔刀，锵的一声，马队散开，结为战阵。

严副将一见巡防营做出战斗阵型，心下更加笃定，这巡防营要劫法场了。喝令包围刑台的一百名兵士别再跟士子们拉扯了，全部拔刀，挡住巡防营。

一时间，几百道刀锋映着寒光，相互对指，一触即发。夹在其间的士子们被这阵势吓蒙了，本来以为当兵的不敢对自己如何，现在却全部拔刀，面目狰狞。

严副将高喊："太学生们，刀剑无眼！赶快散了！"

王充看了看局势险恶，叹口气，对着有些狼狈的士子们一挥手："我们走！"

一群面有污色，衣衫撕破，甚至披头散发、带点血迹的白衣士子，相互搀扶着退出瓮城。

待到太学生们退尽，两队军人再没有忌讳，才真正摆开了架势。严副将牢牢盯着北屯司马，森然道："你跑来作甚？"

监斩官不识那白狼烟的窍要，陡然见到两军对垒，有些摸不着头脑，冲到两军之间，急道：“你们这是做什么？”

严副将不为所动，继续盯着对方：“大人，这巡防营怕是要来劫法场。”

“胡说！”监斩官挡在严副将的刀前，“巡防营是我叫来的，来援助你赶散这帮太学生！”

“大人，”严副将指着台上弥漫的白烟，“这可是军中的白狼烟……那帮太学生不可能有。”

那北屯司马已然明白过来，叫马队的人先收了刀，自己跳下马来，向监斩官见礼。

“不错，突然见到白狼烟，又见到严将军拔刀相向，我还以为是出现了兵乱。”北屯司马抬头看那白烟早已升腾到高空，“只怕不一会儿，就近的朱爵司马和玄武司马，都会派兵过来。”

“这帮太学生竟然放了狼烟？”监斩官回头看那台上白烟渐散，突然大叫一声，“坏了！这帮胆大包天的，只怕已将死囚劫走啦！”

刑台上的白烟逐渐暗淡，冲上台的监斩官、严副将、北屯司马，看见空荡荡的刑台上，那斩首的砧案边，趴伏着一人。

早有兵士将那人架起来，将乱发拨开，一看那脸，不是班固还有谁？

监斩官兀自不放心，又叫廷尉狱的随员来验证，说确是班固，才放下心来。

监斩官舒了一口气，叫人去拔了箭，救那挂着手很久的刽子手下来，转头向严副将问：“抓到射箭的人了吗？”

严副将面带惭愧：“不曾抓到。刚才查了城上的士兵，都说没看见谁射箭。见鬼了，难不成是天外射来的？”

北屯司马则在查看刑台上一尾踏碎了的筑琴，几缕白烟兀自从琴里飘出。北屯司马破开筑琴，果然看见一团已经烧尽的狼粪灰烬。

“果然是这帮太学生搞鬼。”监斩官心道。

瓮城里又传来马蹄声和嘶鸣，果真有别处司马见到狼烟，来探查了。

监斩官在台上四顾，瓮城里除了各路军人，再无一个士子和百姓，满地都是人群四散时丢弃的狼藉。

班固被架在身后，像没事人一样，抬起脸来，眯眼看着日光，嘴角翘起来，对着监斩官笑道：“大人，午时三刻早过，按礼法，不能再行刑了。”

监斩官有点气急败坏，猛地回首：“就是杀了你又如何？”

“刑杀乃至阴之事，当在至阳之时，方不至于我的魂魄萦绕着你们不散。”班固突然改变了声音，戏谑地翻起了白眼，“拿……我……的……命……来。”

“让你多活一天又如何？”监斩官摇了摇头，心下却雪亮，这帮太学生并不真的敢劫法场，却通过一系列的闹事，争取多了一天的时间。按汉律，死囚临刑前，如有两千石以上官员（相当于丞相或大将军）为其复奏喊冤，或可发回重审。太学生们多有荫庇，不少家世堂皇，他们可能会为这班固奔走，劝长辈惜才。但是，不会有人出来复奏的。监斩官深知这大案是皇帝亲定的，而且事关谶纬谋逆，朝中不会有大员这时跳出来触这个霉头的。

“来人，将此犯收监。”监斩官叹息道。

“慢着，我要复奏。”

“你的案子是皇上定的，如何复奏？”

“我要向皇上复奏。”

监斩官叹口气："班先生，我知道你才纵一方，但你想必也知道我大汉律法，只有官身在两千石以上的罪员，才可临刑复奏。你有何资格呢？"

班固举起一枚玉佩来："大人，你可认得此物？"

监斩官接在手里细看，凤形佩，面色有变，狐疑地看着班固。

洛都里的皇城极大，占据了洛阳的大部分。皇宫分为南、北两宫，南大北小，传说最早是秦时吕不韦建的格局，隐藏一个"吕"字。两宫之间架有三道廊桥，犹如空中飞龙。有诗云："两宫遥相望，双阙百余尺。"巍峨壮丽，难以言表。

南宫是皇帝躬政的所在，国之中枢机构，也在其中。层层叠叠的宫殿间，门廊复道直通宣德殿，每隔十步站一执戟卫士，侧立两厢。那监斩官捧着玉佩在层层门第间疾走，最后将玉佩递在内史的手上。

玉佩最终拿在了皇帝手里，皇帝转过脸来，相貌俊朗，正是昨日夜游郊外的马车主人。

皇帝一脸疑惑，这玉佩是他夜间赠予那对兄妹的。

班固本是太学院的骄子，入狱都不须戴刑具。此次入宫倒是戴了枷，一路引到宣德殿前。

班固抬眼看见殿前立着一匹铜马，与真马一般大小，神骏非凡，据说是天下相马的标准。班固跪在殿下，静等听宣。

皇帝却自行来到殿外，细看那班固："真的是你！"越想越惊，"你……你是妖人吗？"

8 / 千里马

一辆马车驶出洛都城门。

车厢的窗帘被里面的人撩开，露出一张观望的脸，正是女扮男装，扮作太学院白衣士子、头戴高冠的班昭。她的怀里，正抱着一个昏迷的人。

车越驶越远，赶车的人摘了斗笠，却是耿恭。

皇宫内，皇帝虽惊却不惧，指着跪在地上的人："你到底是谁？"

"草民班超，敢为家兄班固一辩！"

"班超？昨日是你吗？"

"是。"

"那天牢里私写国史、伪造图谶的……"

"是家兄班固，只是今日草民在法场上将他劫了，换了我来。"

"你胡说！"一边的监斩官怒斥，转向皇帝，"启禀皇上，他就是班固，法场也未曾遭劫。"

"我与家兄是孪生兄弟，混在太学士子之中，冲上了刑台，换了家兄的衣服。所以大人也未必看得出来。"

"你……你……"监斩官惊极而惧，跪了下来，颤声道，"皇上……是有太学院的士子在法场请愿，造成了些混乱，但……”

皇帝挥手让监斩官噤声，自己绕了跪在地上的班超一圈：“孪生兄弟？有意思，你要抗辩什么？”

“家兄既没有私写国史，更没有伪造图谶。”

“皇上，私写的国史已被查抄，证据确凿呀！”监斩官奏道。

皇帝看着班超道：“你说说看。”

“我班氏与前朝的太史公司马氏一样，本是史官世家。史官世代相传，竹帛长存，记功司过，得失一朝，荣辱千载。如今大汉中兴，家父秉先祖之志，愿续太史公书，彰显汉魂，敬献皇上，只可惜未完身故，家兄有意续写，如今却无辜卷入图谶大案……请皇上明察！自古屠戮史官者，皆落下污名……”

“胡说！”那监斩官急道，“你家算什么史官！史官得朝廷任命。那逆犯苏朗，确是招认他伪造谶纬国运，是受你班家的指使。”

“那是苏朗的诬告！草民愿意与他当面对质。”

监斩官怒道：“逆贼苏朗已被正法，你却来说这种便宜话！”

“啊？正法了？草民不知。”班超叩首谢罪，“草民昨夜才从扶风赶来，不知状况，只知道苏朗的确曾是家父的学生。但有人仗剑杀人，不能怪罪铸剑之人啊！”

“皇上，我们抄了班固的住处，确有许多有关图谶预言的书籍。”

“皇上明鉴，史官的渊源本是殷商的天官，所以占星、望气、图谶，本就是我班家的家学。家兄精研图谶，也在情理之中。”

皇帝倒是情绪稳定，饶有兴致地捋着胡子：“所以你妹妹会望气！想不到班彪一代大儒，身上却有史官的家世。你说那国史是你父亲写的？”

"是。"

"那班固怎么说是他写的？"

"家兄不想家父身遭污名。"

"倒是个孝子。"皇帝抚玩着那枚玉佩，"倒是你，短短一个上午，就串联人手，劫了朕的法场；利用了律法和朕的玉佩来廷上复奏……环环相扣，好算计呀。"

"草民伏法。"班超戴枷伏地。

"你怎么知道我是谁？"

"草民也不敢笃定，只是舍妹说，皇上头上的气韵呈华盖的形状，或是传说中的天子气。"

"就凭你妹妹的一句话？万一不是朕呢？"

"那我也换出了家兄，代他身死而已。"班超惨笑，"我兄弟二人若必死一个的话，家父想必也会希望家兄独活。"

"你既然能乘乱劫了法场，直接远走高飞，不是两兄弟都可保全吗？"

"那我班家只能世代蒙受污名，到山林野处去偷生苟活。大丈夫不为也。"班超再次叩首，"而且草民坚信皇上的圣明。"

"你倒是个敢谋敢断又敢当的。"皇帝感叹起来，"来人，先去了他的枷。"

紧跟在皇帝身边的一个十四五岁的小太监，轻声提醒："皇上，怕是不妥。"班超偷眼看去，认出正是昨夜马车上那个书童。

皇帝不以为意，叫卸了枷的班超站起来，走到铜马前，抚着马背说："你知道这马的来历吗？"

班超恭着身："草民有所耳闻，这是千里马，天下相马，以此为模范。是前朝名将马援，也是家父的故友，征交趾时集当地铜鼓浇铸而成，敬献给先帝的。"

“果然是博闻强记，过目成诵。”皇帝拍着铜马的脖子，“先帝第一次见到马援时，当时公孙述在成都称帝，而马援与公孙述很有交情。先帝问，你遨游在二帝之间，是不是觉得游刃有余？马援说，我和那公孙述自小就十分交好，可是我到成都，他戒备森严，见一面都难。而陛下丝毫不加防范，怎知我不是刺客呢？先帝笑说，但刺无妨。马援跪下说，当今天下，君选臣，臣亦择君。今天我找到气度非凡的明主了。”

班超伏地三叩不起，直说：“草民不敢当。”

“真当自己是千里马啦？”皇帝笑道，“我知道你身俱武功，但也知道你心怀赤诚，来为父兄抗辩。但你毕竟违了汉律。来人，将这班超收监，细审待判。”

班超，以及监斩官，都已被带下。皇帝还在铜马前，正视着马的口鼻，喃喃地说，千里马常有，伯乐何在？又在马身上拾一枚落叶在鼻尖嗅着，转头问小太监：“朕刚才的那番话如何？”

小太监道：“皇上太帅了，洞察人心，言清意远。那班超在地上都哭了。”

“是吗？”

“是呀，皇上真是明君风范！”

“朕是问那班超哭了吗？”

“哭了。”

“真的？”

“真的。”

“你这小孩子……说起来，那对兄妹与朕分离，到午时，不过三个时辰，就成了这反转大事，很不错……去，叫人把那抄禁的国史稿拿来，朕要看看。”

先帝光武是开国的君主，马上征讨四方，挨过民间的日子，对皇帝的影响却不是什么御下平衡的心机术，反而更多的是为人的英豪之气。所以皇帝倒是真的欣赏班固、班超这种敢舍命的家伙，不然他也不会老做出半夜偷偷溜出去的行为。

皇帝对自己今天的表现很满意，觉得真要是让史家记了今天的言行，定让后世觉得极有风范。

由于最近为梦境所扰，皇帝总疑心有人施法诅咒，谶纬作乱。所以凡是跟谶纬相关的案子都被重判了，比如前面的苏朗案。只是昨晚被班昭说迷梦是吉兆，心情纾解不少，今日得知这女孩仅通过望气就能判定自己是天子，心里更加信了。既然不是妖人作梗，就觉得私写国史不是什么大事。

洛都内，多是官宦富豪所住，百姓则散住城外。离城十余里，有一村庄，庄尾有一独院，门口青石踏脚上坐着打扮像农户的耿恭。

耿家世代军功，作为幼子的耿恭，父母早亡，几乎是被兄嫂带大。耿恭的叔伯长兄几乎都在军中为将，所以他十七岁便从了军，异禀的骑射，迅速出头，如今是洛都禁军中的羽林郎。

把刽子手的手掌钉在旗杆上，自然是耿恭的手笔。本来和班超、班昭几年未见，一见面就拉他干这等劫法场的刺激事，内心倒也快活，仿佛又回到当年三人笑傲五陵的侠少年代。

耿恭军中历练数年，又是洛都的地头蛇，早将诸细节推衍细密。让一个军中死党腾出藏女人的郊外小院，现在院里拴着马，车厢也侧立在院中央，鬼知道耿恭是怎么把它弄进来的。

谁都知道耿恭有双鬼耳，能蒙眼听声射箭，十不错一。现在无须成心，隔着院子就听见屋里的那对兄妹在争吵。

耿恭觉得小昭出落得越发好看了，好看得让自己有点不自在。他觉得小昭也是有趣，夜里竟然把自己的大哥绑在了床上，怕他出来坏事。

听见那班固说："你知道他都做了什么？"

班昭道："我也不清楚，但我信二哥。"

"这等同谋逆！"

"哦。"

"他现在很危险你知道吗？"

"那是你不了解二哥的本领。"

"就是些打杀的本领！他去外边逞凶斗狠，怎么偏偏你也……"

"你会的，我和二哥未必不会。我们会的，你就差远了。"

"你们会些什么？"

"大哥，我其实……十二岁就杀过人了。那天……还为此作了诗。"

"你……你一个女孩子……"

耿恭倚在柴门边，看着不错的月色，几乎要笑出声来。

北宫的宣明殿里，夜灯高挑。

皇帝调了被查抄的"国史"手稿来看，发现竟有竹简几百捆，展卷细读，不觉看了一夜，直觉得文气见识直追前朝的太史公司马迁，大喊奇书。

皇帝对班固的才华还是有所耳闻的，班固与傅毅并称太学院的双星，以辞赋名动洛都。今日读史读得心潮澎湃，皇帝真觉得本朝就该有文章巨手书写自己的故事了。

既然天色已亮，皇帝索性直接洗漱，不待上朝就下了诏书，赦免班氏兄弟，封班固为真正的史官——太史令，续写这篇未完的国史。

至于班超，皇帝想了想，暂封为兰台令史吧，携掌兰台，也就是国家图书馆，协助其兄收集史料。

“这个家伙，”皇帝在上朝的路上还在想，“那三个时辰都干吗了？”

9 三个时辰

班超告别了那神秘的“迷梦先生”，已是东方既白。班超知道自己只有三个时辰了，与班昭到林外骑了马向洛都的开阳门驰去。

洛阳的城墙巍峨古旧，墙缝里会长出枝桠，吐露几片嫩绿的叶子来。一群人堵在城门口在等城门开，班超闻到一股炭灰的味道，混杂着早上特有的凛冽空气。

“二哥。”班昭拉住班超的胳膊，声音怯怯的。

班超回过脸来，看见妹妹那双绒绒的眼，白汽从说话的颤抖的唇里吐出来。

“那个人，真的可能是天子……”

步广里和永和里是洛都官宦的住宅区，倒不是什么高宅大院，只是为了上朝方便的住处。真正舒服的所在倒可能是邙山边的别业。

班超兄妹入城后直奔步广里。从开阳门到步广里，大道直通，连弯都不需拐一下，距离却不短。入城后的大道虽可以骑马，却不能疾驰，班超兄妹心急如焚，却只能催马小跑。

入了步广里，来到一家门前，班超就急急地叩动门环，班昭在一旁牵着马，抬头看见门檐上悬着一只斗大的灯笼，上书一个

“耿”字。

“真是好久没见恭哥了。”班昭心里想着那少年英侠，斜挎长弓的样子，“他说他的命整个都是我的。”

班昭听见门开的吱扭声，有个老人在和二哥说话。

“您找小少爷呀？他平时回来得不多，都住在羽林营里。”

“那……羽林营在何处？”

“羽林营就在上东门外北面的保驾庄。不过，就是去羽林营也未必找得到他，碰到宿卫时，他就在宫里当值……”

那老人还没有说完，就听见马蹄的碎响，再一看，眼前已经没人了。

保驾庄是禁军羽林卫的驻扎之地，正好在谷门与上东门之间，入城便是永安宫，是皇城里最神秘的所在，传说里面有皇城最大的武库和粮仓。永安宫相邻的都是北宫，正是皇家生活的后宫，也是羽林要当值宿卫的地方。

军队一天的作息，并不以粗放的十二时辰来划分，更流行三十二时制。平旦（6:00—6:45）即起，日出（6:45—7:30）晨训，二干（7:30—8:15）赴值……

耿恭一身戎装，骑着栗色白缨的高马，银盔上插立着三支白羽，一看就是羽林郎，统着一百羽林卫，出了校场，就要进城换防。

羽林卫是禁军中的精英，鲜衣怒马，多有世家子弟。所以进城一路，常有百姓的小孩沿路追跑，发出艳羡的呼叫，更有城外的少女熟妇对着这些白羽少年指指点点。

有人竟然向为首的耿恭扔花，被耿恭用长枪在空中挑了，一看是一把刚开的淡白梨花。四周有路人在喝彩，耿恭也不把花摘下，任其在枪尖上挂着，像一团白缨。

忽然耿恭的耳朵动了，那是一丝若有若无的箫声，那曲调，让他仿佛看见一个十二三岁的少女坐在高高的白杨树上……

耿恭拉停了马，跟身边的副手，也是位羽林郎，说："你继续带队去换防，我要回营去老头那请假了。"

那副手一脸狐疑："老头是不会准的吧？"

"那就由他扣饷！"耿恭纵马逆队而行。

副手在身后喊："留心惹一屁股棍子！"

"没办法！"耿恭回头，却把那枪尖的花凑在鼻前，"有人来要我的命了。"

班超出了上东门，没向北去保驾庄，而是向南，又奔向了开阳门方向。

沿着外城墙的护城河，倒是有很多百姓刚刚支起的摊子和棚架，对他们来说，一天的生计刚刚开始。但一匹快马疾奔而过，甚至带翻了摊子，一路都有人急急闪避，却发现并不是官家的驿马，纷纷指着那已远去的影子大骂。

班超在赶去太学村。

班超已打听过了，在他入城的开阳门前那道洛河的对面，就是太学院，及三千学子所住的太学村。

早食（8:15—9:00）正是吃早饭的时候，王充刚刚吃完，正要去太学院，突然身后有人拍他的肩，回头一看，吃了一惊："孟坚？"

那人领口里露出白麻衣，分明还戴着孝，却对他做了个噤声的手势，轻声道："我是班超。"

王充把班超带到自己的房间里，关了门窗。

堂前拉开一帷帐，里面竟立着班彪的灵牌。王充把班超扶在灵牌边，自己跪在牌前三拜，班超也跪下还礼。

“不能在老师柩前伺候，已然痛心，如今孟坚又……”王充还跪在地上。

“我就是为此来的。”班超扶起了王充。

“我也正打算回院里召集同学们去送送孟坚。”

“我要带他走。”

“我知道，总要将尸骨带回到老师身边。”

“我带的是活人。”班超的神色淡淡的，却不可置疑。

食时（9∶00—9∶45）。

洛河边有一小坡，坡上有一草亭，可俯瞰洛河烟波。

亭内只立着班超和王充两人。

“这案子很蹊跷。”王充看着对岸的城墙，倒映在水里。有白鸥划过。

“我并不清楚详情，只说是有人告发，说班家伪造图谶，私写国史。”

“你知道苏朗吧？”

“记得，以前和你一起，跟着先父学习。”

“苏朗半个月前已被处斩了，罪名就是伪造图谶。问题是他是在两个月前自首的，拿出了许多怪诞图册，净是荒唐之言，却说是由老师所授，最后还告发了私写国史的事情。”

“以前对他的印象，还是很……温恭的。”班超回溯着五年前的记忆，有关苏朗的画面和言语，一章章地打开……记忆如洪水般袭来，头的一侧，开始隐隐作痛。

“在洛都，我和苏朗还多有交往，只是在一年前，他拜了一个术士为师后，就日渐疯癫了。我是向来反对这些怪力乱神的。”王充无奈地摇头。

“术士?”

“倒有些名气，叫鱼又玄。”

“就没人查他?”

“据说廷尉府是想问询他的，但江湖术士，游历无端，早已不知所终。”

“必须与这苏朗案切割清楚才行。”

“谈何容易?孟坚也曾抗辩，但此案定性为谋逆，大了可以灭族，所以他索性都一个人扛了，保老师清名及班氏一家的性命。我本对他颇多看法，但这种风骨，我是极敬佩的。”

班超手里抚着那枚“迷梦先生”所赠的凤形佩：“所以一定要把他带回去。”抬眼看见洛河的浮桥上，跑来两骑，一看身形就知道，一个是妹妹小昭，另一个，当是他那个三年未见的游侠兄弟了。

食坐（9:45—10:30）。

草亭里盘坐着四人，地上由耿恭用石子和草枝摆了个简易沙盘。耿恭毕竟是最了解雍门瓮城形势的。

班超对王充拱手：“到时就请仲任大哥，带着士子们闹起来，冲到刑台上。”

“这个好办。”王充笑得豪迈。

“事情不管成与不成，最后你作为带头的鼓动者，只怕以后再也不能进入仕途了。”班超道。

“那又何妨，”王充道，“只是我有个问题，我可以说服同学们去请愿，去闹，却不敢说是去劫法场，等他们上了台去挡了视线，你们动手时，他们看清了多半会四散。这毕竟是断了前程的大罪。”

“我有办法让他们上了台，却不知我们干了什么，最后你们也好撇清。”耿恭掏出一块酒杯大小的白色硬块。

班昭好奇地接了过来，皱眉道：“这是什么？”

“一坨屎！”

班昭啊的一声尖叫，有个东西飞出了亭外，一个人影也跟着飞出来，嘴里叫：“这可是好东西！”

日未中（10:30—11:15）。

由王充说动的太学生们，纷纷租了牛车，过洛河进城，横穿街市，慢慢聚向雍门。

雍门瓮城里的刑台，以及对面的监斩台，已然搭好。

刽子手老邓，先一步来了刑台，这将是他斩首的第九十六人。这行的规矩是，砍到九十九个，必须收手。老话说，百人屠是要断子绝孙的。

老邓带了两壶酒，一壶是用来喝的，暖自己的心血。另一壶只怕不好喝，只是用来喷刀的。这壶酒老邓早上才调好，要在清酒中滴入童子尿、乌鸦血、黄牛乳，还有薤草上的晨露。师父说，这样的酒喷在刀上，砍人才不会沾染怨气。

日中（11:15—12:00）。

廷尉狱在南宫的西侧，开了狱门，走出一队兵士，簇拥着监斩官。后面慢慢拉出一辆囚车来。

囚车内坐着一个衣袍白净的青年，披着发，闭着眼，浑然没个游街的样子。

孩子中有顽皮的，想像往常一样，往囚车里扔石头，刚扬起手，就被路边的大人们夺了。

廷尉府离雍门不远，没多久，队伍就慢慢走进了瓮城……

日失（12:00—12:45）。

班固有些诧异，来到刑台上给他敬酒的竟是王充。王充大自己五岁，说起来算自己的师兄。只是这人脾气固执，爱诋毁谶纬玄学和绚烂辞章，在太学里隐隐成了反对自己的一方领袖。

王充突然喊，拿琴来！班"两都"要作诗了！班固心中苦笑，现在哪还有诗情？却见一个瘦弱的白衣士子抱筑琴上来，视线一下就虚了……那是妹妹小昭呀。

班固接了琴，压低声音："你怎么来了？"

"送你走。"

"老二呢？"

"二哥说，他要做更重要的事。"班昭低声说罢，忍住没有掉泪，转头下了刑台。

击筑声在背后响起，班固高唱起来。

只有班昭一个人听懂了，那是大哥唱给她的。大哥唱的是《咏史》，最后说"百男何愦愦，不如一缇萦"，是向她托付那未完的《续太史公书》。意思是男人完不成的事，只能交给你了。果然，大哥和父亲一样，眼里没有二哥。

一箭西来。

场面乱了，班昭混在太学生群里，和一样扮作白衣士子、贴了胡子的班超冲上了刑台。

班昭击碎了她留下的筑琴，里面的白狼烟腾起，瞬间眯了台上众人的眼。

台上的士子慌乱起来，免不得相互推搡起来。班超早潜在班固身后，一掌切在班固的后颈上……

狼烟淡些的时候，班昭托着已被换了衣衫的昏迷的班固，乘着两军对峙时，跟着有些仓皇的太学生们，退出了瓮城。

城门口早停有一驾马车，一个戴斗笠的车夫，抱着一捆毯子，扔在驾车的位置上，里面裹着一张弓。

马车接了两个相互搀扶的白衣士子，溜溜达达地出城了。

班昭在车厢里感受着木轮在青石路面上的碰撞，一手抱着昏迷的大哥，一手撩开了窗帘，看见城门缓缓落在身后。

关上窗帘的瞬间，扫了一眼门口聚集的看热闹的人群，恍惚间看见有一双眼睛看了自己一眼。那双眼睛不是普通人的眼睛，眼神里刻满怨毒和冷漠……班昭更在意的不仅是眼神，而是此人头上那一丝黑线般的气运，给她强烈的不安，甚至有熟悉感。

班昭再次撩开窗帘，望向那熙熙攘攘的人群，想捕捉那双眼睛，还有那丝恼人的气岚，但毫无踪迹。如果那人知道自己的注视被发现了，转身躲避并不奇怪，奇怪的是那丝气运也消失了。只在窗帘的开合之间，此人一定还在人群里，但那细如丝线的气运不可能消散呀？除非人死了。班昭一时不解，难道是自己出现了幻觉？

宣召入仕

不见苍生见鬼神，
才出兰台入章台。

10 / 游冶

天色一透亮，洛都的城郊晨雾未散，就展延出禾苗的青绿来。

耿恭竟然在门外坐了一夜。他用手抱住自己，还真有些冷呢。

耿恭猜那屋里的人也是一夜未睡，果然就听见班昭甩手关门的声音，接着穿过院子，推了院门出来，站在耿恭的面前。班昭已换了农家的衣服，耿恭却感到那衣服下的身体在抖，抬头看见班昭泫然若泣。

“我好害怕，二哥是不是真的要回不来了？”

“小昭，你还不知道他。他既然说让咱们在这儿等……”耿恭觉得自己的话很没底气，心里的那点恐惧陡然被点燃，那家伙不会真的出事了吧？他说的自有脱身的办法根本是骗人的？偏偏自己和小昭最是信他。

耿恭有点无措，伸出手，又收了回来，不知该怎么安慰眼前这个突然长大的义妹。

突然间耿恭做了个手势，自己伏在地上细听，抬眼与班昭说：“自己人，是玄英来了。”

玄英就是这院子的主人，耿恭的军中下属和死党。不一会儿，班昭就听见远处急促的马蹄声并看见扬起的尘烟。

一骑奔到门前，还是羽林卫的打扮，矫健落马，喊着：“有消息啦！说班大先生和班二先生皆无罪，天子说他们德才并举，要召他们入仕呢！”

或许这结局比班超想的要幸运得多。他推衍了各种结局，最好的可能是自己去死。

班超记得在《列子》里，说有个地方天色昏暗，所以居民整日都在睡觉，醒的时光很少，以至于他们认为梦是真的，醒的世界才是虚幻。

班超觉得活着可能是虚幻的，如眼前繁华的洛都、一掷千金的游冶台一般虚幻。

耿恭领着班超在金市里最有名的欢场——游冶台里厮混。

游冶台很大，男人可以在这里获得一切，但最有名的是中心舞台的乐舞。名动洛都的乐师邝达，舞姬青袖，歌姬华鸾，就是这里的头牌。舞台四周垂满丝幔，都是王公贵胄们看表演时，现场买献的。若想看邝达、青袖、华鸾联手，一月未必能碰上一次。那时台前座席早就被贵人们包了。

耿恭倒是迷上了一个新来的舞姬，今天拉履新的班超来捧场。

鼓声密集起来，有人吹着音质奇异的笛子，一个服装有些奇异的舞姬赤着脚，跳上在舞台中央的一个直径三尺的托盘里。

那舞姬戴着薄如蝉翼的面纱，挡住鼻嘴，露出胡人眉目，眼大而深，眸子清蓝。在方寸之地，就舞出惊心动魄来。她的长眉，妙目，手指，腰肢；她髻上的花朵，腰间的褶裙，细碎的舞步，繁响的脚铃，轻云般慢扭，旋风般疾转……班超看着有些恍惚，觉得这身姿里有七情六欲，山川流水，黑夜白昼……既妖异又庄严，既柔靡又坚韧，牵一发而动全身，竟似一种高明的武功。

班超不觉有些着迷，尤其那双眼，灵动百变，嗔笑无端，班超却仿佛在其中看见了哀意，在堂皇的欢乐中怅望着家乡。

“她是谁？”班超问耿恭。

“美吧？贵霜人，仙奴。”

“好厉害。”

“等会儿她会下来谢礼。”

“为何谢你？”

“我捧她呀！”耿恭指着，班超才在房梁上垂落的那些罗锦中，看到一条“瘦弱”的绫带悬在其中。

“那是用来上吊的吗？”

耿恭喷出一口酒来：“我没你有钱，你现在可是六百石的兰台令史啦。她新来的，还只会跳胡舞，所以还没大红呢。倒是有些公子来捧她，无非是想睡她，偏这胡姬很硬气，就是不从。那些公子说，你跳舞跳得老子心火都起来了，不能不负责呀。我在旁边看着就按不住了，你想，我们可是五陵侠少呀，上前就把他们打跑了。”

“哦，靠拳头捧啊。”

“现在人们都知道，这胡姬是羽林郎耿爷罩着呢。”

“成了吗？”班超笑着问。

“没有。有时倒也收点我送的钗呀串的，送的铜镜就不收啦。有时玩笑开得狠点，酒能泼在我脸上。”耿恭说得哈哈大笑，全没觉得是什么羞辱。

仙奴换过了汉装，去了面纱，发髻如云，耳有明珠，来到耿恭、班超的席前跪坐，奉上一樽清酒。

“这是我兄弟班爷。”

“班爷好。”仙奴面色冷淡，高鼻深目的轮廓将冷淡扩写成冷漠。

班超长跪起来合袖，说："仙奴姑娘好。"

那仙奴点头，冷着脸把酒推过来，班超喝了一口，搭一句："听说姑娘是贵霜人？"

"嗯。"

"如何来到汉地？"

"我生在汉地。"

"我听闻贵霜在绝西之地，姑娘也没去过吧？"

"嗯。"

"可曾想过要回去？"

仙奴抬眼冷冷地看着班超，一脸的干卿何事。班超实在聊不下去，只好将酒饮尽了，欠身道："有劳姑娘了。"那仙奴起身就走。

班超苦笑："她怎么这样？"

"她一直这样呀。"

"……"

"你不觉得这样才有意思吗？"耿恭看着那胡姬娉婷的背影，仰头喝尽了杯里的酒。

去游冶台，是耿恭带着班超；出来闲逛，就是班超带着耿恭胡闹。两人像回到了五陵少年时的跳脱无端。

班超当年在五陵就喜欢捉弄摆摊的算命先生，如今他和耿恭依旧扮作问命的人。

"这位爷气度不凡，家中当有一子一女。"算命先生看着耿恭说。

班超哈哈大笑："错啦错啦，他已经有四个孩子啦。"

那算命先生面色不变："当真？"

“当然是真的。”耿恭道。

“命当如此，这位爷或该回去查查，是否家门不幸……”

“娘的……”耿恭这就要掀桌子了。

“又错了，”班超拦住耿恭，“我这兄弟其实尚未婚配。”

“我见你们从游冶台出来，世上有些事有所结果，你们却不知晓，也是有的。”

“错了，我这兄弟当年打架，被人一刀伤了下面，挑了一蛋，所以被称作‘孤胆将军’。”

耿恭苦笑，忍住没有抗议。

“二位爷是来消遣小人的吧？”

班超正色道：“先生何以说他有一子一女？”

“当然是通过卜筮。”然后天花乱坠地推衍起来，全不知进了班超的彀中。

这些算命先生无论是卜筮、五行、八字、看相或是测字，班超似乎更加精通，都能一一揭破。

算命的大汗淋漓，班超却指着那卦旗说：“这点道行，还敢写‘鱼又玄嫡传’？”

算命的基本都会承认不曾见过这算命的传奇人物，只是为了生计胡打招牌罢了。

最后班超折了人家的卦旗，大笑而去。

后来无论是东市还是西市，那些算命摊子，一见到这两位瘟神踱来，都急急弃摊躲避。

“你好像很烦那个叫鱼又玄的？”帮忙砸摊子的耿恭憋不住问了。

“我在找这个家伙。”班超的眼睛眯起来。

“他是谁？”

“据说两年前，洛都突然出现了个断命的奇人，每月只在朔望两日断命，每断无有不中，一时声名大噪，还被楚王及各家侯爷供养，被誉为谪仙。朝中大臣及文士，还有不少拜他为师的……只是半年前，此人突然消失，说是去四海云游了。”

“你找他作甚?”

“总觉得，我家的冤案跟这个神神怪怪的家伙有关……”班超踢开脚边的一个石子，在青石路面上，嘀嗒嗒地弹跳，两人又到了分道扬镳的路口。

“老班，四海之大，这种江湖术士，你到哪儿找去?”耿恭走了几步，看班超还未走远，就对着背影大喊。

班超并不回头，只是扬了扬手：“我自有办法。”

夜晚，才是班超的落寞时刻。

不愿睡去的班超，经常不知该如何自处。

有点怕看书的班超，在兰台要参与整理海量的书籍，有点像苦差。但班超过目不忘的本领发挥出来，那些散乱无序的竹简，班超展开一扫，便知何书何段，片刻就归位重立篇名。兰台内共立十二位兰台令史，班超一下就隐隐坐在了首席。

在兰台，班超从烟波浩渺的书卷里发现了很多自己从未见过、从未听说过的前朝遗留的残片断简。班超把它们集到了一间归类为“无名氏”的房间。

入夜的时候，班超常会留在这“无名氏”房间里秉烛夜读。这些遗失的字句，不会带来回忆般的纠缠，或也会入梦，却是梦里的新面孔，让班超觉得噩梦也有那么些新意了。

天亮了，有时会有人悄悄进入“无名氏”房间，看见班超像一条雨中的狗，蜷缩一团在成堆的竹简里睡着。烛泪散尽，更显狼藉，那人正是十二兰台令史的上司——太史令班固，轻叹口气，给班超盖上袍子，悄悄隐去。

11 对镜

这天班超知道自己又在梦里了。

他又看见那些纠缠他的历史上已死去的人，成群结队，浩荡而来。他以前试过战斗，试过辩论，最终都是被吞没而告终。他能看见这些人的命运，那些鲜血背后可怜的一面……

他在逃跑，他不想纠缠。这次竟然不是无处可逃，眼前有一座被雾气笼罩的山崖。他一直往高处爬，爬上断崖，再无人纠缠，却也没有退路，只能继续攀援……接近绝顶处，云开日现，自己已在云海之上，即使悬在那里，也觉得心神大安。

班超终于登上绝顶，看见一个老者安然而坐，白髯几乎垂地，心里却是认识的，跪下拜倒，问老子，《道德经》真的只有五千言？老子说，多了又怎样？少了又怎样？你们史家专注记言，言出如山。其实言如流水，奔流到海，时有增益，时有流失。

班超再拜，问老子为何要西出函谷关？老子说，东极到海，西方却没有尽头，天下之大，远出我们想象，知也无涯……只是上古颛顼帝绝地天通后，你们的视野越发小了，不识天地，天地也视尔等为刍狗……说罢消失不见。

就这样醒来了。不是惊悸而醒，对班超来说这已是难得的好梦。

班超在书堆里捡起他掉落的散简。他在这些散简里辨认出那些通行《道德经》里没有的句子，可以确定，这是前代散失断流的老子之言。

班超枯坐在那儿，内心却畅想不已。自此夜晚更埋在了书堆之中。

不知不觉，班超来到洛都为官已近半年了。

班超依旧常在兰台夜读。夜读也不只是枯坐，班超有时在脑中运思，也会在兰台里踱步。兰台有四座殿，藏着天下收集的书卷还有相关天文地理祭祀的观测工具及礼器。有些已残破和不知功能的物件，都堆在石室。

午夜时，班超一个人在空荡的兰台低回散步，有时会吓到巡夜的卫士。

“是班大人啊，还以为是鬼呢。”一来二去，巡夜的卫士已和班超混熟了，说话也随便起来。

班超道：“不觉得我像刺客？”

“大人说笑了。刺客到兰台来刺谁呢？”那卫士头指着北宫方向，“那边的守备严着呢，苍蝇都飞不进去。”

“那你们遇过鬼吗？”

“不瞒大人，我们巡夜的兄弟，以前时不时会看见些鬼影，追上去又什么都没有。刚开始还有些害怕，后来就习惯了。”那卫士头谈兴来了，“都说深宫院内多美人的游魂……而且这兰台，藏着那么些老物件，说不定就有成精成怪的，是不是大人？大人整夜在这儿读书，说不定她们就来缠你啦……哈哈……”

班超不以为意，踱回“无名氏”房间，途经大殿时，觉得有些不安，隐约感觉被什么人窥视一般。班超猛地回头，一片漆黑，全无所见。

班超莫名有些紧张，静心感知着那若有若无的探视，突然向右后方的柱子后掠去，喝一声：“出来！”

暗里只能见一更深的影子，盘柱旋转而上。班超跃起去抓，好像触到一柔软之物，却滑腻抓不住，落了下来。抬眼再看，哪里还看得见。班超赶回屋内举了灯火来，抬头见那柱梁高达三丈，影随灯动，空无一物。细想那黑影在柱上盘旋，触手无骨，绝不似人类。常言说人死为鬼，物老成精；精中作祟者为妖，妖中道行尚浅，未能变化人形，面目可憎者为怪。班超心想，这是一个形体变幻无端的精怪吗？

班超对鬼神之事，豁达不起来，好比梦里常被纠缠，有一种深深的无力感。

班超开始有点想念妹妹班昭了，她要是在，或许能看见更多的东西；她要是在，自己就不会害怕了。因为妹妹需要保护，自己不能害怕。

这夜过后，班超偶尔还能感到被窥视的感觉，追寻无果后，也和那些卫士一样，渐渐习惯了。班超夜读，或兰台内夜踱时，无聊了还会对着虚空处，说一句，妖先生，别来无恙？

这日午后，蝉声四起，兰台殿内，竹帘半起，光影破碎。

班固、班超两个孪生兄弟对坐，像镜子的两面。

两人面貌一致，气质却截然不同。班固温润如玉，被名士们称为“风神秀彻”，可说是士林中有名的美男子。班超或是长年睡眠不济，神情总有倦意，即使入仕，也是落拓的神情；少年不羁的经历，又让班超的言谈举止上有些棱角毛边，不那么熨帖。

班固道：“得蒙圣恩，我们得以在兰台续写《太史公书》，父亲泉下有知，也将含笑。”

班超道：“你知道的，父亲其实不想我入仕，也不想我入京的。”

“那是父亲的气话，你那些日子也实在荒唐……”

“像劫法场一样荒唐？”

“唉……为兄真的很感激你……”

“大哥，你到底想说什么？”

“你以前若没那么荒废，学识一定在我之上。如今你又开始用心披览，为兄也很高兴。只是你将自己埋首在上古的残篇断简、诡异传说之中，实在……有违史家传承。”

班超笑笑：“我从没有像今天这样，觉得自己是个真正的史家传人。”

“史家立言，首推一个信字，你依凭的尽是缥缈虚诞之残章断句，能有什么建树？”

“立言当然重要，立行更不可废。大哥生性温良，自可效仿颜渊，安贫乐道；我更近乎子路，仗剑而行，大道未必有偏。”

“剑走偏锋才利。落在剑上，怎么都是偏了。”班固摇头。

“就像劫法场一样，”班超盯着哥哥，“当时你在局中，我入局也已无用，我得破局。”

“唉，我说的是读书。”

“读书也一样。我有时觉得，你和父亲都与儒家没什么两样了，还算史家吗？”

“孔子著春秋，一样算是我史家传承。”

“我觉得父亲和你都困在传承与儒家的局里了，而我想破局。”

“如何破局？”

“倒回去看，我史家的前身，本是天官，通星宿天道之变，现在却失落了，给帝王记记信史而已。史家现在的荣耀最高就是助帝王封禅泰山，其实颛顼帝绝地天通前，神山当是昆仑……或许昆仑才是我史家所宗的源头。”

“荒诞不经。”

“这些日子我一直在想，老子为何西去？他说的牝母、天地根，是不是就是在说昆仑山和西王母？而周穆王也曾西去寻那西王母……”

“够了！”班固喝止，“难怪父亲说你堕了邪路。”

班超苦笑：“那些神奇无解的事，有些也由不得你不信，比如小昭的能力。”

“望气怎么就是无解的了？气运之理内合易经。”

“那为什么她天生就能看见，你我无论怎么修习，也不及她？”

“人各有天赋。”

“天赋天赋，我就想探一探这个‘天’字。或许上古的残片上有些印记。”

“天道已远，庄敬便是；人道在侧，更当躬行。”

“你这不就是儒家话语吗？我史家何在？”

班固沉默良久，叹口气：“算了，不争了。你依然以史家自命，为兄很高兴。最近还睡得好吗？”

“还好吧。”

“那就好。”班固站起身来，拂袖而去。

与兰台这样的文化部门相邻的，也是宫中的文艺单位——乐府。乐府掌管宫中燕乐歌舞，还收集天下的谣谚俚曲。收集谣谚，就是收集四海的民心民意，执政者相信，里面甚至存有神秘的预言和天意。

乐府令下属，分大乐丞与承华丞。大乐丞掌管宗庙雅乐，承华丞就掌管谣谚俚曲的收集和甄别。

这半年来，班超颇花了些工夫与承华丞交往，有时候还会带着班昭。这承华丞极喜欢班昭，因为都是爱音乐之人，常会一起弹弄些新曲新调。

这日有个小俳优悄悄送了一个丝绢来，对班超道："我家大人说，有了新曲，先一步请班大人鉴赏。"

班超少不得给了点赏钱，回室内展开丝绢，是一首刚从敦煌郡采集来的谣谚。

"好你个鱼又玄，总算让我找到你的踪迹了！"

班超知道要找这种传奇般的术士，最便利的反而是收集天下民歌谣谚、民间传说的乐府，只要这人开始显露"神迹"，难免不在当地谣谚中留下痕迹。所以班超早就委托过承华丞在各地谣谚民歌里留意"鱼又玄"这个名字。

班超把丝绢抓紧，心中不禁疑惑："你跑到西域绝地的边上，是要干什么呢？"

12 / 护花

班超和耿恭又去游冶台看胡姬仙奴跳舞了。

仙奴终究没有大红成为行首和花魁。因为她那不亲近人的脾气，还有身边的保护者除了羽林郎耿爷，还多了位想必也有点身份的班爷。

在游冶台的人眼里，这位班爷的风姿文秀，不是耿爷这样的磊落武人可比，但对于声色，好像不以为意，台里千樽美酒，万盏华灯，灯下美人无数，班爷却常在歌舞中睡着。

班超只小酣一会儿，就被耿恭推醒了，因为仙奴上台了。

仙奴如今已不经常跳舞了，因为太惹人，多表演西域幻术——有些像变戏法。今天仙奴表演了新的绝活。

仙奴还是穿着西域的衣饰，提一个口袋放在她以前跳舞的托盘上，自己盘坐在一边，横一支短笛在吹。笛声迂回曲折，摇曳不已，但见那口袋开始蠕动起来，内有活物。有见多识广者喊，里面有蛇！

众人才知是久闻大名的西域舞蛇术。仙奴的身体随旋律脉动，腰肢如水。那口袋也扭动如浪，袋口摇曳着立了起来。抖动中，“蛇”头终于钻出来，全场惊呼，那不是蛇，竟是一段绳子，如蛇一般地起舞。那段绳子，在笛声里缓缓昂首，扶摇向上，渐渐竖起一丈多高……像是再也攀爬不动，笛声催促，绳子原地颤动不已……全场鸦雀无声，都陷入绳子与笛声的挣扎，心如猫抓，暗暗使力……笛声越来越细，像是气尽，破音一出，戛然而停。那段绳索一下没了生命，空中跌落下来。轰的一声，大家都嗟叹出来，片刻后欢叫如雷。

“好！”有一个声音高叫，“舞城侯买献彩锦十匹！”

十匹晃眼的彩锦从梁上纷纷垂落下来，几乎拖在地上。

“你看人家。”班超捅捅耿恭。耿恭发现四周也有些熟客把眼光转到自己身上，随即望向二楼的包厢。

仙奴不为所动，将绳子收入袋子，就要转身下台，有一妇人急拉住她耳语。仙奴也望向那间包厢，不及换衣，就被带上去答谢了。

耿恭从众多眼光中看出不怀好意来，但他总不能阻止别人正常的买献打赏。只是这舞城侯前一阵听说还在争那青袖，今日竟为个胡姬阔绰出手了。

“其实我觉得这胡姬才是游冶台最好看的！舞城侯有眼光。”看客们开始议论了。

“你看看她，会胡人的妖术，谁敢上身？”

“要的就是这妖！”有人痴痴地笑。

“那姓耿的，平时那么霸道，今天要吃瘪了吧？”

“听说，争花魁青袖，舞城侯输给了安丰侯的公子，看着这是要来泻火的。”

“嘿嘿，不知那妖姬吃不吃得住……”

“欸？堂堂侯爷怎么会争不过一个侯府的公子？”

“因为安丰侯姓窦啊！虽然都是侯爷，都是国戚，也有亲疏呀。”

“安丰侯还是当今大司徒，他家的公子，舞城侯也惹不起。”

……

大家都看着的那个二楼包厢，帘帷忽然被掀开。但见仙奴翻出栏杆，脚踩着一点外檐，单手抓住栏柱，斜身悬外，挂在那里。

大堂里的人一片惊呼。

仙奴回脸：“侯爷不要逼我。”

栏杆前出现了一个三十多岁的华服男子，胡子修得极讲究，也算得上相貌堂堂。

“看，这便是舞城侯啦。”楼下的人交头接耳。

耿恭推开人群，来到仙奴悬挂的下首，张开双臂。

那舞城侯不以为意，对仙奴说：“你若不喜欢这里，可跟我回家。”

“我喜欢这里，我是不喜欢你。”仙奴的声音刚好能让下边的人听到。

舞城侯眼神阴鸷起来：“那你喜欢谁呀？”

仙奴在人们的头顶，遥遥指向班超：“他。”

所有人的目光都看过来，班超还盘在席上，一脸的倦意，有些愕然。

耿恭还张着手，愣了一下，大赞道：“有眼光啊！”毫不尴尬。

舞城侯看着班超，摇头对仙奴道：“凌大家刚才说了，你还没有过恩客。”

“心有所属，请侯爷成全。”

舞城侯内心早已暴怒起来，输了青袖之争已经极为窝火，今日前来散心，见胡姬极美，便大笔买献，有心将她捧为不输于青袖的烟花行首，或能争回些面子。谁知在包厢内出五十金求欢，竟然被拒，刚想用强，这胡姬就挂在外面了……

舞城侯有心羞辱仙奴，站在栏边向班超招手。班超只好起身，众人纷纷让开。

班超来到楼下，仰面看着悬挂的仙奴，仙奴却不看他。

“我又不要你的心。我要人，”舞城侯对着栏外的仙奴冷笑，“你且看看这小白脸敢要你吗？”于是凭栏对着楼下的班超喊：“这位公子，我出一百金，你把这胡姬让给我如何？”

话音刚落，就有随从抬了一百金出来，放到班超的脚下。

一百金在洛都的富户眼里，也算得上巨款了。前朝文豪司马相如向武帝献赋两篇，名动天下，得赏也是一百金。舞城侯今日如此“报复性”砸钱，也是要在游冶台挺住面子。

班超站在那里低头叹气，环顾了一圈，抬头说：“你让我很为难啊！”

舞城侯笑：“怎么说？”

“我要是拿了这一百金走，就像个大浑蛋，”班超苦笑，“我要是不拿黄金，还跟你说，我跟这姑娘不熟，你随便，岂不像个胆小鬼？”

“那你可得想好了。”

班超腾身一跃，在空中就一把抓住了舞城侯的胸襟。

舞城侯只觉天旋地转，清醒过来发现班超也一只手抓着栏杆，悬身在外，跟胡姬一个姿势，只是另一只手摇摇晃晃地吊着自己。舞城侯大叫起来，看见自己的帽子跌了下去，头发也散了。那年轻人斜长的眼睛看着自己，淡淡地笑，让舞城侯有种前所未有的寒意和恐惧。

这一变化，迅疾无匹，全场都没有反应过来。最先清醒的是耿恭，嘴里惋惜地骂了一声，心道这老班就是比我狠啊！两人都有官身，真要打了舞城侯，就是犯上。自己还在衡量怎么揍几个对方的家奴，把事搞乱，老班直接把舞城侯抓在空中，要吊打了。帅，太他妈帅了。

舞城侯的家奴随从们，发现自己面临着一个巨大的困境。他们有人喊“放手”，有人喊“别放手”，有人喊“揍他”，有人喊“别碰他”，乱作一团。最后都跑到下面准备接住自己的主子。

班超随手一扔，舞城侯飞出四丈多远，下面的家奴潮水般地涌过去承接……班超揽住仙奴的腰，脚尖一蹬，斜斜飞出，扎破一个窗户，不见了。

舞城侯披头散发地在家奴身上翻滚而起，厉声喝着：“抓住他！杀了他！”

众家奴滚滚而出。

班超带着仙奴在闹市中闪避奔逃，后面有人驾着马车追逐。

班超也没想到舞城侯的家奴肆无忌惮到闹市纵车的地步，一下金市里被冲撞得货物乱飞，人哭马叫，混乱不堪。

忽见一人跃出将一木棍插入马车奔行的轮辐中，马车瞬间倾覆，马匹翻滚，轮轴轩轼破碎一地。

那人大笑跑来，正是耿恭。

“你还来做什么？不怕断了军籍？不怕你的哥哥们揍你个半死？”班超边跑边喊。

“后悔呀，竟然让你先出手啦。”耿恭道。

“跟我来。”仙奴带着班超和耿恭钻进了小巷。班超发现仙奴提裙奔跑起来，速度一点也不逊色于自己和耿恭，身形舒展，像一只矫健美艳的母豹。

洛都里无小户，多是深宅大院，官宦府邸。所以小巷里没多少门户，尽是两面高墙，夹着窄窄的通道。

三人转了几转，竟然进了一个死胡同。

家奴们一下涌了过来，手里都抄着家伙。

仙奴不动声色，从袋子里拿出表演的绳子，往高处一扔，绳子迎风抖直，如一支棍子搭在墙边。仙奴就从“棍子”上攀缘而上，到了墙顶。

班超和耿恭看得目瞪口呆，用手碰了碰绳子，果然硬如竹竿。“太神啦！”耿恭往手上吐口唾沫，一攀而上，那绳子突然软了，垂落下来，跌作一堆。

耿恭也落了下来，惊异地抬头看着墙头上的仙奴。仙奴一改她往日的冷脸，对二人笑颜如花，招了招手，转身跳入了墙内。

“唉，她……”

“叫什么，咱们被这妖妮子耍了。”班超开始撸胳膊上的袖子。看见围过来的家奴身后，舞城侯瞪着阴鸷的眼，出现了。

“也好，痛痛快快地一路打出去。”

弃笔从戎

燕颔虎颈王侯命，
五陵少年负剑来。

13 / 弃笔

金市恢复了秩序。

执金吾和京兆府的人也出动调查了，街谈巷议如沸水般四溢：好像说是舞城侯和羽林卫的人为争个胡姬，大打出手。两边出动了上百人群殴……还是禁军的人厉害，据说前面的一个巷子里，躺满了侯府被打伤的家奴……

已近黄昏，金市巡视调查的人和看热闹的人都已散去。

一张摊边的桌子，四边被布帷围着，抖动起来。布帷撩起，里面爬出两个大男人来。

耿恭伸展着身体，说真他妈憋屈呀。班超说，不就钻个桌子嘛，淮阴侯韩信还钻过人裤裆呢。兄弟俩才发现这桌子属于一个算命摊，桌边立着一胡人老头，手支竹杖，须发如虬，尽皆花白，头上戴着个有四角的古怪帽子，仰头而立，白眼向天。

班超细看，不是翻白眼，而是老头的一双眸子是白色的，竟是个瞎子。

班超向胡人老头行礼，感谢老丈刚才不叫破行藏的恩德，那瞎子转过脸来，白色的眸子"看"着班超，说："公子算算命吧？"

"没人敢给我们算命，你新来的吧，老伯？"耿恭笑道。

那瞎子侧耳，转向耿恭："你的声音像地上的裂缝，又像冬天的雪片，带着你的祖辈雄姿从战场低吼而来。你有祖先一样强健的体魄，握着阿密特神的长弓……”声音就像唱诵。

“你说啥？”耿恭问。

“你将是一个伟大的战士！”

“哦？”班超细看老头算命的幡旗，见上面画着一些从未见过的星图和符号，“老先生仅听他说话的声音，就能知道了？你也听见我说话了，说说看。”

“你的声音低沉犹如神明的战鼓，催动着万千的魂魄在夜风中哀鸣，你背负着十二天的愤怒与厄运，终将登上白雪覆盖的博达维大山，伟大的新月梦神……”

唱诵还在继续，班超却恍惚起来，这似懂非懂的字句和意象，好像拼图一样，组合着他的梦中支离所见……忽有一种裸露世间的羞愧。

“说人话！”耿恭突然打断。

“他睡眠不好。”瞎子道。

“这老头可以呀！”耿恭拍着班超的肩。

班超正色请教：“老先生是哪里人？以何种方术为在下算命？”

“我是月氏人，知晓点月氏古老的涟漪镜。”

“涟漪镜？”

“就是我们月氏人学习预言的经典。”

“果然神奇。那想请老先生再为我算算？”

“我眼睛不便，能把你的手给我摸摸吗？”

“老先生请。”班超把双手放在老瞎子的手里。

“这是握刀的手，老拿着笔可惜了。”

“在我们汉地，笔比刀厉害。”班超笑道。

“哦？”

“笔杀起人来比刀要狠。”

“谁叫你握刀杀人？你的刀要劈开一条盛大的开满鲜花的路，让路两头的人，像享受燕麦和蜂蜜一般地受惠，一直到几千年后神灵退隐。”老瞎子抚摸着班超的手，“我能摸你的脸和更多的地方吗？”

“当然。”

班超有点后悔，老瞎子在自己脸上、头上、脖子上一通摸，最后前胸后背，胳膊腿都没有放过。而且越摸脸上越兴奋。

“老先生可摸够了？”班超冷着脸，耿恭在一边忍着笑。

老瞎子笑容盈面：“我的心啊，就像初春卡德山冈上长尾的灵雀在飞翔……”

耿恭哈哈地笑出声来。

“月氏人都是这么说话吗？”班超问。

“什么？”

“就是……老是这样什么什么在飞翔。”

“哦，当然不，这要经过长期的训练。我们的涟漪镜都是用诗来写的，有预言诗一百二十三首，赞诗五十六篇，唱诗……”

“老先生！”班超猛然打断，“您可曾摸出什么来了？”

“哦对对，你的额头如午后的白腰雨燕，你的脖颈似青山深处的猛虎，你的后背蜷缩着苍鹰的翅膀，你的双臂……”

耿恭忍不住又大笑起来，围着班超转圈：“额头像燕子，脖子像老虎，还有翅膀……这是个什么东西？”

班超以手抚额，打断了瞎子还在滔滔不绝的念诵：“说结论。”

“你不该在这里。”瞎子平静地说。

“哦。”

“你的天下在万里之外，”瞎子指向西方，“直达我的故乡，你将是那里的主人。”

“去那儿建功立业？”班超一点也不觉得惊奇。

“还有答案，”瞎子的声音平静而坚决，“和安宁。”

班超那一刻忽然觉得自己又一次在梦中醒来。

人是活在多少层的梦境里呀？班超从怀里掏出自己为官佩戴的那支簪笔来，捏在手上。班超的手指修长，干燥，稳定。指节使力，微微发白，啪的一声簪笔断了。

班超听见了心里那支笔折断的声音。那是父亲根植在那里的笔。父亲说史就是书，史家就是那支笔，秉笔一生就是史官之志……父亲说，笔能定住时间，但也好像定住了自己的身体。断裂的声音过后，班超觉得前所未有地轻松，甚至有些飘忽。

班超看了看四周，好像天色更远，洛都更美。

班超正了正衣衫，恭恭敬敬向老瞎子行了礼：“多谢老先生点拨。”从怀里掏出所有的钱物，堆在桌上。也不理耿恭，转头就走。

耿恭对瞎子说：“也给我算算吧？”

瞎子张开双手摸来，耿恭一缩：“还是算了。”转头追班超去了。

朝里规定，洛都的官员，每操劳五日，可“休沐”一天，用于沐浴、打理头发、游乐或与家人团聚。在休沐日这一天，兰台显得空荡和安静。

班超一个人在兰台殿的房梁上坐着，靠着一根柱子，四边都是斗拱和藻井的繁复的线条。屋顶有些幽暗，脚下面就是一排排的书架和黑石铺就的地面，阳光穿过窗格，在地面上慢慢移动。

班超刚刚把自己的官帽和印信等放在盒子里，用绳子绑了，悬挂在这根房梁上。

总归是要走了，班超拍了拍身后的柱子，想起在这柱子下好像遭遇过精怪，喊了一句："再见了，妖先生。"

忽然，殿外走进两个人来，一高一矮，影子拉得很长，在屋顶上一时看不清是谁。

"你在喊谁？"其中一人抬头而问。

班超惊得一翻身就跳了下去，跪在那人面前，不敢抬头："臣下见过皇上。"

皇帝抬头看着那悬挂的印信，啧啧有声："这是要跑啊。"围着班超转了一圈，"别撅着屁股了，给朕起来。"

"臣不敢。"班超趴着不动。

"今天是休沐日，没什么规矩，这儿也不是朝堂，我们就当是在郊外相见好了。"

那小太监过来，轻踢了一脚："怎么还不起来？"

班超无奈，站起身来，立在一侧。

"听说你递了辞呈，但你哥哥不允。你就打算这样逃了？"

"臣下实在觉得不合适这里。"

"也是，你文武全才嘛，听说还把舞城侯从楼上扔了下来，能耐呀。"

"皇上都……知道了？"班超喏喏。

"说说，你这是要去哪儿？"

"臣想走得远些，去那西域看看。"

"西域？我朝与西域断行也有……"皇帝回头看那小太监，小太监不假思索："七十年！"

"对呀，你去那里做什么？"

"回皇上，我这些日子一直在研读上古的残片断简，找到些线索，或许能破解纠缠臣下的梦魇。”

“哦，讲讲看？”

“臣的梦魇，说到底是学有所疑。我想探究一下家学的根源。”

“根源怎么会在西域？”

“史家的前身是天官，所以我们自小也要训练占星、望气、方术、算卜，只是天道玄深，年代更迭，所传多有散失无解之处。当年司马氏作太史公书，游历天下，遍访所记史实的发生之地，清本正源。而我，就想去那天地交接之处看看。”

“天地交接处在西域？”

“河图有云，昆仑山为地首，上气通天。”

“昆仑山？那可是西王母住的地方。”

“臣也想找找那西王母。”

“哈哈哈……你说说看。”

“西王母主西，骑白虎，配寅时，正是阴溢梦深的时候。我见无名氏的残简上讲，昆仑是掌梦之地，西王母为掌梦之神，既然要破梦，总要去看看。”班超看着皇帝沉思的脸色，“皇上是不是觉得臣下荒诞不经？”

“是荒诞，但如此最好。”皇帝拉班超在一个桌案前盘坐，“朕与你都被梦所缠扰，才能体会这其中的真切不虚。好，朕支持你！朕授你个使节身份，出使西域。我大汉虽已退出西域多年，但余威犹在，你去那儿可以方便许多。”

班超拜倒：“多谢皇上，下臣不知如何是好了。”

“噩梦兄，我助你破梦，你是不是也该帮帮我？”

“臣当万死不辞。”

“你妹妹可好？”

“甚好。”班超忽然有点紧张，这是看上小昭的节奏吗？

“你妹妹说我梦里的金人是西方仙人，我回来集了几派方士异人，共同卜占参详，也算搞清了这仙人的来历。前朝武帝派那霍去病远击匈奴，带回了匈奴休屠王所供奉的一尊西方金像，原本放置在甘泉宫，后来王莽篡乱，长安被毁，金像不知所终。我梦中的仙人就是这金像的幻影，管我要落脚处呢。”

“仙人如何才能落脚？”

“所以此行西域，你要去给朕悄悄再请一尊西方仙人的金像回来。”

“悄悄？”

皇帝苦笑：“这能在朝堂上说吗？那些朝臣还不得吵翻天？说我荒诞不经。”

皇帝掏出半枚青铜燕符，喊了一声：“班超！”

班超正身跪好：“臣在。”

“这是你作为朕的圆梦使的凭证，可便宜行事。”

“遵旨。”班超接了符。

“很痛快嘛，”皇帝拉了班超起来，“我的梦可不止一个呢。你博闻强记，说说从古到今，有哪些帝王的事迹相关西域或西王母？”

“轩辕黄帝，尧、舜、禹、周穆王，还有前朝的武帝。”

“都是圣王明君啊，知道为何？”

“臣愚钝。”

“这才是君王真正的梦想——巡狩天下，弗远不至，百夷来朝！”皇帝正色道。

“臣懂了。”

“真懂了？你是朕放出去的千里马。”

“是，臣要为皇上踏出一个更大的天下。”

“这才是正事！”皇帝拈出一个玉佩丢给班超，“本是送给你妹妹的，又被你交回来了，你去还给她。你哥哥写《两都赋》，天下传诵，说不输于前朝的司马相如。班家三子，都如此惊人，也是幸事。”

“臣替舍妹谢过皇上。”

“好啦，走啦。”皇帝带着小太监抬脚就走，走到殿门口停了下来。门外亮得刺眼，班超只能看见皇帝如剪影般的影子，显得不真实，那影子回过头来：“其实那些帝王想寻西王母，还有一个梦想——”

班超俯首恭听。

“长生。”

14 从戎

第二日，皇帝在朝堂上决定，出兵西击匈奴，试图再通西域。

举朝震动。

王莽之乱后，大汉失去对西域的控制已久，西域城邦国家林立，但都向匈奴纳贡，控制权实际在匈奴手里。

先帝光武在乱世中开国，天下重归汉统。先帝虽雄才大略，但念及民生凋敝，一直休养生息。本朝皇帝也维持着这一国策十余年，如今真的要大展宏图了。

皇帝派显亲侯窦固为主将，驸马校尉耿秉为副将，命他们筹措计划，一个月后出征。

游冶台里，班超和耿恭喝酒。

而那胡姬仙奴，自那次闹事后再也没有回来。

耿恭向其他姑娘打听，说没人知道她的踪迹，可能当日就出城逃了。

“我们是不是把她给害了？”耿恭道。

“是她把你给害了。你被斥责了吧？还被罚俸了一年。”

“这不算什么。倒是你不做官了，打算干吗？”

“朝廷决定举国伐匈奴，正是从军的大好机会。怎么样？要不要跟我一起去征西域？”

耿恭眼都亮了："我也想呀，可我是禁军羽林郎，哪能随便跟你走？"

"本朝几十年没有大军举措了，这不是你们这些将种百年难遇的军功吗？"

"你也知道，大军的副将是我哥，我跟他说了，他刚开始答应，但我嫂子不肯，说哪有兄弟俩都去死地的道理。"

"你哥堂堂的驸马校尉就……"

耿恭苦笑："那有什么办法，他怕我嫂子。"

"这事包我身上。"班超一脸神秘地看着耿恭。

兄弟俩正聊着，舞城侯携着家奴也来了游冶台。

舞城侯脸上还抹着重粉，班超知道那是在遮挡被打的印记。家奴还是有几十人，朝着班超这边怒目而视，却也没敢上来动手。

两人不为所动，谈笑风生。

舞城侯眯着眼，盯着这两人，却有点不知所措。那日被连番羞辱之后，他查过这两人，都有官身和背景，尤其那姓耿的。这并不可怕，可怕的是他请京兆府参报二人的不敬之罪，竟然泥牛入海。如今两人在这里交杯换盏，就是对他生生地打脸。可是能怎么办？两人身手了得，打也打不过。如果自己就此退走，以后在游冶台就不用混了。

游冶台的凌大家想来也四十多岁了，但还是三十多岁的样子。听闻凌大家当年也是名震洛都的烟花班头，歌舞双绝，如今穿着却规整素淡，但一路行来，那腰肢摆动的风情，妙龄少女也不能比。

凌大家本是来迎接舞城侯的，看到这场面旋即明了，走向班超、耿恭这一桌，给二人倒了一杯："两位公子，妾身有个不情之请。”

“哦？”班超抬眼看着这美妇人。

“恳请两位公子喝过这杯后速速离去，今日算我们请的。”

“为什么不是他们走？”耿恭笑着看了看舞城侯那伙人。

“因为二位公子已占了上风，你们退了，双方都有余地。”

“你倒是直率。”班超笑。

“要余地做什么？我就喜欢淋漓尽致。”耿恭手里切着鹿肉，用小刀扎着吃。

凌大家盯着班超：“班二先生一定没有睡好吧？早些回去歇息，才有精神再去打架不是？”

班超陡然抬眼，凌大家笑容不变，静静地对看。班超将酒一口饮尽，一拉耿恭：“我们走。”

两人在金市踱着，班超说：“这游冶台不简单，凌大家更不简单。”

“那当然，听说身后有舞阴长公主。”耿恭道。

班超没再说话，心下已然明白，这凌大家实际是宫里的眼线，难怪皇帝什么都知道。

两人不自觉又来到那胡人瞎子的算命摊子。

一把大伞立在那桌边，瞎子站在阴影里，还是那般白眼朝天。

“老先生，”班超笑着向瞎子行礼，“前几日多谢您点拨，我这就要准备西去了。”

“你果真来了，”瞎子转过他的白眸，“我等你半天了。”

“您能算到我要来？”

瞎子举起双手，掌心向天，开始唱诵：“粗臂膀的闪电之王，坎林斯的主宰，赶着他金色的战车，遇见了鹿眼睛的卡班娜，骑着牛奶里出生的白象。诸神也惊奇他们一万年没有相遇……”

这瞎子每次都能将班超满腔的敬意瞬间消融。

“说人话……”班超无力地呻吟，摇头转身离去。只走出一步，瞎子的竹杖搭在班超肩头。班超沉肩一卸，竟不能卸掉。因为班超没有感受到杖头的丝毫力量，无从借势或对抗。班超内心惊异却不动声色，缓缓转过身来，杖头依然附在肩上，轻飘飘的。

瞎子平举着竹杖，一脸殷切，白眸盯着班超：“我是说，这些日子，天象有异，两星即将交会，或交征，或交融，命运可能就在你手。”

班超细看那双空洞怪异的白色瞳仁，像是看着自己，又像穿过了自己，看着天地交接的远处。

“你个瞎子，眼睛都没有，观什么天象呀？”班超用两指夹住杖头，慢慢从肩上放下来。

“谁说我没有眼睛？”瞎子笑起来显得很祥和，“我还可以把眼睛借给你。”

“我要你眼睛做什么？”班超看着那白眸，觉得瞎子越是难以琢磨，也就越危险。最好的方法是离危险远一点。

“告辞。”

班超转身就走，却发现自己袍子的下摆，被桌子下面的一只手抓住，迈步不得。这手五指纤纤，白如润玉，只见桌帷一掀，窜出个绝色胡姬来，盈盈而笑，不是仙奴还能有谁？

“我就是阿爷的眼睛，也是你们西行的眼睛。”

一个美丽的胡姬出现在了军营里。

这胡姬虽然身穿戎装，披轻甲，仍掩不住褐发光润，素腕金环。

汉朝大军里多有卒妻，将军也会收有营妓，但只能算是潜规则。将要远征前线的军队，往往要讲究“军中无女”。前朝连累司马迁被施了宫刑的大将李陵，最后一战就是带五千人与八万匈奴在大漠相遇，恶战数场，觉得士兵不敢死，问军中有女人吗？到辎重车里搜出一批女眷，当众斩杀。之后兵士悍不畏死，杀敌数万，最后才矢尽剑折而被俘。

大军即将西征，这胡姬多半是哪个将军私带的营妓吧？军中不少人艳羡，难免会打听，结果说是一位新上任的军中假司马（相当于副参谋长）的随从。

这假司马是由西征主将——显亲侯窦固亲自任命的。

窦家当朝显贵，一门三侯，尤其是窦固，年少时就迎娶了涅阳公主。

而那叫班超的假司马，据说与窦固将军是同乡，都是扶风平陵邑的人，还当过文官，不知怎的就从军了。

这天，那位假司马的军帐迎来了一伙新转来的羽林卫。羽林卫的马好，高普通战马一头，这彪人马七八个人，鲜衣怒马地在帐前人欢马叫。

羽林卫是禁军中精锐，里面多有将种或是豪门子弟，高手云集，纨绔也有不少。如今国战，必有些羽林卫转来攒军功升迁的。

只听那领头的喊：“老班！老班！”

帐帘拉开，那戎装的胡姬露出半张脸来，说：“吵什么？还睡着呢。”

领头的正是耿恭，哈哈一笑，叫同伴在帐外候着，自己冲进帐里，就看见班超虽身披军衣，却趴在案上，刚仰起满是倦意的脸。身边还有个士兵，有些眼熟，再一看，却不是班昭吗？

“哇，你把小昭都带来啦！”耿恭踢了班超一脚。

“不好吗？”班超也不起来，反而继续闭了眼。

班昭侧身盈盈一礼，虽是男装，依旧温婉得体："恭哥来了。"

"好好，就是没见过这样去打仗的。"

"见过你哥了？"班超兀自趴着。

"见了，刚骂了我一顿。他也不知我怎么来的。"耿恭不以为意，盘腿坐了，"我说我是羽林中郎将亲自拨来的，手令俱全，他也没办法。说说，你怎么做到的？"

"做到什么？"

"怎么通到我们中郎将那里的？他可是两千石的老侯爷！他今儿个和颜悦色地问我，想不想去西边累积些胡虏的人头？想带谁？随便挑！"耿恭转头对帐外喊："玄英！"

一个羽林卫挑帘进来，正是接应劫法场的郊外小院的那个主人。

"我叫了我最好的七个羽林兄弟过来，这位玄英，小昭是见过的。"耿恭道。

班昭侧身见礼，班超也站起来正经行礼道谢。那玄英连连摆手，跑了出去。

"不装睡了？"耿恭斜睨着班超，"说吧，你都做了什么？"

"真没做什么。"班超伸了个很大的懒腰。

"你一个帐里能藏着两个女人，真当别人都是瞎子吗？"

"我是想，这西去六千里去打仗，路途寂寞，有小昭弄箫，仙奴跳舞，岂不美哉？"

班昭掏出箫来，笑道："耿哥，要不要给你吹一曲？"

耿恭转脸一看，连一贯对他冷脸的仙奴，都对他笑得妩媚，一个胡旋，轻甲袍衣翩然盛开，又瞬间飘落。仙奴摘下头盔，捧过来："请耿爷赏条绫带。"

耿恭掩面出帐，嘴里笑骂："都疯了。"

蹄声凛冽，一伙人走得远了。

黄昏时，军帐里只有班超一人。

烛火下，班超把一只布卷长长展开，里面排列地缝着一个个布袋，袋子里插着散简。班超一支支地在烛下比对。

古书竹简都是用牛筋捆扎的，一旦散落，就头尾难辨，只言片语，了无顺序。

班超把十几枚有些头绪的排在案上。帐外忽有兵士来报，说有人求见。

班超将散简收了，又将案上的用毯子盖了，叫声进来。帐外进来了一位锦衣少年，不过十五岁左右。

班超有点眼熟，细看认出是皇帝身边的那位小太监，急忙起身行礼。

“小公公。”

对方冷然道：“公公便是公公，没有大小。”

班超平时只在皇帝身边见过他，有种低眉信手的伶俐，不承想单独相见如此高冷。

“皇上有什么旨意？”班超压低了声音。

那孩子四顾了一下帐里，径自找个光亮处坐了，冷眼朝天：“我自己便不能来了？”

班超心想，这还能不能愉快地聊天了？细细打量这个姿态甚高的小太监，发现他其实相貌极好，有些女相，眉毛下垂，显得哀伤没落，但那瘦弱的少年身形往那儿一坐，竟有种威严的气魄，让班超微微有些诧异。

少年扔过来一把剑，打破了尴尬。

单看剑鞘剑柄，平平无奇，剑柄上甚至缠着麻绳，过于寒酸。

班超缓缓拔剑，但见剑身乌黑，待剑拔出一半，剑的颜色缓缓发亮，剑尖一出，已经银亮得夺目。剑身上有三道血槽，慢慢汇在一起，消失在剑尖。班超翻过一面，见到近剑锷处，有镏金的两个篆文——非攻。

班超的手不自觉地有点抖，心中的惊骇更大，这是他平生仅见的绝世好剑。他身体里有个欲望在醒来，要通过自己的手涌到剑上，剑锋嗡嗡地鸣叫起来。班超将剑推入鞘中，剑鸣依然不止。

班超全无动作，但剑意透帐而出，方圆十丈之内，皆尽惘然恍惚。

乓的一声，班超撒手，剑落在地上。剑意尽消。

班超忽然明白，这就是师父说的，身体里剑胚的觉醒罢？

那小太监也如病初愈，缓缓地喘息，盯着班超："原来你是天生的剑胚。"

班超转头看着小太监，心道这孩子怎么什么都知道？

小太监早没了傲色，低头轻叹："这剑据说三十年没有叫过了。"

小太监起身缓缓走向帐帘，口中说道："你拿着这把剑，去金市铁流坊，找一个叫齐欢的铁匠吧，他会陪你西行。"

"敢问公公姓名？"班超在身后问。

小太监头也不回，挑帘而出，只留下两个字：

"蔡伦。"

15 / 剑夫子

一夜无梦。

因为班超在父亲的坟前根本没有睡。

东方既白，甚至有点血色。茫茫莽原上，残碑废墟比比皆是，焦灰里冒出点点新绿，尽是野草野花。冢常废，柳常绿，让班超有些无常的感慨。

班超站起身来，拍了拍父亲的碑，那个瞬间，像听见了父亲的叹息，如石中火，隙中驹，在心内一闪而过。这些日子，父亲在梦中都是没有面目的，可能是一个威严的声音，可能是一道乌黑的暗影，背后亮得刺眼，高不可攀。

多久没有梦见父亲的脸了，最后一次，班超看见了一个和善的父亲，蹚过梦里的血海，来到班超面前，扶起他，抚着他的头发，眼睛异常明亮，笑说："好孩子，拿好你的笔。"

父亲从来没有用过这样的目光打量他，亲切得有些生疏，他在梦里哭了起来，说："父亲，你怎么会这样？你已经死了吗？"

那天班超陡然从这难得的温存里惊醒，发现自己睡在班氏家庙的屋顶上。他望向远处的一个灰色瓦顶，那是父亲养病的地方，但见一脉青气正在消散……他滚下地面，向家里急奔，撞开屋门时，见到妹妹跪在床边，抓着父亲的手，回过脸来，泪迹已干了。

“二哥，父亲走了。”

……

班超从怀里掏出折为两段的簪笔，轻轻地埋在碑下，跟父亲说：“笔我还给您啦，我不想写什么他人。此去西域，就想写自己的……也不是我写，就让我哥来写我吧。”

守墓之后，班超回了平陵邑，却没有回家与班昭与耿恭会合，而是信马由缰地来到绿水精庐。

绿水精庐是个讲授私学的院落，庐主是远近闻名的晏夫子。晏夫子效仿孔圣人，每个弟子收十条腊肉，四壶酒，即可入学。但入学后，钱还是要收的，比如朔望演礼、郊外出游、弹琴射御，都会另外收费。

班超在精庐外的马桩拴了马，就坐在门槛上。少年郎的读书声琅琅地传出来，班超闭着眼，像是假寐，其实是陷在少年记忆里。这里是他当年常来的地方……

一个瘦小的褐衣长袍的老人，在后堂闭眼听着少年们有点混乱的唱诵，突然睁开了眼睛，鼻子动了动，走了出来。

老人好酒，有个红鼻头，胡子已白，但实在太过稀疏，没点长髯的风采。个头太小，长袍就显得又大又厚，老人穿堂入院，像是一件棉袍自己在移动。

老人吸着鼻子，出现在假寐的班超身后，没有比坐着的班超高多少。

老人在班超身上嗅了嗅，说：“咦，小子！不错呀，剑胚醒啦？”

班超睁了眼，奇怪地看着老人：“夫子，这个是能闻出来的吗？”

老人引班超进入内堂的一间小屋，班超恭敬地跪下，喊一声：“师父。”

老人大剌剌地受了礼，却说：“别叫我师父啦，咱们以后再无关系。”

班超愕然：“我被革了？”

“嗯。”

“可我剑胚醒啦！”

“几时醒的？”

“九日之前。”

“太晚了。”

“师父找到了剑家传人？”

老人一脸得意：“那是自然。”

老人就是绿水精庐的庐主晏夫子。但他背后的隐秘身份是剑家第十一代剑夫子。

诸子百家在秦火后，淹没零落，有些开始隐秘传承着。但是剑家例外，从诞生那一日，就是隐秘的。历史上诸多剑客，像越女、要离、盖聂、鲁句践、龙阳君其实都是剑家弟子。但剑家弟子一旦艺成，就要和剑家割裂关系，一生不提传承。比如越女，本是赵人，被称作赵处女，在越国授剑，越王勾践问其传承，她只好胡说她的剑法是山中一只神奇的白猿传授的。这奇怪的门规，班超是问过晏夫子的，这代剑夫子捋着几根可怜的白须说，剑者，凶器也，若知晓天下凶器（剑客）尽出我门，帝王们如何安坐？如何容忍？所以剑家只是一种技艺的传承，不是门派，如此才不会断灭，如此才免操于任何权贵霸者之手。

剑夫子隐于世间，从不开门招徒，而是自己秘密寻访弟子。剑家弟子都是天生的剑胚，只有觉醒的剑胚才能识别未醒的剑胚，所以剑家只能由师父寻弟子，没有弟子找师父的。

十四岁的班超，突然陷于噩梦，茫然无措，又被父亲班彪压制训责，性情大变，乃至有些乖张，常逃家去街上“鬼混”，成了五陵侠少的一员。

那时的班超没什么身手，就是狠。

一日斗殴之后，小班超带着一脸一身的伤，爬到绿水精庐满是茅草的房顶上躺着，晒着太阳。精庐屋顶的茅草铺了五重，躺着很是舒服，听着下面一些和自己差不多大的少年朗朗唱着的是“大学之道，在明明德，在亲民，在止于至善”。班超莫名地鼻子发酸，这是他八岁就会背的，父亲教唱的语调远比这好听……

“你在哭吗？”一个声音在头上问。

班超抬头发现一个瘦小的老头坐在更高的屋脊上，笼着袖子，看着他。

“谁哭了？”班超认识这老头，就是精庐的庐主晏夫子，只是想不通这老家伙怎么上来的。

“疼吧？”老头问。

“疼。”那时的班超就有一种奇怪的淡然。

“那还老打架？”

“足够疼的话，就可以晚上不睡觉。”

“干吗不睡觉？”

“你管我？”

“想管啊。跟我学点东西吧？”

“跟你能学什么？”班超带着鄙夷，“我爹说你乱解经义，误人子弟，简直就是个骗子。”

晏夫子苦笑：“你爹班彪是当世大儒，说话也太……”

小班超一惊：“你知道我是谁？”

“当然，我注意你这孩子一阵了。你身上有死气，却没有死志。”

“什么死气死志？”班超对这说法觉得新奇。

“死气就是恐惧，死志就是无惧。”

“什么意思？”

“恐惧是一种战栗，一种潜力；无惧却是平静甚至冷淡；死气像是混沌和沉迷；死志却显得从容和快意……怎么说呢？比如荆轲，既有死气又有死志，方为大英雄。”晏夫子看着远方，摇了摇头，“可惜剑法太差。”

班超虽没有听懂，但觉得极有深意似的：“我听说，当年荆轲想与剑侠盖聂学剑，盖聂没有教。”

“对，”晏夫子一脸赞许，“要是盖聂教了，世上就没有始皇帝了。主要还是荆轲不是学剑的料。”

“当年要是刺秦的是盖聂大侠……”

“不可能。死气与死志怀于一身者，只有一个荆轲。秦舞阳也是不世出的勇者，当时全无用处。”

荆轲是豪侠们的精神偶像，班超心生向往，有点惋惜地问：“我只有死气吗？”

晏夫子哈哈大笑起来：“已经很难得了！”老家伙的红鼻头几乎顶在了小班超的鼻子上，“而且你有一点比荆轲强，你是剑胚，他不是！”

“剑胚？”

“跟我学剑吧！”晏夫子一把抓住小班超的衣襟。

如今，班超和晏夫子又坐在了堆满茅草的屋顶上。

只看身形，就像班超身边坐了个孩子。

“看了你的惘然十一了，”晏夫子还是笼着袖子，“死气沉沉。”

班超笑笑：“我总算体会到师父说的我身上的死气是什么了。”

“说说你的机缘，如何醒了剑胚的？”

“九日前，握到一把好剑，叫作非攻，直觉得……”

“非攻！”晏夫子眼冒精光，“墨家之剑？”

“听这名字也知是墨家的剑了，”班超看见师父的震动，“这剑有什么来历吗？”

“这是春秋时，墨家钜子孟胜的佩剑。孟胜与楚国的阳城君交好，受托守护阳城君的领地阳城。楚王要杀阳城君，阳城君就逃了。楚军围住了阳城，孟胜知道城守不住，却决定与城同亡。有弟子说，阳城君逃亡，守城已毫无意义，只会令墨家灭绝。孟胜说，今天若不守诺，以后天下谁还会相信墨者呢？命令三名弟子带着信物突围而出，传钜子位给田襄子。这传位的信物之中，就有这把‘非攻’剑。而留在阳城随孟胜赴死的墨者有一百八十人。那三名突围弟子，传位之后即刻返回阳城，田襄子曾执剑以钜子的身份命令他们留下，都没有用……”

“这剑竟然是墨家钜子的信物？”班超不禁想起那叫蔡伦的小太监来。

“起码当年是。后来，墨者分裂为南方、北方、西方三派，可能早没有钜子了。现在剑在你手吗？”

“不在。我只是代人送剑而已。”

“我相剑无数，虽未见过‘非攻’，也知道这剑里定蕴藏着昔日墨者的死志和无惧。你体内的剑胚被这把剑激活，也是大缘分。”

“可是您还是把我革出门啦。”

剑家剑夫子，只认一个传人，就是下一任剑夫子。当年班超过目不忘，深厚的学识，在理解力上少有人及，所以剑术一日千里。晏夫子一度把班超当传人来看的。

“你学剑太晚，总有些局限，而且兴趣驳杂，对剑不能全心专注，虽然天赋惊人，未来成就顶多是我的七成。你的小师弟，就不同了……”晏夫子一脸得意，“不可限量！”

“师父……”

“别叫师父。”

“那好，”班超苦笑，“您什么时候收了这位小师弟的？”

“五年前。”

班超惊道：“我怎么不知道？”

晏夫子越发得意，一指那读书声鼎沸的草庐：“他在里面读书呀。你以前剑胚未醒，当然感知不到他。”

“我现在也感应不到呀？”

“你才醒了几天？”

“那小师弟醒了吗？”

“去年醒的。”

班超忽然有些泄气，说：“那小师弟也出了剑意了？”

“没有，只在剑气阶段。”

“只是剑气？”

“他才多大？”晏夫子有点不悦，“剑意这玩意儿，虚头八脑的，对他而言，不入也罢。”

“您以前可不是这样说的。”

“那时不是还没见到你小师弟吗？”

班超摇头，觉得自己在夫子眼里一下贬值得像个失宠的妾侍：“本来想向您借两位剑侍的，如此就算了。”

“哦，你借我的剑侍做什么？”

班超竟在屋脊上跪拜：“我再叫您一声师父吧。我已从军，将去西征匈奴，还将秘密出使西域诸国。此番前来，就是向您告别的。”

三十六骑

三十六人抚西域，
伊吾城下走匈奴。

16 出征

早晨的五陵原还充满凉意，天还有些阴沉，班超、班昭、耿恭三骑驰上了官道。仙奴和柳盆子从岔道会合进来。

长安的城墙在远处泛出青黛的颜色，城下有桃花的红。

班超拉了马头，望了望天，说："只怕会有雨，东边云薄，正好是洛阳方向。"

五骑刚要加速，但见身后尘烟四起，有十骑追了上来。班超一看，晏夫子身边十个剑侍竟来了九位，九剑侍簇拥着一个十六岁左右甚至有些单薄的少年。

一个剑侍上来行礼："夫子让我问，你知道夫子的道场为什么叫'绿水精庐'吗？"

班超还礼："古歌云，'淬绿水，鉴红云，五彩焰起剑氛氲'。这绿水当指淬剑。"

"夫子说，再好的剑，也需要淬炼和开刃。"

少年将大氅裹在身上，像是在行李卷里只露出一个头来，唇很薄，薄得像是抿住了嘴，只有两个嘴角勒住了一条线。

班超心道，这就是夫子眼里的天才呀，对少年叫了声："小师弟。"

少年认真地说："你不能叫我师弟，师父说你已经被革出门了。叫我风廉。”

这叫风廉的少年纵马从班超身前而过，九剑侍喝马追随。班超耸耸肩，也带着人尾随而去。

雨飘下来了，越来越大，却怎么也追不上那队向东奔驰的骑士。

十五骑出现在雄城洛阳的郊外。

汉军大营灰压压地扎在山坡上，北望洛水，南望洛阳。

十五骑催马上坡，越过一小支马队。班超突然勒马，马嘶蹄乱，拦在那队人面前。

为首正是齐欢。原是齐欢带着四位“铁匠”徒弟从洛阳城里出来军营报到了，还有几匹马，背上驮的全是各种工具。

班超微笑：“来了？”

“来了。”

“这是打算在军营里开张打铁吗？”班超用马鞭指着那些马背上的辎重。

齐欢不理，只是扔给了班超一把剑。班超认得这剑，正是“非攻”。

“这……”

“算是借给你吧。”齐欢道。

班超不敢露出惊喜，口上推诿：“听说这是前代钜子的佩剑。”

“我也不敢赠你，只是小公子说这剑认你，我们是用你养剑呢。”

养剑班超是知道的，听闻名剑各有魂魄，铸炼时就须铸剑者的鲜血滋养，像干将莫邪这样的名剑，就是铸造者以身相殉而成。铸剑者是剑的父母，用剑者相当于剑的情人，养剑的方式就要顺着剑的脾性。

班超捧着剑，嘴里笑道："怎么感觉你们是带剑逛妓院呢？我就是你们为它包下的露水姻缘。"

齐欢皱起眉来，伸出手："把剑还来。"

"说错了，说错了，我就是它奶娘！"班超抱住了剑，"说吧，怎么养？每天喂它几滴血？"

齐欢摇头："你们剑魄相通，每日让它鸣叫一次便好。"心想这人眉眼间有飒飒的坦荡和大族的风流，怎么说话如此荒唐？

"哦，那简单，每天弄得它欢叫一回。"

齐欢听得全不是滋味。

军旗猎猎，甲胄森森。

洛都郊外的军营列队，几万兵将，肃穆威严，列队围拢着山坡上的高台。

誓师出征，诸时用刚。这是一个被挑选的日子。

班超一身甲胄，列在战队前端的马队里，手里紧握着"非攻"剑。

高台上有一巨大的铜鼎，鼎下烈焰喷薄，腾起阵阵黑烟。台下架着十八面巨鼓，鼓声隆隆……正是汉军西征匈奴的誓师军礼。

号角齐鸣，台下校场上，放出一头雄壮的公牛，场上一壮汉，徒手与牛争斗，几个回合，壮汉扳角将牛摔倒压在地上。另有两骑驰出，盔明甲亮，披风如火。一骑手执巨斧，手起斧下，劈在公牛的脖颈上，另一骑抖开一旗，牛血喷出盈丈，溅在旗面上。

染血的旗帜被缚在横倒的旗杆上，旗杆上的绳索被几骑猛地拉拽，陡然立起，大旗扑啦啦地在众将头顶飘扬。旗面上绣着战神蚩尤的头脸，宛若饕餮，上面血迹殷然。鼓声密集，将士们一起拔剑，将剑面拍击在盾牌上，口中喝出一声："战！"刹那间，寒光凛冽，吼声盈天，瞬时即止。

此为祭旗。

台上出现了唯一的“金光闪闪”的一骑，正是一身戎装的皇帝。所有士兵用剑柄抚心低头示礼。

那祭旗的公牛早就被分割成几十块，扔进巨鼎里，鼎中白气弥漫，肉香四溢……有司仪唱念誓词。

誓毕，皇帝纵马从铺好红毯的台阶下到校场，手执一柄精致的节钺。军中出来一骑，正是主将窦固。皇帝拿着节钺的端头，将钺柄递向窦固。窦固在马上行军礼，接过节钺，象征接过这支军队的治权。

皇帝骑马退去，窦固高举节钺冲上高台，另一旗杆也呼地立起，正是帅旗，上面一个斗大的“窦”字。全军再次剑出鞘，敲击盾牌，杀气冲天。

班超在誓师队伍里看见了远处的山坡上，站着一个孤单单的白衣身影。

大风过境，那身影越发显得飘摇和伶仃。

那是哥哥班固。

这边厢，誓师已经完毕。十八面巨鼓低沉齐吼，动人心魄。军队开拔，万马奋蹄，地面颤动，在原野上，编队像一片片流动的黑云。

山坡上，一匹栗色马在风中不动。一身盔甲的班超与班固默然相对。良久。

兄弟俩看着军队在原野上如长蛇一样延伸……远处有洛水及其支流若白带流连婉转。河面有一岬角，浮桥早已架设，马队正在其上慢慢推进，看着像蚁群。河边有巨大的裸白石头，在阳光下刺眼，其上飞落的水鸟只是闪动的白点。

“这种誓师，真让人血热心悸啊，”班固远望着出征的汉军，“但英雄终入枯冢，功业终会散尽，殿宇终将颓废，不朽的只有文章。”

“是，以后的人可能不会记得这场战争会有多少尸骨和血泪，但能唱诵你写下的誓词。”

“这就是历史。”

“咱们史家真是傲慢！”班超转头看向班固，“立德立功都没有立言那么便利和偷懒。有时觉得不朽就是个骗局，人总是要死的，什么德行、功业、文章，都不如纵情当下，意气自由。这自由从来没有被记录，却一直在这天地间流动，不增不减。”

“著史总要记事，不是这无端的感怀。”

“史家真的记下了所有的事吗？”

“著史就是有褒有贬，有昭有隐。”

“我看见的都是那些被隐去的，但他们从来没有被史笔所抹杀，一直存在。他们构成了一条隐秘的历史线索。我此去就是寻找他们。”

“果然，你还在纠缠梦里那些虚玄东西。”班固苦笑，“我知道你离开兰台时，拿走了一些上古散简。”

“整理完后，我会还的。”

“族里的人还以为你从军是想建立功业呢。”

“其中自有功业，”班超用马鞭敲了敲自己的头盔，难得地对哥哥露出了灿烂笑容，“梦想总该有的，万一实现了呢？”

那一瞬间，班固有点心疼这个孪生兄弟：“你去无妨，把小昭留下！”班固故意将脸色严厉起来。

“你知道，我拗不过她。”

“这……也不能由着她。”班固也觉得无奈，班超就是个行止无端的，妹妹如此就显得惊世骇俗，“她的辞章可比你好，可惜了……”

大军还在陆续启动，号角还在鸣响，仿佛召唤。

班超上了马，回头看了哥哥一眼，有种错觉，那竟是父亲。

他在坟前的那夜，烧给父亲的诔文，是让小昭写的。自己的文字，祭给父亲，父亲一定是不满意的。父亲更喜欢哥哥的文章，比他的文采风流、气韵中正，像是高天涌动的星空、广阔无尽。妹妹的文字则情深、清雅，似水中飘月，隽永无尘。这是他做不到的，他迷失在一条多舛的路里。而哥哥或已站在当下士林文章的顶峰，可惜妹妹是个女孩子，不然早能名动天下……

自己真的是很多舛呢，十四岁起，莫名看见梦里的血海与亡灵……在残阳废墟里苦苦练剑……咬着牙杀死亡命的马贼、盗墓贼……还有就是，一直保护纵容妹妹。班超想起自己第一次杀人的艰难和纠结，惊异妹妹第一次杀人时的轻巧和快意。

父亲，哥哥，你们不曾纠结的事情，由我来做吧。班超不知道能不能做到——站在累代的亡灵一边，去打开一个更大更自由的领域，哪怕自己消失，却有更多哥哥一样才高八斗的人，去书写所谓的历史。

班超抖缰催马，纵跃而出，隐隐听见哥哥在身后的声音：“照顾好她……”

17 杀楚

大军西去，战旗如云，尘土如烟。

而东去的驿道上，行走着一个庞大的马队，虽然招摇，却一路肃穆无声。那中心有帷幕的马车里，坐着废楚王英。

废楚王英是皇帝的哥哥。虽是庶出，但很受先帝疼爱，自小便被立为楚王，封楚地，都彭城，是诸王中封邑最厚的。

当年的楚王英好养士，精练兵，还召集了来自天竺的一些奇人异士在楚宫之中。

新皇登基时，大赦天下，说犯死罪者可用细绢三十匹赎罪。这楚王英不知抽了哪根筋，竟献了三十匹绢。皇帝哭笑不得，说你的意思是我会向你下手吗？还是心虚？把绢拿回去给你供养的那些天竺人用吧。

这一下也过去十几年了，又有大臣揭露楚王英在自己的属国里僭越地封王公大臣，最高俸的也是两千石。

皇帝把他叫来洛阳斥责，不让再回到属国，在京城建府留住思过。只不过三年，又有人揭露楚王在府邸广结方士，自造谶纬——铸造金龟玉鹤，并在其上刻下谶语。

朝堂上一片杀声，皇帝表示不忍，废了楚王的爵位，降为丹阳君。如今有大鸿胪寺的人持节护送，准私兵带甲携弓，又赐了歌舞艺伎百人随行，浩浩荡荡，贬至丹阳。

三骑遥遥追来，护送的鸿胪使是认得的，为首的正是宫里的蔡公公。这蔡公公小小年纪，却是皇上身边最近的人。

队伍停了，那蔡公公登上了废楚王英的马车。

“王爷这一路辛苦了？”蔡伦那稚气未脱的脸上却满是阴霾。

“不敢，我哪里还是王爷？”废楚王英还算沉稳，“可是皇上有什么旨意？”

“不错，”蔡伦从袖里掏出一枚朱红色的丸药来，“请王爷服用。”

废楚王英颤抖起来：“他究竟不肯放过我！”

“王爷的所作所为，天也不会放过你。”

“何须如此玩弄于我？在京城杀了我岂不爽快，这又放又赏的，到头来……”

“皇上怎么会伤残手足？你此举是自杀，皇上痛惜不已，你楚国的封邑及子女得以保全，还会有个体面的葬礼。”

废楚王英哈哈惨笑起来：“他还是跟小时一样，虚伪作态。”仰头将红丸吞了。

蔡伦炯炯地盯着废楚王英，也大笑起来，声音尖锐，有点凄厉：“刘英！你还记得当年彭城公孙不昧一家吗？”

刘英被这小太监的形态镇住，茫然地抬头：“公孙不昧？那个什么彭城大侠？”

“王爷好记性。”

“为剿灭他家，损失了我五百甲士，两百骑兵，最后还靠放火……当然记得。”

“不错，你诛杀了我们一家七十七口。”

“你……你是赤眉余孽！”

“我家跟赤眉全无关系。”

刘英神色倒是平静下来：“不错，我也是知道的。你知道当年武帝为什么杀名满天下的大侠郭解吗？因为他声望太高……与王侯甚至皇家争望，只能是这样。江湖人士的确麻烦，这些年，我有四次遇刺，一次受伤，都是你们的手笔吧？”

“你也有这一天。”蔡伦盯着刘英，有年龄之外的阴沉。

“我死在皇上之手，与你们何干？”刘英淡笑。

“那我告诉你，说你有龙气，鼓动你种种行止不端、收集祥瑞的云处士，是我的人。将这些透露出去的，也是我的人。”

“你……”

“皇上竟没杀你，还叫我专门来追回对你的贬斥。你不用去丹阳了，还是回楚地，只是爵位降为楚侯。”

“你……你个小阉人……”刘英开始感到腹部剧痛，伏在车上。

“皇上就是太爱惜自己的声名了，”蔡伦叹口气，把脚踩在刘英的脸上，蹲了下来，让刘英动弹不得，“可是你自知罪大恶极，皇上的再度赦免却越发让你无地自容，于是自杀谢罪。”

“我的……儿子……还……”刘英挣扎地说出几个字。

“我们墨者，不会罪及家人，但当年与你一起屠戮的将军和家奴，我一个都不会放过。”

“墨……”刘英的嘴角流出血来，终于气绝。

蔡伦从车里钻了出来，跟鸿胪使说了皇帝对刘英的大赦，路线的改变。那鸿胪使感佩无端，说：“皇上真是太仁厚了！”

“谁说不是呢！”蔡伦还没长结实的少年身躯，被扶上了马，“不是赏了好些艺伎和鼓手吗？还不唱起来？显得皇恩浩荡。”

百十人的俳优在队伍里吹拉弹唱起来，欢声笑语，彩带飘舞，声势浩大地向东而去。

蔡伦在路边看着车队在尘烟中消失，乐声不再入耳，才领着随从打马回京。

一个多时辰后，才有人发现，废楚王英，自杀在车内。

大军向西，浩浩荡荡地行至黄昏，开始扎营。

炊烟，号角，甚至有夜练士兵的吼声。夜色渐深，大营逐渐安静下来，只有零星的马儿打着清亮的响鼻，惹得寨门的风灯似乎都有些飘摇。

班超的帐篷总是亮的。他在地毯上一枚一枚地拼着散简。

仙奴、齐欢、柳盆子、风廉他们见识了班超在行军的马上都能睡着的本事，也就不奇怪他可以夜里不睡觉了。

班超的进度很慢，有些以为连上了，后面发现根本错了，只能推翻重来。不知不觉天有些蒙蒙亮了，班超也觉得疲累，就想直接趴地上睡一会儿，霍然有所感应，挂在帐钩上的非攻剑在匣里颤抖起来。

班超站直伸了个懒腰，喝了口水，如沉思般在帐中踱步，不经意走到挂剑处，剑陡然出鞘上挑，一道剑光直达帐顶。帐外一声轻呼，班超已闪身帐外，看见一个身影疾奔，虽是穿着小校的甲胄，但刚才的一剑削下了头盔，露出一头的长发，在背上飞扬。

班超几个起落就来到其身后，伸左手就搭上了那女“士兵”的肩，那人肩膀一沉，班超变指为抓，手一紧，就觉得抓住了一团蠕动的什么东西，急忙撒手一看，手心竟爬着一只花斑的大蜘蛛！也算遇变不惊，班超舌尖弹出一口气，将蜘蛛吹得不知所终。右手的剑却没停，抵在女兵的后心上。

“转过来！”班超沉声道。

那女子身姿不动，猛地回头，长发甩动，竟有数十只飞虫嗡地飞扑过来！班超一惊，抖剑将这些毒蜂刺落，那女兵已闪到某个帐篷后了。

那女兵躲在一辆辎重车的车轮下喘息，刚才那两下交手的惊险已使她浑身湿透，嘴里轻叹着："好厉害！"

女兵将散落着的长发重新扎盘起来，露出一张二十七八岁左右的姣好面目——眉骨与颧骨稍高，嘴唇红润微翘，有种说不出的媚态和风情。

女兵嘴里咬着簪子，结髻的手突然停了下来，一把剑搭在她的脖子上。

班超从车后转出来，看清这个女人的脸，觉得相当眼熟，好像是柳盆子在长安时的那个姘头——卖桃花酒的女老板？于是迟疑地问："你是那个……花寡妇？"

"你认得我？"花寡妇脸上竟有点欣喜。

"你潜入军营做什么？"班超没有收剑。

"唉，还不是来找我的男人？"

班超带着花寡妇在军帐间穿行，回到自己的帐篷。起床的号角已响，陆续有士兵出帐披甲，看见那个有点奇怪的假司马大人竟然又带了个扮作士兵的女人堂而皇之地回了帐篷，满满的羡慕，甚至有点愤怒。

班超把自己人都叫来了。

柳盆子惊得五雷轰顶。"你……你怎么能跟来？"问那花寡妇。

"她会武功，还满身的毒虫，"班超看着柳盆子，"你口味很重啊。"

“你到底是谁？”柳盆子喝道。

“我是你的女人呀。”花寡妇有点嗫嚅。

“你是怎么跟来的？”

“你走了，我就一直远远地跟着。”

“不可能……不可能。”柳盆子喃喃自语，满脸的不可置信。

“你至于吗？”耿恭撞了一下柳盆子的肩。

“自称是盗贼的祖宗，却被追踪了还不知道，能不觉得丢人吗？”班超笑着跟耿恭解释。

“放屁！这一定不是什么追踪术。”柳盆子辩解。

“花老板，夜郎桑木之阴的花家，与你是什么关系？”齐欢声音低沉，柳盆子听了却遽然变色。

“这位大哥真是好眼力。”花寡妇在受审的状态里有了点雀跃。

班超、班昭、耿恭和仙奴不那么熟悉江湖，都看向齐欢。唯有风廉事不关己地弹着他的剑匣。

齐欢道：“夜郎桑木之阴花家是个奇门，极为神秘，据说精通用毒、役术和蛊术，秦朝大军伐岭南时，才让世人知晓，让秦军损失极大。后来在中原时有出没，也是神龙见首不见尾。”

“蛊术我听说过，役术是什么？”班昭来了精神。

“役术就是能驱动野兽、虫蚁为自己所用。最神奇的是役鬼，能让地里的尸体出来打仗。”

“啊！”班昭捂了嘴，惊奇地看着花寡妇。

花寡妇道：“你说的那是赶尸，我家只有几个叔伯才会，那事得阳气盛，女人做不了。”

“你竟然是夜郎人！”柳盆子恨恨道。夜郎是“五溪蛮”和“百越人”聚居地，这花寡妇原来不是汉人。

“我也不知道跟我睡的是大名鼎鼎的柳盆子呀。”花寡妇痴痴地笑。

“还是桑木之阴的人……你说！你有没有在我身上下蛊？”

“没有！”

“真的没有？”

“有。”

“到底有没有？”

“不记得了。”

“不记得了？”柳盆子都急了。

“那你到底希不希望我下呀？”花寡妇有点委屈。

“你滚！”

“我不滚，你去哪儿我去哪儿。”花寡妇笑得妩媚。

……

“花老板，”齐欢打断了这对冤家的争吵，“你是不是有桑木之阴的天蚕丝？”

花寡妇道：“我当然有。”

“那好。留下来吧，跟着我。”

花寡妇眉开眼笑，白了柳盆子一眼：“你看吧？老娘是很有用的。”

班昭奇道：“天蚕丝是什么？”

齐欢道：“桑木之阴这个名字的由来，就是能养乌金蚕，吐出坚逾钢刃的天蚕丝。”

班超合掌而笑，对花寡妇说：“欢迎加入。”

“等等！”柳盆子大叫，“不行。”

“潇洒点，你一向很潇洒的。”班超说，满屋的人也尽皆点头。

“她来……我走。”柳盆子甩了袖子，就要出帐。

班超一把拉住：“别神气了，都中蛊了。”班超把脸凑近，露出怜悯的神色，“我以前看过《奇异集》，里面有一条说，夜郎女子善下郎心蛊，有情郎变心，倒毙在路边。官府去收尸，结果一拉头发，连着头皮就拉开了。你猜怎么着？原来整个脑子都被蛊虫吃空了……里面全是蠕动的蛆虫。”

柳盆子听着打了个寒战。

“我们走吧，他们小两口应该还有话说呢。”班超说罢走出了帐篷，其余的人笑嘻嘻地鱼贯而出。柳盆子巴巴地看仙奴的反应，结果仙奴根本不看他，轻巧地从他身边走过。

耿恭最后一个，拍了拍柳盆子的肩：“我觉得吧，以后你们可以叫‘花柳’组合，一定会名满天下！”

柳盆子原本俊美的脸抽搐了一下。

18 / 断旗

数万大军到达凉州之前，一路行止还算从容，如今算是到达西域的前沿了。

凉州号称是金锁银关、咽喉之地，长河奔流，两岸峭壁，一夫当关，万夫莫开。作为通西的要道，浩浩荡荡的大军，淹没了视野中所能看到的一切地方。山谷中、山腰上、山麓间，并行的军列绵延十余里。

班超等人都是第一次深入西塞，只觉风土大变，人异言殊。

沿途武威郡、张掖郡的军队加入进来，军势更加庞大。

刚刚到酒泉郡时，已经入夜，满城蹄声嗒嗒，班昭和仙奴两个女子在城墙闲逛，因为班超和耿恭都被叫去连夜开会了。

“仙奴姐，你会西域的胡语是吗？”班昭问。

“是呀。”仙奴手上玩弄着一把短刀，刀形很奇怪，像一片弯月，在仙奴的指间翻飞不已。仙奴指尖一弹，弯刀旋转飞出，竟然绕行一圈回到仙奴手里。班昭是跟二哥学过剑的，却从没见过这样灵便的刀法。

“仙奴姐，这回打匈奴，还有西域的胡人，你会不会觉得……”

“我是贵霜人，也就是你们说的月氏人。”

"那……"班昭不知怎么措辞。

"在你眼里，是不是反正胡人都是一样的？"

"不是不是，我就是不了解，想请教你。"

"其实我母亲是汉人。"

"真的？"班昭觉得这是个让她有些踏实的消息，她对这个美丽的异族女人总有一点猜忌。怎么说呢，她的来历和身手太过古怪，还是个游冶台的舞姬，脸上的表情要么冷若冰霜，要么媚比桃李，仿佛没个中间状态。无论哪种气质，都是最让男人五迷三道的，据说二哥和恭哥还为她打了轰动洛都的一架。

两个女子都不说话，各怀心思，坐在城墙上。

"临高台以轩，下有清水涟。

当遇鱼又玄，令我寿百年。"

班昭小声地哼唱起来。

仙奴听着，忍不住问："刚才我见你到处唱着这歌，向那些当地人打听这歌里的鱼又玄什么的，是谁啊？"

"仇人！"

"啊？打听到了吗？"

"他们说，这人往西边去了。仙奴姐姐，你知道我是个游侠吗？"

"……"

"游侠最快意的就是'恩仇'这两个字，无论报恩还是报仇，命是可以随时扔掉的。"

"你们兄妹……是来报仇的？"

"二哥的想法太多，反正我是要行侠报仇的。"

"哦。"

天上有鸟鸣叫，两女抬眼，正是一轮圆月，中有南飞的乌鹊划过。

讨伐匈奴的军事会议正在举行。

主帅窦固，有些微胖，一脸的花白胡子，已经五十岁了，当年在凉州和巴蜀都有赫赫战功，还是皇帝的姐夫，但为人谦逊沉稳，深得将士的爱戴。或许是太爱戴了，窦固的兄弟犯错，他却被皇帝判了在家禁足数年，逐渐远离了军权。如今复出，军方的旧势力一片欢呼。

副帅耿秉，正是耿恭惧怕的三哥。耿秉是当前军界的新锐少壮派，也是主战派，深得皇帝的欢心，可以说，此次的大军举措，有耿秉在朝堂上的鼓动之功。

有战将主张大军一路向西，突入天山以北，与那儿的匈奴呼衍王部决战，一举毁了匈奴对西域诸国的影响。

耿秉认为不妥，说汉军如此阵仗和声势，早就传到了匈奴那边。匈奴游牧为生，打仗最是机动，怎么会在野地上摆开了阵势跟你决战呢？所以应该多路出击，让匈奴头尾难顾，尽量击杀和削弱匈奴军队的有生力量，才是此战的目的。

班超和耿恭的军职只能坐在外围，但见班超点头不已，对耿恭耳语："你哥真厉害。"

最后在窦固的主持下，放手由耿秉制定了兵分四路的出击任务。

主帅窦固率汉军及卢水羌一万二千骑出酒泉塞，向西北直突天山脚下的呼衍王部；副帅耿秉率汉军及天水羌一万骑出居延塞，深入北方大漠，寻找单于主力；关都尉吴棠率汉兵、西河羌及南单于（已降汉的南匈奴）兵，联军一万一千骑出高阙塞，进军北部草原，与耿秉军相互呼应；骑都尉来苗率汉兵及乌桓、鲜卑兵联军一万一千骑出平城塞，向东北方的匈奴左贤王部突进。

班超和耿恭等不例外地都编入了窦固的西路军。

不能说耿秉的战略有错，四路同时进击，使匈奴不敢分兵援救西域，但由于汉军此行声势过于浩大，单于也不敢撄其锋芒，全面撤退。

北路及东路的大军，深入敌境六百余里，沿途只有匈奴残弃的辎重，偶有小股遭遇，并没有什么大的斩获。

只有班超他们所在的西路军，日夜行军，终于在天山脚下遭遇了威慑西域的呼衍王部。

伊吾城原来也是西域五十余国中的伊吾卢国，后来被匈奴所灭，成了呼衍王在西域驻军的堡垒。如今被汉军一鼓作气地拿了下来。

伊吾城在匈奴手里已久，原住民早被杀尽，匈奴退走时还放了一把火。汉军入城后，各处灭火，安置守备……满城都是兴奋的汉家士兵。

这一仗打得痛快，本来两军还在草原上对峙，两边人数差相仿佛，汉军远道奔突而来，气势虽盛，未必强得过匈奴的以逸待劳。但汉军的床弩射程太长，两军还未交锋，匈奴骑兵的阵列一下就伤亡百多骑。

匈奴不再对峙，直接突马冲锋，顶着强弩，撞向汉军。

在骑兵对冲时，匈奴向来最占上风。一是马快，二是匈奴人骑术无双。匈奴士兵的马往往都是自己养大的，人马合一，如指臂使。

两军马阵对冲，最讲气势，而匈奴人冲阵，各队首领身先士卒，冲锋最前，胆气无双。一时大地上蹄声如滚雷，轰隆隆地碾轧过来。汉军的床弩射止有序，弩枪长七尺，两排过去，射入全速奔行的马阵，人马洞穿。

突进一百五十步时，汉军阵里似有一个神箭手，出箭极快，犹如连珠，弹指间，匈奴就被射杀了带领冲锋的三个百夫长，一个千夫长。匈奴冲锋的速度未减，气势却是萎了。

突进一百步时，匈奴人看见了遍天射来的箭矢，如雨般落进马阵，能听见箭头咬入肉内的噗噗声，令人齿酸，一刹那，又是数百人滚鞍下马……后面的骑兵不忍踩踏，纷纷避让，冲势开始散乱。

汉军阵中一片鼓响，低沉厚重，让人血脉偾张。最前排骑兵把马唇都快勒出血了，猛地一松，战马腾跃而出，挺着一丈八尺的长槊，形成一线密集的枪林，冲向敌阵。

匈奴人马快，潮水一样撞在枪林上，虽然撞开了枪阵，但骑士们纷纷挂在了枪杆上。汉军士兵弃了挂满尸首的长槊，抽出环首刀，开始与后面的匈奴拼刀对撞。新兵这才见识到，原来马头能一下撞得稀烂，像炸开一样，腾起一片血雾。瞬间，撞死的马匹和士兵堆成了一线尸山屏障，泾渭分明。两军的骑兵提马跳过“障碍”，到对方阵中厮杀，然后迅速地被淹没。

到处是金属交击的脆鸣，以及刀刃砍进骨头的钝响。血浆像泼洒一样，此消彼长，在冷日下，刀光冷甲连同鲜血一闪一闪地反光。

几轮冲撞下来，“障碍”越堆越高，血肉纠缠，吼声嘶哑，仿佛群山都在动摇。

秦厉是汉军中第一个越过“障碍”，在匈奴军中大杀四方的士兵。他抡着虎贲卫特有的长刀，从尸山上纵马跃下，一刀从敌人的肩膀直斩至腰，刀面一翻，内脏扬得到处都是。同时，秦厉就发现自己的马“堆”入敌人的战马之间，挤挤挨挨，腾挪不开。立时左手抽了短刀，双刀环身乱劈，四周的匈奴也躲避不得，断臂纷扬，腥血喷射。

“虎贲无敌!”秦厉嘶吼着，让马打个旋，长刀又割开了几人的头脸。只两三息之间，秦厉冲出的缺口后，跃出五六骑汉兵，缺口越来越大，汉兵像一线激流涌过来。

匈奴的阵前军旗挥动，越来越多的匈奴骑兵向“崩堤”处压来。百余骑汉兵被挤压在这里，艰难地推进。

秦厉带着自己几个虎贲卫的兄弟，满眼血红，喝了一句：“冲旗!”提马向军旗处杀去。弥漫的血腥气中，眼前是无数的刀光，狰狞的面目。人在这种生死相搏的时候，感官往往都极其微妙，有人紧张迟钝，有人却极其敏锐，本能地敏锐。秦厉意志狂热，思维却出奇地冰冷，声音遁去，敌人都幻化为猪狗，清晰的只有那杆旗。

秦厉带着一队人，竟然杀出一条血线，靠近军旗二十步，身上不知伤了几处。还有七十步。一队匈奴骑兵斜冲攻来，瞬间撞散了秦厉的小队。秦厉砍翻了三骑，回首嘶喊：“虎——贲!”想再集几个兄弟……突然，那匈奴的军旗——断了！在万军撕咬时被一箭射断了！旗帜飘落下来。汉军的吼声高亢起来，匈奴一方的呐喊仿佛都停了下来。

军旗在军中是指挥的手段，军旗不在，骑兵左右就不知如何配合。一般掌旗令是军中的勇士，也是战斗经验丰富的智者，骑高马，穿重甲，在中军处，观察局势，迅速判断指挥，扬出旗语，让马队知道在何时聚合分散，左右翼如何突前后驱……掌旗令身前一般有八名护旗卫，也都是猛士，围在四周……可是有一箭若天外飞来，射断了正在频频挥动的旗杆，军旗萎落，掌旗令举着空的旗杆发呆……是对方箭法太神，还是自己运气太差？随即肯定这是专门射旗用的燕尾剪式的箭头，不然不可能“铲”断这鹅蛋粗细的旗杆。

“神箭！”汉军的士兵纷纷大喊，“神箭！”如水一般压上来，匈奴的前军一下溃败了。匈奴后军的呼衍王的王旗，打出撤退的旗语，整个大军向后辟易。

汉军全军驰动，随后掩杀，山麓、山谷间变成死亡与复仇的海洋，人头滚滚，一路追击至蒲类海，一举夺取了呼衍王来不及退守的伊吾城。

呼衍王率残部仓皇退却到北边的荒漠深处。

19 / 三十六骑

班超和耿恭一身盔甲，骑马在伊吾城里并排慢行。两边屋檐下都坐满兵士的街道上，狼烟尚未散尽，有兵士摘了头盔枕着歇息，也有大声调笑的，或听老兵讲述前锋军士的勇猛，以及那个像传说一样，不知是谁的神箭手。

耿恭得意地看着班超："你剑法再好，打起仗来，也没我有用。"

班超也是第一次见识两军对阵，活生生的人和马就如此交击碰撞，骨碎肢离，血流成河……这场面是他无数次梦见的，也是怕梦见的，今天都真实地迫在眼前……他知道那些倒下的人都没有死，会在他的梦里站起来。班超没听见耿恭说什么，突然跳下马，到路边呕吐起来……

呕吐物堆在路边积起的一摊血沟里，直吐得班超泪眼模糊，看见血水里映照出自己暗红漂移不已的脸，有个人影在身后重重地拍打他的后背，偷笑着："你丢不丢人？"

班超和耿恭是受最高军事长官窦固召见前来的。

军事府邸已经收拾出来，有个虎皮的座椅可能是呼衍王留下的，窦固并没有坐，只是盘腿靠在座位的一边。汉人还是习惯跪坐或盘坐，靠在椅子里总觉得无礼。

窦固是军中唯一知道班超皇家密使身份的人。他不知班超的底细，只知道他原本是皇上亲自任命的兰台令史。皇上这些年大批提用新锐，像他这样的两朝老臣也不得不小心应对。

斥退了其他人，窦固叫了在外等候的班超和耿恭进来。

“你就是那个神箭手？”窦固对着耿恭道。

“不敢。”耿恭行披甲军礼。

“你真是堪比前朝的李广。当年的匈奴对飞将军闻风丧胆，就是他的箭能射虎穿石，阵上专射贼首。他们一遇上李将军就会溃败。”窦固是真喜欢这个年轻人，“耿秉有你这样的弟弟，真是幸运。”

“我比不了我三哥，”耿恭恭敬回答，“李广只有阵前的本事，像卫青霍去病这样布局十万的将帅才是千古名将。”

窦固淡笑：“你在拍我的马屁吗？我真正佩服的却是李广，甚至李陵，他们爱惜自己将士的性命，与他们一起吃喝吟唱，一起拍马杀敌，是真正的将种。卫青、霍去病……嘿嘿，一将功成万骨枯，他们眼里何时有过士兵？不过是得其势据其位而已。”

耿恭一时不知如何接口，班超在一侧笑道：“耿副使在小时候，就被称作小李广的。”

“什么副使？”耿恭低声问班超。

“要你做我的副使。”班超对耿恭道。

“班先生是在跟我抢人呢，”窦固对着耿恭笑，“我十二年前，还是你们羽林卫的中郎将呢，后来出任射声校尉。射声军五百人，都是从全国各军选拔上来的神箭手，我都没见过箭法像你这样惊人的！”

射声军可说是所有汉军中最神秘的一支队伍，应该说是一支由神箭手组成的特种部队，或许每个人都有临阵“斩首”的能力。之所以神秘，是他们从不在禁军大演中露面，平时也直接驻扎在宫中。宫中守备森严，就算有刺客潜入，往往就被暗处射声箭断了咽喉……所以射声校尉一职，极有象征意味，是皇上最亲信的军职。

“当今的射声校尉孟将军，倒是来调过我，我怕锁在宫里太闷就没去。”耿恭道。

“老孟倒有些眼力！他就这么放过你啦？”

“我说我还是想攒些军功，他老人家说，也好，攒足了好接他的班。”

“都在抢你呀！今日一战，你堪称首功！一个神箭手在关键处，可改变战局。你就不想随我多打几仗？直接把那呼衍王射下来？”

说得耿恭有些热血沸腾，但他早答应过班超要一起出使西域的，私下对小昭也有些担心和不舍。转头问班超：“这就要出使了？”

“明天就动身。窦帅派我们出使西域各国，命他们放弃匈奴，归顺大汉。”班超说得一本正经。

“不能打完仗再去？”

“匈奴已退，打谁去？”

“那直接干这些西域人呀。”

“你也知道，待到四路大军重新聚集，且有时日呢。这期间正是出使分离他们的好时机。”

“哦。”耿恭还是心心念念着阵前军功。

窦固沉声道：“其实此番出使，定会比打仗还要凶险。西域有五十多国，各怀鬼胎，习性难测。想当年博望侯张骞出使西域，九死一生，回来都是十三年后了。”

“所以我才招了一些卓异之士。”班超拱手道。

“此番军功最卓著者，除了耿副使，就是虎贲八骏。”窦固道。

“虎贲卫的人？”耿恭惊道。

禁军中羽林卫最精，但谁都知道虎贲卫最勇。虎贲卫是由军中烈士的子女组成的军队，人称“虎贲孤儿”，作战如带父仇，最是敢死，犹如传承。

“不错，他们八个也是来攒军功的，的确劈下了最多的匈奴首级。班先生，我把他们也拨给你。”

班超躬身：“多谢窦帅。”

“建议先生第一站，出使鄯善。”

“哦，不是最近的车师？”

“不瞒先生，这次受命挂帅很是仓促，皇上心急，筹备时间太短，所以我建议出征大军是只带粮，不带草。”

“不带草，那马吃什么？”班超惊道。

“车师、焉耆、龟兹这北路诸国，临着天山，牧草丰美，我们就地牧马屯草就好。倒是鄯善、精绝、于阗这些南路诸国，处在沙漠，我军无草是不可能涉足的。但是他们不知道呀，先生正好挟着军威去南路吓唬一下他们。”

“窦帅深谋远虑！”班超由衷感叹。

“上兵伐谋，其次伐交，其次伐兵，其下攻城。先生向南伐谋伐交，我向北伐兵攻城，看到时能不能在疏勒南北交会！”一向沉稳的窦固露出了些狂野的神情。

班超和耿恭一起牵马出来，夕阳如血，映着这个兵城土夯的斑驳城墙。

“放心，出使有些眉目的话，我会放你来北路打仗的。”班超撞了一下一路无语的耿恭。

“我听见窦帅叫你班先生。”

“哦。”

“就是对我三哥，窦帅都没有这么客气过。”

“可能因为我是个读书人吧？”

“你再矫情，我就不去了。”耿恭向班超踢了一脚。

班超闪开，和耿恭面对面，手里拿出那只青铜燕符，正色道：“不错，此番出使，我早有皇上的密令。你，就是我调出来的。”

班超回到城外的军营，那虎贲八骏就赶到班超的军帐报到了。

八骏领头的正是秦厉，身材高大，棱角分明，脸上身上还带着伤痕、缠着绷带。出帐正撞见耿恭带着七个羽林兄弟过来会合。羽林卫和虎贲卫在禁军里本就是谁也看不上谁的，一见面，玄英和秦厉就对上眼了，火花四溅。原来他们是在洛都就认识的，不过不是什么好记忆。

耿恭倒是乐得他们去斗，如此才有点军中滋味。那齐欢的人，还有那个风廉小孩带的人，都沉默少语，闷出个鸟来。

军营里已经通报，那个带了几个女人的假司马，已经正式升任为军司马了，并出任汉军使节，配了最强的羽林卫和虎贲卫保护，出使西域诸国。

军中有些有见地的难免会咬耳朵，说难怪这人明目张胆地带着女人和一帮奇怪的家伙，肯定是朝廷大鸿胪寺（类似外交部）里的人。本就是去出使外交的，而外交就得送礼物，礼物就可能是美人。大家一下豁然开朗。

第二日天气极好，一丝风都没有，仰首可看见延绵的雪山，在朝阳下泛着白光。

窦固很随便地穿了轻甲出来相送，才看全了这个使团的成员——除了羽林卫、虎贲卫这些有职业军人的风范外，其他的人怎么都透着些古怪：有妇孺，有匠人，好像还有一些江湖剑客……窦固心想，或许如孟尝君的门客一样，鸡鸣狗盗之徒才能为常人难为之事。就是这个班超还是太年轻了吧？脸上还有些病态……

使团正使班超，副使耿恭，女子班昭、仙奴、花寡妇三人，齐欢携弟子等墨者五人，风廉携剑侍十人，羽林卫玄英等七人，虎贲卫秦厉等八人，再加上飞盗柳盆子，共计三十六骑，在伊吾城外一字排开。

窦固单骑出来，马鞭朝西一指："自此向西，再不是汉地。班先生此行绝地凿空，还请珍重。"

班超洒然一笑，持节免了行礼，转了马头，人喝马嘶，三十六骑在原野上缓缓变小。

那队伍里有人在马背上高唱起歌来，应该是班昭。

"吾家嫁我兮天一方，

远托异国兮乌孙王。

穹庐为室兮旃为墙，

以肉为食兮酪为浆。

居常土思兮心内伤，

愿为黄鹄兮归故乡。"

歌声幽怨凄凉，正是前朝公主刘细君远嫁西域乌孙部落后写的《悲秋歌》。

窦固娶的也是公主，远远地听着，不觉触动了家国之悲，愣愣地落下泪来。

"此生不再让我大汉的公主，远嫁他乡。"

铁路楼兰

——环首刀过楼兰海，暗院深宫待何人？

20 鄯善

天山附近的风景极美，并没有汉朝人想象中的流沙荒漠。

风土虽然干燥，但牧草丰美，时有浩浩荡荡的野花临风而舞，即使闭目，还是挥之不去的色彩。

偶尔也能见到牧人村庄，说着只有仙奴略懂一点的语言。

和风景相比，班超的心情却差了许多。他的睡眠更碎片了，哪怕片断的睡眠，也能看见那些血海里站起来的魂魄："我要把你们杀死几次，你们才能真正死掉？"班超在内心哀叹起来："你们杀不死我的，我一死就醒来了。"

三十六骑一路向南，景色渐渐荒凉起来。常见残破的烽燧，无人的村落，荒草漫道。走着走着，草都变成青灰色了，与戈壁浑然一体，如此走了八九日，远远能看见沙漠起伏的弧线，圆润柔和，藏起了其可怕的一面。

"前面就是鄯善国了，可说是西域的门户。"班超拿了张羊皮地图遥遥指着那一线静美的沙漠。

众人一起望去，柳盆子憋不住问了句："出使都是要干吗呀？"

其实众人都有这个好奇。

班超举了举手上的使节，是个八尺的竹杖，杖头弯曲下来挂着六重节旄。六重节旄黄黑相间。班超道："这黄色的，是虎尾，代表军部；这黑色的，是牦牛尾，代表大鸿胪寺；这是说我既是兵使，又是礼使，去那些国家，给他们一看，他们就懂了，这不只是来拉交情的，是叫他们归顺。”

“就看这个？”柳盆子细看那使节，用手摸了摸。

“不是说先礼后兵吗？”班昭皱眉道。

“两手都要硬！”班超笑，“汉军刚刚大胜，就在不及千里的地方，他们得掂量掂量。”

“如果归顺呢？”柳盆子问。

“就会好吃好住地招待我们，美人美酒，随叫随到。”

“要是不归顺呢？”

“也会好吃好住地招待我们，美人美酒，随叫随到。”

“好像没区别呀？”

“区别还是有的，前者是热情，后者是客气。”

“出使就这么简单？不是说很危险吗？”

“我们现在就是大汉的脸面，打人不打脸。”

“这差事真好。”柳盆子摸着自己的脸道。

临近沙漠，三十六骑的速度降了下来。

大军过敦煌郡的沙漠边缘时，正是深夜，所以他们绝大多数在今天，才第一次直面如此广阔的沙漠，在斜阳的照射下，沙丘连绵互抱，弯曲出许多优美的褶皱和曲线，连阴影都像柔和的晕窝，没有一处尖锐的地方。整个沙漠如一片无边奶酪凝固成的巨大柔波，层层推向天边。

都说沙漠是绝地，却谁也没想到有这么美。

九剑侍中，有位是凉州人氏；虎贲八骏里，也有一位从敦煌去京都顶亡父的缺的。这两位算是熟稔西部风情的，走在队伍的头尾。

所有人像是被震慑了，无声而新奇地在沙漠里缓缓行进。

只翻过了一道沙山，一面浩浩荡荡的大湖，陡然占满了眼界，边际只是一条模糊的线。

“不是说沙漠最缺的就是水吗？这……”班昭一下从马上扑下来，在沙里跑前了几步，看着眼前这异域风景。

大湖几乎泛滥无边，一时水汽弥漫，水鸟起落。湖边数里一如江南般繁茂，莺飞草长，驴羊遍地。

临湖面西有一片山坡，上面是一个白色和蓝色相间的城市。从帆桅林立、百物杂陈、渔船兵舰云集的港口，次第向上，坊居鳞次栉比，一直蔓延到山上。似乎整个城市就像个阶梯看台，每家每户都有临湖的窗子，在哪里都可看到现在落日衔湖的胜景。

山坡的两边，是两道高大厚实的城墙，一直延伸到湖里。而山坡的最高处，是一座巍峨的白色城堡。

三十六骑都默默无语，左看是落日的底部刚刚触及湖面，右看是被残阳照得泛红的畔山城市。城市所有的白色墙面，不知是什么材质，在斜照中，反射出细碎的点点荧光。

大湖的水面极静，整个泛红的城市倒映在水中。或是水汽氤氲的缘故，水上的城市反是飘飘袅袅，水下的城市却沉静安宁，让人觉得真实虚幻不可辨别。

“这一定是楼兰海了，”班超呆呆地感叹，“沙漠里的大海。”

那绿洲掩映的反光的畔山城市，想必就是鄯善国的大城了。鄯善原称楼兰，前朝大军攻破楼兰时，斩杀了楼兰王，另立汉人为王，更名鄯善。

博望侯张骞写过楼兰海（即罗布泊）：“广袤五百里，其水停居，冬夏不增减。”最奇的是此湖产盐，所以鄯善自称西域的盐都，富庶一方。而鄯善人以盐为砖，所建的房屋皆洁白如雪，晶莹透亮。

靠近鄯善城时，班超不再披甲，举了使节通过湖边的烽燧关卡，早有鄯善探子回城禀报了。

还未到城门口，就遥遥看见那半山的房屋都旌旗招展，彩带飘飘。

到了城墙下的驰道，早就红毯铺地，伸延到城门口，红毯两边是成片的罗盖，应该是鄯善王带领群臣列队迎接。三十六骑都没碰过这种阵仗，硬着头皮，满脸庄严地走上红毯，突然两边队伍一起出手，投掷“异物”过来，惊得众人差点拔剑抵挡。触身才发现扔来的全是一把把的鲜花……花朵瞬间就铺满了道路，三十六骑的马蹄怕都是香的了。

一骑冲出，滚鞍下马，来到持节的班超马前，一把拉住了马的缰绳。班超细看此人，倒是一副汉人的面目，只是胡须和头发都有些卷曲，头戴着汉人的高冠，穿着汉人的服饰，远不及那些欢迎的群臣穿着华丽。

那人替班超引马而行，两边的人高呼：“吾王！”班超先是不解，被牵了十余步，才惊觉此人可能就是鄯善王，急忙跳下马来。鄯善王放了马缰，双手抓住班超的右手，眼眶噙泪道：“我鄯善小邦，从小王的祖父开始，已三代未曾见到上国的使节了！”

两人执着手，一起进了城门，城上号角齐鸣，万民欢呼万岁，一队孩子跳着舞在前面引路，花雨再次从城头泻下……使节队伍里的其他人，觉得自己仿佛天神下凡，不胜荣焉。

马队拾级而上，攀到最高处，才是王宫。鄯善的王庭并不及洛都或长安的宫殿宏伟，但造型与汉家截然不同，色彩鲜明，到处都是白盐和琉璃的反光，让人炫目。令人惊奇的是，王宫里水道纵横，常有水帘从廊道两边流下，直觉得空气清冽。在这沙漠边缘，这奢侈的水景可能是权力或奢侈的象征了。

大殿的宴席已经摆开，中心竟有一两丈高的喷泉，有十几个楼兰舞女在水雾中起舞，衣裳已经湿透，曲线毕露，起落间，水花四溅。

楼兰乐婉转妖异，也有汉乐夹杂其中，一如群臣的面目，人种各异，肤色不一，但不少也是汉人的模样。

楼兰王和群臣频频敬酒，其乐融融，反复听见群臣说什么“上使”“望眼欲穿”“唇齿相依”等词，只有风廉这个孩子好奇地看着这一切，滴酒不沾。

宴会散尽，班超使团被迎进王宫边的国宾馆。不少人都有些酒意，那柳盆子喝了不少葡萄酒，最是惬意，说：“这鄯善王算是归顺了吧？”

“算是吧，”班超道，“明日议一下礼节。”

“什么礼节？”

“就是在这两天议个吉日，共立个誓文，他们再表达个诚意什么的。”

“还要怎么表达诚意？”

“比如送出个国宝。”

“什么国宝？”

“人呗。”

“美女！”柳盆子叫道，“给我们？”

班超哈哈大笑起来：“都说叫你来是好事吧。”

“出使也忒愉快了。”

宾馆也是极尽奢侈，诸人各有人生劳苦，陡然掉进这豪华招待中，受宠若惊，又得装作毫不在意。如此睡了一夜，班超早早地起来，换了正装，叫了对方的礼宾大臣，要求拜见鄯善王。对方说，昨日鄯善王十分高兴，不胜酒力，现在还在休息，请上使稍做等待。

中午时，班超也没等到消息，又叫那礼宾大臣，对方说鄯善王头疼犯了，今日怕是没法接见上使了，还真送了几个美女过来，说以慰一路的车马劳顿。

班超心道，我还没说头疼，你倒说头疼了？站在阳台上看那广袤的楼兰海，突然觉得自己忽略了什么。

班超和班昭站在宾馆的屋顶上。

鄯善的房子不似汉地那样有屋脊坡顶，而是平的，其上立有栏杆和葡萄架。架下的两人看着王宫的城堡群，在下午的阳光下，几个圆形的穹顶，反射着宝石的点点光芒，楼宇间的光影也斜出了一些味道来。

两人眯着眼，望那王宫上空的气运袅袅，班超问："如何？"

"感觉不好，"班昭闭上眼，"又说不出如何不好。"

"最近梦多，总觉得处在危地。"班超两个拇指按在太阳穴上，脸上的倦意更深了。

21 虎穴

班超召集了所有人在自己房间里，面色倦怠："中午鄯善的礼宾大臣送了六名美女来，被我锁在了楼上。"

"为什么呀？"柳盆子问。

"你要？"

"啊？"

"花老板会放毒虫把她们毒死的。"

"别看我，"花寡妇看看众人，"我怎么会？我无所谓的。你们别再叫我花老板、花寡妇的，我有名字，叫花幽。你们可以叫我花花，叫幽幽也行。"

"哦，我们说正题。"班超咳嗽了一声，看向齐欢，"齐大师可有什么发现？"

"此楼没有暗室也没有暗道，但每个房间里多有暗孔通向户外，方便偷听屋里的谈话。"齐欢沉声道，"放心，这些暗孔已经被我堵上了。"

一众人开始面面相觑。

齐欢继续道："宾馆四周，有店铺二十一家，居户三十九家。其间明哨十二人，暗哨三人。就在中午，宾馆内有五名礼宾人员被换掉，换成了有点身手的人。"

“暗哨是四人，”柳盆子拿着一把小刀，修着指甲，“老齐，那后街二楼上晒毯的妇人，也是暗哨。”

齐欢低头想了想，表示信服。

“这能代表什么？”柳盆子问。

是啊，这能代表什么？各国使臣都夹杂着间谍功能，必会遭到监视。

“昨日鄯善王热情似火，今日却称病不见，又换了人，这其间的差异，有些蹊跷。”班超道。

“我看那鄯善王，作伪得紧，”耿恭道，“又穿汉装，又是拉马，又是落泪的，戏太足啦。”

“着汉人衣冠，本就是归服的意思。鄯善王既然要把戏做足，今天抱病来与我们会晤，更能点出戏眼，而不是避而不见。不见的同时，又送来美女，这就不是热情，而是客气了。”

“哦，你说过，客气就是不归顺。”柳盆子摇着手上的小刀，恍然而悟。

“这期间，多半有了变故。我大军逼退了匈奴，但匈奴也一定明白我朝意在西域，想必也派出了使臣来威慑诸国，不许倒向大汉。”班超环顾众人，“多半是匈奴的使团比我们晚一步到了。”

“娘的，这鄯善王凭什么认为倒向匈奴会有好果子吃呢？”耿恭恨恨道。

“大汉毕竟七十年没曾在西域出现了，匈奴在此地积威已久，仅凭我们几个跑来招摇，人家难免会看轻。”班超道。

“那我们会怎样？”柳盆子问。

“我们毕竟是脸，”班超苦笑，“鄯善王未必敢动我们，但多半会把我们交给匈奴人处置。”

“匈奴人会对我们怎样？”

“那就不好说了，运气差的话，就是杀了我们在西域立威。”

“运气好呢？”

“把我们抓去极北之地，像前朝的苏武那样，给羊配种。”

“什么配……种？”柳盆子惊道。

“这不是很适合你吗？”班超正色道，“当年匈奴让苏武牧羊，说直到公羊怀孕了，才放他回来。”

“娘的！”柳盆子隐隐想起，好像是有这样的传说，“你不是说出使就是吃吃喝喝吗？”

“我说过吗？”班超看向众人，摊着手。

众人脸上皆是凝重之色，没心思配合他的玩笑。

“好吧，现在他们是刀俎，我们是鱼肉。”班超抽出一把短刀劈在桌子上，“我们先到一步，享受了隆重的欢迎，住进了国宾馆。那匈奴使团没法公开进城，多半驻扎在城外。所以我们时间很紧，夜里他们多半就会来杀鱼了。”

“那我们现在撤出，想必鄯善人也不敢拦阻我们？”齐欢沉吟道。

“对，先撤出去！”秦厉脾气火暴，“给我三匹马，我日夜更换，两天就能回到伊吾大营，向窦帅搬兵，踏平这里！”

诸人颇觉得有理，耿恭却喝止秦厉：“别多嘴！”

秦厉经过西征一场血战，心里最服的就是耿恭，一条大汉，也喏喏地闭嘴了。

“没用的，不会有大军来的。”班超缓缓摇头，“实话告诉你们吧，此次大军出征过于仓促，只带粮，未带草。”

“什么意思？”柳盆子问。

“就是大军只能在牧草丰美的北路活动，就地放牧和割草。加上消耗，最多也只能屯三日的草料。我们南路，多是戈壁荒漠，大军来此，不战自败。”

“那还让我们来出使，威慑他们归顺？”柳盆子吹了声口哨，“乖乖，这是让我们空手套白狼呀。”

“我们是谁？”班超从桌面拔出短刀，丢给仙奴，仙奴面无表情地看了班超一眼，转瞬就对大家媚然一笑，将刀尖抿在嘴里，嘎嘣一声，就咬断了。接着像嚼花生一样，不一会儿，将整个刀面都吃了，吞在肚子里。除了耿恭，大家都被这手“幻术”惊得目瞪口呆。

“我们可是会吃刀的鱼。”班超鼓着掌，得意地说。

晚饭时，礼宾大臣又来了，说鄯善王还在养病，但派他来好好招待上使。

晚宴就设在天台的葡萄架下，有庖厨用来自沙漠边缘的植物——红柳，燃起蓝火，烤着小羊羔。整只羊在铁钎上旋转，肉上的油，一滴滴掉在火里，引得火花跳跃蹿动，香气四溢。蓝色的烟升腾起来，烟闻起来淡淡的，有一点蜜汁的甜意和中原没有的胡椒的辣味。

礼宾大臣亲自在烤成金褐色的羊羔身上切肉，逐个分给大家。来到班超身前，班超似带点酒意，有点神情恍惚，含笑接了烤肉，咬了几口，竟摇摇晃晃地伏在了酒案上，啪的一声，夜光杯被碰倒，血红的葡萄酒流散开来。

礼宾大臣大惊，俯脸叫：“上使……”身边的班昭向他做出了噤声的手势，轻声道：“嘘，大人睡了。”

班超的睡相不雅，就像脸拍在了案子上，不再动弹。礼宾大臣有心相扶，四顾发现使团的其他人见怪不怪，只是不再出声，照样默默地吃喝。礼宾大臣顿时觉得酒席上有一种诡异的气氛。

不过一刻的时间，班超身子一抖，醒了过来，抬起头茫然地看着礼宾大臣：“你怎么还在？”

礼宾大臣笑道：“大人太累了？要去回房歇息？”

班超晃了晃头，像要甩掉困意：“你在这边陪我们，那匈奴的使团岂不冷落了？”

那礼宾大臣手一抖，刀上的肉就掉了下来，却被班超伸手抄住。

班超心下笃定，把肉塞在嘴里嚼了，亲热地搂着礼宾大臣的肩，却不顾忌地在别人背上的衣服擦手：“说说，那匈奴使团驻扎在何处？”

“上使，什么意思？什么匈奴使团？”礼宾大臣冷静下来，却眼睁睁看见自己的随从和庖厨等被那些孔武有力的汉兵护卫押了起来。

班超依旧稳稳地坐在胡凳上，左手揽住礼宾大臣，右手拿起一串烤肉来，慢慢地吃。那大臣被别扭地制着动弹不得，班超将吃尽肉的铁钎，一点点深入大臣的鼻孔内，凝住不动：“其实吧，我想吃的是烤脑花，你说我猛地这样——推上去，能扎到你的脑子吗？”

礼宾大臣浑身颤抖起来，面色苍白，但咬着牙一声不吭。

“吓唬你玩呢，”班超笑着收了钎子，“我们可是友邦，不会让好朋友见血的。花寡……老板，要不你来玩一下。”班超把礼宾大臣推给花寡妇。

“叫我幽幽。”花寡妇幽幽地说。随手接过礼宾大臣，单手捧着他的下巴，说：“我看看。”

礼宾大臣看着这风韵女子，见她的右手在头发上抹了下，指尖上爬着一只闪着绿光的小甲虫。眼看着那指尖抚在自己的上唇，一下感到那甲虫爬在自己的人中上，痒痒的，钻进了自己的鼻孔。大臣大叫一声，想用小指抠出来，哪还来得及。直觉得那甲虫爬进鼻腔，又进入喉底……大臣魂飞魄散，手锁住喉咙，在地上滚动，却又啊啊地发不出声来。

花寡妇盈盈地蹲下来，用手指戳了戳大臣的胸膛："在这里爬呢。"声音很腻。

柳盆子在一旁看得震撼莫名，不自觉地也捂住胸口，心有戚戚焉。

花寡妇微微张嘴，从嘴角爬出一只乌黑的蜈蚣来，用两指轻轻拈了，腻声说："乖，你去把那小绿袍给找回来。"说罢，把蜈蚣也放在礼宾大臣的人中上。

那大臣嗓子嘶哑地喊："我——说——"

月亮升起来，挂在暗蓝色的夜空里。沙漠就是这样，阳光下的酷热像翻页一样转换为寒冷。

班超在葡萄架下拿着一根羊腿骨指指画画，就着炭火，开始布局。

耿恭，带领风廉十剑和虎贲八骏、羽林卫等二十余人，突击匈奴使团。据礼宾大臣说那使团竟然有两百多人。

"花柳。"班超喊。

柳盆子叉着手抬眼朝天，不予理会。花寡妇笑吟吟地向前："在。"

"你们去王宫里盗宝。"

"盗什么宝？"柳盆子眼睛一翻。

"国宝，"班超笑得意味深长，"就是鄯善王十三岁的世子。"

"偷人？"

“这不是你俩最擅长的吗？”

“不去！”柳盆子有点恼怒。

“他是不想我去。”花寡妇幽幽地说。

“她轻功不行，跟不上我。”柳盆子道。

“我们需要花……姑娘的拷问术，毕竟在宫里找到那孩子不容易。”

“找人还能难得住我吗？”柳盆子傲然道。

班超有点无奈：“那让仙奴和你一起去，她可能比你还善攀爬，又懂胡语。”

“那好吧。”柳盆子做出勉强答应的样子。

只剩下班昭、齐欢和一脸感伤的花寡妇没有任务，班超道：“我们几个留守，等着招待我们的匈奴客人。”

天色已然暗透，耿恭这一队人最多，全部外罩了夜行衣。羽林卫善射，每人都带了两囊箭。而虎贲最喜近战冲杀，都配有一长一短的刀。有道是，羽林骑射，虎贲刀马。

班超和耿恭两拳相抵，这是他们做游侠时的礼节。“你我两边的任务一样，一个不留！”

班超又转向柳盆子：“你那边，正相反，一个都不许伤！把世子带回来。”

柳盆子笑：“你昨夜说的让他们献国宝，本就是说世子吧？”

班超不答，腰间的非攻剑鸣响起来。班超轻轻扣着剑匣，呼地拔出来一挥就还了鞘。

“不入虎穴，焉得虎子！”

班超一字字地说完，转过身来，身后的葡萄架哗啦啦地坍塌下来。

四柱早被剑气削断。

22 伏中伏

入夜已深，相当于汉地的一更天。

宾馆外的明哨早已歇息，暗哨被一个个击晕，拔掉。

宾馆的房间里，班超在数个纱灯的围拢下，在案前一根根拼着残简，班昭坐在一旁吹箫。吹的是《沧浪歌》：

沧浪之水清兮，可以濯吾缨；

沧浪之水浊兮，可以濯吾足。

乐声婉转，意境疏阔。啪的一声，班超在箫声中拍下一支简。又一支简找到了它适当的顺序和位置。

几十支简已经拼出了大概形状，能看出来，这是一个地图的一部分。

班超指着一处喃喃自语："就是这里，楼兰。"

其实今天不算是杀人的好天气，月光太亮，尤其映在楼兰海浩荡的湖面上，粼光万点。

耿恭与风廉一行人，在湖边芦苇里潜伏行进，不时地会惊动熟睡的野鸭，扑棱棱地飞出。

探进湖中，有个小小的岬角，上有亭台，原是鄯善王族夏日的简易行宫。匈奴使团就在行宫的四周驻扎，大大小小二十几个帐包。

耿恭看着布置，心里暗道，如此倒是只需布防一面，最省人手，但焉知不是固守死地，背水毫无退路？随即做了几个手势，随从们在芦丛中散开，趋近敌营。

柳盆子和仙奴并没有穿夜行的黑衣。

因为月色灰白，宫墙宫殿都是明晃晃的白色，黑衣潜行反而分外打眼，所以两人却穿了白衣。

两人早就潜在了宫墙边的一棵大树上，大树的枝桠离城堡的高墙还有两丈多远，但对柳盆子来说根本不是问题。

"跳得过去吗？"柳盆子问。两人在树上几乎依在一起，让柳盆子难免心神一荡。侧目看身边的美人，戴着白色面纱，几乎伏在他背上，没有任何扭捏，那双睫毛细密高挑的蓝眼，像猫狩猎一样，静静地盯着对面的宫墙。

"我背你也能过去。"柳盆子轻声笑道。仙奴不理他，发现宫墙上的守备一点也不简单，有定哨，有巡哨，只怕高处和暗处还有弓箭哨。

"别急，我数十声，他们就要换防了。"柳盆子用气声数着，"一、二、三……"

数到十声的时候，宫墙果然出现了一队侍卫，开始换防。

"换防时，每个哨位都多出了一个人，正是人最多眼最多的时候，他们往往觉得最安全，也是最懈怠放松的时候。"树对面宫墙上的那个哨位上，两个侍卫在互换位置前，仪式般地相互致礼。柳盆子知道，致礼的一瞬，出于真诚或礼貌，他们只会盯着对方的眼睛。柳盆子手向后一揽，已圈住了仙奴的腰，脚尖一蹬，背着仙奴就飞过了宫墙。

越过宫墙的刹那，柳盆子就觉得仙奴在自己的肩上压了一掌，身体一沉，背上的白影就从头上飘过去了。柳盆子无处借力，身体坠下，却在内墙上四肢张开停了下来，像只壁虎。原来柳盆子的手腕和脚踝处，都伸出了钩抓，挂在了墙上。

柳盆子不敢在墙上停留，迅速地“游”到墙根，却发现早不见了仙奴的踪迹。不禁暗暗心惊，世上真有在他眼前就这么迅速掩藏踪迹的人？这个贵霜美人儿好不简单！

柳盆子的身法轻飘飘的，全不着力，几个起落就离开宫墙附近的岗哨“重灾区”。

柳盆子“飞”到一个长廊上，伏在栏杆下，循栏而行，忽见前面有一个身影，急忙往后一缩，但马上看出那身影就是仙奴，正在栏下抱膝而坐，一双妙目看着他。

柳盆子有点尴尬，却浑不在意地坐到仙奴身边：“好巧。”

仙奴还是冷冷地盯着他：“你怎么知道他们什么时候换防的？”

“昨晚我观察了一下。”

“昨晚？”仙奴的声音里掩饰不住地吃惊，那时使团还没有任何要和鄯善动手的意图。

柳盆子耸了耸肩：“职业习惯。”

仙奴起了身，精致的手指向柳盆子勾了一下，意思是走。

“那个，”柳盆子并不动，“你刚才为什么要把我踹下来？”

仙奴的眼睛忽然极媚地弯起来：“我是想告诉你，要不是跟着你，我根本不需要等什么换防。这回你跟我。”

月光下的楼兰海显得恬静，耿恭伏在芦苇丛里数着自己的呼吸。

水的味道飘荡过来，夹杂着匈奴使团篝火灰烬的气味。

一百息后，耿恭火镰轻击，在深夜里显得响亮，火光明灭，照见耿恭的脸棱角分明。

耿恭慢慢引弓，射出一箭，空中一亮，既是火箭也是响箭，一声尖锐呼啸，划着弧线，箭点燃了匈奴使团的中心帐篷。

四处同时又有火箭射出，瞬间，二十几座帐篷全部腾起火焰，倒映在湖水里，暗了月色。

人声鼎沸起来，帐篷里有带火的人号叫着滚出，也有人带着兵器冲出，喊着胡语。马圈也起了火，惊马四散，竟踩踏了营帐。

耿恭一挥手，带着秦厉等虎贲八骏，拔刀冲了进去。

风廉带着九剑侍，无声地从另一个方向潜了进去。

匈奴使团的人基本都是战士，着火的帐篷后冲出了二十多个披甲带盾的武士，和耿恭他们九人对峙起来。

耿恭心里一沉，对方怎么披甲带盾？深夜来袭，他们从帐里冲出，即便没有衣冠不整，最多只来得及抽出一把刀而已。“不对，中伏了！”耿恭喝了一声，就听见身后马蹄声大作，回首一看，只见岬角的两边各泊着一艘大船，船上火把一一亮起，船上各藏着六十名骑兵，从两边踏板上奔下来，排成一列，正好把耿恭他们堵在了岬角上。

耿恭看见那九剑侍围着风廉，在自己的右后方从草丛里站起，露出了身形，有点迷茫地看着这阵势。

有一骑在敌阵中走前了几步，喝了一声：“哪一位是班超？”

箫声越发悠扬清亮。

班超灯下读简如故。

箫声中，二十几名黑衣刺客，从宾馆四周纷纷潜入，有的翻墙进入庭院，有的用挠钩爬进窗户，有的从杨树跳上屋顶……

进入庭院的蒙面人，发现自己在几排灌木、石桌凳、小水塘间竟然迷路了，怎么也转不出来。七八人茫然四顾，忽觉得四周色沉如墨，恍惚间黑暗的一切都在随着冷风摇摆、移动……

爬上窗台的人，刚探入窗户，不知触动了什么机关，被弹射出的一排钢针打在脸上，声都没出就纷纷摔了下去。

落在屋顶的七八个人，刚会在一起，发现有烛光亮起，一个少妇坐在倒塌的葡萄架上，荡着脚，笑盈盈地说："你们是找我吗？"几个刺客慢慢围拢过来，铮的一声，刀齐声出鞘，宛如铁琴迸弦。几人同时从各角度扑来，少妇不理，用指尖挑着烛心，想让火苗大一点。只见空中扑来的刺客纷纷摔落下来，呆呆地看着少妇，脸上身上洇出道道血线，陡然从血线处四分五裂，变成一堆堆血肉散落在少妇四周。

少妇用烛火细照，能看见她四周隐隐布着不规则的滴血的细丝。

"小心呀，有我们花家的天蚕丝呢。"少妇的声音旖旎。

血静静地流淌，在庭院，在阑干，在台阶上。

箫声却一直没有断绝，在暗夜里显得极优雅辽远，升在鄯善城的上空。

齐欢带着四个徒弟从花园里转出来，其中一个扛着一个黑衣人的尸体。那徒弟就着月光将尸体的蒙面拉了下来，任谁一看，那都是一张汉人的面孔。那徒弟在尸体上搜了搜，翻出些暗器和一个铜牌来。

"师父。"

那徒弟把铜牌递过来，齐欢接了一看，浓眉紧锁，嘴里沉吟道："不对呀……"

柳盆子远远跟在妙曼的仙奴身后，心里全是吃惊。

仙奴的身法别具一格，犹如狸猫母豹，并不完全避忌宫里的宫女或奴仆，但都出现在他们的视觉盲点上，仿佛对危险有天然的嗅觉。遇见似乎难以闪避的瞬间，仙奴手上的长鞭，灵动若蛇，缠住房梁或柱子，脱兔一般地荡出去，身体就物遁形。在后面的柳盆子看来，那根本藏不住，就是一根旗杆或石凳，但在仙奴要躲避的人的视角来看，正好全无踪迹。

柳盆子身形飘忽，潇洒至极，心里却想，这女人的轻功既没我高，也没我快，偏是效率奇绝，一点也不比我慢。潜行术高超的不过是两种人：一种像自己一般的神偷大盗，一种就是刺客。那她以前究竟是干什么的？

两人一前一后潜入了城堡内部，里面能看见一个巨大的穹顶，但房间分布在四周，高高低低犹如迷宫，真要找那世子的房间怕也是不易。

柳盆子看见仙奴随便就闯到一个房间里抓了个十四五岁的小男孩出来，那男孩站在台阶上对着上面的路径指指点点，比比画画……仙奴用手轻轻抚了抚那男孩的头发，那男孩就回屋了。仙奴向上张望了一下，就直奔目标而去。

柳盆子惊呆了，来“偷人”还带这样问路的？

柳盆子不敢造次，远远吊在后面跟上，眼见着仙奴窜入一个堂皇的门里，心道，肯定是这里了。柳盆子的兵器竟然是一把伞。在天花处接近屋门，用伞尖挑开了门缝，无声息地将身体垂落下来。柳盆子脚还没站定，就觉得一股冲天的杀气扑面而来，感到前所未有的危险。

23 以力破道

楼兰海的岬角边，那一百多匈奴骑兵在首领号令下，整齐地拔刀，唰的一声，刀尖上挑，立在那里。

但左岸的大船上还有两人没有出来，留在最大的舱室里。

舱中心，有个人裹着狐裘坐在胡床上，烤着炭盆。这人个子很小，好像只有五尺多高，却不显得五短，因为其身形只是比例完好地缩小了。在炭火映照下，看得出年纪也有三十七八岁，面容秀气得却像个女人，一条额发垂得很长，挡在右眼和右嘴角上，被他苍白消瘦的手指挑在了耳后，不久又垂下来了。

他的左手拿着一支精美细长的如意，在挑炭。

“他们只有三十六人，最强的战力今夜都会派到这里。师叔，围住了他们多少人？”声音却低沉还有些沙哑，男性魅力十足。

靠在窗边有个披着葛袍的人跪坐在那里，盯着窗外。隔着袍子也能看出这人身材甚是魁伟，只是那袍子连头脸都包了，看不到面目。

“被围住了……十九个人，外面可能还有几个弓箭手，我想呼阿朵已经派人去对付了。”那葛袍人回答道，声音像金属在剐蹭，但语气恭敬，丝毫看不出有师叔的地位。

“那班彪忒也狡猾，把十六岁的班固带进太学，让天下人都知道他有个如此杰出的儿子，结果藏着另一个儿子，毫无声名，却一举翻了私写国史案。”那袖珍的秀气男子，依旧一丝不苟地拨着炭，“这个班超绝不简单，果然就这样杀过来了。”

“好枪法！那二十多个伏兵，一下就被他们杀净了。”那葛袍人简单报着战局，“九个人动的手，另一组十个人根本没动。”

“没有些战力，哪敢过来冲十倍人数的营地？班超应该就在里面，露脸了吗？”

“不知道，呼阿朵已经开始叫阵了。”

那人没想到，班超也跟他一般，舒服地盘坐在室内，不理会室外进行的杀戮。

啪的一声，一块铜牌扔到了案上排好的竹简上。班昭停了箫，对进来的人盈盈一礼，叫了声：“齐大哥。”

班超拿起铜牌细看，不解地向齐欢问：“这是什么？”

“幽行都的铜牌。”

“幽行都？陇西王的暗卫？”

“班头真是无所不知。”齐欢赞了一声。

“动身前一天，我去大鸿胪寺，把有关西边的资料都草草翻了一遍。”班超道。

“我二哥的本事，就是过目不忘。”班昭不无得意。

班超凝神思考：“说明陇西王暗通匈奴？会不会是嫁祸？”

齐欢摇头：“应该不是，这些人一进来，我就奇怪，没人用匈奴的战斧、弧刀或削刀，拿的都是剑、环首直刀这样的汉家兵器，身法很杂，不少应该出身江湖。后来去了他们的蒙面，几乎都是汉人。”

班昭咬着嘴唇：“大汉的王爷，却帮着匈奴来杀我们……”

班超对着班昭解释："这陇西王并不是皇族，算我大汉唯一的异姓王。他本就是羌王，母亲倒是汉人，手握五千凉州羌骑，这次西征匈奴，他也是出了兵的。"

"这倒奇了，还有这么两面三刀的？"

"久在边塞，和匈奴暗通款曲也不奇怪。"班超慢慢分析，"暗杀我们也有说得过去的理由：如果西域大部归顺，陇西就不再是前沿，羌人就变得没那么重要了，他的羌骑多半会被肢解到凉州各郡，他也可能会被招到洛都去享清福了。不像现在，他偷偷地聚集江湖势力，朝廷也睁只眼闭只眼的。"

齐欢叹息："早知就留个活口。"

"按理说，陇西王不至于这么傻，派自己人就罢了，还戴着身份牌？"班超用一支散简敲打着自己的手心，"其中必有蹊跷。"

仙奴"问路"后，直奔鄯善王世子的房间，潜进去是个厅室，看起来有些混乱，像经过打斗一般，地上还有一个扎紧的皮袋，仙奴倒转鞭柄，想要触一下那鼓鼓的皮袋，忽然听到左边房间有异响，闪在一边，口中一声轻哨，手上的长鞭像蛇一般，缓缓在空中延伸，鞭头卷住把手，扭开了门……寒光一闪，一个影子冲出来，迅捷得让仙奴都吃了一惊，怎么好像比那姓柳的都快？

那人一身葛袍，腋下夹着一个口袋，右手探出一支巨镰，站在厅堂中央指着仙奴，脸上一个青铜鬼脸的面具，在寒夜里闪光，说不出地诡异。

仙奴长鞭一抖就缠向对方脚踝，那人一跃，在空中翻身，竟然脚立在天花上，头朝下地望着仙奴。仙奴还来不及惊异，那人脚在天花上一蹬，人像弹出的箭矢，裹着镰刀的寒光，突了过来。仙奴鞭子不及收回，就地一躺，弯刀出鞘，向上一挑，自己平地滑出一丈。

这只是眨眼之间的起落，两人就交换了位置。两人刻意没有让兵器相交，所以没发出一点声音。

仙奴左手长鞭，右手弯刀，全神戒备。见那人两脚站在墙壁上，歪着那张青铜的鬼脸，好像也在诧异。

那人脚在墙壁上一蹬，又弹射过来，势头更疾。仙奴急闪，还了一刀，不想那人只是虚冲，单脚点地，转向门口飞去。

仙奴一刀砍空，见那人夹着口袋“弹”向门口，根本来不及阻挡。

嘭的一声闷响，那人好像连刀带人撞到了什么东西，又弹了回来。

当然是柳盆子。

柳盆子刚刚从门顶那里挑开门，惊觉到杀气扑面，一道怪异的刀光卷了过来，下意识地弹开了伞，自己也被撞了出去。

柳盆子一落地就跳起，骤遇敌袭，心下慌乱，怕是仙奴也遇袭了，伞往前一合，已变成长枪，追进门去。

一进门，就看见仙奴无恙，倒是这个被前后堵住的鬼脸人处在了绝境。

青铜鬼脸人把腋下的口袋放在地上，慢慢退在墙边，将那把长把的镰刀立起来，镰刃划出一个巨大的弧线，竟有三尺长。突然一矮身，身体一翻，脚又蹬上天花，向柳盆子扑来。这人的身法就像皮球一样，在一个房间的四壁弹来跳去，错身间竟然抓掉了仙奴的面纱，仙奴也割伤了对方。

三人都静止下来，一番打斗竟没有碰翻什么东西，只有三个人的喘息。仙奴被抓去面纱时，清楚地看到那只带毛的手指上，伸出的爪子——那不可能是人类的手。还有“他”跳跃和走路的姿势有些怪，细看发现他的脚很长，几乎是一般人的两倍，但只绷着脚尖着地，就像兔子后腿似的，难怪窜动如兽。但“他”占不到柳盆子的便宜，柳的伞变化多端，攻防自如，所以“他”就更多地攻向了仙奴。但现在“他”已伤了三处，只怕要越来越糟。

青铜鬼面人的镰刀突然攻向了他放在地上的口袋，柳盆子和仙奴顿觉不好，齐身来救，那人却收镰弹向了卧室，柳盆子闪身追去，那人已撞破窗户，坠了下去。柳追到窗前弹出一把飞针，却眼见那人在城堡的外墙像只野兽一般，几个窜动起落，飞快地出了王宫。

倒也有侍卫看见了闪动的影子，再一看却什么也没有，只当作幻觉或鸟兽罢了。

柳盆子退回厅堂，见仙奴已解开了那遗下的口袋，里面有个闭了知觉的孩子，不过是十二三岁。

“这一定是那世子了。”

“怎么别人也在偷世子？”

耿恭将背上的三节棍结成长枪，带着虎贲八骏转瞬间连挑带抹，就将眼前二十多个披甲武士砍翻了。暗处潜伏的弓箭手开始向他们发射，八骏配合无间，提了对手留下的盾牌，结了个盾阵，然后就看见他们嘴里的“虎头”表演了。

耿恭就站在盾阵的保护之外，暗处只要有箭射出，就暴露了方位，耿恭看也不看，发箭就结果了对方，一箭一命，七八箭射出，箭囊竟然空了。暗处的箭手不会去射那结好的盾阵，只会群起攻击这个独自站在火光下的头领。耿恭慢慢地走向马队，盯着那个走出来叫阵的人，随手接住射来的箭，随手射回去，不过走了二十几步，发了十一箭，就再也没有箭矢飞来了。

那叫阵的大汉，骑着一匹高头大马，持一狼牙棒大喝：“我乃大胡使节、呼衍王麾下千夫长呼阿朵，偷袭汉狗，可敢一战！班超！可敢公平一战！”声振夜空。

“娘的！”耿恭边走边将弓收了，迅速将背上的三节棍再结成长枪，拖在身后。身边正好跑过被火惊散的无主战马，耿恭一跃，跳上了战马，挺枪向那呼阿朵杀去。

呼阿朵也催马而出，两骑对冲，枪棒交击，一声巨响，耿恭荡枪如鞭，抡了过去。对方躺在马背上，刻不容缓地躲了过去，两马交错而过，对了一合。两人豪气干云，回马相对，耿恭长笑一声：“我乃大汉使节……”

话才说出一半，就见一个灰影掠过呼阿朵的马前，鲜血从呼阿朵脖子狂喷出来……耿恭眼看着呼阿朵慢慢从马上栽下去。

风廉回脸说了一句：“不用谢。”就只身冲向了敌方的马队。

耿恭挺枪气结，四顾茫然。

“好歹你也让我把名字说出来。”

24 铜手

耿恭见风廉一个人冲进敌阵，也一举长枪，招呼虎贲八骏抢马杀敌，枪举到一半却不自觉地停了下来。他像看见妖怪一样，看见风廉一个在敌阵中掠动，根本看不清剑，一串人却如呼阿朵一般，脖腔喷血，纷纷落马。而马队的另一头，一个移动的剑阵正在收割着人命。

那是九剑侍组成的剑阵，像个活动的屠杀机器，剑光过处，无论人马，尽皆四碎。瞬间，一左一右的剑光闪耀，敌兵倒下一大片，再不可能有像样的攻势。

“班超出来了吗？”船舱里袖珍的秀气男子在炭盆上放了一只铁壶。

“呼阿朵死了。”葛袍人还在窗边转播着战况。

“死了？”那男子一震，“这么快？呼阿朵可是大营里有数的勇士。”

“剑阵！好厉害的剑阵。”

“哪个门派的剑阵？”

“看不出来。”

“师叔都看不出来？”男子挑炭的手停了下来。

“好像是个小孩……”

“什么小孩？”男子觉得葛袍人说得颠三倒四，全不知外面的局势变化太快。

葛袍人突然站了起来，竟然高达九尺，比齐欢还要高出一截。

葛袍人一步跨来，将袖珍男子抓到肩上坐着：“我们走，那小孩来了。”转身将船舱击碎，却看见一个十六岁左右的瘦弱少年站在船舷上，拿着一把不起眼的剑——剑不长，大概两尺七寸，剑身很细，奇异的是剑锋是三棱的，几乎没有剑锷，所以更像一个锥子。整个剑呈暗青色，抓在少年的手里，斜斜地指着他们。

袖珍男子坐在魁伟的葛袍人的宽肩上，感觉一点也不勉强。他望向船外，发现匈奴使团几乎全军覆没，脱逃的散骑，被外面潜伏四散的七名羽林卫，一个个地射下来……

袖珍男子对自己倒全无担心，心里还在嘀咕：“就二十几个人，怎么这么快？师叔对眼前这个半大的孩子怎么这么郑重？”

葛袍人一直盯着风廉手里的剑，半晌说了一句：“扬眉？”

风廉动作不变，只是点了下头。

“扬眉？”袖珍男子开始细看这个少年，“那可是春秋时，刺客要离的剑。”

风廉还是不动，只盯着葛袍人。

“班超可来了？”袖珍男子神态可亲，继续问风廉。

风廉总算看了他一眼，摇了下头：“他说了——”

“哦？”

“一个不留。”风廉说罢一掠而起，剑刺向葛袍人的面门。

葛袍人的大手竟然抓向风廉的剑锋，风廉剑势不变，被葛袍人一把握住，但剑尖依旧在握紧的拳头里突前，葛袍人一侧脸，脸上的袍帽被挑开，露出一张粗糙的古铜色的脸。但剑再难突进，葛袍人正欲发力夺剑，剑身过细，竟然被那少年抽走了。

两人都愣愣地不动，一人低头看自己的剑，一人低头看自己的手。

剑上无血，三棱刃像是被抹上了一线金色。而那古铜色粗糙的大手展开，手心有平行的三条剑痕，露出红铜般的光泽。

风廉又动了，跟刚才的一剑几乎一样，刺向葛袍人的胸口。

葛袍人不闪不架，径自一拳击出。

剑毕竟更长，先刺在葛袍人的胸口。

风廉更加诧异，剑像刺在铜盾上一样，难再进一寸，拳却劈面雷霆万钧地打来。葛袍人身材高大，猿臂几乎垂手过膝，所以并不比风廉握剑的手短几寸。风廉是左手剑，发力一催，细剑一弯，把自己向后弹出，右手做了个横剑的姿势，护住面门。拳没触到风廉的右手，但风廉如断线风筝一般，荡出了船舷，落在陆地上。

风廉吐出一口血，抬眼盯着葛袍人，身子一侧，细剑遥遥相指。九剑侍早已扫荡完残局，聚在风廉的身后，剑阵张开，犹如孔雀开屏。

葛袍人突然伸手一挡，一支射向肩头袖珍男人的箭，几乎在那手上迸出火花，竟然折了。葛袍人也不犹豫，发力一跃，甲板被踏了个大洞，人已跃上了岸，往夜色深处跑去。

葛袍人步幅阔大，几步就跑出十几丈，耿恭再射一箭，那葛袍人浑然不觉，任由箭射在后心上，却如中败革，箭羽跌落下来。

“妈的！刀枪不入啊。”耿恭对着已不见分毫的芦苇丛骂道。

先回来的当然是柳盆子和仙奴。但两人并不得意，因为遇见了一个潜伏术并不亚于他们的人。不对，仙奴想了想那人的爪子和古怪的脚，说了句："那不是人吧？"

一个时辰后，耿恭和风廉他们潜回来了。

风廉很生气，生自己的气，几乎不让齐欢给他疗伤。

"班头，"耿恭有点歉意地跟班超说，"跑了两个，但那其中一个，简直不是人！"

那"不是人"的葛袍人的肩上依旧坐着袖珍中年男子，站在一棵巨大的胡杨树下。

这里离那匈奴使团的驻扎地已有十余里地，葛袍人一口气跑来，确定没有人追击，才如入定一般，站着不动。

袖珍男子也不打扰，静静地坐在肩上看着鄯善城的方向。

如此过了良久，葛袍人突然咳了一声，吐出一口瘀血。

"师叔？"袖珍男子声音平淡，"怎么会这样？"

"不碍事了，"葛袍人的声音犹如扯动破烂风箱，"那孩子的剑气，伤了我的内脏。"

"这孩子是什么来路？"

"难道是剑家的人？"葛袍人说得有些迟疑。

"真有剑家？不是传说？"

葛袍人不答，两人一起看向鄯善城的方向。

"幽行都的人，到现在还没有回来，也望不到半点气象，只怕……"袖珍男人叹口气，"班彪把他这个儿子藏得可真深，低估这个班超了。"

"要是破邪在，我会追过去，把那孩子毙了。"

"我知道师叔是怕我有闪失，也怕被那剑阵缠上，才想全身而退的。"

"我怕，以后再也杀不了那孩子了。"

“没事，等会儿破邪会把那鄯善王世子带回来，到时鄯善王必不敢降汉，只会扣住他们，那时我们再回去料理他们。”

“什么?”齐欢惊道，“刀枪不入，手上还被砍出了红铜色的光芒?”

“齐大师想到什么了?”耿恭说清了他们的所遇，包括那神奇的葛袍人。

“那人年纪多大?”齐欢问。

“嗯，看不出来，就像个铜铸的……人，比你还高一尺。”耿恭道。

风廉兀自不说话，抱着剑闭目沉思。

齐欢却娓娓道来：“我听先师讲过——三十年前，赤眉绿林的余绪，还在西蜀与先皇帝对峙。当时他们依持的，就是所谓的天下四大高手，号‘金银铜铁’，分别是金枪、银钩、铜手、铁剑，皆万人敌。其中就是这个铜手，不用兵器，一身横练的功夫，不惧刀箭，尤其一双手，坚若斧锤，撕虎裂豹，马援将军平定西蜀后，这四人应该都灭于铁骑之下，可是今天你们遇见的这人，听起来，不是铜手，就是他的门人。”

“铜手。”风廉喃喃自语。

“西蜀躲了三十多年的大高手都出来了，还有陇西王的幽行都。”班超转脸望向柳盆子和仙奴，“还有你们碰到的那个像人狼一样的鬼面人，咱们兵分三路，路路都跟他们对上了。这匈奴使团的身后，是个什么人啊?真是我的知己。”

“破邪来了。”葛袍人沉声道。

一个身影由远及近，身形也算迅捷。

但葛袍人以及肩上的袖珍男子几乎同时问出了声：

“你受伤了？”

“你怎么空着手？”

“家主，师叔，”那人并不摘下青铜鬼脸面具，躬身道，“本已得手了，结果来了两个夜行高手，几乎脱不了身。”

“世子被他们抢走了？”袖珍男子面色不变，看不出表情。

“怪我无能。”破邪半跪在地上。

袖珍男子沉默半晌，笑起来：“哈，班超，班仲升！你我倒是知己。起来吧，师兄，不怪你，怪我。”

破邪不敢起身：“家主算无遗策，是属下学艺不精。”

“你还学艺不精？”袖珍男子笑道，“再学就成妖精了。是我没有想到他带的人这么可怕，让他们以力破道了，一个小孩就能对上师叔。哈，还真是很有意思呢！”

月色越来越薄，东方开始隐隐透亮。

那葛袍大汉肩上坐着一个，腋下夹着一个，大步如飞，三两下就没身在晨雾里。

25 / 质子

天已蒙蒙亮，鄯善王宫的奴仆宫女就开始一天的忙碌了。

洗撒浇淋，生火做饭，备衣戴鞍，井然有序却悄无声息，毕竟贵人们还没有醒来。但城堡内的一声惊叫，打破了晨曦。

一个早起的专门伺候世子殿下的宫女从她的小屋里出来，转入世子宫殿的厅堂，满墙满天花的脚印，中间地上还有一个蠕动的皮袋。

一队侍卫闻声冲了上来，用枪杆捅了一下那皮袋，便用刀割开了袋口，里面绑着一人，花白头发披散着，两颊鼓鼓的，嘴里像塞了硬物……领头的侍卫一下认出来，这不是世子殿下的少师吗？急急割了绳索，尚未解完，那少师噌地跃了起来，扑进世子卧室。众人还在惊异，又见那少师从卧室跑出来，嘴里的异物早已吐出，高喊着："快去寻殿下！殿下不见啦！"

鄯善王独坐在寝宫里，一夜没睡。

这代的鄯善王叫屠广，是有汉人血统的。听闻汉军西出攻击匈奴，本来还是窃喜的，汉使一来，也真想依附。但前日夜里，匈奴使团就到了，规格很高，带着近三百的精卒，驻扎在城外。

昨日早上屠广悄悄出城见了匈奴使。那使者据说是匈奴有名的勇士，长得粗豪，却并不傲慢。那使者的旁边，坐着一个个子很小、穿着狐裘的汉人，坐在那儿说："身有残疾，无法起身见礼，望鄯善王见谅。"口齿清雅，倒让鄯善王如沐春风。

"贤王本有三子，不承想一子未及足月而夭，一子……"那汉人掐指而算，叹了口气，"由水而遁。只剩下当今世子。"

屠广惊骇莫名，他早年还不是世子时，曾与一民间女子苟且，后来那女子怀孕，被他找亲信假装娶了，待其生产，谁知女子难产，母子皆丧。后来争世子，怕这段事情曝光，亲信也被他找缘由灭了口，不承想被这古怪的小男人随口道出。倒是九年前，他的长子在楼兰海中划船嬉戏，落水身亡，国人还是有人记得的。

"世子独受万千宠爱，可能要受点劫难，才可成才。"那人皱着眉，像是想不通，转脸就笑了，"你们谈正事，我再运筹一下。"手里拿出一个龟壳来，放进几枚铜钱，放在耳边听起来。

使者呼阿朵直来直去，说汉军大举来犯，匈奴并未有大的损失，只是战略撤退。汉军劳师动众，后勤尾大不掉，必不能持久。西域还将是匈奴关照下的西域。而且西域诸国如焉耆、龟兹等国，向单于保证，誓要抗汉。

屠广一下惶恐起来，匈奴积威已久，自己成为归汉的出头鸟，会不会有灭顶之灾？口里忙说，未与汉朝达成任何条陈，只是虚与委蛇。

呼阿朵眼里放出精光："那就好！"

那汉人突然说："好了，"将龟壳在案上一划，五枚钱依次排开，指着一钱说，"一切就看贤王如何踏过这道关隘，或者惠及三代，或者伤及寿元或性命。"

"刚才先生言及我那不成器的世子？"屠广道。

那汉人笑:“他倒是有惊无险,有更大的气象。”

“先生可是汉人?”屠广问。

“我是汉人。你是想问,我身为汉人,为何在大胡的使团里?”那人慢慢收了铜钱和龟壳,“我眼里不分胡汉,只有气运和天命!”

“先生善于望气和断命?”

那人微笑不语,呼阿朵哈哈大笑,眼里却有点睥睨神色:“我说鄯善王,你就没听说过鱼又玄吗?”

整夜,屠广故意撤去了所有城防,心想由他们两个使团斗去,但也知道两个使团强弱立判,一方在明,只有三十六人;一方在暗,有强兵三百人,作壁上观等于是看着汉使团覆灭。心里纠结着万一汉朝追究起来,如何推诿摘清自己。

天刚亮,屠广反而疲倦地想睡,听见有宫女急急来报,说世子在卧室内不见了!负责保护和教授世子的少师,正跪在外面请罪。

屠广大惊,冲了出来,但见那少师伏地大哭,说自己昨日夜里听见世子房中异动,刚想查看就被人头上罩了口袋,然后击晕了。“世子定是被那些人劫走啦!”

少师本是汉人,文武全才,武功可能是鄯善城内的前五吧,竟然都看不见潜入者就被制住。屠广心下明了,此事必与两个使团有关,而且宫里说不定还有内奸配合,心下暗怕起来。

接着有人来报,布在国宾馆监视汉使团的暗哨、包括礼宾大臣全都失踪了。

屠广大叫一声不好!万一是汉人劫了自己的儿子,而他有意纵容的匈奴的刺客又杀上门去……屠广奔出宫来,率领可召集的所有部队，围向宾馆。

宾馆外霎时兵甲闪亮，马嘶车辚，围得水泄不通。

鄯善王屠广带着身边最强的侍卫队冲到宾馆门前，但见四门大敞，一片寂静，里面传出阵阵的血腥气。屠广心下惶恐，汉使团难道已经被屠杀光了？

侍卫队先列阵，戒备地进了庭院，屠广跟在后面，但见那假山下的小池塘已被血染红。

宾馆的厅堂门窗全开，能看见空荡荡的大堂中央坐着一个人。

众侍卫呈扇形围拢过去，所有刀剑都指着那人。屠广走进大堂，认得这人正是此行汉使团的正使班超。

班超右手持着大汉使节，桌案前摆着银制的碗碟，还有琉璃杯里殷红的葡萄酒。

班超平静地看着屠广："贤王的病好了？"

屠广没有说话，猜度着眼下到底是什么情形。

"贤王昨日不肯见我，是去见他了吧？"班超左手提起一个盘子上银制的精美笼盖，露出一个人头。班超把盘子转了个方向，屠广才看清是匈奴正使呼阿朵的人头，不禁身体颤抖起来。

班超淡淡地说："我知道你夹在两边不好做人，我就帮你做了决定。"

屠广的脑子飞快运转，张口叫众侍卫收了指向班超的刀剑。

"这就对了。"班超微笑，拿起一杯酒抿了一口，"夜里我的人杀入了匈奴的大营，你猜怎么着？竟然救出了一个被他们劫走的小孩，一问，说叫屠岸。"

屠广的面色变幻不定，终于微微躬身："鄯善一国，本就是诚心要归顺大汉的。"

“如此最好。”班超推出一杯葡萄酒，抓起头发，将那呼阿朵狰狞的人头拎起来，滴了几滴人血进去，随手甩了人头。屠广的目光随着那人头一起飞出窗外，扑通一声水响，想必是沉到了池塘里。屠广觉得自己的心也一起沉到了水底，血色无边。

“敬贤王一杯。”

屠广踌躇不前。

“敢问上使，我家世子现在何处？”侍卫长一步踏前，拦在屠广身前，口气颇不客气。

“你是谁？”班超怫然不悦。

“请归还我家世子！”侍卫长再踏一步，几乎冲到班超身前。

班超一举使节，挡着那侍卫长的视线，低喝：“大汉使节在此，退回去！”

那侍卫长身材魁伟，露出狠戾的神色，一心只想抓住眼前这汉使，换回世子。大喝一声，伸手就向拦在身前的那使节竹杖抓去。

班超岿然不动，但听一声箭啸，侍卫长仰面就倒。

众侍卫扶起侍卫长，一支雕翎箭从侍卫长的右颊射入，从左颊透出。侍卫长呜呜地叫不出声，嘴里吐出鲜血和断齿。一干侍卫围住屠广，四处戒备，根本不知箭是从哪里射来的。

这箭射得妖气十足，也缺德十足。侍卫一时不知该怎么把箭拔出来——一边有箭尖的倒钩，一边有雕翎，哪头拔都会撕开侍卫长的脸……

鄯善王屠广一下浑身汗湿，觉得自己正被那不知所在的神奇箭手锁定着，侍卫们怎么挡都没用。

班超站起身来，盯着诸人，森然道：“这是大汉之威！”把使节猛地一举，六重节旄颤动不已，“我看谁敢触碰。”

屠广推开众侍卫，向使节躬身行礼："终屠广一生，皆服顺大汉。"

班超将使节顿在地上，睥睨道："贵国本叫楼兰，是大汉立你们屠氏为王，更名鄯善。你若不善，我也可再叫它楼兰。"

鄯善王屠广身子软了，终于跪了下来。

鄯善王宫大宴，上首，鄯善王和班超几乎并排而坐。

使团其他一些人如耿恭、柳盆子、风廉等和鄯善群臣坐在下首。女子们并没有出席。

柳盆子摇头晃脑地观听歌舞，饮着葡萄美酒，道："原来出使这么刺激！"

"原来出使这么容易呀！"耿恭也由衷地感叹，把脸凑到风廉面前，"以后我和人交手时，你能不插手吗？"

"我觉得你那样太麻烦。"风廉道。

"这不是麻烦，嫌麻烦我就一箭把他射了。"

"你怎么不射他？"

"那样他不服气呀，男人跟男人之间，就要正面打脸，把他打烂为止！"

风廉似懂非懂地看着耿恭，摇着头："麻烦。"

鄯善城外，班超使团麾下的几个羽林卫，在戈壁滩上奔驰。

为首的正是玄英，玄英身前抱着个十二三岁的少年，就是鄯善国的世子屠岸。

马队奔入一个红石峡谷，山壁被风蚀得如凝固的火焰，峡谷越来越窄，几骑驰在阴影里，回声在山壁间反射，蹄声响亮，犹如千军万马。

玄英突然拉紧了缰绳，马儿乎立了起来。玄英抱紧世子，身边几个羽林卫都拔了刀。

原来峡谷的窄路上背身站着一个戴斗笠的黑衣人。那黑衣人摘了斗笠，露出有文身的光头来，转过身，却是齐欢。

班超本来还在宴席上耐着性子守着繁文缛节，见一个羽林卫匆匆而来，在耿恭那耳语，接着耿恭来到他耳边窃窃低语。

班超皱起眉来，含笑向鄯善王说告退一会儿。

班超与那羽林卫急急赶到峡谷，齐欢依然在那里拦在马前。班超先让玄英把世子带到远处。

“齐大师这是为何？”班超道。

“你们要把这个孩子带到哪儿去？”

“敦煌郡。”

“鄯善王已经臣服。何至于还要绑一个孩子不放？”齐欢道。

“送质子入汉本就是邦国之交的常事。”

“这种逼迫下的盟约，真的有意义吗？”

“就是怕盟约没意义，才需要质子。自古使然。”

“说来说去，还是霸道。”

“齐大师有何高见？”

“你也曾是游侠，不觉得如此有违侠义之道吗？”

“是屠广不义在先，把我们出卖给匈奴。”

“不能因为他人的恶意，而改变自己的方式，”齐欢平静地看着班超，“而且之前，我们也没机会表达诚意。”

班超沉默不语，沉思了一会儿，对羽林卫挥手：“听齐大师的，回城。”

王宫的宴会还在进行。只是耿恭代替班超坐在了上首。

班超牵着世子的手，从门外慢慢走进来。

歌舞不知不觉地停了下来。

众臣里有人欢呼，屠广把脸转到别处，泪都要下来了。

墨者之义

彭城血火恩仇在，
抑强扶弱本侠怀。

26 / 祓禊

如果在春秋时代，齐欢是标准的美男子。

首先够高。男人的美称“大丈夫”，就是从身高来的——周制八寸为尺，十尺为丈，成年男子通常身高为七尺，泛称丈夫，如果加个“大”字，就是更接近丈的意思。

这样算起来，齐欢八尺有余，身形健美，直追春秋的美男子邹忌。

男人的另一个雄性特征就是美髯。齐欢虬髯威武，漆黑如墨，而浓眉上挑，眼若寒星，可说是有堂堂之气。虽刚毅外露，却温和有礼。

不和谐处，就是齐欢的光头和文身。因为世人依旧认为这两样不是蛮夷就是刑徒。齐欢刮尽头发，是效仿墨子，据说后来的不少墨者也是如此。而墨者的墨，有人说就是文身的意思，因为墨者多是有文身的，逐渐成了江湖人常有的标志。王莽篡政时，赤眉蜂起，就是许多人将眉毛文成红的，于是便有了赤眉之乱身后有墨家的传说。

齐欢十四岁成为墨者，从内心敬仰墨子，愿一生仿效墨子的言行苦志，所以在墨家弟子中被戏称为“小墨祖”。齐欢每次听到他们这样叫，觉得惶恐，也有点沾沾自喜。

但此时的齐欢早已留长了头发，扎了髻，戴了儒士的方巾，盖住了脖子上的文身，还刮净了胡子，拔细了眉毛，背着书箱，夹着伞，在路人眼里像个风尘仆仆的刚刚赶到彭城的读书人。

彭城是千年的咽喉之地，古称涿鹿，黄帝和蚩尤在此分了高下。尧舜时，寿星彭祖在此诞生，彭城由此得名。周公时，迁殷人于此建立宋国，为国都。前朝立大汉之前，高祖刘邦在附近起事，项羽更在此自立为西楚霸王。千年的积淀，让彭城成为楚地最繁华的城市，也是楚王封国的都城。

齐欢也曾是彭城的闻人，如今改变了面貌，在繁华处蛰伏了三年半。越是繁华就越是容易隐藏。

齐欢在这条朱雀街上，来回走了十几日。每次扮相都有不同，有时他是个慵懒的乞丐，拖着一条长满蛆虫的伤腿在青石桥头晒太阳；有时是个力夫，推着一辆独轮木车，独自推上拱桥的拱顶；有时是一个货郎，挑着夸张的担子，担子上插着针线、玩具、竹制的器具、糕点……琳琅满目，几乎能遮住挑担的人。

齐欢摸清了从朱雀门到楚王宫这路上的所有细节。朱雀街与逐鹿街交叉处，是彭城最繁茂的所在，街心两边立起两个相对的石阙，上面雕着郁垒和神荼，如今上面挂满了芦苇编成的绳索，上面编着香草兰花，犹如彩带。今天是上巳节——祓禊之日，全城人都会于当日沐浴，然后佩戴兰花，临河泼水。所以今日的彭城格外热闹，根据风俗，全城的未婚女子在今日都可出门，在水边祈福。那青石拱桥边，早就站满了少女，向河里投着兰花。本朝《祓禊赋》有云："若乃窈窕淑女，美媵艳姝，戴翡翠，珥明珠，曳离袿，立水涯。微风掩壒，纤縠低回，兰苏肸蚼，感动情魂。"

齐欢在女性为主的游人中，显得鹤立鸡群。齐欢隐隐感到了不同，行人中时不时会出现四人一组的巡防营里的游甲卫。虽说是节日人多，需要治安人手，但也似乎太多了些。丰德酒家的二楼，临窗坐着的二人，俯看着人流如织的街面；颜玉坊本是卖脂粉的，里面却有个男子不停地闻闻嗅嗅，像是给妻子或情人挑着“节日礼物”；炼烽号是卖陶器和铁器的，有一个人在门口倚着，像是等人……这些人相貌各异，服饰不同，但都穿了软底的麻履。满街都是踢踏之声，因为今日游人多是穿着木屐，这是风俗的一部分，因为到正午，人们就要相互泼水了，木屐最适合踏水洼而行。齐欢认得这批软底麻履，是楚国执金吾配发的便鞋。作为封国，楚国的近卫军是不该叫执金吾的，但楚王英才不管那些规矩。

四周增加了游甲卫的巡逻，人群坊肆里还潜伏着便衣执金吾！齐欢立在河边，抬眼看见石拱桥上那些姣好的少女，嬉笑地将兰花如飘雪般地投下来，将伞撑开，挡住了花雨，也挡住了众人的视线。

远处锣声响起，是去郊外桑台祈福祛邪的公祭队伍回来了。

早上，封国之君楚王英与巫女共祭于桑台。巫女其实是彭城每年选出的“烟花班头”，当红的花魁。“巫”即“舞”，先由巫女在桑台上起舞，后由楚王英用木勺，将泡满香草兰花的“圣水”，从巫女的头上淋下。这湿身之舞，让观者浮想联翩。这个仪式就叫作“祓禊”，祛病驱邪。

仪式归来的游行队伍里有个搭起的花台，由数十壮汉抬着，巫女高坐台上，身披香草，衣物依旧未干，向两边观者致意，以柳枝点水向两边洒落。路边观者如蒙甘露，欢声如潮。

花台及游行队伍过后，是一百名步兵，将桥上及路两边的少男少女还有游人暂时驱散，然后排在路的两边，五步一人。之后是一百名执戟的骑士，鲜衣怒马，威风凛凛，旌旗锦罗如云，回避在店铺、巷子里的所有人都知道，是楚王英的车驾到了。

八匹纯色黑马，都披了香草兰花，步履整齐，将楚王英描着暗金花纹的车厢，拉至了拱桥的最高处。

马车停在那里一息，跟前面的骑兵队拉出了约五丈的距离。

马车下坡最难，因有自身的惯性。两名骑手在两边扶着车厢，关键时会拉住。马车的驾驭者极有经验，指挥着八匹马缓步下桥，马与车厢在惯性下加快了速度，下到桥头正好追上了那五丈的距离，衔上了马队。

只听砰的一声巨响，八匹马像被绊住了一样，两匹马失了前蹄，跪了下来。那驾车人只觉得车身猛然一震，自己身体前掼，差点向前摔出去。“怎么回事?”还没来得及有所反应，就看见一支标枪从店铺里飞出来，把他钉在了车厢上。

伍乱回过头来，正好看见车夫惨死，他没有慌，迅速地环视四周，但发生的一切不可阻挡。

伍乱是马队里排在最后的骑兵，离马车最近。

但伍乱其实是江湖人士，是楚王英供养的能人异士之一。他是由江湖高手组成的“暗卫”领袖，穿着卫兵的盔甲，秘密保护着楚王。车夫也是“暗卫”，身手不凡，但那从店铺里飞出的标枪的力道太快、太猛，以至于将车夫钉杀了，伍乱才听见标枪划过的锐利风声。怎么可能，这标枪绝不可能是人力投掷出来的，难道那店铺里藏着一架床弩?

接着，伍乱就听见了很多道这样锐利的风声……

伍乱许多年后都忘不了他此时看到的场景，多年的训练，使他比其他目击者看得更清晰：

一支支标枪从店铺里还有房檐上飞出来，四面八方……两边的房檐自己分解了，瓦片乱飞，那房檐里的椽子，就是标枪，自动地一支支地射下来……车厢在“枪雨”的中心，颤动不已。

其实只是转眼间一呼一吸的工夫，人们就看见楚王英的马车变成了一个“刺猬”，那些刺其实是四五十支七尺长的标枪，上面挂着马夫还有两名扶车骑士的尸体。

伍乱知道，那扶车的两人，也是他的暗卫。那些标枪刺入马车都有三尺以上，有一些可能全都没进去了……车里人肯定不得活了。

前后的卫队都不知该如何反应，天空中散起的瓦片好像现在才落在地上，噼啪作响。

开始有人惊呼，街面陡然乱起来。

伍乱大喝起来，卫士们也开始行动起来。巡防营好像早有准备，封了四边的路口，包括河道。躲在人群中的便衣也纷纷跟盯着嫌疑人等。

城门开始关闭，全城充斥着军队的马蹄声。事发地附近被封锁的住户商户游人包括船家，达四千余人，全部扣在原地，等待甄别。

本是全城狂欢游乐的节日，戛然而止，锣声、蹄声、哭声此起彼伏。

全城弥漫着的香草味道久久不肯散去，河面上满布的兰花，随着流水，渐渐漂向城外。

27 / 沙盘

彭城已经封门了十日，街面到处都是戒严的士兵。

楚王宫内，楚王英披着他的狐裘，阴沉地坐在那里。

他没有死，死的是他的替身。

本已是暮春三月，莺飞草长，可楚王英掖紧了狐裘，感到从未有的寒意。

他的身前有这几个人，围着一个沙盘。

沙盘是高手捏就的陶泥，捏出了一排排的商铺和拱桥，栩栩如生。沙盘上再现的正是遇刺的桥头，朱雀街与逐鹿街的交会口。楚王的马车也被捏出来了，只是上面插满了牙签，停在桥头。

一个凤眼长眉、五绺长髯的中年文士，拿着一支铁如意，对着沙盘指指点点。

“江湖上从没有出现过这样的杀局。”

“缪先生，您是阴阳家的传人，可曾看透了什么?”说话的正是现场的暗卫领袖伍乱，如今已穿上了华服，“幸亏缪先生看破天机，看出上巳节王爷有劫难。”

“不敢居功，”缪先生指着一位头发蓬乱、干瘦如柴的黑面胡人道，“我只是感到近日王爷有危难埋伏，摩柯叶大师却直接叫我阻止王爷去郊外祭祀。”

那黑面胡人只是一笑，露出雪白的牙齿。

“依我看，刺客可能只是一个人。”缪先生道。

“怎么可能？”伍乱惊道，他又想起那天屋瓦乱飞，标枪如雨的阵势，觉得千军万马也难有那样的气魄。

“我细细地看过，反复推演了几天，才有些眉目。这是一个机关大阵。最初的一击，来自地下。”缪先生将沙盘上那插满了牙签的马车拿起来，露出了车下立着的两根刺。

“刺客拿捏得极准，因为自秦始皇行使车同轨之后，所有官车的轮距一致，所以石桥上已经留下两道深陷的车辙。王爷的车也不例外地在这车辙里行驶，刺客在此埋下机关，车辙轧过，就会触动，两支铁枪从地面弹出，从车厢底部插上来，将马车钉在了桥头。”

“我原以为那车辙下的机关，是整个机关大阵的总机栝。心想这是个多庞大的机关工程，要调动街面多少人力和资源。结果发现，各个机关其实是独立的，各有机栝，只不过刺客使用了连环触动。”

缪先生指了指沙盘里那桥头的柳树：“这棵柳树上，我发现了这个。”缪先生捧起了沙盘边的一个铁球，铁球上布满了孔洞，像个蜂窝。

“这是当年公输班发明的八方六合弩，可以扔进人群，它在地上滚动，边滚边向四面八方射出三寸的小铁箭，杀伤力极大。但被刺客改造成了触动机关大阵里各个机关的枢纽。

“这个八方六合弩被刺客藏在柳树的一丈六尺高的地方，被树荫所遮，不易发现。刺客在钉住了马车之后，触动了这个八方六合弩，里面藏有三十六支小箭飞向四周。”缪先生抓起了一把沙盘边的三寸小箭，这些三寸小箭打造得很精巧，“这些箭头都被找到了，一支不少。它们不是射向人的，而是射向藏在四面八方店铺里房檐上那些机栝的。

“从车顶射入的四支标枪，是从那两个石阙上射下来的。小箭先射中了那阙首上兽头的眼睛，触动机栝，那藏在瓦里的标枪就弹射下来了。你们看，平平的射入车窗的这支标枪，是这家绸缎庄摆在门口的织机里的一根架杆。柳树上的小箭从窗户射入，击在这织机翘头上那个铜环，织机突然变形，弹出了那支‘架杆’，强度不亚于床弩。射完之后，织机也就散架了。而这家豆腐铺边磨豆的水车，也一瞬间散了架，射出了这支标枪……”

众人默默无语，听着那缪先生一步步揭破那行刺机关发动的来龙去脉，直觉得还有这样的巧思和妙手。整个大殿只有缪先生一个人的声音，娓娓道来。

“现在狱里总共扣下了一百零三个嫌疑人，他们大部分是街两边店铺的主人和劳工。但他们都不是触动机栝的人，甚至都不知道这些机关的存在。比如我问过绸缎庄的老板那织机的来历，他交代说，是六个月前，有个外来的织机匠人向他推销的，说此织机可无断头，直接提花。装配之后，的确是彭城里的独一份。由于此织机过于复杂和沉重，从装配好，这个机器摆在那就没移过位置。还有那豆腐铺的老板说，他的水车早就存在，只是在八个月前坏过，当时有个伙计说会修，就修了一次，还做了些改造，比以前更好用了。只是那伙计只做了一个月，就说南方家中有事，辞工走了。还有就是，去年六月，本城遭遇大风暴雨，城内半数民屋，都被掀了屋顶，这拱桥一带也不例外，后来还是由官署组织民间匠人为大家修补了屋顶……也就是说，刺客在那时就混在匠人之中，在众多屋檐里布下了机关。

“更可怕的是，这个布局过于精密，实施也过于精确。因为这些机关前前后后布置了一年，布好之后，就不太可能有多大的改动了，比如那些砌在了屋檐瓦下的机关。但上巳节发动之时，所有机关都准确地命中了马车。

“各位可能不知王爷马车的精妙。王爷的马车的车厢，其龙骨是精钢打造，不怕斧劈刀砍，就是铁锤攻击，也不会变形。现在想来，可能唯一的弱点就是龙骨的网架间隔是三寸，强力的床弩可以刺入。但是，谁会想到在街市之中能布下这许多弩枪？

“而且所有发动的弩枪，都准确地穿过了三寸见方的龙骨网格，刺进了车内。可以肯定，刺客手上有王爷马车构造的图纸，并以此构造了这个机关大阵。

“这些天，我日夜都参加了讯问，发现不管是当年卖织机的，做豆腐的伙计，给大家做房顶的匠人，还是近日在这些隐秘机关前逡巡的人，都有一个共同的特征——就是那个人个头很高，有八尺开外……”

“我敢说，这个大个子，就是刺客！”缪先生下意识地抓紧了手上的铁如意，“我从头整理了一下，又在现场细细地勘查了一遍，基本摸清了他这些日子的行径。机关大阵从去年六月，一直到三个月前，才断断续续地全部布置完毕。刺客等的就是上巳节这一日，知道这一天，王爷必然出城祭祀。在行刺前的十几日，刺客用各种身份，在这一带来回逡巡，其实是给所有机关做一点检查和微调，可能是不经意地滴点油，可能把标枪方向做最后的一丝校准。毕竟有些机关都布下一年以上了。比如我就发现，那织机的一只脚，被移动了半分。这只要一个人路过，好像不小心撞一下，就能做到。还有，在那高两丈三尺的石阙上，我看见了有人在上面坐过的痕迹……

“最费事的机关也是最关键的机关，就是桥头地下弹出的那两支铁枪。毕竟挖开街心埋入铁枪，动作太大。但我挖开青石路面，发现路下竟然有个地洞。地洞的另一头通向拱桥底的水下。真是巧妙啊！刺客只要将船停在桥下，就能掩护，人在船底的水下挖出一洞，缓缓向上，挖到桥头的路面下，距离也不过五丈远。而挖出的泥土直接推出到河里，神不知鬼不觉地就被河水带走了。挖到路面下时，算好位置，布下了铁枪的机关。而柳树上的八方六合弩的机线，也就是一根钢丝，也从树身里拉到了地洞里。

“这些机关想必在装好之初，防止被人无意触动，都是关闭的。刺客在最后调校的时候，一般人碰不到的机关，比如屋顶、阙顶的，可能已经被他一一开启了。上巳节那日早晨，刺客以三种装扮，在街面来回逛了三次，开始开启那些店铺里埋伏的机关。那个时候，我们经摩柯叶大师的提醒，已经感知到了危险，把执金吾和巡防营都撒了出去，但很难看出他可疑的踪迹。正午时，听见游行队伍过来，正是街面最热闹的时候，刺客才走下桥底，潜入洞里，来到路面下，听得游行队伍和花车过去，骑兵的马蹄踏过，他才会开启这个最关键的机关。这样才能保证是王爷的马车来触动。马车的轮子轧动机栝时，两支铁枪精准地击穿了马车的厢底。

“一定需要两支铁枪，因为只有两支铁枪才能真正地固定马车，马车不会因马的拉动，出现位置偏移或旋转，才能成为其他标枪精准的靶子。

“马车被钉住后，刺客启动了柳树上的八方六合弩，连续触动了三十六处的弩枪机栝……屋檐里很多机关是一栝两枪，所以共有五十三枪刺中了车厢。也许还有一些没有触动的……

“刺客在地底下应该能听到一切，甚至等着看见了从铁枪流下来的血，才退出洞去，潜在河里。当时街面已经混乱不堪，虽然士兵已经开始封锁和搜寻，但没人注意水下。其实注意也没用，当时河面上布满了兰花，刺客应该是含着芦管，在花下从容地游出了城……我在西城水河闸口，发现水下的铁栅栏被锯断了一根。刺客当天就应该从那儿走了。”

缪先生总算把他的推论和结论说完，大家觉得极为合理，又觉得极不合理。一时没有人说话，大殿里莫名地压抑起来。

28 不见不散

“也就是说，我们不可能抓到这刺客了？”楚王英的声音像含着一口水，声音含糊而阴沉。

“是，但我大概知道他是谁了，下次定能抓到他。”

“还有下次？”楚王英的声音里充满了无奈和嘲笑。

“先生为什么觉得刺客只是一个人？”伍乱还是不敢相信。

“大家难道没觉得这刺局有些不对劲吗？一方面他极其精妙，算计久远；一方面又极其笨拙和冒险。试想一个计划设计如此多的环节，历时这么长，败露的风险究竟有多高？而且机关的人才多么难得呀，操作这一大阵成本得多么高昂？足够雇用最昂贵的杀手组织了。所以我觉得，一、这绝不是职业杀手所为，杀手讲究近身，简洁，有效，不择手段，这种像机关表演的设计太得不偿失了。还有，真正的杀手，要足够平常和不显眼，绝不会挑这种让人注目的大个头。二、刺客本人就是机关高手，他最擅长这个。三、这个计划实施了这么长，而每个环节都能发现他亲力亲为的影子，说明他没什么帮手。”

“如果是一个人，那得有多大的耐心和毅力呀。”伍乱轻声感叹。

“所以他不是被买来的杀手，而是王爷真正的仇人。”缪先生转向楚王英，“想必王爷早猜出来了，行刺的人必是墨者。”

“想不到四年前杀个公孙不昧，会有这许多麻烦。”楚王英沉入到思虑之中。

沙盘前的诸人听见“公孙不昧”这个名字，都默不作声。四年前，这个在彭城叱咤风云的名字，一夜之间成了禁忌。

在那之前，公孙不昧被称为“彭城大侠”，是南方豪侠的精神领袖，名满天下。彭城左近的人，凡遇到恩怨仇杀难解之事，无不到公孙不昧家里来寻求出面。凡公孙不昧出面，事情往往双方都能达成满意的和解。所以公孙不昧家的门前，总是访客不断，其中不乏身带命案的强梁，知道也能得些银钱，助其隐遁。彭城的侠少们，知道公孙家客人多，常会在夜里将些空车悄悄停在公孙府的门前，方便公孙家的客人出入。

那一年，公孙不昧的母亲去世，四处来吊唁的，竟然有上千辆马车，以至于半个彭城交通堵塞。所以有歌谣唱：“江淮间，有公孙，无兵马，敌一国。”可见公孙大侠的声望之高。

楚王英好交游，好养士，公孙不昧当然也曾是楚王英座上的常客，殿上的能人也与公孙不昧多有交往。但在四年前，楚王英得知公孙不昧实际是隐秘的南派墨家的钜子，于是以征讨“赤眉余孽”的名义，以雷霆之势，出兵攻进公孙家。

公孙家并不是高宅大院，但五百甲士，两百骑兵，毁在院内，竟不能剿灭。楚王英下令向公孙府内射火箭，一时火焰盈天，火势殃及周边。而全城闻声而来的游侠少年，不畏“讨逆”的罪名，强自冲击官兵。侠少们越聚越多，其中不乏豪阀子弟，领着家奴，呼喝着营救公孙大侠，几乎冲散了官兵的警戒线。一时间，火势蔓延了十几个坊，火光映照下，侠少们和官兵杀得血流成河。

这时，几乎烧毁的公孙府大门里，走出了一个人，正是公孙不昧。虽然满脸污迹，烧伤各处，披头散发，但在火光下宛若天神，声若钟吕，呼吁官兵与侠少们住手，“何必为了不昧一人，伤了这许多性命？都去救火吧！”说罢慨然自刎。

那夜的火光好像到今天都没有熄灭，隐隐烧在楚王英的眼眸里：“四年了，还没有杀光这些墨者吗？”

缪先生道：“那夜过后，公孙家的家人连门徒，共七十七人，全部伏诛。参与营救的那些侠少，也在一年内纷纷伏法。这些年来，是有不少散落的墨者妄图复仇，刺杀了当夜参与剿逆的都尉和王府门客多达十一人。但我们也捕杀了他们三十七人，可是远说不上杀光了。顶多是威慑他们不敢轻易动手罢了。”

“刚才先生说，知道这次的刺客是谁了？”伍乱问。伍乱本是江左“河山盟”的四掌院之一，如今投在楚王阁中，统领一干江湖高手充当暗卫。不只是这次遇刺让他灰头土面，那死在车边的一个暗卫，更是他的亲弟弟。他也参与了当年剿杀公孙家的杀戮，所以跟墨者完全是不死不休的局面。

“大家还记得当年公孙不昧常来王府做客，尤其喜欢拜访摩柯叶大师。”缪先生目光转向了摩柯叶，那摩柯叶依旧一笑，牙齿雪白，“他身边总是带着一个大个子青年。”

“有印象。”大家纷纷颔首。

“当时说，那是他的门人，叫作齐良远。我对他印象很深，言语不多，但举止雅正，颇通经义，完全不像个江湖子弟。后来，公孙不昧的墨家身份暴露，我专门查了一下这个齐良远，发现他虽是公孙不昧的门下，却不是亲炙弟子。他的授业师父却是已死了的‘神匠’柯无病。那日讨逆，很多尸体被烧得无可辨认，所以我们一度以为这个齐良远也在其中伏诛了。现在看来，齐良远不仅没有死，还作为墨家机关术的传人，在城里潜藏了两年以上，策动了这场刺杀。”

“齐——良——远！”楚王英一字一顿地说，“先生还记得他的样子？”

“记得。”

“王锴！”楚王英叫那一身盔甲的执金吾都尉，“你找画师请教缪先生，画了那贼子的像，全境通缉。”

楚王英站起身来，走到沙盘面前细细端详：“缪先生，你说这里还有机关没有被触发？”

“应该还有。我怀疑刺客在这其中做了起码两个方案，总会藏些后手。”

楚王英久久没有出声，突然暴怒起来，抓过缪先生手里的铁如意，对着沙盘一顿乱砸，陶制的房屋粉碎四溅。众人默默注视楚王英的疯癫举止慢慢平息。

“那四周的房子，全部拆除，重建，”楚王英的声音还带着喘息，“还有，给孤造马车的那个……什么世家？”

“南宫家。”有人接口。

“杀了。”

“未必是他们泄露的图纸……”缪先生道。

楚王英不说话，用铁如意击倒了身边铜鹤灯架。

“如果‘神匠’柯无病都是墨家的人，难保其他精于制造的匠人，和墨家没有关系。”伍乱明显在迎合着楚王。

“还有那扣着的一百多嫌犯，怎么办？”执金吾都尉王锴躬身问。

“我敢说，他们绝大多数，应该是无辜的。”缪先生道。

“应该？”楚王英惨笑，“你能指出他们中哪几个不无辜吗？”

缪先生默不作声。

楚王英像是疲惫已极，拖着步子往内堂走，手上的铁如意当地掉在地上。他无力地挥挥手：“全杀了。”

这是一个普通的暮春之日，多雨，雷声滚了一夜，到下午依旧淅淅沥沥地如丝如毛。

彭城城外，黑衣的齐欢隐在山势连绵的松林里，能看见彭城暗灰色的城墙。泗水在山脚下拐了个弯，河滩上布满了一列列的士兵，像雨中不动的塑像。这是一个屠场，楚境上的大匠世家南宫家九十余口和十一日前城内行刺案相关的一百零三人在此被处决。

两排被缚的人，跪在河边，两个刽子手机械般地手起刀落……脚边是堆着的几把砍钝了口的刑刀。血将泗水的河面都洇透了，染红的河水都好似黏稠了，雨点都打出花来，涟漪都泛不远。

齐欢在对岸的松林下看着这条消散不了的血河，握紧了拳，又松开了。

齐欢头上的松枝上站着个青年男子，正是更年轻的柳盆子，在松枝上一荡一荡的，背着手，犹如仙人。

“南宫老爷子，”柳盆子在树上行礼，“两年前偷了你的图，结果害你落了这个下场……”

柳盆子落了下来：“都说你这套不行，还连累了这许多人。”

齐欢痛苦地摇头：“我设计这么久，就是不想连累无辜者。”

“我有祖训，盗亦有道，不能接刺行的活儿。不然我就帮你一把。你不是也擅长制毒吗？我潜进王府时，顺手在各个井里都洒了，保准他府里鸡犬不留。”

“那我和狗王有何区别？墨者复仇，绝不连累无辜。”

“你们墨者，都是轴死的。”

“事办得怎样了？”

“妥了，”柳盆子的手里玩弄着一只松果，不知动了什么手脚，那松果像一朵开了的花，被他插在鬓角，“这次王府为太后准备的寿礼里，确有一批阉奴，我已经在礼单下达到管事之前，给改了，加了那个‘蔡伦’的名字。只怕要不了几日，那些阉奴就要上路被送到洛都了。”

齐欢皱眉，对“阉奴”这个说法颇为不喜，叹气道：“那我也要去洛都了。”

“不刺楚王了？”

“刺，但得想出必杀的法子。现在去洛都更重要。”

“这个蔡伦，是你的什么人？”

齐欢不答，把夹着的伞扔给了柳盆子：“这是你帮我盗图的报酬，我断断续续打造了两年，按你的设想我加了许多东西。”

柳盆子接过伞，发现伞面长三尺，把稍长，也有一尺。入手颇有分量，像个铁棒。嘭地撑开，三十九根伞骨，连同撑骨，都是精钢打造；伞面是极精巧的锁子甲，外面掩着油布。柳盆子按动伞把上的机栝，伞头跃出长达两尺的剑锋。再一动，伞骨的外延都弹出两寸的利刃。一推撑骨，伞面外弹，伞骨并在一起，骨尖的利刃合成一个枪尖——伞变成了一把七尺长的枪。

这是一个结合了盾、剑、枪、棍等多功能的武器，柳盆子耍弄了一下，恢复了伞的样子，捋了捋头发，真的用来遮雨了。

“每个伞骨里都可以发出三根钢针，合起来是一百一十七根。关键时刻，伞骨也可当作弩箭射出去。伞把那里，还可拔出一把一尺三寸的短剑，剑柄处还可弹出一个三寸的钩刀。”

齐欢说完，向松林深处走去。

柳盆子不淡定了，反复摸着伞把，对着那空荡的松林喊："喂，这个到底怎么使呀？怎么发射？"

松林里扔出了一筒竹简，一个声音传出来："算是你这次帮我的报酬了。"

柳盆子展开竹简，其实就是个说明书，忍不住激动，对着松林喊："都说这次是送你的啦！"

"我也是。"

"这伞叫什么名字？"

"刻在伞柄底下……"齐欢远去的声音已经模糊不清。

柳盆子倒转伞把细看，刻着四字，团在一起像封泥上的印章，细认是"不见不散"四字。

"娘的！"柳盆子抚摸着伞，喃喃自语，"真他妈是好名字！谁见了它，就散了魂。"

29 / 神国之路

晨色依稀，月亮退隐。

一个枯瘦如柴、乱发如草的黑面胡人，披着“缠”在身上的布条，牵着一只羊，赤足走在竹林里。

胡人忽止住了脚步，一动不动。

半晌，齐欢走了出来。

“大师何必辞了王府？听闻正是大师示警，救了那楚王。”

“总是不忍。”那胡人道。胡人正是天竺异人摩柯叶。

“家师蒙难时，无辜受戮时，大师却又忍得？”齐欢压抑的声音有一丝颤抖。

“他毕竟供养我多年……你若杀我，也是应该。”摩柯叶盘坐在地上，黝黑的脸看不出神色。

齐欢暴起，手里多出一锤，向摩柯叶的头顶击去。锤至头顶一寸突然止住。

齐欢颓然而退：“你算出我不会杀你吧？”再次隐身在竹林里。

摩柯叶站起身来：“我原想在汉地留下些什么，看来时机终是未到。”

“大师此去何处？”竹林里飘出齐欢的声音。

“南去交趾郡，听闻那里或也有回天竺的路。”摩柯叶牵着羊，在晨雾里缓缓而没。

初见摩柯叶大师时，齐欢记得是在一个闷热的夏夜，一丝风都没有。树上的蝉都被晒噤了声。齐欢站在钜子公孙不昧的身后，听见钜子和这位来自天竺的异人的密谈。

隐秘的“钜子”公孙不昧或许有点传齐欢衣钵的意思。但公孙不昧这个“钜子”只被南方墨者追随，北方和西方两脉是不承认的。墨家裂为三脉后，虽然同气连枝，墨者也会相互扶持，但再没有能号令天下墨者的钜子出现了。三脉墨者所传扬的墨学，也分歧渐大，争论不休。

公孙不昧一直想重新整合墨家墨学三分的局面，曾组织过一次三脉辩论，但三方都自认正宗，最终不得要领，不欢而散。公孙不昧想溯本追源，带领齐欢搜寻墨子更全的遗作，但秦火之后，诸多传说中的材料早已湮没。

这天，摩柯叶大师半裸地盘坐在一棵合欢树下，齐欢觉得这天竺的胡人就像一个焦尸，肋骨分明，就像两排台阶，步向陡峭的锁骨。这个胡人名声很大，据说有通天遁地之能。还有就是他从不吃肉，也不吃饭，只喝他养的一只羊下的奶，而身上的穿着也只是从那羊身上剪的毛织就的一条长布。

摩柯叶大师来到中土已有多年，汉语虽然生硬，但可以做一些简单的交谈。于是齐欢听到了改变他一生的结论。

这摩柯叶大师对公孙不昧说，多谢先生赠书和讲解，在我看来，墨经上讲，墨子是摩顶放踵，就是光头赤脚，而且脸黑如墨，或是脸上有黑色的文身。大师笑着看了看齐欢，说，这在天竺到西域一代，是典型的苦修者的形象。而且许多说法有相近处，你说你怀疑墨祖可能是西域的狄人，而我觉得，墨祖或就是我们天竺人。只是我们天竺苦修的派系复杂，我不好判断源自哪一家。

那日的震撼，齐欢至今也忘记不了。回来的路上，钜子回脸看他，全是笑意，拍了拍他的肩。钜子个头不高，他肩头相当于钜子的头顶，所以钜子一拍，他就把肩沉了下来，看起来很滑稽。钜子又笑了。

“良远啊，我们是不是该往西域去一趟？”

“钜子真的相信那干尸的说法？”

“我有这个疑问很久了，可能去了才会知道。我辈墨者，不忍看着墨术分裂，当去源头处寻那根本的墨学，才能融合三家，归本祛杂。”

“愿与钜子同往！”

齐欢的泪不知不觉地下来了，用手一拂，却什么也没有。泪或是在心里的。

齐欢徒步走在通向西域深处的道路上，钜子早在九年前已不在了。他在五年前布置了彭城那场惊天的刺杀，却没有得手，如今经由小公子的亲自布局，楚王英已经伏诛了。

“钜子，您的在天之灵，要保佑我和小公子吧。您说过，墨者从来不缺死士，缺的是忍辱偷生来任事的人。”

班超使团只在鄯善稍做休整了五六日，就继续向西出发了。三十六骑多了许多拉辎重的骆驼，因为要深入沙漠了。齐欢却下了马，在后面牵骆驼而行。齐欢常年戴笠赤足，穿着草鞋，步幅阔大坚实，在沙漠里全无障碍。

陷入回忆的齐欢喜欢这样徒步而行，有种磨砺的快意。

班超也下了马，慢慢地走到齐欢身边，并排走。

“怎么了？”齐欢问。

“没什么，骑久了，屁股疼，也走走。”班超揪了一根骆驼草，嚼着根部，据说嚼久了，就能嚼出甜味来。

两人不再说话，各怀心思，埋头跋涉在沙山的折线上。

齐欢其实很欣赏身边这个年轻人，虽然有些捉摸不透他。在鄯善的布局有度，不得不说这个班超有大将之风。但古语说，慈不掌兵，所以这人身上有股让他不舒服的东西，具体是什么，又说不出来。

“你还是担心鄯善王会再反吧？”齐欢出了声。

“嗯？”班超吐出了他嚼不出滋味的骆驼草。

“其实反了我也不后悔。如果以后匈奴来了，鄯善王不会因为儿子的牵绊，带着全城人去为另一个国家送死。”

“这就是墨者的忠义？”

“是，侠义的本质是抑强扶弱，包括如何抑制强大的自己。”齐欢道。

班超真的是被触动了，尤其那句“如何抑制强大的自己”。抑制强大的他人，是规避危险的生命本能，懂得抑制强大的自己，近似给自己戴上枷锁，这或许才是侠义的真意，墨家的伟大之处——永远与弱者站在一起。

班超那一刻甚至觉得自己丑恶。他没有告诉齐欢，他在送回世子后，曾偷偷地找过花寡妇。

“你能给鄯善王下蛊吗？”班超与花寡妇低语。

“为什么？”

“我怕他还是会背叛大汉。”

“你以为下蛊是很简单的事吗？”花寡妇瞪着眼睛，“蛊虫要用自己的血来滋养，才能和自己有感应。而且下一次蛊，我可能得折五年的寿。”

班超有些不知所措，良久才感叹："真是用生命在下毒。"

"对我们夜郎女来说，蛊不是毒，是——爱。"花寡妇那双桃花眼里竟有淡淡的忧悒。

"这爱真毒。"班超苦笑。

"是一起中毒。"花寡妇淡笑。

班超忽然同情起柳盆子来，问一句："你真的给他下蛊了吗？"

"舍不得。"花寡妇的声音轻得几乎听不见。

班超不知她说的是舍不得柳盆子，还是舍不得自己。

一行人正走向的国度，是精绝。

司马氏的《太史公书》里记载的，应该是博望侯张骞的所见："精绝国，去长安八千八百二十里，户四百八十，口三千三百六十……"这精绝国历来神秘，不知隔了两百年，如今是个什么样子。

沙漠里行进明显变慢，入夜时只能在背风的沙丘下扎营。骆驼卧下，围成营地，中间点起篝火。

经过鄯善一役，大家明显亲密了很多。三十六人，全歼匈奴势力三百人，捉放世子，峰回路转，使得鄯善一国归降。除了风廉，大家怎么回味，都觉得自己做得漂亮。下一个国家会是怎样？会不会更危险？大部分人又惶惑又兴奋，管他怎样，三十六骑都能一马蹚去，开出个大汉天下。

"班头！"耿恭大声地喊，众人都看过来。

班超苦笑摇头，渐渐接受了这个新称呼。只有戏班和妓院的行首花魁，才被叫作"班头"，偏自己姓班，又是此行的头目，就被这伙人一语双关地叫开了。

"虎头，有事您吩咐。"班超笑，他也还了耿恭一个称呼。耿恭在游侠时代外号“飞虎”，因家里排行第九，又称“虎九”。耿恭作为副使，也算个头，叫成“虎头”也说得过去，只是像极了中原小孩的乳名，有点萌。

“我们这一路，要出使多少个国家？”耿恭问。

“不知道啊，西域有五十多国呢。”

“都得去吗？”耿恭惊道。

“不见得，”班超正色起来，拿出那只青铜燕符，“可以告诉大家了，我们此行不只是礼使和兵使，还是皇上的密使。”

所有人都安静下来。

“我们此行也不只是为大汉开疆拓土，还有一些不能公开的使命。”班超在篝火边将自己的斗篷揭下，铺在地上，将自己已经拼好的竹简排好，地图的形状更完整了些，“我们要探寻一些已经湮灭难寻的未知之地，还要凿开更西更远的通路。”

班超指着已拼好的部分地图：“这是我在兰台发现的‘穆天子西狩图’的散简。”

“穆天子？”有人问。

“就是一千年前的周穆王。”

“这是宝藏图吗？”柳盆子似乎对地图有超乎寻常的兴趣，“那个什么周穆王的宝藏？”

班昭笑了起来，宛如银铃：“《穆天子传》上记载，周穆王西巡，一直来到了昆仑山，在山上有一个神国，周穆王在那里见到西王母。”

大家都知道西王母是汉人广泛信仰的大神，主西方，掌生死，可说是万神之母。

“不错，”班超指着地图上的线索，“这应该就是通往昆仑神国的路径。这里就是楼兰，也就是鄯善，这里应该是精绝，上面说，在精绝国西南三百里，有个七星塔，塔上会标明神国的方向。可惜，我还没有拼全。”

“我们要去找西王母吗？”众人皆是惊诧，纷纷把头拱在地图前。

“可以试试。”班超道。

“那儿有什么宝贝吗？”柳盆子追问。

“最出名的是不死药。”班超笑。

众人静默下来，觉得这隐秘的使命有点不可思议。

“白云在天，山陵自出。道里悠远，山川间之。将子无死，尚能复来？”班昭悠悠唱起歌来，歌声袅袅，在寂静的沙漠上回荡，“这是穆天子要离开神国时，西王母唱的歌，说在你死前，还能再来吗？穆天子说，‘比及三年，将复而野’。是说，我三年后，还会再来。但是西王母没有等到他来。”

“穆天子没有遵守三年之约？”仙奴问。

“是。”

“那后来呢？”仙奴问。女人对这样有些暧昧的故事更有兴趣。

“后来穆天子就死了。”班昭道。

“西王母不是有不死药吗？怎么不给穆天子一颗呢？”花寡妇加入了进来。

“这种负心负约之人，该死的。”仙奴道。

“也许他如期赴约，就有不死药了，西王母想与他白头偕老。”花寡妇道。

“到时他们根本不会老。”仙奴道。

班昭不再理会她们，悠悠唱着：“徂彼西土，爰居其野。虎豹为群，于鹊与处。”这是《穆天子传》里，西王母唱的另一首歌，说的是，我独处西方，与虎豹鸟兽为伍，永生真是寂寞啊！

男人们在班昭婉转优雅的古调里，都不说话，震撼于要探寻那神话里才存在的地方，不禁摄神夺魄，畅想不已。

一张张脸，在篝火边，明明灭灭。

城市精绝

无官无军无宫阙，
有财有物有匠心。

30 精绝

按照军方提供的羊皮地图，这个精绝国在沙漠深处。

而沙漠的深处竟有一条河，河不甚宽，名南河。

班超使团很快在沙漠中望见了绿洲，靠近时发现了成片的芦苇、红柳及沙枣树，原来是到河边了。

沙漠中遇见树荫，心中畅快之意难以言说。在沙漠的日头下，阳光像鞭子，打在身上火辣辣的。走进树荫里，陡然清凉，风都会有点寒意，恰似冰火两重天来回转换。

马队就在河边溯流而上，马蹄和骆驼踏碎的草浆，泛起一阵清郁的甘草味道，让人恍然身在江南一般。前方凉意更甚，水汽弥漫。河面宽了一些，岸边的芦苇灌木密集得看不出通路。

众人惶惑间，看见河边竟有渡口。渡口上舟子纵横，船工不少，披着宽松的袍子，戴着草帽，蒙着脸，好像是遮挡艳阳，但袍缝里能看见精赤着身子，连内裤都没有一条。

玄英有点像使团的管家，向前询问，说精绝国就在沿河而上的六十里处。玄英租了五条船，船船头尾相挂，装了人、马、骆驼和辎重，自此转换成了水路。

在沙漠深处行船，别是一番滋味。水面在阳光下蒸起一股腥味，能看见大鱼潜游的身影。两岸蒹葭水鸟遍布，其后便是起伏无定的巨大沙丘，阴影有时能遮蔽河道。

行着行着，就能遇见其他的船队并行，有时也能遇见对面的船队过来，需要在不宽的河道上靠边避让。

船队上的人相遇并不说话，大多对视几眼，面无表情。班超一行人猜测那些船上的人都是商人，衣衫各异，人种也各有不同。

如此不停歇地走了一夜，天亮时，河道上出现了“堵船”现象。太阳高照时，班超的船队才挪到了闸口。水上的闸门是用木材搭成的排山，门上有个简易的木楼，楼上有数十甲士持械把守。

这些把守者鬈发深目，披着班超他们没见过的异域制式的盔甲，佩着短剑，手里拿着标枪，向班超的船队喊话。

仙奴说：“他们问呢？咱们是哪家商会的商人？怎么不举会旗？”

班超举了举使节，高喊说：“大汉使节，求见精绝王。”声振四方。

把守者一脸茫然，听了仙奴的翻译后，也没有多少纾解。只是细细看那使节，相互嘀咕了一番，还是开了闸杆，放了班超船队进来。

门内的景象豁然开朗，完全是个繁华世界。

沿河都是一段段的码头，码头边舟船挤挤挨挨地停靠，好像不是在装货就是在卸货。两岸的街铺鳞次栉比，舟车辐辏，商贾云集。班昭细心，数了数，不过两里，两岸共有二十多个码头。船队走到一个巨大的木轮水车前，舟子说，这是河上最后一个码头了，是运粮碾面的“面码头”。班超一看，两岸的店铺到此为止，再往上游，岸边风貌一变，都是吊脚楼，一派民居气象，水边有人洗菜捣衣，几只空船横在河道，上有几只水鸟单腿立着。

使团只好弃船上岸，穿过河岸进入街道。一时觉得人流如织，肤色各异，甚至也能看见汉人打扮的儒士和术士，好像这个世界上所有奇怪的人都来到这儿打旋，碰撞，擦肩而过……班超等人觉得很不真实，好像在沙漠里突然搬进了一个任性堆砌的盆景，而此时大家就身在这个盆景之中。

班超总觉得这城市有什么不对劲，忽然察觉这所谓精绝城，根本没有城墙，只是个河滩绿洲里的繁华闹市。闹市里行走的全是各个种族的商团，在商铺前用各种语言（他也听见了汉语）讨价还价。

几乎每间商铺都极为讲究，商品也是极其精致奢华的器物、首饰、织毯等，入眼都是珠光宝气，金光灿灿。

班超等人大多是见识过两都繁华的，然而跟眼前的景象也不能比。柳盆子四处看了看货品说，好像全是真货。

街市中心却没有官邸，玄英四处找人询问王宫或是官府，竟不得要领。最后班超决定一行人先住进精绝最大的客栈里，再做打算。

最大的客栈的确很大，马和骆驼在后院安置好，众人住进了一个庞大的三层圆形围楼。班超在客房里推开窗户，能看见商坊后有座六层的高楼陡然拔起，华丽无比，傲视着这个城市。

繁华就像一场轰炸，在这样一个市声嘈杂的窗边，班超竟趴在窗棂上睡着了。

仙奴与班昭、花寡妇在琳琅的首饰和脂粉间穿梭。

样式实在太丰富了，不用买，不用选择，只在其中打转就觉得幸福。

一队人郑重其事地抬着一个雕像在走。他们敲着木铎，低唱着梵音，面容肃穆地从人群中走过，好像闹市的繁华与他们全无关系。

班昭若有所感，从数以百计的脂粉堆里回首，看见了这队人慢慢走过。那一瞬间，班昭觉得天地一片寂静，路人只是晃动的幻影，只有这队人面目宁静端庄，步履笃定；只有他们唱咏的低沉咒语，像潮汐一样，一轮轮地在扩向被凌乱无序的招牌切割的天空。

最终班昭看清了他们抬着的那尊雕像。

雕像不大，是暗灰色的石雕，甚至有些残破，四尺多高，盘腿而坐，右手叠在左手上按在胸前，衣纹如水，流展飘逸。那雕像的脸一片柔和，眉弯新月，含目修长，嘴角微扬，似笑非笑。班昭直觉得刚才所有的感受都因此像而起，自己瞬间被喜悦充满，又跳出一种想哭的感觉，偏偏内心一片安宁。

班昭拉了仙奴上前行礼，请仙奴用胡语询问这雕像的来历。

仙奴与那些抬像的人攀谈良久，神色变幻。

只见仙奴与那些人客气告别，眼看着那些人拥簇着雕像走远了。

“你们说什么了？”班昭问。

“他们说，他们是贵霜人。”仙奴道。

“是姐姐家乡的人啊！”

“是啊，我也问了一下关于我家的事，他们全不知晓。”仙奴露出伤感的神色。

“姐姐可问了那雕像？”

“当然问了。雕像也来自贵霜，他们不远万里地请来，说是将在这里重镀金身，镶嵌珠光宝华，并留在此地长期供奉。”

“可说了这是哪位仙人的塑像？”

“说是叫浮屠，是商王，万商之王。”

“应该就是它了。”班昭喃喃自语。

夜里，大家都聚在班超的房间，开始交流下午各自侦查探访的所得。

柳盆子对珠宝等奢侈品是大行家，了解货品的来源和流向，是盗家踩点的第一步。

“精绝就是一个奢侈品的大集市和大作坊！”柳盆子先滔滔不绝起来。

柳盆子发现，精绝不仅是奢侈品贸易的集散地，更是加工地。宝石、玉石、金银、铁矿石、琉璃、蚕丝、羊毛等原料源源不断地运送进来，通过精绝的作坊生产和打造出来更精美的绝品。整个精绝国的商业及出产，绝大部分都由三大家族控制：奈德家族，专营金银铜铁的冶炼锻造；启白家族，专营宝石及其加工镶嵌；印清家族，专营机巧傀儡玩物。

“目前的精绝王就是印清家族的家主，”柳盆子环视着大家，“而我们现在所住的客栈，就是印清家族的。”

“不错，”玄英接口道，“我一直留意打听精绝王的消息。结果发现，精绝城里没有官署，只有商会，各商会的通行规则就是精绝的规则。”

整个精绝城的上游部分，就是作坊和居民区；下游部分也包括使团入住的客栈，都是商贸区，活动着外地商人、打杂者和各类冒险者。

玄英作为职业军人，当然热心打探城内军事部署的情报，结果发现精绝国根本没有军队，各商会都是雇用一些职业雇佣兵为自己的商业地盘维持秩序。

玄英打听到，有一支雇佣军长期依附在此，为城内各商会雇用，也为来采购的各国商人提供护卫。据说这支雇佣军很可怕，是当年被月氏人——也就是现在的贵霜——所驱逐的大夏人的后裔，他们自小就严酷地训练自己的子女，相互打斗，不管死伤。十五岁那年，会把孩子扔到大漠深处，能自己回来的才算成人。

齐欢的发现另有重点。

“我发现精绝出产的商品打造都相当精巧，汉地就算顶尖的匠人，也有所不及，”齐欢道，“但听说，这些还只是当地的寻常物品，据说最高级的货品都在‘精绝坊’，就是城中的那座高楼。”齐欢指着窗外那座夜间也挂满灯笼，熠熠发光的高塔，颇有些向往，“据说要有邀请才能进入，每月十五，楼里都有估宝之会，商家拿出各类宝器孤品，求者价高可得。到时，真想去观摩一下。”

“他们的手艺真的比齐大师还厉害吗？”班昭奇道。

“当然，手艺之事，品类繁复，隔行如隔山，各有所长。”

班昭也变得向往起来，看着窗外那叫“精绝坊”的高楼。

忽然回过神来，班昭对班超道：“对了，二哥，我可能找到皇上所说的仙人像了。”

“哦？”班超眼睛一亮，“能确定吗？”

“那雕像头上的金岚气韵，与我看见皇上头上的应是一样的。”班昭闭眼回忆着，“他们说这像来自贵霜，叫浮屠，是万商之王。”

“万商之王？”班超奇道，“保佑商人的仙人吗？”

“浮屠？”齐欢沉声道，“十年前，我在彭城楚王宫倒听过这个名字。”

“怎么说？”班超班昭几乎同时问出来。

“那时，我还算楚王宫的座上客，听楚王英养的一个天竺异人说起过。”

“天竺？有点乱了，”班超拍拍脑袋，“皇上跟我说，这仙人最早是匈奴休屠王在北方绝域深处供奉的。在那鸟不拉屎的地方，赶牲口吃草的匈奴人供一个护庇商人的神祇做什么？”

耿恭用力拍了班超一下，打断了班超的沉思，“你们俩，”耿恭又指向班昭，“一口一个皇上的，和皇上很熟吗？”

班超发现所有人都好奇地盯着自己：“一般一般。”

班昭含笑不语。

“你还有什么使命没有说？”耿恭道。

“就是帮皇上捎个雕像回去，”班超笑，“旅行纪念品。”

31 / 梅九轻

所有人凭窗看着这个有些奇怪的城邦。

城市的东边，火树银花，亮如白昼，车水马龙；城市的西边，有围墙阻隔，灯火阑珊，平静祥和。

“精绝王应该就躲在里面。”柳盆子指着西边那一大片齐整的作坊屋顶。

“这地方也忒古怪，没有王宫，没有官署，走哪儿都是让你买东西，那怎么求见精绝王呢？”耿恭气闷道。

班超一笑：“找不到他，就让他找我们。”

使团所住的超级客栈，名字叫“二度庄”，三层的围楼，功能繁复——饭庄、赌场、妓院、客栈合为一体。

一楼是饭庄和一个巨大的厨房，二楼是妓院和演艺场所，三楼房间密集，宛如迷宫，正是客栈。而饭庄的下面挖出了一个巨大的地下室，是一个开放的赌场。

赌场深处地下，到处都是灯火，亮如白昼。据说是为了让赌徒们在其中永不知日夜，意识不到时间的存在。

赌场大厅里分布着八根柱子，外面都围了铁网，形成了八个笼子，里面分别关有鹰鹫、虎豹、熊蟒。最中心有两个笼子，左边的有两个几乎赤裸的舞女在其中不停地扭动着她们的腰臀；右边的有个身上画满色彩的昆仑奴，嘴里不停地喷出火焰，引起笼边的人尖叫。

整个赌场盈溢着金钱倾泻而下的声音和欲望的味道。

这里有密集压缩的人生。

极度的积压和极度的释放，极度的快乐和极度的崩溃。

所有人的脸上都写满焦虑。焦虑是快乐的推进器，期待和悬念被压抑得越久，迸发出的狂喜和绝望就越致命。

但只有一个人在其中事不关己地斜靠在赌桌前，用一把小刀，修着指甲。那张俊美淡然的脸在一张张激奋变形的面容里，就像激流中的礁石上停留的一只修啄羽翼的白鸟，悠然不动。

豪客也会带些妓女下来，坐在自己腿上给手上的牌吹吹气，或旖旎地喂些水果或烤肉。但现在这些势利的妓女都嬉笑地围拢在那个小白脸的身后。

“叫柳哥。”那人几乎靠在了“肉”堆里，早有女子接手帮他修指甲，也有人帮他揉着肩。

豪客们早就不豪了，如山的金银财物，都堆在柳盆子的身边。

现在桌前只剩下柳盆子在和庄家对赌。其他的赌桌也没人玩了，都围在这里看着这个风骚的赌客，赌他入局的第十九把。

他是用一枚五铢钱入的局，连赢了十八把。

庄家早已满脸带汗，因为眼前的赌客永远是全押，而目前他面前的赌注已经有三千金了。

他们赌的是当时汉胡都流行的樗蒲，又叫“呼卢戏”，就是在特制的碗中掷入五枚骰子，最高的彩数，叫“卢”，所以赌客在骰子还在碗中滚动时，皆连呼：“卢！卢！卢！”

柳盆子耐心地等庄家投掷，那庄家在手里把玩骰子半天了，就是扔不下去。围观的人开始起哄，庄家无奈，将手高高举起，众人都屏息起来。

“等一等。”有个沙哑的女声响起来。大家循声望去，一个紫袍女子从旋转楼梯上走下来。

女子身形很高，浑身罩在袍子里，步态雍容。脸上戴着一个珠绣的蒙面眼罩，能看出鼻子高挺，是个西域人。

“让我来。”那女子说。庄家急忙躬身行礼，让开位置。立即有两个侍奴，将庄家座椅换了，并搭上孔雀毛的垫子。

“她是谁？”柳盆子把一个汉妓拥在身边，轻声问道。

那妓女用扇子挡了嘴，耳语道：“她就是二度庄的老板呀。”

“女老板呀？”柳盆子兴致来了，“二度庄不是印清家族的吗？”

“她就是印清家的二少奶奶。”

“那也只能算是老板娘。”

“二少爷早不在了，而且这二度庄是她用嫁妆开的。”

“哦，那她不是好寂寞？”柳盆子笑。

“这里可不是汉地，她呀，听说养了好多小的……”

柳盆子也坐正身子，看那女子缓缓地坐在对面，全场倒是肃然无声。

珍珠眼罩的光泽也没能掩住那双眼睛，柳盆子看见了令人惊艳的绿色眼瞳。

这绿眼妇人唇色鲜红，勾出一弯笑意。“公子贵姓？”声音虽沙哑，却像挠人的刷子，动人至极。

“姓柳。”

“柳公子，”那妇人颔首致意，“我叫梅九轻。”

“我还在想，这地方为什么叫‘二度庄’，原来夫人姓梅——梅开二度。”

“我不姓梅，”梅九轻笑道，“我的名字叫梅姬奇·卡洛尔。只是取了个谐音的汉名——梅九轻。”

“好名字，好风雅。”柳盆子由衷地赞叹。

梅九轻叫人奉上了几套骰子：“请柳公子验验，挑一副。”

柳盆子随便挑拣了一副，被递在了梅九轻的身前。梅九轻将紫袍的领口拉开，露出雪白长颈和锁骨，乃至胸前的白肉。

在全场惊异甚至垂涎的目光下，梅九轻继续把右肩裸露出来，右手一伸，紫袍变成了右袒，整个右臂露了出来。大家都能看见那嫩白的上臂上一枝寒梅，九朵红花，殷然如生。

梅九轻用裸露的右手开始耍弄那五枚骰子，众人才明白梅老板是以此避嫌庄家作弊，但白臂舞动，确是香艳无比。

十指一张，五个骰子在碗里滚动不休，众人号叫起来：“卢！卢！卢……”

骰子一个个地停下来，五面皆黑，果真是“卢”。

柳盆子舒了口气，说总算来了个相当的了。接过骰子，也不作势，随手扔进碗里，又是一片“卢”声。

也是“卢”。

全场刹那间又安静了，两人旁若无人地对视。

“这局算平。”梅九轻道。

又换了一副骰子，梅九轻裸臂轻扬，再次耍了起来。

如此，又兑了三个平局。

全场的赌徒，有种见证历史的自豪感，连续八个“卢”啊，说出去都没人信呀。

“这样下去也不是事儿，”柳盆子道，“要不，我们换个玩法？”

“柳公子想玩什么？”梅九轻道。

“六博戏如何？”

六博戏从春秋时就开始风行天下了。一个不大的棋盘，对弈者每人六子，投骰为步，吃掉对方的“枭”棋就算胜利。其中有布局算度，也需投骰的运气，对赌起来更显得公平。

六博之风兴盛起来，孔子都劝过鲁哀公别玩此丧志。前朝的景帝做太子时，和吴王濞的儿子一起赌六博戏，争执起来，景帝一时失手，竟用棋盘将对方打死了。结果景帝登基，吴王濞就联合诸王叛乱，史称的“七国之乱”。到武帝时，张骞出使西域，发现六博戏已传到西域各国，街头巷尾都在游走呼喝。

梅九轻拍手道：“好，就赌六博戏，这样不会再有平局，胜负必出。”早有人拿出六博戏的赌具来。

两人排好棋子，轮流掷骰走棋，不过二十余步，梅九轻的枭棋就被吃掉。柳盆子面前的财物，又翻了一番。

梅九轻面色不变，摆棋再赌一局。观赌的人已经站满了赌台四周，这惊人的赌局想必早已传扬出去，楼里吃饭、嫖妓的人怕也都下来了。人虽多，却鸦雀无声，整个赌坊里，只能听见两人掷骰和走棋的声音。这回只十九步，枭棋授首，梅九轻又输了。

柳盆子的赌资已积到万金了，梅九轻棋摆到一半，终于停了下来。

“再赌下去，我也赔不出了。”梅九轻的声音倒也平静。

“你可以把二度庄也押上来。”柳盆子不为所动。

梅九轻默不出声，身后站出了几个赤裸上身、粗壮如熊的大汉，还包括原本在笼子里喷火的昆仑奴。

梅九轻轻轻摆了摆手，止住了身后人，一双碧眼盯着柳盆子：“我知道公子出了千，只是，我看不出来。”

“你叫他们打我呀！”柳盆子满眼的笑意，拍了拍自己的脸。

梅九轻抿着红唇，摇了摇头：“既然看不出来，就不能欺客，但请公子就此罢手如何？”

柳盆子站起身来，洒脱至极，指着如山的财物：“给你个机会。这一局，我还是全部押下，如果你输了，倒不须赔付，只用摘下眼罩，如何？”

梅九轻也站了起来：“公子说笑了，这样太不公平。”

“梅老板觉得吃亏？”

“不，是对公子太不公平。”

“我说出的话，是不会收回的，梅老板考虑考虑？”

梅九轻明显动心了，斟酌半晌，最终摇头。

“我就是脱光了，也赢不了。”

32 露脸

柳盆子觉得自己有点演不下去了。

班超让他尽量把事闹大点，他觉得以他的手段赌垮一个二度庄，不愁逼不出印清家的家主来，只是没想到眼前的老板梅九轻，是如此风华，行事如此大气有度，再逼下去，实在折损他柳盆子的形象啊。

柳盆子心里还在打着算盘，一只手压在了他的肩上。

这手稳定有力，慢慢把柳盆子按在了座位上。

柳盆子侧眼，看见肩头上的手，戴着铁甲手套，指节处，甲壳层层相套，打造精巧，却不华丽，透出铁质的寒光。再往上看，手是一个黑袍人的，黑袍人身形甚高，袍帽下是一个铁色面具。

“梅老板，要我把他赶出城吗？”黑袍人的语调生硬。

“赫大人好，”梅九轻摇头，“我的店，从不赶客。”

柳盆子心里暗叫了声好，越来越欣赏这个梅九轻了。推开赫大人的铁甲手，柳盆子转身啧啧叹气：“这里的人，都爱蒙面啊。”

柳盆子嫌弃地掸了掸肩头：“我用万金赌看梅老板的脸，你老兄的脸又值多少呢？”柳盆子从脚上脱下一只鞋来，扔在赌桌上，“赌不赌？”

柳盆子本以为能听见哄堂大笑，却发现赌场里的看客并不出声，甚至从几个妓女的眼里，看出怜悯的神色来。心想：这赫大人是个什么可怕身份？

赫大人的铁面完全看不出他的神情，生硬的语调也听不出情绪：“阁下敢跟我出去吗？”

柳盆子伸了个懒腰，拍了拍手：“坐久了，是得活动一下。”

柳盆子随着赫大人往外走，发现赫大人的身边还有十几个穿着一样的黑袍铁面人。人群自动让出一条路来……

“柳公子，”梅九轻在身后道，“尊客出了门，本店就护不得你了。”

柳盆子大笑，回首道：“好人儿，活动完我们接着耍。”

二度庄外，有好大的空地。赌坊里的人也随了出来，不一会儿就围成了一个圈子。

那赫大人，把黑袍脱了扔给了其他的黑袍人。柳盆子才看出赫大人戴的不是面具，而是有个有护鼻和护颊的头盔。头盔中线，立着一排红色的鬃毛，像雄鸡的冠。赫大人的胸甲是完整的一块铁壳，套在胸腹上，上面甚至打造出了胸肌和腹肌的形状，却露出健美修长的臂膀和大腿，只戴着护腕和胫甲（希腊制式的盔甲）。

赫大人拿了个圆盾，拔出一把厚重的短剑，在手中翻飞，等着柳盆子。

柳盆子就是不怕事大，脱下另一只鞋，一手一只，说：“来吧。”

甫一动手，柳盆子就觉得自己托大了。

柳盆子原想着，用鞋抽那赫大人的脸，虽说只会打在铁制的头盔上，但想象那啪啪声足以大快人心。

啪啪声四起，全打在了圆盾上。赫大人的身法朴实无华，招式却毒辣狠绝，尤其圆盾攻守皆佳，柳盆子转得如穿花蝴蝶一般，也只是在圆盾上添了些脚印罢了。

围观的没见过柳盆子如此飘逸的轻功，纷纷喝彩起来，只有柳盆子自己知道，赫大人的攻势才渐渐展开……圆盾有一个小缺口，每次遮挡柳盆子的攻势时，短剑总是从缺口处刺出来，刻不容缓，逼得柳盆子飞退，虽然这飞退又得到了一片喝彩。

耿恭在人群里看着，有些心里发凉。在他看来，那赫大人也快，只是动作幅度小，不舒展，让人察觉不到。这其实不是什么身法，也不是什么步法，那是近乎战场上才能磨砺出的战斗方式，最简单有效的攻防。耿恭自小被军人哥哥们摔打，深知其中的窍要和区别。

不出所料，柳盆子连做了几个假动作，突然侧滑，手上鞋底反抽，赫大人只是低头，鞋拍中了盔上的“鸡冠”，但柳盆子却被圆盾撞得飞出了几丈远……

众人一片惊呼，柳盆子在倒飞的空中却用满天星的手法，撒出十几种暗器……局势再次反转。

赫大人身前突然跳出两个同样弃袍的武士，三个圆盾护住三个方位，人缩蹲在盾后，练习得极熟，暗器乒乒乓乓地被挡下来。

柳盆子两只鞋旋了出来，竟会在空中转弯，啪的一声被一名武士劈为两截，这武士也落了一脸的鞋底灰土。柳盆子脚不停歇，随手又发出几枚暗器，瞬间又逼得那三人缩在盾后。

转眼间对方配合一变，赫大人只攻不守，两个武士只守不攻，暗器不再是威胁，柳盆子立时险象环生，再不是对手。

人群里的花寡妇，摘下了头巾，手抚着头发。没人发现她的发间，隐隐游动着一条暗红色的细蛇，吐着芯子，慢慢缠在她的手指上。

仙奴在身边按住花寡妇的手，轻声说：“班头不让你动手。”

“妹妹竟然不怕蛇？”花寡妇发现自己指间的蛇，竟然躲避回了自己的发堆。

“我也是个玩蛇的。”仙奴说罢，手里多出一条长鞭，像蛇一样地扭动，啪地甩出缠住了一个武士的脚腕，将那人扯摔出了战阵，破了他们的一轮攻势。

仙奴随即跃到场中，与柳盆子站在一起，以二敌三。

喝彩越来越多，因为柳盆子的飘忽步法配以仙奴的妖异身姿，打得越发好看。而赫大人一方，依旧战阵严谨，配合无间。仙奴的软鞭有点克制赫大人他们的刚硬战法，但只能在那三人裸露的腿臂上留下些鞭痕，徒增一些喝彩而已。表面占着上风，其实没占到多少便宜。

果然，仙奴娇呼一声，也被盾牌撞出了几步。

风廉的手一紧，腰间的剑铮的一声，跳出一寸。身后却有个声音：“你出手就没意思了。”

风廉不用看，也知道是耿恭。剑还在跳动，出鞘三寸。

“是班头说的。”耿恭道。

那剑黯然回鞘。

“你很听你师兄的话嘛。”

“他不是。”风廉的薄唇紧抿，一挥手，九剑侍挥剑而出。

九剑侍一出手，就接下了攻势，柳盆子和仙奴退了出来。赫大人一方的其他黑衣人，纷纷解了袍子加入战局。

一方是九剑侍的剑阵，一方是十二人组成的军阵，形成了别开生面的对垒。

柳盆子虽然赤着脚，还是不忘理了理有点散乱的头发，回头看见了“二度庄”门边观战的梅九轻。

梅九轻早把右臂缩回了紫袍内，眼睛也朝柳盆子这边看来。

柳盆子拍了拍手，向梅九轻走过去。

“粗人打架有什么看的？”柳盆子笑道，“我们是不是把那局接着赌下去？”

梅九轻的碧眼一片迷蒙，看着柳盆子半晌：“柳公子好厉害！”

“一般一般，”柳盆子谦虚道，“那赫大人是什么货色？”

“他是我们精绝国的军神。”

柳盆子心里也猜出了几分，这赫大人应该就是城里雇佣军的首领。

“不用为他们担心，他们只是在较量武技而已，都没打算真的伤人。”柳盆子把脸凑近，“我们不妨下去继续？就赌你露脸。”

“对不起，本赌坊不欢迎公子。”

“什么意思？”柳盆子哭笑不得，“你刚才还在保护我这个客人呢。”

“我赌坊的规矩，就是绝不赶客。你在坊内时，就是我的客人，我当然要保护你的周全。”梅九轻平静地看着柳盆子，“可现在公子在坊外。赌坊都有个规矩，可以不招待他们不欢迎的人。”

柳盆子当然知道这个规矩，他当年就是长安洛阳两都所有赌坊联名抵制的不受欢迎的人。“可是，我在给你翻本的机会呀？想想，一万多金。说不定我只为看看你的脸呢？”

“我看不懂公子的手法，所以不敢招待了。”梅九轻盈盈行了一礼，“我知道柳公子住在本庄的客栈里，庄内的饭庄、欢场依旧欢迎公子，绝无影响。”

“你……”柳盆子一步踏前，瞪视着梅九轻。梅九轻身形够高，所以两人的鼻子都快对在一起。

梅九轻不适应这么近的距离，垂眼观鼻，低声道：“公子放心，公子赢下的一万多金，我们会送到公子的房间。”

柳盆子哈哈一笑，原地腾身，梅九轻觉得眼前一花，就看见柳盆子坐在高门上那巨大的“二度庄”的牌匾上，荡着那双赤脚，一脸涎嬉的样子，竟让梅九轻有点动心。随即看见这人手里摇晃着一个闪亮的东西，很是眼熟，梅九轻才惊觉地摸了下脸，原来蒙面眼罩已被柳盆子全无知觉地摘走了。

梅九轻右侧的颧骨边，有道触目的疤痕。

“果真好美。”柳盆子笑得满是诚意，但场面还是有些尴尬。

“我不是要掩饰，是怕客人们看着丧气，”梅九轻仰着头，抚着那道伤疤，平静地说，“这是丧夫的标记。”

柳盆子听说过有些异族的风俗是：年轻女子在丈夫死后，就要亲手割破自己的脸。想不到是真的。

“我要那些死重的劳什子做什么？我前面说了，”柳盆子一扬手里的珠绣眼罩，“我就要这个！”说罢柳盆子已翻上一个三楼的窗户，不见了。

梅九轻愣愣地站在下面，望了那扇窗户很久。

33 剑军劫

就在柳盆子撩拨梅九轻的同时，耿恭对场中的对垒，如痴如醉。

他是见识过九剑侍的剑阵的，这次虽然没有风廉那个变态小孩领衔，但他自知若在战场相遇，近战时他在阵里走不过五招。班超跟他说过，九剑侍中的每个人，若走入江湖，都可能是成名一方的剑客。九人的联手不是加法，而是乘法。

剑阵攻势如雨，剑光像头尾相顾的蛟龙，竟也一时拿不下那边十二人组成的军阵……这才是让耿恭心中震撼的。这就是大夏人组成的雇佣军吗？这配合，简直是战争机器。

班超来到了耿恭的身后，耿恭回看了一眼，说："老班，这群雇佣军真可怕！"

"我们的剑阵也不差呀，人还比他们少呢。"

"不一样，"耿恭道，"剑侍兄弟们的剑法，不是谁都能练的，而你看他们的军阵，招法简洁，直接，只要强化训练，军中就可以复制。"

"你们军家子和我们江湖人看到的，就是不一样。"班超也细看对方的军阵运作，"这十二人里有赫大人等三个高手，想必已是他们军中最强的一伙人了。"

“玄英说，这支雇佣军有三百人，就算没眼前十二人这么彪悍，但一定都训练有素，精熟这套军阵战法，也很可怕了。”

“三百人，”班超咀嚼着耿恭的话，“是可怕！幸亏只有三百人。”

“步战堪称第一，不知马战如何？”耿恭刚说完，耳朵突然动了动，在嘈杂中辨出一些不一样的脚步和呼吸声，“西北方，东北方，都来了一些人，十二人一组……共八组，脚步轻重一致，呼吸沉稳，显然受过一致的训练。应该就是赫大人的人，潜过来了。”

班超跳在空中叫了一声好，身体在高处时扫了一眼，果然在东北处西北处的人群里看见些黑袍的影子。

耿恭闭着眼，继续细听：“南边，有十七个人，吸气长，呼气短，显然在聚力蓄势。他们各自分得很开，应该是你们江湖上的高手。不知是什么来路。”

班超向身后扫了一眼：“他们不足虑，虽然个人能力不错，但配合想必是野路子。倒是这些藏在人群里的雇佣军麻烦，他们个人战力未必多强，但最稳、最沉得住气。他们肯定规矩森严，协作严密，打起来就像一个人一样。”

“八组人在换位置，娘的，那赫大人，像是呼喝，其实在发指令。我们应该被围了。那些江湖人好像发现了什么，越散越开了。”

班超打了个呼哨，人群另一边的班昭掏出竹箫，吹出了几个长音，在嘈杂中显得清冽无尘。

那柳盆子的窗户又开了，但见柳盆子抱着一把伞盯着楼下的人群，一只脚尖拱起。

风廉迷惑地看向班超，班超遥遥地向他点点头。

齐欢出现在东北方，手里亮出了他和班超交过手的那个银锤。

花寡妇挡在了西北方。仙奴向前踏了一步，像是随时都要加入九剑侍的战团。

耿恭竟有些紧张："有马队的声音，八匹一组，有十组。蹄声整齐，像踩着点一样，从西南方过来了。"

"都是三百人，感觉他们比匈奴那个使团强十倍。"班超变得阴沉起来。

"成数怎么样？"

"耗不过，但能跑。"

"跑？"

"我去和那赫大人聊聊，你找机会把那赫大人射了。"

"那可得不死不休了。"耿恭又听了听四周，"这已经来了两百人，其余的多半在各出口布防。"

"别射死。等我的手势。"

班超呼哨一声，九剑侍忽然剑势一变，全部退了回来。那赫大人的军阵虽落下风，却丝毫不乱，剑阵退却，他们却压了上来，结果发现剑阵前站着一个白衣人，手里握着把墨黑的剑。

军阵没有停，继续压上来。那白衣人出剑，十二个大夏职业军人忽然觉得陷入了一个混沌的气场里，自己的出剑变慢，动作迟缓，听觉都迟钝起来，长官的呼喝指令都变得模糊，像低低的兽嚎……眼前全是那白衣人的剑光，所有人都下意识地挺起盾牌，就听见盾牌上一串剑击，整个军阵退后了三步。

以赫大人为首的十二人如梦初醒，发现这个面带倦意的白衣人，不仅接下了整个军阵的攻击，还把军阵迫退了三步。

班超左手扬起像一个请的动作，右手持剑掩在背后，不易察觉地在颤抖。

“我们聊聊？赫大人？”不等对方答话，班超就把非攻剑收了鞘。

赫大人惊疑地走出来，却不松剑：“你们不是来经商的！”

“不是。”

“那就请你们离开。”

“我们是使者。”

“使者？”赫大人戒备地看着班超，“什么使者？”

“打仗的使者。”

“你们？汉人？要打过来？”

“不一定，一切都可以谈。”班超耸了耸肩。

“我们不怕打仗，我们喜欢打仗。”赫大人反而收了剑，气势不缩反强，如临渊岳。

班超叹了口气，无可奈何地扶了下额头。

柳盆子已经下了楼，在人群里打着伞，像怕灰一样捂着鼻子。

他看见了班超在扶额，不经意地笑了。

人群里那十七个江湖高手，属于一个在西域混迹的帮派，也受雇于精绝的几个商会，班超他们一来，就被他们盯住了。他们不像赫塞军团，都是做“暗”活儿的。

里面武功最高的是一个从关内流落过来的采花盗，他既不是首领，也不是最狠的角色，偏是最骄傲的一个。他觉得自己是虎落平原，暂伏于此避难而已。

他盯上了班昭，一个中原少女，一种不惊草木的柔美，这里面甚至有股思乡的情绪。

他有点恍惚，想着：怎么对她下手呢？错眼间，他忽然觉得眼前走过的人，有些熟稔。他蓦地抬眼，那人撑着油布伞向他对着面走过，好像还很温和对他露齿一笑，好白的牙齿，纯净的笑容。

他立即回过头去，搜寻那人的踪影。

突然觉得自己的太阳穴生疼，想说些什么，但只能哑哑作声，十指箕开，摸上自己的额头，就在此际，遽然之间，太阳穴多了一点伤口，骤喷出一蓬血雾来。

柳盆子只在错身间，伞边缘的伞骨里弹出一寸的剑锋，没入对方的太阳穴，又瞬间收回。

人群惊叫散开的时候，赫大人遥遥地看着，不知发生了什么，但他的军团已经逐渐布好了局。

而耿恭听见那剩下的十六人开始慢慢退却。

“何必呢？这样你会死的。”班超声音淡淡的，背了手，看向别处。

赫大人冷笑地看着班超。

突然，人群中传来了嘣的一声清晰的弦音，紧接着是利器破空的呼啸声响。

赫大人久经战阵，却没听出这是什么箭，按理说对方偷袭，不至于选这样弦鸣箭响的射法。往箭声响处一瞟，一支箭已射到了眼前，竟是奔着护鼻头盔的露眼处射来的。赫大人艺高人胆大，一低头，用头盔撞上箭尖，当的一声闷响，箭在头盔上溅出火花，弹在地上。

赫大人脑子一晕，耳鸣不已。低头才看见这箭的箭头有异，是个圆陀头。难怪破空之声如此之大，原来箭头无尖，专门用于身披重甲的人，像锤子一样地撞击，震伤对方的内脏。只是射这种箭的人，对臂力要求很高。

赫大人被身后人扶住，而人群中的黑袍纷纷扬起，八组军人都露出了甲胄刀盾。

赫大人挥了挥手，止住了兵势，看向弦响之处，竟在人群里找不到射手的身位。心里明白，这只是对方的示威，而非有心杀他。

“听说你们是雇佣军，我也可以雇你们呀，开个价就是。”班超道。

赫大人摇首：“我们和精绝早有协议。你们若来，我们只能死战。”

“我是为了见精绝王来的，就是不想让仗打起来。不知道赫大人愿不愿意帮我引见？”

“你伤害了我做军人的尊严，我不会放过你们。”

班超忽然觉得这个雇佣军首领有些夹杂不清，局势也变得不明朗。

“但我们也不会在这里杀使者。请你们速速离去，等你们的军队来了再战。”

班超舒了口气，觉得这个赫大人有些可爱了。

两人还在那对峙，如潮的看客，忽然混乱起来，有一个豪华得有些炫目的马车在人群后露出轮廓，慢慢地驱开了人群。

班超抬头，觉得眼都快被亮瞎了。车厢很高，因为车轮就高达八尺，入眼全是金银的亮色，配以珠玉形成繁复的图案——繁复得会让人起生理反应。最奇的是拉车的八匹马都不是真的，而是装饰夸张的机械马，马上的“骑手”在不停地蹬踏着机械轮子，控制着“马”木偶般地踏步前行。马车缓缓而来，整个场面像一个奇幻的马戏团游行。

剑阵和军阵都收了武器，被挤到马车的两边。

班超等人听见身边的人欢叫：“精绝王来啦！”

34 / 精绝之谜

精绝城最高的建筑，就是“精绝坊”，高达六层。每月的十五，精绝坊会开估宝大会，向天下客商展示精绝研制打造的“新品”，据说，每层一个级别，而班超、耿恭和齐欢现在身处六层。

齐欢独自一人，细细看着那些陈列的“宝物”。

班超和耿恭这对正副使，和精绝王一起在窗边，能看见精绝城的全貌。精绝城的西面，也是南河在城里的上游，没有街市，只有无数民居围拢着三个朴素的深宅大院，正是三大家族的作坊。

“我想你们是误会了，”精绝王指着那些延绵的作坊，“我没有王宫，只有作坊。所谓精绝王，不过是外人给的一个习惯称谓，我其实只是三个家族的行商盟主而已。”

“我们刚从鄯善来，在我看来，鄯善王也没有您排场大，”班超笑，“贤王就不要谦虚了。”

“是说我的马车吗？那是我刚设计的，其实是龟兹王定制的，交货前我总得调试几次。”精绝王脸上露出得意之色，“精绝其实是个匠人之国，精绝二字，说的是我们手里的活儿。”

精绝王走到旁边陈列的一个珠光宝气、精致无匹的滴漏面前，上手做了一点调整，时辰一到，有五个小傀儡童子活动起来，动作连贯，敲打身前的小钟，每人敲的音色各不相同，竟成音律。底层开一小门，门内有一组转动而出的仙人。上弦后，底层琉璃转动似流水，金铸的鸭子循环游动。岸上仙人或垂钓，或饮酒，或读书，或下棋……音律一停，众人皆不动，玩偶慢慢退回门内。

“这是我们精绝三大家族合作而成的。我家出零件图纸，一个个地由奈德家打造，再由启白家装饰镶嵌，最后由我家组装和调试。其实刚才你们看见的那驾马车，也是如此打造的。只是那龟兹王就是这个品位，才造得如此夸张炫目。”精绝王笑得有点无奈，“三个家族各有技术秘密，因我家的活儿最绝、最不可替代，才做了这个盟主。盟主也不是世袭的，十年大家就重新推选一次。说起来，我只不过是大多的精绝人的名义雇主。我雇佣他们而已，他们并不是我的臣民。”

班超觉得信息量过大，得好好消化一下，不知该怎么接话。

精绝王继续道：“上使劝我归顺大汉，其实我们本就是归顺的。我们只是匠人和商人，没有城墙，没有一兵一卒，就是个市场。刚才的赫大人，包括他的赫塞军团，并不是我的人，他们只是来这里做保镖生意的。有时也会受雇维持一下城里的治安。所以精绝国无所谓归不归顺，都是开门做生意。比如说，大汉的丝绸很受欢迎，如果通过我们的作坊，绣上类似我们织毯上那样的花纹，就可以在贵霜卖比原先高得多的价钱……”

“如果匈奴也要跟你做生意，你做吗？”班超问。

“当然。”

“那就不对了，你不能既归顺我们，又归顺匈奴。”

精绝王叹了口气：“我们能怎样？我们只希望商路通畅，你们谁能保证商道的通畅，我们每年便会奉上相当可观的贡品。”

“你当我们是上门来收保护费的？”班超笑。

“不敢，无论战事如何，今年我们都会向大汉及上使表达敬意的。”

“我总想得到些不一样的承诺。”班超拿起一把陈列架上的金错弯刀，扔了华丽夸张的刀鞘，弹了一下刀身，刀光如水般荡漾，“比如说，我到时出丝绸，你给我打造一批武器刀甲如何？”

“绝对不行，”精绝王道，“我们不提供任何跟战争有关的东西，不卷入任何立场。”

“那这算什么？”班超一挥刀，窗边垂下的珠帘被斜斜劈断一截，呼啦啦满地滚动着珍珠，若群星泻地。

“这算艺术品，”精绝王面不更色，接了班超手里的弯刀，按了一下，刀刃连环吐出刀刃，竟形成了一个圆环，“每个样式，打造不超过三把。”

耿恭在一旁烦躁起来，冷笑道：“你好生啰唆，信不信汉军抬脚就灭了你？”

精绝王无奈地摊手：“我信，但你觉得有必要吗？我这样做，才能保证大家都有利益。一个运转的精绝，可以提供很多钱……灭了我们，就什么都没有了。连整日逐草饮马的匈奴都能明白的道理，难道文明上邦的大汉，会不懂吗？”

班超和耿恭一起被送回到了客栈，据说费用肯定是免了，还要升级到最高级的房间去。耿恭打发了过分热情的精绝王的仆人，对班超苦笑：“感觉我们好像是来敲诈的。”

班超低头沉思，半晌才道：“这地方很有意思，没有官府，没有军队，只有生意合作的契约，倒也像老子说的无为而治；但又不是，之间都是明确的利益。用互动的利益推动了一切，连赫塞军团这样可怕的存在，也自愿保护着他们，有意思。”

“我们接下来怎么办？”

“还能怎么办，只怕我们只能上路啦。”班超虽有点不甘，十指相绞，两拇指互转，“这么些好匠人，这么善战的雇佣军，要是能为我所用……”

班超叫了其他人在房里碰头，说了说情况，让大家各自准备，明天就动身了。

“齐大哥不是跟你们一起去的吗？怎么没回来？”班昭问。

“他说他还要留在那精绝坊里再看看那些宝贝物件。”耿恭道。

“精绝坊真的有很多宝贝吗？”柳盆子问。

“没叫你去，是怕你会忍不住。”班超笑。

“你太不了解小柳啦，”花寡妇抢白道，“一万多金，眼都没眨，就送出去了。”

“就是怕他忍不住偷来送你。”

“送我？以前都是我养他。”

外面一个羽林卫进来，打断了花寡妇的自怨自艾：“有个小姑娘送来了这东西，吩咐是她们梅老板送与柳爷的。”

“我看看。”花寡妇跳起身将那漂亮的礼盒接了过来，一层层地打开。

“哎哎，”柳盆子叫起来，“早跟你说过了，咱们没关系了。你凭什么动我的东西？”

花寡妇的动作僵在那里，脸上倒看不出什么不悦，笑着甩手将半开的礼盒扔了过去：“谁稀罕。”

柳盆子面有得色，将礼盒完全打开，里面是一双编织精美的男鞋。

柳盆子哈哈一笑：“她倒还惦记着我废了一双鞋！”炫耀般地当场换上，忽然面色一变，忙将鞋甩了。众人见那新鞋里，慢慢爬出一只花斑的大蜘蛛来。

“花——幽——幽！”柳盆子咬着牙喊。

花寡妇早一溜烟地逃了，话从屋外传来：“不关我事……”

柳盆子光着脚飘了出去。不久众人就听见隔壁传来乒乒乓乓的声音间杂着吵骂声：

“你看人家也是寡妇，你也是寡妇，怎么这么大差距？”

“你放屁。”

“寡妇何苦为难寡妇。”

精绝王还在精绝坊。他在检阅自己的作品，就像抚摸自己的孩子。

他留意了一下汉使团那个一直没走的光头大汉，那一定也是个迷恋奇技淫巧的人。那大汉虽不上手，但目光总停留在那些机械傀儡的关键处。

精绝王走时关照了一下坊中管家，说由着那汉使团的人在坊里，待他看完，再关门便是。

精绝王和贴身护卫走下楼梯，忽听见头顶传来呼啦啦的声音，回头看见一只鸟振翅而飞，在雕梁斗拱间盘旋。精绝王一下瞪大了眼睛，那是一只打造精巧的机械铁鸟！铁鸟翩然回旋，精绝王不自觉地跟了上去。那铁鸟像是动能已尽，从空中摔落了下来，掉在一个人的手上。那人回过脸来，不就是那个使团的光头大汉吗？

“这……这是如何做到的？”精绝王茫然若失。

“据说我家祖师当年可做翼宽一丈八尺大的，人可坐在上面飞行，三日不落。我研究良久，只能做成这样。我也试过做大，但材质过重便无法腾飞，要知道，我家祖师可是用木头和竹子做的。”

精绝王大惊：“木头！竹子！怎么可能？”

那人微笑：“贤王可愿一起参详？”

班超他们虽然觉得此行有点不顺，但还可以愉快地听那对活宝吵架，倒也不至于太糟。吵架似乎已经停息了，大家正在失望，楼下忽然传来一阵奇怪的“嘟嘟”声。从窗户往下看，正是齐欢骑了一匹机械的马，脚在不停地蹬着机关，有点滑稽地摇摇晃晃地回来了。

“他拆精绝王的马车了？”有人问。

“这马没那么花哨，应该是别的马车？”

齐欢不顾满街人的注视，将那怪物骑进了后院。

不久齐欢上楼出现在班超面前，看着大家：“你们……在开会？”

“今儿你也听见了，正商量明天走呢。”

“刚才精绝王跟我说，”齐欢露出了神秘笑容，“他愿意归顺，具体的可以再谈。”

“……”

“我拿点工具，下去把那马拆了看看。”齐欢摸了摸自己的光头，不顾众人的面面相觑，出门而去。匠人和匠人之间总是好说话的。

于阗有巫

七星塔没流沙里，
风起龙卷现神台。

35 奔月

班超使团在精绝滞留了十日。

精绝王是个对生活要求很高的人，一个对器具精益求精的人，不可能用它们盛放一般的食品或酒水。精绝王在精绝坊的顶层请了班超几次，不例外地都是下午，酒酣耳热时，两人能临窗看那夕阳落在沙山上，莹莹反光，犹如细雪。

班超如此和精绝王几轮交谈，达成了一些秘密协议。

而齐欢竟然可以进入精绝人向来不让外邦人觊觎的三大作坊参观交流。

耿恭则拜访了几次赫大人，当然是交流他们的领军心得。

柳盆子又去了几次赌坊，依旧被纳入不欢迎的人。他有些怅然若失，再没见到梅九轻。

女人们终日在逛街中幸福着。其实精绝王早送了使团成员大批礼物，但无碍三个女子的购物天性，哪怕是些不那么值钱的小物件。

出了精绝国，依旧是广袤的沙漠。

如果按班超拼出的“穆天子西狩图”，大家就得放弃水路，折向西南，去寻那“七星塔”，看看神国的路标。

如此走了一日，沙漠的颜色变得深褐，最后暗黑起来。

班超看着军部的羊皮地图，说这就是传说的黑沙漠吧？叫大家谨慎点，黑沙漠多有流沙。

入夜，大家驻了营，除了篝火，四处皆如乌墨，连星星好像都被黑沙漠吞噬了。看不透的黑暗里，连风声都与他处不同，状如鬼哭。

班超有些恍惚，他觉得这里仿佛来过。这种熟悉让他有些恐惧，就像在梦中的某处，黑沙里会钻出曾经死去的人，将他一次次地杀死。在梦里被杀死，那种恐惧是真的，疼痛也是真的，但他会在这个世界醒来。班超想：如果我在这个世界被杀死，会在哪里醒来呢？

想到死，班超反倒舒了口气。一如面临死亡的危险，班超总会泛起一种疯狂的快意，选择离死亡更近些，里面好像有种亲切感。班超解释不了自己这些矛盾的感触，又恐惧又迷恋，这就是剑夫子说的死气吗？

寒意越来越重，班昭等几个女人离火堆最近，其他人围着她们，有一搭没一搭地聊天。班超看着他们的嘴在张合，却没有声音，心想，自己又睡了吧。

班昭明白二哥为什么离火堆和人群最远，他不愿被别人看见自己梦里的恐惧。班昭看见二哥的身后，有个异乎寻常大的圆月，升起来，把二哥罩在其中。黑沙漠好像把月光吸去了大半，月亮显得淡而薄，像个冰片。里面有二哥在睡。

班超惊醒了，他又在梦里死了，杀他的是一个他不认识的宫装女人，那好像是个非常亲近的女人。班超想不明白，也不愿睁眼，隐隐听见那群人里还有人在悄悄说话。是小昭的声音——真是让人安心啊。

“你们看，那月亮里下方的暗影，像不像一只蛤蟆？那就是嫦娥。”

“她变成蛤蟆了？”花寡妇的声音。

“因为她偷了丈夫后羿的不死药。”班昭道。

“为什么呀？”

“嫦娥本来就是月神，丈夫后羿是射神。而日神羲和的丈夫却是天帝。不仅如此，天上本来有十个太阳，月亮却只有一个。所以日月争辉，嫦娥落了绝对的下风。本来十个太阳每天一个，在天上巡游一圈，从没出过纰漏。或许是羲和疏于管教，有一日，十个太阳一起巡游了。大地一下热了十倍，万物枯焦，生灵涂炭。于是天帝一面责备羲和，一面叫后羿将太阳们捉回来。后羿看见大地的惨状的确生气，或者也想为妻子出口气，一口气就射下了九个，本来第十个也要射的，好在被人间的尧帝偷走了一支箭，就留下了唯一的太阳。”

“好险，差点太阳都没有了。”花寡妇笑道。

“天帝当然震怒了，把后羿和嫦娥都赶出了天庭，贬到了人间。据说，后羿就在人间教人射箭，逄蒙就是他的徒弟，人间自此才有了神箭手。”班昭说着，笑着看了一眼拱成一团睡去的耿恭，“但在人间，后羿和嫦娥会像人一样死去。所以嫦娥整日为此哭泣。后羿于是就去了昆仑山，找到了万神之母——西王母，求赐不死药。西王母说：‘我赐你两丸不死药，服一枚长生，服两枚羽化成仙。你现在就吃了吧，然后留在这里。’后羿说，愿意回去夫妻共享长生，胜过成仙。”

“这后羿真是个好男人。”花寡妇感叹，忍不住瞟了一眼人堆里酣睡的柳盆子。

“后羿带了不死药回来，交给了嫦娥，本想找个吉日，夫妻一起吞服，不承想嫦娥乘后羿不在时，将两丸不死药全吃了，身体重新羽化，飞回了月亮。据说那后羿是看见了妻子腾空的，非常愤怒，本已拈弓搭箭了，结果看见了妻子满脸的泪，终是没忍心射。”

“这个嫦娥，太不是东西了。”花寡妇竟然有些哭音。

“传说西王母震怒了，将月亮里的嫦娥变成了一只蛤蟆，从此困在了月亮里。”

“那后羿呢？”

“是人总会死的。死了。”班昭的声音在暗夜里模糊起来，“你们看，月亮多美啊，不管嫦娥有没有变作蛤蟆，据说都是天上最美的女子。”

“其实嫦娥并不怕死，”仙奴的声音插了进来，“她怕老。”

“仙奴姐姐说得对！”班昭的声音又清亮起来。

“可是她吃了不死药，就不会老了呀？”花寡妇道。

“也许是老而不死呢？再说，天上一日，地上千年。还是在天上度日才好，地上挨着沧海桑田，一日日地熬，心也老了吧？”班昭的声音轻了起来，“我们一闭眼、一睁眼，一天就过去了。而我二哥，睁眼闭眼，一天要分七天过吧？我有时真觉得，我二哥已经很老了……”

“看不出来呀，班头总是在睡，又睡不醒的样子。而且没点正经，还老欺负我们家的小开，”花寡妇道，“不过正经起来，也有点让人怕的。”

“是，我也有点怕他，”仙奴道，“他身上有种阴森森的东西，说不上是什么。”

“怎么会？我二哥最可爱了，他就是太累了。他睡着了，你抱着他，就像抱着兔子，他还会在梦里瑟瑟发抖，往你身上缩，可好玩了。”

“你抱着你二哥睡觉？”两个女子都很惊异。

“哎呀，你们想哪儿去了？都是小时候的事啦。”班昭好像在轻打着那两位，“你们发现没有，我二哥的睫毛好长，可以放个牙签不掉下来。”

“我们去试试？”

“没用的，他睡着了，除了我，别人都靠近不了，一靠近就醒。”

“那他总在我们面前睡着是真的假的？”

“没人知道呀。”

“那他会不会根本没睡，我们说他什么他都听见了？”

“还好吧，其实可怕的是恭哥，他有一双狗耳朵。”

班超觉得再听下去，真算是偷听了。伸个懒腰，站起身来，那三个女子一下噤了声，装睡了。

月亮已升至头顶，浅浅的，照不亮周遭的沙漠。班超巡了一圈四周，看骆驼也围着火卧了一圈，众人在里面依着骆驼睡，最近火的就是三个女子，裹着上好的羊毛皮。班超给火堆添了些柴，那三个女子一动不动，班超也懒得点破，依旧出了圈子，向一个沙坡爬去。

三个女子都睁了眼，看见那模糊的影子背着什么一点点跋涉到坡顶，就看不见了。不一会儿，有火光亮起来，竟是在坡顶另点了一小堆火。

班昭看着远处的光亮，二哥的影子被映过来，像一个巨大的羽翼，风一般地飘忽。“二哥是去拼他的‘穆天子西狩图’了。”

“他真是好孤单啊。”仙奴淡淡地说。

36 / 七星塔

沙漠的暗黑之色渐渐转成赤红。红沙在艳阳下有星星点点的反光，一行人像置身在血色的海洋里。沙山起伏延绵，三十六骑在其中可能连泡沫都算不上。

“难怪古人管大漠叫瀚海，”班超在高坡上极目西方，哪有什么塔的影子？“那散简上说，黑漠之后，是赤漠，赤漠之心，有七星塔。”

沙漠里最易迷失方向，这支队伍却方向精准。因为班氏兄妹精通星象、日影，尤其是班昭眼里，天地四方都有不同的气运和色彩，从不至于迷失方向。只是在沙漠中不可能走直线，马匹骆驼都行进在沙山曲折的山脊上，每下一坡，就由班昭的长箫一指：“这边！”

班昭从没觉得自己如此重要，跑到队伍的最前面，在枯燥的跋涉中倒是心情大好：

“远道不可思，宿昔梦见之。梦见在我傍，忽觉在他乡。他乡各异县，辗转不相见。”

队伍后面的人，能听见班昭的歌声飘过来，引发出些许思乡之情来。

风廉在后面没骑马，换到了骆驼上，因为前面仙奴一直坐在骆驼上。

风廉知道柳盆子老在往仙奴身边凑，而仙奴总在若即若离地躲。风廉也不说话，自从他认为自己败给了铜手，就一直闷闷不乐，却不妨碍他挡在仙奴与那油头粉面的柳盆子之间。

风廉觉得仙奴这位姐姐真好看，不只是好看，举手投足都有一种汉人女子没有的摇曳韵态，比如现在，仙奴姐姐并不是跨坐在驼峰间，而是侧坐着，盖着面纱，把整个身体都覆了大半。隔着薄纱，风廉能看见随着骆驼的起伏，姐姐荡着两条腿，腰肢也在浮动。

风廉也爱听班昭姐姐唱的歌，好听，就是听不太懂。

歌声袅袅地传过来。风廉闭着眼，抱着剑，突然就站到了驼峰上，对前面喊："你！班头！"

班超从前面拉马回来，看着这个不认自己为师兄的少年，叫班头也叫得生涩。

"刮风了。"风廉竟然不看班超，盯着地上。

班超四顾，日头高照，万里无云，便夹住马肚子，猫腰在地上抓一把沙子，又翻上来。当着风廉的面，从指缝间将沙子漏下去，直直地落在地上，全无一点飘散。

"我闻到了风的味道，"少年还是不看班超，指向西北方，"那边。"

班超极目远望，那边的天地交接之处在热浪中颤荡不定，没看出什么异处来。

"有风就好了，"班超的确有些莫名的紧张，脸上还是笑道，"不至于晒死在这里。"

班超想表达一下对少年的重视，想抚一下少年的头，被少年用剑鞘挡开，兀自前行：“刮风了。”

半个时辰后，风真的来了。沙子打在脸上生疼，所有人都披了头巾蒙了面，看见西北方升起赤色的云烟，慢慢升腾到天际。

“沙暴！”有人喊。整个队伍开始提速，向东南方避去。

风开始越来越大，腾起的赤云慢慢遮盖了半个天宇，渐渐逼近瀚海中蝼蚁般的三十六骑。

三十六骑不再排成线，而是团成一堆，护着班昭这些女子，想尽快绕到沙山的后面。最外面的柳盆子，在风沙里忽然看见前面的沙堆里有个黑色的异物，好像是个半掩着的七尺多高的圆顶铁笼子。走近再细看，里面竟然蹲缩着一个人，用一个麻袍连头带脸地裹着自己。

众人也都看见了。柳盆子掠到笼边，抓住铁栏一发力，发现不能撼动，却见那人慢慢地站了起来。麻袍有着大大的风帽，让柳盆子看不见这人的面目，但能看见一双露在袍外的手。手指很长，虽然骨节分明，但一眼能看出这分明是一双女人的手。这双手紧紧抓住麻袍，裂帛一声，竟然将袍子全部撕开！

一个完全裸露的身体露了出来。

这女子将两臂展开，仿佛展示一样——身体丰满修长，每一个部位都显示出有韧性、有力度的柔软。肌肤紧绷，近乎淡褐色，尤其是不停地抖动着的两肩和不停地颤动着的乳房，泛起油光。

柳盆子惊呆了，眼睛不自觉地瞥向那毫不遮拦的神秘暗处。

其实所有人都惊呆了，倒是班昭跳了出来，拉开了柳盆子，挡在笼前。

“这位姐姐，”班昭递出一个皮制的水壶，“需要我们帮你吗？”

那女子侧着风帽里的头，像是沉思，把两只提袍展开的手放了下来，麻袍垂下，遮住了大半的身子。

班昭心生恻隐，回头让大家退远一点，把那壶水递进笼子。

那女子的手犹豫不决地伸向水壶，突然手一翻，抓住了班昭的手腕，从风帽里露出一张布满刺青的脸来，那眼眶里没有眼珠，只有眼白，空空地盯着班昭。

班昭惊叫一声，水壶落在笼里的沙地上。班昭想要缩手，却纹丝不动，眼见着那张布满密集刺青、显得诡异的脸，笑着咧开了嘴，露出牙齿，向自己的手咬来。

柳盆子和班超已经抢到班昭的身后了，但风廉后发先至，剑光一闪，已隔笼削断了那妖异女人的一截拇指。

班昭向后就倒，被班超揽在身后，那女子仰头痛叫，发出狼嚎般的呼啸，尖锐刺耳。风沙陡然大了起来，众人掩面，几乎眼不能视物，天地一下昏暗起来。

班超抱着班昭上了骆驼，喝令大家快走！众人掩面奔出不过二十丈，又见到沙中一个半掩的铁笼，里面一样有个麻袍女人，抓着铁栏，瞪着空空如也的眼白，对着他们像只困兽一样嘶叫……众人哪还会理她？急急遁走，结果又在沿途不远处看见一个笼子及号叫的女人，接着又一个，号叫声此起彼伏，风声都不能遮掩，诡异已极。

风越来越大，奔出一里后，班超从风沙间看见天色也变得暗红，甚至隐隐看到一个龙卷风正在红云中形成，慢慢探出一个漏斗般的尖来……“龙摆尾！”班超大喝。

班超断后，护着一行人极速远遁。跑着跑着，班超转头却发现风廉一人弃了骆驼，站在风中停了下来，脱离队伍已有段距离。

风已经吹得人很难站稳，叫喊已经无用，班超只能折回头，去拉扯这个少年："你疯了！快走！"

风廉回过脸来，一脸的兴奋，那眼里的光和神采竟然让班超一呆。

"龙！风龙！"风廉有点语无伦次，指着那已经落地的龙卷风。龙尾触地，沙尘陡然像炸开一样，浓重如乌云，这不是古人说的"龙吸水"，分明是"龙吸沙"。龙尾摆处，犁出了一个深谷般的沟壑，千万石计的沙子都升到天上去了。

班超不再理会，扯着风廉就跑，直到将他扔上骆驼。

一行人在风中疾奔了一个时辰，才转到一个背风的沙山之后。

龙卷风还在原地肆虐，沙土迅速减少。

笼子里的麻袍女人都掖紧袍子，不见头面，把自己缩在一角。流沙在动，犹如河流，那笼子下被埋没的塔，慢慢地显露出来。

飘风不终朝，骤雨不终日。不过又一个时辰，龙卷风不知所终，天色已然透亮，依旧万里无云，毒日高照，好像这场风从没来过。

但沙山的位置全变了。

两座沙山之间，矗立着七座两丈多高的斑驳石塔，塔的最顶端就是圆顶铁笼及每个笼里的奇怪的戴风帽袍子的白眼女人。

塔身上下，还在向下垂落着一线线的沙子。白眼女人们都在笼中站了起来，抖尽了麻袍上的沙尘。那个被风廉削掉拇指的女人的脚下还遗留着班昭留下的那只皮制水壶，水早已流尽。那女子一伸脚，将水壶踢落下来。嘭的一声，水壶摔在塔下的地面，可以看出沙子下露出的部分巨石铺就的路面。

如果从高处看，这或是一个远古的广场，七座塔，形成了北斗七星的形状。

三十六骑拉着马匹和骆驼，从半掩的沙子中爬出来，惊异地看着风过天晴的景象，有种恍然隔世的感觉。

风廉不知何时就爬出去了，站在高坡上发呆。

“那些女人，是妖怪吧？”仙奴心有余悸地问。

“一定是风妖，风就是她们叫来的。”柳盆子接口道。

“她们在笼子里，会死吗？”班昭的确被吓得不轻。

“这样被关在沙漠深处是不可能活的，”花寡妇道，“我怀疑她们本就是死的，只是被某种驱尸术所控制了。”

“不对！她们一定是……”班昭想到那嘶嚎的声音的确不太像人类，“是活物，她们头上有气岚。”有一点班昭没说，那暗色的气岚里有一丝紫色的光晕，让她刚开始有种莫名的亲近感。

“快走吧。”齐欢拉着骆驼，第一个开始上路。

一行人又在烈日下，排成一线，在沙脊上跋涉。谁都不说话，各怀心思，班超反而有些隐隐的快意，西域真是个什么都可能发生的地方，那神话般的神国，应该真的存在。

三十六骑越走越远，浑不知他们已经错过了什么。

37 / 临风错

“你真的姓风吗？”

班超忽然觉得风廉这孩子跟风有些奇异的关系。他是第一个感到风要来的，也是第一个觉察风要走的。龙卷风落地时，那孩子的神情，分明是一种痴迷和陶醉。

“我姓曹。”

“你叫曹风廉？”

风廉抬头奇怪地看着班超：“我叫曹世叔。”

“世叔？”

“是。”

“这名字，别人都不愿叫吧？”

“是，师父也不愿叫。”

“那风廉？”

“是师父给我取的剑号。”

“剑号？还有剑号？我怎么没有？”

风廉还是那样奇怪的眼神：“你又不是剑家的人。”

班超为之气结。

“其实你的剑法，”风廉想了想，看见班超的眼睛都亮了，挠挠头，“很好看。”

“是吧？”班超得到天才师弟的认同，心情不错。忽然觉得有点不对劲，“好看？”

“我没看懂。”

班超又一次气结：“那是剑意。剑意你知道吧？”

“嗯，师父让我悟过，我没悟出来。”

班超听剑夫子说过，风廉只在剑气阶段，但好像夫子对此很自得。他好奇地问：“夫子怎么叫你悟的？”

“师父叫我站风。”

“站风？”

“就是风季带我去了太乙山，让我站在崖口，迎着飞沙走石，站了七天七夜，他老人家却躲在山洞里喝酒。我觉得当时都快被吹干了，就回山洞了。”

“夫子怎么说？”

“夫子问我感到什么了？我说我看见风是有线条的。师父很高兴，说剑家人御剑，必得体察四方之微，站在风口，最能感应风向流变，沙起石飙，若能在气乱中体会到轨迹，离成功就不远了。”

“难怪你早早地就能感到风要来，还能闻到味道。”班超感叹。

“夫子又让我去战风。是战斗的战。我拎着剑，在崖口又站了七天，一剑都没出，就回山洞了。师父问我战得怎样了？我说我没出剑，我觉得云涛翻滚，山风呼啸，无不是太乙的一呼一吸，所以我不能多出一剑。师父大喝：‘你怕了？’我说不怕，是舍不得打乱那些长长短短的线条。师父说长线条是怎样的？我就出了一剑比画。师父问短线条是怎样的？我又出了一剑。师父就不说话了，就把我带回去了，给我取了号，叫风廉。”

“廉，就是风神的意思，”班超笑道，“《奇门五总龟》里说：

昔黄帝命风后作太乙。太乙就是风源。”

“是吗？师父没跟我说。班头懂得真多。”风廉竟然露出了敬佩的神情，“我后来又问，还要悟剑意吗？师父说，风无情无意，悟个屁。”

班超好像有所感悟，却又说不出是什么，有灵光在脑中闪烁，总也抓不住。

“那夫子跟你说过我吗？”

“说过呀，说不能被你那些在鸡蛋上雕花的剑法带坏了。”

“什么？”

“其实也不错了，就是很复杂，很好看，我都看不懂。”

“那他老人家还叫你跟我出来？”班超苦笑。

“师父说，我应该去看看更大的风。”

“就为这个？”

“是啊，说西域绝地，一定有极大的暴风，我竟然真的看到了风龙！”

……

这对师兄弟在驼铃中一句赶一句地聊着，这是班超第一次听见风廉讲这么多话。风廉之前的郁闷好像都因看见风龙，一扫而光了。

驼队马队的影子开始在沙峰上拉长，一直拖到峰底，看来太阳已经西斜了。

一场突如其来的沙尘暴，让班超的使团错过了与另一支队伍在沙漠相遇。

大风漫卷时，大家各自乱了方向，找沙山背风处躲避。天朗风清之后，两队人在一个沙山的两面，相错而过。

涂鲁是龟兹人，其实也是龟兹的密使，他加入了一支商队，一路从西向东而来。先过了于阗，给于阗王递了龟兹王的密信，现在赶去精绝，看看王庭向精绝定制傀儡马车，重要的是护送一名制琴师和一名歌舞伎给精绝王。不要小看这两个人，曾经在龟兹都有“国之华宝”之称。虽然年岁见长，不再乐坛峥嵘，但带出的弟子，正是当红，不少已是王公大臣的入幕之宾。龟兹乐舞，天下无两，所以在精绝王眼里，这也算一种顶尖匠人的输入。

这些年，龟兹已经是西域最强大的国家，加上匈奴的多年扶持，隐隐有些盟主的风范。此次汉军大举西征，匈奴呼衍王退却，正是龟兹王显示手段的时候了。战事的结局胶着暧昧，龟兹王不敢明着串联，却广派密使，想与诸国暗自建立攻守同盟。

战火没有烧到的地方，正是各方使者的战场。涂鲁不知道，汉家使团已经吃掉了一个匈奴使团，刚从身边擦过。

商队不大，共四十多人，骆驼却有近百峰。涂鲁带着四名龟兹国的禁军士兵扮作商人，护着制琴师和歌舞伎的马车。商队在于阗时还雇用了当地的向导和一个护镖小队，共六名跑江湖的“高手”。虽然涂鲁根本看不上他们。

风暴过后，地形大变，向导及所带的老骆驼都有些疑惑，只能且行且看。

前方隐隐传来一个声音，好像是女声在合唱，断断续续，如梦如幻。整个商队有些紧张，那几位雇用的护卫催发骆驼，看似随意，却占据了队伍前方的攻防位置。

涂鲁在后方看着，不禁对这几个江湖人刮目相看。他暗中做了一个手势，指令扮作商人的士兵护紧马车。

循着声音转过一个沙丘，就看见了不远处有七座石塔，以及一个掩埋了一半的广场，好似一个湮没已久的王朝遗迹。众人震撼无语，那歌声却弥漫过来。曲调高亢如云，却又摇曳回旋，几个不同音质的声音相互应和，一声高似一声，头尾相追，穿云裂帛。

那歌舞伎拉了车帘，探出头来，脸色已变。涂鲁凑过去，那歌舞伎道："人是唱不了这么高的……"

那歌声充满了原始野蛮的魅惑，一干人不知不觉血脉偾张。

商队里几个大胆的年轻人跟着雇用的护卫一直冲到广场的边缘，已经能辨出声音的源头，有人指着塔顶喊："塔上有女人！"

商队里有更多的人驾着骆驼马匹冲向广场。涂鲁大喝："大家小心！"但已没人理会他。

一个护卫把刀叼在嘴上，开始爬塔。塔已残破，石缝斑驳，那人并不艰难地就爬到了两丈多高的塔顶，攀住了铁笼的栅栏。笼里的麻袍女人没有停止歌唱，只是声音宛若呻吟，一下撕开了袍子，露出自己全裸的胴体。那护卫把手伸进了笼里，抓住了那一对乳房。女人露出了布满刺青的脸，护卫竟不为所动，忙乱间解着自己的裤子，把那女子转个身，抓住蜂腰一按，隔着铁栏，抵住那丰腴的肉臀，干将起来。

商队的人大部分都聚在塔下了，抬眼能看见一场活春宫，肉体撞击的声音，伴随着那女子欢愉的尖叫，从塔上撒下来。其他六座塔上的女人却歌声不停，像是为这盘肠之战助兴一样。男人们再也忍耐不住，纷纷往塔上攀爬。歌声息了，七个塔尖都传来了女人快意的号叫及男人的喘息声。

涂鲁他们护着马车来到七座塔之间，压抑着自己的原始萌动，惊异地看着这迷乱的景象。商队里的人还在塔下撕扯，争着爬塔的有利位置，甚至有人带着野兽欲望的眼神，逼近了歌舞伎的马车。护车的便衣士兵急忙把人推开，结果就厮打起来。塔下的众人莫名陷入争斗混战里。

突然，七个塔上，一齐传来男人的惨叫，众人罢了手，抬眼望去，见那些享受的男人都趴在笼上抽搐，然后以可见的速度，在干瘪，缩成干尸，一具具地摔下来。那些脸只是枯骨，只是恐惧还在，眼珠凸瞪着，面颊的血肉已无，嘴就显得奇大，从颌骨张开，全是牙齿……

七个铁笼，打开了。

七个女人，嘴边带着血，白眼翻出眼珠来。

七个身影，从塔上慢慢飘下，麻袍向上飘飞，露出的是一双双赤裸的长腿。

塔下的人这才有所反应，呼号着开始四处逃命。

涂鲁突然理解了那歌舞伎说的，那不是人在歌唱……他不再理会使命，不再理会同伴，拼命地跑出广场，在沙上狂奔。

在沙漠里向上坡奔跑，真是累啊，而且徒劳。涂鲁两腿如轮，跑三步陷下两步，近乎原地刨沙，蹬出一片尘烟。

涂鲁觉得自己跑得快喘不上气了，双眼也开始模糊，却在迷离中看见一双褐色紧绷的长腿，在眼前慢慢落下……

残阳如血，染红了半个天际，几乎要和赤色的大漠合为一体。

三十六骑还在行进，已经走出了几十里外。只是班昭回头看了看，说，奇怪，来的方向好像有血光浮动。

38 流动之城

当班超他们走出沙漠边缘时，会对眼前的景色感动。

绿洲在星星点点的湖滨间展开，长满莎草、稗子和香蒲的草原带着腥湿的气息扑面而来。绿色的尽头是一线青色的山脉，分割着天地。那山脉背负着团团暗色的雨云，翻滚延绵，与天一般无穷无尽。山麓就像一个悲伤的女人，将自己的头脸隐藏在灰色的纱幕之中，但是她一直在战栗和哭泣，引起云里的闪电，透出些光亮。

也有两处没有被暗云裹住的山巅，露出白雪的尖顶，在灰暗里更显透亮。班超知道这线山脉有个伟大的名字：昆仑山。

于阗国就在昆仑山脚下。

有人说，于阗只是“玉田”的变音，美玉就是从这里长出来的。

于阗美玉就是昆仑玉，又称昆玉。汉人对玉的感情很神秘，在远古就认为玉是沟通天界的媒介，认为玉相碰的声音是圣音。《五行》记载：“玉音，圣也……唯有德者，然后能金声而玉振之。”后来才被儒家转化为君子之德的比喻。

但“金声玉振”的神秘性并没有消失，金不惧火，玉不惧寒，合为阴阳两极，沟通天地。所以汉家的皇族显贵，死后身披金缕玉衣，才能穿越阴阳鸿沟，到达天界。

最令班超他们震撼的不是那道山脉，也不是山角一线“美玉之乡”城墙的影子，而是平原上有一个移动而来的城市。

那个城市在草原上好像在散漫地行进。那是十五座城堡——一些建造在巨大车轮上的木制楼房，在缓慢地靠近。

三十六骑几乎用了两个时辰的时间，等待着它们从北方的绿洲边缘走近身前。它们从一些错落形状的轮廓，渐渐地变成一片像撒开了首饰木盒还有动物玩偶那样的杂货市场，后来几乎是突然之间，三十六骑周围就布满了各种动物：拖带城堡的黑牛和黄牛，骆驼和马。驱动动物的毕竟是人，好几种不同的人，有官员、士兵、工匠和奴隶。

城堡都有三层高，但其中一座有五层之高，底座是其他城堡的数倍，像一个金字塔。其他的城堡都是由动物拉动，唯这个巨大的金字塔一样的高台，是由全人力拖动。

更奇异的，是班超他们随行的骆驼，在没人命令的情况下，全部跪了下来，脖子趴伏在草丛中低声呜咽。

那座安装有无数巨大车轮的“金字塔”前，排列开一整片宽广漫长的近乎赤裸的男人的阵列，八个并肩排列、只围着胯下的壮汉，都背着一根横木，横木上有一根粗绳连接着巨楼。排成了队列的壮汉们会彼此遮挡，三十六骑只能看到肌肉滚滚，像个人体城墙，护着高塔。

所有人的神情狂热，如入无人之境般地穿过距离三十六骑只有几丈的地方，几乎是一种河流绕过礁石般的漠视和轻蔑。

三十六骑就这样看着一个城市移来，又看着它远去。

“这是什么？”耿恭遥看着那些海市蜃楼般翩然而动的景象。

“好像是个祭祀的仪式?”班超道。

“你们注意了吗?”班昭欢快地说，“拉房子赶牛马的都是男人!”

“这有什么奇怪?难道让女人拉吗?”耿恭道。

“可是那房子里的人，都是女人!一个男的都没有。”

“是吗?”

“是，”柳盆子出声了，“我也注意了，那些楼上的，都是女人，还都不错。”

“这里是个崇拜女人的地方吗?”花寡妇高兴起来。

“走了，”班超催马前行，“要不天黑前，赶不到于阗城了。”

于阗城的确不小，人口繁密，但比想象中的朴素。

鄯善出盐，精绝精于制造和经商，于阗产玉，本都是富甲一方的。可于阗一点都没有前面两个城市的奢靡气息。所有居民穿着都色彩单一，好在干净，彼此温文有礼。民居也周正四方，装饰不多，几乎都粉刷为米黄色。就是王宫也显得平淡，虽然屋宇高大、线条利落、气势不凡，但是比起鄯善王宫和精绝坊来还是太“寒酸”了点。

班超一行被安置在国宾馆里，礼官招待得体，但没有安排他们尽快入宫觐见于阗王。说是于阗国刚刚击败了莎车国，莎车举国归服，现在于阗正是全民欢庆的时候。

如此等了两天，班超有些不喜，礼官告知，说本国的丞相第二日就要来拜访了。

班超在离开洛都前，在鸿胪寺翻阅过有关西域诸国的档案和情报，虽然都是些只言片语，多是向往来的使臣和商人访问得来的。对现在的于阗国的丞相也记过几笔，说这丞相叫私来比，广有贤名。

第二日，私来比丞相真的如约而来了。

在汉人眼里，私来比戴的帽子实在是太高了。汉人也有高冠之说，但那冠并不大，更像顶个一尺的棒槌，而私来比，就像扣了一个布制的桶在头上。

私来比虽高鼻深目，但面相儒雅，下巴上的胡子还扎成了一根辫子。私来比言辞清通，来向班超请罪，说不是于阗王躲着不见大汉上使，是因为大巫传话来说，贵使团可能路上遇见了什么奇怪的东西，沾染了污秽之气。

班超一伙面面相觑，都不约而同地想到沙漠铁笼里的那些女妖。

“什么大巫？”班超问。

“敝国的国师，也是敝国上下共同敬仰的初神。”

“初神？”

“就是半神，流落人间的神。”

“在人间的神，与完整的神，”班超手里画着圈，有点不知该如何表达，“有什么区别？”

“在人间的神，能更清楚地看见我们，懂得我们，但也和我们一样，经历生死。”

“那在贵国，是初神大，还是国王大？”

私来比颇有意味地看着班超：“对我来说，都大。我听闻大汉风气开明，可能视我们边缘小邦迷情乱性。其实我们以此为荣，我国的居民温和守礼，不执于外物，每年都会将一半的财产，捐给神台。”

“神台？”

“就是大巫的居所和祭坛。”

“那于阗王就不打算见我们了？”

“当然不是。是大巫邀请诸位去神台，为大家清除秽气，之后我们国王便会亲自拜会。”

“那我们何时前往神台，拜会大巫？”

“上使别急。大巫的神台行踪飘忽，我已派出斥候，探知神台歇脚的位置，明日一早我便带上使过去。”

神台飘忽？班超忽然想起进城前，在沙漠边缘见到的那个移动的城市，“我们来的时候，路遇一支极大的队伍，拉着好些城堡，最大的那个的确像个台子，还都是人拉的。”

“对对，那便是大巫的神台，”私来比眼睛一亮，“我国的青壮男子，都愿报名去拉那神台，被甄选到的，可拉纤一个月，视为神赐的荣耀。我年轻时，也拉过两次的。”

班超心道，那座移动城市的夸张，和于阗城里王城的朴素，实在有点厚此薄彼，摆明这大巫的地位和声望，在于阗国要高于国王。

那日，三十六骑为那移动的城市震撼时，也有人因看见他们而震撼。

由一千个人拉动的神台的最顶端，站着大巫。

神台的最高处，只有三丈见方。这样的一块“车顶”面积被布置成为一座空中花园。树木和藤蔓从一些悬吊的大小不一的木盆和瓦缸中生长起来，绽放出各种颜色的奇异花朵。

站在这里，可以俯瞰随己而行的城堡，那是她祭祀的“塔林”，每一层都装饰着精细的浮雕和弯曲的飞檐。所有飞檐上垂着的风铃，都在摇晃中叮当作响。

大巫个子很高，从背影看，竟然不输于齐欢。花纹繁复的披风拖在地上，很长，像礼宾毯。她莫名觉得一阵心绪烦乱，凭栏望去，正好看见一线黑点，从沙漠上蠕动而下。

她遥遥地看着，那蚂蚁般的黑线，慢慢变成一支马队，再变成面目依稀的三十六人。

她俯视着这支气质奇异的队伍又慢慢远去，左手边花台上那朵蓝色的曼陀罗花竟然无端地落了。她抓起一只玉龟摇了一下，竟无什么征象，她听见极细微的咔的一声，细微得好像从心里传来。她将玉龟举在眼前，一道裂纹从里面透出来。

“大凶。”

良久，天都暗了，大巫才从台顶上下来，共五层的神台，她下至第二层，是个十丈见方、布满云杉木柱子的空荡大厅。她看见那里跪着七名黑袍女子，脸上都是刺青，正是七星塔上的七个女子。

“我们本来想用他们来做血祭的，但那个女孩，看见她竟让我们心意紊乱，行不出法术……”领头的在地上禀报。

“那个女孩。”大巫抬眼看着高处，脑子里竟然浮现出一张小小的、模糊的脸，是那三十六个人中的一张脸。可是他们中间有凶煞，前些天，那不讨人喜欢的、“娇小”的鱼又玄先生，向她提过凶煞东来的事情，看来，真的是让她都心惊肉跳的凶煞。

“好想见见呀……”

39 / 登台

一大早，三十六骑一个不少地纵马跟在私来比的卫队后面，出城奔赴神台。

班超忍不住在路上问："大巫的神台，为什么总在走？"这是一个多消耗人力物力的行为呀。

"大巫说，连接天地的气眼每天都在变化，神台只有停在气眼上，才能与天地交流。"私来比道。

队伍越奔越远，竟来到了又一处沙漠的边缘，果真看见了那些移动城市的远影。

"上次见到神台，也是在沙漠边。"班超道。

"当然，沙漠与绿洲在此对峙，实为阴阳交征，所以气眼容易在此出现。当然也有例外的，"私来比道，"大巫也曾赶着神台去雪山那边。"

虽然三十六骑离神台越来越近，早有私来比的随从向神台一层的女子们打了旗语，但那神台并没有停止行进，只是慢慢地减了速度。毕竟这巨大的楼车，不是说停就停的。

私来比轻车熟驾，从马上翻身直接落在神台伸出的踏板上。一行人就这样上了神台。神台一层的中间，有个阔大的楼梯，上面铺着暗蓝色的地毯，直接通向二层。台阶的两边站满披着白袍的女子，神情肃穆，手持着宝瓶、短杖、如意、拂尘、幡印，一一不等，却全是金玉所制。

私来比让卫队留在一层，自己将班超诸人直接通过楼梯引上了二楼。

二楼是个空空的厅堂，云杉木的柱子林立，四边透亮，没有墙壁，只有栏杆。厅堂的正中上首，有个巨大白玉屏风，屏风上的玉纹，流动舒展，似雨云微黛，又似墨迹入水，空灵通透。屏风前有个玉制的石椅，上面铺着一张雪白的白狐皮。

私来比在厅堂的边缘凭栏的一角，款待了大家。虽然有玉雕的杯子，石榴酿成的酒也带有独特的西域气息，但是对于班超这些来自汉地的赴宴者，还是身在移动的城堡里更让人感到新异。

三十六人都感到了轻微的摇晃，伴随着一个巨大的祭坛，在距离地面十多尺高的空中飘浮前进。从雕花的栏杆上极目远望，见到的一侧草原像绿色的海，一侧沙漠像金色的海，大家正从中间航行而过。而向前的俯瞰会是惊悚的：那底下整齐排列开好几百面棕黄颜色斑驳交错的、赤裸裸的男人肩背，就像船首劈开的浪潮。

众人杯中的酒液平面突然摇动。神台正在平缓地停下来。“住！住！……”能听见从一楼传来的女子们发出的简洁指令。整个神台，连同围拢在四周的十四座楼宇，都凭借着惯性缓缓行进，最终停下。训练有素的拉车的汉子们，开始打桩，给轮子上垫销木，将“城市”固定下来。

“诸位上使好呀。”一个声音在大厅里回荡。

一行人都在凭栏关注着这声势浩大的“停车”，不知那大巫已经来到了大厅上。

只见那玉座上已经坐着一位满头白发的苍老女人，但依然能从那布满皱纹和笑意的脸上，看到昔日的姣好。

“她真的好高呀。”班昭从这大巫身上感到天然的亲近。大巫的神情像个平民少女，骨架很大，皮肤很白，赤着脚，透过白色朴素的祭袍，能看出高大修长的身材已有些驼背。大巫的手腕和脚腕套上了许多繁杂零碎的环圈花串，看上去都是些邻家小妹会喜欢的廉价装饰。唯有脖颈上用皮绳系挂着一块晶莹剔透的玉玦，想必是稀世奇珍，在大巫的胸前熠熠生辉。

最奇的是大巫的赤脚，并没有踩在地上，而是踩在一只卧在玉座下的白色的老虎身上。玉座的周围总共卧着四只白虎，眼睛碧蓝，像猫一样，依偎在一起。

私来比带着众人来到座位的下方，自己行跪拜大礼。班超犹豫了一下，也率着众人躬身作礼。

大巫一顿她的玉杖，站了起来，止了使团的行礼：“这只是我们小地方的风俗，上使们不必跟随。”大巫的声音柔和悦耳，听不出年纪。

大家这才看清那玉杖的杖头，可能是白珊瑚，几支盘枝如虬，简洁若飞。

大巫环顾使团众人，大家都如沐春风，那祥和的目光最终落在班昭的身上。

“是这位女上使吧？你用手碰过什么吧？”大巫向班昭招手，“来，过来。”

班昭上前才两步，被班超拉住。

“不怕的，”班昭回头对班超轻声道，“婆婆头上有仙气呢。”

班超向来深信班昭的感觉和判断，收了手，看着班昭走到大巫的身旁，小心翼翼地避过白虎的身子，被拉坐在玉座上。

“不怕，它们像猫一样乖。”大巫道。

班昭真的去抚摸脚下老虎的脖子，那虎露出了惬意的神情。

班昭得意地笑起来。

班超总算放松下来。

“我们在沙漠里，遇见了六七个奇怪的女子。”

班昭还没有说完，那玉座突然动了起来，就地旋转。班超一惊，握住了剑把，却见玉座转回来，大巫与班昭已倏然不见。

班超拔剑而出，那玉座下的四只白虎全部站起身来，鼻子皱起，露出狰狞面目，嘴里发出低吟。

柳盆子一错身就制住了身边的私来比。

与此同时，头上传来了女人嘹亮的吟唱，回旋摇曳，沙哑高亢，充满了野性。

七个黑袍女子从柱上缓缓落下。穿堂风起，撩起她们的袍帽，露出满是刺青的脸和赤裸的身体。使团诸人一下就认出，这正是沙漠遇见的那几个笼中“女妖”。

“女妖”们位置各异，站在堂中的各处，却围住了众人，吟唱不断，她们在各自的位置扭动起来，魅惑至极。

班超拔剑四顾，发觉自己早已不在什么神台上，风景变幻，自己手上已不是剑，而是一支毛笔。那些柱子也变成一支支粗大的毛笔，汇聚成一个牢笼，越缩越小，要将自己困在其中。班超在“笔”栏闭合的一瞬，穿过了牢笼，发现自己却回到了十四五岁少年的样子。回头，却看见一个与自己一模一样的少年还在笼中，他一把抓住那少年的手，分不清那是自己还是哥哥班固。

拉不出来，班超急火攻心，竟将手上的毛笔点着了，引着了整个牢笼。牢笼瞬间火苗铺满，黑烟冲天。班超生生扳倒了一根火柱，痛贯心肝。当他拉住笼中少年的手时，那垂下的脸抬起来，却是父亲。

“父亲，快出来啊！”班超嘶喊。

“逆子！你看看你烧了什么？”

班超看向四周，熊熊燃烧的是一堆堆如山的竹简。

“快出来呀，父亲。”

“我出不来了。快去救书。”

“为什么要救书？”班超哭道，“那里面都是前人肮脏龌龊的勾当和谎言。”

“没有真假，”父亲整个被火焰吞没，却留下一声叹息，“唉——只有对错。”

班超大哭起来：“你骗人！明明没有对错，只有真假！”

班超没有松开父亲的手，哪怕火已经缠上了他的衣袖。他猛地一拉，拉出的不是父亲的手臂，而是一把剑——非攻剑。

火焰已经熄灭，四处全是白烟。班超站起身来，发现自己在一个由骷髅头骨堆砌而成的巨大的京观上，俯视着天地。

“逆子！这就是你要的真实吗？”空中传来父亲威严的声音。

“我不想要，一点都不想要！可真的就是真的呀！”班超跪在京观上，像一个蝼蚁。

“你要错到什么时候？”

“我哪儿错了？您怎么总是认为我不对？”少年班超悲愤起来，“我比大哥看得更多。”

空中传来一声叹气，班超嘶喊着：“父亲别走！”脚下的京观突然溃塌了，班超在骷髅头骨中挣扎，越陷越深，仿佛没有尽头。

耿恭第一时间将背上的弓摘了下来。

他想射虎。

他想救小昭。

弓拉不开。

父亲的弓太大了，九岁的耿恭怎么可能拉得开？

小耿恭从来没有见过父亲，父亲的形象就是这张弓。听闻父亲当年是整个茂陵唯一能挽此强弓的人。

耿家家族很大，但军功世家，对男儿的训练和放任都有些残酷。父亲早亡，家人难免受到些欺辱。大伯家是两千石的大将军，所以堂兄弟们格外趾高气扬。

小耿恭会带着打架或训练的伤痛，爬到家后面的树林里的阴影里躺着。要离家足够远，不然能听见母亲的哭声。母亲是妾，一个死了男人的妾，平时低眉顺眼，私下自怨自艾。在小耿恭眼里，母亲的脸总是湿漉漉的，都是被泪水打湿的吧。

耿恭这天翻墙时，隐隐听见母亲在后花园里压抑地抽泣，一阵厌烦，跳落墙的一瞬，他好像听见一声沉闷的打水声。

他在树林里能听见一百种风声。能听出风从双杈树枝，或三杈树枝吹过的区别。能听出树尖上麻雀与画眉不同的翅膀扇动。能听出枝杈上奔跑的松鼠耸动了一下脊背，要跳向另一棵树，他能推出那松鼠在另一棵树上的落脚点。不用睁眼，小耿恭扯动弹弓，弹子准确地击断了那根树杈，松鼠一跃落空，摔了下来……

可是母亲就此不见了，几天都不曾出现，凭空消失了。

同父异母的三哥，要带走他，他不肯，被打了一顿扛在了肩上。耿恭在三哥的肩上，能看见倒挂的移动着的天空。忽然他想起了什么，咬了三哥一口，从三哥身上挣脱下来，跑向后花园。

那是一片废弃的角落，杂草丛生，枝蔓爬满了墙壁。蒿草里藏有一口废弃的井。小耿恭扑将过去，俯瞰井口。井里都是绿藻，在深绿间，能看见漂浮的长发，那发丝上停着一只青碧色的青蛙。

“妈……”耿恭哭喊着，“我听见了，我听见了……”

40 / 摄魂

高挑的大巫横抱着班昭，就像抱一个小女孩。

班昭像睡着了一样，合着眼，全无知觉地被大巫抱上了神台最高处的空中花园。

大巫把班昭放下来，倚在自己的胸前。班昭个头还够不到大巫的锁骨，被大巫单手揽着，头歪着，正好枕着大巫柔软的胸膛，显得亲密至极。

大巫用玉杖敲击着立在那里的一面八尺多高，画着凤纹的巨鼓，声音不大，但回响深沉，犹如血脉里的脉搏，像无形的涟漪推荡出去。

如果从高空向下望，神台在中间，四周围拢的十四座木塔，形成正反两个七星北斗的形状。鼓声响起，十四座塔楼里所有的女子，都开始凭栏击鼓，鼓声隆隆，能看见以金台为中心，草向四方倒伏，楼车下所有人畜都匍匐在地，低声祈祷。

“摄魂术！”齐欢大喝一声，一锤击在地上，地板破裂，木屑乱飞，神殿震动。

但是铁链没断。

齐欢一锤一锤地击打着挡在自己面前的锁链，溅起无数火星。

锁链被击断了，他在狂奔，前方火光冲天，等他冲到近前，全是浓烟。齐欢穿过浓烟，火已不再，焦炭四野，一些烧焦的尸体举手向天，满目疮痍。

“师父！”齐欢跪在地上，突然发疯地在断壁颓垣间挖掘，突然四处布满了兵士，向自己围来，所有的长枪都向自己扎来。齐欢闭目待死，耳边响起了女人的喧哗。睁开眼来，围着自己的不是一支支长枪，而是一条条粉嫩的玉臂，拉扯着自己。齐欢定了定神，知道自己身在欢场，推开所有女子，冲上一座闺楼，踢开门，正看见一个三十余岁的女子，将自己挂上房梁。齐欢叫着，想抓住那双摇荡的脚，腿却被一只小手拉住，低头看见脚下躺着一个七岁的孩子，下体全都是血。齐欢张口叫不出声音，却觉得两头他都够不到，抓不着……

空中花园的中心，有一个八角形的水池，水中漂浮着精美的蓝色睡莲花苞。鼓声使水池里的水沸腾起来，慢慢升起了一道玉台，像是水池的玉桥。“桥”越升越高，最后在高出水面三尺三寸处停下，形成了一个玉台或是玉床。

玉床的两边，那些蓝色莲花以可见的速度张开着，生长着。

大巫把班昭轻轻地抱到玉床上，和衣摆好，蓝莲花围拢在四周。水池里升腾起仙境般的水雾。

大巫爱怜地抚着班昭的脸，食指上长达一寸的指甲，轻点班昭的眉心：“这可是天眼啊。”

另一只手，摘下了头上的发簪，一头的白发，如云地垂落下来，披在地上。那发簪其实是一把黄金打造的华丽匕首，被大巫高高举起。

大厅里歌声低回下来，伴随着周围低沉密集的鼓声，更像来自大地深处的低吟。

七个黑袍女子，扭动着如蛇的躯体，向众人靠近。

班超一行人也是动作各异，有人坐在地上，有人掩面，有人举着刀剑空自指着前方，但都在缓慢地挣扎扭动，一堆人甚至相互碰撞起来。

每个人的表情都很痛苦，每个人都看见了自己内心最隐秘、最黑暗、最不想重温的画面。

大巫将黄金匕首伸到班昭的唇边，轻轻地挑开班昭的牙缝，将刀尖探进去。

匕首抬起来的时候，那刀尖上挑着一滴班昭的舌尖血。

大巫将自己胸前那碧色的玉玦摘了，那玉玦雕的是一只凤鸟，却有一条龙蛇般的尾巴，身体成环，头尾却不能相顾，是为缺。

那滴血被点在玉玦上凤鸟的头部，血一下填满了那些细致的刻纹。大巫放下匕首，双手合十，抚住玉玦，闭目低念咒语。

良久，大巫慢慢开掌，那剔透的碧色玉玦里，竟渗入了一道长长的血痕，从凤鸟的嘴，一直延伸到龙蛇的腹部。

班超的非攻剑指着前方，挥出了惘然无措的一剑，虽无目标，但一时满堂凄惶，既加深了众人的凄清幻境，也让那七名妖女不得靠近。

七名女子错换了位置，齐齐将黑袍垂落在脚下，袒露出褐色结实的肉体。有一人的歌声又开始高亢起来，低沉的则更低，高低交错，纠缠不绝，就像两人对话，既诱惑，又危险。

齐欢半跪在地，砸裂地面的铁锤，还按在地板里。齐欢一手握住锤把，一手撑地，一动不动。

其实最初齐欢的大喝以及震天价响的锤击，几乎将大家唤醒。当时大家都身体一震，现出一线清明。奈何对方是七人配合，虽有四人的歌声被打断，但另三人及时催动迷音和法术，没有使歌声断绝，所以齐欢奋力之后，自己反而受到反击最甚，陷境最深了。

一个裸女慢慢靠近了齐欢，一只手缓缓伸向齐欢垂下的光头。那手只有四只手指，拇指齐根而断，搭上了齐欢的脖颈。

大巫将那玉玦装在玉杖的杖头上，杖头不规则的枝杈好像都泛出碧光。

大巫站直了身子，将一个由兽牙编成的棘冠，戴在头上。环顾四周，跪满周围的人都在如痴如狂地祷告。鼓声越来越急，天上阴云聚集，但透了几个光柱下来，宛若圣光。

大巫高举玉杖，指向苍天，一道闪电劈下，接在玉杖上。雷声巨响，万众匍匐，耀亮之后，天色就暗了下来。

闪电耀亮的同时，厅堂内也闪过一道剑光，齐欢的脚下，滚过一颗满是刺青的长发人头，然后那四个手指的手，连同她无头的尸体才摔在地上。

这时雷声传进来，盖住了歌声。

雷声消遁，歌声也不再，厅堂陡然安静下来。

只见另外六名妖女，各自摇摇晃晃地倒了下来。

铮的一声，风廉收了他的剑。

众人前后不一地清醒过来，全部浑身汗透，一半人犹如虚脱般坐倒在地。班超惊魂未定，环顾四周，马上明白发生了什么。

他走到风廉面前轻拍少年的肩：“多亏你了。难怪夫子说你是赤子之心，剑心笃定。”

风廉疑惑地看着大家：“你们刚才是在跳舞吗？”

众人更惊："我们刚才还跳舞啦?"

风廉点头："就仙奴姐跳得好看。"

大巫心有所感，将玉杖插在班昭的头前。

侧头思索，大巫转身抓起一个玉像，雕的是两寸高的小人，青色，呈站立状。戴平顶冠，赤身跣足，双手拱于腹前，两腿分立。又像祈祷，又像舞蹈。

大巫咬破舌头，一口血喷在玉人上面，一边念咒，一边用拂尘来回挥动。

神殿里的班超和齐欢对视一眼，首先冲向神座，想揭破大巫与班昭的去向。

奇异的事发生了。

四头白虎起身低吼，一头虎跳在另一头身上，接着两头又叠上去，四头虎转眼变成了一头身长超过一丈的巨虎，巨虎身上的黑纹明显在生长、扩张，几个虎步，围着神座徘徊，已变成一头毛色黑亮的巨型黑虎。

众人正在惊诧间，黑虎像人一般地站起来，仰头厉声咆哮，声震屋宇，天花上都有东西纷纷掉落。然后众人就看见站起的黑虎继续变形，眼睁睁地变成了一个黑色巨人，身高一丈五尺以上，浑身赤裸，只在腰腹围着虎皮，耳朵上挂着两个巨大的金环。

巨人的肌肉粗壮得像要从黑缎般的皮肤里爆出来，每踏出一步，地板都在晃动。那巨人拔出屏风边上，原以为是装饰的两把交叉的铜斧。两只铜铃般黑白分明的眼睛，盯视着众人。

"我们是不是还在幻觉里边?"柳盆子叫道，随手发出一支回旋镖试探，那巨人巨斧一抬，回旋镖在上面击出个火花，跌落下来。

那巨人一斧举前，与胸齐高，一斧收后，挡在腰腹一侧。自己微微躬身，脚踏虚步，竟然法度森严，护着身后的神座。

“昆仑奴？”柳盆子喊。

“好大的昆仑奴！”齐欢以力证道，助跑三步跳向空中，双手举锤向巨人猛击过去。那巨人的铜斧带着风声，向上迎向铁锤。一声巨响，齐欢倒飞出来，身体砸进了天花。

天花上还露着齐欢的半个身子，稍一挣扎，齐欢就跳了下来，掸着木屑，沉声对柳盆子道：“不是幻觉。”

柳盆子苦笑：“我知道。”默默地将“不见不散”拉成七尺的长枪。

班超最是着急，催动剑意，也跳向空中，刺向巨人的双眼。惘然剑意裹挟，却发现这巨人并不受影响，双眼透亮，眼白在黑脸上更是显眼，动作并未变缓。

与此同时，仙奴的长鞭无声地从地面弹出，缠住了巨人的脚踝，却拉扯不动半分。

班超的剑与铜斧相交，身体也弹了回来。仙奴却被巨人一动步，拉甩了过去。

一声剑啸，风廉竟是贴地出剑，一剑刺穿了巨人的脚踝，然后抱住仙奴，往边上一滚。

柳盆子和耿恭最会伺机而动，两把长枪，一个刺向巨人的大腿，一个刺向胯下。那巨人后退一步，大斧一抡，磕飞了耿恭的长枪，钉在柱子上。柳盆子身形飘忽，闪退极快，伞枪在巨人的腿上划出一尺多长的口子。

但那巨人对创伤浑然无觉，双斧一击，又摆出攻守兼备的姿态。众人看着那巨人的伤口，翻出淡红色的肉来，却一滴血都未流。

“是邪物！”花寡妇喊。

41 / 夺魄

“咱们就以邪克邪！”花寡妇从怀里掏出一个银哨，尖锐地吹起来。

哨声很怪，像锐劲的风声，毫不婉转，一声急于一声，传了出去。

花寡妇又掏出一支更短的竹哨，哨声更怪，像极深的呼吸声，犹如哮喘者胸腔里的扯纸声。

接着花寡妇将两个哨子都放入嘴里，同时吹响。

大巫再次举起了她的玉杖。

头上的乌云以可见的速度翻滚、旋转，聚在神台的上方，越来越重。

大巫闭上眼，高高扬起脸，脑后的银发，无风自动，慢慢散开，飘浮，像一个巨大的光圈。

头上的黑云气旋，慢慢地向下旋出一个尖来。

神台下的信众抬眼看见这种异象，皆双手交叉贴胸，伏拜得更频繁了。但好像有人听见四周有一种不易察觉的沙沙声。

越来越多的人有所知觉，留意起来，才发现，草丛下爬着许多活物。细看，竟然都是蝎子。蝎子开始越来越多，有人回头看那蝎子的来处，才看到那沙漠里的沙子好像在流动，慢慢流向草原。

有人反应过来，那不是流沙，是蝎群。蝎群像水一样，瞬间填满了跪伏的人之间的空隙，大批人惊叫起来，开始奔逃。也有人不敢稍动，眼看着“流水”流过身边，却并没有攻击自己。沙漠里的蝎子是淡黄透明的，所以整个蝎群像一条琥珀色的河流，闪着光，涌上了神台。一时间，整个神台的一层外围，全被蝎子包裹，熠熠生辉。

有人高喊，不要怕！不要动！这是神迹！人群才慢慢平静下来。

神殿的战斗还在继续，除了吹哨的花寡妇，三十四人全都在战斗。

那巨型昆仑奴，身上已插了七八支箭，十几个绽开的口子，但两斧抡开，到处都是飞出去的人。真正有些困住巨人的是仙奴的鞭子，鞭子虽不在仙奴手上，却在仙奴的呼哨下，犹如活物，在巨人身上漫爬，有一次成功地拴住双脚，让巨人摔倒。还有一次缠住了脸，挡住了巨人的眼睛。每次巨人将鞭子从身上抓下，但鞭子像蛇一样，继续缠身而上。如此几回，让巨人身上填满了伤口，有的深刻见骨。但好像只微微伤损了这怪物的战斗力。

班超有点绝望，己方战力弱些的羽林卫和虎贲卫，已经有不少受伤了，再耗下去，肯定耗不倒这个邪物。

“虎头！”班超马上有了计策，“你带着羽林和虎贲，从外面爬上去，挨层去搜！这边我们顶着！”

耿恭答应一声，马上明白，这场战斗，自己手下的军人反而最弱，腾出手去寻找小昭才是上策。他嘴里叫着：“玄英！秦厉！带人跟我走！”就跑向神殿边缘，跳上栏杆，想翻上神台第三层去。

“娘的！”耿恭大叫一声，又跳了回来。

就见一片琥珀色的大潮，从四边的栏杆外漫进来。才发现是密密麻麻爬动的蝎子，一下填满了神殿的地面。三十多人，都没商量，都攀柱而上，纷纷爬到房梁上。

其实地上一直都躺着一人，就是于阗国的丞相私来比。他被柳盆子点了穴道，一直扔在一边，现在身上已爬满了蝎子，只见一条鞭子卷下，缠住脚，将他倒提起来，在空中抖掉了蝎子，被拉到了房梁上。

只有花寡妇留在原地，慢慢走向神殿的中心。

神台顶端的大巫，白发白袍犹如浮空，单手抓出玉杖的底端，将玉杖举到最高处。

乌云形成了一个巨大的旋涡，越降越低，遥遥围着杖头旋转。

大巫不知道，此时她脚下的神殿里，一个由蝎子组成的琥珀色的旋涡，也在围着花寡妇旋转。

两个旋涡，天上地下，蔚为壮观。

花寡妇还在同时吹着两支哨，众人虽然听不出所以然，但是也都明白蝎子是这个平时老被柳盆子欺负的夜郎女子召来的。

蝎群越堆越高，忽然全部向那巨人涌去。

那巨人双斧舞得跟风车似的，无数的蝎子四处飞溅，打在众人的身上脸上。但没有用，巨人被蝎群吞没了，众人看见了一个剧烈蠕动的琥珀色的圆堆……那圆堆渐渐平息，扁了下去……

哨声停了，神殿里只能听见花寡妇的喘息声。

花寡妇歇了几口气，又开始吹哨。这回哨声平和了许多，蝎群开始退却。

来得快，去得也快。不一会儿，梁上的诸君就看见地上露出四具老虎的骨架，和满地的蝎子尸体。

“真有你的！”柳盆子赞道，“女人，你还有这一手啊！”

花寡妇扶着柱子，抹了一把嘴角的血，抬起脸，面色苍白，却媚眼如丝。

“男人！”花寡妇对着柳盆子笑，“你的花花，这次给你长脸了吧？”身子慢慢地软倒。

大巫的玉杖，开始徐徐升入半空。

乌云完全旋转成漏斗形，那尖部扭动着，追随着那玉杖。不停地有闪电接引到玉杖上，那杖头上的玉玦越来越亮，从碧色变成耀眼的白光。

玉杖越升越高。大巫双手举天，咒语越念越急，突然一口血喷出来，头上的棘冠都散裂了，银发披散，像火苗般地向上喷薄，染上了她吐出的血。

那玉杖像失控般地跌落了几丈，又悬停在那里。刚形成的天降龙尾又飘荡起来。

大巫再催法力，维持住局面，但好像一下老了二十岁。她知道，神殿里的巨人被兵解了，仿佛杀死了她的一半。

玉杖开始重新爬升，但大巫看见一个人从栏杆外面爬上来了，踩着神台边缘的那些奇异花朵，遥遥拿着一把剑指着她。

“别伤我妹妹。”那人道。

他俩有感应，所以能这么快找上来。大巫马上有所领悟。其实在三、四层设了很多迷阵，可这人直接从外面爬上来了。

“你们的死活，我是不太关心，但我怎么会舍得伤她？”大巫看着班超愣愣地道。

班超关心则乱，不敢向前。他看见妹妹宛如熟睡，头上的乌云大阵，却正在垂落下来。

“你对我妹妹做了什么?”

“我这就把她送走。”大巫猛地再催法力，自己身上的血肉枯萎，瞬间变得形销骨立。那玉杖从空中大放光明，随即落了下来，眼看就要被大巫抓在手里。

班超也看出这玉杖是个关键，挺剑向那玉杖刺去，但是晚了，随玉杖落下的还有龙卷风，一下把剑尖带到一边，几乎让班超长剑撒手，自己也被旋风弹了出去，砸碎了一片长满花朵的栏杆，摔出台外。班超手快，单手抓住台边，把自己悬在那里，只一荡，又上了台顶。

龙卷风完全落在台上，包裹着大巫和玉床上的班昭。

风是透明的，但高速地旋转，让空间有些变形。所以让班超看来，龙卷中心的大巫和班昭显得飘飘忽忽的，就像在水里。

班超冲击了几次，都被弹了出去，风的“结界”牢不可破。

班超转头，看见了那架巨鼓。鼓很沉，被班超飞踹起来，砸向龙卷风，嘭的巨响，没有弹出来，却绕着圈越转越高，被卷上了云端，不见踪迹。

众人在齐欢的带领下，破了神座下的机关，从密道登上了三楼。

三楼像是密室，周遭全是关闭的门窗，光从密集的格窗透出来，被切割得七零八落，有眩晕之感。一缕冷风从众人的脖后拂来，大家都忍不住汗毛倒竖，打了个冷战。

“阴邪之风!”齐欢低喝。众人四顾，周围的光亮蓦然暗了下来，恍惚间黑暗里的一切都在阴风中摇摆、移动。

众人自觉地围拢在一起，面朝外，背朝里，护着伤者。四周影影幢幢，幻化出地狱景象：高柱上用铁钩垂挂着剥皮割肉、开膛破肚的胴体，那些残肢断臂犹在慢慢地抽动，血腥诡异。

“老齐，好像是奇门遁甲？”柳盆子背着花寡妇。

“是有些像，但不全是，里面藏着正反七星。”齐欢道。

“确有十四个人的呼吸声。正反七星站立，最近的在两丈外。”柳盆子细看那些被挂的恍惚肢体，谨防他们暴起发难。

“你们说的我听不懂，”仙奴道，“但这些幻象，不过就是藏了个‘幻影走马灯’。”说罢，鞭子向上一甩，一道裂帛之声，头上的黑幔被撕开了一道裂口，一盏画得密密麻麻的灯笼显露出来，照射出四周“曼妙”的地狱图景。

三楼四楼的迷阵，虽然复杂巧妙，但在齐欢、柳盆子、仙奴这几个精通机关、解锁、幻术的高手眼里，远不及摄神术和昆仑奴凶险，免不得又杀了些掌阵的神女，众人也上到了台顶。

他们看见了一个近乎癫狂的班超，发髻已乱，披头散发，一次次地冲击“结界”，一次次地弹飞。

耿恭也不说话，对着大巫连射三箭，眼看着箭被龙卷风旋走，上了天际。

透过龙卷风，能看见其中心的天是晴的，一个井口般的蓝天在天上飘动。大巫和班昭在风暴的中心反而宁静无风，衣带垂落，没有一丝飘扬。大巫还在作法，将玉杖双手紧握，眉心贴在杖干上，只见班昭平躺的身体，开始徐徐升空。

越升越高，大巫仰望着，手上开始掐诀，准备收风，和班昭一起从龙卷风中遁走。龙卷开始变细，而大巫的脚也开始离开地面，突然胸口一疼，看见自己的胸前透出了一个奇异的剑尖——剑很细，不是薄锋，而是三棱的，像个锥子……

在大家都在尝试攻破龙卷的“风壁”时，风廉在一侧一动不动。

班超一度找到了点窍要，冲击得深了些，身体进入风壁，反被卷起，旋身而上，仙奴手疾眼快，长鞭卷出，和齐欢一起，把他拉了回来。

班超摔在地上，看着越升越高的妹妹，第一次感到了无力和绝望。

但在风廉眼里，风是有线条的。

好美的线条。

这次不是长的，也不是短的，而是无限旋转而上升的弧线……

风廉动了。在别人眼里，他这一剑不知刺向何处，只是斜斜地刺向风壁里的地面。

一剑刺出，风廉就撒了剑。

众人看着那剑飞快地在风壁里旋转了两圈，像甩进了壁内，刺中了空中的大巫。

大巫不敢相信。

“凶煞！”她想。

龙卷风瞬间消散，大巫在落下前，想抓住那杖头上不再发光的玉玦，却被一个如蛇芯般的鞭尖卷走了。大巫大急，想叫，却叫不出声，脖子上有道血线显露出来。

大巫眼看着自己的身体先摔了下去，接着天旋地转。

大巫的头掉在了荷池里，枕在蓝莲花边，死不瞑目。

出剑的是已经激愤的班超。班超扔了剑，迎着天接住空中落下的班昭，紧紧抱住。那一刻，真的想哭出来。

42 于阗王

于阗的水德纪元十一年，六月初七。

西南郊外的神台所驻之处，天降异象，地显异端。天龙摆尾，沙蝎成塔。

……巨星陨落。大雨三日。

班超不知道，由于他们，于阗的一个时代结束了。

班超不关心这些，他在意的是怀里的妹妹。

班昭慢慢地醒了过来，看见自己在二哥的怀里，四周围满了关怀的眼睛。她发现自己身在一个陌生的高处，随即惊了一下，发现了莲池里大巫的人头。

“婆婆……她……”班昭挣扎着。

“这巫婆想诱杀我们。”班超道。

“不可能的……她要是有恶意，我会知道的。”

“我也不知道为什么，”班超指着上来的三十六骑，不乏染血受伤的，苦笑道，“我们刚才真是，差点都死了。”

“可是……”

“没事了，不怕。”班超轻抚妹妹的头发。

“我没有怕，”班昭扶着头，“我就觉得像做了个梦。梦见自己好像在飞，我看见了好多雪山，山里有好些白色的城堡，有好多奇怪的鸟在周围飞，还有凤凰。”

有零星的雨点落下来，班超抬头，虽然龙尾隐没，但是乌云依旧浓得化不开，闪电在云内隐隐放光，好像龙正在其内盘旋。雨越来越大，雨线密集，四周噼啪作响。

所有人下到空荡荡的神殿里——只有私来比孤零零地挂在屋梁上。柳盆子拍开他的穴道，把他放回地面上。

“这就是贵国的诚意？”班超冷笑道。

私来比哆哆嗦嗦地有点不知所措：“我也不知大巫为何如此，我以为只是驱邪祈福。”

“你都看见了，是贵国的国师，企图诱杀大汉使团。”

“绝无可能，其中必有误会，我家大巫在哪里？都说了些什么？”

耿恭一扬手，将大巫的头颅扔过去，滚在私来比的脚边：“你自己去问她！”

私来比一下跪地，双手颤抖地抱起大巫的人头，神情委顿：“绝无可能，绝无可能……你们杀了神……”

“犯大汉者，无论人神，皆诛之。”耿恭面色森然。

私来比抱紧人头，踉踉跄跄地往外走，放声大哭，绝不似假装。

班超一行人并没有拦他。

外边的雨势更急，众人看见私来比抱着头，号哭着上了马，带着他的卫兵疾驰而去。原本围在外面的信众，终于有人明白发生了什么。

十四个木塔里，开始敲钟，一声急似一声。信众们待在疾雨里，忽然都开始大哭，撕心裂肺，捶胸顿足，头脸埋地。本来随行的三百余名士兵，也都下马，摘了头盔，抱马痛哭。

天地迷茫一色，班超凭栏而站，也为眼前如此深彻的哀痛所震撼。

“他们这么爱戴那巫婆，怎么不过来找我们报仇？在这儿哭个鸟！”耿恭道。

班超缓缓摇头：“对他们来说，天都塌了，哪还有复仇的心思？”

“我们怎么办？这还没见到于阗王，就有点没法弄了，大雨下成这样也走不了啊。”

“等。”

“等谁？”

“等于阗王和私来比。”

“等他们带兵来剿我们吗？”

“我总觉得，大巫死了，对于阗王不是坏事。”

就是于阗本地人，一百年来，可能也没有见过这么大这么持久的雨，沙漠里都开始积水，裹着沙子，奔流向更低的草地。浑浊的砂浆像在沙漠里沉睡了千年的、某种仍然记忆着洪荒时代的精灵正在苏醒过来。草地几乎已经泛滥成沼泽，而无数的信众依旧跪在泥水里痛哭。

已经过了两个时辰。雨势稍有减弱，但迷蒙的远处，显出些旗帜的影子，越来越清晰，蹄声也盖过雨声。

“大概多少？”班超问。

耿恭细听：“一千骑。”

“战力如何？”

“阵形松垮，起码不善雨战。”

“我们伤了几人？”

“小昭和花寡妇不可能再战了，剑侍兄弟伤了两个，我的军中兄弟伤了六个。”

“现在就是五百骑都可能拖死我们。”

“我还是去布置一下。”

“好，我去好好聊聊，注意我的手势。”

一千骑兵迅速地围住了神台，对着神台伸出的台阶，停着一彪人马，旗杆林立，本来旗帜鲜明，如今都展不开，在大雨里垂着。中间巨大的伞盖下，立着一骑，人胖马大，披着披风，戴着一个像斗笠一样的铜色头盔。

班超一个人，举着符节，从铺满暗蓝地毯的台阶一步步下到一楼，原来站在两边的神女们早已不知所终。班超一直走到台阶的尽头，对着那骑不过两丈。神台的一层离地面有六尺高，从视角上，班超还是有些俯视对方。

班超细看这正中的人，发色竟是淡黄，连小胡子也是淡黄的，鹰鼻深目，肤色粉红，面容肥嫩，甚至有点像个剥了壳的鸡蛋，年纪大概三十岁。

班超微微躬身：“大汉使臣班超，拜见贤王。”

那于阗王也不回礼也不作答，细细地看着班超，单骑向前，脱离了罗盖，走到了雨里，一直到了台阶边。

班超无奈，只好也走到台阶边，迅速地被雨打湿。班超看见于阗王的嘴在动，却听不清，只好坐在台阶上，几乎和马上的于阗王平视。

“你们为什么不跑？”班超听清了于阗王问的话。

“为什么要跑？”班超反问。

“私来比说你们杀害了敝国的国师。”

“因为贵国的国师阻拦我们见你。”

“你是说，如此只是为了见我？”

“我听闻不管是匈奴，还是邻国，都只知有大巫，不知有于阗王。而我大汉，只知有于阗王，不知有大巫。”

使团一行人都在三楼格窗边聚着。

耿恭看着班超和于阗王几乎贴着脸说话，说道：“好像谈得不错？这于阗王敢这么靠近班头，也是找死。他们要是谈崩了，班头会把于阗王劫进来。他一动手，我就负责射下那三个将领。玄英，你们负责射掉离于阗王最近的那六个卫士。”

耿恭转头：“我说柳哥，现在就下到二楼，接应班头把人抓上来。”

齐欢一拍柳盆子：“你们抓了人，直接上到天台，我守在这里，用她们这两层的机关，陷个几百人没问题。”

“好！”耿恭道，“风廉和剑侍兄弟，等他们大肆攻进神台的时候，你们直接跳下去抢马。说不定我们得把于阗王劫到精绝去。”

“我们什么都没带，退到沙漠里吃什么喝什么？”仙奴道。

耿恭不以为然：“他们攻进神台时，只能下马。到时散马很多，我们每人骑一匹，带两匹，马上必有一些基本的军人补给。再不济，在沙漠里一路杀马喝血，也差不多了。”

众人这才领略到耿恭作为名将世家子弟的风采。

于阗王浑然不知他所处的危险，他和班超谈得很好，几乎把嘴凑到了班超的耳边。

“你们真以为你们杀了大巫吗？大巫高深莫测，只是借你们的手，兵解升天而已。”于阗王用马鞭指了指天上，“天降青龙，整个于阗城的人，都看见了。”

“对对，我也看见，大巫丢下肉身，化作一道光，骑着那青龙，升至天际。”

两人心照不宣地笑起来。雨声很大，没人能听见这两人在说些什么。

“我就喜欢跟聪明人说话。”于阗王的声音越来越小。

班超却正声道：“我听说贵国有常驻的匈奴使节，就住在王宫里。”

于阗王回身向罗盖下随从挥挥手，有一骑兵抱着一只漆盒出列，把盒子打开。

“人头在此。你送我一头，我还你一头。”

班超瞳孔一紧，心道，这个于阗王知道自己久被大巫的神权及匈奴钳制，真要自立，须有大汉这样的强国扶持。但变化陡生，机会刚露端倪，如此当机立断的人，却不多见。

“我可以上报朝廷，请贤王领一个大汉震西校尉的头衔。”

“镇西校尉？很大吗？”

“不在大小，在于你有大汉官员的身份。犯强汉者，虽远必诛。”

“我不日会派人送犬子去见识洛都之盛，学习大汉礼法。”

两人停住，都不再说话，在雨里像落汤鸡一样，默默地对视，一切尽在不言中。

大雨三日方晴，神台停靠的地方，竟然积起了一大片水洼。浑浊的泥水已迅速沉淀，显得碧绿清澈。巨大而华美的神台，连同十四座木塔，清晰地倒映在水中，有种肃穆的静美。

于阗王早在城内宣布了大巫的兵解升仙。传说历代大巫都会预言自己仙去的日子，这一代也不例外，有神官史官记录的大巫言行，找出了隐藏的预言。

今日是大巫的葬礼，也是仙去的庆典，几乎全城的人都出来了，围拢在水洼的四周。氛围并不悲哀，有各种神女的表演和唱咏，几乎都是颂扬大巫和昆仑神山的。

三十六管长号低沉地鸣叫起来，所有人开始面对着神台下跪。七骑跑进水洼，踏碎了神台和木塔的倒影。那是于阗的七大神官，各执一支火把，将十四座木塔一一点燃。最后一起聚在神台下，一起将火把扔进去。

一个在草原到处飘移的城市，如今在水面上熊熊燃烧。火烧到高处，陡然盛大，毕剥作响，浓烟四溢。一些快烧尽的梁木跌落到水面上，嗞嗞地腾起白烟。

哭声又开始弥漫开来。

班超的使团已经出了城，能看见远处腾至天际的黑烟。

本来于阗王是邀请了他们参加葬礼，只是“凶手”班超内心觉得有点滑稽，于是乘晴天走上了去莎车的路。

于阗王和私来比站在仪仗下，看着熊熊大火，都面带悲戚。

“大王就这么放他们走了？”私来比轻声道。

“我敬爱的舅舅，那您说该怎么办？”于阗王水波不惊。

“他们杀害了……”

“不能说大巫是被杀死的，这对大巫是不敬。”

“那也不该放过他们。”

“您知道，大巫之力，可以移城，他们连大巫都杀得死，谁知道里面藏着何等法力的神人？大汉向来高深莫测，依靠总好过为敌。”

“可是，我们已经答应了鱼先生。”

于阗王的声音忽然变得冰冷：“那是舅舅答应的吧？”

私来比不敢再接嘴，惨然地看着天上，心中暗念：“大巫死了，不知上天，还有神山，会降下什么样的灾难。”

北战车师

德阳殿上望西征，
天山麓下开颎城。

43 望西征

洛都。北宫。

月色如洗，鳞次栉比的屋顶像结了一层霜。

北宫陆陆续续地修葺了十年，今日北宫中心最大的德阳殿总算重建完毕。

德阳殿是仿甘泉宫前殿的形制建造，可以说在洛都皇城中，是最恢宏的一个大殿了。德阳殿的台阶就高达两丈，花纹石筑坛，白玉砌台阶，黄金铸成的柱子镂刻着缠绕的龙纹，红漆梁上镶嵌着青色翡翠，并引洛水注于殿下。

大殿的屋脊上坐着两个人。

屋顶过于恢宏，两个人就像芥子大小。

那是皇帝和蔡伦。鬼知道他们是怎么上来的。

皇帝此举，在蔡伦眼里倒不算惊世骇俗，总比偷偷去郊外夜巡要安全得多。蔡伦向屋檐的翘角望去，那名曾给他们赶车的身有神力的高瘦老太监，隐在那里。

皇帝看着那轮圆月道："大匠向朕夸口，此殿建成，珠帘玉户如桂宫，你说月上的桂宫真的需要这般大吗？"

蔡伦接口："小臣参与了监造，只怕桂宫也没有这样的气魄。"

皇帝道："朝上不少人劝朕不要如此劳民伤财，朕还是一意坚持，你知是为何？”

蔡伦唱颂道：“皇穹垂象，以示帝王。大汉体天，承以德阳。”

“少来这些没用的。朕告诉你，这宫殿其实是修给那梦中仙人的。不是说，甘泉宫毁了，仙人在大汉便没有落脚处，朕就仿那甘泉宫的前殿修一座，让仙人记得入处。”

“可是不知那班超何时能请金像归来？”蔡伦道。

皇帝在屋脊上站了起来，极目西方：“也不知那边仗打得怎么样了？朕知道，朝臣们会在背后说朕，多半会说朕急功近利，好大喜功……”

“他们哪懂得帝王的志愿。”

“总该把前朝的地方拿回来，”皇帝惆怅地望着西方，轻轻道，“不过得快，朕的时间，不多了。”

蔡伦不敢接口，脸上悄悄地落下泪来。

皇帝怅望的征西大军，一支正在兵出伊吾，穿越天山，向北边匈奴退守的车师进发。

原来的四路大军，两路回归了凉州各郡，一路由耿秉率领，赴伊吾与主帅窦固会合。大营的军队增到两万多人。

耿秉是军中的少壮派，锐意进取，尤其在四路大军出征匈奴时，耿秉那路的匈奴部落退遁得太快，几乎让耿秉无功而返，心里憋着一股气。所以这次征伐车师，一直由耿秉来推动。

窦固作为军中沉稳的旧势力，虽然也欣赏耿秉，但是有意无意间会对耿秉的激进建议进行拖延和压制。

这日军帐中，作战会议上，两派隐隐开始角逐，军中司马（参谋）们在细节上争执得不可开交。

窦固咳嗽一声，众人的争执停了下来。

“无论出兵车师国，还是攻打焉耆国、尉犁国，诸位说的都有些道理，但我还是觉得北取车师，有些过于冒险。”窦固一下给争论定了个调，建议打车师的人面色抑郁，建议攻尉犁、焉耆的难免喜形于色。

只有耿秉站起行礼：“还请窦帅示下。”

窦固微笑，知道耿秉不服，示意耿秉坐下：“车师和焉耆看似距离与我们相差不多，但赴车师要翻越天山。一、天山谷深山高，终年积雪，行军艰险。二、匈奴呼衍王北退，驻扎在车师城，加上车师自己的兵力，依托城防，这仗只怕不好打。三、车师的北面，是匈奴的左鹿蠡王部，一旦与呼衍王呼应，我方反倒成孤军了。耿将军以为如何？”

“末将能说点自己的看法吗？”耿秉再次站起行礼。

“哦？”窦固不以为意，“那耿将军说说看。”

“的确是攻车师难而攻焉耆易，但这不是难易的问题。我们西征是来干什么的？是打匈奴的。匈奴在哪里？在车师。所以车师是根，焉耆、尉犁不过是枝叶罢了。断其根，枝叶自然凋零。如果我们拿下车师，焉耆、尉犁甚至危须诸国多半不战而降。”耿秉看了一眼那些支持攻焉耆的将领，“你们要打焉耆的心思，不就是苟且保功吗？”

“耿将军差矣，”一个军中司马站起来，“在绝地作战，最需谨慎，不虑胜，先虑败。胜则胜矣，败只怕难以归还。”

“全军覆没是吧？没有草料是吧？”耿秉冷笑道，“打仗这事，人不敢死，就是有天时地利又如何？你不虑胜，我就来跟你算算我们的胜数：一、匈奴与车师自认有天山横断，而我们冒险翻山，才有奇兵之效。二、匈奴不善守城，城墙对他们来讲并不是壁垒，不然我们也不会轻易就拿下现在的伊吾。三、车师王安得，本有个儿子，曾领有一城，自称小车师王，两年前，被匈奴杀了。所以，安得虽归顺了匈奴，但必定貌合神离。四、匈奴各部之间并不和善，各部的兵马多少，决定各部的地位，我们痛击呼衍王，左鹿蠡王只怕还会暗自高兴。除非是单于亲自统兵，不然左鹿蠡王绝不会来援救的。”

窦固微笑不语，心下怀疑那个质疑耿秉的军中司马，可能也是耿秉的人，演着双簧才有机会说出这逐条驳斥他这个主帅的话。

“耿将军言之成理，我觉得可行。”窦固思虑了一会儿，“各部回去准备翻山御寒的装备，两日后我们开拔进军车师。”

耿秉抱拳：“启禀窦帅，兵贵神速，耿秉愿为先锋，先走一步。”

“哦？”窦固面色微妙，“耿将军何时可以出发？”

“我部五千轻骑，早已完备，现在就可以出发！”

窦固大笑：“耿将军真是利落！”当下抽出一支令箭：“苏安！”叫出会上一位军司马，“你协助耿将军，先一步去征伐车师！”

耿秉接了令箭，与那苏安一起出帐。不过一顿饭的时间，帐外就蹄声大作，那五千轻骑，作为先锋，已经开拔了。

窦固散了帐内的与会者，看着那悬垂的地图，不禁苦笑：“年轻人，就是性急！”

车师国是西域北面的门户。

《太史公书》里记载，车师原叫姑师，后被武帝的大军所破，更名车师。从车师向北，便是匈奴。向西北，便是乌孙。当年前朝的细君和解忧两位公主远嫁乌孙，过的都是车师。车师作为门户，被汉军和匈奴来回争夺，从武帝到如今，据说已有六番易手。

匈奴的呼衍王引兵败退到车师，倒没有进城，九千多骑都放马在山麓上休整，但要求车师提供大批的补给。车师王不敢不从。

天山稠密的云杉林，遮天蔽日，地上败叶大概积累了一尺多厚，所以一支军队在林内穿行，竟没发出多大的声响。山下有圆木搭起的两丈多高的瞭望塔，岗哨往山林里看去，也未必能看出端倪。

但这支潜行的军队不知道，在山林的上空，被他们惊起了一片片的飞鸟。

天空中一声尖锐如哨的鹰叫，一只鹞子落在车师王裹了皮革的手臂上。

如今的车师王，叫安得，已至花甲之年，站在城楼上，能看见山麓上匈奴驻扎的营地还未散尽的炊烟。黄昏越来越暗，远远有几点篝火的亮光闪动起来。

安得从鹞子的腿上取了一卷布条，展开看了，面色凝重，随即将布条投入城头边的火堆里。“前哨说，一支军队于密林中正在下山，怕是汉军来了。”安得远远看着那匈奴的营地说。

身后的下属急道：“这就来了？我们即刻去报知呼衍王？”

“急什么？呼衍王那么神勇，无须担心。”安得用备好的肉块，喂着手臂上的鹞鹰，“在城头增兵，严守城门！且看他们谁咬得过谁。咬完了，总会少些吃饭的嘴。”

汉军先锋的斥候，早到了山林的边缘，观测好了车师城和匈奴营地的位置，报给了耿秉。天色已暗，军队都隐在林里，稍做休整。

“这些胡狗睡得不错呀！”耿秉远远盯着那匈奴的篝火，“翻山行军，损失了多少人？”

“损失了一百多人，抛下了三百多人，也不知他们还跟得上来吗?”有下属回答。

“叫所有人准备，吃点东西，喝口水，然后咱们冲营!”耿秉那张三十多岁，有些文气的脸，露出冷厉的神情。

44 战车师

“不可呀，将军！”那军中司马苏安急道，“全军日夜赶路，饥寒交迫，仓促出击，太过冒险！”

耿秉有些气闷，这个苏安随行，隐隐像个窦固的监军：“苏司马，你不用去，我留下一千骑给你，作为后备队，随时盯着车师城，他们要是出来捣乱，你就去拦截！”

“末将不是不敢死，”苏安依旧不罢休，“而是此举有违兵法，疲兵不可用！”

耿秉不动声色：“那你说该如何？”

“让军队休整久些，起码等到天亮。”

“你真的懂兵法？”耿秉冷笑，“在此处，我军休整可敢点明火取暖？”

“……”

“如此冻了一夜，再去面对睡足了准备好的匈奴？”

“……”

“现在未必是我们最好的状态，却是匈奴最糊涂最差的时候，你不去打它，是打算延误战机？”

“末将不敢。”苏安汗都下来了。耿秉身为驸马校尉，是皇帝眼里的军界红人，此行等同副帅，真不是他能顶撞的。

“给我盯好车师！”

“是。”

夜已经深了。

车师王安得在床上被跑来的将军叫醒：“大王，打起来了！”

安得惊得跳起来：“这么快？”忙披了甲，冲上城头张望，只见匈奴的营地火光冲天，人喧马嘶，金属撞击的声音，城头上都可以听见。

安得看得心惊，却也忍不住有些快意。

“大王，有支匈奴的残兵过来，要求入城。”

“射箭，不管谁来，都不许靠近！”安得握紧了拳头。

天色见亮，耿秉才拉住马。

雾气在草原上，早淡去了匈奴败溃的旌旗。

人的潜力真是无穷，这一路砍杀，一直追出了三十里，现在所有人才发现，原来已经脱力了。差不多三千汉兵，一住了马，纷纷喘息着滚落了马，兀自躺在地上欢叫，一时叫声四起，也没什么意义，就是表达畅快。

九千多匈奴，大部分还在睡梦中，就被三千五百骑汉军踏了营，一下就溃败了。

耿秉也觉得倦意要把他掀下马了，勉力回头一看，到处是匈奴人的残肢和尸体，血静静地渗入泥土，滋润着青草，下个月这草得长多肥壮？这一战，只怕也有三千多首级了吧？比窦帅的伊吾大捷还要多吧。

耿秉再也耐不住，也滚鞍落马，躺在青草里看着越来越亮的天色。

耿秉打了个滚，侧身躺着，慢慢地喘息，看见刚才被自己压倒的一片青草，正在慢慢地昂头，默默地站起……耿秉笑了起来，觉得这草就像耿家的男人……无来由地想起自己的幼弟耿恭来："可惜了，你小子错过了！"

苏安带领着预备队一千骑，开始打扫匈奴放弃的营地，收集粮草和武器。然后扎下自己的营盘。

这时有一骑从车师城里驰出，举着一个符节，向这边跑来，越来越近，一路高喊："车师王使者，来拜见将军！"

苏安让士兵将那骑放过来，使者倒是不卑不亢，向苏安行了马上礼："大人，敢问贵军的统帅可在？"

"不在，还在追击残敌。"

"敢问统率的是哪一位将军？"

苏安还没来得及回答，身边就有人自豪地喊："大汉驸马校尉耿秉！"

"吾王说，愿意与耿将军议和。"

苏安冷笑："匈奴万骑，都被我们打跑了，你认为我们会接受你们车师议和？"

那使者面色不变："吾王说，愿意向耿将军投降。"

苏安的脸色微妙起来："甚好，待耿将军回来，我定当转告。"

使者行完礼，拉马回头。苏安叫道："我送送你。"

两骑越走越远。苏安看身旁无人，对那使者道："你知道耿将军只是我大军的先锋官吗？"

使者转过头来："还请大人明示。"

"此次西征的大军里，最尊贵的将军，是显通侯窦固窦大将军，他是大汉天子的姐夫，你们向窦将军投降，才不至于降低了车师王的身份。他老人家也能真正地保护你们。”

“是是，如此最好。那耿将军这边?”

“等他回来，你再来一次，拖点时间，窦大将军的大军，应该三天后就能到了。”

直到晚上，耿秉才带着三千骑追兵，回到了营地，当即令全军杀羊饮酒，庆贺胜利，好不欢畅。

第二日，那车师王的使者果真来了，得到了耿秉的接见。

“吾王愿意归顺大汉，只是车师久被匈奴蹂躏，残破不堪，吾王想令全城居民洒扫清理，两日后，将举办盛大仪式，迎将军入城。”使者说得入情入理。

耿秉皱起眉来，总觉得夜长梦多：“举行什么入城仪式，倒也由得你们，但我等着安得来投降，怎么还不来?”

“吾王是想，在将军进城时，向将军归顺，并奉上车师之剑。”

“无须那么麻烦，你回去跟安得说，明日，就在明日辰巳之交，我等他来军营投降。”

“我必把将军的话带到，”使者道，“只是吾王或有不便之处。”

耿秉挥了挥手：“去传话吧。”

使者无奈而退。耿秉身后的亲信附在耿秉耳边嘀咕。耿秉一笑：“我还说这安得为何如此啰唆，原来是窦帅想来分功，来亲自受降。”

这日的辰时，耿秉叫所有将士披甲列队在营前，旌旗猎猎，剑戟如林。这些刚掳肉饮血、打过胜仗的军人，就是不同，透出盈天的杀气，连战马都不安分，蠢蠢欲动地打着响鼻，原地踏动蹄子。

耿秉摆了个马扎，大马金刀地坐在那里，拄着他的战刀。

辰巳之交即到，那使者倒是举着符节来了，看见营前战阵森森，吓得面无人色，下马就往耿秉处奔来，却被士兵架住。耿秉对着他，用刀尖压在唇上，做了个噤声的手势。

“巳时已到！”有人报时。

耿秉站了起来，翻身上马，提缰来到那使者面前，低头笑道：“就你一个人？”

那使者高叫：“吾王说……”就被耿秉一鞭子抽在嘴上。耿秉转马向车师城，高喝一声：“攻城！去把那安得的脑袋，给我砍下来！”

四千精骑，汹涌而出。

耿秉刚要催马，一人拦在马前，拉住了耿秉的缰绳。一看正是苏安。

苏安大叫：“将军不可！那车师王已经答应投降了，何必要惹战端？”

耿秉盯着苏安，森然道：“你不知道诈降，等同于攻击我军吗？”耿秉拔出刀来，直接向苏安的手劈来，苏安急忙松缰缩手，耿秉已经纵马而去。

四千虎狼之师，高喊着：“杀安得！”冲下山坡，向车师城席卷而去。

车师王就在城头，看得心惊肉跳，喝令兵将全部放下武器，打开城门。自己则下到城底，徒步走出城门和吊桥，张开两手，一人迎向大军。

耿秉率军疾冲，却看见对面城门洞开，里面走出个老头，旁若无人地迎着军队缓步而来。老头身姿还算硬朗，一把花白的胡子，头上却戴着象征王位的高冠。

耿秉在离这老头还有一丈时，才拉马急停，身后的马队却围冲而过，一时间，蹄烟迷漫，遮人视线。尘烟渐渐散尽，马蹄声也消停下来，只见铁骑密密麻麻地围拢出一个三丈直径的圆形空地来。空地里孤零零地站着那高冠老者，静静地张开着手，代表绝无武器。

耿秉将马纵前一步，对这个老者开始刮目相看。

老者开始慢慢地解下王冠，轻轻地放置在地上，然后几步走到耿秉的马前，俯下身，抱住马腿，把脸贴在马胸上，嘴里道："车师安得，向将军投降。"

……

苏安独自一骑站在山坡上，远远看着这一切，叹了口气，打马远遁，去迎窦固的大军了。

窦固一个人坐在临时的军帐里，闭着眼，难免有些头疼。

"你这些龌龊的小心思，以为耿秉看不出来吗？"窦固睁了眼，望着边上跪着的苏安。

苏安不敢抬头："末将就是觉得这耿秉太过骄狂。"

"他是天生的军人，自有他狂的理由。你这般作为，倒要叫他看轻我了。"窦固又把眼睛闭上了，摸着他有些鼓起的肚子，"这还是小事，但若引得将帅失和，才是军中大忌。"

苏安跟在窦固身边日久，蓦地紧张起来："我全是为大将军着想啊！"

"我会当你是战死的，"窦固站起身来，走到苏安面前，"不会伤损你的名声。"

苏安抬起头来："大将军向来对将士最是温厚，苏安知道错了！"叩了一个头。

“再温厚，我也是个军人。”窦固说罢走出帐去。

到了帐外，满眼是天山连绵，云开野阔，再有一天，就能到车师了。窦固叹了口气，对旁边一个随从道：“把他的头，找个盒子装了，就立即给耿秉那边送去吧。”

惊心莎车

摄魂夺魄心天外，
蔷薇歌里万马来。

45 / 甜蔷薇

班昭无来由地觉得落寞。

离开于阗，风土又为之一变，连绵的巍峨昆仑渐渐变成天地交接处一线起伏的青绸，唯有几座雪峰在其间点出亮色。周遭的风景也开始粗粝起来，大漠在右手边如柔波般翻滚，左手的戈壁，一些崛起的暗红巨石，被风吹蚀成古怪形状，像魔鬼的雕像。

使团的马匹与骆驼排成一线，在这些“雕像”间穿行，就像蚂蚁爬过了巨人的脚面。

班昭自小就被父母乃至两个哥哥宠溺，她觉得理所当然。自小就能看见人或山川上方的光晕，分成五彩，甚至感知别人隐秘的意图。她本来也以为是理所当然，却发现身边人原来是什么都看不见的。父亲将哥哥们训练良久，也只能看到些气运的凤毛麟角。小班昭难免有些得意，后来发现父亲，包括哥哥们，却不仅可以通过这些凤毛麟角推演出不错的结果，还能触发许多有意思的枝节。

她发现她和别人其实很不一样。她是那种直接就可以看见并摘到桃子的人，不像哥哥们，只能看见一个桃核，要把它种下，等它伸展枝叶，开出花来，才能结出桃子。她觉得自己无须被羡慕，因为她错过或丧失了一些东西。

写文章，她直接就能点到诗眼上，被赞无迹可寻，如有神助。而大哥，却能从一个词开始正反推演，洋洋洒洒，不知不觉，东流到海。一回头，但见脉络宛然，严丝合缝，不可更改。

跟二哥学剑，也是如此。她的剑连剑夫子都说，自盘古开天地以来，没见过如此妙想天开的招法，可是真要打起架来，就不灵了，每次却只能躲在二哥身后。而二哥的剑势一旦展开，就绵密得让人窒息。

班昭有时觉得自己很孤独，因为她和别人太不相同了。如果大家都是兔子，她就是混在兔子世界中唯一的那只鸟。直到那天看见了大巫，那种直接知道结论的本能，让她觉得大巫是另一只鸟。虽然她知道这只“鸟”的确干出了想杀死她亲人的举动，但看见她死了，还是触动了内心深处无可名状的、物伤其类的悲哀。

“小昭!”耿恭在身后喊，他发现班昭离开于阗就好像闷闷不乐，就开始倡议，“这一路，你忽然不唱歌了，我们的耳朵可都渴了。”

班昭定了定神，回头对耿恭笑了笑：“不知唱什么，就给你们吹个曲吧。”说罢摸出一支冰蓝色的铁箫来。这箫是齐欢在精绝那些天，用一块珊瑚铁专门给班昭打造的。他们算是音律上的知音，相识的当天，班昭就能从齐欢的打铁声中，辨出《聂政刺韩王曲》(即《广陵散》)的节奏和志向。箫是早打好了，一路上齐欢悄悄地装配和调试，直到昨日才送给班昭。铁箫已不只是乐器，箫身两尺二寸，正中有个衔缝，稍微一拗，箫身断开，一边为剑把，一边为剑鞘，能拔出一尺三寸的剑锋。剑鞘可扣接在剑把上，瞬间变成三尺三寸的箫剑。哪怕不变身，仅是吹箫，箫尾也可以吹出银针。

班昭对这铁箫的性能或是音域都在摸索阶段，吹起来，比竹箫要清亮，可以极尖锐，宛若抛丝。班昭也奇怪，这洞箫里藏了这许多东西，怎么还吹得响，想必是加了簧片的缘故？

班昭在马背上，纤手点按，一曲流出。吹的本是楚歌，但不是大家熟悉的竹箫清幽的音色，更像胡笳，无来由地透出些袅袅悠悠的异域风情。

仙奴静静地听着，忽然哼唱起来。

班超和耿恭都只见识过仙奴的舞蹈和幻术，却从没听过她唱歌。歌声就像仙奴的舞姿一般，若蛇般扭动环绕，如面纱一样模糊和缥缈；刚开始只是吟唱，飘飘忽忽地，没有尽头，低得像呓语；后来听出是一种异域的语言，神秘又复杂。仙奴的音色有种美丽的诱惑，旋律偏又辽远而空灵，所有人都听得心旷神怡，直到歌声低到消失，大家才觉得空落落的。

众人皆不语，班昭和花寡妇都泛出一丝很淡的酸楚来——这仙奴，无论做什么，都是女人中的女人，反而会让女人不自在起来。

“真好听！”花寡妇先出了声。

“是仙奴姐姐家乡的歌吗？”班昭问。

“是，是我小时阿爷教的。”仙奴道。

“那唱的是什么呀？”班昭又问。

“唱的是——

甜的蔷薇，甜的蔷薇，

你离开我，去往何方？

我这一别，将不再回，

永不复归，永不复归……”

班昭心中默念了一遍：“你家乡的歌真是好听，就是词意过于惆怅了。”

“说起来，”仙奴若有所思地回看了一眼队伍，尤其是那个东摇西晃的身影，“我的家乡应该不算太远了吧。”

班超在马上摇摇晃晃地睡觉。这好像是一种绝技，旁人眼看着他身体倾斜得就要滚鞍了，却又随着马背的起伏，荡了回来，向另一方向危险地倒去，如此反复，却从来没有摔下马。

班超在迷蒙中隐隐听见了仙奴的歌声，游丝一般，就像他头里的疼痛。

疼，最近的头风又隐隐发作了。噩梦也越发惨烈，班超似乎明白父亲为什么厌弃自己了，梦里汹涌的血腥和黑暗，可能正在慢慢地改变着他对世界的看法和处事的方式。他感到内心深处有种暴躁和勇烈被压抑着，而散出的几分气息，就是他头脑里的疼。

有人在最前面高喊：“莎车！应该是莎车到了！”

班超睁开眼，迷迷糊糊地走到了前面，人们都驻马张望，荒凉中开始有绿洲的影子，远处应是长草倒伏的草原，一条蜿蜒的深溪切出两岸。三十六骑涉水而过，望见七八里外，那魔鬼般的巨石，越来越密集，几乎并成一个近似峡谷的石林。石林深处的草坡上凸起一块巨大的白色岩石，在红褐色的石林里格外突出。白色岩石的两边砌有古老石墙，借着风蚀的怪石延绵而建，气势宏伟，形成了一个半人工半天然的雄城。

“好一座雄城！”耿恭纵马跑在最前，仰头张望，由衷地赞叹。

“这可能会是我们出使最顺利的国家。”班超懒洋洋道。

“不对，”班昭指着那石林和雄城的上空，突然道，“好强的怨气！”

班超一震，一个手势，所有人都止了步。忽然听见一声尖锐的鹰叫，耿恭耳朵一动，循声一望，见三五只黑鹰在头上盘旋，余光却看见那高耸的怪石上，有蚂蚁一般的黑影在动，细看应是个哨兵的头盔。耿恭一惊，跳下马去，伏耳地上，隐隐能听见远处有大批不安分的马，原地踏蹄。

“有埋伏！”耿恭跳到马上，急忙挥手大喝，“全体后撤！”

三十六骑迅速结成一个战阵，九剑侍和虎贲八骏在外一圈，后面是耿恭领着七名羽林卫搭箭在弦，齐欢带着四个徒弟拉着驼队和辎重先走，中间是班超与风廉、柳盆子护着三个女子。

使团后撤不过几十步，就听见一声响箭长鸣，但见那些怪石嶙峋的石林之后，尘烟大起，尘雾里旗帜林立，接着大地颤动，这是千骑以上的军队启动冲锋的步点。

只听耿恭急喝：“老齐！不要管骆驼了，快跑！”

三十六骑放弃了辎重骆驼和行李，纵马全速向南边的戈壁疾奔。幸亏耿恭发现得早，在对方铁骑合围前，破口蹿出了包围圈。但身后马蹄滚滚，一千多剽悍的骑兵紧追不舍，耿恭在马上打了几个手势，自己拖在最后，也不回头，直接躺在马背上，射出三箭，敌方两个将领、一个旗手瞬间坠马，后面的骑兵不敢踩踏上司，纷纷让避，但在全速疾奔的情况，人马稍有擦碰，就会人仰马翻，兵潮忽然遇见三处逆流，一下混乱不堪，让使团和追兵拉开了些距离。

全速疾奔的马上，就是匈奴箭士也未必能发出箭来，所以耿恭全不担心，仰头倒看，对关键处又射出几箭，又是一片人仰马翻，对方马队反应迅速，稍稍拖慢，留出一箭之地。

耿恭大笑一声，豪气干云，追上了队伍。

三十六骑在戈壁间疾驰，一箭之地后，乌泱泱的一片铁骑和尘烟，就像海上一排如山的巨浪追逐着一叶小舟。

如此疾奔了近半个时辰，耿恭的豪气全变成了苦涩，马不行了，在减速，可能不久就会脱力和失蹄。回头一看，身后的铁骑却没有任何放弃的意图。

“我们选的可是军中最好的马，都甩不脱他们？”耿恭心道，只能咬牙死撑了，命运都在胯下的战马上。耿恭知道，如果耗输了，他们当中哪怕是风廉和班超这样的顶尖近战高手，在上千铁骑的冲击下，也没法全身而退。

三十六骑，瞬间冲入一片浅浅的水洼，水花飞溅如雾，几乎打湿了所有人，冲过浅滩，就觉得有雷声从地下滚过，胯下的马都紧张起来，纷纷停步。众人不知所措，回头看见浅滩的水面都震动出涟漪碰撞，仿若沸腾，而身后的追兵竟然也住了马，集结在浅滩的对面，人喧马嘶，对这边指指点点……

耿恭再看前方，大地震动更甚，并升腾起滚滚浓烟，惊得差点摔落了马。这是起码一万匹马的奔腾，才能带起的动静。

“过分啦！”耿恭对着那浓烟大喊大叫，“对付我们几个至于吗？”

46 / 莎车马

耿恭还没喊完，就觉得自己的声音自己都听不见了。

大地的隆隆声，混合着动人肺腑的嘶鸣，烟尘里陡然涌出望不到边际的马群，海潮一般地从茫茫的戈壁上滚过来。

大家才发现，马背上没有人，也没有鞍，是野马！

三十六骑自然地聚在一起，心里都想，只怕要被这些野马踏成泥了！哪知野马趋避有方，早早在“马潮”里裂出一缝隙，从发呆的使团身边滚滚而过。班超他们就像激流中的孤单礁石。

所有人都没见过上万匹马聚集在一起呼啸奔腾，长长的马鬃马尾在风的浮力下飘动起来，一个接一个，一个重叠着一个，凝成一个整体，飞快地在身前分开又合上，展开一幅力的线条与美的肌体交织混响的奇异画面。

班超那一刻觉得自己失聪了，滚雷般的蹄声，像在按摩他有些生疼的左脑。他眼里的野马群，就像被他释放出惘然剑意一般，速度都慢下来了——马儿们奋力奔跑着，它们的眼里含满泪水，神色苍凉而凝重，引颈甩鬃，昂首嘶鸣，悲壮而哀婉。班超有种幻觉，每匹马背上，都驮着一个他梦里的亡灵。

野马这样流过，三十六骑被震撼得有些麻木，所谓气吞八荒、声震寰宇、虎啸狮吼，也不过如是。

马蹄的尘烟迅速将三十六骑吞没，大家只能以袍袖掩住口鼻，闭目以待，但马群竟然像过不完一样，继续冲刷着使团所有人的感官和内心。

大家都觉得时间过得漫长，终于等到马潮过完，蹄声稀疏，但尘烟浓重，睁眼依旧不能视物。

耿恭喊了一句：“天助我也！”心道，这野马群怎么也得把追兵冲散了。

尘烟慢慢散尽，三十六骑有些茫然地看着四周，发现早已被一千多追兵，隔着五十步的距离，围得满满登登，几乎所有人都张弓搭箭，对着他们这个“圆心”。

班超把符节高举起来，对着那些严阵以待的骑兵高喊：“大汉使臣班超，求见莎车王！”

如此高喊三声，只听得回声远远地传回来，所有士兵神色穆然，俱不作声，眼神比搭在弓上的箭尖还冷。这些士兵人高马大，人与马都披挂着线条流利的皮甲，扎着鲜红的穗子，如火一般耀动。人马合一的剪影显得健美彪悍，真正称得上骠骑二字。

马在波动，箭尖却稳定异常地瞄着使团。

半晌，有个粗豪的声音，用生硬的汉语喊：“汉贼听了！立刻放下武器，下马投降！”

接着使团的人都听见了让人头皮发紧的长弓拉满的吱嘎声。

“他们的马真好啊！”耿恭感叹。

耿恭天生爱箭识马，抱着铁栏杆，对着笼外那些戒备的骑士喊：“你们仗着马好，老子不服！”

笼外围拢的三百马弓手，像刺猬一样，支起了如林的箭，耿恭才住了嘴。

这是一个一丈见方的铁笼子，栏杆如小孩手臂一样粗。三十六人被卸了武装，挤挤挨挨地给关了进来。铁笼子的下方装了四个轮子，被八匹健马拉着，穿过浅滩。

浅滩上，那些无边的野马，正在饮水或水中打滚，完全不避忌眼前的骑兵。有的野马会跟骑兵的队伍跑一阵，甚至跟战马耳鬓厮磨一番。

“懂了，这些战马就是来自这群野马，里面可能有它们的父母子女、兄弟姐妹。”耿恭对着笼里的人嘀咕，“他们竟然能控制野马！多好的马呀，你们看，耳小，额方，臀圆，蹄满……疾奔或不如大宛马，但载人能奔一天，最适合野战，难怪追得我们屁滚尿流。”

班超若有所思：“奇怪！莎车有这样的神骏和骑兵，怎么会被于阗降伏？”

“你们俩还聊马？我们不是得想办法脱困吗？”柳盆子在两人身后道。

“他们刚才没射死我们，而是要把我们抓回去，说明还有的谈，”班超一脸的满不在乎，“本来我们就是要进莎车城，现在不就正好可以去了？跑得我一身骨头都散了，正好睡会儿。”说罢，倚着铁栏就闭上了眼。

“娘的！就不想离开这个笼子？”

“这不是你拿手的事吗？”班超闭目道，“你想变成刺猬，就试试。”

柳盆子懒得理这尊铁打不动的睡神，转身挤到了齐欢面前。齐欢早就观察了半天，无奈地摇摇头。

柳盆子苦笑：“的确，刚才关我们进来时，就看到了，没有锁，只是根粗暴的插杠。”

这个近乎四方的铁笼并没有门，而是将一面垂倒下来，等人关进去了，将那整面铁栏推起来合上，在顶部结合处，用一根镔铁插棍插上。插棍在外面不难打开，但在笼内，由于焊了几块铁板，里面的人是绝难摸到插棍的。

“我们现在身无长物，只怕很难撬动那根插棍。”齐欢沉声道。

“其实，”花寡妇低笑道，“我身上还有天蚕丝，没被搜走，不知有没有用？”

柳盆子眼睛一亮，从嘴里吐出一根曲针：“天蚕丝挂上这个，就像鱼钩一样，我或能弹出去，缠住插棍。”

“只怕不行，”齐欢指着头顶的一角，“插棍的位置被铁板挡死了，又不是回旋镖，你怎么能一击而中？”

“爬上去，把手伸在笼外倒弹，多试几次就知道了。”柳盆子道。

齐欢个高，眼界能越过众人的头顶，看看笼外戒备的马弓手：“太碍眼了，你吊在上面，只怕还没来得及试，他们就射箭了。”

“哪用你们这么费事？”仙奴突然出了声，“这笼子关不住我。”

柳盆子眼睛一亮：“你有办法？”

“我的柔术，可以直接钻出去。”

“你还会缩骨术？”柳盆子一脸的艳羡。

仙奴淡淡地说了一句：“不止这些。”

班超真的睡着了。

他悄悄问过班昭，大家头上的气运可有暴死之象？班昭凝神看了半天，摇头说，她看不出来。班超就笑，那就是没有。

班超向来是极信妹妹的，但在于阗，班昭说那神台气运如山岚，宛若清月之华，当是吉象，不承想大家却在神台九死一生。

不知为什么，班超还是相信，就是相信。

班超靠着栏杆，肩膀轻微地抖动起来，几乎没人发觉。班昭轻靠过去，握住了二哥的衣袖。

班超又梦见了那个杀死他的宫装女子。在血色的背景里，看见那女子踏着满地的血污和肢体，仙袂飘飞、环佩铿锵地盈盈而来。班超好似解脱一般地笑，说："你又要杀我了？"那女子真的用一把短刀插入了班超的胸口。班超还在痴痴地笑，低头看见那是一把汗青刀。汗青刀不是杀人的刀，是文人在竹简上书写错误时，把竹篾上的错字刮削掉的薄刀（所以早期的文史又叫刀笔吏）。班超慢慢软倒，却被那女子抱在了怀里。班超这回好像看清了些她的眉目，满额鹅黄，云堆翠髻，一支凤钗衔着珠串，在班超眼前摇摇晃晃。班超觉得他该死了，所以就该"醒"了，却像要往更深一层的梦境睡去。他隐隐看见了宫装女子眼角的泪，看清眼角其实有许多细密的皱纹，心道，原来她不年轻了……恍惚间觉得抱着自己的却是妹妹小昭，忍不住情急道："你为什么杀我？"

"因为你是个错误。"那声音缓慢、陌生却柔和。

原来不是小昭。只是这老妇人真的像小昭呢。班超觉得要睁不开眼了，迷迷糊糊地问："既是错误，你哭什么？"

"因为你这错误，是我等生出来的……"

"喂！班头，醒醒。"柳盆子有些粗暴地拍醒了班超。

班超陡然一震，睁开了眼。那一瞬，柳盆子浑身冰凉，看见班超那双总是困倦的眼睛，露出一线阴沉得犹如地底冰层般的寒意，那寒意背后好似还透出一种暗红的暴烈，饶是柳盆子这样久历江湖、几经追剿的大盗，也感到前所未有的压迫。

班超有点恼怒，他觉得自己错过了一句重要的话，睁眼看见柳盆子那几乎压在眼前的脸，随即发现妹妹班昭在一侧抓着他的胳膊。班超心里一定，便想伸个懒腰，却发现笼内根本伸展不开，没好气地撞了一下发愣的柳盆子：“扰人清梦，是滔天十大罪之首，你不知道吗？”

柳盆子看着班超有些睥睨涎皮的样子，怀疑刚才是不是幻觉。

“你还说总会送我们去莎车城的，”柳盆子抱着铁栏，“你看，莎车就在下方，而他们在拉我们上山。”

班超彻底清醒过来，一千骠骑正在押着他们缓缓地爬上一座高坡，八匹俊朗异常的马，已很难拉动他们这个拥挤的铁笼，又加进了四匹健马，而那座雄城正在马队侧后方，远远露出峥嵘的身影。

任谁都看得出，这不是去莎车的路。

“他们这是要把我们送到哪里？”

47 要还的

上山的速度明显减慢，走了近两个时辰，一千骠骑和铁笼才上到坡顶。坡上无树，只有满地干枯的荒草，坡顶的中央，拔起一个八丈见方、高达两丈的以土夯实的方台。台的一侧，新堆了土，形成了一条能拉车上台的路。

铁笼车被拉到了台上，马早被卸走，连那条台边堆出的土路，也被两百力夫很快地铲走了。高台上，只剩下一架安着轮子的、挤满了人的大铁笼子。

台下围着三百马弓手，依旧高度戒备，外围七百骠骑围了个更大的圈，长枪如林。

笼子独立高台，视野倒是极好。班超只觉得天高地阔，风冷时长，沧桑世变，自己一干人不过是笼中蝼蚁。

“高台不敢望，极目使人愁！”班超抱着栏杆大发感叹。

“班头，不是作诗的时间，”柳盆子有点哭笑不得，“这架势有些不对。”

“忽然之间，有些不想活了。”班超兀自懒懒地抱着栏杆。

“娘的！我们可是被你骗来的！”柳盆子有上前殴打班超的冲动。

突然间，那外围的骠骑分在两边，迎着一支铁骑来到坡上。

铁骑不过三百人，但披挂不再是皮甲，而是闪着寒光的铁衣，都披着黑色的斗篷，盔头上也蓬着黑缨穗。最奇的是，每人的左肩，都套着一整块有点夸张的肩甲，上面都立着一只黑鹰。

“黑鹰骑！”耿恭在人堆里发出声音，“在精绝国时，那雇佣军的赫塞跟我说，这南路诸国，论步兵，他自认没人强得过他的赫塞军团，但论骑兵，他说莎车黑鹰骑最是精锐。”

“好像人数不多呀？”柳盆子道。

“多了还叫什么精锐？”耿恭眯起了眼，“一人一马一鹰，据说配合无间。”

黑鹰骑的最前方，两面黑色旗帜分开，一个身材魁梧的老者纵马而出。这老者的披挂与黑鹰骑很像，只是头盔上不是黑缨穗，伸出一个精雕的金色马头，肩上也没有鹰。

老人向前两步，能看出他眼窝很深，深得看不见眼眸，鼻高而鹰钩，两腮深陷，花白的胡子乱草一般飘在胸前，倒有一股沉雄之气。

“谁是汉使？”那老人的声音沉郁沧桑，从台下马弓手的包围圈外传了上来。

“是我。”班超把手举在笼外。

老人盯着班超，班超早收了那疏懒劲，也盯着老人：“莎车王？”

老人缓缓点头。

班超心道，这莎车王的威势，不带罗盖，不摆排场，在西域定是个难得的马上君王。

“莎车国当年累代侍汉，四十年前，我大汉的先帝，还封莎车王为西域大都尉，代大汉统领西域各国。”班超只能侃侃而“喊”，“本以为莎车与大汉最是亲厚，不知今天，莎车王为何如此对待我们？”

莎车王冷哼一声：“如今我们侍奉的是于阗。”

“于阗已归顺大汉！我有于阗王的手书及玉简，”班超又喊，“被你们的人搜走了，贤王可找来查看验证。”

莎车王嗤之以鼻：“他算个什么东西？老夫服膺的是于阗的大巫娘娘。却是你们，竟然害了娘娘！”

“贤王是不是误会了？我们只是正好遇见了大巫兵解升天。”

“不用骗我，定是你们撺掇那于阗小儿，合谋一起害死了大巫娘娘！”莎车王马鞭一指西斜的日头，“等太阳停在神峰尖上，我用你们来祭奠娘娘！”

如此威武的莎车王，如此威武的声音，却“娘娘，娘娘”地喊，在使团听来总觉得有些怪异和滑稽，随之意识到，喊得越恭敬，自己这伙人就越不可能离开这个笼子了。

看来这是个很大的奠仪，越来越多的仪仗和车队，从莎车城慢慢开到坡上。笼子里的使团在高处能看得清楚，连莎车王的后妃们都来参礼了。

“他们这是要在大庭广众下弄死我们。”柳盆子道，转头看向仙奴，“什么时候能动手？”

“不妥，”齐欢沉声道，“现在弓箭手戒备很严，仙奴出去，还没能拔出插棍，箭就射过来了。得再找机会。”

“要是一直没有机会呢？”

“到那时顶着箭也得出去，你速度最快，能抓住莎车王吗？”

柳盆子细算那距离，他得越过箭圈，还有骠骑圈，来到莎车王面前，还不知那黑鹰骑有多厉害。他不禁苦笑摇头：“伞不在身边，我怕是……”

几个人正在嘀咕，忽见一队兵士抱着木柴爬上台来，堆在铁笼车下。

“这是要烧死我们！”柳盆子咬牙道，不禁去看那笼边的班超。他发现不论是耿恭、齐欢、仙奴、风廉等人，也都在看着班超。原来大家都不自觉地相信这个家伙一定有办法，出使以来，几经艰险，就是这个整日昏沉的脑瓜最好用。

班超一直在沉思，大家都静等着，半晌，班超突然抬头，叹了一句：“原来杀神，也是要还的呀！”

众人要不是挤在一起动弹不得，早就摔倒了。

“就没办法了？”柳盆子不甘心。

“没什么办法，”班超神色淡淡，“但我们不会死。”

“为什么？”众人的情绪又来了。

班超一指班昭：“她说的。”

班昭连连摆手：“我没说，我没说……”

“你不是说我们头上没有暴死之气吗？”

“可是，我不一定看得准呀！我自己都……”班昭都快哭出来了。

“既然没有办法，就相信，”班超环顾大家一眼，“一定有转机出现。我相信。”

木柴越堆越多，车底先塞满了，车边的外围又堆了两圈。

指挥人堆柴的是一个年轻的将军，胡人的面目，或许是眼窝很深的缘故，总显得神情忧郁。看来是要堆放完毕了，那年轻的将军突然正身正冠，向笼子里的人恭敬地行了一礼。使团的人都呆呆地望着这员行礼的小将，却有士兵在小将身后窃窃低语。

“他是莎车国的世子，”耿恭突然道，“我听见那人喊他世子殿下。”

班超心里一动，看清那世子原来也有个他父亲一般的鹰钩鼻子。世子面色阴郁地要走下台去，班超叫了一声：“世子殿下。”

那世子一愣，转头看着班超，神情有点疑惑。

“你知道莎车就要灭国了吗？”班超冷冷地道。

世子一震，神色惨然：“我也知道父王此举不妥，只是我奉劝无效。你们汉人说，侍奉父亲，就是‘无违’二字。”

班超冷笑：“想不到世子还了解我们汉人的孝道？”

那世子遣走了士兵，只一个人留在台上。

柳盆子和耿恭忽然对视了一眼，都读懂了对方的意思，一起看向仙奴。仙奴旋即明了，慢慢挤到笼边最靠近世子的地方，随时准备穿笼而出，劫持世子。

那世子苦笑：“我自小就读汉邦的书籍，父王也曾以我家累代侍汉为傲，教我们亲近上邦的文化。”

班超皱眉凝思：“那怎么又要屠戮大汉使臣？”

“四个月前，那于阗大巫的神台，竟然来到了我们莎车的附近，并向父王发出了会晤的邀约。父王出于礼貌就上了那神台，不承想回来后就性情大变，开始疯狂笃信那大巫，早晚参拜她的玉像，如今不顾国运，竟要对你们……”世子说得痛心疾首，以手掩面，低下头去，声音都有些颤抖。

仙奴觉得机不可失，一侧身，一只胳膊就伸出笼外，突然发现有人揽住了她的腰，一回脸，却是班超。

那世子已抬起头来，忽见班超怀里抱了个绝色女子，不由得多看了仙奴一眼。

仙奴不敢稍动，班超很自然地搂着她，却继续和世子聊着好似不着边际的话题：“说孝是无违的，正是孔子，世子熟读

《论语》?”

“不敢，少时学过几遍。”

“可听闻孔子训曾子的事？”

“曾子？”世子有点不解地望着班超。

“曾子在地里除草，不小心锄断了瓜秧，被父亲曾点——就是孔子说‘吾与点也’的那个——用木杖击打，曾子不敢躲，木杖被击断，曾子也被击晕在地里。后来孔子听说，就训斥曾子：‘你以为你不躲就是孝吗？万一你父亲失手打死了你，你就助他犯了大错，是为不孝至极。’”

世子开始出汗：“不曾听过。”

“出自《孔氏家语》，”班超沉声道，“所以，你要阻止莎车王犯错，才是孝！”

“我怎么可能阻止？”

“你可知道我大汉的军威？”班超的声音越来越寒。

“昨日就有信传来，”世子有点无措，“说汉家大军大破呼衍王部，还取了车师国。”

这等消息，班超他们一直在路上，反而并不知晓。班超听罢，神色不变：“待大军过来，知道你们屠害汉使，我担心他们会屠城。”

世子颤抖起来：“可是我……”世子回头，遥遥看了一眼台下包围圈外的莎车王，面无人色。

“莎车是你父王一个人的莎车，还是所有人的莎车？”

“当然是……”世子的眼神亮了一下，又暗淡下去，“我明白上使的意思，但我的确无能为力。父王在军中威望之隆，我不可能撼动。”

谈话陷入了僵局，各自沉默。

“好奇怪！”班昭凭栏远远望着莎车王，突然叫起来，“莎车王头上的气运不对，被一线青色的气缠住了。”

“什么缠住了？”班超对妹妹的话最是敏感。

“有一股青玉色的气，跟那大巫的有些像。”班昭挥着她的葱指，觉得有些不好描述。

班超脑里忽然一闪，一拳击在铁栏杆上，低喝一声：“原来如此！”

那世子看得一惊，几乎退了一步。

班超看着那世子，神色肃然：“敢问世子，莎车国内，可有于阗来的巫女或神婆？”

世子想了想：“好像没有。”

“那……”班超沉吟良久，“莎车王在登基之前，最常叫什么名字？”

世子有些疑惑：“叫提康。”

48 叫魂

这个高坡上土夯的巨台，本是莎车国历代的求雨台，这半年却被莎车王用来祭拜于阗的昆仑神山。今日他就要以这些汉人凶手为牺牲，祭奠大巫的在天之灵。

莎车王不敢有丝毫大意，时刻用弓箭手和骠骑围拢着这些汉人，总觉得其中必有身怀异能的妖人，不然大巫也不会被他们“暗害”。

太阳已经开始泛红，垂向那线如青绸的昆仑山脉。求雨台上只剩下世子，好像正和那些妖人说着什么。莎车王对自己的世子并不得意，性子太温和，也体会不到神山和大巫的伟大。今天他还劝自己不要伤害这伙万恶的妖人。莎车王想起来不由一阵烦躁。

世子突然爬上了柴堆，直接站在笼子面前，像是和里面的人在争论什么，台下的许多侍卫都在喊：“世子殿下！小心！”直接有一小队侍卫，穿过马弓手的包围圈，开始往台上冲。世子却转身离开了笼子，跳下了柴堆，挥手让侍卫们止步，自己走下了求雨台。

世子回到队伍里，并没有来到黑鹰骑及莎车王的旁边，而是带着一队侍卫骑马站在后妃集中的罗盖前方，守护着她们。

夕阳如血，正好抵在了所谓的神山——雪峰的峰尖上。

十八管一丈多长的长号，陡然齐鸣，声音低沉而雄壮。

有人递给莎车王一支火把。黑鹰骑裂开一个通道，莎车王执火把驰出，所到之处，就像船头破开巨浪一般，骠骑和马弓手向两边分开。莎车王来到台下，将火把高高掷出，一个弧线，准确地扔到柴堆里，兵士们齐声高喝——“威胜！”

柴堆里多是松木，极易燃起，不多久，火势与烟势就包围了笼子。火势一起，正是士兵们最兴奋也是最懈怠的一刻，笼子的一面突然被砰地撞开，倒了下来，几十条身影从里面飞出，接着就是着火的木柴漫天飞舞，火星四溅，落向惊呆的马弓手们。

莎车王向后一退，身前立刻堆满了骠骑，班超抓着一根木柴代剑，扑飞而至，长枪如林刺将过来，但惘然剑意一出，方圆一丈，尽皆混沌，那长枪上的长缨好像都只能缓慢地摆动。柳盆子鬼魅般的身形一下挂在枪林上，手抓住了两个矛头，身体倒翻，一脚踢向空中。齐欢好大的身躯跳跃起来，一脚踏在班超的肩上，另一步踏向更高处，在空中的脚底，正好被倒旋的柳盆子踢中，齐欢又踏高了一步，越过了枪林，扑向了正在退进黑鹰骑的莎车王！

黑鹰骑前面的侍卫好像早有准备，瞬间竖起几个能抵挡冲马的重盾，如高墙般地把莎车王包在里面。

齐欢冲势极猛，脚踏在重盾上，盾身猛地一震，差点翻过去。盾后的十几名壮士死死抵住，齐欢的手已抓住重盾的上沿，人就要翻过盾墙了，那一瞬，齐欢看见莎车王的脸转过来，也在看他，两张脸相距不过八尺。但与此同时，齐欢看见有一朵黑云向自己“撞”过来，原来是密密麻麻俯冲而来的黑鹰！齐欢不假思索，对着莎车王，爆出一声巨吼——“提康！”

声音满注了齐欢的内力，狮吼虎啸也不过如此，飞到面前的黑鹰都被震散了一般地躲开，但后面如云的鹰群，还是把齐欢从盾墙上扑撞下来，随着重盾压下来，齐欢被压得双臂动弹不得，黑鹰骑十几支长枪，抵在齐欢满是啄伤血迹的身上……

那声巨吼，也震散了莎车王心神，那是莎车王年轻时，还没被各种尊号包裹时的名字，莎车王浑身一震，忽然觉得巨大的空虚和惶惑——谁叫我？是我吗？我是谁呢？

莎车王失神的那一瞬，罗盖如云的后妃群里，一名不起眼的后妃突然摔倒了，马上被身边的姐妹和宫女们扶起来。

世子和侍卫们正在这乱局中围拢保护着后妃们，他们的眼睛都在盯着缠斗的柳盆子和齐欢，或是台上不怕灼伤的十几人，还在把柴火踢向四周，但骠骑的人已经冲到了台下……汉人好像都是些不要命的人，其中一个，竟然借着高台之势，抓住一个骠骑的枪头，生生把长枪夺了过去……长枪在那人手里，像鞭，又像游龙，竟然一下子让骠骑们都上不了台，没人会留意到身后的后妃群里这一小小的变故。

世子也在马背上紧张地观战，他的黑斗篷突然无风而动，陡然掀开，一个雪白的身影蹿了出来，飞向了后妃群。

后妃群一片惊叫，惊醒过来的侍卫们急忙堵截，那雪白的身影竟是个只穿了亵衣的绝美女子，裸露的手臂和长腿凝脂般透白，身体似水波般地脉动，侍卫们还没缓过神，那惊人的女子像蛇一样，从身边滑过，冲进了后妃群里。

那摔倒的后妃，再不顾形象，转身就跑，衣袖也不再掩着嘴，露出了带血的嘴角——原来她还吐了血。她知道那个绝美的半裸女人一定是冲她来的。她推开后妃们，跑进了旁边长枪如林的骑兵军阵，但仙奴已经追到了她的身后。

骑兵的军阵乱了，他们只能带马让开那疯狂奔跑、嘴里叫着“救我”的后妃，用长枪纷纷指向那追逐的奇异美女，但马战的长枪过长，在密集的马队里反而伸展笨拙，眼见着仙奴若白蛇般在枪林里扭动穿行，长腿裸臂，褐发飞扬，旖旎里混着杀气。

那后妃嘶叫着穿过了整个骑兵军阵，前面就是保护莎车王的黑鹰骑，以及外围的重盾竖起的盾墙。那盾墙分开了一道缝隙，后妃又吐了一口血，一只鞋已经跑丢了，那光着的脚鲜血淋漓，发髻早就散开了，但她知道，只要她跑进那盾墙为她开的缝隙里，她就安全了。

盾墙越来越近，显得森冷和高大。

仙奴时而在马腹马腿间，时而在枪尖追击间，蛇形游动，穿行速度竟然比那后妃还快。

后妃看见那缝隙里伸出了一只手，那是要拉她的手。

她抓住了那只手，被猛地一拉，双脚离地，被拉进了盾阵。

她躺在地上，在她的视角里，士兵们都好高大和健壮，还有安全。她看见那巨大的重盾间的缝隙一合，铛的一声，撞在一起。

她笑起来了，笑着笑着，觉得好累，胸口好疼，低头一看，胸口一直在涌动着一支血柱。

仙奴眼看着那后妃就要跑进那盾墙的缝隙了，不再用蛇形穿行的方式，直接跳起向盾阵蹿去，一支长枪抡过来，击在空中仙奴的胯上，仙奴闷哼一声，身子一折，卸掉力道，腰再挺，借势扑得更急，像流星般落下来。与此同时，仙奴手中的软鞭抖出，口中一声呼哨，完全抖直的、长达一丈八尺的软鞭，一下挺如长枪，狂飙突进地刺了出去。在后妃抓出那只接引她的手时，仙奴也扑到了尽头，摔到了地上，但鞭尖在最后一刻，一下洞穿了后妃的胸膛。

那后妃的视线开始模糊，以为脱险的笑意还没在脸上消失，想去捂胸口的手就垂了下来。

因失神有些懵懂的莎车王，那一刻突然开始晕眩起来，眼前风景变幻，犹如旋涡一样旋转，四周却一片寂静。莎车王终于支持不住，仰面摔下马来。

受伤在地的仙奴，瞬间陷入了绝境。她的一边是盾墙，一边是骑兵军阵。盾墙的枪孔里推出了两排枪尖，而骑兵军阵带着被这女子搅得混乱不堪的羞怒，正在碾压过来。

仙奴回眼看见了求雨台上的人，都被冲上去的莎车士兵按住了。好像是柳盆子还翻飞在刀剑的潮汐中游斗，仙奴没看见她想看见的人，如林如山的长枪已压了过来。仙奴想闭眼，可那些枪头就在她闭眼前，纷纷折断了。

是一杆旗杆。

战旗的旗杆都是由长槊充当，长槊的槊头，就像一把重剑，更类似三尖两刃刀，可刺可砍。

一杆旗杆横着贴地飞了过来，槊头势如破竹地划断了刺向仙奴的十几根枪尖！随着那旗杆一起飞来的是一个少年，手握着旗杆的尽头。

风廉。

风廉以一丈三尺的旗杆做剑，荡出了世间最凌厉的剑气。剑气指向，骑士们纷纷落马。仙奴在风廉的身后站了起来，风廉将旗杆一抽，用大旗裹住仙奴的身体，自己旗杆斜指，护在仙奴身前，黑色大旗上绣着一只栩栩如生的雄鹰，与仙奴的长发一起在风中飞扬，显得不可一世。

盾墙围了过来，后面是最精锐的黑鹰骑，他们最引以为傲的战旗竟裹在一个妙曼的躯体上，旗杆握在一个单薄的少年手里。

这可能是黑鹰骑建制以来，最大的耻辱。黑鹰骑像黑潮一样，从盾阵后流泻出来，手里的黑缨枪，抖着枪花，发出嗡嗡声，瞬间就围满了风廉与仙奴的四周。头上，传来锐利的鹰啸，无数黑鹰俯冲下来。

有两个声音，从两个方向，同时喊出了一句话——

“都住手！”

49 不合就脱

“那……”班超沉吟良久，“莎车王在登基之前，最常叫什么名字？”

世子有些疑惑：“叫提康。”

齐欢听到此时已是恍然大悟，猛地转脸看向班超，班超对他慢慢颔首：“不错，是摄魂术。”

班超又转向世子道：“你是说莎车王四个月前开始笃信大巫，性情大变？”

“不错，”世子有些无奈，“也不大理政事了，一个月前竟然自动归服了于阗。”

“这是中了大巫的摄魂术。”

“摄魂术？”

“是一种能控制人心智的邪术，我们在于阗时，也差点被此术所害。所以说，现在的莎车王已经不是你的父王了，你还在犹豫斟酌，只会害了莎车。”

“他不是我的父王，怎么可能？”

班超心道，眼前的莎车世子，如果有于阗王十分之一的果决明断，也不至于如此难缠，但转机已现，总要牢牢握住。他当下柔声道：“也不是说他不再是你的父王，而是被那邪术所惑，做的都是违背他本心的事情。我们或有办法破了此邪术，让莎车王成为真正的莎车王。不知世子可愿意配合？”

班超、耿恭、齐欢、柳盆子几个核心人物，汇集到笼子中心，开始低语商定策略。当然也叫了仙奴，她是唯一可以自由出入笼子的人。

“这世子的性格太软，不然会免去很多麻烦。”班超皱眉道。

“我听你鼓动了他半天，”耿恭笑道，“是想劝他杀了他老子，夺权吗？”

齐欢在旁边听着，重重哼了一声。

“你们军人就是粗暴，”班超一本正经地指责，“只是劝他从权行事，如何能弑父？但是他没有这个能力。看得出来，莎车王是个过于强势的君主，子女由此积弱也是常见的事。现在我们得想想如何能破了摄魂术。”说罢，看向齐欢。

“我墨家并不精通此类读心摄魂的技能，但我听闻，中此术者，大声呼其幼时小名，或能让其恢复清明。所以我听你问那莎车王以前的名字，就明白过来，你识破了这种摄魂术。”

“那日，齐大师暴喝一声，我一度脱出此术的禁锢，挥出了惘然十一的第五剑。”

“那是我墨家的‘离魄声’。我们虽不在心术上下功夫，但会精研阵法，有许多迷魂阵，会利用错觉和幻觉，扰乱你的判断，也会让人一时失了本心。这‘离魄声’就是让同伴不致迷失错乱的。”

“好，到时齐大师就是唤醒莎车王最适合的人了。”

“别叫齐大师了，就叫我老齐。”齐欢苦笑道，“这大巫的摄魂术甚是厉害，上次也只能刹那叫破，最后还不是无法脱困？”

“是，光叫没用，最后还得像风廉那样，杀了施术者才行。”班超道，“我在兰台的时候，最喜欢读这些各流派的奇奇怪怪的东西，发现摄魂术这类的异术，有颇多的限制。譬如莎车王所中的摄魂术，或许是大巫所下，但她留下了‘线咒’，可以由她的弟子，靠咒语重新激活此术，控制莎车王。如果要长期控制莎车王，必须有人在莎车王身边长期念咒巩固。所以我才问那世子，宫中可有来自于阗的巫女或神婆。”

“但世子说没有啊！”柳盆子沉吟道。

“所以，施术者应该就在后妃之间，应该是大巫早就在莎车下了暗棋。”班超道。

“不错，”班昭道，“那罗盖上面，我能看见那道青玉之气。”

“能看出是具体哪个吗？”齐欢问。

“太远了，”班昭摇头，“要是在面前，应该可以认出来。”

“问题是我们时间很紧，”班超道，“我们得让仙奴先出笼子，以最快的速度打开笼子，放我们出去。柳盆子，你身法最快，去杀掉那个施术的后妃！”

“既是暗棋，只怕很难辨认了，”柳盆子摸着鼻子苦笑，“我也没办法去把那些后妃全杀了啊！”

“摄魂术还有一个弱点，就是极容易反噬。我们都帮助老齐去猛冲莎车王，靠近时，用他的‘离魄声’叫莎车王的名字，刹那的醒神，会让施术者得到反噬，必有反应。你一旦发现后妃里谁有异动，立即击杀。”

“听着怎么这么不靠谱呢！”柳盆子面色奇异，“你们这边一开打，那些后妃多半会害怕吧！你让我在一群吱哇乱叫的女人里面，找到有异动的人？她们多半都在那儿异动呢！”

“我说不好，也许都在害怕的女人里，有人异常镇定；也许有人面色迥异……”班超郑重地说，“总之，找到那个人，就靠你当时的灵感了。”

“靠灵感?”

“事在人为，成事在天。”班超拍拍柳盆子的肩。

“哪用这么麻烦?”仙奴突然出了声。

众人都望向仙奴，仙奴的碧眼如霜，却看着班超：“你刚才为什么拦着我去劫持莎车世子?”

“莎车王是个狮子般的头领，未必会接受要挟，到时反而你却危险了，”班超道，“好在没去，莎车王中了摄魂术，那操控者更不会受你威挟。”

仙奴眼波流转，又看向柳盆子：“我会去杀那后妃里的操控者。”

“你能看出是谁?”柳盆子疑惑道。

“控心术这类的玩意儿，我还是懂点的。”

柳盆子在仙奴的笑意里有点心旌摇荡，豁然想起，那日与仙奴一起去偷鄯善王世子时，仙奴竟然能直接抓出个侍者男孩问路，却不至于暴露，难道也是一种摄魂术?

班超有点犹豫：“到时你得先到笼顶打开笼子，只怕会先成众矢之的，再去突入后妃那边，已没奇兵之效了。”

“你的计划有问题，”仙奴也不回头看班超，“我有办法离得她们更近些。”

班超有一点点诧异，仙奴很少这样出头顶他的。

仙奴就在这些大男人几乎贴身的围拢下，开始脱衣服。

“仙奴姐!”班昭忍不住轻声惊叫。

班超正好在仙奴身后，看见仙奴露出天鹅般的脖颈和浑圆腻润的双肩，肌肤白得异乎寻常，有瓷的光泽，只留下一件汉式的肚兜。心道，哪有一言不合就脱衣服的？

班昭挤过来，想要抱住仙奴。

“妹妹别怕，等会儿施展柔术，累赘越少越好。”仙奴把袍子交给班昭，开始解腰带了，身边人才看清，那盈盈一握的腰上，所谓腰带，其实是缠着一条更细的软鞭。

“都别看，闭上眼！”班昭对着身边几个男人低喝。只有耿恭一个老实闭了眼。

“无妨。”仙奴解下隐秘的软鞭，裙子垂落，只剩下亵裤，裸出一双浑圆笔直的长腿来。男人们这回闭眼了，耳边却听见仙奴低声吹起了柔细婉转的口哨，这回连耿恭都忍不住睁眼看，却见仙奴手上那细细的长鞭，像活物一般，在各人的身上，似蛇一般游动，鞭头很快搭在铁笼的栏杆上，盘旋而上。

由于软鞭很细，紧盘着铁栏，距离又远，台下的莎车兵士都没有发现这种异象。软鞭几个旋转，就爬到了笼顶的插棍处，把插棍缠了几圈。仙奴的口哨开始急促，面色也有些绯红，像是催那活的软鞭使力。如果有人在笼上观看，就能看见那插棍被一点点从插口中拔出……铛的一声轻响，众人都知道，被插的门闩已经打开了。

仙奴舒了一口气，那软鞭慢慢游回她的腰间，柔软的前胸在肚兜下起伏。

柳盆子由衷地赞了句：“绝了！”却再说不出新词，心里却想着其他——世上怎么会有这样随意挥洒诱惑的女子？怎么会有这样既绵软又有力的身姿？怎会有这样既清冷又妩媚的气质？

“等会儿你们自己出去，”仙奴转脸看向班超，“你现在把那世子叫过来吧。”

世子爬上了柴堆，径直来到笼前。

台下的莎车侍卫唯恐世子有失，在台下叫嚷，并有一个小队开始往台上冲。

仙奴突然从人缝中钻到世子面前，世子的黑色斗篷很宽大，遮住了台下所有人的视线。仙奴的身体如蛇般滑出了笼子，潜进了世子的斗篷，雪白的玉腿缠在世子的腰上，身体附在世子后背。世子像惧冷一样把身前的斗篷合了一下，转身下了柴堆，外人竟不能看破。

世子用手势止住了刚刚冲上台的侍卫，与他们一起稳步走下了求雨台。

柳盆子忍不住叹息："这家伙，竟有这样的福气。"

花寡妇在身后忽然不动声色地抱住了柳盆子，也叹口气："可惜我的役虫哨被搜走了，不然，我的办法也不会少。"

笼里本来就挤，柳盆子甩了两下也甩不开，不屑道："你的虫能打开笼子吗？"

花寡妇一时无语，在背后咬了他一口。

笼中人一直目送着世子翻身上了马，带着那队侍卫，慢慢地走向那群后妃。

50 暗手

有两个声音，从两个方向，同时喊出了一句话——

“都住手！”

俯冲的黑鹰轰然而散，各自箭一般地飞向天空。不知它们是怎么接受主人命令的。

黑鹰骑的黑缨枪依旧围指着风廉和仙奴。

在这之前——

花寡妇、九剑侍、羽林虎贲等人皆因没有称手兵器，寡不敌众地被制住。耿恭本想一直护着班昭的，结果冲散了。班昭被俘，脖子上一压刀，耿恭就直接交了枪。

而柳盆子本想靠轻功脱离战场，在空中瞟见骠骑们甩出了七八个绳圈——套马索。柳盆子在空中折向，却发现莎车骑兵好像人人都会套马索，一时空中绳套飞扬，终于被层层套住，摔在地上起不了身。

两个声音虽混在一起，但黑鹰骑皆望向左首。莎车王在万众瞩目中纵马缓步而出，他刚才声如沉雷，万军瞬间听命束手，可见其治军的威势。

莎车王望向另一个喊声的源头，却看见自己的世子催马而出，世子的身后多坐着一人，用一截断箭的箭尖，抵住世子的咽喉。

这劫持者戴着骠骑的头盔，也披着一件骠骑猩红的斗篷，身上却还是汉人的装扮。显然是在混战中有意抢了头盔和斗篷，混淆视线，潜近世子身边，一击得手。

莎车王像苍老的雄狮一般，继续催马而行，走到世子马前不到五步的距离，突然做了个汉人的抱拳礼，沉声道："可是大汉的上使?"

班超摘了头盔，露出汉人的发髻："大汉使臣班超。"

莎车王以右拳抵胸，行了个马上军人礼："大汉西域大都尉康果之子——提康，见过上使大人。"

班超放下断箭，不及答话，那世子已滚鞍下马，踉跄地奔到莎车王马边，抱住父亲的靴子，哭道："父王！您可算醒了！"

夕阳落尽，黄昏盛大。

火烧云连天接地，红得汹涌恣意，映照之下，那些奇绝的怪石和依石而建的莎车雄城都显得矮小，更别说那支正在回城的军队仪仗，像一线蚂蚁缓缓蠕动，在通红的背景下都薄成了一片剪影。只有天上盘旋的几百只黑鹰，高高低低，有些甚至在空中悬停不动，让血一般的天幕生动起来。

一块被大风吹蚀得像个巨大的蘑菇的怪石上，站着两个人，不，是三个人——还有一个孩子般大小的人坐在那高大的葛袍人的肩上，矮些的葛袍人站在他们身后。

他们默默地看着那支队伍大半消失在城门内，那个本是祭台牺牲的使团，转眼成为贵宾，也被迎进了城。肩上的"小人"抚着他的那缕额发："这命真硬啊，这道坎都能让他们过了。"

无奈两个葛袍人都不爱说话，鱼又玄只能继续自言自语："那大巫跟我说，先生看到的凶象，背后却藏着吉象。你取凶，我取吉，咱们道不同不相为谋。”

“那大巫不听家主的劝，才有此下场。”那身后的破邪总算出了声。

鱼又玄回头看了看他这个人狼一般的师兄：“大巫岂是那么简单的？像大巫这种异人，我都不敢轻易招惹，班家小儿竟然能连根拔起。”

“我日日观星望气，还是看不到大巫所说的吉在何处，反而越来越凶险。”鱼又玄看着暗红翻滚的彤云，苦涩地摇头，“气运不济，异星笼罩，世人昏沉，只得我等挽狂澜于既倒！”

班超原来以为莎车归顺会是最容易的。

前朝驻军退出西域时，封了最亲汉、同时也是最剽悍的莎车王为西域大都尉，代表大汉统领西域。莎车不免以此自恃，在西域诸国中指手画脚。后来王莽篡国，匈奴势力进入西域，诸国再不把莎车的汉家号令看在眼里。直到先帝恢复汉室，前代莎车王康果，在四十年前，不远万里派使者来到洛都，向先帝再讨西域大都尉的封职。只是当时匈奴势力已大，康果再难靠汉廷号令诸国，有所作为。但莎车与汉家的渊源倒是比鄯善还要亲厚的。

想不到差点还没进城就全团尽墨。

班超进入城门洞的黑暗时，在马上悄悄倾了下身子，附在风廉的耳边：“我不是叫你去击杀莎车王？你怎么没去？”

这才是班超隐秘的后手。

班超并没有把握能解破摄魂术：真的能顺利杀掉施术者吗？施术者死了，莎车王要是没有清醒，而是疯癫了怎么办？班超不可能把所有人的性命都押在一个计划上。

莎车的黑鹰骑比班超想象的难缠，在齐欢被制，仙奴不能第一时间击杀那后妃，还在敌阵中追杀时，班超向风廉发出了隐秘的指令。自己则潜向了世子。

只要莎车王一死，莎车的权力自然落到世子手上，班超要保证世子在现场揭破于阗大巫的阴谋，说莎车王已经不是原来的莎车王了——说起来，的确对世子有些残忍。

但风廉没有冲向莎车王，而是转身救下了堪堪杀掉施术后妃的仙奴。班超有瞬间的错愕，当即改变决定，劫持世子，跟莎车王做最后的赌局。

万幸的是莎车王醒了，和班超几乎同时喝出了那声“都住手！”。

风廉年少的脸上有些歉然，甚至有些慌张：“我看见仙奴姐姐危险，就忘了。”

班超笑笑，很顺手地抚了下风廉的头。

“这样最好，”班超由衷地感到庆幸，随即严肃起来，“这事……”

“不能告诉齐大哥。”风廉有些别扭地闪开了班超的手，纵马跑离了门洞，进入到光亮处。

那一瞬间，班超的内心哀叫了一声：“我是不是太黑暗了？”

洛都的廷尉狱里显得很黑暗。

好像没有谁会把监狱造得敞亮。廷尉狱不大，有时还充当诏狱，关进来的人都不简单。

这天，廷尉狱里来了个宫里的人。这也不奇怪，现在诏狱里还关着个中常侍级别的大太监呢。但这个宫里人显然不是为此而来，虽然年纪不大，好像才十六七岁，但是身边却有廷尉右监引着。

一行人来到一个幽暗的监室，一抹光从高处一个半尺见方的小窗打下来，落在一个悬挂在铁链上、身有血迹的人背上。

“他就是缪翩？”那宫里人问。

“是，他就是废王刘英的心腹，鼓动刘英僭越的要犯。”廷尉右监答道。

“呦，这琵琶骨上也下了钩子。”

“刁神捕说，此犯精通阴阳异术，不可不防。”

“那我跟他说说话？”

“蔡公公请。”

那蔡伦转过脸看着廷尉右监笑：“大人，可能会涉及皇上的家事。”

廷尉右监一凛，斥退了随从，自己查看了一下人犯的锁链，方才退去，并说：“蔡公公小心。”

监室里只剩下两个人，谁也不作声。

半晌，蔡伦像散步一样，围着那悬在中间的人犯踱步：“缪先生，别来无恙？”

那人头发蓬乱，光在背后，给乱发镀了层绒边，面目反而模糊不清。那蓬乱的头动了一下：“这位公公以前见过我？”

“缪先生是阴阳家传人，神机妙算，应该无所不知才对。”蔡伦还在踱着，“‘支离疏’一直把先生追杀到江左，结果先生却突然间消失了，竟搞得‘支离疏’宣布吐哺。”

被挂着的缪先生吃力地转过头想看清这个奇怪的少年公公。的确奇怪，一个宫里的人，却说着江湖话。“支离疏”是江湖上最隐秘也最可怕的杀手组织，出手诡异狠绝，却一直没有吊住这个刺标缪翩，前后设了三个连环杀局，却好似被刺标洞察了先机，在刻不容缓处脱了套。最后一次在会稽郡，“支离疏”发现他们彻底失去了缪翩。放出了几个最善追踪的杀手，有人寻到琅琊，有人被引到汝南，最终都一无所获。此事之后，“支离疏”罕见地吐哺。所谓吐哺，不只是退订，还要在退订后无偿地继续追寻刺标，不死不休。

“刁神捕本来在去年告老了，结果被请出了山，才查出你竟然回来躲在洛阳。”蔡伦不再转圈，在人犯面前不远的矮榻上抱着腿坐了，“刁神捕有个习惯或原则，查案抓人，从不动杀心。他说，一、杀人不是他的本分，那是刽子手的活计；二、杀心触动天机，反而容易被人知晓。缪先生，正因为如此，你再没预算或感知出杀机吧？也不冤，官家和江湖都动用了最专业的人，才把先生抓出来。”

“何苦如此？”缪翩说得有气无力。

蔡伦右肘抵在膝上，右手支着下巴，静静地盯着缪翩。

这段日子以来，蔡伦借用自己的特殊位置，时时露面，总让那些官员以为是皇帝隐秘意图，加速了对楚王英的势力的绞杀。楚王英的亲信和旧部，过千人陆续入狱，被杀者已超过三百。反正那有些死板的齐欢已被支到西域去了——他在的话，蔡伦觉得自己不可能放开手脚进行如此以直报怨，甚至有点失控的复仇。

有关楚王英案，连坐早就席卷到洛都、彭城以外的地方，一时风声鹤唳。

“你真的不记得我了？”蔡伦的声音在监室里幽幽的，像是女子的怨气，“我七岁时，见过你。那时你还是家父的朋友，到我家走动，其实是想探清布局吧？”

“令尊是？”缪翩仔细看了看蔡伦那张有些女性化而哀伤的脸。

蔡伦兀自在说：“后来楚王英的府兵能冲进我家，都是你的破解之功吧?”

“你是，墨家齐良远的人?”

“错了，齐良远是我的人。”

“你真的是那公孙不昧的后人?”

“不相信是吧？因为你们细细地查证过，公孙家的两子三女都死了是吗?”蔡伦冷笑，“你们点起大火，冲进来的时候，我爹战到最后，决定全家赴死。但觉得身边几个用人妇孺何辜？命弟子把他们藏进了地下的密室。林姨是我妈的用人，是个寡妇，有个跟我一样大的儿子，叫蔡伦。但最后林姨却舍了自己的儿子，捂着我的嘴，把我抱进了密室。我们在密室里待了三天，以为能躲过这场劫难，结果正是缪先生你，带着人破解了机关，打开密室，抓了我们。”

“密室里一共有八个人，五男二女，还有我这个孩子。你们反复审问，确定了他们都是用人。”蔡伦回忆起来，眼神开始迷离，“他们虽不是墨家弟子，但为了保全我，都一口咬定我是林姨的儿子蔡伦。”

“即使这样，你们也不肯放手，依旧杀掉了所有男人，把林姨她们送去做坊妓，将我抓进楚王宫，变成了阉奴。”蔡伦缓缓站起来，走到缪翩面前，“齐叔，也就是你说的齐良远，在官坊里找到林姨时，林姨说出我的所在和身份后，就悬梁自尽了。所以，现在站在你面前的，不是什么小黄门蔡公公，是你们害不死的公孙珞!”

缪翩无力地笑起来：“但你公孙家还是绝后了。哈哈……”

蔡伦用手捏住缪翩的嘴，缪翩的嘴不得不张大，再也说不出话来。“留下些庸碌的后代，还不如青史留名。我定会让后人都记住——我的名字。”蔡伦一字一顿地说出了最后一句，另一只手拿出一根钩针来，钩住缪翩的舌头，扯了出来。

被钩出舌头的缪翩，只能呜呜地低号，蔡伦突然由下而上地猛击缪翩的下巴，血一下溅出老远，一截舌头落在地上蠕动。

缪翩的眼神开始散乱，嘴里的血像涌泉一般，咕嘟咕嘟地冒出来。

蔡伦拿出手绢捂了鼻子，轻轻地敲门，那廷尉右监带人冲了进来。蔡伦让在一边，叹息着："嘴忒紧，竟咬舌自尽了。"

麦田玄阵

风推麦浪隐狼顾，
参商相见凶星落。

51 / 狼来了

在莎车也盘桓了二十余日，刚开始的冲突也得让不少人养伤。莎车王虽然脱离了摄魂术，但四个月的控制颇让心神受损，静养了些时日，才和班超等人详谈归服汉廷的细目。而那世子开始逐渐接掌了更多的莎车治理大任。

这日，班超使团在盛大的送别仪式中，离开了莎车。莎车世子随行送出了二十里。

“上使此行救了莎车！”世子最后竟行跪拜大礼，情真意切。

班超在马上还礼，拨马而走。一路寻思，在那于阗王眼里，我们是不是也救了于阗呢？在神权笼罩下，世俗好恶变得不可推算，邦国利益变得不可计算，如今神权萎落，倒是一切变得明朗了。

几乎大部分的人都换上了莎车王所赠的神骏宝马，只有羽林虎贲几个军家子，实在舍不得自己常年的坐骑，没有更换，而是让宝马做了使团的备骑。

莎车王迷失的四个月，竟然能干出举国投降于阗的荒唐事，那其他的外交政策也必是一塌糊涂。所以这次需重新派使臣跟邻国缔约，便派了一个熟悉疏勒情况的臣子与班超使团随行，顺便充当向导。

一路向西，奇崛的风蚀怪石逐渐稀疏，最后是广阔的戈壁滩。滩上常见到早已干涸的远古河道，里面堆满了鹅卵石，浩浩荡荡，好似从天边来，延绵无尽，又拐个弯，到天边去。

如此走了好几日，周边隆起了不高的山梁，像几条龙的脊背，涌动不已。坡地上杂草开始增多，只是草色暗绿发灰，不注意，还以为是荒土石滩的一部分。

耿恭就是舍不得换马的，他的“踏云青”虽然被莎车马追得差点屁滚尿流，但是毕竟从羽林营到现在跟他三四年了。他的马好像在与新马们斗气，总在队伍最前面走着，耿恭只好抚着马脖子念叨：“老兄弟，悠着点。”

风廉在队伍后面，跟在仙奴的身后，突然提了马速来到班超的身边：“风里有股血腥气，还有腐臭味。”

班超高举右拳，示意全队停步。

整个队伍飞快地变成了战斗队形，几个高手聚在前面。“怎么了？”耿恭问。

“风廉说前面危险。”班超道。

“我没说危险，是风有味道。”风廉很认真地纠正。

耿恭伏在地上细听了一会儿：“没什么异动啊。”

“风廉不会错的，小心前行。”班超让队伍保持阵形慢走，派玄英做斥候，疾奔到前面探路。

不过小半个时辰，玄英就去而复返，面色凝重：“全都死了。”

“谁死了？”耿恭问。

“七八里外，好像是一支商队，看起来都死了两三天了，”玄英摇头叹气，“很惨。”

虽然有玄英的报告，但是当使团众人看见那场面时，还是很震撼。到处是撕碎的残肢，散落的货物，横七竖八的人或马的尸体上停驻着百十只乌鸦，看见有人趋近，才轰然而飞，却并未飞远，有的落在十几丈外，从容踱步；有的就在头上盘旋，发出啊啊的叫声。

主要是所有尸体都肠穿肚烂，咽喉撕裂，眼窝只留下两个干涸的空洞，内脏散得到处都是。

班昭看得几欲呕吐，男人们也觉得气氛凝固，无言以对。

向导在尸堆里看了一圈，还抓起了一些动物粪便闻了闻，面色惨白："是狼。"

"只是狼？"班超问。

"货物并没有被抢，说明不是马贼。看他们尸体残破，是先被狼咬死，撕出了内脏吞食，再被乌鸦啄空了眼窝和股肉。"

"要是狼就不可怕了。"耿恭噔的一声，箭已出弦，一只乌鸦从空中跌落下来。

"可怕，"向导缓缓地摇头，"一般商队遇到狼群攻击，必会四散奔逃，就算一个个全被咬死，只怕尸体也得散落个几里地。可是你们看，这二十多个人、三十多匹马的尸体却集中在这一片，说明他们被狼群围住了。你们可能不了解，这戈壁上的狼群，一支也就二三十头，但要围住一个商队，起码要三支狼群。但狼群之间地盘各异，绝不会合作狩猎，所以只有一个可能——这是一支超大的狼群，可能有近百头之多。"

"狼肉好吃吗？"耿恭忽然问。

那向导一愣："不好吃，据说肉又酸又柴。"

"可惜了，"耿恭把弓收了，早有羽林卫把那乌鸦身上的箭拔了递给他，"你说这么大的狼群，应该会有白狼吧？"

"白狼？"向导有些错愕。

"对，我想捉一头白狼。"

"你捉狼做什么?"柳盆子奇道。

"养着拉屎。"

一直有点恶心的班昭，听着忍不住笑出了声，想起这位恭哥在劫法场时，动用的那颗宝贝似的白狼烟。

使团有意无意地加快了速度，隐隐觉得一个超级狼群正在左近。人或许不怕它们，但是伤了马匹和骆驼一样让人心疼。

一直走到傍晚，耿恭眼尖，在远处的山垅上，看见一头狼一动不动地站在那里。山垅被黄昏映得暗红，那头独狼头上的天空依旧是宝蓝色，但有一片巨大的红色月亮升起来。

使团所有人都停了步，与那头狼默默对视。

耿恭目测了一下，那狼离自已约八百步的距离，想要射杀，必须在一百五十步以内。当下催马向那山梁跑去，不过几十步，那狼动了，在原地转了个圈，隐到了山垅的背面。

"那可能是狼群的斥候吧?"耿恭跑回来笑。

向导面色有些变了:"它们只怕不会远了，我们连夜走。"

"至于吗?"耿恭不屑道，"就算整群来了，我包下二十头。"

"我不及虎头的一半，就包八头吧。"玄英跟了一句。

"我包五头。"

"那我六头。"

几个羽林卫纷纷报数。

耿恭算了一下，拍着向导的肩说:"就算有一百头狼，我们几个不等它们靠近，就对付了六十头了。"耿恭又指了一下那九剑侍，"你可能不了解这几位爷，四十头不够他们拔一次剑的，更别说花柳和齐大师了……"

“狼就喜欢天黑，”向导直接打断了耿恭，“夜里它们看得见！”

耿恭沉默下来，真的等天黑透了，羽林卫的弓箭就失去了目标，而己方却完全暴露在狼的眼里。自己虽然能听声射箭，但一个人不可能封住这么大的狼群冲击，到时只怕牲口就会有闪失。

齐欢四周看了看，觉得地势山势都过于平缓，不易借势布阵，沉吟道：“夜里赶路，也跑不过狼吧？夜里跟它们相斗只怕会更危险。我听说狼都怕火，我可以用火堆布置一下，再配一些机关兽夹，应该能守住。到天亮就不怕了，那是虎头的天下。”

“那是。”耿恭深表赞同。

“乘着天没黑，大家尽量去四边多收集枯枝干草，好点火过夜。”齐欢道。

三十几人一起发力，天黑时，收集的燃料快堆成了小山：没有像样的木柴，尽是枯枝败草，还有砍下的成捆成捆的灌木丛。

齐欢领着四个徒弟在一个河床石滩上点起了七堆火，将众人和马匹都围拢在里面。火堆之间又垒了些石堆，布置了一些在众人眼里有些奇怪的东西。然后吩咐大家，见石堆就往左转，见火堆就往右转，就不至于中了机关埋伏。

耿恭将每七人编成一组，五组人轮流值夜，负责照顾火堆和监视四周。

班超作为“班头”，获得了唯一不需值夜的特权。他也没有矫情，就着火堆继续着他的“拼图”大业。

使团的诸人有条不紊地睡觉和轮值，他们没有向导那么紧张，毕竟一路什么阵势没有见过？还怕百十头狼吗？

子夜正是天色最黑的时候，感觉火堆都照不出五丈之外的地方，光就被黑暗吞噬了。班超还盘坐在火堆边，不过抱着他的简睡着了。轮到风廉值夜，就坐在班超身边给火添草。

风廉的内心有些天然地依赖班超，虽然他不承认这人是他的师兄，但此行等于是师父把自己托付给了班超，这种关系，好像比师兄还权威似的。风廉除了上次被师父拉去太乙山“吃风”，就没怎么出过远门，这一路上见识这位“班头”运筹帷幄、指手画脚，还真是好厉害呀。

风廉又回头看了看那挤在一起的三个女人，心道，仙奴姐姐的伤想必已大好了吧？

少年一个人面对火堆，心绪像火一样跳荡不定，以前只想着剑，现在思绪却跑马般地东游西逛，难免跳出一丝烦躁：师父和班头都说自己剑心纯净，现在是怎么了？望着已经透白偏西的月亮，少年第一次忧郁起来。

突然，风廉捅了捅班超，班超蓦地睁眼。

风廉道：“来了。”

班超极目四周，全是黑暗，除了火的噼啪声，再无声息。

“风里有股臊腥味，遇见火就更强了。”风廉道。

“有多远？”

“我怎么知道？”

班超有点无奈：“那我再眯一会儿。”说罢，闭眼不动。

暗夜里一声狼嚎——像凄厉的鬼哭，打破了寂静。班超和所有人都醒了过来，接着听见远远近近，狼嚎此起彼伏，幽幽如泣，让人毛骨悚然。

其实大家看不见狼的身影，却能远远看见昏昏惨惨的许多眼睛绿莹莹地反光。

马在惊恐地躁动，打着响鼻。

耿恭向黑暗中射出一箭，听见一头狼凄厉的惨叫。“妈的，真的有一百多头！”

众人全部执了兵器，护住马匹骆驼，原本值夜的五人，迅速把火加旺，一时火光炽烈，噼啪作响。

子夜已过，黎明将至，枯枝败草迅速地烧尽，狼群做了几次试探，七八头就在箭矢或机关下殒命。于是远远围着，不再靠近。

使团也不再休息，仗着天色微明，开始拔寨启程。

走了数里，发现狼群没有退散，而是在使团右侧的山梁上远远地跟着。耿恭试图带羽林卫去驱散，那狼群不欲冲突，四散奔逃，但见耿恭一组归队后，又聚集起来，远远地跟着。

天逐渐大亮，晨雾还未散尽，耿恭他们也懒得与狼捉迷藏，不再理会那百十头鬼鬼祟祟的影子。

但很快有人发现，大家左侧的山梁上，无声地出现了一支数量也在五十左右的狼群，也在默默地跟随。

使团驱动所有马匹骆驼，开始奔跑，两支狼群也踔动起来，起起伏伏地追赶。

不过半个时辰，远远近近的山梁，竟出现了五支狼群，无声地在左右跟随着。远远望去，山梁上，都是狼背的暗灰色。向导早已面无人色，这是三四百头狼在行进中频频觊觎着使团，迟迟不发动攻击。如果有人能把视角提高，就会发现，还有新的狼群，在山梁后向使团这边聚集。

52 狼王之王

“怎么可能会这样？”向导道，“莎车郊外野马遍地，所以狼群也多，我的父辈曾是猎户，我少时也曾多次打狼，但从没见过这样大规模聚集的狼群。”

“它们还是这样吊着我们，等着晚上进攻吗？”耿恭问。

向导苦笑：“它们都这么多了，我们这些人马都不够它们吃一顿吧。我也不清楚它们在等什么。”

所有人才开始紧张起来，马和骆驼也在惊恐中加快了速度。左侧延伸的山梁在前方拐了个弯，突然陡峭起来，拦在使团的正前方，一头宛如小马般大小的白狼站在山梁陡崖的最高处，两边站满的灰狼就显得矮小瘦弱，甚至猥琐，但也有密密麻麻的一百多头。

耿恭眼神一亮：“好大的白狼！”

“这就是传说中的狼王之王吧？”向导喃喃自语，身子发软，“我们完了！”

“不行就放弃骆驼。”班超沉声道。

向导像崩溃一般：“四十年前，老莎车王曾派当时的黑鹰骑夜袭疏勒，三百黑鹰，斩敌五百，却毫发未伤，但在回程时，据说遭遇了一头白色巨狼，统领着狼群……后来只回来了一半！”

班超远远盯着那只白狼，那白狼却仰头向天，长啸起来，啸声竟不凄厉，反有点像吟唱。四边山梁上灰压压的狼群，竟都匍匐在地，呜呜有声。

班超大喝一声："跑！"

三十六骑弃了骆驼，带着十几匹备骑的战马，向右侧全速疾奔起来。蹄声如炸，蹄烟瞬间腾起，模糊了奔马的影子。

白狼停了长啸，有些急躁地在原地转了个圈，突然在山梁上奔跑起来，六七百头狼像得到了命令，纷纷从伏地状态悍然跃起，朝着三十六骑追来。

班超马上回首，看见八九头被放弃的骆驼，也在全速奔逃，跟在马队的后面。骆驼后面是从两边山梁奔下的狼群，脊背一拱一拱的，像一片灰色的波浪。骆驼毕竟速度有限，终被狼群赶上，给撕咬住后腿，骆驼身躯高大，如山一般，哀嚎着一头一头地倒下去，身躯瞬间被灰色皮毛盖满，缝隙间血肉横飞。

其他的狼并没有因此停止脚步，继续追逐着使团。那只白色巨狼，从山梁的侧边跃到了狼群里，完全是"鹤立鸡群"，步幅是普通狼的两倍，一路"劈波斩浪"，就跑到了狼群的最靠前的部分。

耿恭拖在最后，竟然大笑起来："这畜生下来就好，且看我把它射了！"

柳盆子大笑道："不留着给你拉屎了？"

耿恭喊："留下它，我们自己就没屁股拉屎啦！"

除了女子，其他人都哄笑起来。

那向导还在埋头赶马急奔，心道，这群汉人怎么回事儿？这节骨眼还在大声说笑？不禁为这种豪气心生敬仰。

耿恭回身看见白狼在两百步外，不在精准的射程之内，突然带停了马，转身反向狼群奔去。耿恭胯下的“踏云青”，从没见过狼，出于对主人的信任，无所畏惧，恰如黑色闪电一般突向狼群。耿恭将长枪横在鞍上，嘴上叼着两支雕翎箭，左手执弓，右手执缰，瞬间就与狼群迎面撞上。狼群前方的恶狼极其凶悍，面对耿恭的马势竟然不避让，而是纵身跃起，咬向“踏云青”的脖子。耿恭一扯缰绳，“踏云青”前蹄高举，踢开两头狼，身体直立起来，两只铁蹄落下的时候，又踩碎了另两头恶狼的头骨。耿恭陷身在狼群中，一声长笑，一箭射出。那白狼已离耿恭不到百步，弓弦一响，白狼不愧为狼王之王，极有灵性，立时觉察到前所未有的危险，但箭势如电，已到眼前，腾身向边上急窜，都未完全避开，箭射入白狼的后腿，把空中的狼王生生横带出几尺，跌在狼群里。

耿恭嘴角翘起来，似已料到，另一箭正射向白狼跌落的地方。那白狼在地上一骨碌站起，箭直奔咽喉，再无可避！

就在此时，一头灰狼跃起，挡在白狼身前，被箭羽洞穿，摔在白狼的身上。

所有人都震撼了，狼竟然会舍身护主？这还是畜生吗？

班昭一声娇叱，胯下的红马，已向狼群冲去。

众人一愣，齐欢、风廉两人也要拉马掉头，班超大喝一声："继续跑！"自己却回马追了上去。

耿恭也是愣了一愣，没想到连环箭未拿下狼王之王。

那白狼的鼻子完全皱了起来，露出钢钉一般的牙齿，显得狰狞凶恶，死死盯着耿恭，发出低嗥。

耿恭的身前身后，围满了灰狼，也一般地龇牙低嗥，慢慢趋近。耿恭的长枪一抖，挑了逼得最近的狼，枪身一甩，抖出一个好大的弧度，几条狼被“鞭”了出去。耿恭一丈的长枪如同一条飞舞开的怒龙，狠辣犀利，在狼群中没有一枪走空。

“踏云青”四蹄乱踏，伤了不少狼，但狼群堆在马头的方位，专要攻击撕咬马的脖子，耿恭的鞭枪甩开，狼尸四飞，却抽打不散。忽然听见背后有个声音在喊：“恭……小心！”耿恭闻声一震，背后一团白影，猛地扑到了脑后。原来那白狼在狼群里匍匐而行，已潜到耿恭身后，看准时机扑杀而出。耿恭大喝一声：“娘的！还玩兵法！”回过枪来，但已然不及，一个巨大的白狼头，张着大嘴，利牙上挂着涎液，向耿恭的面门咬来。耿恭的枪杆抡不开，只能横在手里，架住了狼嘴。白狼身躯巨大，竟把耿恭连人带马，一并扑翻在地。

耿恭死死地架住狼嘴，那气息和涎液都扑在脸上了，耳边听见“踏云青”的哀鸣和群狼撕咬爱马皮肉的声音，不禁心里一酸，又有狼涌上来，咬住了耿恭的胳膊和小腿。突然那一刻，有一声清晰的箫声。只有一声，短促急锐，一根钢针破空而来，射入白狼的脊背。

示警的正是班昭，她连人带马不管不顾地撞进了狼群，眼见白色巨狼扑倒了耿恭，班昭惊呼了一声，提马纵到空中，嘴衔箫口，吹出一支钢针来，钉入了白狼的内脏。

白狼张嘴松了枪杆，发出一声痛呼，已是怒极，转身向班昭扑去，势如疯虎。耿恭手疾眼快，撒了枪杆，一把抓住白狼的尾巴。白狼的扑势稍减，但依然把耿恭带着飞起来。

班昭的马势也疾，陡见白狼对冲，已来不及反应。忽然间，班昭觉得时空黏稠了，周边的一切都慢了下来，能看见空中白狼湿乎乎的鼻子在张大，脖颈的白毛在慢慢地飘逸起伏，身后的尾巴被恭哥拉住，身体起伏，也在飘，身上还挂着两头不肯松嘴的灰狼……

剑意。

这是二哥的惘然剑意！

班昭的箫吐出了一尺三寸的剑尖，从容地递进白狼巨大的嘴里，但这白狼的冲势太猛，整个箫剑都没在狼嘴里，依旧止不住，一直到班昭伸进去半个胳膊。

嘭的一声，班昭被白狼撞到马下去，耿恭兀自不松手，脸摔在狼屁股上。

剑光如练，如长江大河，又如千梅吐蕊，星星点点。周围一片都是恶狼的断肢，转眼间，几十头狼支离破碎。

耿恭当然知道是谁来了，舒出一口气来，却听见那讨厌的声音道："你就这么喜欢狼屎？要去舔吗？"

耿恭把深埋在白狼屁股上的脸抬起来，呸的一口，吐出嘴里的狼毛，却不看赶来的班超，嘴里叫的却是"小昭？"

班昭早已抽出了箫剑，站在呆呆坐在地上的耿恭面前。耿恭看见这个义妹满手满脸的狼血，却对自己绽出一个笑容来，梨涡浅现，就被脸颊上的血流下来填了。他不禁痴了。

班昭得意地挥着箫："这狼王之王可是我杀的！"

班超低骂道："疯了？上马！"一伸手，就把耿恭拎到自己身后的马背上。两马三人，转瞬就奔出了那不再攻击的狼群。

狼群几乎全停了下来，就近的一批聚在白狼的尸体边逡巡不去。无数的狼眼里映着那远去的两匹战马，耸立的耳朵里回荡着少女的欢叫。

耿恭伏在班超的身后，傻傻地笑着，听着班昭的欢呼，仿佛又回到了他们三个当年所向披靡的少年游侠时代……

嗅着白狼尸体的一头老狼，扬起头来，对着苍天嗥叫起来。

聚集在此的几百头狼，都各自扬起脖子，发出哀鸣。狼嗥本就似婴儿哭泣，五百多头狼一起哀哭，一声紧追一声，音调凄凉，最终合在一起，声震四野。

三十六骑都住了马，马匹都在狼鸣中忍不住瑟瑟发抖，每个人都听得寒毛倒立，发根上指，有种帽子都给顶高了的错觉。

嗥声中悲戚满溢，直通人心，甚至可以听出其中压抑的愤怒，被高扬的狼头吐向高空。班超抬头望去，天竟然阴了，高耸的乌云坍塌下来，铺满天际，不禁有些色变，一带马缰，喝一声“驾”，三十六骑再踏尘烟，尽量远离这片悲哀的狼群。

53 / 野麦子

耿恭早在腿上缠了绷带，手臂反而没事，但几颗狼牙已经嵌在他的铁护腕里。

耿恭换了一匹备骑的莎车马，却给它取了个名字叫“小青”。

“虎头，看清楚了，它可是匹白马！”柳盆子没心没肺地叫，没留心虎头跑在最前，在马背上绝不回头，因为泪流了满脸。

耿恭想起他的二哥来，那个沉默寡言，若干年都为天子牧马的龙马监。他少时去二哥那里玩，二哥说教他骑马和认马，他笑说马谁不会骑？二哥却说：“不会认马就不会骑马。你看这匹，几马同槽，它绝不会去猪狗般地争食，依然昂首抖鬃，说明它的志向不在槽枥之间，而是千里之外。这样的马也会认人，只要你体会它的高贵之心，与它同体同德，它会为你无论多危险的地方都敢踏足，至死都不会停步。战场上，骏马大多不是战死的，而是为了主人绝不停息而累死的——这就是马的德行。”

马队跑出山梁遮蔽，视野陡然金黄，满满登登的金黄！砸在所有人眼里。

一月成行，二月见绿，三月苗长，四月穗成，五月露芒，六月金黄……

在使团面前，是一片延绵千亩的金色麦田。

细看，这麦子远比汉地的要高，能达到人的胸部，麦穗却比汉地的细小，但芒须更长。麦田里间杂着淡黄的蒿草，几乎比人还高。

“这麦田里怎么有这么多草？”齐欢皱眉道。

“这是野麦子，”向导说，“我们来到麦子地了。”

“路还对？”耿恭问。

向导前后张望了一下：“狼群堵了直路，我们穿过麦田，绕一下也行。”

“穿过去！”班超一挥马鞭，三十六骑驰进了茂密的麦田，像犁出了几十道缝隙，向深处延伸，但身后的缝隙在慢慢合拢。麦田在风里展出水样的波纹，三十六骑的身影仿佛在麦浪起伏中颠簸摇摆，忽隐忽现。

在高及马背的滚滚麦浪中奔驰，就像在金色的巨毯上飘移。乌云越压越低，浓重的铅灰色的天幕下，汹涌的麦田越发灿烂得刺眼。

使团将速度放慢下来，发现麦芒原来是会伤马的，给马的腰身留下了许多细小的口子。

“怎么会有这么大的野麦田？”班超和向导聊起来。

“据说吧，两百年前，你们汉人，就有一支军团在这儿屯田，前前后后屯了一百年吧。一代一代的，生了许多孩子。有一天突然就被灭了，留下的麦田就自己疯长了一百年，变成这样。周围的人管这叫鬼麦子。因为麦子没人管，也不该长成这样高这样密的，所以就有人说，是汉军的鬼魂在继续种麦子，还越种越多。”

“谁灭的？”

向导有些尴尬：“我也不知道，大概是匈奴吧？”

没说几句，如丝的细雨飘了下来，细得几乎看不见，却击落了许多空气中的灰尘，所以大家都闻到了刚落雨时水汽混合尘土的那种味道，随后却是浓烈的麦香弥漫开来，腾起淡淡的雾气。

这种雨最难防备，本都不当一回事，也懒得拿雨具，不经意间，却湿透了衣衫。走着走着，左右常有异响，众人拔刀张弓，发现却是飞鸟扑棱棱地飞出。原来麦田里的鸟窝极多，在它们眼里，使团才是不速之客。如此大家逐渐才习惯了这时时到来的一惊一乍。雾气越来越浓，使团不再有人说话，只有瑟瑟的马蹄踏倒麦秆的声音。

如此走了半个时辰，齐欢突然喝了句："不对！都停下！"

齐欢跳下了马，来到队伍的最前方，在麦田里扶起几株倒下的麦秆，还伏身闻了闻，还有植物汁液迸发的青气。

"这是我们前面踩倒过的，我们在转圈！"齐欢站直了身形，斗笠很大，倒像极了耕种的农人。

班超一惊，而耿恭脚上一蹬，就站在了马鞍上，极目四望，才发现雨雾早已朦胧了视觉边界，八方只有鲜黄湿漉的麦田，却看不到远山或其他方向的参照物。班昭也看了看，对班超摇头："完全看不到什么特殊的晕光。"也就是说，三十六骑在麦田里迷失了方向。

"继续走，"班超指了一个方向，沉声命令，"边走边做记号。"

马上有羽林卫在一株一人多高的、比较突出的蒿草上扎了一条红布条，走出七八十步，又寻株高枝扎了布条，再走七八十步，第一处的红布记号已在视野中影影绰绰，眼看就要失去，立时再做记号，与前两个保持一条直线，如此在麦田中就可保持一个方向前行。

如此又走了小半个时辰，麦田依然看不到尽头，三十六骑就像一串莽撞的石子，滚进了一个金色的梦境里。

“要出来了！”有人欢叫。

前面的人的确发现麦田开始稀疏，而且被分割成了好多小块。队伍开始加速，这应该是到了野麦田的边缘处了，跨过这些零散的麦子区域，应该就是“陆地”了。走了一百来步又觉得不对，麦田又开始茂盛了，而且那些区块之间的麦子又好像太齐整，像是人工犁出来的一般。

齐欢又跳下马来，稍做观察，就发现麦子的区块之间其实是被人割倒了，细看泥里的麦茬儿，倒也不是刚割的，但也不会太久，顶多有个十天吧。齐欢顺着这些伏麦来回地走，才发现麦田里充斥着这种人工走廊，纵横交错，在远处却因都是金黄满眼，反而看不出来。

这些割出的“走廊”没一条是直的，都是弧形的，但弧形的通道相互交叉，在其中行走最易迷失方向。如果这时有人能在足够的高处俯瞰，就能看出，这些倒伏的麦子和直立麦子，形成了一个复杂的“麦田圈”图案——一个圆圈套着一个圆圈，一个圆圈切入其他的圆圈……层层叠叠，占了方圆数里。

“快撤！”齐欢惊惧地喊，“原路退回去！这是迷阵！”

使团也不慌乱，还是队尾变成队首，向原路返回，走了不过几十步，就有羽林卫高喊：“记号不见了！”

耿恭立刻下马，伏地而听，半晌，沾了一脸泥站了起来苦笑：“我都听见田鼠打洞了，也听不出什么其他异动来。”

“收拢队形！”班超喊，四周看了看，“肯定是有人不想我们出去。有雨声，还有惊鸟扑飞的掩护，那人只要现在趴着不动，我们就一时找不到他。”

柳盆子也有些挫折："这人只怕是一直跟着我们，就算有些干扰和麦田掩护，他能在百步之内一直砍掉我们的记号而不被发现，肯定是个潜行高手！"说罢，看了一眼仙奴。仙奴缓缓颔首，那双漂亮的蓝眼，像豹子一样眯起来，观察着四周。

班超和齐欢迅速地纵马在阵边跑了几个来回，又会合在一起。他俩算是三十六骑里最懂阵法的。

"有些像奇门遁甲，但又不太相同。"齐欢沉吟道。

"不是奇门遁甲，"班超摇头，"奇门一千零八十种局相，无一种与此相同。"

齐欢惊道："一千零八十种局相你都记得？"

"死记硬背罢了，未必了解其中的窍要。"

"那也很厉害了，"齐欢由衷地感叹，"不识阵就切忌深入，还是慢慢退出稳妥。"

诸人知道已陷入了局中，都谨慎起来，随着班超和齐欢的指点，一步步地向阵外退却。如此却忽略了那些无人骑的莎车驹，这些马不通危险，有几匹就离队伍远了些。突然那离队伍最远的马凄厉地嘶鸣起来，而它身边的另一匹，似受了惊，狂呼着向远处奔逃。

几个动作最快的人，都拔了兵器突了过去，但见一匹马倒在麦田里，一条后腿骨肉撕裂、鲜血淋漓，挣扎不已。而那奔远的惊马，在麦田只能看见它高昂的脖子，突然也嘶叫惨呼、蹦跳不已，随后没入麦田，再无声息。

是狼！大家几乎都面无人色，那几百头狼也追到麦田里了，而且就在身边左右潜伏着。

三十六骑在荒野里被群狼追堵时，都不曾害怕，但现在不同了。狼的身形高不过三尺，在麦田中潜行，完全看不见踪迹，不到身前不可能发现。如此，哪怕是耿恭这样的神箭手，也毫无用武之地，狼的危险性陡然增加了一倍还不止。可怕的是这些狼并不盲目进攻，稍有马匹落单，就即刻围杀；遇到回击，又全部隐没。

三十六骑只能全神戒备，越聚越紧。齐欢喝了一声："把麦子伐了！"手上的银锤一抖，展开了一个由三十六把柳叶刀锋组成的"翅膀"，向麦子卷去，几下，麦子就倒伏一片。众人当下醒悟，刀剑都向麦子砍去，不一会儿就清出了一大片空地，就是有狼偷袭，也会现出身形，给大家反应的时间。

向导有点崩溃，立在空地的中央，拢着马群，颤声道："狼怎么会跟来呢？一般狼王死了，那些狼只会撕咬争斗一番，直到再选出个狼王才会再次集结起来。"

"我也觉得奇怪，"班超回头看了一眼麦田里布好的迷阵，"我们从遇见狼群开始，它们就赶着我们跑，好像就是为了把我们赶进麦田，在麦田里方是它们的绝杀之地。可是狼毕竟是畜生，不可能布阵，也不可能毁掉我们的记号。那只有一个可能——有人在役狼！"

54 阵中阵

“不可能！”这回竟然是花寡妇在质疑。

“就许你役虫，不许别人役狼？”柳盆子道。

“役虫容易，役兽难，”花寡妇白了柳盆子一眼，“因为兽比虫有自己的意图，役起来极为费事，数量也不能太多，往往指令也极简单，无非是攻击或散去。像今天这样，几百头狼，跟军队似的，我花家是难以想象的。”

“难道这些狼成精了？不过也不怕，狼来虫挡！”柳盆子一拍花寡妇的肩膀，“看你的啦，叫一堆毒虫照样能蜇跑它们！”

“你傻吗？你见过下雨天有虫飞吗？”花寡妇充满了不屑。

“下雨天倒是蚯蚓爱出来，不知能不能咬狼一口？哈哈！”耿恭撞了一下柳盆子的肩膀，“你傻吗？”

被调侃的柳盆子却不答话，杀气陡现，死死盯着麦田深处，慢慢浮出一个人影来。

那人在麦田里只能露出头与胸，披着葛袍，扛着一把巨镰，脸上却是一个青铜色的鬼脸面具，慢慢走到空地的边缘，就站着不动。众人看不到面具后的眼睛，也不知道他看的是谁。

“原来是你！”柳盆子低喝，“还说谁会有这样的潜伏功夫，是吧仙奴？”

仙奴不理，只是在班超的耳边道："那日在鄯善劫世子时，撞见的就是这人。"

"就是你们说的'人狼'？"

"嗯。"

班超对着那人打个哈哈："这位先生骨相清奇，该不是狼妖吧？这些狼想必都是先生的属下吧？"

那人侧着头，好像在看班超，细雨打在金属面具上逗留不住，滑落下来，仿佛人在流泪。

"班超？"声音尖细，雌雄莫辨。

"不错。"

鬼面人一扬手，向班超扔出一个两寸见方的锦盒来，轻飘飘的，一看并不想伤人。班超用剑一点，那锦盒就粘在剑尖上。花寡妇上前，隔着手绢抓起锦盒，嗅了一下："不像有毒。"就开了锦盒，里面露出一方陶章来。

班超面色一变，抓过陶章，只见章钮上，刻着一只小小的獬豸兽，章面上刻着"班氏"二字。

"你是何人？这陶章从何而来？"班超森然道。

"小心，他的速度可能比柳哥还快。"仙奴低声道。

柳盆子的杀气更盛，伞却撑开了，挡着雨，细长的眼睛斜看了仙奴一眼，淡淡地说："那就让你们看看谁更快。"慢慢走出人群，一个人迎向鬼面人。

两人相距不过三丈，一人执着镰，一人撑着油纸伞，在雨中默然相对，气氛凝固得好像他们之间的雨都落不下来。

鬼脸人突然扬起头来，发出狼一样的长嗥。

四方的麦田如浪抖动，发出窸窸窣窣的声音。

"结剑阵！"班超刚喊完，就看见麦丛里的狼群，若投石一般地蹿出来。

“这是要群殴呀！”柳盆子甩手对着狼群就打出一片满天星，自己倒飞回到九剑侍的剑阵之后，众人就像刚才割麦一般，刀枪舞得如风轮，护着马匹向后退却。

狼群前仆后继，在殿后剑阵的绞杀下，四分五裂，漫天血雨。齐欢和柳盆子一左一右，他俩多变的武器最适合群殴。班超、耿恭护住三个女子，挑杀漏网之鱼，墨家四徒与向导牵马，羽林卫、虎贲卫挥刀护马，一路急退，不过一刻的时间，周边的麦田就被狼血染红，麦田下躺着两百多头狼的尸体。

那鬼面狼人并没有参与攻击，站在原地未动，此时远远地一声狼嗥，疯狂的攻击陡然停止，发疯的狼群瞬间退却，几步跳跃，就隐在麦田里不见了。

众人惊魂未定，喘息连连，虽然时间不长，但短兵相接，极耗体力和心力，仿佛不亚于在伊吾与匈奴的那一场血战。

班超一直握住妹妹的手，非攻剑停在胸前：“怎么就撤了？坏了！我们被逼进迷阵深处了！”

如果从高空俯瞰，这麦田圈，层层叠叠的中心，还有个低矮的草棚，而三十六骑在麦田阵里茫然四顾，离这草棚不过十几丈，却谁也没有发现。

草棚就是麦秆所扎，比麦田还矮几寸，难怪不易发觉。草棚里盘坐着一个袖珍的神仙般的人，正是鱼又玄。棚外也盘坐着一人，身材高大，披着蓑衣，就好似一个稻草人。

“师兄还是太心疼他的狼了，”鱼又玄对着那稻草人道，“如果把那些狼群耗尽，他们怕是剩不下一半人。”

稻草人当然是铜手，并不答话。

鱼又玄也习惯了，继续自顾自地说：“不过人都进来了，狼血也够了，我们就启阵吧。”语调柔和。

所有的马开始原地打转，焦躁地甩头跺步，仿佛比刚才遭遇狼群攻击还要恐惧，却又不敢逃离，好像外围竖起一道看不见的高墙，或有什么恐怖恶兽镇守，令它们难越雷池，只能就地徘徊。

众人开始安抚马匹，却发现四周的雾气升腾起来，连五六丈外的黄金麦色都看不见了。雾气仿佛狼血蒸腾而出，竟是淡红色的，透着诡异的气氛。这血雾也很古怪，班超多看片刻，蓦地眼前一花，视线竟模糊起来，仿佛有个无形旋涡将自己东拉西扯，当下不敢再动，生怕踏错一步便要身陷其中，不能自拔。

“都别动！”班超喊道，却听见许多“别动别动”的回声，好像声音在雾气之间弹来荡去。班超紧紧攥着班昭的手，把妹妹护在身后，班昭也自然地与哥哥背靠背，用铁箫指着血雾。

“是幻阵！”齐欢在喊。

“这回给人彻底算死了！”班超恨声道，“这路线，这狼群，这麦田阵，甚至包括这天气！”

“这雨难道是招来的不成？”花寡妇惊道。

“不好说，起码是算到了这场雨。有了雨，你的驱虫术就没有用处；有了雨，我们也无法用火或用烟驱逐狼群。还有，所有幻阵、迷阵最怕的就是光天化日，最适合在阴气茂盛时发动。”

“还有这样的人？”齐欢沉吟道。

“我说班头，你是不是想多了？”耿恭干笑道，“小昭，你再看看，我们头上的气，可有要死的迹象？我就信你。”

“我看不见！”班昭喊道，血雾越来越重，近在一两丈的人都开始模糊，“这个血雾，好像能遮蔽气运！”

众人细看，那淡红的雾气果然在周遭流动，还在几处打着旋，就像旋涡，慢慢移动，突然又消散，消散的红烟造型各异，忽而是衣带飘逸的精灵，忽而是展翅的鸟兽……

“别盯着看！”齐欢这一声断喝，用上了他的“离魄声”。

众人急忙收眼，果然恍若梦醒。

“这阵也不是没有弱点，”齐欢思虑半晌，“以麦田结阵，简易方便，但毁起来也太过容易，我割倒几片试试。”说罢，在两圈交界处，割翻了几尺见方的麦子，抬头望去，果见红雾开始变化了流向，当下心里有些笃定，又走向一处，割倒一片麦子，红雾流动好像出现了一个缺口，以可见的速度流散，不一会儿，大家觉得能见度好了一些。

齐欢舒了一口气，望向班超：“好像是碧水阵的变种。虽有变化和伪装，但几个窍要相差不会太远。”

班超闭眼将那碧水阵的局相在脑中温习了一下，突然说：“不对！”

但已经晚了，齐欢已经带着四个徒弟对着一处麦子开始大肆砍伐。他们觉得远处的红雾陡然倒灌过来，各自视线一下受阻，众人反应就是要依在一起，结果就传来一些刀剑相触的声音，接着是“是我！”“怎么是你？”“有古怪！”等一连串的声音。

班超也看不见周遭，当下在地上抓起一把泥，捏了几个泥团，向外弹去，果然传来几声“有暗器！”“谁弹的泥巴？”。

班超大惊，那几处泥巴明明是向他印象中无人的地方弹出的，怎么都射向了自己人？当下大喊：“都别动！方向、位置都变了！”喊完却不见回应。班超细听，也听不见别人的任何声息，天地一下静寂无言。“人呢？”班超又喊了一声，发现声音仿佛压扁了，干涩，再无回音，好像完全消解在浓郁的红雾里。他当下抓紧妹妹的手，能感到班昭或自己手心的汗。

半晌，班昭颤声道："他们还在吗?"

"不知道。"

"我看不见了!"班昭惊道。

班超也一样，眼前开始越来越亮，白茫茫一片，连红雾都看不见了。眼前越来越刺眼，只能闭上眼睛。

班超耳边突然传来一个柔和的声音，轻轻道："向左四步。"

班超一惊："尊驾是谁?"

班昭靠着班超的后背："什么尊驾?"

"小昭，你听见有人说话了吗?"

"谁说话?没有啊。"

班超耳边又响起："向左四步。"

班超又问班昭："听见了吗?"

"什么呀?"班昭嘟囔。

班超不再问，带着妹妹向左踏了四步。那声音又起："向后两步。"

"向前五步……"

班超遵循那声音走了四五十步，眼前渐渐也能视物了，看见一个低矮的草棚，草棚里盘坐着一个仙风道骨的小人儿，边上还坐着个魁伟的披着蓑衣的大汉，两人相映成趣，显得小的愈小，大的愈大。

班超回头看班昭，见妹妹兀自闭着眼，就道："睁开眼吧。"

班昭睁了眼，却一脸的茫然："太亮了，还是看不见呀!"

班超惊异地盯着眼前的两人，那小个子"神仙"道："她看不见的，也听不到我的话。"正是那引班超走到此处的声音，却不是从前方传来的。班超知道自己并没有出阵，在阵域里，声音、形象、知觉等俱扭曲歪斜，所见所听都未必是真。

班超将班昭挡在身后，凝视着那棚中人——

“阵主？”

“不错，”那人笑，“班超？”

55 鱼又玄

班超细听，还是不能确定声音的方向，当然也不敢贸然攻击眼前的两人，怕都是折射的虚像，一剑递出，反而伤了自己人。

“二哥，你刚才在跟谁说话？”班昭颤声道。

“小昭，别说话。听见什么都别说话。”班超同时紧握了两下妹妹的手。班超转脸盯着棚中人：“阵主能封人五官？”

“我只是隔绝了五色和五声。”那声音道。

“我却能看见你。”

“那是我在你站的位置，留了个通气的地方。不然你错一步看看？”

班超向前试探地踏出了半步，眼前的两人即刻模糊起来，白光耀亮。班超退回来，一切又恢复了原样。

“那为什么不在这个位置上，也只有我能听见你的声音？”班超问。

“因为这个阵是为你设的。”

“怎么讲？”

“那枚班氏的印章在你身上吧。我在上面做了符印，你其实是这个阵的阵标。我启动这个阵，时时都在感应着那个符印，也就是你的所在。”

班超收了剑，把手伸进怀里，捏着那枚陶章。

“舍不得捏碎吧？毕竟是你父亲的物件。”那声音道，“你捏碎也没用，那符已经下到你身上了。”

“阵中阵？”班超把手垂下，眼也垂下。一身剑夫子说的“死气”如细网般铺天盖地漫出，感应着阵意。

“哦？你看出来了。”那声音竟有点欣赏。

“前面老齐说此阵是碧水阵的变种，倒启发了我。你这并不是碧水阵的变种，其实是碧水阵的前身——覆血阵。当年九天玄女授轩辕黄帝奇门遁甲，共推演出一千零八十种局相，最终困住兵祖蚩尤，据说战得极为惨烈。后来姜子牙重新整理推演，将其中十八种过于有伤天和的局相做了修改，其中就包括覆血阵。我原以为这种邪阵并没有流传下来，只是个传说，想不到还真有人不顾廉耻，使用如此恶毒的伎俩。”

“你真是博闻强识啊！就是话说得有些陈词滥调。当年轩辕黄帝，为击败蚩尤，不仅使用过覆血阵，还亲自杀了自己的部下——夔牛和雷神，将夔牛的皮做鼓，将雷神身上最大的骨头做鼓槌，只为震散蚩尤布下的大雾。你说这是正是邪？”那棚中人将自己垂落的那绺额发娴熟地拨到耳后，“你没见过覆血阵，却能认出来，倒是不俗。”

“我是见你使用狼血催阵，凭着古籍上几句零星记载，猜出来的。单是覆血阵也不可怕，原阵要利用山势，再用木石建造，或是你事出仓促，只能在麦地上设阵，极易破毁，你就在这覆血阵上还叠了个符阵。我们一旦开始割麦破阵，就等于将你的符继续画下去，触动了你设好的另一个幻阵。”

“好厉害，不枉我这么看重你。我来自我介绍一下吧。”

“我知道你是谁。”

“哦？”

“鱼又玄。还有铜手前辈。”

“你竟然知道我？”

“我留意你很久了，也知道你在西域。”班超说话并不抬头，“铜手前辈跟我们交过手，不难辨认。只是那位戴鬼脸面具的仁兄，想不出是谁。”

“那是破邪师兄。”

“破邪？”班超在脑子里搜寻了一遍，对应不出什么结果。

“破邪师兄在江湖上有个称号，你一定知道，叫横行天狼。”

班超心里一震，竟是横行天狼。江湖上有三个杀手组织最为可怕，分别是“支离疏”“山鬼”和“天狼”。“支离疏”名声最大，出手干净，价格最高。“山鬼”手段奇诡，据说杀手皆是女子，或藏于乐坊妓寨，或在河边浣衣，或在街巷卖花……让人防不胜防。最神秘的就是“天狼”，只有孤身一人，出手不过四次，但杀的尽是江湖最硬的角色，其中“怒狮”战天一家，号称一门五杰，被一夜屠尽。由于出手不多，手段暴烈，不见活口，反而没人说得出横行天狼更多的细节。

班超冷笑：“请铜手和天狼这二位杀神来设局，怕是代价很大吧？”

鱼又玄一愣：“他们？无须代价，他们本就是我鱼家的家臣。”

班超心里又一震，一个术士会有这样可怕的家臣？

“看来班彪没跟你说过我鱼家呀。那你是怎么知道我的？”

“这有何难？苏朗舍命来诬告我班家，我就觉得蹊跷，稍微查了一下，就发现苏朗身后应该是你。连廷尉府都要找你，只不过被你逃了。”

“也是，”鱼又玄惧冷般将身上的狐裘掖紧，“本来以为皇帝会将你班家灭门，偏偏班固一人出来顶了全罪，皇帝又是个好名心软的，结果被你跳出来一举翻了案。”

班超怒道：“我班家与你有何仇怨，你要如此苦心孤诣地一再设局？你也是汉人吧？却为了私怨，竟然投靠匈奴，毁害汉邦大计。”

话未说完，被鱼又玄的大笑打断：“我不是什么汉人，我是殷人。”

班超一愣：“殷人？”

“我与你家也没有任何仇怨，”鱼又玄抬眼望天，脸上露出决绝的神色，“我做这一切，只是为了匡正天道！”

雨已经住了，湿漉漉的麦田在风中翻滚起来，波痕不再轻盈，显得有些暴躁，犹如一排排坏脾气的黄金姐妹，手拉手在风中跑来跑去。

麦田中心有一团红雾却风吹不散，只是缓缓涌动，像麦田着起的一堆火。

“火”的边缘，麦子一片凌乱，不远处站着执镰的破邪，身边或坐或卧着不少灰狼，有几匹像狗一样，依在他的脚边。

从高空看，“火”的中心，其实没有火。血雾形成了一个环形，中间空出的是鱼又玄的草棚，红雾的内环边，站着班超，拉着闭眼的妹妹，却背对着鱼又玄。

阵意的交错却使班超能看见身后的鱼又玄，还在继续交谈。

“我鱼家才是真正的史家！”

今天的震撼对于班超真是一个接着一个：“你是史家？”班超的声音近乎呻吟。“我鱼氏本是殷商的史官，后又发展出尹氏和微氏，还有你们班氏。纣王暴虐，史官出逃。除了鱼氏，都逃去周原的文王那里，与西戎共处。武王灭商，周公迁殷人立宋，鱼氏也入了宋国。而尹氏、微氏则去了其他的诸国。你班氏留在周原……浩浩八百年，史家又流出了董氏、司马氏、南氏、左氏……不一而足。宋国消亡，我鱼氏又入了楚，说起来，史家诸氏，或以我鱼氏为宗。”

“不过如今史家各氏都式微了。我们史家是解天命的人啊，结果各氏要么惨被暴君屠戮，要么成了给君王说漂亮话的弄臣。”鱼又玄眼里竟迸出泪来，也不擦拭，“这天下可能不再需要预言苦难和灾祸的人啦，可是史官就是这样的猫头鹰，啊啊地叫着晦气，惹人讨厌。你知道鲁国的史书叫《春秋》，而楚国的史书为什么叫《梼杌》吗？”

班超道：“春秋是讲季节流转，梼杌是指大树的年轮，说的都是时间，但要给流逝的留下印记。”

“那只是梼杌的表义，梼杌其实是密林中的凶兽，永远不可被驯化，所以才被人讨厌。但这才是史书的真正意义！你知道当年楚国被灭，传出‘楚虽三户，亡秦必楚’的谶言，就是我鱼氏吗？虽然凄厉，最后不也应验了？试问天下，还有这样的史官吗？你觉得你班氏还配叫史官吗？”

班超竟然有些被触动，默默无语。

“我鱼氏先祖在楚灭之后，被暴秦追索，就隐姓埋名，利用家学，成了名震一方的丹士。那始皇帝后来梦想长生，我家先祖想以此行刺，不想事发，被那暴君坑杀。”

“原来是你家干的好事！”班超苦笑，“你家祖宗这样一闹，知道会连累诸子百家的书籍被焚，天下的文脉大半被毁吗？”

“不知道，”鱼又玄静静地看着班超，“就算知道，也顾不得了。我如今越来越理解他们。万一成功了呢？”

“家父曾跟我说，史家重在记录，要防止自身介入。一旦介入，记事的笔，必有所偏向。”

“家都毁了，国都亡了，文明将倾覆，也不介入吗？”

班超无话可说，隐隐觉得自己的所做所想，与这鱼又玄说的，多少有些暗合。他不禁心里烦闷，抬头道：“不说这些家史渊源。你既说与我班家无冤无仇，为何要百般设计暗害？”

“因为你呀。”

56 / 就是话多

“因为我？”班超的神色严峻起来。

鱼又玄却不理他了，自顾自地拍手唱起一首童谣来：

“龙往东，一场空；龙往西，角落地。参商落，风云破；参商起，天地移。”

童谣朗朗上口，就像一个暗语，突然把班超接引进了他的童年记忆，有些温馨，还有点失落，心中的愤懑好像平复了一些。

鱼又玄唱罢，兀自望天回味，半天才问一句：“这童谣听过吧？”

“小时也唱过的。”

“这是史家的谶言，你知道吗？流传了一百多年了。如今就要应在你身上了。”

“什么意思？”

“‘龙往东，一场空’，说的是天上的青龙七宿，本就在东方，无法再往东了。‘龙往西，角落地’，是说青龙要向西，七宿之首的角宿就会降生人间。想必你也知道角宿的判语吧？”

班超道：“属木，为蛟。斗杀之首冲，多凶。”

“角宿这等凶星降临，就会引起天地移动——‘参商落，风云破；参商起，天地移。’参宿在西方白虎七宿中位最西，是白虎之脚；商宿是东方青龙七宿之心，也是我殷人的命星，故而称商。参宿起，则商宿落；参宿落，则商宿起，所以说，参商永不相见。这歌谣说，参商将共起落，天地风云为之变色。”鱼又玄下意识地望了望天，虽然根本没有星象可看，嘴里喃喃道，“东方青龙，与西方白虎，真的要相见了吗？”

“你的意思是说，我就是那角宿凶星下凡？”

“不错。”

班超大笑起来：“家兄老说我荒唐无稽，比起你来，真是差远了！”随即面色冰冷，“你因为一个童谣，就如此地算计加害我班家？”

“我这些年一直用尽手段来推演，算到凶宿就降生在你们班家，本以为是你那个名满天下的哥哥，结果算计不成，倒跳出个籍籍无名的你出来。我才觉得班彪苦苦藏着你，必有缘由。如今我感到西方有大气运东进，才赶来西域，结果你就来了，愈来愈显示出种种不凡。我更加确定就是你！角宿又叫天门，你是来开门的。”

天上有雷声如车轮般滚过，班超的内心也是冬雷阵阵……父亲如此对我，真的是要藏住我吗？他为什么要藏我？是知道我是一个凶星吗？那一瞬间，班超的泪就下来了——父亲到底还是在意我的，不想让我遭遇今天吧？但总是要遭遇的。

“有点乱，”班超苦笑道，“我得捋一下：你说天上的东方青龙就要与西方的白虎相遇了，而我就是青龙头上的角，下凡是为白虎东来开路的？”

“这样说的确通俗易懂。”鱼又玄微笑。

“两年前你就来到了西域，其实是来阻挡白虎的？”

“是的，但我修为有限，只能看出有大气运东进堆聚于此，却推演不出它落在何物何事何人之上，所以无从阻拦。”

“但你能推演出我就是代表青龙来开门的？”

“是的。”

“所以只能对我下手？”

“对。”

“你花了多大的工夫来找我？”

“十三年。”

“你要是认错人了怎么办？”

“这回不会错。”

“我死了，你有什么好处？”

“没有好处，反而可能会因触改天机而死无葬身之地。”

“那你求什么？”

“青龙白虎各安其位。”

“话说让龙虎相见又如何？”

“龙虎相见，必有恶斗。”

班超淡淡地笑起来：“鱼先生倒是慷慨激昂啊。”

“匡复天道，才是我鱼氏的使命。”鱼又玄说罢有些诧异，班超本一直对他有愤懑仇视的情绪，到后来反而越来越平静，现在都有点近乎调侃了，“你在拖时间？没用的。”

“既然知道要死了，反倒轻松了。我跟鱼先生交手两次，倒是觉得和先生算半个知己。刚才先生吐露史家志向，与我日常所想颇有夙契之感，若不是被你认为是什么狗屁灾星，说不定还能有机会在一起喝酒。先生设局之远，用心之深，班某平生仅见。死在此局之中，倒也服气。但死前总该向知己吐露些疑惑吧。”

“你倒是个话多的，”鱼又玄笑道，“这个知己我认了。”

“既然先生要杀的是我，那我死之后，可否放过舍妹，还有我的一干兄弟随从？”

鱼又玄抬起眼来，那绺额发又垂下来。鱼又玄不理，只定定地盯着班超。班超也不眨眼，静静地回看。鱼又玄终于点头：“好，你自行了断，我会放过他们。”

班超重重地舒了一口气：“多谢先生。”

“不用，还有什么问题？”

“其实，一年多前，我在洛都劫法场时，先生在场？”

“不错。”

“果然是你！”

“哦？”

“舍妹出城时，说发现一人与他对视，眼含怨毒，就是先生了吧？”

“不错。”

“舍妹说奇怪的是她看见了你身上的一丝气运，瞬间又不见了，一度怀疑自己是幻觉。”

鱼又玄皱眉道：“令妹真是好眼光。”

“能让气运瞬间消失，只有两个可能：一是你死了，再就是——你是炼气士。”

“真是知己。”

“炼气士能偷采天地气运为己用，藏匿气运只是举手之劳吧？”

“哪那么简单？”鱼又玄苦笑，“炼气化神，炼神还虚。重点在这个‘还’字，收纳多少，还得吐出多少，真要搅动了气运的平衡，必要遭受反噬。”

“舍妹说，当时只觉得那气运眼熟，后来才想起，那丝黑色的气运，曾缠绕过家父生前的头顶，也就是说，你与家父的过世有关？”班超的声音又变得森然起来。

鱼又玄变色道：“令妹的眼界已经这样高了？”

“是不是？”班超喝道。

“你或许不知，令尊也是个炼气士。”鱼又玄的话语不知不觉中客气起来，不再直称班彪的名讳，说起了“令尊”。

班超的确诧异，父亲竟然是炼气士？父亲在世间以大儒的身份著称，家学中虽有占星术数等玄学的文脉，却从不宣扬。教授子女和弟子，也只说是古人的奇思妙想，不可不知，但也绝无鼓励。所以弟子中才能出现像王充这样坚决反对谶纬玄学异术的人。

“我本来想通过破坏你班家的穴气，也能截断班家的血脉，不承想令尊早在墓地结下了风水伏阵，我才知道他也是个炼气士。我为了破阵而出，才挖出了令尊事先埋下的十二方符印，其中的一方，就在你怀里。”鱼又玄继续道，“或是我妄动了这些恶毒心思，妄想搅动天下的气运，虽然破阵而出，却变成了个废人——再也站不起来了。令尊与我交手缠斗，想必也虚耗了许多心力。所以你算在我头上，也不算错。”

班超领教了鱼又玄阵法的厉害，父亲却能用风水阵将他困住，致使其残废，修为怕也是极高的。他心下却出奇地平静：“所以你一计不成，便指使苏朗，诬陷我班家？”

“是啊，”鱼又玄道，“没想到案子还未结，令尊就去世了。接着你就跳出来了。该出来的，总是要来；该死的，总是要死。你，了断吧。”

“等一等！”

“你就是话多，”鱼又玄笑着摇头，“还有不明白的？”

“在鄯善时，你为何能调动陇西王‘幽行都’的人？”

鱼又玄哂笑："这种枝节末端，也让你疑惑？那陇西王敬我如师，知我要入西域，派了二十几人随行保护罢了。"

"你在此地布阵，只凭你们三个只怕干不了这许多割麦的体力活，定动用了一些人手，我猜猜，应该是疏勒王的人吧？"

"不错，是就近借了一百士兵，不过两天前布好阵后，已经遣回去了。疏勒王还以为我要在此启坛为他祈福呢。"

"他们倒真听你话。"班超苦笑。

"我有匈奴特使的身份，他们总得给些面子。"

"你真的投了匈奴？"

"什么汉人胡人，我眼里没有这些俗人的分别。"

"青龙白虎在你眼里却有分别。"

"那是天象！是天命！"

"要是你解错了呢？"班超把头垂下来，发丝被风吹得散乱，像个塑像。他左手将"非攻"剑杵在地上，右手在背后依旧紧握着班昭的手。班昭闭着眼，将脸依在哥哥的背上。

"我不知道我是不是你说的角宿或天门，但我来之前，有个月氏的瞽目老头跟我说，天象确实有异。他们的星图罗列，与我们很不同，说是两星即将交会，或交征，或相融，凶吉相间，命运决定在我手……"班超干笑了几声，"你们真是太看中我了！"

鱼又玄面色微变，想起那于阗的大巫也说过凶吉相间的话。

"所以，所谓凶吉，没有定数，往往取决于人怎么看，怎么做。"班超继续道，"参商二宿的故事我还是知道点的，《左传》说，古帝高辛氏的妃子简狄，吞食了一枚玄鸟的卵，生下了你们殷人的始祖契，所谓'天命玄鸟，降而生商'。但契与兄弟实沈不和，相见必斗，所以高辛氏将契封到南边的商丘，崇拜商宿；将实沈封到北边的夏，崇拜参宿。这就是参商二宿永不相见的由来。

你在其中看到的是寇仇怨怼，我看到的却是兄弟之缘。青龙白虎未必不能相见。”

鱼又玄心中突然烦乱起来，似有些动摇，旋即警惕起来：“你多说无益，我苦心孤诣十三年，不可能因你的几句话而放弃。就算是有人看到了其中的吉象，但大凶总在其中深埋。我冒不得一点险。天道运行之理，就是各安其位，即使灰飞烟灭，我今日也得替天行道！”

“顺应天意，又如何会灰飞烟灭？你的悲壮情怀好无道理。”

“别说了！”鱼又玄喝断了班超，随即觉得自己有些失态，正了正衣冠仪容，向班超肃然拱手，“自行了断吧。恭请角宿归位。”

57 / 破阵子

班超叹了一口气，将头抬起，左手将剑提起一横，放在颈边，闭上了眼。

鱼又玄莫名地紧张起来，他的诛凶大计，眼看就要功成了，突然一道剑光，生生切开了变形的空间结界，扑面而来。

鱼又玄所在之处轰然迸散，草棚瞬间化为漫天的草屑，如细雪般慢慢飘下。班超睁开了眼，剑指着身后，班昭已经被他拉在怀里，却不回头。失去阵眼与阵主的奇门幻阵叠加的符阵，开始渐渐崩溃破裂。

“你懂我的符意？”鱼又玄惊道。

鱼又玄此时正坐在铜手的肩上，在原来草棚位置后的一丈处。显然是铜手瞬间带着家主退出了阵心。班超慢慢转过脸来，透过纷纷扬扬的草屑，第一次看清这个一心置自己于死地，却心怀“大义”的敌人。

那感觉真是难以形容。身前身后的大阵正在破碎，空气中发出彼此的摩擦声，眼里的景象在不停地抖动扭曲，一阵怪风平地而起，以阵眼为中心向外刮卷，掀尘如浪，落下的草屑又被扬起，久久不绝。

“符意？不懂，”班超静静地望向那两人相叠的身影，“但我懂剑意，我刚才一直在体会阵中的意境，慢慢地就让我体会到其中一些相同的地方。”

“符意剑意，皆是意境。”鱼又玄的声音里满是疲倦。大阵难以维持，鱼又玄像是受了极重的伤痛，面色苍白，嘴角流下一线血迹，“这么短的时间，就能悟通，真是大才，更是留你不得。”

班超眼见着血雾不再凝结，开始翻滚消散，隐隐能看见其中的影子来，淡淡地说道：“这话该我说。”

“是你逼我的！”鱼又玄话音刚落，阵外的破邪，镰刀在地上一顿，仰头狼嚎一声，身边聚集的狼群向将散未散的血雾里扑去。阵中阵正在崩溃，声音再无法隔绝，就听见雾中传来群马惨烈的嘶叫，还有马蹄的蹬踏声，一些狼被从雾气中踢了出来，但撕咬声不绝于耳。

班超抱住妹妹，脸上全是不忍之色。

“你还有什么想问的？”鱼又玄残忍地笑着，“在两阵消散之前，狼群足够将你的伙伴们都咬碎了。”

血雾彻底地散尽了，支离破碎的血肉形成了一个巨大的环形，中间的空地上两对人在对峙——班超抱着班昭，举剑指着三丈外的铜手，及他肩上的鱼又玄。

局势波折，但又回到了鱼又玄手里。

那堆环形的血肉上，还有两百多头灰狼，兀自在埋头吃肉，甩着头，吐着白气，血溅得到处都是。

阵外还守着天下顶级的杀手——破邪，也就是横行天狼，拖着他的巨镰，开始向阵中的班超的背后走来。

破邪的脚踏上那一堆堆的断肢血肉，狼群会自动让开一条路来。破邪扫了一眼修罗场般的地狱景象，到处是狼拖出的内脏，断裂的马头兀自瞪着惊异的眼白，有只马蹄孤绝地指着天际。不对，破邪突然反应过来，这里全都是马的尸首和残肢，人呢？念头一起，破邪怪叫了一声，奇异地腿一屈，就要弹起……

但是破邪的脚没有离开地面，血肉堆里伸出了两只大手，握住了他的两只奇长的脚。破邪的巨镰向那双手撩去，可是心头一紧，感到自己被巨大的恐惧和杀气罩住了，动作都僵硬起来。

听见破邪的怪叫，鱼又玄与铜手都向破邪望去，只见破邪的身体被劈开了，两瓣身体左右破飞，一把旋转的剑穿出来。剑握在一个浑身都是污泥的瘦小的人手里，剑很细，有三棱的剑刃，像个锥子。鱼又玄和铜手都认得这把剑——春秋刺客要离的“扬眉”。

狼群突然受到了惊吓。破邪的死亡直接破解了对狼的役术，群狼窜动，发出婴儿般的呻吟。浴血的身躯，形成了一股暗红色的河流，飞快地流向麦田深处，但见麦田晃动不休，不一会儿，再不见一头狼的踪迹。

破邪原来所站的位置，慢慢爬出一个人来，浑身泥污，但身形魁梧，八尺有余。

铜手错了一步，单手张开向前，一手握拳，收在身后，一派宗师气度，如临渊岳，不动如山。他的前后左右，地面上纷纷钻出一些泥猴般的人来，几乎辨不出谁跟谁来。

班昭慢慢地张开眼睛，离开哥哥的怀里，那双清明乌黑的眼睛，看着鱼又玄。

“多谢你封了五音和五色，”班昭的声音有一股娇憨，“老聃说五色令人目盲，五音令人耳聋。确是如此，我一直以为自己能看见别人看不见的东西，今日才发现，只有封闭了外在的耳目，我才真正地看见。”

“你开了天眼！”鱼又玄惊呼。

“天眼？”班昭歪头想了想，“我不知道，但当时我的眉心第一次亮了起来，能看见所有人的光晕，虽然只是恍惚的影子，但我知道他们都是谁。你虽然用幻阵迷惑了大家对彼此方位的感知，但我从眉心看到的，都是真实的位置，你的血雾对我无用。我一直在二哥的手心写字，告诉他你的位置，还有我们其他人的动向。比如我看见齐大哥他们正在挖洞。”

刚才握住破邪双脚的正是齐欢，风廉才能一剑破之。齐欢一身泥色，只有双眼放着光芒，他已站在班昭的左侧，握锤在手：“不错，既然此阵能扭曲空间和感知，那只能遁地一试了。结果发现，钻入地下就等于离开了幻阵的干扰。”

“你是墨家的人吧？”鱼又玄叹息起来，“忽略了墨家的土遁术。”

齐欢根本不理他，对着班昭说：“我那个小徒弟，我叫他小甲，你知道为什么吗？”

“不知道。”

“因为他有个外号叫穿山甲。”

“哦，我知道，古书有记载，说它在土中如履平地，又叫石鲮。”

“我传他土遁术，他在地下的本事，比我厉害五倍不止。他在地下挖土的过程中，还能通过敲击和泥土的压力，判断地面上各人的位置。这也是天分。”

“是呀是呀，”班昭拍手道，“我就看见他的影子在地下跟鱼似的，根本不像在挖土。”

“那要感谢老天下了这场雨，土变得分外好挖。所以就让小甲把大家都接引到地下了。”

鱼又玄疲惫至极，面色灰败。

但班超没有放过他：“你老说我话多，其实话多的是你。你本来有不下于三十次机会让我们全军覆没，却热衷和我聊天。不过与君一席话，胜读十年书。”

班超一挥手，几个泥人站好了关键的位置，从兵器上才能看出他们是谁。

“你的迷阵，遮住的其实是你自己的耳目，在这个阵里，只有你才是瞎子，”班超道，“一个人傲慢的时候，才是最瞎的时刻。我跟你聊天，一直在等我的人都安全转入地下，才开始破阵。现在我说话说累了，也不想拖时间，也不用你自己了断，我会亲自把你的头砍下来。”说罢，慢慢地和几个身手最强的人——风廉、耿恭、齐欢、柳盆子、仙奴，将阵形收拢。九剑侍的剑阵布在外围，他们知道要面对的是扬威超过三十年的武林宗师——铜手。

铜手单脚一跺，地面陡震，震波以铜手的足下为中心，推荡开来。众人只觉得脚踝发麻，都不自觉地退后两步，骇然变色。

铜手肩上的鱼又玄对着铜手喃喃而语，偏又让大家能够听到：“师叔，我要不是两年前残废了，未必不能感知他们钻了地，到时你一跺脚，只怕一半的人要爬不出来了。”

班超听着，面色一变，怕大家萎了士气，率先出手，一剑挥出，浑然无力，惚兮恍兮，惘然剑意却袅袅而出，荡在了铜手的四周。所谓剑意，就是在有一方剑域里，自成意境——这与鱼又玄的符阵领域有异曲同工之妙——在此意境中，心物萧索，流逝稠缓……

几名高手早有默契，见剑意裹住了铜手，全都攻向了铜手肩上的鱼又玄——这或许是铜手唯一的弱点。

铜手的葛衣袍帽罩着头脸，眉眼低垂，更不见面目，不理四周的攻势，低喝一声，只一个简单的冲拳，直向班超击来——几乎是练拳法前的起手式，但这一招姿势既潇洒大方已极，劲力更是刚猛，难得的是在铜手巨大的身躯发动时隐含通背的柔劲——真正的大家风范。

一拳既出，拳风却盈满四面八方，其中隐含雷霆之声。

正面的班超，犹如面临天崩地裂，全身气血翻涌，痛苦的程度远比被打中心口更甚，仿佛被巨人抓起来用力摇晃，即将粉身碎骨，偏又无法脱离。被班超剑意封锁的领域开始扭曲，空气像被煮沸了似的不停扰动。班超急退，剑划圆圈，又挥出两道惘然剑意，意图加固，但耳边仿佛听见破裂的声音，剑意被拳风击碎了。

四周的攻势都被这一拳之威震开一丈开外！班超喊了一句：“拳罡！”

众人全都凛然，传说剑道大成有四境：剑势、剑气、剑意、剑罡。罡者，本是北斗之柄——誉为最高。又有说，四正为罡：体正、气正、精正、神正——誉为最正。本以为所谓的剑罡不过是传说罢了，如今却见识到还有“拳罡”的存在。这群人里，战力最强的当为年纪最小的风廉，但武功境界以悟通了剑意的班超最高，由班超喊出这声“拳罡”，所有人不得不信。

大伙儿被拳威所摄，一愣神间，铜手已将鱼又玄抱在怀里，低头躬身，一头向包围圈被震开的缺口撞去。

齐欢横身迎上，手中银锤挥来。铜手不躲不闪，伏身疾奔，银锤正正地击在袍帽里的头顶，竟发出一声闷响，震得齐欢手臂发麻，人也被弹开。铜手呼地就冲出了圈，九剑侍的剑阵围拢过来，铜手身快，百十记剑都刺在背上，葛袍刹那破碎，扬得遍天都是。铜手浑然不觉，裸露的后背泛出红铜光泽。一把旋转的剑，像个钻头，直追铜手的后心！

铜手步幅阔大，速度已经起来，那风廉旋转的剑气，追出七八丈远，堪堪抵住铜手的后背，一剑之势终于颓了下来。

铜手在麦田里劈波斩浪，身后却甩不掉一人，正是一个一身淤泥却拿着一把伞的“泥猴”，脚尖踏在麦穗上，宛若飘行。那伞头不断发出钢针，全部射在铜手的背上，却不意外地被弹开。

瞬间，柳盆子就追出了一里，却听见背后班昭尖锐的箫声，才定下身形，在麦浪的波纹上站着，一荡一荡的，看着那铜手已变成一个黑点，直至不见。

58 / 双星

柳盆子突然有些后怕，自己落单追出，要是铜手再打出一记拳罡来，自己只怕要交待了。

“干吗叫我回来？”回去时，却兀自嘴硬。看见一堆泥塑的“兵马俑”之间，只有班超兄妹衣衫整洁，柳盆子就气不打一处来，“你怕我被什么拳罡打死吗？”

“不会的，”班超抱着剑，“只打你太浪费了。”

“你什么意思？”

班超几乎正面被拳罡波及，现在还心有余悸：“那一拳之威，应该把他快抽空了，所以才会突围。他要是有能力打第二记拳罡，也只会打我。”

“娘的！我连挨打都不配吗？”

班超不再理他，遥遥看着铜手消失的方向，忽然心有所动。

风廉也呆呆地盯着同一个方向：“本来以为我的新剑招‘旋龙锥’能刺破他的铜体，可惜就差一步。”

班超指了指地上的那把巨镰：“你杀横行天狼也是这招吧？可是从龙卷风那里悟出来的？”

风廉点头。

齐欢看着那巨镰惊道：“他就是横行天狼！”

柳盆子恍然大悟："难怪有这么高明的身法和潜行术！"转头附在风廉耳边，"拜托，你以后杀人能问问吗？这个人应该留给我。"

风廉抬脸："为什么要留给你？"

"因为……"

"你想跟他比比谁快？"风廉认真地接口道，"你是不是想说，男人跟男人之间，就要正面打脸，直到打烂为止？"

"哎，是这个道理。"

"幼稚！"风廉说罢，摇着头径自走开。

"哎，你这个小屁孩……"柳盆子被噎得想翻跟头。

耿恭在一边咳嗽一声，感同身受，因为那打脸的话，本就是他在鄯善跟风廉说的。好在脸上都是淤泥，没人能看见他的尴尬。

铜手抱着鱼又玄狂奔，一气跑出二十余里，才将鱼又玄重新放上肩头，将速度放慢下来，开始一路向北。

"师叔受伤了？"鱼又玄无力地问。

"还是那孩子，剑气又锐利了几分。"

"我看见了，破邪师兄，就被他一剑杀了。"

"让家主受惊了。"

"怪我，"鱼又玄惨笑起来，"此局被破的关键处，是那个女孩班昭。"

铜手不爱说话，心里却想那班超说得对，此局被破的关键，是家主话太多。

"角宿！我怎么没想到！"鱼又玄的眼神变得怨毒起来，"门开两扇，龙有两角。角宿本就是双星——是他们兄妹两人！"

班超兄妹两人，走在麦田里，班昭竟然也如鱼又玄一般，坐在哥哥的肩上，手搭凉棚，在张望。

“看得清楚吗？”班超问。

“清楚多了。原来那妖人的大阵能搅乱气运，现在全无障碍。”

“能看见他们吗？”

“那妖人又把自己的气藏了，但铜手的气岚是淡金色的，很好认。”

“他们还在跑？”

“他们折向了北边。”

“北边？奇怪，难道不是赶往疏勒？”

四十多匹莎车良驹，都被群狼撕烂了。这些曾经高贵优美的曲线，烈火般扬起的鬃毛，灵动结实的躯体，如今支离破碎地堆在那里。整个使团都在无声地割麦，用麦草盖住这些惨不忍睹的身躯。

这只是一个巨大的草冢。

草冢边，三十多人连带那名莎车向导，默默肃立。

“没有了马和给养，我们怎么去疏勒？”玄英在可怕的沉默中终于出声。

“先走出麦田，找到水源把你们洗干净再说。”耿恭转头探寻向导，“这里离疏勒不远了吧？”

那向导不答，从怀里掏出个六寸多长有点弧度的细管，管子的一端只有三个孔，好似一个简易的笛子。向导真的吹奏起来，单手来回按住那三个孔洞，一种古怪而高亢的声音传了出来，好似一把钢丝抛在空中，尖锐凄厉得都有些刺耳。莎车人爱马如命，大家觉得这应该是一种追悼马的仪式，都静静地听着，高空却好像有近似的声音回应，抬头一看，天上有一只苍鹰在盘旋而下，最终落在向导的肩上。

向导在鹰腿上插了一截东西，大声地吆喝起来，一甩手，苍鹰腾空而起，钻入了云霄。

“我们回到大路上，最迟后日早上，就会有一群快马从莎车被赶过来。”向导仰头看着鹰隼消失的地方。

“向导兄不简单呀！”耿恭由衷地赞叹。

“我当年，也是黑鹰骑的一员呢。”向导的脸上不无骄傲。

铜手扛着鱼又玄还在不疾不徐地奔跑，又跑了三十余里，出现了一个废弃的小村庄，不过是七八间已经倒塌的黄泥小屋，但四周有七八棵粗大的已经枯死了的榆树，干枯扭曲的树枝，像千万只手指，愣愣地指着天。

铜手将鱼又玄安置在一个半地下的窝棚里，才在屋旁的枯树下闭目打坐调息。“师叔这回伤得好像比上次还重？”

“嗯。”

“主要是突围的那一拳消耗了师叔太多的功力。”

铜手突然睁开眼来，想起后背那堪堪逃过的一剑，心里一片寒意：“那孩子，好像找到了突破我的‘铜体甲’的剑法了。”

“怎么可能？”鱼又玄惊道。

“就是毁了破邪那剑，”铜手沉吟道，“后来他刺向我，我竟然不敢挨。从来没有这种感觉。”

“那孩子，真的是剑家的人？”

铜手不再回答，只是静心调息。鱼又玄也不再啰唆，沉默下来，大阵被毁，他这个阵主也受了极重的内伤，不过作为炼气士，可“偷”天地的气运于己用，当下双手掐了个法诀，开始内观起来。

不知过了多久，铜手忽觉得一阵心悸和烦闷，一口血喷出来。

铜手一拳击在地上，地面尘土嘭地炸开，滚向四周。铜手沉声喝道："出来！"一棵枯树后转出个白衣身影来，正是班超。

使团终于走出了黄金迷梦般的野麦田，不远处就有条浅浅的河滩，众人把自己洗净了，纷纷躺在河滩边，那一瞬，大家真是觉得累了。

这一天离奇诡异的经历，刻不容缓地一环扣着一环，让人喘不上气来，其危险超过之前经历的一切。现在大家竟然一个不少地都躺在这里，忽然觉得都是命运相连、生死相托的共同体，这世界上的什么都不能改变这一点。

"恭哥，二哥一个人追过去，真的不危险吗？"班昭转头问躺在身边的耿恭。耿恭仰面朝天，枕着自己的双手，眼都不睁："放心，你哥比猴还精，就算被发现了，也肯定能全身而退。"

班昭想想也是，二哥谋事做事似乎没有不成的，不再担心，翻身坐起来："向导大哥，我能看一下你的笛子吗？"

班昭似乎对一切乐器都感兴趣。向导递上了那根招鹰的笛子，班昭玩弄了一会儿，尝试吹响，却发不出一丝声音。"这笛子好古怪。"她说。

"这是鹰笛，"向导道，"是用苍鹰最长的那根翅骨做的，吹起它，能跟苍鹰交谈。"

"你们莎车人真厉害，跟马跟鹰都能交流。"

"马是我们的兄弟，走得再远，也会回来。鹰不行，它是云朵的孩子，只能试着和它交朋友。在莎车，驯一匹野马，三个月就够了。要想驯鹰，却要从它出生开始，就要养它喂它，我们管这个叫熬鹰。熬到后来，它也不一定认你。所以莎车历代的黑鹰骑，最多也只能保持三百骑。”

耿恭在旁边听着，略有所动，心道，三百已经很可怕了，难怪当年莎车能纵横一方，能被前朝封为西域大都尉，代理管束各国。

“奇怪！”风廉突然叫道，站起身来，在躺满河滩的诸人身上来回打量，“仙奴姐姐怎么不见了？”

班超从一棵枯树后转出来。

铜手眯起眼来，看向前后左右。

“不用看了，铜手前辈，”班超缓步向前，“只有我一个人。”

“一个人就敢来？”铜手依旧盘坐在地上，上身的袍子早就被剑阵搅碎，裸露出暗铜色的魁伟身躯，坐着的身形竟然不比班超矮许多。

“前辈今日的一拳之威，堪称天下第一。当时若打出第二拳来，我方的人只怕要伤个七七八八了，起码我就得死在拳下。而前辈没有出手，我是不是要在此谢过前辈的不杀之恩？”班超微笑着缓缓地拔出剑来，“我与前辈和鱼先生已经是不死不休的局面，你们当然不会放过我这个凶星，只能是——你根本无力打出第二次拳罡，才会仓皇逃走。”班超看着地上的铜手吐出的血迹，“看来风廉的那一剑，也伤了你的内脏吧。”

“风廉？就是那孩子的名字？”

“不错，说起来，他算是我师弟。”班超莫名地有点心虚，那孩子不认呀。

“你们是剑家的人？”

“不错！”

“难怪。但你比不上你师弟。”

班超尴尬地耸了耸肩：“那又怎样？”

“若是他来，我还有所忌惮，你来——”铜手缓缓站起身来，身上的骨骼发出一连串如爆豆般的声响，“就再好不过了。”

59 / 炼人

“别虚张声势了，”班超弹了一下手中的非攻剑，“风廉要是来了，你们早就跑远了。”

铜手默不作声。

班超继续道：“风廉其人似剑，气势如虹，以鱼先生和前辈的境界，他来到两百步之外，你们就会察觉吧？若是其他人，在百步之外，你们也能感知到气运或杀意吧？好在今日在阵中，我对鱼先生的意境别有体会，悟到了一些隔绝自身气运和杀意的窍要，如此，我才能走到你们面前，拦下你们。”

“原来如此。”铜手也蹊跷这人怎么能走到十步之内，自己才察觉。

“鱼先生既然谋我谋了十三年，不会因今日相知而不再杀我。这一路，都是我在明，你们在暗，真放过了你们，我不是要一直提心吊胆？所以有一线机会，也定要杀掉你们。”

“就算我耗了一半的功力，受了伤，但凭你一个人就能杀我吗？”铜手掌前拳后，凝神如山。

“我想试试，”班超长剑杵在地上，双手搭在剑把上，低着头，一副落拓萧索的样子，“不过我有一事不明，要请教前辈。”

“请讲。”铜手不自觉地对眼前这个敢孤身犯险、如此狠绝的青年有些敬意。

“前辈一代宗师，怎会甘于家臣的身份，听命一个疯子般的术士？”

“家主惊才绝艳，不是你所能理解的。”

“我不理解？你的家主可是管我叫知己呢。”班超笑道。

“知己来了？”鱼又玄的声音适时地响起来。

班超侧脸，望向声音传出来的窝棚。

“我来给你解疑。我跟你说过，我鱼家三百年来精研炼丹，后来也研究炼人。”鱼又玄的声音道。

“炼人？”

“对，就是用许多特制的丹药，让有特质的人从小服食和训练，催改他的体质。”

“所以你们就炼出了那人不人、狼不狼的横行天狼，”班超恍然大悟，一指铜手，“还有这个铜人一般的怪物！”

“不错。”

班超苦笑道：“想不到万人敬仰的武林宗师，竟然是你鱼家制造的药人。”

“不是药人，是更强的人！”鱼又玄道，“师叔退隐近三十年，这次是为了拯救天地即将翻覆的危机，才被我说动出山的。”

“所以，”铜手说出了几乎跟班超刚才一模一样的话，“若有一线机会，我今日定要杀掉你。”

“本当你是知己的，”鱼又玄笑道，“想不到你竟做出如此莽撞不智的举动，自己送上门来了。”

班超继续把头低下去，一身萧索“死气”蔓延而出，感应着周遭。

“用你的话说，我不就是门吗？”班超淡淡地说，“我师父跟风廉说，我的剑法像在鸡蛋上雕花，繁复，精致，煞是迷人。这里面没有褒贬，但我忽然觉得这个‘迷’字不好，迷人首先要自己着迷。你我都热衷设局、算计，着迷于让别人迷失其中，最后可能就像你设的大阵一样，被迷惑的其实是自己。”

“哦？”

“你还是不了解我。我不是什么史家，其实是个游侠。游侠都是不耐烦的人，我不跟你们玩了，我就是爱掀桌子。你说我是凶星，我爹可能也这么认为。”班超惨笑起来，“那又怎样？如果我真是你说的天门，那我偏要把这门打开，且看看青龙白虎相见的模样。”

“果然是凶星下凡。”鱼又玄的声音在叹息。

“我不在乎，”班超冷笑，“我只在乎我的家人，绝不容你再算计他们。”

鱼又玄的声音也冷酷起来：“我绝不会让青龙白虎相见。”

“你操什么心？也许龙虎见着，会问候一句：好久不见。”

班超嘴里开着玩笑，长剑却突然一划，从地上扬起一线沙石，击向铜手的面门。沙石像是遇见一堵无形的墙，在铜手面前的两尺处，委顿落地。班超的剑却随后刺出九剑，剑影迷离。

铜身甲竟然还有护体的甲气！班超心里一凛，剑尖刺啦有声，穿过甲气，一连串刺在铜手的身上。铜手一声闷哼，一掌劈出，画个圆，一拳从掌风中炮锤般飞出。班超瞬间又刺出十一剑，自己倒纵出去，落在两丈之外。

“我本就是以慢打快，你这让人变慢的剑意，又有何用？”铜手在惘然剑意的笼罩下，双手发出淡金色的光晕。

“承让。”铜手看似凶恶，其实谈吐平和，说罢，右掌无华地平推，班超不理，迎面冲来，一步就到了眼前。铜手不急，这掌还是虚招，左拳蓄势击出，迎向班超的面门。只觉得班超一侧头，毫厘之间就贴着拳风滑身上来，身法竟有点像仙奴。铜手也一侧转，左肘侧撞，但是晚了，腋下的极泉穴被剑尖挑中，却再不能刺入，非攻剑弯出一个弧度来，砰的一声闷响，班超反被甲气震了出去。铜手似在预料之中，一个旋风脚贴地扫出，正是班超要落脚的地方。班超在空中认得奇准，两脚不再落地，收腹，蜷腿，生生让自己横着着地，如此铜手那脚堪堪扫过。看起来，就像是班超是被扫倒的一样。班超身体一触地，单掌一按，滑出几尺，侧弓步几乎贴地，剑在背上指着铜手，仰脸看着这个不动如山的宗师。

这个照面，两人心里都有些震撼，凝神相对。

班超知道横练的功夫多有炼门，而炼门大多藏在身体很少露出的地方——比如腋下。即使不是炼门，那些地方也是炼体薄弱的地方。但铜手的铜身甲好像完全没有弱点，完全扎不进。

铜手却在强忍疼痛，腋下确是他相对薄弱的地方，竟然被班超用奇怪的身法一击而中。

半晌，两人一起动了。但方式和起手一样，只要铜手出击，都会被剑意拖慢，班超在刻不容缓时让过，滑身刺中铜手，但铜手无动于衷，弹出的却是班超。就这样，两人骤分骤合，往复了七八回合。

铜手一直在被动挨打，身上破烂不堪的葛袍，彻底被班超的剑分解，上身淡金色的魁伟身躯，全部裸露出来。袍帽也破碎了，让班超第一次看清了铜手的头脸。那是一张粗粝的脸，没有胡须，也没有头发，头上却凹凸不平地长满了一种角质的甲壳，反射着红铜的亮光。班超在上面劈过几剑，竟能碰出火星。

班超拿铜手没办法，以为铜手太硬。

铜手也拿班超没办法，索性不盯着班超进攻了，反正不在乎中剑，索性完整地打出一套拳来，动作很小，刚柔并济，隐有雷霆之声。

班超反而渐渐有些有苦说不出，铜手的拳式越来越流畅，自己的剑却被带得越来越滞重。班超心里明白，铜手只是在消耗，当下退出圈子，静静地看着铜手。

铜手没有停下，甚至闭上了眼睛，继续打着那套缓慢的拳法，甲气的范围却越扩越大。

一套拳法由一个高大的“铜人”打来，竟有说不出的优美，真是宗师之作。班超看得心旷神怡，叹为观止。

不对，班超陡然惊醒，这套拳越打气息越顺，恍若无人之境，一片淡金色的雾气笼在铜手的四周——这分明是在疗伤！

班超毫不犹豫，一声清啸，连人带剑，刺入旁边鱼又玄所在的窝棚。

铜手的拳式不止，双眼却蓦然睁开，露出精光。

班超连人带剑扑入窝棚。

没有鱼又玄。

没有人。

没有一切。

眼前只有刺目的白色，像置身一个广阔无边的雪地，四周平坦，只有白，白，白……

班超闭上双眼。

幻阵！

索性抱剑盘坐下来。

但怀里的非攻剑却战栗起来，发出尖锐的鸣响！

铜手一见班超扎进了那个窝棚，仿佛一套拳都是在蓄势，现在才长吸一口气，周遭的空气都扭曲起来，景物的影子都飘移起来。

铜手闷喝一声，一掌向那窝棚缓缓推出。地上的尘土腾动起来，遮盖了铜手的身形，一个庞大的、淡金色的巨手幻影，从尘烟里伸出，抓向那本已颓败不堪的窝棚。那巨手手指慢慢弯曲，似要将窝棚握紧，奇异的是，那窝棚真像纸一样，开始变形，向内塌陷。

轰的一声，窝棚变成了一堆废墟，尘烟炸起，棚草乱飞。一声奇异的鸣叫，刺激着铜手的耳鼓，一把旋转的剑从废墟尘烟中刺出。

那剑旋转得太快，带动着烟尘一起旋转，像一头发怒的烟龙，又像一个土色的钻头，突到了铜手的眼前。

铜手大惊，这是那孩子的剑！眼里突然冒出了恐惧。

剑已经到了胸前，铜手的左手一把握住了剑尖。但握不住，剑还在旋转，还在鸣叫，还在向前，旋进了铜手的胸口！

铜手闷哼一声，巨大的身躯摔出了三丈之外，犁出一道土沟。

铜手胸前兀自插着那把剑，想撑起身来，又摔了下去。

烟尘散尽，露出了班超的身影。班超浑身灰土，整个右臂都裸露在外，鲜血淋漓，为了刺出这一剑，衣袖早被这股旋劲绞得粉碎。

“怎么可能？”铜手挣扎道。

“风廉为你而创的‘旋龙锥’，”班超舔了舔嘴边的血迹，“我的优点就是过目不忘，学习很快。是不是有风廉六七分的神韵？”

铜手想以手指着班超，却发现自己左手的手指全都不见了！

刚才强握剑锋，竟然全被绞烂。秃秃的手掌，流出淡金色的液体。铜手大骇，他一身功夫，精华都在双手，然后才延及全身，如今手被废了一只，不亚于毁了炼门，当下面色颓然，身上的淡金气早就散了，浑身的红铜色也黯淡下来。

“其实，就是风廉亲自来，也未必刺得中你。我才是奇兵。”班超淡淡地说道。他右手一扬，那插在铜手胸上的非攻剑鸣叫颤抖起来，跳跃而出，回到了班超的手上。

铜手的胸口，喷出一腔血箭，眼看是不得活了。

班超以剑拄地，双肩耷拉下来，又是一副落拓的样子。

班超在沟通意境。

这里别有意境。

手里的剑突然向身后挥去，像是极轻柔，一棵枯死的巨树，却从中破开，一分为二，向两边吱呀呀地倾倒，树上摔下一个人来，嘭地击起了地上的尘土。

那是一个弱小身形，却长袍大袖，长发披散，伏脸在地上。

出了这一剑，班超有些摇晃，慢慢地软倒，坐在地上。原来业已伤重力竭。

60 / 秋波剪水

因为这个残破的村庄孤零零地伫立着，才显得大地空空荡荡。

天上的乌云全都吹到了一边，头上的一大朵白云还在移动，阳光从它的一边透出来，一点都感不到暖意。

倾倒在地的枯树，乱枝婆娑，斑驳的影子打在三个人身上。

三个人。

一个仰面躺着，一个趴着，一个盘腿坐着，各自相距两丈，皆一动不动。

坐着的是班超，将剑摆在两个膝盖上，默默地喘息。

那趴着的，挣扎了一下，慢慢扬起脸来，本是仙风道骨的面目全是污泥和血迹。

“你……”鱼又玄的声音有些微弱，“你年纪轻轻，心机如此深沉。”

班超懒得看他，嘴里哼了一句：“是吗？”

“你最擅长的是借局设局，在麦田如此，刚才也是如此。本以为你已中伏，却反被你算计了师叔。”

“你想多了。”

“哦？”

班超拍了拍剑：“是决绝，不是算计。”

鱼又玄愣了半晌，苦笑摇头：“我还想你拼着挨师叔一掌，来迷惑师叔，怎么就能算出自己挨得住呢？看来你是天才，转瞬之间的谋与断，近乎本能。”

班超以剑做杖，让自己站起来，慢慢走近鱼又玄：“蒙你夸奖，我有力气来割你的脑袋了。”

鱼又玄好像抬脸都抬不起了，索性侧脸枕地，痴痴地笑起来：“班超呀班超，你忘记了我家世代都是炼丹的吗？”

班超一愣，陡觉侧后方疾风突进，转身横劈，却看见铜手头角峥嵘，一个头锤飞撞过来。

剑劈在铜手那怪角峥嵘的头顶，震得班超手臂发麻，却封不住来势，班超急忙横剑，左手推住剑面，架住头槌，剑身刹那间弯曲起来。铜手的冲撞过于势大力沉，班超连人带剑被弹出五六丈远，摔在地上。

班超吐出一口血，翻身坐起，单腿跪地，还能听见鱼又玄的狂笑：“我们身上总有一两枚救命的丹药。这是‘狂丹’，能瞬间激发潜力，功力陡升一倍不止。”

只见那铜手，身上的肌肉暴起，上面缠绕着一条条淡金色的筋脉，胸前的剑口宛然还在，却不再流血，最奇的是双眼竟变成了琥珀色，瞪着班超，浑身上下透出狂兽般的气息。

班超脱手甩出一支袖箭，直射地上的鱼又玄，却被铜手侧扑两步，一把抄在手里，捏成了一团，呼地向班超砸来。

班超急退，同时刺出八剑，织成剑意，挡在身前。铜手左手被废，右拳却劈面打出，脚下也不停顿，大步追来，步幅阔大，每一步都让地面撼动，踏出一个土坑来。

一个急退，一个急追，瞬间就离开村庄百步。班超刺出了百十剑，堪堪挡住了铜手的六拳。班超已经退到了蒿草地里，试图隐去，铜手的第七拳到了。

班超不理，想再试试偷学的仙奴身法，却听见一声宏长的吸气声，忽然发现周遭的蒿草都被连根拔起，慢慢地飘浮起来，荡在四周……

班超没法隐身，手里的剑更加凄厉地鸣叫起来，眼见那庞大的身躯，像个巨大的阴影覆盖过来。“娘的！”班超骂了一句，“拳罡！”

班超自知再难幸免，不退反进，在拳罡将出未出之时，微笑地递出一剑。

四周飘浮的蒿草，开始委顿，瞬间枯黄，随着剑锋分开两侧。罡为正，名正则言顺，气正则拳刚，拳罡可谓至大至刚。可是班超的这一剑，却将罡气割开了一线。惘然是一种不知所谓，无名无实，剑招反而无法捕捉。

班超自知将死，笑意更盛，剑里竟透出死寂里的欢喜来，剑尖莫名地就抵在了铜手的左眼上。

铜手忽觉得拳罡的拳域有缝，药力催动的狂怒，竟然有些平静下来，不是平静，是一种恍惚和落寞，甚至有些想哭。一把剑刺入了左眼，铜手痛喝一声，怒气再次勃发，悬浮在四周的蒿草，全部碎为齑粉。

班超被击上了半空。

班超看见了那朵巨大的云团，边上亮得刺眼，那云头上有一万个像耿恭这样的神箭手，才能把阳光那样地射下来。班超还在笑，心想：小昭，可惜你没看见，二哥把“惘然十二”使出来了。

班超再没知觉，摔进了八丈远的蒿草丛里。

铜手瞪着一只右眼，喘息着一步步地来到了班超的身前。

就是脚下的这个人，毁了自己的左手和左眼，毁掉了家主几次苦心孤诣的算计，还几乎毁掉了家主。铜手知道，不管是体力还是药力，都让他撑不了多久，而眼下这个可怕的年轻人，不能给他任何一点机会和时间。内心再次被狂意充满，举起右拳就要擂下。

突然脑后一阵风声，铜手右手回抄，抓住了一个旋飞而来的兵器，转头一看，是一把新月弯刀。只一握，弯刀就成了一团废铁。铜手一代宗师，在今日两战下来，却有点似惊弓之鸟，独目在四周扫巡，却不见偷袭者。低头一看，大惊，班超也不见踪迹。

铜手一拳击在班超刚才所在的地面上，蒿草四伏，依旧不见人迹。

原野回荡起铜手愤怒的号叫。

耿恭他们还在河滩边惬意地晒着西斜的太阳，听着班昭吹着铁箫。

箫声柔和旖旎，春暖花开，正是《阳春》。

齐欢将他的银锤展开，拉出三根弦来，套在锤把上，随即拨弄起来，声音叮咚，和了进去。两音缠绕，似在一问一答，又像两鸟相戏。弦声高亢，箫声低沉，一如解冻春风，偏又遇倒春之寒，缠绵不绝，两音忽高忽低，蓦地山穷水尽，忽又柳暗花明，最终都和缓优雅，一派春意盎然。

横七竖八的人只听得心旷神怡，既酸楚，又温暖。

箫声戛然而止。齐欢也只好停了拨弦。

大家怅然若失。

只见班昭站起身来，望向远处：“我好像听见二哥在叫我。”

班超觉得自己在梦里，不，是在梦的边上，只要一撞，就能冲出来。

有一只手好像在摸自己的脸，轻柔得像母亲，或是妹妹。

“拉我出来！”班超在梦里喊。

但那手却缩走了……班超醒了过来，觉得脸上的触感还在。

入眼的是一片模糊的火光，有一个影子挡着，摇摇晃晃的，映在周遭的墙上。

有墙，班超想，我是在屋子里。动了动手指，确定自己还活着，想起身，却发现自己好像被捆住了。一股奇怪的草药味，从自己的身上熏到鼻子里来，有点刺激。接着是疼，浑身都疼。

视觉逐渐清晰，看清这应该也是个废弃的泥屋，自己躺在土炕上，身上好像没穿什么衣服，对，是衣服都盖在了身上。

班超想了想，自己是被捉了，还在那个村庄里？当下闭了眼睛，装作还未醒，心下开始盘算如何脱身。不承想屋内的人影好像察觉了，来到了床前。

“醒了？”声音冷冰冰的。

但班超如聆仙音，睁开眼，看见一张绝美的脸，不是仙奴是谁？

“别动，你断了好些肋骨。”

班超这才发现，仙奴的身上头上都是近乎干了的污泥，只有脸是擦净了，所以越发显得脸像瓷器一般透白和精致，在土窑中暗自生辉。

班超就如此呆呆地看着，仙奴竟有些耐不住，转身回到火堆边。

仙奴找了一个瓦罐，吊在火上烧着一罐水，脚边还有几个缺口的罐子，散发着药味。

“你救了我？”班超问。

仙奴的鼻子哼了一声。

“然后呢？”

仙奴奇怪地扬起脸来，看着班超。

“那两个人呢？”

“我只抢了你回来。我……不是那人的对手。”

班超急道：“那铜手不过是靠丹药透支些性命，必不持久……”看着仙奴有些茫然的脸，班超怒喝，“快去……”忽然觉得不妥，问了句，“我躺了多久了？”

仙奴一指蓬门露出些许灰光的缝隙，道：“天就要亮了。”

班超颓然。

仙奴不再理他，开始脱下自己满是污泥的衣裙，把干了的淤泥搓掉，然后浸在一个破罐里。仙奴身上只有一层纱质的衬裙，在火光的透照下，能隐隐看见其曼妙修长又宛若无骨的体态轮廓。仙奴不比汉家女子，在班超面前宽衣浣衣，举手投足，全无半点扭捏之态。

仙奴在头上拔下一支金爵花钗，将满是泥污的坠马髻散了，垂了一地的长发。试了试水温，仙奴侧头用一小罐往长发上淋水……班超静静地看着这翩然的仪态，心里却有些愧疚——仙奴这一夜只怕都在折腾他的伤势，现在才得暇打理自己一身的泥泞。美丽的女子，哪有不爱惜自己外貌、衣着的？可她必是从昨日就裹着脏衣，从麦田一路潜行跟随。

仙奴开始在火光下一把一把地细细梳她的长发，发丝上好像都有火光跳动，映出一线绒绒的光晕。

“谢谢你。”班超的声音有点虚。

仙奴的动作顿了一下：“阿爷说，你是贵人，叫我护着你。”

说罢，继续梳头，梳开的头发，就要把她全部盖住了，只露出半张玉雕般的侧脸。班超能看见她睫毛上的火光。

那火也映在仙奴的蓝色眼眸里，那眼波像荡漾的蓝色湖水，又把粼粼的蓝色光影映在半个屋子的墙上。班超觉得整个房间包括自己都淹在仙奴潋滟的眼波里，但自己却不想上岸，直到没顶。

屋外隐隐地能听见远远的、短促的箫声。

仙奴转过脸来，全是喜色：“他们找来了。”长鞭灵动而出，推开了蓬门，随即鞭梢在门外甩出一个脆响，远远地传了出去。

疏勒归统

遗世独立蹁跹舞，
影淡人非待柳开。

61 / 歧路

众人来到路边，果然等到了莎车国赶来的五六十匹的马群，还有给养。

齐欢和他的四个徒弟，竟然在等马群的工夫，就造出一驾马车来，用来安置被绑成“人棍”的班超。

难得这一路不需赶路了，三十六骑围着马车慢慢地向疏勒方向进发。

马车造得比较简易，四面没架起厢板，只是在四角立了四根棍子，搭了个遮阳的棚子，如果想私密一点，就把帷幕拉起来。班超可不愿意拉帷幕，宁愿在四面透风的车板上躺着，迷迷糊糊地随着路面起伏摇晃。班昭好像还在跟他赌气，坐在车上他的脚边，抱膝不语。

“唱个歌？”

“不唱。”

“那吹个曲儿？”

“不吹，”班昭冷笑道，“要听歌、听曲儿找那专业的歌姬去，她还能跳舞给你看呢。”

“这……”

“你骗我说是去探那妖人的行踪去向，却悄悄带着她去打架……还把自己搞成这个样子。”

“我哪里带她了？”班超知道这个打小就黏他的跟屁虫一定会因不带她玩而恼火，“是她偷偷跟去的。”

班昭有些气结，自己怎么没想到要偷偷跟去呢？“那……也不该骗我。你一个人怎么就敢去杀那两个怪物？”

“唉，一线之间，”班超无奈地叹气，“只差一点，我就能杀了他们；也就差一点，我就被他们杀了……早知仙奴在左近，可能……又不同。让那两个人跑了，终究是麻烦。”

“那……后来……”班昭突然把脸凑到二哥的眼前，想探听她更关心的事。

“什么？”

“她有没有把你怎么样？”

班超奇道：“她能把我怎么样？”

耿恭骑着马，在马车前方的三四丈处，正在仰头喝着羊皮水壶里的水，突然一口水喷出来……被呛得咳嗽起来。

车里的班昭听见耿恭咳嗽的声音，面色一红，猛地跳上车边的马背上，催马追上耿恭。

“恭哥，狗耳朵！你是不是又偷听了？”

“什么呀？”耿恭一脸无辜，“我就是呛了水……”

“你肯定是偷听了……”

班超躺在车板上恍然地笑起来，哪怕牵动了伤口。

仙奴在队伍的最后，百无聊赖地跟着，五官深邃，神情清冷，若有所思，浑不知前面有个少年在频频回首，偷偷地打量着她。

班超在车上躺得无聊，脑子里只好细细地过了几遍与铜手的交手。

每个细节都在闪回，生死一线，堪称惨烈。

但班超有些兴奋，他觉得战斗很残酷，但也很美。那种紧张、刻不容缓、无须思考的力量涌动……还有深怀的恐惧，都叫人着迷。

班超想起剑夫子说的，死气是一种恐惧和沉迷，到今天他才有更深的体会——当你恐惧的时候，你会看到以往从未看到的东西。世界因此而焕然一新。

班超竟然在这种快意中睡去了。

还是梦，自己在梦里还是那个少年。但这次不同，父亲不再是一个身影，一个声音……他带着平和的面容，静静地走到班超身边。

“就差一点，我就为您报仇了！”班超对着父亲喊，“就差一点。”

“哪有那么多的仇恨？要小心仇恨，”父亲竟然抚了一下他的头，“因为它太有力量了。”

“您不恨那个鱼又玄吗？”

“他只是在遵循他的命运。”

“那……我真的是凶宿吗？”

父亲沉默起来，半晌才说：“你是歧路。”

“歧路？”

“我们所有人的历程，就像一棵树。我们从根部出发，走到最初的躯干，再走，就走到第一个分杈，就是歧路，你得选择，左还是右。你无论选哪边，都意味着你将错过另一边的可能性。再往下走，又遇见了分杈，又得选择……如此不停地走，不停地选择，期间就会悔恨、庆幸……就会觉得命运是无常的，一切都是偶然的。可是有一天，当你老了，像我这样，走不动了，坐在路边向往来的路上看，就会发现，有一条清晰的路线，必然让你回溯到出发的根部。那时你会觉得，命运是注定的，一切都是必然的。

“我们史家，就是在路边回望过去的人，用笔记下人类那命定的路途。可是未来，满是歧路，任谁，用笔也捕捉不到。

“你就是歧路，也是变数。人们对未知的事情怀有恐惧，比如杨朱、墨子都曾遇歧路，大哭而返；比如鱼又玄，他做的一切，都是因为恐惧；其实我也未能幸免，但我同时还是个父亲，我希望自己的孩子能平安度过一生，哪怕默默无闻。”

班超低头道：“我还是没能让父亲如愿。”

“可是命途和未来，怎么可能被规划……”父亲感叹起来，“只能由着你往前走了。”

“父亲，史家为何只能回望，不能向前看呢？”

“因为更容易，也更少犯错。”

“人就那么怕犯错吗？”

“人没有多少犯错的本钱。”

“这是逃避。”

“是逃避，”父亲苦笑起来，“那鱼又玄也是不甘心回望的，才要搅动运数……”班超隐隐觉得自己好像是与那鱼又玄有些相似之处，顿时一身冷汗。

“我该怎么往下走呢？”

“没人能帮你，”父亲的声音开始变得遥远，影像也开始模糊，“永远是选择与错过的，一样多。”

班超高喊着父亲，遥遥听见传来的一句：

“记住，没有真假，只有对错……”

“我还是不明白。”

班超默默地念着，醒了过来。

四周的队伍还在行进，班超却有种前所未有的轻松，父亲那巨大而威严的身影，十年来一直像乌云一般遮蔽着他的内心，今日好似散去了大半。

父亲还是爱我的。班超想。

入夜时，大家以马车为中心结营，聚在班超的四周，商议接下来的计划。

“哪怕现在行进很慢，再有个五六天，也差不多能到疏勒了。”向导道。

“就怕那个妖人，又在路上使什么绊子。”耿恭对那鱼又玄和铜手还是心有余悸。

“不用担心，他们比我惨，不养个一年半载，出不来。”班超斜斜地靠在车板上。

“你不是说他们有很神奇的丹药吗？”班昭道。

“再神奇，那狂丹也只能用来在关键时刻救命，不然他们干吗不早点吃？可见害处也一定不小。而且这种药，应该极其稀缺，未必就拿得出第二丸。再说，我们也有好药啊！”班超道，转脸看向仙奴，指了指身上，“你这药，真的那么神？就是味道不大好。”

众人皆看向仙奴，仙奴嫣然一笑：“当然，这可是我家的秘传，专练缩骨功柔术的接骨药。你再躺个几天，就可以起来走动了，但要很小心，不能动作太大，两个月不能练武功。”

柳盆子眼睛一亮：“那班头的肋骨要是长好了，是不是也跟你一样，是软的？”柳盆子的手在空中做了个游动的姿态。

仙奴淡笑：“晚了。缩骨功要在小时候，把骨头的每一寸都捏断，再用秘药接好才行。”

众人皆无语，心道，还有这么残忍的练功方法，这个仙奴小时候有过怎样的经历呀？

“那个，这回出使疏勒，不知会不会顺利点？”齐欢开口，想拉回话题。

“疏勒是西域南北路交会的大国。出使前，窦帅还跟我说，我们在南路伐谋伐交，他在北路伐城伐兵，或能在疏勒一会！”班超道，“也不知窦帅的大军，一路伐到哪儿了？”

“大军推进，哪有我们这么快？”耿恭笑道，“只怕这疏勒，要先由我们拿下来了。”

“现在的疏勒，局势是有点乱。”向导叹息道。

“怎么讲？”班超问。

“半年前，疏勒国被龟兹的大军攻破，疏勒王也被杀了。龟兹王退军时，立了自己的外甥兜题，成了新的疏勒王。”

“也就是说，现在的疏勒王是龟兹人？”

“是啊，据说疏勒人并不接受，所以这兜题统治得也战战兢兢的，整日躲在王宫里，花天酒地。”

“这倒麻烦了。”耿恭皱眉道。

“这倒是好机会。”班超吹了声口哨。

“龟兹在西域向来最受匈奴倚重，怎么可能会倒向我们呢？”耿恭道。

“龟兹王不会，不代表兜题不会。他在现在的位置上如坐针毡，只怕会很渴望我们的承认。”

“他已经被匈奴承认了，又被我们承认，这叫什么事儿？”

“匈奴不是退了吗？于阗莎车倒向我们的消息，怕也会传过去的。心慌的人，随便给他递点什么东西，他都会想抓住。我们可以先派几个人，去兜题那儿聊聊，探探他的心思。”班超笑起来，

“现在窦帅的大军还在北路，就算谈不拢，他也会对我们客气一点的。”

“你又有什么鬼主意了？”耿恭叫了起来，看着班超那诡异的笑脸。

“乱局之中，肯定有已经烧好的栗子。”班超靠着车板闭上了眼，“我得好好想想，希望这次不要再打打杀杀了。”

62 盗可道

疏勒国是位于西域南北、东西要道十字路口处的大城，统领着周边星罗棋布的绿洲小城。

疏勒东南通南路的莎车、于阗，东北通北路的姑墨、龟兹，正北通乌孙，西邻葱岭和大宛康居，如果跨越葱岭，就是神秘的超级大国——贵霜。

所以疏勒国几百年来都是贸易的中转站，除了西域诸国的商人，这里还出没着大宛的贩马人、贵霜人、天竺人，甚至是遥远的大秦（罗马）人。当地的居民也是民族各异，利益混杂，势力纷立，连疏勒王新立这样的大事，都在这种复杂的局面里消解了，虽有不少人不满，却酿不成像样的反抗。疏勒国如果不是如此一盘散沙，以其拥有的财富与人口，也不至于被龟兹大军轻易攻破。

沿着绿洲的两翼，大路朝西，遥遥指向疏勒大城的夯土城墙。

正是秋老虎的时节，西域太阳最后的疯狂，让人有种错觉，竟然比盛夏还要酷热。高矗的白杨树像塔林一样，碧绿的叶子居然没有被烤焦。烈日下的西域与中原不同，完全没有蝉鸣和鸟叫，晃眼的白炽造成了一片死寂，无声无息，泻满大地。正午静得难以置信。

白杨树下的一支马队也走得垂头丧气，领头的正是班超使团的向导，他现在是莎车使臣的身份，来拜见龟兹新立不到半年的疏勒王。身后是从莎车赶马群而来的几个随从，现在带着五六匹马，驮着些礼物。

马队身后十几丈，还跟着两骑，一男一女，虽也穿着莎车人的服饰，却极具风采，正是柳盆子和仙奴。

“你的家乡已经很近了吧？”

柳盆子回头看着仙奴，巨大的头巾遮掩了仙奴一半的脸，树叶缝隙间的破碎阳光，在仙奴的脸和头巾上浮动，像掠过的快感或者伤感，美得耀眼。

“很近了。”仙奴轻轻地回答。

“那可曾想好了？”柳盆子手里拈着一朵不知从哪儿摘来的蓝铃花。

“什么？”

“眼看疏勒城就要到了，再不做决定就来不及了。”柳盆子手指一弹，那蓝铃花旋转而出，扎在仙奴头巾边的头发上。

仙奴并没有躲，微笑了一下：“谢谢。”

“咱不做这劳什子密使了。”

“那……不是坏了班头的事？”

“也坏不了，他再派其他人就是了，顶多耽误一天。再说坏了又如何？我们又不曾欠他的，你不是汉人，我是被大汉通缉的人，索性就此走了，还可跟你去你家乡看看。”

仙奴美目盼兮，笑道：“你不怕花姐姐的蛊了吗？”

柳盆子哈哈大笑起来，两只手在脑后交握，仰头看着被阳光照得近乎透明的树叶：“就从来没怕过。”

“是吗？”仙奴细细地看着柳盆子，“那我要离你远点，要是像班头说的那样，你满脑袋的虫子，从鼻子、耳朵里爬出来怎么办？”

柳盆子愣了一下，面色精彩，无奈叹气道：“你太不了解‘跖门’了，太不了解我们柳家人了。”

仙奴忽然觉得有些不好意思，轻声道：“那你说说？”

“我们家的祖先是一对兄弟，哥哥叫柳下惠，弟弟叫柳下跖。哥哥柳下惠，一日要进城，结果城门关闭了，只好在城门外过夜。结果遇见了一个孤女，也在城外夜宿，要等天明开城。深夜寒冷，女子衣薄，瑟瑟发抖，我家祖宗柳下惠怕她冻死，就叫她坐在怀里，解开外衣把她裹住，如此抱了一夜，却没发生……那种事情。所以，后人都说柳下惠是君子，坐怀不乱。”

“这个我是知道的，我在坊间，听过优伶唱这样的戏。”仙奴道。

“什么君子，这真是辱没我家祖先。”柳盆子漫笑，“女子名节在那些人眼里是天大的事情，我家祖宗上前想抱便抱了，岂是那些瓜田李下都要避嫌的君子可以比的？坐怀不乱是任性救人，哪里是君子行为？君子们没这个胆量，只好嘴里羡慕，愣说我家祖宗是他们自己人。”

“好像是哦。”

“弟弟柳下跖就更任性了，他带着九千个小弟，纵横天下，诸侯都怕他。据说是到处抢牲口和女人，大块吃肉，大口喝酒。世人说，这群人不顾亲人，不顾礼法，最无道义。后来有人来投奔我家祖宗，问：做强盗就没有道义吗？柳下跖说，当然有——仅凭观察，就知道财物之所藏，是明；判断可否出手何时出手，是智；行动一马当先，是勇；退却孤身断后，是义；所得分配公平，是仁。这五者具备，方为大盗。这就是盗亦有道的来历。”

“有意思！”仙奴拊掌道。

柳盆子来了精神："孔子你知道吧？"

"当然，圣人呀，"仙奴有点嗔怒，"我也算半个汉人。"

"我家祖宗柳下跖，是痛骂过孔子的。说是孔子找到了柳下惠，说：你是个贤人，弟弟却是个大盗，你作为哥哥不该有劝他回头的责任吗？柳下惠说，我这个弟弟，心如涌泉，意如飘风，难以捉摸。我是打也打不过他，辩也辩不过他，先生最好也不要去招惹他了。孔子不信，还是带着弟子颜渊、子贡去了，见到了柳下跖，说了一番慷慨激昂的道理，我家祖宗大笑，说你可知那些你眼里的圣人义士都为名所累，不得好死，实在是太做作了。人上寿百岁，中寿八十，下寿六十，除了病患、死丧、忧虑，其中开口笑的日子，一月之中，不过四五天而已。天地无穷，人死有时，带着有时限的躯体来到这无穷尽的世间，不过是白驹过隙，哪里还有空行那诈巧虚伪之事？不如随心所欲，过几天快活的日子。你不用废话了，赶快滚吧！"

"这个戏文里也是有的，不过没你说的痛快！"仙奴细细地品味，"知道你是戏里盗跖的后人，我还问过小昭妹妹呢，她说这就是戏，盗跖是不可能骂孔子的，说他们相差着一百年呢。"

"啊？"柳盆子有些尴尬，想起那对学识广博的兄妹，就有点头疼，"我家长辈就是这么跟我说的呀。"

"那也当不得真，班头说过……"

柳盆子忽有些恼怒，陡然岔开了话题："你觉不觉得他们兄妹有些古怪？"

"怎么古怪？"仙奴的确好奇。

"就是……他们兄妹的感情……好像很黏糊。一般人……不至于那样。"

"是吗？"仙奴低下头来，"我倒是挺羡慕小昭妹妹的。我自小生在妓馆里，妈妈是个……艺妓，走得很早。阿爷就把我带出来……”仙奴眼神迷离起来，“我小时候没有朋友、伙伴，整日整年都是各种训练，那时就想，要是有个呵护我的哥哥，就好了……”

柳盆子沉默无语，想起仙奴提及过练缩骨功的童年，那是一种怎样的经历呢？

“你说得是好，人活着，能笑的日子，就那么几天，索性随心所欲……但是许多事真的由不得人的，会有责任，还有誓言。”仙奴喃喃道。

“什么誓言？”

“我跟阿爷是发过誓的。”仙奴摇摇头，就不再说话了。

“那都是牵绊。”柳盆子道，“你知道‘盗’是什么意思吗？就是直接，想得到，便拿到。我‘跖门’最讲究的就是那八个字——‘心如涌泉，意如飘风’，不为俗规牵绊，不以事害己，直达内心。”柳盆子拍了拍自己的心口，“我‘跖门’最擅长的，不只是偷东西，还有偷心。你知道汉家的章台妓馆里拜的都是我家这个偷心祖宗柳下跖吗？”

仙奴当然知道，自己在游冶台时，也见过姐妹们拜“白眉神”，说这神便是盗跖，好像是在等他搭救。仙奴想，妓女盼望大盗来拯救？真是汉人奇怪的想象，倒有种古怪的美好。她不禁出神，我也需要一个大盗来拯救吗？

“只是，我的心却被偷了。”柳盆子的手依旧按着胸口，“你问我不怕她……的蛊吗？真的不怕，跖门的人死便死了，怎么可能被要挟？但在死之前，能跟你共骑共策，哪怕只欢快个三五天，就够了！”柳盆子的神态依旧很跳脱，“要是我真的被那蛊虫咬了，倒在路旁，你也不用管我，只管打马前行，由那些兽啊虫啊去吃，倒落个天地干净。”

仙奴兀自出神，垂着睫毛，身体随着马起伏。

“在长安时，班头拉我来西域，虎头用挑断我的手筋和脚筋来威胁，我可曾怕了？但我为什么会答应？你是知道的，我是……因为你。”

仙奴依旧不理，低头前行。

柳盆子催马倾了过去，双手按住了仙奴的肩，把她扳得面向自己。动作可能有点大，仙奴头上那朵蓝铃花，垂落下去。仙奴的蓝眼里全是雾气，朦朦胧胧的，看着那花落到马下，被马蹄踏碎，嘴里轻声道：“花……”

柳盆子再次扳正仙奴与自己对望：“我喜欢你。”

63 小诚意

“我说真的！”柳盆子一字一字地说，“我——喜——欢——你。”

说罢，柳盆子脸上有一种奇异的光彩。

“假的。”仙奴的脸上恢复了日常的冷若冰霜。

在这种脸色下，柳盆子反而不敢造次，把手从仙奴的肩上放下来。“我不会说什么长长久久的屁话，但此时此刻，当下，是真的。”

“假的，”仙奴带马拉开一步的距离，“我知道你来西域，是为了我。也知道你有点……喜欢我。但那是假象。我自小就修习一种月氏的媚术，在长安那日初见，我向你小施了一下……你天性飘逸，最易被媚术所惑。”

“媚术……”柳盆子的心沉了下去，陡然想起与仙奴潜入鄯善王宫那次，见到仙奴竟然叫醒一个少年问路……那便是媚术吧？真的能迷人心智吗？

“你不是真的喜欢我，你只是被媚惑了。”

那一刻，柳盆子有些崩溃，同时心中升起一片巨大的惶惑。

仙奴只管纵马前行，柳盆子有些神情恍惚地跟在后面，半晌，嘴里才喃喃道：“你们……怎么能这样？我到现在，也不知道自己是不是中了蛊，也不知道自己是不是中了媚术。”

仙奴回过头来，满脸都是妩媚的笑意。

柳盆子一惊，打了个冷战。

仙奴哈哈笑起来：“别怕，就施过那一次。”

柳盆子心道，这一颦一笑，怎么还是那么媚惑呢？他心下反而平静下来，脸上多少恢复了些涎皮赖脸的神情：“媚惑就媚惑吧，我无所谓。”

仙奴抬眼，那疏勒城的城门近在眼前。“你们盗家的人，不是只乐意做有意思的事吗？”

“是啊，就讲究顺心意！”

“那你不觉得这次进城的事很有意思吗？”

柳盆子看着城门阔大，城墙延绵，心里有些失落。再往前一步，就要开始班头的计划了。嘴里苦笑：“是有点意思，但和你私奔更有意思。”抬手将一个小包裹扔给了仙奴。

仙奴打开，却是一把错金弯刀，刀鞘华丽无匹，镶满珠玉。刀拔出来，刀身如镜，照出仙奴的眉眼，纤毫毕露。

“这是？”

柳盆子把刀接过来，向仙奴演示，手指在刀颚处一按，弯刀的刀刃连环吐出刀刃，竟形成了一个圆环。“这是精绝国那精绝阁上的，我一时手痒，就顺了出来，本就是准备要讨好你的。”柳盆子将刀恢复原状，收了鞘，放在仙奴的手中，“我见你原来的弯刀好像不见了，这个正好用来防身。”

仙奴原来的弯刀的确被铜手捏废了，嘴里却道：“这也太……”任谁都看得出这把刀价值连城。

“我可不会使弯刀。”柳盆子拍马抢前几步，进入城门洞的阴影里，“我们总还是搭档吧？”

随着向导，或者说莎车使臣，柳盆子和仙奴进入了疏勒的王宫。

疏勒王宫占地巨大，不是鄯善、于阗、莎车可比的，宫殿层层叠叠，却风格各异，有的极高，有的极阔，有的奢靡华丽，有的粗犷狞厉，有的木柱草顶，有的通身石砌……就如疏勒居民人种一样，混杂并置。

一伙人被引到一个石砌的大殿，柳盆子恪守了他的职业习惯，一直在四处观察。大殿由巨大的石柱撑起，头顶是个高远的穹顶。穹顶上露出星星点点的石孔，光影错落婆娑，在镶嵌的宝石和彩色琉璃的相互反射下，形成一种迷乱的晕眩。四壁有些彩色石子拼贴的壁画，尽是些衣着很少的女子，好像在林间舞蹈。

在柳盆子看来，在这种国事会见的场合，装饰却如此旖旎绚烂，有点不可思议。宫殿过于阔大，正前方的王座也过于堂皇，疏勒王坐在上面就显得有点微不足道。

距离过远，柳盆子只能看出这疏勒王是个三十岁左右、深目高鼻的胡人，一头鬈发，却不扎髻，顶了个黄金打造的有些古怪的圈，身上裹着纹路繁密的袍子，却裸出右臂来。

柳盆子见那向导走到了离疏勒王还有五丈远的阶下，就被一名昆仑奴拦下了，站在那儿说了许多外交辞令，在柳盆子听来都是言不及义，索性不听了，却留心在更多细节的体察。

向导递完莎车的国书，退下去前介绍了柳盆子的汉家密使的身份，于是柳盆子携仙奴也走到了王座前五丈外。

这种场合疏勒王并不说汉语，仙奴在柳盆子的耳边轻声翻译。

“你是大汉的使者？”疏勒王道。

“我家正使两日后便到，我是先一步来送信的。”柳盆子呈上班超的信件。

劝降信件有仙奴的译本，疏勒王当堂看了，摇头道：“不用等正使来，就可以告诉你，绝无可能。”

“我家正使说，信只是大鸿胪寺的刻板文件，他另有使命，主要想和贵国增递些友谊，表达些诚意。”

“什么诚意？”

“大诚意要等正使前来，我这里只有小诚意。”

“什么小诚意？”

仙奴突然扬起了巨大的头巾，露出绝美的容颜和身段，盈盈伏腰致礼，脸上有些妩媚的羞意：“我就是。”

整个殿堂的光好像摇曳了一下，柳盆子能看见疏勒王乃至那些随从眼里的惊叹，甚至隐秘的欲望。心下哀叹，这也是媚术吗？

班超等人迟了一日才到疏勒，所有人以商队的装扮进了城。

疏勒大城真的很繁华。

精绝也繁华，却显得过于密集。疏勒有种混杂、错乱却放松随意的繁华。这里的街市显得宽松，货物随意摆放，没有规律。虽然人潮如织，车水马龙，店家却懒洋洋的，也不推销叫卖。行人服饰各异，脸上也都是悠闲的神色。

微服的使团一行找了一家客栈安置好之后，也开始休闲地在街上晃荡了。

班超已经可以正常行走，只不过比较脆弱，被一伙人拥着。

班超注意到，疏勒市场的货物极其纷杂，有许多怪异的玩意儿，比如奇怪的猫狗，雪白的孔雀，甚至还有虎豹，后来竟然在一个笼子里看见一头不曾见过的猛兽，比老虎还大，脸与老虎有几分相似，却没有斑纹，一头蓬勃的金色鬃毛，发出低沉的呼呼声。

一伙人围了上去，那猛兽突然将嘴张得极大，露出数寸长的尖牙，只怕一个脑袋都不够填的……班昭吓得退了一步，却发现那家伙只是打了个哈欠。

“这是什么怪物啊？”班昭自然而然地缩到了班超的身边。

班超沉思道：“难道是《穆天子传》里说的狻猊？”

“龙生九子里的狻猊？”

“嗯。”

“《尔雅》说，‘狻猊如虦猫，食虎豹。’果真可怕！”

看完这些奇兽，还看见了一些笼子里关着人，男女老幼、各色人种都有，几乎赤身裸体，戴着锁链。

班昭惊道：“他们连人都卖吗？”

奴隶市场之后，有个巨大的围棚，能听见里面潮水般的呼声。班超他们也凑了过去，才发现那是看奴隶和野兽相杀表演的地方，同时伴随着赌博。

班昭身上有些颤抖，班超在身后拉住了妹妹的手。班昭转过头来，温婉的脸却憋得通红。

“我们是不是……该把那些要被野兽吃掉的人救出来。”

班超摇了摇头。

“我们可是游侠！”声音柔嫩，却是坚决的。

“我们也是汉使。”

“好野蛮……”班昭的声音低了下去。

“这是风俗。”

“蛮夷就是蛮夷。”

“我们又强到哪儿去呢？”班超苦笑，“前朝的皇帝，还经常将大臣剁碎了，煮熟了，分给众臣……直到出了奇女子缇萦，才废了肉刑。”班超习惯性地抚了下妹妹的头发，柔声道，“班女侠，靠剑是移不了风俗的，得教化。”

“咦？”班昭歪头看着班超的脸，“这倒不像是二哥的话，竟像是大哥的话。”

班超叹了口气：“是爹爹的话。”

“哟，今天越发地怪了，你还会听爹爹的话？”

班超脸上的苦涩一闪而过。

“今天不能惹一点麻烦。”

麻烦还是来了。

一伙人继续散漫地逛着，竟看到一个黝黑的、瘦骨嶙峋的街头艺人，在肚子上，一把一把地插着匕首，背上的皮肉里，已经插了五六把……

“这是真插，还是幻术啊？”花寡妇惊道。

“一定是幻术，”班昭道，“仙奴姐姐要在，一定能识破！”

“她呀，现在也不知在干……什么好事。”

班昭笑起来：“我觉得仙奴姐姐倒好，就是你们家那位……你得看严点。”

花寡妇幽怨道：“天下可能没人能看住他了。”

两人在围观的人群里窃窃私语，一阵马蹄声响，街面来了一队巡逻的军人。行人好像已经见怪不怪，不疾不徐地把路让开。这应是一队巡防的骁骑营，只是比平时的壮大了些。

为首的一人，跨着高大的大宛马，披着繁复的甲胄，一看就是个将军。这位将军随意地往街面的两边扫视，结果目光停在了人群中明显有些突兀的某个人身上。

齐欢。

齐欢的个头的确突出，戴着斗笠，身着黑色单衣，肩颈那儿露出少许的文身，赤足穿着草鞋，背着一个竹箧……将军一挥手，身后的骑兵就驱散了看“饥饿艺术家”表演的人群，将齐欢围了起来。班超几位却护在了齐欢的前后。

那将军在马上显得倨傲，马鞭一指：“你们几个是哪儿来的？”班超道：“从莎车来。”

“你们是汉人？”

“是。”班超发现那将军虽与自己说话，眼光却没离开过齐欢。

“那是从汉地来的吧？怎么说莎车？”

“是从汉地出发，前段日子待在莎车很久，今儿才进的城。”

“来做什么？”

“经商。”

“贩什么货？”

“丝绸。”

将军纵马围着几个人转圈，径自走到齐欢面前：“你，跟我来。”

齐欢沉声道：“什么事？”

“我要问询几句话。”那将军向身后挥了下手，早有士兵冲进了旁边的店铺，喊着：“将军要借你的地方讯问疑犯，都出去！”

班超皱起眉来，疑犯？几个人都错开了几步，隐隐站出了个战斗队形。

“锵”的一声，围拢的骁骑营都拔出了马刀。

“我看你们不像商人。”将军眯着眼在几个人脸上扫过，突然从部下手里抓过一根长矛，将齐欢的斗笠挑了。齐欢凝然不动，任由斗笠落在脚边。

在外围观看的人群一片呼叹，触目的是齐欢的光头。将军啧啧有声，像是在欣赏齐欢头上逼真的刺青，将长矛搭在齐欢的肩上，矛刃压在颈部的动脉上，慢悠悠地说：“进去聊聊？”

64 近墨者黑

“啪”的一声，店铺的门被关上了。

店铺里只留下了将军和齐欢两个人，出来关门的两个兵士，自觉地守在门的两边。

骁骑营军士的刀并没有回鞘，依旧围着班超兄妹、花寡妇、风廉，还有两位剑侍。

班昭倒有点兴奋，轻声道：“我不找麻烦，麻烦倒找上门来了。”

“别担心，”班超也极轻地回答，“老齐最是沉稳。”

“我才不担心呢。”班昭知道，刚才骁骑营军士驱散人群时，耿恭带着手下六七个军家子，跟着人群一起散开了，现在应该就在街面某些地方伏着呢。

在门关上的一刻，耿恭就动了。

他在人群中穿行，钻进了一个窄巷，就到了那店铺的后面，全都是挤挤挨挨的民居。几个起落，耿恭就上到了屋顶。

疏勒民居的屋顶，都是各种晒台和凉棚，会有老人在躺椅上惬意地闭目晒太阳，完全不理会耿恭在他们身旁跑过，好像天塌了也不足以让他们睁开双眼。

耿恭很快就找到了合适的位置，在一对砖砌的烟囱边伏下了身形，将背上的长包袱解了，里面是一支长弓和一把箭矢。耿恭一边扳弓绷弦，一边在烟囱缝隙内观察那边的情形。

弓弦绷好后，耿恭习惯性地舔了舔弦，搭上了一支箭。从缝隙望过去，正好能透过那家店铺的后窗，遥遥看见里面的将军和齐欢。箭尖瞄向了将军的后背，确切地说，是将军头盔与背甲之间只有一寸缝隙的颈椎哑门穴。其实那头盔的盔缨完全垂落下来，正好遮掩了那里，但如果有什么异动的话，耿恭的箭会准确地钻过去……将军不会发出一点声音，而他对面的齐欢可以看见将军的咽喉处，冒出一个箭尖……

耿恭握弓的手向来很稳，今天竟然一震，箭尖的寒光已然颤抖起来。

箭尖的后面，可以看见一张因惊讶而张开的嘴。

耿恭的确惊讶得合不拢嘴，他遥遥看见那窗户后面的两个人，做出了奇怪的事。

班超他们都没动，骁骑营的军士也没动，奇怪地对峙着，也等待着。好像闹市喧嚣的气氛流动到这里，就冻住了。

门开了。

将军右手拿着马鞭，轻轻敲打左手的手心，神采奕奕地走出来。

“没事了，误会。”将军说罢上了马，一挥手，骁骑营军士们的刀都整齐划一地入了鞘。

将军带马走了几步，突然回头看着班超，马鞭搭在头盔上，对班超行了个洒脱至极的军礼，那粗犷的脸上，竟洋溢出一种迷人的风采。

班超不禁呆了，这是一种掩饰不住的喜悦吧？这人怎么就喜悦了？

班超呆呆地看着那骁骑营的人走远，回过身来，看见齐欢已站在了店铺门口，望着那尚未消尽的尘烟，眼里有一丝热烈闪过，心中不禁更奇了；随即看见耿恭从一个窄巷转出来，满脸的狐疑之色。

齐欢刚进店铺时，听见门在背后关上，心中的狐疑不亚于现在的耿恭。

这位将军有怎样的身手，才会不忌惮像自己这种几乎把“厉害”写在了脸上的魁梧大汉？

又说自己是疑犯，却没有搜身，由着自己背着竹箧，那里面可藏着他最称手的银锤。

那将军在清空的铺内站定，转过身静静地看着齐欢。

“将军要问什么？”

将军不答，忽地左手三指，右手五指，向上交叉叠于胸前，念了一句：“三江五湖。”

齐欢一愣，也是左手三指，右手五指，向下交叉叠于丹田，回了一句：“近墨者黑。”

将军面上露出喜色，躬身道：“墨者黎弇。”

齐欢还礼：“墨者齐欢。”

“原来还以为，在疏勒，此生再也见不到其他墨者了。”黎弇兴奋道，“刚才在街上一见你，就看出你是个恪守墨者古风的人。”

“真没想到远在疏勒还有墨者！”齐欢欣慰道，“墨者分相里氏、相夫氏、邓陵氏三支，你是相里氏一脉吧？”

“是。”

“想不到我墨家西脉，已发展到疏勒了。”

“也不是，我本是疏勒人，少年时在汉地凉州闯荡，有幸遇见的师父是墨者。后来孤身回到家乡，却一日也不敢忘，自己是一位墨者。敢问齐兄弟是北脉还是南脉？”

“南脉。”齐欢举起一支深褐色的竹牌。

黎弃有点颤抖：“这就是孤竹令吧？”

齐欢点头。

黎弃陡然跪下，匍匐而前，以额触齐欢的脚面，嘴里道：“属下黎弃，拜见墨使！”

……

“是吗？”班昭惊喜道，“那人竟然和齐大哥一样，是墨者？”

齐欢颔首，与班超等人道：“我们回去细说。”

一伙人聚在一起往客栈走，但耿恭还是没忍住好奇：“那个……我刚才在后面，看见那个家伙……好像在……舔你的脚？”

大伙的眼睛都亮了，一起停下脚步，看着齐欢。齐欢一愣，闷声道：“不是舔，是用额头碰了一下脚面。”

“那也好奇怪！”班昭皱眉道，低头看了看齐欢的脚，那一双大脚连同草鞋都挂满了泥污，不禁连连摇头。

齐欢看着这么些眼睛里的促狭，竟有点尴尬，只管迈步前行，嘴里哼了一句：“这是……古礼。”

“哦，”大家皆尽点头，唯目击者不依不饶，“你们墨家的风俗，也太……别致了。”

回到客栈，自然是关起门来开会。

班超一边听着齐欢的叙述，一边在屋里走来走去。

“黎弃现在是疏勒统兵都尉，算是军界的二号人物。他说他一直在串联朝中旧臣、城中各派家族，还有城外各个绿洲的头领，谋划政变，杀掉伪王兜题。说是已经准备好了，不日就要动手。我跟他说，我们是汉使，或可助他一臂之力，他很兴奋，说政变未必需要我们，但他们恢复原来的疏勒王统，正希望得到大汉的承认和扶持。”

“这兜题在疏勒总不至于是个孤头的王吧？”

“龟兹大军退却时，将疏勒的军队解散了一半，也留了五百龟兹精兵给兜题在宫中充当禁军。听黎弇说，这都不是问题，宫中有好些内应，到时会打开宫门，他集结的两千疏勒军，会控制住王宫。”

“这黎弇可靠吗？”

“当然，”齐欢微有些不满，“我信他。”

班超兀自在众人眼前走来走去。

“二哥，你就不能停下来歇歇？”班昭道。

“幸福来得太突然，我得习惯习惯。”班超并不停步，“猜到兜题的王位可能不稳，没想到这么不稳！这一路尽是波折凶险，总算掉下来了一件好事！看来得改变一下我们的计划了。”

兜题这个疏勒王不好当。

他成为疏勒王已经有五个月了，除了登基那日，朝中百臣在龟兹军的刀兵下叩拜了他，大部分臣子就再也没见过他了。也就是说，龟兹王宫再没开过大朝会。

左右丞相请求单独觐见，也常被拒绝，只好感叹，外国人（使臣）见疏勒王的机会，比丞相还要多。

当然，小朝会是有的，就那五六位亲龟兹的大臣，会在宫里的某个偏殿与兜题会晤，政令由此而出。这几位新晋权臣，渐渐在朝中也吸纳了些党羽和骑墙派，与旧日的权贵慢慢地消磨对峙。

这一日，疏勒王庭上下，都收到了一个消息。汉军拿下车师之后，匈奴军队彻底退出了西域范围，汉军兵围焉耆，结果焉耆国不战而降，而去援助的龟兹军队只好半道而返。

有些知觉灵敏的大臣，感到整个西域的局势，开始越来越微妙了。果然，当夜，宫里的夜钟竟然敲响了一百零八记，这是第二日要大朝会的标志。百臣不久都收到了通知，说疏勒王明日将在大殿恭迎来自大汉的使团。

百臣震惊自不待言，最惶恐的是那五六位新晋的权臣，对疏勒王的决策绕过他们而颇为不解。在如此敏感的局势下，还大张旗鼓地接见汉使，是说明在汉军的兵威下龟兹那边的态度已开始调整？还是疏勒王兜题想趁此机会脱离龟兹的控制？几位一起，连夜去宫里要求秘见兜题，却在殿外空站了半个时辰。他们几个面面相觑，揣度着各自的立场，只能等待明日答案的揭晓，或才能决定自己的对策和命运。

夜很长，另一派大臣也在忙于隐秘的串联。暗夜酝酿着不安，只等着第二日大朝会的到来。

65 廷变

这不是常规的大朝会，大殿前的三十多管长号全部吹响，一个鬼面巫师摇着手鼓，带着数人在一侧起舞……群臣震惊，这是最高级别的礼仪，就是邻国的国王到访，也不过如此。对汉朝的普通使臣如此迎接，态度已经非常明显了。

群臣入了殿，却见汉使班超早一步坐在了疏勒王王座的一侧，手执使节。

群臣两边站好，那疏勒王兜题便站了起来，一位礼官扶着兜题走下王座，拉着班超的手，一起走到台前。

“都来了？”兜题的声音有点含糊，说的竟是汉语，“今天我要宣布，自今日起，我疏勒国，事大汉为宗主，唯大汉马首是瞻。”

几位权臣面色灰白，其中一位便是执掌军事的太尉，上前一步道：“大王，如此重大的决议，应当廷议，而不是直接宣布。”

“我已经宣布了。”兜题说罢，把握着班超的手举得很高。此处该有欢呼声！兜题心道。结果什么都没有。兜题望向下面，所有臣子面色肃穆，呆呆地望着他。兜题有点心虚，不是该有很多人对龟兹反感，赞成归汉的吗？

太尉见诸臣反应冷淡，当下胆气壮了起来：“大王，既然大家都对此举不满，就应该重新商议！”

"谁说不满了?"有个声音道。

太尉回头，见说话的人正是名义上自己的军中副手——都尉黎弇。"你赞成?"

"很赞成，也很不赞成。"

"什么糊涂话?"太尉耐着性子道。

"我很赞成归顺大汉，但不赞成……"黎弇一指殿上的兜题，"由这个篡位的贼子说出来!"

"大胆!"太尉暴喝，"你这是……"却见黎弇一挥手，太尉捂着咽喉就说不下去了。黎弇淡淡地替他说："谋反。"

太尉看见黎弇的手里有一把短刀，刀尖上挂着一滴血，自己咽喉处的疼痛才开始触骨。他用手紧紧捂住伤口，血还是像涌泉一样地从指缝间冒出来，再也支持不住，趴伏在地。

横变陡生，众臣还未及反应过来，就听见身边几声惨呼，那几位能参与小朝会的权臣，已经倒在了血泊中，却是群臣身后的殿上侍卫所为。

群臣大部分已乱，想跑出殿外，却见侍卫们已经封住了门口，回头看见还有二十多位同僚神色镇定，站在原地动都没动过。

"得汉使帮助，诛杀伪王兜题，一雪破国之耻，"黎弇举起短刀，"就在今日!"

"就在今日!"众侍卫齐声而呼。

疏勒王兜题目睹廷下刹那间血流盈殿，刚想踏前一步，就被班超顺势将其一只手扭在身后，再也动不了半步。

兜题侧眼望向班超："你这是做什么?"

"看热闹。"班超看着廷下的局面，淡淡地说。

兜题急道："咱们不是都说好了吗……"

“是你的这帮臣子早就谋划好了，要杀你，”班超扬了扬下巴，“我这样，是救你。”

班超话没说完，变故再生，大殿极高的吊顶突然破开一口，跃下一个黑衣人，手持链刀，甩向班超。

班超却动也不动，身边的礼官一条长鞭卷上，缠住了那空中黑衣人的脚踝，横向一拉，黑衣人被甩在旁边的石柱上。那链刀离班超的后脑勺只有一尺时，链子已尽，被黑衣人的身势带飞，刀尖击在地上，迸出几颗火星，把地上的石面砸出个缺口来。黑衣人的身体才从石柱上摔到地面上，就被旋出的一把闪亮的弯刀割了喉，那弯刀又自己旋回到礼官的手上。

这只是转瞬间的事情，天花板还在裂开，前后又落下了四个黑衣人，一个直接扑向黎弇，两位落在左、右丞相的身后，在两位职位最高的臣子的脖子上架了链刀；还有一位直接砍翻了两位殿上的侍卫……

这些黑衣人身穿黑色的软甲，面上也戴着黑色的脸甲，链刀伸缩自如，身法和刀法都极为诡异，与汉地武功截然不同。

黎弇与那袭击他的黑衣人斗起来，竟然占不到便宜，或许短刀不是他的所长，几招后就落了下风。

那阻挡侍卫的黑衣人就显得神威赫赫，瞬间又砍翻了三名殿上侍卫。可见他们武功都是极高的。只是那偷袭班超的，没料到礼官出手，人又在半空中绝难闪躲，才被连击致命。不过，他们武功再高，却遇见了一把能杀神的细剑。一直站在殿下不起眼的风廉出手了。他先掠过了战斗中的侍卫，又掠过了黎弇，一剑刺向劫持了右丞相的黑衣人。那人身子一带，右手的链刀横向一拉，就要用刀锋抹那右丞相的脖子时，却听见脚下当啷一声，只见一把链刀掉在地上，刀把上还连着一只断手……才惊觉自己的手被砍断了。细看这冲过来的人，有一张稚气未脱的脸，他的最后一眼，看见少年身后，自己的两个黑衣同伴和自己一样，颈侧的动脉被割开，血喷射的声音像风声一样，很动听……

班超身后不过两尺的一块地板，突然翻起，又蹿出了一个黑衣人，一把链刀钩住了班超的脖子，喝了一声："住手！"

这一变化过于突然，班超马上放开了疏勒王兜题，双手举起，说了声："放松。"

风廉停了下来。

劫持了左丞相的黑衣人急退，来到兜题身边护住。

这时，廷下的左丞相以及被风廉刺中的三个黑衣人的身体，才摇摇晃晃地倒下。

黎犇冲到左丞相的身边，看见其喉咙已被割开，肯定不得活了，急忙将已被风廉救下、却吓得浑浑噩噩的右丞相护在了身后，盯着王位所在的高台。

高台上一个黑衣人拧身护着兜题，一个黑衣人劫持了班超，还有个瘦弱的礼官，执一把错金弯刀，在这种局势下不敢稍动。

动了的是兜题，他在骂护着他的黑衣人："你……怎么杀了他呢？这下麻烦了！"兜题甩着手，"算了，把刀给我，我要砍人！"

"大王砍谁？我去砍！"黑衣人多半是兜题的贴身护卫，带着要命的愚忠。

"把刀给我！"兜题不耐烦道，"你要抗命？"

那黑衣人犹豫了一会儿，还是将手上的链刀双手奉上。

兜题接了刀，转身面向班超，却见班超身后的黑衣人不知为何，仰头栽倒在地。那礼官扑过来扶住班超，急道："不是让你别动武功吗？"任谁都能听出是一个女人的声音。

班超把举高的手放下来："只动了袖箭，没动武功。"

兜题却没有丝毫犹豫，回手一刀，砍在保护他的黑衣人的脖子上。那黑衣人的喉咙里发出了古怪的呼哧声，从台阶上滚到廷下。

“你们看到了？”兜题对着血迹斑斑的大殿，对着众臣，指着被他砍杀的黑衣人尸体，“我没叫他们杀人。”突然跪倒，双手将刀举过头顶，“我愿意投降。”

廷下众臣皆不作声，只是奇怪地看着这个被龟兹人立给疏勒的君王，那眼神有的惶惑，有的惊恐，有的愤怒……

“我愿意退位！”兜题高喊。

黎弇一步步走上廷来，把兜题跪呈的刀接了过来，转身面向廷下，把刀猛地一举。廷下那些参与了政变策划的大臣们，被眼前这极具象征意味的动作所感染，竟热泪盈眶地欢呼起来。

黎弇也是虎目含泪，声音发哑：“伪王已经退位，我与右相商议过……”黎弇看向幸存的右丞相，“当扶先王的侄子——忠，继承大统！”

“忠！忠！”廷下的大臣们纷纷呼喊。

“那伪王兜题，我们该如何处置？”黎弇转头看了眼班超，又看了下廷下的众臣。

班超低头沉思不语，台下一位大臣道：“这等龟兹贼子，辱我王统，戮我左相，不杀不足以平民愤，不杀不足以告慰先王的英灵！”

兜题还跪在地上，急道：“我都这么配合了，你们还要……”回头乞求地看着班超。

班超眼望别处，继续沉思。

“杀伪王兜题！”

“杀篡贼兜题！”

“杀龟兹狗贼！”

廷下群情激愤起来，尤其是那些曾与伏诛的几位亲龟兹的权臣平时亲厚的，此时喊得最为情真意切，好像不如此，便无法择清一般。

兜题看着这个场面，几乎绝望了，眼见那黎弇的眼在盯着自己的脖子，将自己献出的刀，慢慢地举起来……

“等一等！”

班超的声音不大，但黎弇的刀停了，廷下激奋的叫喊也停了。因为伤势，班超中气不足，面带病色，脚步也显得虚浮，但走到阶前，却自带一股慑人的气势。

大家莫名地屏住呼吸，等着这个大汉正使说话。

兜题心里一松，却听见那懒洋洋的声音说：“杀，”不禁浑身一震，又听那声音道，“是容易的，但于大事无补。不杀，于正事无损。在我大汉看来，龟兹，就是下一个归顺的国家，与其让龟兹王增加仇恨，不如让他感佩我大汉的恩德。”

那一刻，兜题的身子忽地软了下来。

66 影子

疏勒王宫虽然奢靡，但王宫里的监狱却显得粗陋，就是一个地下室，邻着王宫的马圈。

兜题被关在一个单间里，三壁土坯，高处有个一尺见方的小窗，能听见马匹打响鼻的声音，并传来马粪的味道。另一面是一排碗口粗的木柱，立成了栅栏和牢门。牢门外站着班超。

兜题拿着手绢捂着鼻子，苦着脸道："他们对我还不及一匹马好。"用手指了指那高处的小窗。

班超一脸同情："再熬一晚，明天就送你回龟兹了。"

兜题都快哭了："别玩我了，班头！今儿早上，你在廷上还没把我作弄够吗？改计划也不跟我说一下。"

"没来得及，"班超笑道，"但现在戏做全套，你真得去龟兹了。"

"那我中途跑回来？"

"不行。"

"什么意思？想赶我走？"

"反正你也待烦了。"

"那个……是仙奴说了什么？"

"仙奴？"班超诧异，"什么意思？"

兜题突然恼怒起来：“不去！我把易容卸了，他们就知道我不是兜题了。你能把我怎样？”

“这主意可真差！”班超笑道，“柳盆子在两都大名鼎鼎，在西域却谁会听说？只要我们说不认识你，你会是什么下场？到时连龟兹都去不了了，只会去地下吧？”

“兜题”，或是柳盆子，终于服了软，苦着脸道：“班头，你究竟想怎么样啊？”

从兜题拒绝归顺之后，班超原定的第二计划就开始了。

仙奴被送进疏勒后宫后，柳盆子在王宫侧翼的宾馆内，就在等夜晚的到来，去替换兜题。

计划很简单直接，仙奴一路留下线索，柳盆子就能夜里寻迹摸到疏勒王当日下榻的寝宫——据说兜题终日惶惶不安，每晚在不同处过夜——移花接木地变成假兜题。那时仙奴想必已经把真兜题制住了。

然后假兜题就把疏勒归顺大汉的事坐实，天下皆知，而真兜题会被悄悄送出王宫，由班超重新劝服，告诉他，归汉离龟，反而还能收复些疏勒群臣的心。那时的兜题想必已经魂不附体，多半会答应所有条件，再做一次真假更换，真兜题会重新回到疏勒王宫做他的王。

如此，不惊动群臣，不惊动军队，就靠两个潜行和易容的高手，就把事做成了。兜题在事后也一定会对这有些羞耻的经历保密，简直是神不知鬼不觉。

柳盆子对班头的头脑越来越佩服，觉得这事儿干起来，实在是太有意思了！

但变化永远在计划之外。

仙奴被引着在迷宫般的后宫间穿行，留下了只有柳盆子看得懂的隐秘记号。路上仙奴被几位中年宫女细细搜过身上没有硬器，最后被送进了一个中间只有高广大床的房间。那床是用粗大的原木精雕而成，雕的都是男体女体纠缠不尽的姿态，自有一种直白的旖旎。

仙奴一个人在这房间里静静地待着，发现四壁也都是男女以各种奇异姿态交合的壁画。这些画色彩斑斓亮丽，一直延展到天花板上。天花板上的人形更是充满画者的狂想，男女都带着翅膀，似在飞行中进行着那事儿，仪态更是万方异呈。

仙奴保持着微笑等待着，直到听见门响。

兜题不是从仙奴来时的门进来的，这房间竟有个暗门。

近看兜题，仙奴觉得兜题身上有种阴郁的东西。兜题满意地看着仙奴微笑，问道："你都会些什么？"

仙奴低头道："会跳舞，也会唱歌。"

"就这些？"

"是，或是别的什么，就只能等人教了。"

兜题伸出手来："来，我教你弹琴。"

"弹琴？"仙奴一愣，把手伸出，给兜题抓了。那兜题拉她往床上坐，仙奴也不扭捏，坐到床上，突然床下传来一声罄石的声响。

仙奴一愣，兜题得意道："乐器便是这床。"自己也坐上去，床下发出另一音节的罄响。仙奴手又按在一处，发觉床板某一部分微微下沉一分，又发出一声罄响。当下又按了几处研究起来，原来床褥下的床板是由横三竖五，十五个方块组成，每压到某块，就会奏响床下的相应音阶的罄石，甚是精妙。

"如何？"兜题笑道，"就由我和女使一起来演奏吧？"说罢就揽住仙奴的肩往床上倒。

仙奴在床上一滚，果真奏出叮叮咚咚细密悦耳的曲调，脸上一热，心道：这床原来是如此精巧的淫具！她当下从床的另一头滚下。

“大王，这床极有意思，小女或可用自己的方式先演奏一下。”仙奴媚笑道。

“哦，还有别的演奏方式？”

仙奴慢慢地脱了鞋，蓦地足尖轻踮，柳腰一拧，跃在床上，一时乐音连响，竟跳起舞来。

只见她裙摆飞扬，纤巧的玉足踮跳弹动，柔媚的腿部线条充满弹性，修长的身影在四个雕满人体的床柱边不住飞转，胸前晃荡如波，叮叮咚咚的乐音如奏木琴，旋律连绵不绝。

她嘴里却唱了支汉曲：

“北方有佳人，绝世而独立。

一顾倾人城，再顾倾人国。

宁不知倾城与倾国，佳人难再得……”

舞乐歌相和无间，直让坐在床边的兜题看得目瞪口呆，不再饥渴难耐，反觉这乐舞永不结束才好。

仙奴舞姿曼妙，虽一手拎着裙裾，另一手却抚在了兜题的脑后，脸盈盈向前……

兜题被唱得一腔柔情，手就要抱过去，忽觉仙奴的手指在自己的耳后拂了一下，当下眼前一晕，心中大骇，本能地推出了一掌，正击在软处……

更吃惊的是仙奴，她本以为是手到擒来，只要柔荑轻弹，便能将这疏勒王击晕，不承想兜题不仅没失去知觉，还将势大力沉的一掌击在仙奴的胸上。仙奴本能地一扭，卸去了大半的掌力，却还是被推到了床下。

这边兜题也不好受，两眼乱冒金星，耳鸣不已，并指喝问，却与仙奴异口同声：“你会武功?”

头上的天花板陡然一裂，扑下一黑衣人，链刀直取地上的仙奴。仙奴本就岔着一口气在胸里，再被偷袭，只能身躯如蛇，刻不容缓地扭向一边。那黑衣人杀招连环，仙奴一旦失了先手，就只能躲闪，刹那间两人在四个床柱间游走翻飞。

仙奴极为被动，发现这黑衣人的武功身法尽皆诡异，强攻不断，自己岔气之下，轻功也难顺畅，竟然来不及解腰间的长鞭。

那兜题却缓过来了，一脸阴鸷地盯着躲闪的仙奴，看准机会将自己脱下的绛红斗篷当头罩下。仙奴眼前一黑，觉得这兜题的武功原来还在黑衣人之上，未及挣脱，被一掌拍在后颈，当下失去了知觉。

仙奴醒来，缓缓睁眼，就看见天花板上旖旎缠绵的壁画，知道自己躺在了那张“琴”上，只是四肢展开被拴在四根床柱上。她挣了两下，就觉得提不起气来，只能像普通人一般，做点挣扎，身下却有音乐传来，当即不敢再动。她侧脸就看见坐在床前的兜题，正细细地打量她。

仙奴连忙摇头闭眼，再睁开细看，发现不是幻觉，床边的兜题身后，竟然还站着位“兜题”！角落里还站着那个脸甲蒙面的黑衣人。

仙奴细看，两个兜题还是有区别的，坐在床前的这位，面目明显有些苍白，甚至有点浮肿……而站着的那位，应该是刚才与自己交过手的。

“你原来是刺客，”坐着的兜题笑道，“可惜了。”

“你……你们……”

坐着的兜题，手开始在仙奴的身上滑动，将裙摆慢慢撩开，露出小巧的膝盖、弧线流畅的小腿，透着明玉般的光泽，脚踝上有一串极细的银链，缀着几颗珍珠，像沾着晶莹的细小露珠……

“我就是你要杀的疏勒王，”坐着的兜题的手没有停，“他不过是我的影子。”

仙奴忍不住颤抖起来：“我没想杀你……什么影子？”仙奴扭动了一下，身下却传来恼人的音乐声。

“这世上，只怕很多人想杀我吧？所以就需要影子。”

“我白天在大殿上见到的是？”

“当然是我的影子，我怎么会去那么危险的地方，见那些陌生人？”兜题的手越来越不安分，“当然，来见你一个人我是愿意的。你说你不想杀我，那你干吗袭击我的影子？”

“就是挟持你归顺……大汉。”

“你又不是汉人，”手摸到仙奴脸上，“倒不如归顺我。”手又滑到胸前，隔着衣服轻触那两座绵柔轻颤的浑圆。

仙奴忽地媚笑起来：“好啊，归顺你又如何？”声音旖旎如歌。

兜题瞬间迷乱，站起身来开始脱衣服，却见那“影子”也开始脱衣服。仙奴惊得一挣，乐声又响：“你们俩？”

“当然，”兜题痴笑道，“哪有影子离开主人的道理？我向来对影子很好的。”

仙奴眼里煞气一闪而过，看着两个兜题越逼越近：“让那家伙走！”仙奴用下巴指着墙角的黑衣人。

“好呀，”兜题转头对黑衣人道，“赶快躲起来！”

那黑衣人身子向上一蹿，头上天花板开合，人就不见了。

仙奴急道：“他……不能躲在上面……偷看！”

兜题道：“没办法，他的任务就是一刻不停地看着本王呀。你不用担心，他是个阉人。”

仙奴心中大乱，她虽会些媚术，但毕竟涉世尚浅，哪里想到这兜题的后宫之习如此怪异和混乱。她嘴里急道：“你给我把影子杀了！”

“哦，”已经中了魅术的兜题转脸面对影子，身形却僵住了，“怎么可能？”

媚术对人心智的控制，多是暗示，讲求逐步诱导，循序渐进，而陡然发出如此违背惑主本心的命令，反而会使惑主惊醒。

兜题抽了自己一个耳光，转回身来，眼睛里恢复了阴鸷的神色：“还会妖术呀？”慢慢地将自己几乎脱尽，“想知道我有什么能耐吗？”

仙奴气急败坏，对着门叫道：“你还不快滚进来？”

那“影子”一惊，转身做出了防备动作，随即放松下来，拍手对着仙奴笑道：“被你吓了一跳！这是个密室，门有三道锁扣，没人能轻易进来。”

结果门应声而开，一个声音道：“是吗？”

67 / 栽柳

进来的当然是柳盆子。

但天花板再次裂开，那躲藏的黑衣人跃下直接扑向了柳盆子，手里的链刀已经飞了出来。空中向下扑击，最有威势，不承想柳盆子的身形轻飘飘地平地退出了三尺，重新回到了门口。链刀击空，黑衣人还未落地，就见一点细小寒星朝自己打来。他在空中躲闪不得，被那寒星打中，并没入前胸。他当下闷哼一声，就地一滚，顶住柳盆子，不让其进屋一步；低头一看，自己的软甲上嵌着半截透骨钉，入体近一寸。

“还有软甲呀？”门口的柳盆子笑道，抬眼看见两个兜题，一个几乎脱光，一个也衣衫不整，不禁面色古怪，“这……谁是兜题呀？”

“都杀了！”仙奴叫道。

“这就杀。你怎么样了？”

“膻中。”

柳盆子一愣：“西域人还会点穴？”

仙奴咬牙道：“不是穴道，是他们封了我的气轮，截了业脉。”

柳盆子奇道：“气轮？业脉？”

柳盆子还没和仙奴探讨完，“影子”已经动了，和黑衣人一起冲过来。

柳盆子双手连扬，两把满天星似的暗器打了出来，有的扑面劲射，有的旁逸斜飞，有的相互撞击、路线倏变……黑衣人手里的刀舞得跟风车一般，却还是中了两枚，全凭软甲和一腔护主的悍勇撑了下来。“影子”舞动手里刚才罩住仙奴的斗篷，竟然将近身的暗器都收了，甩了一地……原来斗篷竟是个宝物。

柳盆子还被堵在门口，见无法迫退两人，又是两把暗器旋出。

“影子”把斗篷扔给了黑衣人，叫道：“顶住他！”自己却倒纵至兜题身前，背起兜题，却面向着柳盆子，身体护着兜题，向一道暗门退去。

黑衣人眼见寒光点点闪耀，将斗篷挡在身前，露出的头冠，却被暗器打碎，瞬间头发披散，头皮破损，血流了一脸。他心下大惊，举斗篷将头脸也护了，手上的链刀疯狂斜劈，人向门口猛扑，要把柳盆子逼出门去。

黑衣人的确抢到了门口，却觉得胸口一凉，低头发现胸前透出一截奇怪的枪尖，回过头来，却见柳盆子竟在他身后，背上的伞不见了，手里拿着一把七尺长的异形怪枪，洞穿了自己。黑衣人苦笑了一声，嘴里吐出血来，原想将这人闷头堵住，用斗篷挡死了自己的视线，全然不知他已经跳到了身后……人真是可以蠢死啊。

在“影子”看来，却没那么简单，虽然黑衣人自断视线，但柳盆子的身法还是太快了。他已经退到了暗门边，脚踢开了机栝，马上就要消失了，就是以柳盆子的速度也来不及了，因为他们之间还隔着一张大床……突然，他的眼角边，瞥到了一道鞭影……

兜题趴在“影子”的背上，准确地说，是缩在“影子”背后，脸顶在“影子”的后脑勺上，完全看不见局势。他只觉得自己的身后有暗门打开，马上就要退到密道里了，结果忽听见一道锐利的风声，就看见有东西缠住了“影子”的脖子，还没反应过来，“影子”的头突然转了过来。两张几乎一模一样的脸，鼻子顶着鼻子对视着。兜题扶着对方的后背，把脸腾后了半尺，才在“影子”的眼神里读出了茫然，依然没有意识到，“影子”的脸是不可能转出这么大角度来的。直到“影子”的身体背着他慢慢倾倒，他才明白，“影子”的脖子被扭断了。

兜题惊叫着，从“影子”尸体上爬起来，看清“影子”脖子上缠着鞭子，而鞭子的一头，握在坐在床上的仙奴手上。这女人刚才不是被绑着吗？兜题心道。他转眼看见柳盆子在床的另一头反手抽出了长枪，然后黑衣人的尸体慢慢倒下。

“你们……”兜题不知所措。

“我刚才扔了几把暗器，其中就有一个木球，击在了大美人的膻中上——她刚才暗示我了，解了什么气轮业脉的。”柳盆子像是怕兜题不服气，不紧不慢地解释，“她会缩骨术，一下就能脱了绳索……”

兜题面色悲戚，慢慢坐下去，抱起“影子”，把那张转到背后的脸慢慢正过来：“他武功那么高，要不是完全没防备你这贱人……你如何能一下杀了他！”兜题瞪着仙奴，眼里迸出泪来。

“你们感情不错啊？”柳盆子冷笑。

兜题抱紧尸体哭道：“他是我兄弟！我们这些年无论做什么都在一起！”

仙奴想起刚才这两人在床边“做什么都在一起”的情形，心下羞愤，一鞭子甩过去。

“别……”柳盆子叫起来，扑向空中已然晚了，见兜题被鞭梢抽晕，后面的话登时改了，“……打脸。”人已经落在床上，扑倒了仙奴。

仙奴被柳盆子压在身下，寒声道：“干什么?”

“我以为你要杀他。”柳盆子慢悠悠地爬起。

仙奴起身，开始整理凌乱的衣衫，嘴里恨声道：“我们白天见的竟是假兜题！连卧室里也藏着个保镖！”

“这也不奇怪。”柳盆子道。

“不奇怪?”

“是呀。”

“那你怎么不提醒我?”

柳盆子奇怪地看着仙奴，指着那“影子”的尸体：“这叫‘影武’，就是影子武士。通俗点说，就是替身加保镖。好些身在要害位置的王公诸侯，都会养‘影武’。‘影武’并不好培养，往往是与主人长得很相似的人，多由堂兄弟或表兄弟来充当。为了举止行为、习惯没有差别，两个人常会在一起生活。所以兜题说那是他兄弟，也不奇怪的。”柳盆子又指了指黑衣人的尸体，“这是‘隐武’，隐藏的隐，就是躲在隐秘处的保镖。‘影武’稀缺，往往只有一个，‘隐武’可能就多些，只是不知其他的藏在哪里。”

仙奴低头沉思，颦眉不语。

“看来你真不是刺行的人，”柳盆子叹道，“也不是我这样的江洋大盗，那你这一身潜行无碍的诡异功夫，还有媚术柔术的，都是练来玩的?”

仙奴还没从羞愤中缓过来：“滚!”

“怎么说，”柳盆子不为所动地笑笑，“我也算你的救命恩人吧?”

“你真以为是你救了我?”仙奴的声音变得清冷，“没你我也有办法控制他们，叫你进来，不过是为了少些麻烦。”

柳盆子叹了口气，不再争辩，走到晕过去的兜题面前，扶着脸仔细端详："脸差点被你抽烂了……那我还是扮上吧。"

半晌，才听见仙奴在身后轻轻地哼了一句："谢谢啊。"

如今扮好兜题的柳盆子被关在狱里，被班超隔栏好一阵调侃。

柳盆子顶着兜题的脸，皱眉道："你真要把我送去龟兹？"

"也是临时起意，"班超笑，"却发现是最好的主意！"

"不好玩。"

"我觉得很好玩呀。"

"那是因为你在玩我！"

"错了，你在其中，会是玩得最欢的。"

"怎么说？"柳盆子一脸戒备。

"你知道，龟兹什么最有名吗？"

"葡萄酒？"

"是美人，"班超合掌，面带向往，"龟兹艺妓，乐舞无双！你连这都没听说过？"

"那又怎样？"柳盆子心里一动，脸上却在冷笑。

"龟兹乐舞，最佳绝的，尽在宫廷。你可是兜题，也是宫里的王族啊，就不想回家去体会一下？"

"你送我就是去考察宫廷乐舞吗？"

"我想让你发挥一下你的长处。"

"偷什么东西？"柳盆子眼睛一亮。

"偷人。"

"要劫哪位？"

"放松，"班超笑道，"咱不打打杀杀，偷人——就是淫乱一下他们的后宫。"

柳盆子吸了口气："班头，你真是好……龌龊。这是让我舍身去给你套情报？"

"总不能白白埋没了你的大好……长处。"班超扫了一眼柳盆子的要害，"你在宫里随便浪，最好迷倒些王妃呀、公主什么的。情报这事，有则有，没有也无所谓！是不是天大的好差事？"

"有点太好了，"柳盆子扶着前额，"让我觉得有些不踏实。"

"也不全是浪，"班超忽然正色道，"眼下龟兹是西域最强盛的国家，我的下一步多半要去那里出使。而窦帅也取了焉耆，兵锋也已指向了龟兹。龟兹一旦拿下，西域就定了大半！所以到时，无论是战是谈，你都会是很重要的暗棋。"

"除了那个……长处，还要做些什么？"

"留意些廷上各派，谁亲匈奴，谁近大汉，有可能的话，神不知鬼不觉地杀几个亲匈奴的，震慑一下。当然刚开始要夹好尾巴，跟女人们亲近就好，收集点自己的势力，杀人的事，要等窦帅的大军临城时才干。"

"卧底，有点意思。"柳盆子情不自禁地搓起手来，想象那种暗处成事带来的快感和刺激，绝不亚于美人美酒。

"咱这叫栽柳，"班超沉声道，"到时希望你……成荫。"

"放心，"柳盆子两手比画道，"会是好大一片荫。你们都会靠我这棵大树的。"

68 晚点来

整个疏勒王庭，上下都在忙碌着，准备新王归统，恭迎死去的老疏勒王的侄子忠成为真正的疏勒王。疏勒王宫的中心大殿，重新做了布置，想让仪式远比伪王兜题登基时，更加盛大。

疏勒大城里的商人、百姓的脸上，也洋溢着喜气，在各街坊的交叉口处，自发搭起花坊，扎起彩带。虽然无论谁当王，对他们的生活影响都不大，但归统却好像关乎了某种尊严，他们的喜悦是无比真实的。

大城的东门，走出一支不起眼的车队。守城门的兵士本想盘查一下，却认出有一匹马上坐着的竟是微服的大都尉黎弇，急忙默契地放行，心里还猜想，这车里面，都是些什么人啊？

车厢的窗帘掀开了一角，露出伪王兜题的半张脸，当然是柳盆子。车队两边各有一队人，一队是兜题在宫里的龟兹卫队；另一队只是送行的，有班超兄妹、齐欢，还有黎弇。

队伍走到了郊外的僻静处，班超钻进了柳盆子的车子。

“还有什么话说？”柳盆子懒洋洋地靠在一个木箱边。

班超细细地看着那张兜题的脸，摇头：“真不习惯见到你是这个嘴脸。”

“我快习惯了。”柳盆子拿出个铜镜，细细地看着自己。

“不会出什么问题吧？”

“我的易容术虽然不及姚婆婆和没脸儿杜小可，算起来也该是江湖前五。”

“这么强？没听说过呀？”

“这是我保命的绝活儿，人人都听说的话，不是增加逃命的难度？我当年在弘农越狱，其实根本没离开，只是扮作了专门从洛都来提审我的廷尉吏的样子，在狱里大喊大叫，被他们忙不迭地放出来。他们以为我不仅跑了，还神不知鬼不觉地把廷尉吏劫到了狱里。”

“那可是你的一个传奇！原来不是真的？”班超道，“那真的廷尉吏呢？就没说出真相？”

“当然没有。他们把我送到了廷尉吏住的地方，我不就单独见到了那还在睡觉的家伙了？然后许他了几件赃物，也说了点吓唬的话，他就成了我在廷尉府的眼线了。要不这么些年，廷尉府会拿我没办法？”

“厉害！就算样子看不出破绽，但说话的声音和龟兹口音怎么办？”

“你现在才考虑这个问题？真不拿我的命当命。”柳盆子笑道，“哪有易容高手不善于变声学舌学语言的？这一路上，我也颇学了点西域胡语。我再诈个伤，说颈部有疾，在了解状况前，少说话就好了。只是我听那兜题说话太少，对他的说话语调还不够了解。”

班超神秘地笑起来：“所以我把兜题送给你。”

“我还以为仙奴事后会把他杀了呢。”柳盆子眼里浮现出仙奴被绑在床上的形象，有点失神。他心里道，你说西域像你这样的美人，遍地都是，真是胡说八道。希望在龟兹，能见到几个真正的美人……

“人就在你身后的箱子里。”

“啊？”柳盆子从绮念里被唤了出来，“就在里面？”回头弹了弹那木箱。

“应该还睡着，你肯定有许多办法调理他。”班超的话意味深长，“这一路上你细细拷问，对龟兹王宫里与他的那些细节关系，了解得越多越好。等你的角色稳了，这人是杀是留，也全由你。”

“仙奴……她没来送送我？”

“我特地没叫花寡妇，都觉得有些对不住她。”班超的眼里有些戏谑，“果然只想着仙奴。不过仙奴没空。”

“没空？”柳盆子有点失落，“她说的？”

“她此时正在王宫的各个角落里，搜杀剩余的两个隐武呢。万一跑回龟兹一个，摘了脸甲，你又不认识，那你不是暴露了？”

“哦，那她……还是怕我有危险。”

“我也怕，”班超突然扶住柳盆子的肩膀，“一定小心！”

“哟，班头，还真不习惯你这样说话。”

“我是叫你小心，别被淘空了身子。”

柳盆子笑起来：“那是得小心。”

“等着我们。”

“求你件事儿，班头？”

“说。”

“能晚点来吗？”

“啊？”

“别跟昨天似的，我的屁股还没在王位上坐热，就被你们废了，都没来得及去后宫转一下……”

两个男人一起大笑起来。

班超起身离开，回头说了句："这回可以慢慢玩。玩现了，就跑！"

"放心，逃命自认天下第一。"

五天后，疏勒王忠登基了。

仪式虽然盛大，风格却不似汉地那样肃穆，反而有点狂欢的色彩，征集了不少各种有绝活的街头艺人在大殿前的广场上表演，有人喷火，有人吞刀，有人叠宝塔，有人驯羊走高绳……王宫外则挤满了国民，在原地载歌载舞。

三十六骑被请来观礼，除了班超和被送走的柳盆子，都被请到了最好的位置。耿恭领头，看着眼前犹如马戏团开会的欢快场景，觉得颇不适应："他们……真的是好高兴啊。"

班超反而看不到广场上的盛景，因为他竟然被安置在堂上疏勒王忠王座的侧面、加设的一个座位上，与疏勒王同享百臣的朝拜。班超觉得自己虽然代表了大汉，如此礼遇还是有点过分了。更过分的是，疏勒王忠登基礼毕后，下座来给班超行礼，慌得班超赶紧跳起来扶了。细看这疏勒王忠，虽然穿戴得金光闪闪，头顶高冠，却是一张娃娃脸，不过十九岁左右，栗色的肤色，更显眉眼浓重，大眼里还有些中原同龄人所没有的野性般的天真气。

疏勒王忠的笑容很纯，拉了班超的手举在空中，对百臣说："今日，我认大汉恩使为师！"

班超急忙推诿："在下年纪大不了贤王几岁，绝不敢当。"

"也是，叫你老师我也得正正经经的。这样，我认你为大兄如何？"疏勒王不等班超答应，就对百臣喊，"大汉恩使，自今日起，便是我的大兄了！"

百臣欢呼四起，纷纷相贺，这事儿好像就这么定了。

班超不禁莞尔，这少年国王和疏勒王庭的作风，也忒随意。

繁复的礼节过程一直延续到晚上，大宴结束，班超他们才疲惫地回到了住处。如今使团已经都搬到宫里了。

使团安置在王宫东北角的一个高楼上，高楼的顶端是个洋葱头般的圆顶。班超和耿恭两个人竟然爬到了圆顶上躺着，看着满天的繁星，有一句没一句地聊着。

圆顶上是个斜坡，耿恭觉得躺成这个角度最好，既可望天揽月，也可俯临宫外的万家灯火。耿恭调整到一个舒服的状态，爽叹了一声："出使到这里，才是最舒坦的。就凭柳盆子、仙奴和风廉稍微小打小闹了一下，就功成圆满！这一路上，我到哪儿不得射几箭？就这儿，一箭未发。"

"我也是，"班超晃荡着二郎腿，"直到来到这里，我才体味出一点身为使臣的使命和意思来。"

"怎么说？"

"咱们在鄯善时，老齐反对我送走质子，我觉得这家伙忒迂腐。总觉得鄯善虽然归顺了，却不过是见风使舵，惧怕我们而已。所以要让他抵押质子才会放心。"

"不都这样吗？"

"我刚开始也这样想。你是军人，当然善于以武力威慑，而且这也是最快最有效的方式。但现在想来，靠恐吓得来的尊重，是最不稳固的。一旦恐惧消失，尊重也烟消云散。在鄯善，如果我们强扣质子，不过是徒增他们的屈辱和仇恨罢了。只能算是下等。

"到精绝就好多了，不再是威慑，而是一种交易，各有所得。于阗本来不好琢磨，因为不知那神神道道的大巫要些什么，但于阗王上位就好办了。他会用我们能理解的功利来和我们沟通和交换，也算各有所得。这里面有种平衡，堪堪是中等吧。

“到了莎车，我们破解了大巫的妖术对莎车王的控制，莎车举国都对大汉充满了感激。来了疏勒，帮助重立疏勒王统，我就成了所谓的大兄。里面难免有点做戏的成分，但恩义的确能带来最稳固的归顺。是为上等。如果现在龟兹人突然打来了，只怕肯涉险帮我们的，疏勒自不待言，剩下的只有莎车了。老齐是对的，他放了鄯善的世子，就是留下点恩义的种子。”

耿恭习惯性地看了看城防的几处高大角楼：“这边废了兜题，新王登基，龟兹人一定很生气，真的会马上打来吗？”

“肯定不会。疏勒人故意把我们捧得这么高，不就是为了让龟兹人好好掂量一下吗？”班超也顺着耿恭的视线张望，“窦帅和你哥都驻兵焉耆了，龟兹人哪敢分散兵力？说起来，柳尿盆应该已经到了龟兹吧？”

忽听得有人有点焦急地喊：“你们俩怎么在上边？”听声音便知道是班昭找来了。

“快上来！”耿恭低头看见班昭在天台上仰着面，便挪了挪身子，拍了拍身边的空处。

班昭蹿身就跳了上来：“花姐姐不见了！”

“不见了？”耿恭一愣。

“是呀，刚才去她屋里看，连东西衣服什么的都带走了。”

“这对冤家！真是花柳不分家呀，”班超苦笑，“肯定是追去龟兹了。”

“不会坏了尿盆的事吧？”耿恭皱眉。

“应该不至于，花寡妇重情义，只是要让尿盆头疼了。”

“尿盆尿盆的，你们这样说柳哥，也真难听！我只是觉得花姐姐……怪可怜的。”班昭坐在穹顶上张望着龟兹方向，“我们什么时候过去？”

“不急，”班超道，“不出所料的话，过些天龟兹就会派出使臣，请我们过去的。”

三个人就在高高的穹顶上坐着，硕大的弯月罩在头顶。远处民众的狂欢还没有结束，欢快的鼓点和烤肉的香气，远远地飘过来……

“老班，”耿恭回过头来，指着远处歌舞升平的景象，若有所思道，“这就是你所说的使臣的境界吧。这一切，真的是我们带来的吗？”

三十六骑

念远怀人 著

—— 下 ——

人民文学出版社
PEOPLE'S LITERATURE PUBLISHING HOUSE

目　录

贵霜如霜

白马西来

鹰扬隼击

玉出昆山

神国在上

匈奴南犯

弯弓射鹿

涌泉相报

花开花落

各归其位

象从何来

同命同心

贵霜如霜

——

但出葱岭探绝域，
侯门如海归不归。

69 都护有令

十日后，龟兹的使臣果然到了，对新疏勒王忠登基的事，既不谴责，也不承认，直接拜见了班超，带来了龟兹王的书信，邀请大汉的使者去龟兹一叙。

一切都在班超的意料之中，在窦帅兵指龟兹之前，龟兹王表达了一种成熟又暧昧的态度——不卑不亢，但一切还是可以谈的。

班超也没有马上答应，只说了一个条件，龟兹必须先承认疏勒新王，自己才会考虑出使龟兹。那使臣也不敢贸然做主，说要给龟兹王上报请示才可决断。

班超随口问了一句“兜题”的近况，那使臣说，听说兜题大人还在养伤，极少露面。班超心道：“尿盆啊，你真命苦，恐怕只有一个月的时间了，有花寡妇先去纠缠，只怕还没等到你发挥出‘长处’，我们就又要来了。”

龟兹使臣还留在疏勒，等候龟兹王的回旨。班超他们却得到了一个意料之外的消息——汉军在焉耆建立了几乎中断了百年的大汉西域都护府，并号令西域诸国，限期前去归附，发汉印绶。

与此同时，一个汉家密使，悄悄地找到了班超他们，送上了刚上任的西域大都护的手令。那手令是写给班超和耿恭的，大意是，西域都护府建立，班超、耿恭诸人，改受都护府节制。见令起，诸人回归焉耆，另有重任云云。封泥的印信是“西域都护陈睦”。

使团诸人都聚在一起，班超展开手令给大家看了，随手啪的一声扔在一边，没想到简绳崩断，竹简散落了一地。班超自觉失态，蹲在地上一支支地捡，捡到一半，终于按捺不住，又把散简一把摔在地上：“娘的！这个陈睦是谁呀？”

耿恭有些尴尬：“那个……他是……我姐夫。”

班超气极反笑：“这西征的汉军，快是你们家开的了？”

“老班，你……什么意思？”耿恭也有点来气。

众人从没见过平日昏沉的班超会如此动怒，都愣住了。

“我不知道窦帅和你哥是怎么想的？”班超在大家面前不再掩饰，怒容满面，“这个时候立什么都护府？南路的几个要国咱们都蹚过一遍了，北路难啃的也只剩下龟兹和姑墨了吧？如今龟兹已经跟咱们递话，说可以谈了……就不能等拿下龟兹再立都护府吗？”

“哥，你至于吗？”班昭来拉班超的袖子。

班超说完平静了一些，但还是一脸的苦涩：“立就立了，这个陈睦还昭告各国，前去归附……还有限期！这傲慢的嘴脸，匈奴都不会有吧？那些犹豫的邦国本就在看着呢，只怕龟兹这个西域之王，不会轻易地归顺了，为了面子也得挺着。”

“有这么严重？”班昭惊道。

班超望向耿恭：“对我们也是这个嘴脸，你也看到了，你姐夫叫我们见令即刻去焉耆受他节制呢。”

“那个……”耿恭挠了挠头，“我小……其实跟他不熟。”

“我倒不在意对我们如何，”班超拍了一下尴尬的耿恭的肩膀，

“你姐夫肯定不知我们还有皇上密使的身份。我只是惋惜现在的局势，本来龟兹王都来请我们去了，现在无论如何不能把自己送去当人质吧。”

“那柳哥和花姐姐还在那边呢。”班昭道。

班超无奈地摆了下手，颓废地就地坐下：“便宜尿盆了，他本就怕我们去得太早。”

众人皆无语，见班头如此萧索，不知该如何安慰，却见这个家伙一下子跳了起来，大喊：“不对！”他在桌案上，翻出一张西域地图来，展开给大家看。

“龟兹在此，窦帅的大军在焉耆这儿，相距也有好几百里。据说龟兹与姑墨能聚合三万以上的军队，真要铁了心据守，虽说汉军精锐些，但窦帅的两万大军，说不定也要消耗个一年半载，才能拿下。”班超指着地图抬眼看着耿恭，“我总觉得以窦帅和你哥的见识，绝不至于如此草率，此举或是别有深意。”

“你怎么想？”耿恭道。

“做出这种羞辱人的姿态，是在逼龟兹表态，要么降，要么速战速决。”

“我要是龟兹王，看着汉军的威势，只会死守，才不会出来决战呢。”

班超两只手合拢在嘴边，沉思了一会儿：“他们不可能想不到这一点。只能说，他们急着解决龟兹，才出此下策，赌龟兹会降，或者出来决战。你说，他们为什么会这么着急呢？”

“我知道你想说什么了，”耿恭面色一变，“我哥和窦帅其实在谋划退兵呢。大军这要是退了，大好的局势就要乱了。”

“是啊，如果龟兹不出击，窦帅的大军就此退了，那些骑墙观望的邦国，只会倒向龟兹，因为这样看起来，好像龟兹赢了一般。”

“退什么兵啊，多半朝廷上的那帮庸臣又在叫唤了。”

“说起来，大军出征已经半年了，每天烧的都是钱哪。我大汉退出西域七十年，不就是因为朝里的人觉得消耗太大吗？”班超无奈道，“我还说呢，干吗要如此地好大喜功，早早地建那都护府，原来是想退兵后，保留些成果。”

“那……我们怎么办？真要听令去焉耆的都护府吗？”

“我得好好想想。”

“大兄来了？”疏勒王忠圆润的娃娃脸笑得格外灿烂。

班超带着耿恭、齐欢、班昭和仙奴，在郊外的一个兵城的城头与少年疏勒王相会。疏勒王忠的背后，站着一身甲胄的都尉黎弇。黎弇向齐欢微微点头，示意了一下，眼神里全是敬意。

大家在城头上就座，是来看练兵的。

在班超的提议下，疏勒王忠命令都尉黎弇将龟兹人解散的一半的疏勒军队再次征召起来，在郊外练兵，防止再有破国之祸。

兵城里，聚集了约五千人马，在疏勒王忠的检阅下，进行大演习。

耿恭看着疏勒的演兵，暗自摇头，在班超的耳边道：“只看他们的队形，就知道他们的兵制太差，训练松散。还有，表演拿大顶、叠宝塔……打仗又不是玩马戏。”

班超微笑低语：“这可能跟疏勒的民风有关吧，这地方富庶，人情放达天真，没什么约束，不善作战也是意料之中。”

那边黎弇正坐在齐欢的身边，见齐欢一直皱着眉头，轻声请教：“我在我师父的教诲下，只学了些皮毛，在齐师看来，这练兵还行吗？”

齐欢问："你可学了些军阵的阵法？"

"只学了一些基本的。"

"可学了些守城军械的制造和演练？"

"这个……我师父都不会。所以才想向齐师请教。"

"我教你些阵法吧。我有几个徒弟，可以带些城中的匠人，打造点大些的军械，到时才好针对这些来训练。"

黎弇惊喜道："多谢齐师！"恨不得又要跪地抵足了。

"具体练兵的骑射之法，"齐欢指了指耿恭，"你可请教一下耿副使。"

黎弇连连称是。

疏勒王忠看着练兵渐渐地有些不耐烦起来，左右打量起来，最后眼光老在仙奴和班昭身上转，不承想就看出些眉目来。那蓝眼的女子面色清冷，神态看似闲淡，眼波流转间却透出丝丝忧悒，对城下的练兵全无兴趣，只看着远处的群鸟在林中起起落落，不经意间，会转眼一瞥，看那大兄班超，随即就走神了。大兄班超的右侧，隔着那个副使，坐着的汉家女孩，笑得好看，有个梨窝浅现。她也是大兄的女人吧？她时不时地和大兄隔着那副使低语，那副使只能身体后仰，由着两位时不时地倾头聊天。哦，好像这汉家女子和副使也很亲密，聊天时，肩都倚在副使的臂上了……

演习还在继续，疏勒王忠耐不住了，起身示意要走。黎弇向城下一挥手，五千余名士兵全都躬身行礼。疏勒王忠笑着朝下招手，转头对班超笑道："大兄，一起走吧？"

疏勒王忠似乎对班超很依赖，路上一直并骑，问了几个有关军务的小问题，总算把心里想问的话说出来了。"那两位，"马鞭向后一指，"可是大兄的女人？"

"怎么？"

“好漂亮！”

班超有点得意，鞭子指点：“那位是舍妹，那位是仙奴姑娘。”

“哦，那仙奴姑娘可是大兄的女人？”

班超笑起来：“不是，她是我们使团的舌人[①]。”

“那她们都要听你的是吗？”

“这个自然。”

“那太好了！”疏勒王忠的眼睛亮起来，“能把她俩送给我吗？”

“送……”班超整个人僵住了，面色一寒，静静地看着眼前的少年国王。

疏勒王忠全然不觉，一脸兴奋道：“我好喜欢她们，我可以给她们很多很好的……宝贝……”两只手做着手势，找能打动班超的词汇。

班超觉得那张娃娃脸绝不似作伪，心道：怎么扶了个这么荒唐的孩子？他面上不好发作，直接带马转向另一边，留了句：“疏勒王该回宫歇息了。”他回头对后面的人喊了句：“我们走！”策马先奔了出去。

疏勒王忠一愣，就见班超已带着一哨人马岔路而去。他当下纵马追赶：“大兄！怎么样啊？”却见班超给马臀加了一鞭，提速狂奔，眼见是追不上了，只好收缰停了下来。后面的大队随从和罗盖，嘴里喊着大王，慌乱地追上来，围在了疏勒王忠的身边。

疏勒王忠视他们为无物，兀自看着远去的尘烟怅然若失。

“大兄这是生气了吗？”

---

① 翻译。

70 流散

班超进入宫殿时，有点吃惊。这宫殿的内饰有些奇怪，地面、四壁，都是由整块的云石拼接而成，除此之外再无装饰，简洁平整，但云石似玉，显然极其名贵。宫殿无窗，只是天顶有密密麻麻错落的琉璃嵌孔，透下斑驳的天光。

那引路的侍从，抚胸躬身："请上使宽衣。"

"什么宽衣？"班超一愣，"贵王在何处？"

"大王在里面等你。"

班超这才明白，这宫殿竟是个浴室。他心道：这个疏勒王，选密谈的地方也太过私密了，难不成真要裸裎相对？

班超与疏勒王忠不欢而散后，疏勒王忠一直派侍从来请班超，班超都推辞了。后来还是这位侍从，捧了一把精致的宫刀来，在班超面前跪倒："我家大王说，您不去的话，就用这刀，把我杀了，他就不再烦您了。您要是不去，也不杀，我回去，大王就用这刀杀我，再另派人来请您。"

班超被气笑了，也只好跟着来了，不承想竟要宽衣相见。

班超虽觉得古怪，却不扭捏，脱尽披挂，围了浴袍，走向内殿去。

班超赤足踩在云石上，却不觉得冰凉，反而是温热的。进内殿的长廊，一边全是水池，有石雕的兽头，嘴里喷出水流来。他一直望到长廊尽头，竟不见一人。班超走了大半，才见尽头低垂的白色重纱，无风而动，一大片温热的白雾满泄而出，帘内的笑语顿失遮掩，竟都是女人的声音。

班超疑惑起来，清了清嗓子，隔着帘子，朗声道："大汉使臣班超，求见疏勒王。"

里面的嬉笑未断，却有女声喊："进来吧。"

班超挑帘而进，忽觉眼前水雾弥漫，昏蒙一片。待到白茫茫的热风消散一点，班超不禁愣了，蒸汽中隐隐浮现出数十名美女，赤条条地倚在一起嬉笑。这些美女肤色各异，有的甚至如昆仑奴般黝黑，但都丰腴圆润，曲线一目了然。

班超一皱眉，就想退出去，才一转身，就见疏勒王忠挡着出路，浴袍只裹在腰间，一身栗色的肌肉，湿漉漉地闪着光，褐色的眼睛里全是委屈，甚至有点怨气。

"大兄是生我气了？"

"也没有。"

"那你怎么就不理我了？"

"为什么要在这里见面？"班超顾左右而言他。

"我要让你看见真正的我。"

班超难免产生了些奇异的联想，这小子……想干什么？他心里有种厌恶。却被疏勒王忠抓了手。

"我们坐下来说。"疏勒王忠拉着班超走到了石台上，正是几十名裸女堆坐的地方。疏勒王忠拉班超坐下，直接倚在女人堆里。那些女子非常自觉，有四名成熟女郎跪成半圆，胸前饱满，绵软乳瓜连缀成一片，成为国王的男子"靠枕"。班超不愿显得局促，他本来就是个胆大妄为、洒脱至极的人，也不推诿，也坐下靠在了"肉"椅上。立刻有女献上美酒和葡萄，有人揉脚，有人揉肩。

坐在软肉之中，并没有让少年国王心情好转："我觉得大兄并没有把我当兄弟!"疏勒王忠激奋地用手拍打着手边某女的肉臀。

"没有的事。"班超懒洋洋道。

"我管你要女人，你不给没关系，为什么要生气?"

"你不明白?"

"你看，"疏勒王忠指着身边几十位裸女，"她们都是我的妻子。"

惊得班超一下子从肉堆里站起来。

"我可以让她们都服侍你，"疏勒王忠继续道，"如果大兄喜欢哪位，只要指出来，我都可以送与大兄。"少年眼中的委屈还没有消散，"这才是兄弟，才是好朋友!"

班超彻底被疏勒王忠的天真打败了，看着少年倔强的眼神，有些哭笑不得，倒也有些释然。他叹了口气，又笑了起来，真想像抚风廉那样，也抚一下这国王的脑袋。

"我不生气了，"班超甩了甩手，走出"肉"阵，回头道，"在我们汉地，是不能这样……对女人的。"

清晨。

疏勒城外。

这是一场很大的送别。

除了花柳，三十四骑全立在郊外的旷野上。

旷野的风全无遮挡地来来去去，将马鬃和众人的披风拉直。远处的牛羊在倒伏的长草里拱动觅食。这风像穿过了漫长年月，从过去来，毫不留恋，又向未来去。

朝阳的光显得黯淡，耿恭顶风驻马，身后立着两排人马，正是玄英、秦厉等羽林七卫与虎贲八骏。班超与其他人面对面立着，斗篷被吹裹在身上，呼啦啦地翻腾。

“那我带着他们去啦？”耿恭对着面前的班超笑。

“你们这些军家子，不就是老想去前线攒人头吗？这一路也憋坏了吧？”班超笑道，“快滚吧。”

“其实真不想走，”耿恭正色道，“三十六骑，这一路同命同心，就不该分开。”

“同命同心，就不怕分开。分开也会合上。”班超道，“总要给你姐夫一个面子，给人让他节制呀。”

“有话带给我姐夫吗？”

“没话。他要是因为我没到而生气，你就向他透露点我密使的身份。到焉耆后，最好去大营见一下窦帅和你哥，劝他们最好别退，便是退军也多留些人马给都护府。”

“你确定他们就是要退军？”

“我想不出其他的理由。我猜你姐夫急着让我们过去，也是怕人手不够。”

“真是那样，就我们十几个人回去，又有何用？”

“哈，你这样的神箭手，战场上比我强。在我眼里，你们十六骑，能顶一千骑用！”

耿恭苦笑：“那你太小看匈奴人了。”

“也不知那两仗把匈奴人打疼了没有？”班超看着天边，“北路诸国，直接与匈奴相邻，匈奴势力浸淫很深，局势比南路复杂多了。现在靠兵威镇着还好，大军一退，只怕心思就活络起来。匈奴人逐草而居，进退自如，万一和已经投降的诸国又勾搭起来，都护府就是座孤城。你得跟你姐夫说，要钳制好焉耆和车师。”

“行！大不了我亲自去守北边的门户，呼衍王敢回来，我射了他。”

“好呀，真打起来，我们全去给你耿将军牵马。”

“索性现在我们全都去呀！”

班超摇头：“你也见了，疏勒有兵甲过万，虽然兵制散漫，但由我们好好训练，加上莎车的马，精绝的武器打造，能用起来，战力远比都护府要强，这个据点反而是汉家最稳的依托。只要匈奴人没有大的异动，尿盆真的在里边玩开了，不用一年的时间，也不需汉家大军，我们说不定就能将龟兹这个西域之王扳倒。”

“好！那你就留下先练兵。”

“本来练兵你在最好，但现在只能交给老齐啦，反正那个都尉黎弇，恨不得舔他的脚。”

“那你呢？”

“我得将皇上交的差事去办一下。”

“哦？”

“我打算带小昭和仙奴去一趟贵霜。过两天就走。”

“皇上的差事我就不问了。要去多久？”

“不会很久。在这里，贵霜可比焉耆近多了，可能我都回来了，你还没到焉耆的都护府呢。”

“好，我在那边等你们过来。”

“记得过龟兹的时候，别这么招摇，去悄悄联系一下花柳，敲打他们一下，别忘了要干什么。”

“倒是有些想这个家伙了。”耿恭大笑，“好啦！走啦！”说罢向班超一探拳，凝在那里。这是他和班超游侠时代的礼节。班超举拳相迎，两拳相抵。

“三十六骑！”耿恭低喝。

“同命同心。”班超沉声应答。

耿恭拉马来到班昭面前，欲言又止，便也举起拳来等着，班昭的粉拳抵了上去。“三十六骑！”

“同命同心。”班昭羞声道。

耿恭拨马而退，向班超兄妹身后的众人一挥手，带着军人们奔驰而去。

班昭忽然纵出几步，两手拢在嘴前喊：“恭哥——你记着，你的命——是我的！”班昭已经尽力大声，可声音在风中还是显得微弱。班昭看见远处的耿恭把马打了个圈，向她招了招手，那么远，她都好像看见了恭哥笑着的眉眼。转身，恭哥去追队伍了。

十六骑是顺风而去的，尘烟都被吹到了马的前面，到了空中竟然拐了弯。那是一场风压在另一场风上面，仿佛时间被翻动起来。过去，未来，好似同时到达。

那一刻，班昭有点想哭的冲动。那一队人成了天边的一线墨点，头上的气岚微光，在风里飘飘袅袅的，好像怎么也抓不住。

71 复别离

行行重行行，别离复别离。

这日班超、班昭和仙奴，便一起上路了。齐欢师徒和风廉及九剑侍并没有来相送，怕太过显眼。班超一行三人是与常年在贵霜、疏勒两地行商贩货的商队结伴，继续西行，去翻越葱岭。

走前，风廉老大地不高兴，不理解为什么不带上他。班超说，你一动，剑侍们就得跟着，我们的队伍也太打眼了。风廉说我可以一个人跟你们走啊。班超笑，那剑侍大哥们可不会答应，他们就是来护持你的，你叫他们怎么跟夫子交代？

或许风廉舍不得离开的是另一个身影。

“其实你留下有重要的事做。”班超又想去抚风廉的头。

风廉后退一步躲了：“我又不会练兵。”

“练兵自有老齐，但你的事比他重要。”

风廉奇道：“什么事？”

“我们能在疏勒立足、练兵，甚至呼风唤雨，因为什么？”

“啊？”

“因为疏勒王认我们，”班超趁着风廉发愣，成功地抚了一下风廉的头，“所以我们保住他，也就保住了我们在此的一切经营。”

“他有危险？”

“当然，他的王位是我们参与抢来的，谁知道宫里还有没有龟兹的耳目？匈奴和龟兹都不会喜欢他，难免会派些高手来算计他。所以你和剑侍兄弟们，最好都住到他四周，护住他的周全。”

“哦。”

“靠你啦！”班超大力地拍着少年的肩，“有你在，什么样的高手，咱都不怕。”班超离开前，突然回头，“还有，你不要被那疏勒王……给带坏了。”

什么带坏了？风廉还在自己的房间恍惚，那个身影却来了，倚在门边不说话。

“姐姐来了？”风廉听见自己的声音还是恍惚的。

“你的剑呢？”仙奴道，“能给姐姐看看吗？”

风廉愣愣地不说话，就把剑递了上去。

仙奴抚着剑把，那上面仅缠着麻绳。“作为大剑师，你的剑也太寒酸了。”说罢拆了麻绳，拿出一捆皮绳，细细地缠在剑把上，“这是我编鞭子用的。”不是简单地缠，而是繁复穿绕，编出一排鱼鳞结。

风廉呆呆地看着仙奴，见仙奴不知怎的就将那皮绳编出三个线头来，穿插抽叠，总要拉紧，一个线头被仙奴启朱唇，咬在嘴里……到剑柄处，打了个隐结。仙奴意犹未尽，将腕上的一串银链系在结上。她将剑举在远处看了看：“哟，好像和你的剑不配。”就要摘去，不想被风廉劈手把剑夺了。

“挺好的。”风廉把剑抱在怀里。

“那就送你了。”

“姐姐为什么送我东西？”风廉低着头。

仙奴轻叹一声：“我要走了。”

“姐姐要回家了？”

"是呀。"

"还……回来吗？"风廉的声音越来越低。

"不知道呀。"仙奴的声音也恍惚起来。风廉抬头来看，见仙奴正望着窗外出神。

风廉懦懦地想说话，却不知说什么。见仙奴转过脸望他，一脸地柔和，竟像班头一样，举起手来要抚他的头，他习惯性地向后躲了一下，见那凝脂般的素手尴尬地悬在空中，心中大悔，恨不得把头再伸到这只手下。恍惚间，他又见仙奴收了手，笑了一下，对他说："姐姐要是办完了家事，说不定……会回来的。"然后转身走了。

风廉抱剑呆呆地立在那里，良久。

班超扮作富豪商贾的公子，班昭和仙奴扮作家眷，加入了一支以贵霜人为主的商队。整个队伍接近百人，马匹、骆驼约两百，驮着大批货物。

队伍走在山谷之间，蜿蜒向上，刚开始杉林苍翠，再后来山间光秃起来，能看见延绵的雪线。走到夜间，气温陡降，众人就在背风处扎营，点起篝火取暖。

贵霜人会在火边弹拨他们特有的乐器，唱起歌来，轮流跳舞，喝些味道奇异的烈酒。班超兄妹凑在火堆旁，裹紧毛裘，好奇地看着这群好似欢快无忧的人。仙奴在几堆火间的人群中转了转，来到班超身边坐下。

"问过了。说明天就要翻越冰山达坂了，最是凶险，但过去了，就算是到贵霜地界了。"仙奴道。

"什么是达坂？"班昭好奇道。

"就是翻山的山口。明日要穿过葱岭最高的那道山口。"仙奴说完，只呆呆看着火苗，兀自出神。

“姐姐好像不高兴？”

“也没有，”仙奴淡淡地笑了一下，“本来以为会高兴的，毕竟是回家了。只是这个家都是听说的，阿爷都没有回来过。现在觉得就要到了，反而觉得心里怪怪的。”

“我们汉地有个说法，叫近乡情更怯。”

“是有些害怕……怕我什么都做不到。”

“姐姐要做什么？”

“阿爷说，我要先将爷爷的骨殖带回家下葬。”仙奴说着拍了拍身边的包袱，“还要将我家祖传的身份接下去……或者交出去。再看看家里还有什么人。”

“什么祖传的身份？”

“我也说不好……反正要找到许多人来承认。”

“没事，我们会帮你的。只要姐姐帮我们寻到了那浮屠的金像，我们就可以陪你一道去找你的家人。”

“小昭，”班超忽然道，“我们没那么多时间，找到金像就得立即返回疏勒。北路那边的局势可能随时会有变化。”

班昭打了二哥一下：“说点好听的，你会死啊？”

仙奴淡笑：“阿爷说，班头是要办大事的人。”

三个人突然尴尬地沉默起来。

班超抬起头来，一条银河清晰得像要流泻下来，星斗大如拳头，仿佛触手可及。班超从没有见过如此震撼的星图，所有星光皆深不可测地注视着自己。天象就是命运，谁经得起被命运如此注视呢？班超的心战栗起来。

星光清亮，能看清高处那道马鞍形的山口。班昭遥指着：“乖乖，那就是达坂吗？明日就是要翻越它吗？”

“是呀。”仙奴扭头去看，班超能看见她天鹅般的长颈，从下巴到领内一道优美的弧度。

“会很危险吧？”班昭道。

“不怕，”仙奴把脸转向班超，“阿爷说，班头的刀能劈开道路，说的应该就是这道山口。劈开了，到时我在那边也好随时回来。”

“你爹说话疯疯癫癫的，”班超苦笑，“还劈山？现在劈人都不行，你不是不让我动武功吗？”

“放心，”仙奴笑得天真起来，“我会罩着你的。人由我来劈，您只管劈山的大事。劈山，肯定不是靠武功的。”

“还有我呢，”班昭也笑，忽然拥紧了班超，“二哥当然由我保护，怎么轮得到姐姐？”

“在贵霜，我罩着你们俩。”仙奴笑，站起身来，走到别的火堆去了。

班超梦见了一座冰雪砌成的达坂。梦见了两匹连着绊子吃草的马。他看见了那个曾经杀死过他、又抱着自己哭泣的宫装女子隔着马站在远处。他跑过去，想靠近她，问她。但她飘忽难即。那女子用昨夜星斗般的眼睛在望着他，让他像昨夜一般战栗。他眼前闪过一道金黄色的电光，看见妹妹和仙奴就站在身后，仙奴喊：“劈开她！”妹妹喊：“不要！”班超转过脸，那宫装女子早已不见，只有开阔无边的景色……

班超觉得半边的头刺痛，不知是头风，还是爬得太高的缘故。

所有人都在马上默不作声，裹紧皮袄。马躬着背，在青灰色的缓坡上一步步走着。山风带着尖锐的哨音掠过耳边。班超觉得头痛之间伴随着晕眩。巉岩陡崖已低低沉向脚底，两侧山沟里满盛着白沙般的雪，明晃晃的。

班超侧眼看向仙奴，见仙奴面色凝重，看来也不好受。或许是她睫毛过长的缘故，上面竟然结了白霜，眼睛一眨一眨的，衬得瞳色更淡。班昭却似毫无影响，乌黑的双眼，好奇地看着两边的冰川，抬头能看见雪鹰盘旋，忍不住欢叫了两声，吐出几股白烟。立即有旅人挥手制止，仙奴翻译道："噤声！在这里大喊，山神会生气的。"

"山神生气会怎样？"班昭问。

"会把我们埋了。"仙奴淡淡地说。

人和马匹一起喘息着，拐着之字形，缓慢地向达坂顶端的山脊线蠕动。那队伍在远处看像一只黑甲虫一般，终于执拗地拱到了鞍形的山口。

那一刻。

班超霎时间平静了。

世界化成了斑斓的地图，分在了山脉两侧。一条也许已经存在了几百年的古道正静静地深嵌在弯曲的峡谷之底。当年，博望侯张骞也是在这条路走过的吧？班超心想。山脊上有一块巨石，旁边堆着一匹驿马的骸骨。石面上被路人随手刻满了文字还有图形，上面有许多班超不懂的文字，在密密麻麻的符号中，班超看见了两个歪歪斜斜的汉字——天门。

班超不禁愣了，笑了起来。鱼又玄呀，你不是说我是所谓的角宿下凡，要开天门吗？天门就在这里，不是一直开着吗？就是门槛忒高呀。

两边大地峥嵘万状地倾斜着，东边是大汉的西域，扭结成苍茫的褐色，剧烈抖动的气浪正从大漠中央扶摇而起，化成长长的一片抖动的风景。西边是新崛起的庞大的贵霜王朝，一路向西南俯冲而去，错落的山势里，嵌着一条条蓝莹莹的冰川。那千万年积成的冰层叠砌着，在阳光的照射下，幻变出神奇的色彩，使这荒凉的苍茫群山妖异起来。

班超三人从未见过如此雄壮的景观。

商队已经开始下山，只有三个身影久久勒马伫立，任强劲的山风粗野地推撞着他们。

72 白虹贯日

翻过山口，商队在山地里蜿蜒而下，走了三天，才到了第一个驿站，又走了两日，才进入贵霜国的一个市镇。

班超三人与商队自此分开，单独住进了一家客栈。

这个市镇的风格并不陌生，与疏勒竟有几分相似。也不奇怪，疏勒是个混杂融合之城，本就有不少贵霜移民和商人。而这个市镇毕竟是葱岭西边的第一站，中原、西域与贵霜往来的货品，在此集散。虽无高大建筑，但街市绵延无边……一条街全是香料，密密麻麻的檀香油、甘松香、麝香、芦荟、胡椒、番红花等一字排开；一条街全是布匹，整齐地摆放着匹匹的丝绸、棉布、毛布、毛毯和貂皮、兽皮等皮革；一条街味道不小，全是动物，昆仑奴小心翼翼地牵引着汗血宝马，骆驼拉着装有奇珍异兽的大车……珠宝街就低调得多，全在室内，一旦进去，经过伪装的木箱中，放着玛瑙、青金石、绿松石、蓝宝石、红宝石、珍珠和象牙……每条街上游动着的，除了商人，就是找工作的职业向导和保镖。

仙奴已经换上了贵霜人的衣裳，就是一件露臂的裹裙，再将一方长布披在身上，半遮了脸。她领着班超兄妹在街市中穿行，打听神庙的所在。几经辗转，才在一处相对僻静的民居之间找到了。神庙已经残破，但门口立着一根布满浮雕的柱子，仙奴一看，便说，就是这里了。

进得神庙，真是破落得可以，待见到供奉的神像，仙奴愣住了。

“哥！你看，这不是浮屠像吗？”班昭欢叫。

班超抬眼细看，只见原来神龛上的石像好像被砸毁了，断裂的台基上，摆着一尊新刻的两尺多高的盘坐的神像。

“这就是你在精绝街上看到的那个商王之王的像？”

“差不多一样。”

“这么容易，”班超看了看四周无人，“这不就可以拿走了？”

“没用的，”班昭摇头，“这个像是死的，头上没有气运。”

“哦，”班超把手收了回来，“也是，不能这么粗糙，皇上强调过，是金像。”

“金像不会放到这么普通的地方吧？”班昭转头对着仙奴，“姐姐，可能我们还得找找。”

仙奴无奈地一笑：“我本来是找神庙的，不知为何竟然改奉了浮屠像。”

“原来这里供的是什么神？”

“我和阿爷自小信奉的火神。”

“火神？”

“就是大光明神。”仙奴说着，手指团出一个优美的姿势，宛若火焰，放在胸前。

“那你带我们来，是专程拜神的？”班昭问。

“找家人。”仙奴面色颓败，慢慢走了出去。

班超兄妹跟在后面，发现仙奴又在门前那个年代久远、雕满浮雕的石柱前停了下来，轻抚上面火焰和太阳的图纹；忽然见到仙奴振奋起来，久久摸着那太阳的凹纹。班超看见那太阳周边火焰喷薄，涌动如水纹，太阳却雕得凹陷下去，一个圆被五等分。只见仙奴从怀里掏出一块黑晶一般的东西，在凹陷处一比，堪堪嵌入五分之一，一个个比对过来，忽然在最上方时，黑晶被吸附在了上面。

那一刻，班昭仿佛被震退了一步，闭上眼，都躲避不了那道光芒。班昭只好用手挡在额前，依然遮不住所谓的天眼。

班超也看见了一道白虹般的气运，从柱顶勃然而起，直透云端。

气运陡然在空中消散，班超兄妹低下头，看见仙奴已拔出了黑晶，茫然地看着他们。“你俩怎么了？”

班昭看了看四周，但见居民在四周闲散依旧，没人关注这里发生的一切。“姐姐刚才没看见那光吗？”

“光？什么光？”

“那……你这块……是什么？”

仙奴顺手将那黑晶揣在怀里：“没什么，就是块石头。”说罢向巷外走去。

班超和班昭一脸狐疑地对望，班昭轻声道：“有古怪。”

贵霜王朝建立至今，也有近五十年了，吞并了濮达、罽宾、南天竺之后，地域之广大，已接近汉地。

几乎所有贵霜人和仙奴一样，无法看见那冲天的气岚。但在五十里外的一个村庄里，一个贵霜老人像往常一样，正坐在墙根儿下安闲地晒着太阳，光影移动，动的是时间，他却不动。他太老了，老得让白色胡须快要盖满了身体，老得一天最大的事情也就是坐等时间过去。他闭着眼，虽然坐着没动，但一动不动其实就是一种动。

他的眼睁开了，对着太阳都没有躲。

白虹贯日！

他看见了。胸前的胡子生动地颤抖起来，身下的椅子突然破碎，老人摔在了地上。

老人没有起来，兀自躺在那看，枯槁的手在地上抓紧了黄土。“圣物再现了！”

五百八十里外，和墨城。

一个二十七八岁的贵霜青年，正吊在密密麻麻的脚手架上，雕刻浮屠像。他正在雕那圆润的嘴唇，一丝不苟。

忽然间，他看见那刻刀下的石头嘴唇微笑了……青年惊愕地住了手，从怀里拈出一块黑晶来，感到黑晶在抖动。他转看向东边，也是浮屠像面朝的地方。

“涟漪镜？”

八百三十里外，蓝市城。

城北最大的富商，是个体形硕大的中年胖子。虽然胖，但保养得极好，皮光肉嫩，两撇儿夸张的胡子，梳得纹丝不乱，末端还各翘起了一个小旋。他的腿上坐着一个妖娆的女子，衣服很少……胖子突然站起身来，女子错愕地摔在了地上，还没反应过来，视线里只见两只脚决绝地走出了房间，门声回荡。

胖子边走边从腰间拿出了一大串钥匙，开启了一道道大门。

他听见了这个城市只有他能听见的声响，那声音像是呼吸，又像是脉搏……他的身体与那声音不自觉地共鸣起来，莫名悸动。

门越开越多，光线却越来越暗……似乎深入到了地底。最终一个密室里的秘柜被打开，那里有一块黑晶在闪光。

“是高附侯……回来了吗？”

贵霜之地，原来是大夏。汉地大致还是战国七雄的年代，极西的大秦[①]附近，崛起一个伟大帝王叫亚历山大，一路向东征服过来，击溃了安息帝国[②]，至葱岭折南，攻打天竺，已取了天竺的一半，后因家国内乱，引兵而返。但留下的部将，在此建立了大夏。

百余年后，在西域活跃的大月氏，被匈奴战败，西迁至大夏，鸠占鹊巢，建立了大月氏联盟。所以才会有部分大夏人流落在西域，比如精绝的赫塞军团。

前朝的博望侯张骞，几经辛苦来到此地，本想劝说大月氏与大汉一起在西域共击匈奴，不想大月氏觉得自己已家园稳妥，不愿再去西域搅那汪浑水了。

五十年前，大月氏中的一支叫贵霜的部族，统一了月氏其他部族，成立了贵霜王国。

贵霜王国里还留有许多大夏时的风俗和文化，比如善刻石像。班超常常在街面上看见一些石像旧迹，雕得栩栩如生，远不是汉地的石匠可比的。

仙奴带着班超兄妹也去了几个恭拜浮屠的庙宇，却只有石像，并不见什么金像。

“我问了，他们说，要到都城去，大的浮屠庙，才可能有上好的金像，”仙奴道，“还说，金像是要向那些‘大沙门’请的。”

“大沙门？”

“就是守护浮屠庙的大修行人。”

---

① 即罗马帝国。

② 又称帕提亚帝国（公元前 247 年—公元 224 年），是今伊朗地区古典时期的帝国称谓，当时与汉朝、罗马帝国、贵霜帝国并列为亚欧四大强国。

“哪里有大沙门？”

“当然也在都城。”

“贵霜的都城在哪儿？”班超问。

“高附城。”

“那……你去吗？”

“自然要去的，”仙奴突然有些黯然，“那就是我的家乡。”

“太好了！”班昭在一旁拍手，“那正好一起去啦。”

所以三人没多耽搁，继续向西南方跋涉，去往高附都城。一路上，仙奴面带忧虑，她要找的火神庙多数被毁，要不就是改奉了浮屠。有时在荒野处，反而能见到未被损毁的火神像。仙奴会在像前行礼，班超细看，发现那神像修长，背有双翅，与那浮屠像的气质大为不同。

“全变了，全都跟阿爷说的不一样。”仙奴致完礼，反而轻松了，“也许到了高附城，我将爷爷的骨殖葬了，就可以帮你们找到金像，一起回去了。”

“是吗？你不用留下啦？”班昭的情绪有些复杂，“那太好了。”

接下来的路程，仙奴虽然依然话不多，但忧悒尽去，已不去打听什么火神的神庙了。

这日，又到了一个市镇，离高附城只有一百余里了。仙奴领着二人，直接打尖儿住店，吃了饭，就说：“我出去逛逛。”班昭自是不依，也要同行。仙奴道，“我还是一个人去吧，我想去多打听一下高附城的事，带着汉人怕他们反而戒备。你们就在店里待着别动。”

等仙奴走了，班昭对着哥哥抿嘴道：“她……有古怪！”

“我知道，”班超靠在床上，在找舒服的姿势，“刚进城的时候，有人跟着我们。”

“啊？”

“我本来也发现不了，但发觉仙奴行为举止有异，面色有变，循着她的目光，就发觉有两组贵霜人盯着我们。也许更多。你知道，这方面仙奴是行家。”

“那你的意思是说，仙奴姐姐是去解决他们了？”

“是。”

“那她为什么不告诉我们？”

“她上次偷偷跟着我也没告诉大家呀。这些练潜行的，怎么会带人大张旗鼓地行动？都是一个人。”

“那你就不担心姐姐吗？”

“担心什么？”

“在汉地她的月氏武功奇怪，当然不吃亏，可这是贵霜啊，万一也有练她这种武功的高手，不就危险啦？”

73 奈何做贼

“也对！”班超一下跳了起来，随即苦笑，“现在到哪儿找她去？我们难道去追踪一个追踪大师吗？”

“不怕，只要仙奴姐姐在方圆十里之内，我都能找到她。”班昭得意道。

“你的天眼已经如此厉害了？”班超惊道。

“那也不是，”班昭笑，“自从仙奴姐姐在那柱子放出白虹后，她身上的那块黑晶，就一直放出三色异彩，很容易看到。”

“之前看不到吗？按理说，那黑晶从洛都开始，就一直在她身上。”

“看不到，那日她就像开启了黑晶似的，问她是什么她又不说。”班昭皱起眉来，“我从没见过有物件能发出这般晕光……你的非攻剑，还有风廉的扬眉剑，也是别有气晕的，但都没她那黑晶夸张。”

班超抚了一下妹妹皱起的眉头：“她爹就是个极古怪的人，她们家有些古怪东西，也不奇怪。走，咱们跟上去看看。”

“你去做什么？你又动不了武功？”班昭将她的铁箫插在身上，“我一个人就行。”

“都一个多月啦，差不多了。”

“仙奴姐姐说的是两个月。”

“这你又听她的?”班超苦笑,“她叫你待在店里别动,你又不听?”

“那……你得乖点。要动手,我来。”班昭还是对二哥有些依赖,真出了什么事,起码得由他出出主意。

兄妹俩出了门,就向班昭所见的黑晶晕光追了出去。

街市嘈杂,二人发现仙奴并未走远,还在集市里。班超兄妹不急着靠近,远远地跟着那晕岚,感觉仙奴就是在集市里闲逛。半天,才慢慢出了集市,两兄妹总算看到了仙奴。

仙奴一个人坐在一堵高高的、废弃的城墙上,手里拿着一个风筝,好像在上面画着什么。

那风筝肯定是在集市里买的,班昭想再靠近些,被班超拉住:“再近就可能被发现了。”

“看来姐姐不是来杀人的。”

仙奴像是画完了,扔了笔,却在那儿抱着膝头呆坐。风吹来了,扬起了仙奴的长发。仙奴一下子站起身来,仿佛就是在等风来。风筝扬了起来,猛地抛向空中,在风中扶摇直上。仙奴就像跳舞一般,拉着线或放或扯,不过一会儿的工夫,风筝飞上了几十丈的高空。

班昭看着不禁呆了,她承认,这个仙奴姐姐做什么都好看。但仙奴肯定不是来玩的,这或是一种孤单,无法言说的孤单。看着仙奴在城头上独自“起舞”的身影,班昭竟有些想哭。

“仙奴姐姐她……真是好孤单啊。”

班超也在看着仙奴放风筝的身影叹息,抬头看那飘飘荡荡的风筝,像看见了一种虚幻的自由,一种可笑的、自以为是的高瞻远瞩。仿佛每个人都能从风筝上看见自己。

仙奴的风筝上画着一个小丑的脸，好像在笑，又似在哭……是汉地没有的那种有些怪异的脸谱，却让班超有种似曾相识的感觉。

眼见仙奴将风筝线盘压在了一块砖石下，径自下了城墙，班超急忙带着班昭隐在人群里，免得被仙奴发现行藏。

“仙奴姐姐出来……只是放风筝？”班昭嘟囔。

“她找到家人了，”班超舒了口气，“或是家人找到她了。”

“啊？你怎么知道？”班昭好奇道，“等一等，你别说，我明白了，仙奴姐姐放风筝实际就是在找家人，她画在风筝上的画，其实就是她写给家人的信，让他们见信后来找她！对不对？”

班超颔首。

“那二哥怎么说是找到了？只能说，仙奴姐姐认为这城里会有她的家人。”班昭又摇了摇头，“要是找到了，仙奴姐姐哪须用这种方式去信？直接去见他们就好了？”

“这不是去信，是回信。”

“回信？”

“我看见她画在风筝上的鬼脸有些眼熟，细细想了，才明白。”班超道，“今天我们进城时，我觉得仙奴面色有异，才发现原来是有人跟踪我们。但当时我没有在意的是，我们头上还飘着三只风筝，其中有一只也画着类似的鬼脸，只是神态不一样罢了。仙奴其实是看见了头上的风筝，才知道跟踪的人的身份，所以没对他们下手，还专门来回信了。”班超说着指了指头上那高远得已有些模糊的风筝。

班昭抬头看了看：“进城时，天上有风筝吗？好像有，但你连风筝上的画都记住了？”

“当时没怎么在意，只是瞥了一眼，刚才看见仙奴画的，觉得眼熟，才想了起来，”班超苦笑，“忘了你二哥是过目不忘？”

“那你记得两张鬼脸的区别吗？”

班超闭眼想了想：“记得。”

“那能猜得出其中的意思吗？”

“那怎么可能？那脸或许是月氏经典里的掌故，笔画里或许含有月氏文字，这些二哥都不懂，无从猜起。”

班昭叹了口气：“找家人，至于这么偷偷摸摸、神神怪怪吗？就像做贼一样。”

“她许是有什么苦衷吧？一会儿回去，她要不说，你也别问。”

“哦。”

三人后来相见都像没事人一样，一起吃了晚饭，一起回到房间。为了安全，三人租了一间房，两张床，班昭与仙奴同睡一张，班超独占一张，中间隔了桌椅，拉了布帘。班超好像听见两人窃窃私语，自己则默默地将油灯摆在床前，在床上推衍他的散简，一幅《穆天子西狩图》已拼得七七八八了。

拼到这个时候，是最难的，因为能拼上的，几乎都拼上了，剩下的便是遗失的空白。肯定有些竹简是流失了，所以现在是三幅相对独立的地图，唯不知它们相互间的关系和位置。拼图是最耗时间和精力的，班超不知不觉就推敲到了午夜，帘子那边早就熄了灯。

突然，在班超几无知觉的情况下，一个黑影从屋梁上跃下。班超惊觉时已不及回头，眼前一黑，倒在了床上。

班超醒来时，发现自己被平平地放置在了床上，还盖了被子。他心下雪亮，能这样神不知鬼不觉地偷袭自己的，只有同屋的仙奴。

班超满眼漆黑，默默地行气冲击穴道，不过一盏茶的时间，就跳了起来，急忙点了灯，发现仙奴还将自己的散简收好了，摆在桌上。班超撩了帘，看见班昭还在床上，心下大定，举灯来照，却见班昭满脸泪痕，两眼红肿，怕是哭了半天了。

班超把妹妹抱起来，不出意外地发现妹妹身子软软的，被制住了。

"她……突然就……"班昭哭道。

"我知道，"班超把妹妹揽住，"点了你什么穴？"

"不是点穴，是她们月氏的奇怪武功。"

"这样？"班超有点束手无策，手搭在妹妹的背上，渡了点内力过去，果然发现她气脉如常，却并不知是何缘由不能动弹。

"你没事吧？她走之后，我叫了你几声，你都不应。"

"没事，被她扫了风池，所以睡了一会儿。"

"为什么她对你用的是汉家点穴，对我却用月氏武功？"

"大概……是顾忌我伤还没好？"

班昭哼了一声："她倒是照顾你。"

"好在她点穴手法不熟，我才能这么快冲穴成功……"

班超话未说完，呼地吹灭了灯火，轻声道，"屋外有人，屋顶也有人。"

班昭急道："我动不了，你还不能动武功……"

"不怕，不需要动武功。"

班昭对二哥有一种盲目的信任。

二哥说不怕，她便不怕；二哥说不需要武功，那就是不需要武功。

二哥把她背在了背上，让她想起了小时候……“二哥真是好久没有背过我了。”

班昭就这样把下巴软软地倚在二哥肩上，看见二哥从怀里掏出个精绝王所赠的夜明珠。珠子在暗室里发出荧荧的微光，刚好能看清室内家具的轮廓。二哥从容地在屋内收拾起东西来：将桌面的散简装进包裹，拿了两人的武器——非攻剑和铁箫，但故意将地板踩得嘎吱嘎吱地响，还撞了椅子。班昭偷笑，知道二哥在摆疑阵，故意让外面的人听见声响，反不会轻易进来。

包袱和兵器都被二哥站在椅子上摆到了屋梁角落里，然后就见二哥来到窗边，开了条缝，看了看窗外月亮的位置，又用手指比了下月影的位置，随即将桌子和椅子都换了位置。班昭明白，二哥这是真的要布阵了。只见二哥来到门前，拈起一串珠帘来。珠帘穿的只是普通的石珠，被二哥猛地一扯，石珠哗啦啦地滚了一地。声音在静夜里显得响亮和突兀，让班昭仿佛看见了屋外的潜伏者都退了一步，畏缩在暗影里。

只见班超借着夜明珠的微光，用脚尖调整着滚落满地的石珠的位置。班超在原地一路向左前方走了七小步，调整了二十五个石珠的位置，拾起了六个石珠，然后又退回原位，向右侧走了三小步……

班超的速度越来越快，都有点喘息了，背上的班昭要被转晕了，索性闭上了眼睛。她知道二哥在通过望月算时辰，摆那奇门遁甲的遁局。她不睁眼，也知道地上的石珠最后会剩下八八六十四颗，生成休门、生门，将维持一刻钟的时间。

74 卿本公侯

仙奴一个人来到了郊外，那里有一尊荒废的巨大石像，歪歪斜斜地插在地上，头颅已被破坏不见，但通过剩下的半扇翅膀，可以辨别出那是大光明神。月光清冷地给残像勾勒出一个蓝色轮廓，上面落着一只孤鸟，一动不动。

仙奴披了件阔大的斗篷，将全身包括头脸都裹住，孤零零地站在石像下。

她看见远处走近了个庞大的身影，径自向她走来，也不答话，就对石像致礼，然后倚坐在了石像的膝盖处，旁若无人地拿出一个酒壶，对着壶嘴喝起酒来。这是一个体量可观的胖子，握着酒壶的肉乎乎的手指，套满了宝石戒指。

仙奴有点紧张，手在斗篷下握紧了错金弯刀。

“别紧张，”那胖子向仙奴举了举酒壶，“喝点。”

仙奴漠然摇头。

胖子抿了一口酒，面上甚是舒泰，两撇胡子一翘一翘的，嘴里吟唱道：“我赞美所有的胡姆，无论它生长在高山之巅，还是峡谷深处，抑或由妇女采撷，收藏室中。呵，胡姆！我十分小心地把你从银杯倒入金杯，绝不能洒到地上，因为你是庄重而威严的！”

仙奴知道是“家里人”到了，这胖子唱诵的胡姆是大光明颂里的酒神，当下开口和了进去，两人共吟：“致意！它是外观漂亮、心地善良的救世者；是枝条柔软、颜色金黄的胜利者；是灵魂的最佳引导者。”

“你好像很年轻？”那胖子又抿了口酒。

“敢问前辈是……”

“肹[①]顿侯。”

班昭忽觉得自己飘了起来，睁开眼，发现二哥背着自己跃上了房梁。她心里有点担心二哥身上的伤，却又不敢出声提醒。只见二哥将夜明珠收了，满屋尽陷黑暗。但班昭不怕黑暗，她的天赋异禀尽在这对眼上——除了看得见气运，还是天生夜眼。

班昭眼睁睁地看见有个刀尖，伸进门缝里，挑那插销，啪嗒有声，想必也是试探。这些潜伏者在屋外可能颇为迷惑，听见屋内各种声响，忽地又静寂了，耐不住还是要进来查看的。不一会儿，门就被挑开了，却不见人进来，放进了一只鸟来。那鸟双目放光，竟是只猫头鹰，落在了桌子上。猫头鹰低叫了两声，门外如鬼魅般地滑进了两个人影。

两个人都拿着弯刀，各扑向了一张床，发现床是空着的时候，有些紧张，都缩在床角。有一人拧指一弹，指尖上竟亮起一簇火苗，屋内一下光影错落，亮了起来。

班昭屏住了呼吸，静静地看着下面搜寻的人，她知道他们是看不见自己的。自小二哥就迷恋这些天遁地遁、躲躲藏藏的鬼阵，而自己偏有双“鬼眼”，总能识破二哥的把戏，所以就没好好跟着

---

① 读作：xī。

学。当年二哥还没有学成剑的时候，跟各路的游侠少年打架，就靠这个逃跑和暗算，好像也没吃过大亏。

那两个夜行蒙面的灰衣人，面面相觑，屋里没人！那前面屋里的光影和响动是怎么回事？有一个人抬起眼来，望向班超兄妹所在的地方，班昭勇敢地与其对视，只见那人茫然地转向了别处。班昭知道在其眼里，看见的只是一道道屋梁而已。

两位潜行者，又在床下细细搜寻，确定屋内没人，可是探了探被子底下，明明余温还在。两人低声说了些胡语，班昭也听不懂，想必是在表达不可思议。但班昭有点着急，时间要到了，阵局就要涣散了。二哥说过，摆阵也是“时移事往，周流不居”，要顺时顺势。好比有人走天天回家的路，可能不知为何被人移动了什么物事，无意形成了“阵”，就进入了“鬼打墙”，怎么也走不出来，但时间一过，或天亮了，发现就是简简单单的路径，怎么就迷失其中了？好些善游的人溺水，也是误入了“阵”，外人看着他游得正欢，其实是困在其中怎么也游不出来，直到力竭下沉。

时间到了，按理只要再移动十几枚石珠的位置既可，但搜寻者不走，出来就露了行藏。班昭更急了，却看见一个蒙面人对窗外呼哨了一声，屋顶有人应答。想来是在问外面的同伙，可曾见到有人从窗户逃走？接着听见窗响，似外面有人要从窗户进来。忽听见一声闷哼，有人从窗外摔了下去。这里是二楼，那人摔下去落地的声音传了上来，听着似摔得不轻。屋内的两人大惊，知道同伙在窗外遇袭，瞬间就退出屋去，倏然不见。

仙奴得知这胖子是肹顿侯时，释然了许多，刚要答话，却见胖子做了个噤声的手势。远处来了个高高瘦瘦的影子，在月光下像根竹竿在飘动，几步就来到了近前。

仙奴这才看清这人好像年纪不大，只有二十八九岁，面色苍白，双颊深陷，有些孤苦的面相。那人看了眼仙奴，就对石像行礼，礼毕对那胖子道：“肸顿侯好自在，舍得离开你的金库吗？”

“双靡侯才自在，整日去雕那些浮屠像，”肸顿侯一指那没有头颅的石像，“早忘记了阿胡罗大神的面目了吧？”

那瘦高的双靡侯不为所动：“我雕的浮屠，都嵌入了圣洁而隐秘的斯鲁什之心。涟漪镜重合之日，圣像就会觉醒。还有，我到处游历，凡见到浮屠像，皆想办法断其灵脉，让它们只是个死像。倒是你，都做过些什么？”

肸顿侯眼前一亮：“你以为要驱逐那个握有大军的恶魔，不需要钱吗？”

“那就好，”双靡侯叹了口气，“这里是休密侯的地盘，怎么还不见他来？”

“怕是早来了，”肸顿侯指着石像断头处停的那只鸟，“那应该是老家伙养的猫头鹰吧？”

双靡侯抬眼看着，脚下一踢，一个石子直飞而上，那猫头鹰一声怪叫，飞了起来。

离仙奴两丈多远的地面突然翻起，站起一个人来，惊得仙奴退了一步。细看这人一身土色，年纪好像极大，一脸茂密的白胡子，一直长到腹下，胡子上还在往下掉土……她心道，这人只怕一直在那儿伏着，自己竟然没有发现，越想越惊骇。

“神采奕奕、容光焕发的来者——我在整个尘世所见到的最俊美的男子。但你干吗要欺负我那孤苦伶仃的鸟儿？”那老者走到双靡侯的面前，猛地一甩胡子，尘土四溢，吓得双靡侯跳到了一边。

肸顿侯站起身来，把酒壶收了。老者看着笑道：“肸顿侯的酒可都是好酒。”

肸顿侯却掏出一个皮壶来，扔给老者："早备好了。"

"知道你嫌我脏。"老者把塞拔掉喝了两口，转头面向仙奴，"远方的客人，能让我这个垂死的老家伙，看一下你的真容吗？"

"您老是……休密侯？"

"是啊。"

仙奴把篷帽掀起，月光下露出一张绝美的脸来，抖了抖褐色长发。

三个人掩饰不住惊异的神色，站在了仙奴的三个方向，隐隐围住。

仙奴轻叹一声："总算找到你们了。"

休密侯最老，德高望重，浑浊的眼睛细看仙奴，试探地问了一句："你真是……高附侯？"

班超背着班昭来到了客栈背后的长街上。

"刚才好险，真怕他们一直待下去。"班昭在背上轻叹，"外面那人怎么就摔下去了？"

"我在窗户上布了一道天蚕丝，那家伙开窗时想必割断了手指。"

"二哥向来是好算计……"班昭忽有点伤心，"可是还是被仙奴……算计了……"

"她不会的。"班超柔声道。

"那这些袭击我们的人是谁？"

"可能就是白天进城时跟上我们的人。或许也是仙奴嘴里的家人吧。"

"那你还说不是仙奴？"

"我们遇袭，仙奴肯定不知情。"

“那她……为什么要制住我俩?”

“只能说，我们白天跟着她的时候，还是被她发现了，知道我们会继续留意她的行踪，索性制住我们，她好去办家事。”

“你真会替她说话。”

“她不希望我们卷入她的家事，也说明她的家事有些危险。”

“你是说仙奴……姐姐有危险?”

“我们去看看就知道了，”班超把班昭在背上托高了一些，“还能看见她身上的光晕吗?”

“可是……我们去了又能怎样?我动不了，你还有伤……”

“总得去看看，到时自有办法。”

班昭竟然信了，开始在二哥的背上张望。

班超一直谨慎地走在月光的阴影下，留意着街面最易埋伏的角落，或者说，他的路线便是由这类角落串起来的。这样随时可以埋伏起来。突然班超停了下来，一个角落里伏着一个灰衣人，一动不动，像是尸体，衣着就像那两个潜入者一样。班超握紧妹妹的铁箫——在不能动剑的身体状况下，箫更好用，能发出钢针——一点点靠近。班昭轻声道:“没死。”班超还是探了一下，发现那人只是失了知觉，便不再理会。走了不过五六丈，另一个可埋伏的角落，也倒着一个灰衣人，当下班超思索起来，这些灰衣人应该都是冲自己来的，那是谁对他们下的手?难道仙奴回来了?

班昭轻呼了一声“二哥”，班超才惊觉路面的尽头，默默地站着一个人，月光下影子拖得很长。

那人披着一件奇怪的袍子，好像是用不同的布拼接而成。头上没有头发，比齐欢剃得还亮，在月亮下反光。这光头高鼻深目，双眼都陷在眉骨下的阴影里，越发显得阴沉无底。

班超背着妹妹索性从暗处走了出来，与那人对峙而站。良久。

光头突然双手合十，用生硬的汉语说了句：

“你——好。”

75 / 涟漪无尽

仙奴细踱了一下三人各自的位置，在斗篷里一手握紧了弯刀，一手握紧了鞭柄，身子却弓了一下，行礼道：“各位侯爷，或是各位叔伯，高附侯是我的祖父。”

休密侯苍老的声音道：“算起来，老高附侯失踪也有八十年了吧？都去了哪儿？”

仙奴道：“祖父流落在了汉地，后来在那边生下了我父亲。”

“那你父亲又把传承给了你？”

“是。”

“你刚从汉地来？”

“是。”

“那你便是高附侯。”

“可是……不是还需要各位的承认，才能承继高附侯吗？”

“我们已经承认了，”休密侯笑了起来，看向那两位，“是吧，两位？”

肸顿侯不吱声，双靡侯却道：“可她是女的，何曾见过女子承袭翕侯的？”

“你看她，容颜秀美，纯洁而强大，多么像我们崇拜的江河之神阿娜希塔！”休密侯唱诵道，“她那丰美、白皙的手臂，佩戴着珍贵耀目的饰物，宛如骏马丰腴的肩膀……她是金光灿烂的强者，身材颀长，婀娜多姿，恰似奔腾咆哮的洪流，挟天下之水，一泻千里。”

仙奴打断了休密侯的吟唱：“父亲也知道女子很难得到承袭，说如果各位翕侯不赞同的话，就将传承让出来。父亲说，这也是命运，让他无子，但不能断了神教的祭脉。”

休密侯的胡子都颤抖起来：“如何让出来？”

“就是将那块涟漪镜交给诸位叔伯，由你们合镜再觅高附祭统。”

“这样啊，也好，那把你的涟漪镜交给我们吧？”

“我并没有带在身上，”仙奴道，“而且我是打算在高附城——这块涟漪镜的原供处交与你们的。”

“你以为高附城现在还是高附侯的属地吗？”休密侯叹息，“你们离开太久了。”

“我说小姑娘，”双靡侯在一边道，“你别说谎了，我们知道涟漪镜在你身上。”

“我没带。”

“你不知道我们五翕侯都是对涟漪镜有感应的吗？”双靡侯恍然而悟，“原来你没有灵脉？难怪会让出传承！”说罢手放在怀里，掏出一块与仙奴一般的黑晶来，突然在场的四个人身上都发出鸣叫。

仙奴急忙捂住怀里的黑晶，却挡不住它的嗡鸣。双靡侯哈哈大笑：“你感到涟漪镜的颤抖了吗？它已经有五十年没有哀鸣啦！”说着竟迸出泪来。

“快停下！”休密侯和肸顿侯一起喝道，也从怀里掏出黑晶，脸上却抑制不住激动的神情。

双靡侯停止了激发涟漪镜，捧着黑晶，声音像哭一般：“原来真的能启动。”

肸顿侯最先冷静下来：“小心，这里离高附城不远，别被那儿的大能者……看到。”

那光头一句“你好”，让班超有些惊喜，三人深入贵霜后，再见不到汉人，也没听见他人讲汉语了。

“你会汉语？”班超问。

“我师父，说我，会死，在那边，我就学那边说话。”

班超听他讲得磕磕绊绊，意思却没有头尾。“他们，”班超一指角落伏地的灰衣人，“你干的？”

那家伙拍了拍自己的光头：“可能？是我？”

班超听得愈加糊涂，突然听见背上的班昭惊叫起来，班超回头，看见班昭指着半空：“看，三彩的光晕，好亮！竟有……四个！”

班超也看见了：“对，仙奴一定在那儿。”忽地反应过来，“你能动了？”

班昭这才发觉自己竟然已经举起了手，当下甩了甩手，觉得全无异处，一下子从哥哥的背上跳下来，轻呼：“我能动啦！”

班超将铁箫塞在妹妹的手里，本来对光头还是有些戒备，现在却没工夫理会：“这位先生，请借过。”

“哦，”光头有点茫然，“你去哪儿？”

“去找朋友。”班超做了个请让开的手势。

“哦。”光头让到了一边。

班超兄妹像阵风似的向那城外光晕处跑去。

光头愣愣地看着兄妹俩的身影在夜色里消失，拍了两下发青的头皮，喃喃道：

“我可能，是找你。”

仙奴觉得怀里的涟漪镜平息了，冷漠地看着三位依旧站成三角，围住自己。“三位叔伯，到底想怎样？”

休密侯柔声道：“高附侯到底想怎样？”

“我还不是高附侯，”仙奴看了一眼双靡侯，“我也没有灵脉。”

“你有涟漪镜，就是高附侯。我们承认，你便是高附侯。按圣训，五翕侯的任何一支的传承，至少需要其他三翕侯的承认，现在就是三家。”

“我知道，但还是想问一句，贵霜侯呢？”

一阵很尴尬的沉默。

双靡侯咬牙道：“那个……恶魔！早在五十年前叛教！改奉了浮屠。”

仙奴叹息：“所以，无论是承袭或是让出高附侯的祭统，都是不可能的了。因为不再是五翕侯了，祭统已经破了。”目光扫过肸顿侯和双靡侯，“你们说贵霜侯五十年前就叛教了，我祖父八十年前流落汉地，那以你们二位的年纪，怎么也凑不出三翕侯的承认的，也不可能承继了真正的翕侯传承。所以今天在场的，可能只有一位真正的翕侯。”

又是一阵尴尬的沉默。

休密侯道：“哪儿用如此死板，大光明神在，信仰在，祭统就在。”

“我这一路行来，也看到了，”仙奴冷漠地说，“神教其实已经……被毁了。”

“要不是当年高附侯失踪，那恶魔也不至于就如此轻易颠覆我教。”双靡侯恨恨道。

“贵霜侯到底做了什么?”

三人俱不作声，最后肸顿侯缓缓道：“五十年前，我才出生不过两年，那恶魔忽地宣布他改宗天竺的浮屠教，毁掉了他自己手上的涟漪镜，开始进攻其他翕侯的属地。当时三个翕侯未及联手，不过两年，就被那恶魔全都占了去，自立为贵霜王，到处推行浮屠异教，还说自己是什么转轮王。”

“那场战争只有我经历了……那恶魔本是天纵之才，三家翕侯即使不相互猜忌，一心联手，也未必是他的对手……”休密侯闭眼回忆，一脸的无奈。

“原来如此，”仙奴道，“家父还让我带着涟漪镜交给贵霜侯呢。”

那三人一起大喝：“不可!”

仙奴道：“我们身在汉地，不清楚这边的变故，只听闻月氏已经更名为贵霜，而且威名远扬。我们月氏本来就是五翕侯轮流执政，如今贵霜如此强大，家父还以为是贵霜侯执政极其英明的缘故。”

“所以，我们愿奉姑娘为高附侯。”休密侯转头看向那两位，那两位也连连点头。

“又有什么意义？神教都没了。”

“有意义！因为涟漪镜，”休密侯道，“涟漪镜本是开教的圣物，后来一分为五，为五翕侯各执一块，一旦合体，有不可思议的力量。”

“涟漪镜不是能照见未来吗？又不能用来打仗。”仙奴道。

“知晓未来，就够了。万事早知一日，便能改变一切。”

“不是说即使知晓未来，命运也不可更改吗?”仙奴摇头，“再说贵霜侯已经毁了他那块，涟漪镜已经不可能合体了。”

“姑娘或许不知，涟漪镜是从中心向外，平均地分成五块。每块都与其相连的有感应。”休密侯道，“我和肸顿侯的涟漪镜是相互感应的，但缺了两块，双靡侯的那块孤绝难鸣。如今姑娘回来了，你那块正好将四块连为一体！你刚才也见了，四块都在共鸣，这景象已有五十年不见啦。我们四块涟漪镜汇合，神力可能不及真正合体的一半，但也可以让我们照见许多预言了。以此我们未必不能恢复神教！”

“我……对这高附侯……其实没什么兴趣。”仙奴低声道，“我只想回到祖地，让祖父的灵骨回家。再将这翕侯的传承交了。”

“交给我们就好！”双靡侯急道。

“那太可惜了，”休密侯向双靡侯摆手，“其实姑娘真的像阿娜希塔女神。体态轻盈，风姿秀逸，她以千钧之力，从胡卡尔山飞泻而下，注入法拉赫·卡尔特河……”

“说到底，你们就是想要我手上这块涟漪镜？”仙奴道。

三人俱不作声。

“我也不知该怎么做了，家父没有交代，我也不敢轻易交与你们。”

“那姑娘打算怎么做？”

“容我再想想，我先去高附城送祖父的灵骨归天。也许在祖地，大光明神会给我启示。”仙奴更想的是，把涟漪镜带回汉地，既然祭统已毁，把圣物交给父亲，才不至于流失，才不辱誓言。

“那恶魔占了你家祖地，做他的都城，你就不恨吗？”双靡侯明显脾气外露。

“姑娘不能去高附城。”休密侯也一改和善的口气。

“为什么？”

“姑娘身怀圣宝，靠近恶魔所在之地，万一他对涟漪镜还有感应，恐怕……会伤害姑娘的性命。”

“你们是担心我？还是担心涟漪镜？”仙奴睥睨一笑。

“不废话了，”双靡侯道，“你不与我们联手，今日就将涟漪镜留下。”

“要抢就过来。”仙奴一脸寒意。

“何必如此？”休密侯道，“姑娘同行的有两个汉人是吗？”

仙奴陡然抬眼：“他们与此事无关，也不知道我的身份。”

“不相干的人呀，那就无所谓了。”

“你想说什么？”仙奴森然道。

“现在，”休密侯看了看月影，“他们应该在我手里。”

仙奴的心沉了下去。那两位偏被她离开时制住了，毫无反抗之力，只怕现在已经落在了地头蛇休密侯手里。

仙奴在斗篷里的手握得发青，微微发抖：“把他们交给我。”

“哦？”

“要毫发未损，不然我毁了涟漪镜。”

双靡侯怒道：“那是你祖传的圣物！”

休密侯胸有成竹地捋了捋胸前的大白胡子，眯眼道：“没问题，他们应该正被带过来。”说罢一挥手，那石像上的猫头鹰振飞而去。

76 / 破镜不圆

四个人影，兀自站在郊外的空旷之地不动。

如此已凝立了小半个时辰。

猫头鹰如啼哭的叫声，打破寂静，落在黑魆魆的巨像上。

休密侯闻之面色一变，却哂然一笑："好啦，他们来了。"手指一下城墙方向，眼角扫了肸顿侯一眼。两人心意相通，就在所有人都望向休密侯所指时，肸顿侯在仙奴身后，一伏庞大的身躯，后背飞出两个旋转的飞钹，一上一下，闪电般斩向仙奴，好像立时就能将仙奴斩为三段。

仙奴本就在戒备，休密侯、肸顿侯杀意一起，她就感到了，飞钹还未斩到，身体已经掠向正前方的休密侯。

仙奴的斗篷陡然扬开，右手的错金弯刀仿佛一道弧光已经斩向休密侯；左手长鞭也已经甩向了一边的双靡侯。休密侯也未料到仙奴来得如此之快，急忙飞退，仙奴却不停步，一刀横斩，瞬间遍天的尘土和白色断须。

双靡侯并未料到这一变故，忽然就见眼前人动起手来，刚有所反应，一道鞭影已到眼前，怪叫一声，退后几步，手上多出一把雷公凿一般的武器。

肸顿侯飞钹斩空，却没有落地，两只飞钹旋出嗡嗡声在仙奴头上盘旋，伺机斩下。肸顿侯十只肥胖的手指，此刻显得无比灵动，竟能在地面遥控这两面飞钹。

仙奴携着刀威，冲进尘烟，发现休密侯倏然不见了。

四人的起落，只是一瞬间的事，但仙奴内心忧惧，倒不是眼前的三翕侯攻势招法诡异，而是三翕侯突然翻脸出手，是不是意味着班超兄妹已不可能出现了？

仙奴回脸，两只美目全是杀气，娇叱一声，鞭势卷向飞钹和肸顿侯之间，空中却转向抽击双靡侯。随着鞭势走动，仙奴心下更惊，肸顿侯竟然不是靠隐线控制头上嗡嗡盘旋的飞钹！难道是用意念吗？她当下旋身，错金弯刀贴着地面向无人处旋飞了出去。

双靡侯高瘦的身子又退了一步，他已被仙奴的气势所慑。地面上又站起一人，正是刚才隐去的休密侯，大白胡子被斩去了一大半，胸前带着血痕，满面的皱纹都写着狰狞，手上寒光闪闪，好像都戴了尖爪，向仙奴的后背抓来，嘴里却喊："都攻上来，别让她得闲毁身上的圣物！"

双靡侯不再退后，他身高腿长，雷公凿反手刺向了仙奴面门。

肸顿侯手指连弹，两面飞钹一面旋向仙奴的头顶，另一面斩向仙奴的双腿。肸顿侯刚发出攻势，忽觉背后风响，原来那仙奴旋出的弯刀，绕了一个大圈，却是向他的后背而来。肸顿侯面色一变，弯刀正旋在后心上，当的一声，落在地上——原来肸顿侯的背后还藏有铜钹，充当了护心镜。但这变故还是令他魂飞魄散，心念一乱，指挥的飞钹去势再不坚决，在空中乱转。

休密侯的双爪已到仙奴背上，仙奴身体一侧，隔着斗篷一个肘捶，竟然和休密侯互换。仙奴手上的长鞭如蛇，缠向扑来的双靡侯的脖子，竟也是互换，同归于命的打法。双靡侯手里的雷公凿收回，去挑那鞭鞘，鞭子却又转而卷向肸顿侯。

休密侯已经抓住了仙奴的后背，但仙奴那刻不容缓地一侧身，让老家伙觉得滑不溜手，要害全失，只能抓伤皮肉。休密侯也绝不放过抓伤敌人的机会，爪上使力，却觉得爪尖无法穿通斗篷——原来仙奴穿的是兜题遗留的刀枪不入的宝物……斗篷下的肘捶同时击中了休密侯，休密侯痛哼一声，向后就倒，却见斗篷一翻，伸出一只指尖细长、芊芊如玉的手来……休密侯只觉脸上巨疼，身子倒地一滚，泥色的袍子一翻，就此不见。那只玉手只抓住了一把带血的胡须。

肸顿侯眼看仙奴的鞭子卷向自己，忙不迭地退出四五步，但见那鞭梢像是活的一般，卷起了前面跌落的错金弯刀，忽地又抡向了高瘦的双靡侯。双靡侯怪叫一声伏地躲过，仙奴将胡须撒向空中，一手接住被鞭子带回的弯刀。

这几个起落交换，也是几息的工夫，双靡侯却觉得很长，惧意更盛，人还在地上伏着，嘴里大喊："她……体术太强了！"

原来三位翕侯都以神术、灵术见长，体术肉搏，实战经验，皆远不及仙奴。休密侯虽老，精于借形隐身，最适合偷袭，不想伤得最狼狈。肸顿侯肥胖，操控飞钹虽然奇异，却也只适合远攻，最忌贴身，刚才若不是有铜钹护体，只怕已经交待了。双靡侯的雷公凿，招法是从他的雕像技艺里化出，本适合近战，但被仙奴这几下压了胆气，反而最无攻势。

仙奴一手握鞭，一手执刀，月光下杀气腾腾，偏又美艳不可方物。

休密侯忽地从地面蹿出，抓向仙奴的脚——露在斗篷之外的目标，嘴里叫着："大家别停！"仙奴猝不及防，脚面一疼，弯刀已斩下，唰的一下刀锋劈在地上，休密侯转瞬又不见了。

肸顿侯、双靡侯如梦初醒，飞钹和雷公凿一起攻来。仙奴后退一步，一个趔趄，地上是一个流血的脚印。为什么脚上的伤口发麻？爪尖有毒！仙奴气极，翻身挥鞭，啪的将地面抽出一线烟尘，全不顾飞钹与雷公凿的攻势全都斩刺到她的后背上。

仙奴脚有伤已不能动轻功，借被击之势，飞出了一丈……虽有斗篷护体，不至于割伤，但重击之下，仙奴在空中喷出口血来，手中的鞭子却不停顿，又一鞭抽在地上，却拉起一个人来——正是隐身遁去的休密侯。

仙奴毕竟是潜行的行家，还是找出了休密侯的踪迹。仙奴落下，弯刀反手，正好钩住休密侯的脖子。

肸顿侯和双靡侯皆不敢动，只见仙奴隐在休密侯身后，只能看见一只如玉的手，抓着一把精致至极的弯刀。倒是休密侯虽然胡须散了大半，狼狈不堪，在刀前却极为镇定，用眼神示意两位翕侯平静，嘴里道："小姑娘，你中了我的苏摩草，最好不要再动了。"

仙奴的一条腿已经快没有知觉了，更多靠拿刀的手撑在休密侯的肩上。

休密侯对此当然有感觉，慢慢地拖着时间："姑娘毕竟是高附侯的后人，我并不想加害。姑娘将涟漪镜交出来，我便将解药给你如何？"

仙奴却问："我那两个朋友呢？"

休密侯也不知详情，猫头鹰传来的简单信息，说所有人都不见了。他冷笑道："都死了。"

仙奴心里一空，他死了？我还是把他们兄妹给害死了。手里的刀颤抖起来。

休密侯面无惧色："你想杀我也无妨，本侯今年已经七十八岁了，可是姑娘青春妙龄，何必陪老头子一起走呢？只要将涟漪镜给我，我一定给姑娘解药，要不就来不及了。”

休密侯听不见仙奴的反应，却见弯刀从他喉咙处摔在地上。他心中狂喜，知道必是毒性已经发作了，结果那放弃刀的手却探入到他的怀里摸索。休密侯还是不敢稍动，“姑娘想找解药？我怀里的药可有许多，你分辨不来的，而且服用方法也很复杂……”话未说完，休密侯突然顿住了，他怀里的那片涟漪镜竟被仙奴掏了出来。

仙奴侧脸细看那片涟漪镜，与自己的质感手感一样，但是图纹有异。仙奴茫然地想，就是为了这个东西，阿爷委屈了一生，也把她搭了进来……她是发了誓的，无所谓了，反正自己的一生，都在苦苦训练，苦苦寻找，为了从未见过的故乡，为了从不理解的信仰……直到遇见了他，还有他们。近两年来，尤其是行走的这大半年，形形色色，生命好像光彩起来。可是这一路遇见的人与事都是浮光掠影的一场梦，于今夜醒来。她又被打回了原形，不，原来也回不去了……

月光千里，旷野荒凉，仙奴第一次觉得自己这么孤单。半个身体已经麻了，胸口堵得难受，眼睛也看不清手上涟漪镜的纹路了……

休密侯不敢稍动，却时刻感知着仙奴的状态，他知道身后的美女摇摇欲坠了。却见那握涟漪镜的玉手骨节有些分明起来，在发力……休密侯惊叫起来：“不要！”咔嚓一声，他那块涟漪镜竟被那芊芊柔荑给捏碎了，散碎、尖锐的黑晶，染着鲜血，拍在了他的喉咙上。

休密侯双手捂着喉咙，发不出声音，面部极度扭曲，慢慢地倒下。

肸顿侯和双靡侯惊呆了。肸顿侯一下子像被抽空了，他的涟漪镜本是和休密侯的相连感应的，如今休密侯的却被毁了。双靡侯颤颤巍巍地怒喝："你……也是翕侯的后人……竟然毁了……圣物！"

仙奴一脸冷漠，默默地站在那里。肸顿侯和双靡侯却不敢向前一步。

仙奴其实已经不能动了，她若能动，必会将剩下的两人也带走。她真是恨死了他们，杀他们一个还不够，所以要在眼前毁掉他们最看重的东西——他们的意志，他们的复教大业。

休密侯的那只猫头鹰突然开始在主人的尸体上空盘旋，发出号哭般的叫声，远处又有其他的猫头鹰回应，让静夜无比凄惶。

暗处无声地奔出了十几个黑影，从四方聚来，皆是灰衣，身法矫健迅捷，都是休密侯的弟子或武士。休密侯本就把他们安排在左近，因为事关绝密圣物，不愿让更多人知晓，才一直没有唤他们出面。现在猫头鹰已将"死讯"传出，他们才疾奔而来。

这些人看清了主人的尸体，就狂呼着向仙奴扑杀而来，肸顿侯和双靡侯也动了，飞钹嗡嗡作响，雷公凿怪异的形状反射着寒光，斜刺过来。

仙奴无比平静，微笑地想起瞽目的父亲来："阿爷，神教都不见了，我不算违背了誓言……"眼前又浮起一个身影来，还未及清晰，又模糊起来……她再支持不住，直直地向后仰倒。

77 大沙门

仙奴就像一个圆心，所有的攻势都指向她。

两面飞钹、雷公凿，还有十六名灰衣人手执着弯刀，挟着惊天的愤怒，全方位向仙奴袭来。

仙奴觉得时间真慢，天地慢慢倾斜，自己怎么都没摔在地上？飞钹在恼人地嗡嗡作响，旋转带出的风都扑在脸上了……这是要死了吗？

时空稠滞了，眼见飞钹缓缓割断了仙奴的一缕红褐色的长发，却被一把黑剑劈为两半！

惘然剑意。

非攻剑。

班超。

仙奴倒了下来，一道娇弱的身影，贴地滑来，堪堪接住了她。

班昭。

一把剑在月光下快得叫人看不分明，如长江大河，密密麻麻地在空中泛出波光，瞬间搅乱了所有攻势，那剩下的飞钹与剑网相触，旋转的钹沿，擦出点点火星，发出令人齿酸的摩擦声。剑网内却跃出几条“银鱼”，一闪而没，正是班昭的箫剑，瞬间就伤了几个灰衣人。

但这些灰衣人悍然不退。

他们要为主人复仇。

更远处，又奔来了数十名灰衣人，加入进来。他们都是休密侯这些年培养的秘密复教的骨干。

肸顿侯将前心后背隐藏的两个铜钹也催了出来，三面飞钹，围着班超兄妹旋转。

双靡侯满腔悲愤，将雷公凿插在地上，几乎没顶，自己盘坐在地上，双手掐诀，嘴里唱诵着咒语……但见方圆几丈内的地面上的石块开始颤抖，向他滚了过来，慢慢地聚集在他的身边。咒语越来越急，石块开始在他的身边旋转，腾空，将他围拢起来。

这才是双靡侯最擅长的功法——石灵术。

这边的围攻，灰衣人已经死伤了十数人了，但攻势不减。

双靡侯带着旋转的碎石圈，站了起来，喝了一声："闪开！"众人攻势立止，散开一边，显然训练有素。双靡侯胸腔里暴喝出一声"诺"，围着他的大大小小的百十颗石块，尽如倾泻一般，向班超三人的头顶砸来。

班超再次发出惘然剑意，兄妹两人将石块尽数挑飞，反而伤了更多的灰衣人，但也震得手臂发麻。

石块散尽，肸顿侯高喝一声"疾！"，三面飞钹都飞斩而下，灰衣人又潮水般地围攻而上。

班超心里叫苦，明白此战要义是拿下肸顿侯与双靡侯两人，但两人都避在外围，操控攻势。灰衣人以命缠斗，他也不敢孤身突围去"斩首"，如此妹妹和仙奴有闪失怎么办？且班超旧伤未痊愈，乍使武功，体力更加不济。

肸顿侯和双靡侯二人，也找到了对付这些体术奇异的家伙

（在他们眼里，汉人的武功才诡异至极）的办法，就是自己在外围攻击，借灰衣人耗死他们。

双靡侯见自己的“石披风”攻势没有见效，心下骇然，喘息着拔出地上的雷公凿，走向石像边一块散落的巨石，再次念动咒语，雷公凿舞动，瞬间巨石四分五裂，碎成一地。双靡侯将雷公凿插在碎石的中心……双手举天，再次唱诵起来。

这回碎石远比刚才要多，他周身形成了一个更密集的“小行星带”，眼看就能行使第二波乱石攻击。双靡侯有把握，这次一定能重创这两个汉人。

突然，远处传来了极低的吟诵声，如喃喃自语，又像叹息，偏又谁都能听见。那声音低沉得像是从地底传来，空灵灵地回荡在月光下，满溢在四周。

这吟诵不仅压住了双靡侯的咒语，里面还暗藏着“唵”音，“唵”字一出，肸顿侯和双靡侯的识海巨震。他们都在用意念操控外物，登时头痛欲裂，飞钹和碎石都从半空中跌落下来。二人相顾骇然。

肸顿侯叫道：“是梵唱！”

双靡侯变色道：“是……神念比丘！”

那梵唱忽远忽近，在夜色里连传来的方向都很难辨认。双靡侯大叫了一声，拔出地上的雷公凿，高瘦的身体，像竹竿一般，一晃一晃地奔逃了。

肸顿侯发出口令，自己也退了。

拼命的灰衣人也住手退后，留下死者，扶了伤者，瞬间隐退在夜色里。

班超兄妹，背对着背，护着躺在地上的仙奴，环顾空荡的四周，才发觉那悠扬的梵唱也停止了。

一个影子渐渐在月光下清晰起来，却是班超兄妹刚才在城里见到的光头。

可惜班超不懂月氏语，不然就知道这人就是那些人嘴里的神念比丘。但能惊走那么些仙奴的“家人”，他也猜到这人绝不简单。

光头看着一地的尸体，面色不忍，合十念了几句咒语。

班超知道此人对己方无恶意，急忙查看仙奴的伤势，发现仙奴明显中毒已深。他暗道，要是齐欢在就好了，可当下却是束手无策。

光头凑过来看了看，皱着眉说了句：“苏摩草？”

班超抬头：“你知道？可有救？”

光头扫了几眼地上的尸体，目光就停在仙奴脚边休密侯的尸体上。然后他就在尸体的衣服里，翻出许多瓶瓶罐罐来，逐个闻了，都在摇头。

班昭把仙奴扶在自己怀里靠了，却发现仙奴的一只手紧攥着什么，掰开一看，却是个小琉璃瓶，心下直觉一闪，叫道：“是这个吗？”

光头接过来一嗅，点了点头，却皱起眉来。

“你赶快给她用啊？”班昭急道。

“我，不知道，用法。”光头一词一顿地说着汉语。

“那……也先用了吧，”班昭都急哭了，“姐姐的气息……气运，越来越弱了。”

班超按住妹妹抖动的肩，却看见光头单手抚在休密侯的头顶，闭目沉思，几息之后，睁开眼来，说：“我知道了。”然后就弹开琉璃瓶塞，先给仙奴脚上的伤口撒了，又倒了些在仙奴的嘴里，又抹了一些在班超眼里全不相关的部位。

“你怎么就知道了？”班昭颤声问那光头，“你刚才在探知他……的想法吗？”

光头默默点头。

“可是他死了。气运都散了。”

“他的识，没散。”

班超兄妹对望了一眼，觉得这光头远比表面来得神秘。光头却握着瓶子摇头：“我看见他，死前的……情形。”光头一指班昭怀里的仙奴，“她，拿到了，不吃，却要杀他。”光头一脸怜悯，“很大的，生气。”

光头凌空在仙奴身上虚指，好像在渡气，最后也在仙奴的头顶抚了一下，站起身来道：“好啦。”

“毒已清了？”班超问。

光头摇头：“深了。很深。”

“先生刚才不是说——好啦？”

“苏摩草的毒，好了。生气（嗔）的毒，还有……痴迷，很深了。”

班超听得一头雾水，不自觉地用光头式的汉语比画着说：“生气，有毒？痴迷，有毒？”

光头点头：“比苏摩草，毒。”

班超松了口气：“那我就放心了。谁还没有生气和痴迷的时候呀？”

光头无奈地摇头：“所以，很难，除。”闭目又念起咒语来。

班超正色向光头行礼：“多谢先生，敢问先生大名？”

光头睁眼：“沙门，法兰。”

班昭突然叫道：“沙门？你是大沙门？”

法兰合十：“不敢。”

“你是守护浮屠庙的修行人呀？”

“是。”

“在哪里修行呀？”

“高附城。”

“我们也要去高附城的，”班昭高兴起来，“可以同路。”

“我，现在，回去。”

“这样啊。”班昭低头看看昏迷的仙奴，心道，姐姐怎么都要休息调养些时日，才能动身。

法兰却向班超合十躬身，随后将手上的一串珠子递给班超：“你们，用这个，住浮屠庙。安全。”说罢，转身便走，走了数十步，身影已模糊，却有声音传过来，“高附城，等你。”

“在高附城哪里能找到先生？”班超在身后喊，却不见回应，再看，连身影都不见了。

班超本想抱起仙奴，却被班昭一把背了起来。

天亮的时候，两人来到城里最大的浮屠庙，想进去却被拦住了。无奈语言不通，班超只好递上法兰赠的珠串，那看门的沙门见珠上有刻字，看清后态度就变了。不一会儿，庙里最老的沙门也出来迎接，班超兄妹指手画脚了一番，才表达清楚了所求。

很快浮屠庙就收拾好了两间房间，让三人住了进来，接待极尽殷勤。班昭要在房间内照顾昏迷的仙奴，班超也不好在场，就在庙里闲逛。班超是第一次进入浮屠庙沙门居住的区域，发现也不是人人都如法兰一般的光头，也有披发的，但身上衣衫不整，甚至肮脏。

庙的建筑很怪，中心建筑是个半圆——就像一个巨大的碗扣在地上。建筑的前方雕着两个脚印，路过的沙门都会对脚印行礼致意。

班超看得有趣，却听得妹妹班昭来到身后说：“仙奴姐姐醒了。”

78 身世之感

“你还是动了武功。”仙奴倚在床上，长发蓬松地散在一边，脸几乎藏在散发里。

班超笑：“也没差几天。”

“可能会伤了根基。”

“伤便伤了，我又不想整日打架。我也算读书人哪。”班超扬了扬手上的一根散简，桌子上是拼得七七八八的《穆天子西狩图》。

“差一点……就害了你们。”仙奴的声音轻得几乎听不见。

“那些人是谁？”班昭给仙奴的背后又垫了靠枕，“真的是你的家人吗？”

“哪有这样的……家人？”仙奴发现自己的怒意没那么重了，毕竟他们没能伤害班超兄妹，“他们，应该算跟我祖父有渊源吧。”

班昭好奇道：“从没听姐姐说过自己的事，姐姐的祖父在贵霜应该算很厉害的人吧？”

“那时还没有贵霜，只叫月氏。”仙奴轻声地娓娓道来，“我们月氏当年分为五个部分，五个首领叫作五翕侯，都信奉大光明教。五翕侯同时还是五大祭司，各自掌管神教圣物涟漪镜的一部分。”

“涟漪镜？”班超道，“我听令尊说过，好像说是一部有关预言的经典。”

“是先有圣物，后来的圣人才创立了经典。”仙奴从枕下拿出那片神秘的黑晶来，“这就是涟漪镜的五分之一，本是由黑曜石上滴了大光明神的一滴眼泪而生成。传说涟漪镜如果放在法拉赫·卡尔特河里，反射阳光，就可以看见未来，可以囚禁或释放恶灵……后来圣人怕涟漪镜威力过大，就一分为五，分与五位翕侯各一片。

“月氏的五翕侯，分为休密侯、双靡侯、贵霜侯、肸顿侯和高附侯，各据属地，代代世袭。说起来同气连枝，其实之间也常有争斗。我祖父，便承袭了高附侯。”

班昭“啊”了一声：“那姐姐不就是……郡主吗？”

仙奴无力地笑笑，摇了摇头：“八十年前，我祖父少年袭位，心气很高，听说月氏最古老的祖地是敦煌，就想有一日也要走马敦煌。祖父与乌孙，还有匈奴秘密结盟，亲带了一千骑加入联军挺进西域，与大汉打了一场，不想就被俘了。祖父觉得羞辱，没有吐露身份，就被汉军押到了凉州的张掖郡，跟大秦的战俘一起，立了个骊靬[①]县。祖父本有机会回国，但战斗时丢失了涟漪镜，觉得再无脸回去了。祖父十余年追寻涟漪镜无果，就在骊靬娶了个大秦女子为妻，生下了父亲。祖父将所有的本事和经典，都授给了父亲，想叫父亲继续寻那失落的涟漪镜。”

“我们胡人管父亲都叫阿爷。”仙奴淡笑了一声，“接下来就是我阿爷的故事了。祖父早死，死前认为自己没有好好修习涟漪镜经典的预言术，才不能感应到涟漪镜的所在。阿爷便苦修预言与感应，可能是天分过高，触了天机，遭了天谴，竟然在二十余岁

① 也是罗马的意思。据颜师古《汉书·张骞传注》：“靬，即大秦国也。张掖郡骊靬县，盖取此国为名耳。”

时，突然就瞎了双眼。阿爷觉得再难完成祖父的遗愿，心灰意冷，四处游荡，终日在烟花柳巷荒唐……四十岁时，阿爷在长安的章台，遇见了我娘，生了我。”

班昭轻咦了一声，心道，章台可是长安妓馆林立的地方。

仙奴冷冷地看了班昭一眼：“不错，我娘是章台的官妓。我就出生在章台妓馆里。”

班昭急道：“姐姐，我不是那个意思。”

“我现在，已经不太记得我娘的样子了。”仙奴突然捂脸停顿了一会儿，“我出生的时候，阿爷已不知流浪去哪儿了。我娘做营生时，会把我留在妓馆后院的天井里……我还记得一些片段，阳光从树叶间跳啊跳地洒下来，满天满地满园都是蝉叫……会有蜗牛从井田边一直爬到墙上，会爬一个下午……蜗牛爬过后，会有条湿漉漉的线，干了以为不见了，其实换个角度，那线还在，反着白光……那或是我最快乐的记忆了。”

仙奴叹息一声之后，声音又恢复了冷静。

“阿爷流浪到了洛都，在一个正午，忽然感应到涟漪镜就在洛都城内。阿爷认为这是神迹。他之前的苦难和挫折都是大光明神对他的考验。那年我五岁，阿爷回到长安，把我赎走了。那时我不认识他，在他的背上哭闹，却发现离自己住的妓馆越来越远，还能看见我娘在楼台窗户后的影子……可我……就是记不清她的脸了。阿爷把我带到了深山里，说我身上有高贵的血，从此要做他的眼，他的手，去拿回涟漪镜。也就是那年，我开始练缩骨功，被捏碎了全身的骨头，整整半年被绑在木架上，等全身的柔骨长好。每天都是阿爷一口口地喂我，然后教我背诵涟漪镜的经典。阿爷说，只要我练好了，他也凑够了钱，就去把我娘赎出来。三年后，我和阿爷出了山，回章台赎我娘，却听说……我娘在我离开不到一年，就害病死了……从此我就只有阿爷了。然后跟着阿爷来到了洛都。

“在洛都，阿爷带着修习涟漪镜经典记载的许多秘术。却发现我迟迟开不了灵脉。”

“灵脉？”班超问道，“什么灵脉？”

“其实是作为祭司的禀赋，开了灵脉，才能感应神迹，感应圣物，感应预言。这是大祭司最应具备的，我却没有。”仙奴苦笑。

班超看了眼妹妹，心想，这样的禀赋，小昭是最足的吧。

仙奴继续道：“阿爷颓废了很久，然后开始让我修炼一些与灵脉无关的月氏秘术，以体术为主，还有幻术、媚术。据说，在月氏的翕侯里，有些绝技也很多年都没人练成过。阿爷希望我练会了，即使没开灵脉，或有能力继承那高附侯。但高附侯的传承信物，是涟漪镜，阿爷只能感应到圣物就在洛都，却无法感知具体的位置。后来的几年，阿爷踏遍了洛都所有的小巷和角落，体触感应的微妙差异，总算确定了涟漪镜的所在范围。之后几年，我作为阿爷的手眼，夜里，一直潜行在洛都的各处，搜寻涟漪镜，就在班头和虎头为我打架的前一天夜里，我找到了涟漪镜。”

听到这里，班氏兄妹都有一种欣慰感，仙奴说得轻松，其中却不知有多少艰辛。

“当夜，我和阿爷抱头痛哭。我以为心愿已成，可以带着阿爷回家乡了。可阿爷说，他不走，他通过涟漪镜看见了一个贵人。”仙奴看向班超，“这个贵人将用刀劈开东西之路，改变许多事情，还将带我西去，帮我成为高附侯……后来的事，班头都知道了。”

班超挠了挠头：“我哪有这么厉害？”

“好啊，”班昭道，“那我们就帮你成为高附侯！”

仙奴缓缓地摇头：“来了才知道，许多事都变了。没有大光明教了，自然也没有什么大祭司、五翕侯了。阿爷的预言……错了。”

“什么呀？”班昭道，“你昨晚不还跟那些侯爷见面了，是他们不认你，要杀你？”

“我也是在昨晚才捋清了其中的原委，”仙奴道，“五翕侯在月氏是轮流执政，我祖父八十年前在西域失踪后，五翕侯剩其四。五十年前，正好轮到贵霜侯执政，结果贵霜侯突然弃教，改奉了浮屠教。剩下的三侯讨伐贵霜侯，却反被贵霜侯打得大败。后来贵霜侯统一了五翕侯的属地，自称贵霜王。月氏也自此更名贵霜。”

“哦，原来如此。”班超沉吟道。

“贵霜的名字还在，却全国推奉浮屠教，这些年来，大光明教其实已经不存在了。昨夜那三个翕侯，被我杀的那个老头，是休密侯；那个胖子，用飞钹的，是肸顿侯；还有个瘦高的，年纪不大，是双靡侯。他们其实只是流亡者，只是自称翕侯而已，教统早已经毁了。他们倒是许诺我做高附侯，其实只想要我的涟漪镜去复教。本来给他们也没什么，后来发现他们竟然要害你俩，我就生气了，打了起来，杀了人，还毁了他们的一块涟漪镜……那毕竟是涟漪镜啊，我真是神教的罪人……阿爷知道一定会很伤心……”仙奴像是说得倦了，声音像梦呓一般。

“不会的，仙奴姐姐……”班昭不知道该怎么安慰仙奴。

“我没有灵脉，听不到阿胡罗大神的教诲，感受不到他的神迹，我……真的是不够信……”仙奴把头抵在膝盖上。

班超从没见过一贯冷艳的仙奴露出如此脆弱的一面，不禁用手轻抚了下仙奴的头发：“神教毁了又不怨你。”

仙奴依旧埋着头：“可我毕竟毁了圣物。”

“毁的是他们的，你的还在呀，可以带回去给你阿爷交差的。”

“不是交差……我总觉得违背了阿爷的心愿。”

“那你的心愿呢？”

仙奴抬起头来，有些茫然。

“毁了又怎样？”班超露出一种狂诞神色，“我见他们竟要杀你！换了我，不仅杀了那两个什么翕侯，那两块镜子也得毁了！”

仙奴侧着头，呆呆地看着班头睥睨一世的样子，涌起的尽是迷恋，前面的愧疚好像已经拍在沙滩上了。

79 / 家里人

西域北路的汉军大营，驻扎在天山山麓下，旌旗翻飞。

这里地属焉耆，风貌与南路的旷野大漠迥然不同。天山上的雪峰在斜阳下泛红，第一场早雪已经下过了，遍山的杉林都盖了层雪帽，映得枝干墨黑，像留白与墨迹都分明的水墨画。

草原上枯黄的长草从薄雪中透出来，又被一队骠骑踏倒。十六骑呼啸而过，冲向山麓的大营。耿恭一队日夜兼程，今日总算来到焉耆。

耿恭没去焉耆城内新立的都护府，而是先来郊外的大营见三哥耿秉和窦帅。

其实自从凉州分兵进击匈奴后，兄弟俩就没有见过了，一晃也大半年了。冲进三哥的军帐里，耿恭还是无来由地有些紧张。三哥在他心目中积威已久，虽然知道在武力上三哥早不是他的对手。

三哥耿秉坐在马扎上，在炭盆边一边甩弄着马鞭，一边却在看竹简。发觉有人不通报就闯了进来，他猛然抬眼，发现进来的是耿恭，不禁愣了。

耿恭一路奔波，一身尽是霜色，铁甲上还带着寒气，一脸的胡茬儿都被霜打白了，像个老头。

“是我，三哥……”耿恭诺诺，见三哥也是一脸的胡子，脸上还有被塞外长风吹得皴裂的暗红。

耿秉突然跳起来，扬手就是一鞭子。耿恭不敢躲，鞭子抽在铁甲上，也不会疼。

“不通报就进来，你当这是回家吗？”

“哦，”耿恭低头退回帐外，在帐口高叫，“南路副使、羽林郎耿恭，求见耿副帅！”

“滚进来！”

耿恭重新撩帐而进，劈头就被人抱在怀里。兄弟俩都穿着甲胄，撞得叮当直响。耿恭叫了声：“三哥，”心下温暖，“也不用……”突然被一个侧摔，掼在了地上，顿时摔得七荤八素。

帐外站着两个守帐的卫兵，忽听见帐内乒乒乓乓的声音，一个卫兵撩帐看了一眼，只见副帅被反剪了一只手压在地上，一下子魂飞魄散，拔了腰刀就冲了进去。

副帅的半张脸还埋在地上，却对着卫兵怒喝：“进来做甚？滚出去！”

卫兵诺诺而出，被帐口另一个卫兵拉住：“你没听见吗？那位爷刚才在门口喊，‘羽林郎耿恭’，可是副帅的亲弟弟。”

“兄弟见面，也没见过这样的……”

炭盆加了炭，照得兄弟俩的脸明明暗暗。

“臭小子，身手比以前更好了。不好好打仗，却去出使？”

“我这一路比你强，我们已经收了南路五个强国，他们下面还有七八个属国，也必望风归顺。你们北路，只拿下了三个国家。”

马鞭又敲到了耿恭的头盔上，耿秉笑骂：“没有大军在这边直面匈奴，你且看看谁还给你们几个面子？”

“出使真的不全靠军威恐吓的。”

“那靠什么？”

“恩义。”

“谁说的？”耿秉似笑非笑地看着幼弟。

“我那兄弟，班超班仲升。”

“哦，那个‘班两都’的弟弟……典型的文人之见。”

“他还文人？”耿恭苦笑道，“他揍我就跟我揍你似的。”

“什么？”耿秉听了一惊。他在军中十余年，没觉得谁的身手在耿恭之上，前些日子窦帅还在他面前对耿恭赞不绝口……他在内心还是有点以这个幼弟为荣的。“他揍你？”

“沙场军阵上，他未必如我。单对单，我不是个儿。”耿恭说起班超来，由衷带着笑意，“我们是在五陵做游侠时认识的……他其实算个剑客。”

“游侠？”耿秉笑起来，“听窦帅说，你们这帮人里面有不少江湖人士？怎么就被捏合成了使团？或许这才对了西域人的脾胃。”

“只有班超，才能干出这样的事儿。”

“你毕竟是军家子，回来才好。无须为那大鸿胪寺卖命，还是要在军功上多拿些资历。”

“我省得，但你们不是要退军了？”

“退军？谁说我们要退军？”耿秉面色突然严肃起来。

“三哥，你这么紧张，看来是真的了？”

“是要退了，”耿秉盯着耿恭，“但我和窦帅并未发布命令。”

“是老班说，你们急于建都护府，应该是想退军了。”

“哦？还说了什么？”

“还说你和窦帅此举，可能还想激龟兹出来速战速决，但龟兹应该不会上当。”

“这个班超，还真是个人才……”

“那当然。”耿恭不无骄傲。

“尚书台是有退军的命令传来，是我一直劝窦帅顶住未退。但现在冬天已至，牧草已衰，那马吃什么？唯有将大军退回关内，留在敦煌，待明年开春，再图龟兹。”

“老班还说，要给都护府多留些人，不然北路诸国难免心思活络。”

“说得对，但也没法留太多，只能看菜下碟。留下的给养，加上焉耆吐出来的辎重，算起来能留个两千人算不错的。”

“两千？那哪儿够？不是说龟兹和姑墨拥兵三万吗？匈奴要是回来了怎么办？”

“没那么严重，大冬天的，都不会随便打起来的。投降的焉耆和车师，也各有几千人马，会受都护府节制。真出了什么意外，也能支撑一阵儿，我在敦煌，到时一个急行军，也就杀回来啦。”

“只退回凉州还好。”耿恭摘了头盔，整理上面的冠缨。

“我已经去了书信给陇西王，还有各郡的太守，让他准备好我们过冬的粮草和冬衣。”

“对啦，”耿恭忽想起来，“那陇西王可能暗通匈奴。”

“怎么讲？”耿秉一震。

“我们出使鄯善时，陇西王的幽行都，帮着匈奴行刺我们使团。”

“你确定是陇西王的人？”

耿恭默默地点头。

“当”的一声，耿秉踢翻了眼前的炭盆，霍地站起来，“我说呢，我带着大军和羌骑从中路深入北地六百里，竟然碰不到匈奴。原来是这个羌王在暗通款曲。”

“陇西王当然不希望他的羌骑在你手上受损。”

耿秉冷笑道：“等我回去，看怎么调理这个家伙。”

“他毕竟是王爷。”

“散了他的羌骑，他就什么也不是！”耿秉的马鞭，抽在地上，地上的火炭炸开，火星溅到毡帐上。耿恭跳起来去扑打，耿秉倒是平静下来，坐回马扎上饶有兴趣地看着幼弟救火，在身后问，“跟不跟我回敦煌？”

“不啦，姐夫说要派我差呢。”火已经被拍灭。

“那还不是我一句话的事儿？”耿秉随即在身后翻腾了一下，扔给耿恭一个包袱，“你三嫂托人带给你的冬衣。”

“三哥，”耿恭抱着包袱，想起连三哥都怕的三嫂来，“是三嫂叫你带我回敦煌吧？”

“扯淡，她怎么会知道大军的动向？她只是……叫我保你安全。但我耿家男儿，怎么会活在羽翼之下？你想留下就留下吧。”

“我留下。老班说，不用你们大军，他或许也有办法让龟兹归顺。我等着他们。”

“异想天开！”耿秉摇头，却牢牢记住了“班超”这个名字。

第二日，耿恭去见了统帅窦固，给窦固恭恭敬敬地汇报出使的成果。

窦固对班超在疏勒练兵的计划饶有兴趣：“疏勒人真的愿意和我们一起攻打龟兹吗？”

“目前两国结怨很深，我们这边要是跟龟兹动手了，疏勒当然愿意去报仇。而且我们立的那个小疏勒王，对班头，不，班司马言听计从。”

“班先生真是大才。”窦固沉吟道。

“但我们这边……还动手吗？”

“在边境挑动了些摩擦，还夺了两个烽燧。龟兹人就像乌龟一样，坚守不出。你哥写了一封言辞不堪的信进去，结果他们却送了些歌舞伎和礼物出来……唉，这个龟兹王还真是个人物。”窦固目光闪动，“你哥跟你说了吗？我们决战不成，只能筹措退兵了。”

“我哥倒没说，”耿恭当然不认，“反而在我来之前，班司马都猜到了。”

“哦？”

“他让我恳请窦帅，多给都护府留些兵力。”

“你打算留在都护府？”

“是。”

“甚好。”窦固是真喜欢耿恭，欣慰地捋了捋胡子，“那你在大营再待两日，我再拆出一千人，你带去给陈睦吧。”

耿恭总算见到了陈睦这个姐夫。

其实他根本不大记得陈睦的样子，好像小时候在家宴上见过，只有一点淡薄的印象——是个说话不多、个头敦实的军人。

都护府立在了焉耆城内，耿恭带了一千人马，还未靠近城墙，早有都护府的斥候迎接，将一大队人马领到城外的兵营驻扎。

有一小队人专门领着，一路上威风凛凛，路人皆尽退让回避，将耿恭带进了焉耆城内的都护府。

陈睦还是那么敦实，不高，脸上一道触目的刀疤，却在耿恭的印象之外。刀疤划过左眼，连带着左眼有些变形，老像是一种藐视的神情。

陈睦就这样“藐视”了耿恭半天，不再理会，埋头看窦帅的手令，和一千人马的军籍资料。

外面进来一个亲兵来报，说焉耆丞相求见。陈睦挥手：“让他等着，正忙呢。”

耿恭在旁边看着，总觉得不妥，也不好说什么，呆站了足有一顿饭的工夫，陈睦突然抬头：“小恭？”

耿恭舒口气，拱手道：“都护大人。”

陈睦一摆手：“家里人，叫姐夫。”

“姐夫。”

“那时见你，”陈睦把手比在腰间，“才这么高吧？”

“哦。”

“我手上有三个校尉的衔，最高的戊校尉就是你的。”

耿恭惊道：“我这就升做校尉了？”

“家里人。”

“这……不好吧？”

陈睦笑了起来，但受伤的脸，反而有点狰狞。他扬了扬手中的手令：“窦帅的意思。想去守哪儿？”

“守车师，去卡住匈奴的进路。”

“跟我想的一样。我给你八百人。”

“五百就够。姐夫得留更多的人镇住焉耆，还得防着龟兹。”

“那分我的亲兵去吧。”

“亲兵？”耿恭有点不解，“为何？”

“现在我手上共有三千兵员，一千是我一手带出来的亲兵，一千是凉州兵，而你刚带来的一千，我看了，根本就是各部队分流的一些罪卒。”

耿恭笑道：“不需要姐夫的亲兵，我就带那些罪卒去。”

“那都是些最麻烦、最爱惹事的刺儿头。”

“要的就是他们，看我怎么把他们给练出来。”耿恭踌躇满志。

“小家伙，比你三哥还狠。”

“那个……外面不是还有焉耆丞相在等吗？”耿恭这一路出使，熟识了各种外交礼仪，忽见道陈睦如此轻慢一国的丞相，有点不可思议。

“他算什么？咱们家里人说话重要。”

80 寂寞塔

天还没亮，仙奴就带着班氏兄妹登上了米拉山。

东方吐出红色，透亮了半个天际。山下有个巨大的城市露出依稀的轮廓，高高低低，密密麻麻，宛若棋盘——正是贵霜王朝的都城高附城。

三人没有进城，而是先登上了城西一侧的米拉山，因为仙奴要在她祖先的墓地上安葬祖父的骨殖。

来高附城的一路上，三人都借宿在沿途的浮屠庙里。那法兰的手串就像一把钥匙，可以把所有的浮屠庙打开。仙奴也试着用月氏语问那些招待极为周到的庙内沙门：那珠串到底代表什么？他们说，这是大守护者之轮，听得三人似懂非懂。难道说，那光头法兰是什么大守护者？

天上的群星逐渐被天光遮掩，仙奴凭星象和时辰，来到一个不规则的巨石堆砌的石塔下。石塔面东的一方，立着两个几乎并列在一起的粗粝石柱。第一抹阳光从地平线透出来，穿过两个石柱的缝隙，打在石塔上。仙奴手抚在石塔的那抹阳光上，轻轻拨弄，掸下许多灰土，石面上露出一小片浮雕纹路。

“是这里了，”仙奴轻声道，“这是我家……高附侯的族徽。”说罢从怀里拿出那片涟漪镜，对比上面的花纹。

“姐姐不是说，这里是家族墓地吗？”班昭左右看看，全没见到墓群。

“我历代祖先，都葬在这塔上。”仙奴摸那巨石的手在微微颤抖，她好像听见自己身体里的血液泛起了潮汐的声音……这就是血统和传承的力量吧。

班超背着一个竹箧——仙奴此行一直带在身边的行李，默默站在了仙奴的身后。仙奴今日特意换了一身的白衣，长发挽了个月氏人的发髻，回过脸来，两人目光一对，班超忽觉得仙奴或许伤未好透，一脸的苍白憔悴，好像比妹妹小昭还要弱些。

仙奴没说话，只是伸出了手，班超卸下了竹箧递了上去。仙奴接了竹箧，将竹箧轻倚在石塔下，跪地而拜，嘴里轻道：“爷爷，孙女带您回家了。”

仙奴拜罢，走向石塔的南侧，那边是个断崖。一直走到断崖边，看着断崖下，凝然不动，白色的纱袍飞扬起来。

班昭还没从墓群的疑问里出来：“姐姐的历代祖先都葬在一个塔里吗？”

“是。不过不是葬在塔里，是塔上。”

班氏兄妹都看向塔顶，发现所谓的塔顶不过是个方形的巨石叠在最上面而已。

“这是寂寞塔，是恶灵游戏的地方。”

“为什么要把祖先葬在这里？”班昭问。

“因为只有挣脱寂寞，灵魂才可以飞上天际。”仙奴的纤指，指向天空。

班氏兄妹不自觉地随仙奴的手指看向天空，好像真能看见灵魂似的。班超却从余光里看见仙奴的身子往断崖外倾倒。

班超身形一晃，就抓了过去，却是一空，白纱闪过，仙奴已经跳了下去。

伟大的贵霜王丘就却，突然从梦中惊醒。

说其伟大，是因为贵霜王朝是由他在五十年前一手缔造，如今占地万里，雄踞在安息、天竺、西域之间。由于贵霜王改奉天竺浮屠教，如今天竺北方大部，其实已经归附了贵霜，浮屠教的中心，其实已经北移到了都城高附城。

算起来，贵霜王今年八十三岁了，老得可以忘记很多东西，今天却有个淡薄了很久的念头，顽固地要搅动他那尘封多年的记忆。

寝宫那雕刻繁复、巨大的门外，一排金色的垂铃中，那枚最大的鸣叫起来。守铃的侍者向门内恭敬行礼，然后奔跑着去传信……

贵霜王宫里，尽是石砌的长廊，长廊上跑过一个高大健美的青年武士，一身黄金甲胄，在奔跑中叮当作响。青年的肩甲独特，是两个栩栩如生、黄金铸就的狮头，张着大嘴居于青年两边的肩上。头盔则是鹰头，鹰嘴形成了盔檐，尖尖地探出来。鹰嘴之后，青年面目若削，棱角分明，犹如雕塑，淡黄的头发从鹰盔后露出来，散在肩上。

这武士看起来有二十七八岁，却在王宫里旁若无人地奔跑，凡看见他的人，无论远近，皆全部停下，伏地行礼。

武士一路跑到贵霜王的寝宫门前，脚步声在空荡的大厅里发出回响。青年脸上洋溢着欢愉和活力，一身的肌肉随着喘息起伏，而门前的护卫纷纷退去。

武士把鹰盔摘了，甩了甩一头的金发，单膝跪下，将鹰盔正正地摆在地上，然后右拳抵胸，低头高声道："虔诚的王孙——阎膏珍，赞颂伟大的转轮王丘就却！”

“去，到那边看看，”一个苍老的声音传出来，“米拉山上。那是高附侯曾经的墓地……他好像……回来了？”

班昭一声惊呼，奔到崖边，却被班超的手臂拦下。兄妹俩一起向崖下探头，却见一个白影紧贴着石壁，向一侧跃动。

“吓得我！”班昭抚胸道，“仙奴姐姐这是要干吗？”

只见仙奴用长鞭卷住岩树，一荡，就跨过几丈，落在一脚之棱上……速度极快。班氏兄妹顺着仙奴行动的方向看去，发现悬崖峭壁的腰间竟有三只岩羊，在方寸间辗转腾跳，几乎是直立行走，极为轻盈。

这是班超第一次见到岩羊，想不出这几只羊怎么爬上来的，以及爬到那儿干什么。“仙奴姐姐这是要捉羊吗？”班昭问。班超觉得这想法有点异想天开，可是仙奴真的异想天开地行动了。

仙奴趋近岩羊时，岩羊开始在“水平立面”上向下跳跃，仅用纤足一点，就在空中转身，之字形地来回跨越，姿态优美，宛若顶尖的轻功高手。但可选择的落脚点稀少，一只受惊的岩羊竟失足跌落下去。仙奴的长鞭卷住了最后那只相对弱小的岩羊的脖子，猛地一拉，就扭断了它的脖子……没多久，仙奴拖着那只小岩羊回到了崖顶。

仙奴并不搭理班氏兄妹问询的目光，拔出错金弯刀，就将岩羊割开，刀法娴熟，瞬间岩羊分解，却一滴血都没溅在仙奴的白衣上。

兄妹俩见仙奴面容肃穆，领悟到这是一种献祭。淋漓的血气洋溢在山巅，不久便引来许多兀鹫在头顶盘旋，发出尖厉的鸣啸。一只巨大的兀鹫落在寂寞塔的顶部方石上，双翅张开，竟接近一丈，眼神锐利，与班超对视，绝不退让。

仙奴将塔下的竹箧打开，露出淡黄色的骨殖。在兄妹的诧异中，仙奴将骨殖敲碎，细细裹在切好的岩羊肉块里。接着一块一块的血肉，被扔到塔顶的方石上。十几只兀鹫俯冲而下，嘶叫着争抢，巨大的羽翼扇出的风，让班超感到头发竖了起来，抬头是纷纷扬扬的黑羽……

整只羊连同骨殖，全都进入了兀鹫的腹中。仙奴跪地，双手向天，唱吟着一首古老的月氏调子，曲调依旧回转不尽，却是高亢苍凉，慢慢升腾，像给那些飞上云端的鹰鹫送行。

崖顶上风来风往，呼呼有声。

班超抬头看云天，再无鹰鹫的痕迹。整个山巅，唯简陋的石塔依旧，好像什么都没发生过一样。难怪有寂寞之名。

“为什么要将……先人的尸骨……给……”班昭指了指天空，“吃了？”

仙奴兀自看着天空出神，天空太高太亮，看得眼睛发涩，愣愣地流下泪来：“在神教里，火、土、水皆是神圣，所以祭司们不得火葬，不得土葬，不得水葬，只能天葬。神鹫将带着逝者的灵魂碎片，无限接近神的故乡……神会在上面，把他们一片片地拼好……”

仙奴的话突然顿住了。

“有人在上山，”仙奴的眼睛眯起来，顷刻有一种雌豹的神情，“有一片鸟飞上来，很乱，是惊飞的。”

兄妹俩没有动，班昭却闭了眼，好像陷入了冥想：“两拨人，一队从西北上来，一队从东北上来……人很多，气岚很杂……哎，有一个人……他……有王气！难道是王宫里的人？”

“果然来了，”仙奴叹息道，“又连累了你们。”

“怎么回事？”班超问。

“被包围了，都是高手。”仙奴巡视了一周，平静下来，掏出涟漪镜，“还不是因为这个。那日三个翕侯阻拦我来高附城，说贵霜侯虽早已毁镜叛教，未必不能感应到涟漪镜的存在。还以为是他们编出来诓我的，看来是真的。”

“其实姐姐可以从悬崖下山走的。”班昭道。

“那你们……”

“我们可没这个本事，”班超笑，从脚边的包袱里，掏出使节杖，一节节地接好，立在地上，“我可是大汉使臣，正好要求觐见贵霜王。”

仙奴静静地看着兄妹俩，笑起来。

“姐姐还不快走？”

“你们不懂贵霜语，他们也未必认得你这个使节。我毕竟还是汉使大人的舌人[①]。”仙奴站在了兄妹俩的身边，一起面向王宫，“他们反正是冲我来的，他们若要涟漪镜，就给他们好了。”

山腰上的宫卫高手，保持着队形，或蹿或蹲，相互掩护，无声地围拢上去。

山巅上虽能遥遥看见三个人的影子，还是觉得空空荡荡。

① 翻译官。

81 圣女

班超在黑暗处有些焦躁。

他被关在这个毫无光线的暗室里已经有三天了。

也不知妹妹怎样了，仙奴怎样了。班超记得那些宫卫围上来时，他们三人都张开双手，表示绝不抵抗，仙奴指着节杖大声用贵霜话喊着什么，想必是在说明自己的大汉使臣的身份。一个高大英俊的贵霜王族（小昭说他有王气），来到三人面前，最后一挥手，三个人脸上都被套上了黑布，带下了山。班超感觉到自己被带上车，车上只有自己一个人，摇摇晃晃、七拐八拐地行驶了很长一段路程，然后被带进了这个暗无天日的房间。路上没有人跟他说话，但行为绝不粗鲁。房间虽不大，但四壁冰凉光滑，应是上好的石材所砌，地面柔软，铺着厚厚的地毯。

班超不敢乱来，只能等待。在这个陌生的异域大国，完全不了解他们的禁忌和行为习惯，任何举动都有可能引起未知的连锁反应，或连累了妹妹和仙奴。

门外有脚步声，接着是门锁开启的声音。门开了一条缝，光线一下子涌进来，刺得班超睁不开眼。门完全开启了，门口有个影子像被光吞没了，虚幻地飘摇……班超捂住双眼慢慢适应，那影子和光才聚合起来，是一个静立的窈窕身影，班超揉了揉眼，不就是仙奴吗？

仙奴不同往日，显得格外美。

主要是服饰变了。仙奴戴着一个精美的头冠，上面挂满了细密的珠串，一直搭在前额上。身上白袍样式奇异，只在双肩处有挽结，露出肩颈和锁骨以下的一抹胸肉，在有如织成的珠串的遮掩下，若隐若现。双臂也裸着，但手腕和手背坠满银链，像戴着华美闪光的手套。头冠后，垂着头纱，很长，一直垂到地上……仙奴本就极美，今日如此穿戴，班超觉得自己第一次才看清仙奴，身上有一种高贵圣洁的晕光。

班超愣在那里。

“班头。”

“啊？”

“没事了，我来带你去见贵霜王。”

“小昭呢？”

“好着呢，我刚把她接到我那儿了。”

“你这是……？”

“阿爷的预言都是对的，我真的做了高附侯了。”

“不是没有神教了吗？”

“又有了，”仙奴说得很平淡，“多亏了阎膏珍王子。对了，就是三天前带人到山上捉我们的那位。他带我见了贵霜王，听我说了我家三代流落汉地的经历。圣王很感慨，说这一切都是因缘。若不是当年高附侯远遁，他未必能建立贵霜王朝，如今高附一系饱受磨难，辗转万里，第三代人带着传承来到面前，就注定神教不该消亡。所以，他要在高附城内，重建一座大光明神的神庙……但只承认我高附侯这一脉，其他翕侯被定为叛教者。”

班超听着，觉得贵霜王此举好像依旧是权变的套路——只怕民间还是有悄悄信仰旧教的人吧？如今大局已定，贵霜王就无须再板着镇压面目，恢复旧教，就像在稳定的版图上摆了个绚丽花瓶。但这只是自己一个汉人的猜测，实在不了解这些异邦人的思路，也不敢置喙评价。

“神庙以后就供奉我那块涟漪镜，只是没有翕侯的说法了，我被封为高附圣女，又叫复教圣女。”

“圣女？”

“阿爷说，你会把我送上神座……原来都是真的。”

“哪里是我送的？”班超喃喃道。

仙奴的眼神黯淡下来：“我……其实不在乎当什么圣女。我一路走来，发现神教没了，就想这是时运使然，总不算违背了誓言。心里还有点窃喜，觉得可以跟你回去……现在神教恢复了，还由我开了‘新统’……我只能留下来了。”

“圣女应该很……大吧？”班超做了个高高在上的手势。

“不知道。但现在除了圣王和王子，好像别人见了我都要行礼。”

“好大……那恭喜你了。”

仙奴面色一寒：“恭喜我？”班超被仙奴盯得有点心虚，不敢再看那双蓝眼，却听到圣女叹气，“走吧，跟我去见贵霜王。陛下知道你是为大汉皇帝来请浮屠金像后，很高兴。说这件事，是有大比丘预言的，早就等着你呢。”

“等我？预言？”班超一惊。

仙奴点了点头，转身便走。班超只好跟着，这才发现四周颇有些人，只是都跪伏在地，埋着面目。

长廊广阔，两人一前一后，像走不到尽头。班超在身后看着，只见仙奴的裙摆和头纱在地面滑行，人好似在飘，而自己好像也在飘。

这三天三夜，班超一直紧绷着，虽处黑暗却从未合眼，现在知道妹妹和仙奴都安好，总算放松下来，才感到好生疲倦，脚步虚浮，捂着嘴，还是忍不住打了个好大的哈欠。

仙奴停了下来，却不回头：“你脸色好差。”

“你还没习惯啊？就没好过吧。”班超深吸一口气，瞬间内功运行了一个周天，身体噼啪作响，顿觉清醒了许多，人也涎脸涎皮起来：“有劳圣女记挂，不胜惶恐。”

仙奴冷哼了一声，抬足便走：“不许叫我圣女！”

班超发现自己其实就是被关在了王宫里，去觐见贵霜王不过就是穿越这些漫长的长廊。

贵霜王朝的王宫的华美，已经超出了班超的想象，因为色彩过于绚丽，雕饰过于繁复，让人不能细看，否则会产生密集恐惧或晕眩。

长廊的尽头是一道门，门上雕有两只脚印的图案，与班超在浮屠庙里见到的并无二致。

门前竟是两名沙门守着，与仙奴用贵霜语对了一阵话，将门推开一条缝，示意进去。仙奴道：“进去吧，他们在等你。”

“他们？”

“进去就知道了。”仙奴竟然在班超的背上推了一把。

当的一声，门在身后关上，班超发现自己进入了一个荒废的庭园里。陡然从一个极尽奢华的王宫置身到一个荒草乱长的“野地”里，让人颇感不适。

庭园很大，能看见几棵古树遮天蔽日，但初冬已至，落叶铺满了地面，厚厚的一层。班超在落叶上踏行，能感到脚下的硬度，用脚一踢，叶下是平整的石板。走了一百多步，一堆废墟显露出来，与树林“纠缠”在一起。石柱拱廊被古树巨蟒般的根系紧紧地缠绕，盘根错节，蜿蜒攀附。废墟与古树一起倾斜，崩裂，看似歪歪斜斜、摇摇欲坠，却又勾连锁系，形成一种微妙共生的关系。

突然，一阵草响，一只仙鹤从班超身边从容地走过。又走了几步，班超才发现庭院里到处都是动物，可能有上百只飞禽走兽——孔雀、仙鹤、乌龟、麋鹿等，连传说中的大象都有一头。最惊奇的是其中还有些豺狼虎豹，但都在园内相安无事，甚至相互倚蹭。

班超好奇四顾，总算发现了一个人影，一个半裸的干瘦老人，佝偻着身子，在打扫一个石台上的落叶和动物粪便。有趣的是，老人身后一直跟着一头老虎，猫一般黏人，大脑袋会往老人身上蹭，几乎能把老人蹭倒。老人用手上的扫把作势要打，老虎会跳开两步，转眼就又凑上来。

班超觉得这场面有种奇异的美感。细看那老人好像极老，一头稀疏的白发披在肩上，白须铺满胸前，满是细密如刀刻的皱纹，紧包着骨相峥嵘的脸。天上已有细雪飘下来，裸露右肩和赤足的老人好像丝毫不觉得冷，一下一下地打扫着石台。但落叶旋扫旋飞，一切只是徒劳。

班超走向前去，那老虎很戒备，压低身体，皱起鼻子低吼。老人抚了抚老虎的头，转过脸面向班超。那双已经浑浊的眼打量过来，班超忽然有种错觉，像看见了一只神鹫，耸动了一下巨大的翅膀……错眼间，原来是老人在笑，说了几句贵霜语。

班超摆了摆手，意思是自己听不懂。老人骨瘦如柴的右臂，带动干枯的手指，指向庭院内最高那棵老若虬龙的古树。

班超向老人致礼，向那百步外的古树行去。

来到树下，枝叶笼罩里许，枯叶飘落，满地金黄。四周满溢着一种奇异而沁人心脾的木香。班超心神一荡，觉得此处别有意境，不是剑意、阵意的那种杀伐之境，却与他的惘然相近，但全无迷失之惑，尽是清静适意的感觉。

树阔十围，班超手抚树身，环树而走，体味着这清寂无边的意境。转到树后才发现有人。大树后有一个树洞，洞边盘坐着一位光头老者，闭目如像，沉静如石，竟然与树的意境浑然一体，妙不可分。或者说，他才是这微妙意境的来源。

看光头老者的打扮，班超知道是浮屠教的大沙门。或是这位老沙门是意境中心的缘故，班超错眼间，才发现原来树洞边还站着位沙门，就像前者的侍者，三十余岁，竟是认识的。

“你好。”那年轻沙门用汉语道。正是法兰。

白马西来

梦里金像骑白马，
东方犹有转轮人。

82 转轮王

“是你!”班超惊喜道。

法兰合十:“等到你了。”

班超已经知道法兰在浮屠教内地位非凡,一串手珠,竟然能让沿路的浮屠庙内的沙门们对自己一行恭敬有加,能让法兰侍立在旁的老沙门只会身份更高。

老沙门睁开眼来,目光炯炯,看着班超,颔首微笑。

“我师父说,你来了,就说明时间到了。”法兰在一侧道,汉语竟然比十几日前说得流利了许多。

班超微觉诧异,老沙门原来是法兰的师父,可没听见老沙门说话呀。“什么时间到了?”

“我们去东方大汉国的时间。”法兰道。

“你们?去大汉?”

“是,师父说,我们要死在那里。”

班超发现这个法兰虽然汉语流利了,说的话还是那样让人摸不着头脑。想起刚见法兰时,问法兰怎么会说汉语,他好像就说,师父说会死在汉地,所以学汉语。

“你师父……?”

法兰一拍脑袋,介绍道:“我师父,贵霜国师,大比丘迦叶摩腾。”

班超神色一凛，正身行礼。

“师父说，我们已做好准备，就等你来叩门，明日或就可以随你去大汉了。”

“这么急？”班超惊道。

法兰脸上露出决绝的神色：“师父说，再不去的话……就来不及了。”

班超心道，这是赶着去死吗？

一路西行，班超尽遇神奇之事，不可以常理度之，但以这些沙门的行止，最难以捉摸。而且自己是来找金像的，并无意带两个沙门回去。

“我此行是为大汉皇帝迎求浮屠仙人的金像的，”班超行礼道，“还请……两位大师指点。”

“浮屠便是浮屠，不是什么仙人，”法兰道，随即转身向树洞行礼，“浮屠像在此。”

班超转眼望去，见树洞里供放着一个直径两尺多的“车轮”。轮子由纹路细密的沉香木制成，有轮辐二十四根，轮边包有金箔，金箔上压有纹路，甚是精致。

班超有些茫然，这只是个轮子，再精致也还是个轮子，何来金像？

“这才是浮屠的真像，”法兰似知道班超所想，笑道，“浮屠身灭前曾说，不愿立像。但后世不然，会立像怀念他。浮屠有预言，我教有正法五百年，像法一千年，末法一万年。正法时代，不立像，浮屠的话在流传中将不偏移。像法时代，世人立像追思，实际是有些话在流传中模糊了，或是越传越多，越传越远……其实就是我教的流变期，浮屠像也将遍布天下！末法时代，就是我教的日渐衰落，直至灭亡。”

班超很觉新奇，心想“仙人”不是可以不死吗？大道不是无始无终吗？这浮屠教却预言自己的教门如何灭亡。

法兰继续道：“现在虽然是像法时代，雕像林立，但在正法时代，沙门们并不立像，却会雕制法轮和足迹，象征正法。”

“哦，代表浮屠正法。你是说……我就带这个轮子……回去？”

“不错，这正是伟大的转轮王丘就却，将此轮交传于大汉皇帝的。”

班超知道他们嘴里的转轮王就是贵霜王：“难道贵霜王之所以叫转轮王，就是因为……转动了这个轮子？”

法兰正色道：“是。”

但没有金像班超还是觉得自己没有完成使命。他嘴里道：“那……还可求一尊浮屠金像吗？”

法兰向师父迦叶摩腾拜下，说了几句天竺语，迦叶摩腾听罢向法轮恭敬地跪拜三次，然后将法轮从树洞取出，平放在班超面前。

“金像就在轮中。”法兰道。

法轮厚一寸，轮辐所接的中心处，立了个包金的假轴，突出轮面两寸。迦叶摩腾的手指拈出各种手形，念念有声，在那轮轴轻点。原来轮轴是个精妙的盒子，片片裂起，张开如莲花，一尊两寸多高的浮屠金像，被“金莲”托起。金像虽小，却放出光晕，刹那间破了原来的意境，班超不免一阵恍惚，但觉五彩气运萦绕四周，心生敬仰，膝盖发软，忍不住就要跪下……

金莲旋动，缓缓收拢，金像就此缩回，再次合为轮轴。

班超倏然清醒，曲了一半的膝，重新站直，呆呆地注视着法轮：“好……强的气运！”

“气运？是什么？”法兰一脸好奇。

班超不答，一直低头沉思，半晌，突然抬头道：“我听说，有大比丘早就预言了我会来，预言者是否就是迦叶摩腾国师？”

“是。那日我见到你，也知道是你了。”

“哦，所以你才会帮我们，”班超沉吟，“我有那么重要吗？”

“重要，你是接引者。”

“接引者？”班超心想，仙奴的阿爷说自己是劈开路的人，鱼又玄说自己是开门的人，这对神奇的沙门师徒，说自己是接引人……意思还真有所相通……难道接个金像如此重要吗？嘴里道，“我只是大汉皇帝派来的。”

“无数种原因，才汇成环节，无数种环节才汇成相遇，”法兰一指法轮，“最后都集中在这法轮上。转轮王陛下是转轮者，我和师父是护轮者，你是接引者，而大汉皇帝，将是下一个转轮者！”

“什么？大汉皇帝也是……转轮者？”

“经藏中曾有昭示，法轮东移，东方将出现新转轮王，在东方大地缓缓推动正法。”

这说法太过新奇和神秘，班超一时消化不了，沉吟半晌，忽地省起，自己是被贵霜王召来的，不能只在此和两位大沙门探讨，当下行礼：“在下本是来求见贵霜王陛下的，还请大师引见。”

法兰诧异：“你没见过陛下？”

法兰带着班超转过古树，望向班超来时的路，却见细雪已将庭院上下盖了淡淡的一层，有个窈窕身影踏着浅雪款款而来，正是仙奴。

仙奴走过来，默默地看着班超：“圣王陛下已经走了，让我带话，说就依大比丘，诸位……明天就可以走了。”

班超这才醒悟，原来自己碰到的那个扫叶老者，就是开创贵霜王朝万里疆域的贵霜王。

迦叶摩腾和法兰都向仙奴合十："圣女殿下。"

仙奴喃喃道："真要……那么急吗？"

法兰回眼看了下师父，道："经藏虽有昭示，但在我师父看来，此昭示变数极大，唯有大无畏、大愿、大行，才能成就。"

迦叶摩腾默默地将法轮供回原位，眼望东方，喃喃地说了句话，转身离去。法兰在旁忽然面色悲戚，匆匆告别，追随而去。

班超一脸错愕，望向仙奴。

仙奴愣愣地看着班超："大比丘说，时间不多了。"

班超跟着仙奴出了王宫，坐上了一辆豪华的马车，说是去郊外参加专门为汉使准备的欢迎仪式。

马车内两人相对，知道时间真的不多了。

"原来……法兰是国师大比丘的弟子，"班超硬生生地搭话，"那日便是他救你的。"

"我专门谢了他。其实他在贵霜的名声一点也不比大比丘小……可能还更大些。"

"哦？"

"法兰是护法比丘，身具大神通的，有许多传说。"

"大神通？什么神通？"

"就像小昭妹妹一样，身怀异能天赋。小昭妹妹是一双眼，这法兰的神通却叫'他心通'，就是能知道别人的念头。"

"这种神通很可怕吗？"班超沉吟道。

"我知道班头过目不忘，但总要过目的。可是法兰是过心。所以他的学习能力比班头还要厉害。我听说他十三岁就能上辩经台，一连七天，败法师二十七人。有人说他是行走的活经藏。还有，他精通各种语言，据说他学习一种语言不超过七天。我与他用汉语对话不过一个时辰，刚开始他还磕磕绊绊，聊完后，他已经相当流利了。”

班超对自己的学习能力相当自负，听此也觉骇然，原来法兰的汉语之所以流利起来，不过是与仙奴交谈了两个时辰！

“这还不是最可怕的，‘他心通’还能通过自己的心念，直接对他人的心念进行攻击。还有什么比心念更快的？”

“那日你受伤中毒时，我见他可以读死人的思想……他一念唱咒语，那两个翕侯就丢盔弃甲地跑了……这就是‘他心通’和心念攻击吧？”

“应该是。而且我们月氏武功源自天竺，与汉地的经络穴道之学有很大不同，我们将身体分为七轮三脉，更重心念的修炼。像那些灵脉敏觉，能用意念控制外物的，比如肸顿侯他们，最怕心念攻击，轻则昏迷癫狂，重则失魂丧命。”

“这样啊，”班超沉吟，“那日小昭被你用月氏手法制住了，我背着她寻你，第一次遇见法兰，小昭就一下行动如常了，难道是他用意念施救吗？那些灰衣人也是他放倒的？不愧是大护法，有这样的杀神随行，倒也安全。”

“我听说，浮屠教的神通，不能起杀念，否则会堕境成魔……他或能止杀，却不能杀人，成不了杀神。我觉得心念攻击，最能对付法术者，像我这种修体术的，影响可能没那么大。像风廉那种心思单纯的，效果只怕更小。”

“那些斗狠斗力的我们也不怕呀，就是得防鱼又玄、大巫这些玩法术的。”班超靠在车厢上，“我有一种预感，此番回去必有些凶险……你……留在此处更好。”

“班头，”仙奴笑起来，“你要是多劝我与你……们一起回去，我会更高兴些。”

“如果，我说，我很希望你跟我们一起回去，你会……”

“不会。”

“也是，”班超笑得尴尬，“真拐走了贵霜的复教圣女，会是多大的外交事故呀。”

“不许叫我圣女。”仙奴把脸转向一边，撩开车帘，阳光照在她如玉般雕削分明的脸上。

83 王见侯

马车驶进了旌旗分明的兵营。班超透过车窗看得分明，觉得蹊跷。

“欢迎我这个汉使，为什么要来兵营？”

“这里可没有汉家习惯，据说阎膏珍王子平时就驻在这里。”仙奴道。

“是他要见我？”

“圣王陛下已经放下政事，终日在庭院里修行。内政都交给了王副殿下，外政军事交给了阎膏珍王子。”

“王副？好怪的名称。”

“就是副王，正是圣王之子，阎膏珍王子的父亲。”

“竟然还有副王？是不是相当于太子？”

“不知道，我对贵霜还不够了解。”

“那阎膏珍不是什么王子，实际是个孙子。”班超笑起来。

“别这么说，”仙奴轻声道，“王子于我有恩。”

“哦？”

“带我觐见圣王，重建神庙，都是王子在推动。”

车外一阵马嘶，打断了二人对话。车厢门刚被打开，就见到阎膏珍王子亲自驾着一驾敞篷马车停在旁边。马车的样式更像战车，两边轮轴伸出长长的利刃，只是礼仪化了，每个细节都闪着光泽。最吸引班超的是拉车的两匹火红的战马，线条修长、利落，比莎车马还高一个马头。班超虽不如耿恭懂马，但相马经也读过不少，当下判断，这就是传说中大宛的汗血宝马吧。

阎膏珍王子依旧担着那两面触目的狮头肩甲，鹰盔却抱在手里，高高坐在驾车座上，一头淡黄色长发在风中飘扬。班超这回才看清了这位王子的面目，的确英俊非凡，眉毛和下巴上的胡须也是金色的。

阎膏珍王子在马车上对仙奴做了一个很潇洒的邀请姿势。

突然就有一队华衣士兵跑到了两驾马车之间，伏在地上，铺成了一条相连的“人毯”，而马车旁的两人，还躬成了不同的高度，形成了下车的楼梯。

班超被这阵势吓了一跳。仙奴也用贵霜语和王子交谈了几句，回头道：“他说，圣女的脚不该被军营的尘土污染……”说罢皱着眉，踏着人毯走了过去，上王子的车时，王子伸手来接，仙奴犹豫了一下，微微含身，递了手，上了王子的战车。

王子与仙奴低语了几句，笑容迷人，然后转头对班超发出邀请。

班超莫名有些不快，无论如何也不愿踩着人行走，当下跳到了人毯之外，在尘土上慢步而行。

全场一下子安静下来，有些压抑。众人看着这个陌生的汉使，一步步走向他们心目中伟大而神勇的阎膏珍王子的战车，突然一跃，越过上车的“人梯”，落在了战车上。

王子含笑说了几句，仙奴翻译道：“他说，他知道我曾是你的手下，但在贵霜，圣女比王侯还尊贵，所以先请了我上车，并不是对汉使的不敬。”

班超听罢，行礼道：“我不曾这样想，只是不忍踩人罢了。”

通过翻译，王子奇道：“这是他们的工作，也是他们的荣耀。就像士兵会去历险杀敌一样。”

班超再次行礼：“我是外人，并不能给他们带来荣耀。”

王子笑：“来了便不是外人。”当下坐正，手上缰绳一抖，战车一震，就驰动起来。

车速不快，穿过猎猎旗林，视野陡然开阔，道路两旁列满了军阵。

先是步兵阵列，铁甲上积着一层浅雪，想必已站了一些时辰了。步兵按功能分列方阵，有圆盾轻步兵、方盾重步兵、长枪拒马兵……让班超隐隐想起精绝的赫塞军团来。那个大夏雇佣军不正是来自这片土地吗？难怪有相似之处。

接着是骑兵阵列，也分轻骑和重骑。让班超惊异的是所有轻骑马匹都是高大修长的大宛种，骑士也都身材高大健壮，非汉人可比。重骑无论人马，全身皆裹满盔甲，列在一旁，就像一堵钢铁城墙。班超细看，重骑的马匹，露在外面的马腿，远比大宛马要粗壮，又是另一种名马了。

无论步兵还是骑兵，武器盔甲无不精良。检阅的战车驶过，队伍皆将武器高举，齐声欢呼，一时甲胄铿锵，寒光飒飒。任是班超这样的高手，也被这如山的军威，压得有些喘不过气来。

战车继续行进，入眼的是两排约两丈高的巨象，有数百头以上。巨象披着甲胄，脸上画着狰狞的图形，五六尺的象牙像出鞘的巨大弯刀，犹如远古的巨兽……班超置身其间，震撼得说不出话来。忽见王子一挥手，两边的巨象皆长鼻举天，发出长鸣！数百头巨象齐鸣，声震寰宇，撼人心魄。班超只觉压迫感前所未有！他双拳紧握，不觉脸上变色。

本来在贵霜王的庭园，班超第一次见到了传说中的大象，但来到军营才知道，那不过是幼象罢了。而军营的大象背上都架有藤篮，篮内有三名象骑士，浑身甲胄。驾象者在前，身后两位是弓箭手，篮边挂满了箭囊——每头大象都相当一个行动堡垒和箭塔。

“这是三百头战象，所过之处，森林都会消失。”王子通过仙奴的翻译对班超道，“我在天竺那边，还有一千头战象。”

战车穿过象阵，回绕到一个高台上，停在那里。班超还在沉思，心想战场上要是跑出这么些巨兽来，既是冲车，又是堡垒，又是箭塔……什么重骑轻骑，拦马钩枪，全是无用吧？

“我贵霜的军队如何？”王子在驾座转过身来，与班超相对而坐。

“如虎如狼。”

“比大汉的军队如何？”

“各有所长，”班超沉静答道，内心却对这种示威颇为反感，“王子向我一个小小使臣显露如天的军威，意欲如何？”语气不卑不亢。

“久闻大汉是个伟大的国家，”王子道，“就是相距太远了。要是近些，两国交流、来往起来，也方便许多。”

“王子的意思是？”班超面色倏变。

“我听闻大汉的军队正与我们之间的匈奴作战，已经到了大沙漠的边上？”

“不错。”

“我贵霜愿意出兵帮助大汉，共同驱逐乌孙和匈奴。”

“然后呢？”

“然后我们将大沙漠周边的那些小国给分了。”

“怎么分？”

“不会让大汉吃亏的。与我们贵霜来往最方便的是疏勒，最亲近的是龟兹。我们只要这两个地方，其他尽归大汉。”

“贵国与龟兹最亲近？”

“你不知道吗？龟兹的王族的血液里，流的可是月氏人的血脉。”

“原来如此。”班超才知道龟兹的强大，背后不仅有匈奴，原来还有贵霜。

“你能为大汉做多少主？”王子问。

“我只是小小的军司马和兰台令史。”

王子皱眉道：“我不急，你此番回去，带去我对贵国皇帝陛下的问候，再做定夺。”

“不用告知皇上，我也可以直接拒绝你。”班超嗤笑道，“疏勒是我大汉的属国，龟兹也将是，不劳贵国费心了。”

王子目光如炬，盯着班超。班超面色如常，不在乎地对视。

王子突然大笑起来：“只是个建议而已。”随手拍了拍班超的肩。班超顿觉肩上有如山的压力，心里一震，原来王子修为不浅，当下肩头微沉，内力却与之冲撞起来。

两人面上都在微笑，王子的斗篷无风自起，鼓荡起来。班超腰间的非攻剑隐隐鸣叫。仙奴面色如霜，一旋身就跃到了车下。

高台上的卫兵只觉眼前一花，天仙般的圣女就出现在战车的两丈之外，如幻影一般。而那战车轮辐轩辕突然就尽数碎裂，木屑纷飞。卫兵们还未及反应，只听得阎膏珍王子长笑跃出，拉住驾车的一匹已经受惊的汗血马，飞身跨上没有鞍的马背，纵马而去。

另一匹宝马，总算挣脱了辕套，也向高台下跑去。这才有醒悟的卫兵去围追。

班超立在原地，拍了拍身上的木屑，对仙奴笑笑："这车真不结实。"

"你……怎么那样对王子说话?"在回宫的车里，仙奴低声问道。

"我见不得他那副趾高气扬的嘴脸。"

仙奴奇怪地看着班超，良久："我觉得王子一直保持了风度和礼貌。倒是班头……显得有些傲慢。"

"是吗?"班超苦笑，"他是王侯，飞扬起来便是风度，我一个小人物，不谦卑便是傲慢。"

"你知道我不是这个意思。"仙奴有些不悦，随即柔声道，"你哪里是小人物，在阿爷、还有大比丘眼里，你不都是大人物吗?"

"失态了，"班超叹口气，"不过明日之后，与这阎膏珍再也不会相见了，也无须介意什么形象。"

班超不知道，多年以后，他与阎膏珍王子还是相见了。

那时两军遥遥相对，旌旗遍布四野，贵霜王副对上了大汉定远侯。史上两大帝国唯一一场的战争在西域拉开。长风浩荡，层云中开，一束天光打下来，照在两军之间的仙奴的身上。仙奴依旧仪态万方，踏着低伏的长草，款款走向汉营。万军寂静……两阵士兵好像觉得，这场战争哪怕只是为这个女子，都是值得的。

84 / 誓言

与鱼又玄和铜手一战之后，班超觉得自己活得轻松惬意了许多。父亲在班超心里就像一座山，而他在山下站了二十多年。一战之后，他觉得爬到了山巅，体会了苍茫感和无尽长水滚滚而来的快意。梦还是会侵扰，父亲却是再也不来了。

可是自从从检阅的军营出来，班超忽有一种人世纷扰堵上胸口的感觉。班超觉得自己无论走在哪里都在告别，如今真的要和仙奴告别了。

据说迦叶摩腾大比丘坚持这是一次秘行，请动转轮金像的仪式就极其简单。天不亮，转轮金像被封印在一个圆形的石盒里，置于一头白象的背上。之所以用白象，是因为白象在浮屠教里被尊为最高贵的动物，极其稀缺。或只有白象才承得起金像，但只是一个象征的仪式，为了路上不过于触目，白象在出宫门时，换成了白马。白马当然不是普通的白马，是来自安息最好的纯血马。

仙奴戴着面纱送到了城外，看见一支由微服的宫廷高手装扮的商队加入了护送金像的团队。这毕竟是国师和护法的传法远行。

仙奴想跟班头说会儿话，可是班昭一直在旁跟班超耳语：“那个石盒不知是什么做的，转轮金像放进去，金色气岚竟然全然消失……”其实班昭无须低声，整个队伍里，也只有他们兄妹、仙奴，再加上法兰只算半个，能听懂汉语。仙奴只在兄妹俩身后跟着，仙奴身后又跟着一群贵霜侍者和护卫。

队伍一直走了十里，到达了王城的一个护卫关口。一支队伍分成了两支。送行队伍开始止步，东进护像传法的队伍继续东行。

两支队伍在山坡上，渐行渐远，中间一轮朝阳越升越高，从通红变得刺眼。突然有一骑从东进队伍驰回来，来到站在最前方的圣女殿下面前。

仙奴只觉这人头上顶着阳光，耀亮得自己睁不开眼。“何必呢，还是跟我走吧？”那光下的“影子”向自己伸出了手。他胯下的马兀自不安分地踏着蹄子，带着他一晃一晃的，手却是张开的，沉稳地向她伸着。

她越发看不清那人的脸，因为眼泪一下子模糊了视线。

仙奴只能摇摇头，听见自己说：“我是……发了誓的。”

“那又如何？”声音带着点轻傲，仙奴能想象出那个家伙脸上不驯和慵懒的神情，“你说过，你其实是不够信的。”

“是不够信，”仙奴仰脸向天，看着高天之外的神祇，“但我信阿爷，信我这些年的经历……虽然我的经历不是我所能决定的……但谁不是呢？人都有各自的使命。”

“你的誓言，是对神立的？还是对你阿爷立的？”班超还在做着努力。

“誓言其实都是对自己立的，只对自己有用。不是吗？心达而誓成。守誓守的是自己，并不是怕什么神灵的惩罚，只是忠于自己说出的话。如果我都不相信自己了，那我还是我吗？你还会相信那个仙奴吗？”

班超说不出话来，仙奴的话很简单，却又似有极深的道理，阳光落在仙奴的脸上，熠熠生辉，让他心生敬意。

“现在有很多人信我……我便愿意相信!”仙奴单手做了个漂亮的手形，像火焰燃烧，举到了太阳的正中，“愿大光明神，在高天上护佑你，护佑咱们……三十六骑。”

仙奴看见那个家伙伸出的手，依旧不肯收回，只是固执地握起拳来，凝在空中。

仙奴愣了一会儿，才提马两步，也握了拳，抵了上去。

“三十六骑!”班超低喝。

“同命同心。”仙奴觉得自己的声音发哑。

那握拳的手突然张开，抓住了仙奴的手腕，一拉，两匹马就并在了一起。仙奴只觉得眼前一晕，便被那人在马上拥在了怀里，人有些发酥，忘了挣扎，甚至想哭出声来。忽听见身后许多拔刀的声音，和一些贵霜语的喝问，仙奴才清醒过来，待要挣脱，那个家伙已松了手，一掉马头，冲了出去。

仙奴止住了身后的护卫，放那个如此轻慢圣女的家伙跑远了。

仙奴愣愣地看着那一骑追赶队伍的身影，踏起许多的雪末。她嘴里默念着“同命同心”，心道，这不也是誓言吗?只觉得自己一半的心和一半的命，被那个身影带走了。

天山北麓的车师城，雪已经落得很厚了。

车师王安得，在城墙上目送着这支奇怪的汉军骑兵，打着旗帜，在风雪中慢慢走远，消失。

三天前，安得就迎接了从西域都护府派驻来的五百骑，领兵的是戊校尉耿恭。听说这耿恭便是逼自己投降的耿秉的幼弟，老安得绝不敢怠慢，早在城内腾出了兵营，备好了粮草，甚至将一豪宅改造为戊校尉府。

安得心里明白，车师所在位置，正是匈奴回犯西域的咽喉之地，大汉都护府一定会驻兵在此，甚至会是重兵。结果只来了五百骑，虽然戊校尉在名义上，是仅次于都护的二号人物。

汉兵进城驻扎之后，安得免不得要在宫中宴请耿恭及主要将官。看这耿恭不过二十四五岁，比起其兄耿秉的文人面目，更具刚勇武人的气象。安得心里有些打鼓，这年轻人身居高位，少不得受了耿副帅的余荫，只怕年少轻狂，比耿副帅还要雷厉风行、手段暴烈。

结果宴上发现耿恭虽然有武人的豪迈，却对自己相当客气。安得还发现，耿恭与他的十几位手下，相处十分随意，拍拍打打，几乎不像上下级。但依旧可以看出，这位年轻人在这群军官里，极有威望。

安得依旧小心翼翼，对汉军的配给十分周到。第二日，安得在宫里听人来报，说耿校尉带着两个随从求见，有要事相商。他心下苦笑，该来的还是来了。

耿恭和两个部下行礼极有风范，皆去了头盔，一丝不苟："见过贤王，"这是他们在使团里一路练熟的，"这两位您昨日在宴上是见过的，是我的得力属下，玄英，秦厉。"

安得心里更惊，面上却看不出来："将军属下，果真虎身熊躯，好不威风！"

"此来叨扰贤王了，还有些事要商量，就不客套啦，"耿恭行完礼，哈哈一笑，露出了武人的风范，"我想……借些东西。"

"哪里，昨日宴上开心，反而忘了事，年纪大了。"安得一拍自己的额头，又捋了捋胸前的胡须笑道，随即将案上的一只黄铜鹰符递与耿恭，"这个忘了交与将军。"

耿恭接了细看："这是？"

"这是我车师五千兵马的兵符，任由将军调遣。还有我这王宫内，也随时欢迎将军的雄兵进驻。”

“我为何要派军入宫？”耿恭皱眉道。

“是我觉得，有汉军来保护我，我才觉得安全。”安得笑道。

耿恭挠了挠脑袋，将兵符放回到案上：“我……这次来，是想问，这车师城外，可有什么能驻军的堡垒或军镇？”

“将军是想……”

“你这里呀，太舒服了。”耿恭真没把安得当外人，突然搂住车师王的脖子，“实话告诉你，我的这些兵，都是些罪卒，怎么能让他们过得这么滋润？放在城内，扰民了怎么办？更别说放宫里了。”

安得对这种亲密姿态颇为不适，更不明白耿恭如此说是恐吓还是别的意思，只能尴尬地笑。耿恭似也觉得不妥，急忙收了手：“所以我带这些爱惹事的家伙，是来让他们受苦的，怎么也得摔打几轮，才能有个当兵的样子。所以我想撤出城去，去军镇驻扎。趁着大冬天的，正好练练他们。”

安得有点发呆：“那我们车师城……也需要将军……”

“你有五千兵力呢，不缺我这点人。再说……我还信不过您老吗？”

安得还是摸不清耿恭的用意，却展开了一张地图：“离车师城一百二十里，有个已废弃的军镇，叫金蒲城，不大，但可驻扎一千人。”

耿恭细看：“位置不错，和车师平行，可互为犄角，守望相顾。建镇的人有眼光。”

安得叹口气：“是我那死去的孩儿建的。”

“小车师王？”耿恭抬起头，“听说他被匈奴呼衍王所害？”

安得点头：“可惜他的父王懦弱，都不敢为他报仇……”

“匈奴凶残，贤王忍辱保全全城子民的生命，更是难得。”耿恭恭敬抱拳。

“将军不必夸饰小王，那的确是羞耻……”安得摇了摇头，又指向一点，“这里有个石堡，可能存在几百年了，倚着山势，建在山腰，很是险绝，但不大，顶多能驻扎三百来人。”

“还有这样的地方！就是位置太靠后，缩到了山里，离车师城也远了些。”

“去山里打猎路过时，我也曾驻扎过那里，都是山石垒建，我们就叫它‘石城子’，其实它有个正经名字，叫‘疏勒堡’。”

“怎么也叫‘疏勒’？”耿恭奇道。

“在我们的西域胡语里，‘疏勒’有险恶的意思。”

“险恶？有意思，”耿恭最终还是在图上一指，“不过，我们还是驻扎金蒲城啦！到时还请贤王在咱们两城之间修个烽燧，也好守望相顾。”

三个武人告别时，依旧行了严谨的大礼。两日后，耿恭真的带兵离开车师城奔赴金蒲兵镇了。车师王安得来相送，耿恭落在后面与安得并驾，突然凑到安得耳边：“不知贤王与乌孙可有交往？”

“不曾交往。”安得戒备道。

“大王不够敞亮啊！怎么也算邻居，一样是被匈奴欺负惨了……这样，您帮我递个话，就说都护府想跟他们联系联系，邻居就该多往来。”耿恭哈哈一笑，纵马就回到旌旗之中。

安得回到城头上，看着这支奇怪的汉军消失，心里琢磨了耿恭半天，不由得欣赏起这个磊落的年轻将军来。

85 定天山

乌孙是个变幻多端的游牧国家，邻着车师国的西北。

两百多年前，月氏和乌孙本都在敦煌一带，结果月氏击溃了乌孙，乌孙北迁投奔了匈奴。不久，乌孙匈奴联手，将月氏人一直驱赶到了大夏，也就是今天的贵霜一带。乌孙就在西邻大宛、东邻匈奴、南邻西域的地方自立建国。国主号昆弥。

前朝曾将细君公主和解忧公主嫁与乌孙，用其牵制匈奴。细君公主留下的《悲秋歌》，苍凉悱恻，班昭是唱过的。解忧公主更是传奇，嫁了三任（两代）昆弥，生了四子二女。长子继任乌孙大昆弥；次子南行成了莎车王，由此莎车王统累世与大汉交好；长女嫁与龟兹王，一度控制王政……解忧公主与最后一任丈夫（说起来算是她第一任丈夫留下的继子）交恶，曾在宴上袭杀不成，自此分裂，两股势力争斗不休。解忧公主这一方，立自己的长子为大昆弥；丈夫那一方，却被其堂弟（解忧公主第二任丈夫的继子）击杀篡位了，号小昆弥。从此，乌孙分裂为大小昆弥两个王统，相互攻杀消磨，就此衰落下去。

如今与车师相邻的正是大昆弥部落，冬天来了，整个部族赶着牲口南移靠近天山北麓过冬，通过车师王得到了耿恭交好的信号，真的派使者来了。

两边互通了些礼品书信，竟然相约由车师王选择一地，三方首领一起联谊。车师王安得更加刮目相看，这耿将军所为，简直不像军人，更像个外交老吏。

没想到乌孙对这次相会极其重视，大禄亲自到场。大禄是大昆弥之下的二号人物，统管行政和军事，相当于汉朝的丞相加太尉。

最终安得选择了车师王族冬日打猎的狩场。三家各派一百兵士，参与围猎，更像是比赛。一时间猎场内，马嘶人叱，踏雪纷扬，最终倒是乌孙一方赢了，猎物最多。猎物都被现场烤了，入了大家的口腹。火堆边，乌孙人与车师人击节起舞，汉家士兵纵酒狂歌，好不热闹。

安得、耿恭与乌孙大禄盘坐在帐外，看着兵士联欢，酒也喝得微醺，那大禄四十余岁，身材伟岸，眼细如缝，尽是得色："你们可知道我们狩猎为何会赢？"

安得笑道："乌孙久邻大宛，当然是马好。"

"马自然是好，但我三家所猎的豺狼鹿貂，大致相当，我家多出的是雉鸡飞禽。"

"那自然是箭好。"耿恭笑道。

"哪里比得了你们汉军的弓箭！"大禄对着耿恭正色道，"我们终日活在马上，自持骑射不弱于匈奴，没想到你的军队如此善射，尤其还有七八个神箭手……我们自愧不如。"

耿恭举杯道："我有个朋友，最喜欢研究工械，告诉我如何校弓，如何缠弦，如何剪羽，稍做修整，箭就射得格外准和格外远。我把这些都教给了他们，果真事半功倍，效果显著。"

"还有这样的技术？"大禄侧头想了一会儿，"虽然你们箭准，但还是输了，可知为何？"

安得识趣地接话："大禄就不要卖关子了。"

大禄口中呼哨一声，一只神俊的褐色飞鹰落在大禄的臂上："因为我们的猎鹰好！"

安得也是养鹰的，细看那鹰，叫了一声好。

"不知比起莎车的黑鹰如何？"耿恭低声问安得。

安得皱眉道："黑鹰体大些，多扑击走兽。大禄的鹰是雀鹰，专捕飞禽，空中最是灵敏。"

大禄却逗弄着臂上的鹰："它可比箭还快。"

"哪有比箭快的鹰？"耿恭摇头笑道。

大禄道："将军属下，谁的箭最快？"

耿恭叫了一声："玄英！"玄英就在下座，站了起来。

"好英武的小将！"大禄赞道，突然一振臂，飞鹰腾起，在空中盘旋，"请小将军射它！"

玄英看了眼耿恭，嘴里道："怎敢射大人的爱鹰？"

"小将军不用留手，只管射，且看看谁快。"大禄道。

"认真射。"耿恭平静道。

"好嘞，虎头。"玄英翻身上马，在马侧抽了弓箭，催马跟着鹰的轨迹，跑了个回旋，突然仰身，弓弦一响，一箭如电，急急射向空中。

众人皆仰头，但见那鹰向高空振翅，还是被箭追上，突然空中翻身，一声鹰啸，从空中翻转坠下……众人皆惊呼，但见那鹰在低空处突然展翅，一个悬停，又一声鹰啸，转而向大禄平飞而来，就在众人面前，悬停在大禄的面前，双爪抓着一支雕翎箭。大禄接了箭，那鹰才落在大禄的臂上。

大禄细看手里的箭，比胡人的箭身长些，箭羽的确剪出了齿状的棱角。鹰坠时，玄英本以为已经得手，纵马回来，随后就看见了这一幕，呆在当场。

大禄走到玄英面前：“难得难得。”将箭递了过去。玄英接了箭，看见箭杆上有自己刻的“玄”字，讷讷地收了箭，行礼入席，满面羞红。

“你们羽林卫也不过如此。”坐在玄英身边的秦厉低声嘲笑。

“现在还分羽林虎贲？”玄英怒道，“现在丢的是汉军的脸。”

“原来你知道是丢脸啊？”

“你去射射看？”

“骑射是你们的事，虎贲玩的是刀马。”

“别忘了，虎头也是羽林！”

“得让虎头替我们出手，要不就真丢脸啦。”秦厉说罢，站起身来，向大禄行礼，“我们这里箭最快的，不是他。”秦厉转头看了眼玄英。玄英在一边恨得牙痒痒的。

大禄边抚这鹰边笑道：“无妨，可以再玩。这位小将军想试试？”

“不是我，”秦厉一指耿恭，“我家虎……校尉大人，才是真正的神箭！”

大禄转脸望向耿恭：“哦？耿将军可愿玩一下？”

耿恭盯着大禄身上的鹰看了看：“听说熬一只鹰极其不易，大人的神鹰只怕百里挑一，更是不凡，万一伤着了，我可赔不起呀，还是不射了吧？”

大禄意味深长地看着耿恭，把鹰举高：“真要是伤了这畜生，也是它的命。这只是个游戏，我们再赌点彩头如何？”

耿恭大笑道：“我就是个领兵的，可拿不出什么像样的东西。”

大禄道：“谁输了，就送对方一个礼物，至于送什么，就随意了，不过是个纪念物罢了。”

车师王安得拍手道："如此甚好，我挺耿将军！万一将军失手，我就替他送你大礼！"安得懂鹰，知道鹰最难射，而大禄的鹰神俊无比，分明又是专门训练过躲箭和抓箭的，如此公开表演，这鹰在空中只怕就盯着射手，鹰眼锐利，从箭射出便防备着……任谁都射不到的。除非在鹰没防备的时候。但当下车师与汉军一体，荣辱与共，怎么也要替耿恭撑住面子。到时一边得到面子，一边得到大礼，也算两边卖好。

耿恭搓了搓手："那就玩玩？"起身对大禄道，"先别放鹰，我准备准备。"说罢走出席间十几步，来到空地中间，喊了句，"玄英，把你的弓和箭囊给我。"

看着玄英送上弓箭给耿恭披戴，大禄心中不喜，但凡好的射手，最是在意手感的微妙，用他人的弓箭，怎么都会大打折扣。这个耿恭是不是太过自大了？倒是安得有点窃喜，觉得耿恭心思缜密，远不像表面的样子——用别人的弓箭，为射不下猎鹰留下了伏笔和余地，只要说一声不顺手，就不至于太丢脸面。

接着耿恭就让这两位大吃一惊。耿恭摘了头盔一甩，砸在了秦厉的怀里，随手从战袍上撕下一截布来，蒙了眼睛，扎在脑后。

其实除了耿恭从疏勒带来的十五骑，所有在场者都大吃一惊，全场瞬间鸦雀无声。耿恭两手低垂，手掌张开，弓在左挎，箭囊斜背在背上，箭羽在右肩露出……耿恭侧脸向后道："放鹰！"

大禄兀自发呆，秦厉高喊了一声："放鹰！"

大禄才一抖肩膀，猎鹰振翅跃起，扑棱棱地飞过耿恭的头顶，陡然向高空蹿去。耿恭侧耳细听，左手的手指轻点弓身，就像弹奏。

鹰越飞越高，像是示威般在空中盘旋，在它的鹰眼里，始终都映照着耿恭的身影，哪怕只是一个黑点……但那个黑点动了。

耿恭左手突然握住弓身，右手从肩后拔箭，一旋身，大家眼前一花，就见弓挂满月，嘣的一声，箭就飞了出去。

大家急忙仰面看鹰，那鹰一声长啸，在空中翻腾，散落开十几枚羽毛，就坠落下来……

“这回中了！”玄英叫道。

那鹰坠落临近时，开始振翅，坠速大减，离地面不过五六尺时，不再下坠，低飞如燕，划过众人的眼前，落在大禄的臂上。

众人都“咦”了一声，大感惋惜，却也觉得蒙眼射鹰，射成这样，也足以让人心折。

但大禄和安得这些玩鹰的，却从鹰的飞行姿态上看得出，这鹰分明是受伤了。大禄抚鹰细看，却见爱鹰的左翅鲜血淋漓，肯定是被箭挂着了。

耿恭去了蒙眼的布条，笑呵呵地向大禄拱手：“我取了个巧，刚才射出了两支箭。”

“一弦两箭？”大禄惊道。

“是啊，大人的鹰太过神俊，一支箭是很难射中它的。我射箭的同时，将一支箭的箭羽捏扁，两支箭虽并在一起，在空中却分出了快慢，靠近鹰的时候，一支箭比另一支箭大概快出两尺。大人的鹰还想抓第一支箭，结果被第二支箭射中了。”

“还有这样的……射法？”大禄喃喃道。

“不过大人放心，您的爱鹰伤得不重。”耿恭张开手，把两个箭尖拍在案上，“射之前，我已经将箭头折下来了。”

大禄和安得相顾骇然，雕翎箭如果去了箭头，必定前后重量失衡，极不易掌控……况且还一弦两箭……还是用他人的弓……还蒙着眼……

“箭神……”大禄呆呆地道。

“箭神！”安得振臂叫道。

四周安静了一会儿，汉军这边欢呼起来，高呼：“箭神！”最后全场三国的武士都加入了“箭神”的呼声，久久不绝。

“这回我输得心服口服，”大禄叹道，一挥手，属下抬上一只箱子，“且看看真正的宝物！”

箱子被打开，一副雕制精美的六博戏的棋盘及博具显露出来。耿恭细看，棋盘上刻有汉字，必然出自汉地，木纹细密幽黯，一看便是有些年头了。

“大人这是要继续赌输赢吗？”耿恭笑。

大禄正色道：“这是大汉宣帝，怕解忧公主在我乌孙寂寞或思念故土，派人赐予公主解闷的。说起来，此物在乌孙已经闲置一百多年了。”

“此物过于贵重，耿恭不敢收。”

“这是大昆弥的诚意，否则我也不敢赠与将军，”大禄道，“大昆弥将当年公主的遗物献于大汉皇帝，是为了追忆我们两国曾经中断的渊源。我家大昆弥说，过些日子，将派王子去大汉长长见识。”

耿恭明白这就等于乌孙要送质子递盟约，联谊的效果有点好得惊人，当下大礼拜下：“如此最好，我定会派人将此物安然送往洛都。”

大禄扶住耿恭：“我实话实说，此来本也是探探动向，但我乌孙人最敬英雄，大汉有将军这样的箭神、这样的少年英雄守在此处，我觉得匈奴是回不来了。索性就替大昆弥做主，将国礼拿出来了。这可不是你我刚才赌的彩头，我另有一百匹乌孙骏马，输给将军啦！”

安得在一旁颇受触动，他了解乌孙人，乌孙人终日在马上奔波，追逐水草，内心最是崇拜强人，见到耿恭神乎其神的射术，就断定此人有神的庇护，大汉有神的庇护。他虽没有如此天真，但也被这种直率感染得热血沸腾。自己是不是老了？安得看着狂欢的景象，内心将自己的命运，和那个稀缺得像冬日阳光般的青年，绑在了一起。

“真是一箭定天山啊。”安得醺醺然，看着模糊的火光喃喃自语。

86 扬眉一剑

很少有商队冬日穿越葱岭，因为山上的天气实在难于琢磨。有支孤单的商队，在积雪中翻越着最艰险的达坂。

班超兄妹和大比丘师徒就在商队中，大部分微服的宫廷卫士已经撤离，只留下四名力士相随。商队有百十只骆驼和马匹，驼铃悠远，一点点接近山梁的垭口。归程异常顺利，本来群山在云遮雾罩之中，不知里面有多少风雪，带队伍趋近时，却云散天开，连风都静了。

过“天门”的时候，班昭在那巨石边用箫剑刻了一排字。班超走近一看，只见刻的是：“目极千里兮伤春心”，问她：为什么刻屈子招魂里的这句话？班昭道：“上次来，第一次站在这儿左顾右盼，心内莫名地怅然，后来就想起这句话来，觉得贴切，这次重临就刻下来。”

上次来此，一直呼吸艰难，今日却全无感觉，班昭呆立石边：“真静啊，少了许多风云汹涌的气象，空落落地没了感觉。”

班超深吸了口气，寒冽的空气像侵入了肺腑，吐出一股白烟：“这天气是法轮金像的神迹吗？”

班昭闭眼而视，说：“不知道，什么都没有。太空寂了。”

“这才是开了天门。”班超对着天地大叫起来。

班昭从没见过二哥如此恣狂，嘴里叫的是："天门开，詄荡荡，穆并骋，以临飨……专精厉意逝九阂，纷云六幕浮大海。"

商队已然走远，入了山背一面的西域，迦叶摩腾裹着皮袍在骆驼上闭目养神，法兰则频频回头，想听清班超喊的是什么，但言辞古奥，心里重复了几遍，还是不懂，只好无奈地笑笑，看着那对兄妹在山梁上越来越小。

"跨过这道门，我们就回到西域啦！"班昭拉着哥哥的手，看见哥哥兀自回望着贵霜，"怎么？舍不得了？"

班超脑子里还在想着鱼又玄唱的谶语，说自己便是青龙角宿天门，开合迎了白虎东来相见……白虎难道是贵霜金像？想想实在不通……听见妹妹来问，茫然道："什么舍不得？"

"舍不得仙奴姐姐？"

"你就舍得？"

"我当然也舍不得，你看，姐姐走前送了我这个，"班昭从怀里掏出个碧色莹莹的玉玦来，"记得吗？这是大巫胸前的那枚玉玦。姐姐说过，是她从大巫那儿夺来的。不知为什么，我见了这玉玦就觉得极亲近，极喜欢……好像原本就是我的一样！但一路上也不好讨要，不想姐姐终是送给了我。"

班昭将那玉玦举到日光下看，那玉玦雕的是一只凤鸟，却有一条龙蛇般的尾巴，身体成环，首尾却不能相顾，是为玦。剔透的碧色里，竟渗入了一道长长的殷痕，从凤鸟的嘴，一直延伸到龙蛇的腹部，好似会流动……班昭不知道，那其实是她的舌尖血。

商队进入疏勒，班超兄妹悄悄将迦叶摩腾和法兰带入了疏勒王宫。疏勒王忠见大兄归来，欢喜倒不是伪饰，张罗着大肆庆祝，顺便欢迎贵霜高僧。不想浮屠教戒律极多，两位沙门都以不如律而婉拒了。

班超辞了疏勒王忠出来，召集齐欢和风廉过来，询问近三个月来练兵的情况和北路都护府的消息。齐欢说，练兵还算顺利，耿恭那边有信来，说是已去车师驻扎了，而窦帅的大军应该已经开拔，向凉州敦煌郡退去。龟兹王已经神气起来，也向四周各国派了使者，表达自己已经迫退了汉军主力，倡议各国联盟，与大汉都护府对峙。

班超奇道："龟兹王还给疏勒传递了倡议？明知我们在这里？"

"当然不会，是黎弇的下面绿洲的探子截住龟兹送信的谍子，说是要送到蒲梨国的。"齐欢道。

"退军肯定就会有这些乱象，不过不怕，窦帅就在敦煌屯养补给，开春就会归来，到时我们练的兵也可以出征了，东西夹击龟兹、姑墨，加上里面的花柳……大局可定。"

风廉抱着剑，默默地听着"大人"们讨论"大事"，一直想问，却又没有开口，心里也明白，仙奴姐姐怕是已经留在家乡贵霜了。风廉将脸压在剑柄上，那是仙奴姐姐用织鞭的皮绳给他缠的，上面还有一串仙奴腕上的银链。姐姐不是说，她办完家事就会回来吗？风廉心想，齐大哥难道没发现仙奴姐姐没回来吗？也不问一声？但他不能问，不知为什么，他有些难为情，不想别人知道他是如此地惦记着一个人。

班超本想在疏勒多休整些时日，不想大比丘迦叶摩腾催得紧，班超隐隐觉得有些蹊跷，问过法兰，法兰说他师父感到时间不多了。

"什么时间不多了？谁的时间不多了？"

法兰却说不可说不可说。

班超跟这些有神秘能力的人对话，就是气闷，遮遮掩掩，半通不通。前有鱼又玄，后有这两位大沙门。他想起鱼又玄来，心里更是烦闷，还有一种隐隐不安，挥之不去——就像有一头伏在暗处的狼，默默地舔着伤口，不知在何时、何处，便会扑出来。

班超只好提前了东行护送金像的计划，肯定是走自己开通的西域南路，还在看着地图，齐欢跑来了。

“班头，”齐欢面色凝重，“我想问一下护送金像的计划。”

“那老比丘催得急，明天就动身吧。我和小昭会一路把他们和金像护送到敦煌，正好可以向窦帅述职。我还有个私心，想自此就让小昭带着金像与法兰他们一起回洛阳，也算给皇上交了差。”

“让班姑娘回洛阳？”

班超叹气道：“跟着我……简直九死一生，接下来就要打龟兹了，谁知道会遇见什么？”

“只怕……班姑娘不肯走吧？”

“你们都知道我……拿她没办法？”班超苦笑，“现在当然不会跟她说，到了敦煌，再看吧……我真怕自己保护不好她。”

“你不是说，此行还要去昆仑探访西王母吗？没有班姑娘望气，只怕……”

“这种事近期急不来，那《穆天子西狩图》，我几乎拼完了，可还是找不到进路……我甚至怀疑是不是拼错了。怎么？老齐也对西王母神国感兴趣？”

“其实，我随你西来，就是想找我墨家的源头。家师生前就想来一探西域，因为他觉得，墨祖可能是天竺人。”

“还有这样的事？”班超奇道，“墨子？天竺人？”

“昨日，我与法兰先生聊了一个晚上，甚是畅快。他向我介绍了许多天竺的沙门流派，让我醍醐灌顶。”

“跟他还能聊得畅快？”班超更是吃惊，他觉得法兰说话向来玄虚跳跃，让人气闷，“是因为都是光头，才心通意合吗？”

班超的打趣，对齐欢往往无效。齐欢只是愣愣地看着班超说：“有朝一日，我定要去天竺。”

“哦。”

“所以这次，我想请班头答应，我也同去护送两位比丘去敦煌。机会难得，我想多请教一些天竺各派的事，法兰先生好像无所不通……我也正好跟他学点天竺语。”

“那练兵的事……”

“这期间，我教了黎弇不少阵法，也造了些守城的器械，训练他们如何使用。后面的练兵交与黎弇就够了，我的四个徒弟也留下，帮他继续督造器械。再说，去完敦煌我不还得跟你回来？”

“这里只留下风廉这孩子？”

“还有剑侍兄弟们呢，他们虽然奉风廉为主，但其实都很沉稳。黎弇毕竟是我墨家的人，最是可信。”

班超道：“我当然信他们，只是担心这样丢下风廉，得惹这孩子老大不高兴吧？偏这疏勒王庭得有高手镇着，龟兹蠢蠢欲动，你要不在，他更得守着。”

“你是他师兄，他最听你的。”

“你见过他叫我师兄吗？”班超拍额苦笑。

风廉的确很不高兴。

他在生自己的气。

疏勒王宫的北处，是一座像纪念碑一样的高塔，塔尖的穹顶上，呆坐着少年风廉。这里可以俯瞰整个王宫，九剑侍已经伏在那些院落的各处。若有异动，风廉会像鹰隼一般，从高处挟着剑光刺下。这段日子的确有几次刺客潜入，但并没有轮到风廉出手，就被剑侍解决了。

风廉依旧抱着他的剑，风吹起了结髻的发带，也撩动了剑柄上那串银链，上面有三枚极小的铃球，发出极细的铃声。

风廉以为此生最爱的就是这把剑。

风廉至今还记得，剑夫子将剑传给他的时候说："这把剑，安慰过历史。"

这是春秋时，剑家前辈要离的剑。夫子说过这剑的故事。

要离，可能是最伟大的刺客了。所以刺行现在都奉要离为祖师。但要离是个孱弱瘦小的侏儒，就像秋天枯干的草叶一样，他只有顺着风才能行走。如此弱小的要离遇见了齐国第一猛士椒丘前。

那日椒丘前正在得意地向众人讲述自己的事迹：他曾在东海边放马，结果海里有条龙把马拖走了，他大怒，潜入海中与巨龙搏斗了一天一夜，结果伤了一只眼。椒丘前瞪着他那勋章般的眇目时，要离在旁边笑道："我听说勇士宁死也绝不受辱，而你这一战既丢了坐骑，又残了一目，最后又贪生爬出水面来，到底有什么可骄傲的呢？"椒丘前无言而退。

要离回家后，对妻子说："我今天羞辱了猛士椒丘前，他晚上一定会来杀我，你千万不要关门。"到了夜间，椒丘前果然来了，但见四门大敞，而要离在床上跷着二郎腿。椒丘前用一个鹿角状的东西指着要离说："你夜不设防，是瞧不起我吗？"要离晃着腿："你夜半来犯，还算勇士吗？"椒丘前叹了口气："我只想告诉你，那龙太过强大，但我也折了它的一只角。你辱我，我教你死在龙角下。"

但死在龙角下的人是椒丘前。自此天下人才知道要离是个剑客。

要离有一个要命的朋友，叫伍子胥，请他去刺天下第一勇士公子庆忌。要离说，我不是他的对手。伍子胥道，天下如果还有能杀死庆忌的人，就只有使君了。要不，你的朋友专诸，就白死了。

要离的朋友专诸最善烹鱼，受伍子胥所托，在鱼腹里藏入名剑“鱼肠”（荆轲刺秦也是这把剑，却没有慰藉历史），在奉鱼上案时，执鱼而刺，杀死了吴王僚。伍子胥得以拥吴王僚的弟弟吴王阖闾夺位。夺位之后并不安稳，因为吴王僚的儿子就是公子庆忌。庆忌被称为万人敌，据说能徒步追上虎豹，随手擒住飞鸟，而且雄才大略，正在游说诸侯出兵助他复国。

要离接下了行刺庆忌的任务，带着那龙角去见在赵国隐居的剑夫子。那代剑夫子将龙角（其实是珊瑚铁）打造成了一把锥子一般的剑，三棱剑刃在出鞘处有个不易察觉的弧度，取名“扬眉”。

见到吴王阖闾时，吴王阖闾没想到剑客要离是个侏儒，难免露出失望的神色。要离面色如常，请阖闾杀掉自己的妻儿，并斩断自己使剑的右臂，然后以一个天下至弱者的身份投奔了公子庆忌。庆忌怜他的身世，而且也需要一个能揭露吴王阖闾暴行的证人，这对诸侯更有说服力。

三个月后，庆忌带兵渡船复国，要离与庆忌同立在船头。船头风大，要离以他仅存的左手持一根木杖来支撑单薄的身体。扬眉剑没有剑锷，正好藏在木杖之中。

突然一阵疾风吹来，要离借着风势，跃起一击，木杖正刺在庆忌的胸口上。但庆忌外功强横，木杖段段碎裂，扬眉剑显露出来，全部没入庆忌的胸膛。这临风一击是如此迅捷和灿烂，据

《战国策》记载，在这一击的同时，有一只苍鹰闯入吴王阖闾的大殿，触柱而死。在一旁的伍子胥叹道："要离成事了。"

庆忌愣了半晌，带着胸口的剑，忽然俯身擒住要离的脚将他倒提起来，把他的头沉入江中，反复三回，然后将呛得半死的要离放在膝上："你很好，难得你有这样的苦心。"又对手下人说："不要难为他，他是个英雄。"说完拔出胸口的"扬眉"扔入江中，气绝而死。

要离看着庆忌的尸体发呆，迟迟没有离去。庆忌手下的将士恨恨地道："你还不快回去讨赏！"但要离已在此时看见了天地间巨大的空虚，他仰头而叹："谋杀自己的妻儿，不仁。刺杀英雄，不义。被英雄折辱后，贪生而退，岂非不勇？"说罢，投身在茫茫江水之中。

87 另一只眼

据说那代剑夫子来到江上寻找要离的尸体，但尸体早已不知所终，只捞上了这把扬眉剑，说这剑里有要离的精魂。

风廉还记得他第一次抱着这剑，听夫子讲述这段故事时的情形，他不明白要离为什么要死，好像故事里所有的人都很奇怪，但这让自己浑身颤抖，发根立起……真有一种战栗的美呀。他从此便爱上了这把剑。

这剑的每分每厘都被他抚弄过无数遍，每个线条，每个转折，每个血槽的暗角，每个冷酷的锋沿……都是那么利落，那么干净，这世间还有比这更美的事物吗？想象要离前辈那化作风的扬眉一剑，真的是剑家绝唱。

这种不知所谓的痴迷被夫子赞为剑心明净，但现在风廉有些惶惑了。剑还在怀里，但似乎有比剑的线条、风的线条还要美的线条在心里萦绕不散。那线条像游丝一样，不停地游走和变形，最后缚在他的剑柄上……怎么可能还有比剑更锐利、更直接的东西呢？

风廉为此在生自己的气，自己是不是弄丢了什么？虽然剑被紧紧地抱住。

姐姐还会回来吗？

班头怎么能把姐姐弄丢呢？

干吗要想这些？但又忍不住。

如此坐到了天亮，直到班头在塔下叫他，风廉也没有理。风廉知道班头是来告别的，他们都要送那两个贵霜来的天竺人去敦煌。走了最好，就没人知道他这羞于出口的烦恼了。

在南路诸国中，疏勒和莎车算相距不远的，路也不艰险，所以班超一行很顺利地来到了莎车国。

早有斥候报信，离雄城还有三十里，就有莎车的队伍相迎，为首的正是那带领使团赴疏勒的向导。

“原来是向导兄！”班超和齐欢都在马上抱拳。那遇狼和麦田中伏的一路，共同历险，所以觉得故人相见，格外亲近。

那向导说过自己曾是黑鹰骑的一员，如今却是一身文官的官服，下马来拉班超的坐骑：“世子少师格泰，恭迎上使！”

班超哪里会让他牵，也下了马，抓住他的手笑道：“知道你不简单，却没想到如此不简单，原来是世子少师。以前真是失礼啦！”

格泰道：“甘为大汉上使所驱，也是世子的愿望。”两队并为一处，继续向莎车城进发。离城十里处，又见迎接的队伍，正是莎车世子……

入城时，莎车王竟然带仪仗出现了，让班超感怀莫名。这一来一去之间，汉使的分量已是云泥之别。

但班超只在莎车礼节性地停驻了两日，便又动身了。

班超这回上路远比原来的三十六骑时风光。从疏勒出发时，带领五十名疏勒禁军侍卫，打了疏勒的王旗。到了莎车，五十名疏勒兵士被遣回，莎车又派了五十名骠骑护送，也打王旗，还由格泰率队随行，前去于阗。

莎车与于阗之间，路途甚远，且地貌复杂，加入了格泰这样的熟人，让班超兄妹舒心不少。因为齐欢一直在忙于和法兰交流。

法兰的汉语越来越好，已经可以和齐欢进行些艰深的理论交流了。齐欢免不得说起他十年前，在彭城相识的天竺异人摩柯叶。

“听你说起这位大师的行状，可能是婆罗门，也可能是耆那教派的人。鉴于耆那教派的人更愿意自我修行，所以他更可能是受耆那教影响的行走的婆罗门。”法兰道。

“婆罗门？耆那教？”

“在我天竺，行走在大地上的老师都是高贵的婆罗门。但在婆罗门之前，就有更古老的老师，因为战乱都隐居在雪山或密林深处。后来有许多被流放的婆罗门，进入森林深处，见到了这些神秘的老师和学说，由此改变了这些婆罗门，并传扬出来。”

“为什么是流放的婆罗门？”

“高贵的婆罗门受国王供养，为天地献祭和预言，但预言出错的婆罗门便会被流放。在流放的过程中，才发现了更古老的学问和世界的真相。”

“什么真相？”

“献祭没有意义，因为人死去，还会转世，再死去，再转世，永远不会完结。”

齐欢觉得不可思议：“我们汉人认为，人死去，将会回到祖先的身边……但我们墨者也不主张献祭和厚葬的，因为人没有那么多的等级差别。”

“后来，这些隐居的老师们逐渐走出森林，行走在大地上，被叫作沙门。沙门的意思，就是天生的修行者。这是相对婆罗门而说的，因为婆罗门的一生分作四个时期：八岁从师，在十二年间，学经典、习祭仪，名为梵行期。然后归家结婚生子，供神祀祖，经营俗务，名为居家期。年岁渐老，弃家舍业，栖隐林间，精修苦行，专事思维，名为林栖期。林栖之后，有所得，云游世间，名为遁世期。也就是说从晚年林栖开始，婆罗门才是一个修行者。而沙门无须在梵行期和居家期浪费时间，直接进入苦行，是天生的修行者。”

法兰继续道：“你一路所说的墨门学说，或与沙门更亲近些。沙门在天竺分为七派，观念纷杂，甚至相互对立。但其中的耆那教派堪称伟大的苦行者。他们说，要绝对尊重每一条生命，哪怕是蝼蚁和尘埃中的不可看见的生命。为了这种尊重，只能极端苦行，轻贱自己的身体。”

“我明白，他人之命是义，自己之命是生，我们也讲求轻生重义。但在世人眼里，总是不通。”

“是不通。唯有不通才凸显情怀，因为人只能对自己的命负责，无权剥夺其他的。耆那教不仅相信生命有魂魄，连山石草木皆有灵意，不可伤害，所以此生尽量减少对世界的索求，一生不着衣物，视饿死为最高贵的死法。”

齐欢听了极为震撼，讷讷道：“这很可敬……就是有些凄厉。”

“你说的很对，是凄厉。在天竺，耆那教的沙门，都是裸体的，不洗澡，因为怕伤害了水中的幼小的生灵。一只手拎一个葫芦，用来接自己的屎尿，免得污了干净的所在，另一只手持一束孔雀翎，专门清扫自己打坐修行的三尺之地。最终，直到饿死。”

“只是这样将自己饿死，岂不是不如不出生……生就错了？”

“生便是苦，说错了也未尝不对。”

“这个……实在是不敢认同。道家也主张少打搅世界，我墨者却主张力行，本是相反的路径，这耆那沙门两件事都做到了极致，却又好像什么也没留下……”

“一定要留下什么吗？”

“总要留下，索性长久留下，得以不朽。”

法兰微笑：“你知道吗？其实我教浮屠圣人曾经也试过类似的苦行，一日只吃一粒米，后来就像平原上行走的骨架……整整六年。后来突然醒悟，改变了想法。”

“哦？”

“你说的凄厉，浮屠做得更凄厉，但是他觉得这其中被磨炼的是意志，并不是看见真相的智慧。这凸起的意志，其实是结晶的执念。”

“执念？”

“我们每一个念头，都是欲望之火，火能生风，推动命运的巨轮，生生世世，转生无尽……执念是火中之火，比如你说的不朽，可能是人们最大的执念……执念就像刻刀和绳索，会雕刻和缚住你的来世，如此而下，永不得自由。哪有什么不朽？只有崩坏再生，循环往复……”

“这……是个什么世界？”

“所以这个世界就是一座燃起熊熊大火的宅子，我们在其间所行所思、所欲所执，都是在给这火宅添火，让它烧得更旺些罢了。”

“那该如何？”

“浮屠圣人识破了任何虚妄，任何添火的行为，使自身‘熄灭’。”

“熄灭？是……死吗？”

“前面说过，生死截断不了命运的火焰，反而延续了火焰。是——熄灭。”

“不懂。”

“是很难懂，所以天上地下，只有浮屠圣人揭破了这个真相。”

齐欢缓缓摇头：“我不认为这个世界是你说的样子。不可能我们以前认为的……都错了。”

法兰指了指远处的群山：“我们在此看山，肯定与山那边人看到的不是一个形状，虽然看的是同一座山。”法兰又指了指那驮石盒的白马道，“你看那法轮像什么？”

齐欢望去，看见大比丘迦叶摩腾苍老的身影，坐在一峰骆驼上，亲自牵着白马。齐欢并没有见过转轮金像，却看见白马背负的布毹上画着一扇车轮，心道，车轮还能像什么？

“像不像一只眼睛？”法兰自问自答，“这是浮屠之眼。我们此行，就是想让汉地的人可通过此眼，看见一个不一样的世界。”

鹰扬隼击

鹰隼奋飞千里短，
驼马趋步荆棘长。

88 / 马贼

西域旷野的冬天，除了雪，什么都没有。

广大。干净。

戈壁的荒色早被压在雪下，地势没有起伏，平平整整，一直漫到天边，满目都是白，也没有人或鸟兽的足迹，除了空旷，就是空寂。

这一队人马踏出了这干净大地上的第一排脚印。

班超他们从莎车出来已十多日了，冬日的商道几乎没有商队通过，只有班超这队身负使命的人，被五十名莎车骠骑护持着，在旷野上踏雪而行。雪并不厚，因为雨水向来稀缺，冬雪也下不了多久。

班昭是队伍里年纪最小的人，脸被风吹得通红，鼻子就像半透明的一样，但兴致很高，一改温婉的形象，纵马冲到队伍的最前面，脱队半里之远，只为要在这平整的大地上踏出一个字来。

如果从高空看，那是一个“昭”字。但班昭自己却看不见，只能想象自己作品完整的样子。

班昭纵马回来，求队伍绕道：“别把我的签名给踩坏啦！”

整个队伍都配合，开始拐弯，缓缓地绕过那巨大的“昭”字。班超边走边笑：“写多大都会化的。”

“能留多久就留多久，”班昭的眼里全是雪光，抬头望着天，“足够老天爷看到了。”

“云还没开，老天爷也望不见。到时后面的人还是得给你踩乱了。”班超打趣着妹妹。出来很久了，这大半年经历得太多，很少看见妹妹如此放松。

班昭听了果然紧张起来，叫道：“我画得这么好，他们怎么忍心踏？”

“写太大了，别人也看不出来。”班超用马鞭指着身后。

班昭掉转马头向来路望去，看着马队的脚印伸展到看不见的来处，看着看着，就看出不对劲来。

整个队伍都停了下来。

班氏兄妹和齐欢、格泰四骑聚在一起。

“我们身后有一支队伍，我能看见他们的气。在我们身后也跟了七八天了。”班昭指着来处的天边。

“应该是支商队。”格泰不以为然。

“我本也没觉得奇怪，”班昭道，“但仔细想了想，都七八天了，他们既没有走到我们视线里，也没有被我们甩得更远，是不是太同步了？”

“班姑娘，你能看出他们离我们有多远吗？”齐欢问。

班昭用拇指比了比气岚的高度：“在四十里外吧。”

齐欢像是对一切测量运算都感兴趣：“这是怎么测出来的？”

“齐大哥，”班昭得意道，“寻常人的气运最多升在头上十丈的高处。只有命里尊贵的人，气岚才会更高更显眼，甚至在云端之上。正常情况下，看那气运在天际的高度，大概能推测所在的距离。”

班超皱眉道："商队行进，必有大批货品押运，速度不可能与我们同步。"

"是有点蹊跷，"格泰道，"但还是想象不出，在这条商路上，谁敢打莎车骠骑的主意？"

"马贼？"班昭道。

"马贼不可能这样行动的……除非……"格泰欲言又止，抬头向高空望去，半晌，向班超建议道，"班大人，要不我们就在此地等他们？雪地平阔，只要他们走到离我们三十里内，应该就能看到身影了。算起来顶多等一个多时辰。"

"好啊，我带舍妹多写几个字。"班超道，班昭欢呼起来。

格泰见识过这几位汉人临事的气度，如同儿戏，绝不是故作洒脱，当下也指挥五十名骠骑下马松鞍，让战马进入最放松的状态。

班昭和班超两骑远远跑出，身后像是腾起一条雪龙。班昭欢叫起来："你要跟紧我呀，二哥，两马齐踏，可以把笔画写得粗些。"

两马在雪野上奔驰，又似相戏。班昭的红马在前，班超的栗色马紧跟了个马头衔马尾，但班昭经常拉马前蹄腾空，急停急转，班超只能跟着反应相追，就像比赛骑术一般。在那些停驻的莎车士兵看来，是两人两马，在这满是寒意、空旷凛白的舞台上舞蹈。

班昭忽地拉马停了下来，微微地气喘，吐出一阵阵白烟："写好啦！"班昭得意地看着两边。

"什么字啊？"班超问。

班昭一鞭子打歪了二哥的帽子："还不知道啊？是你的超字！"

班超也两边看，那是两个高宽都近二十丈的巨字，评价道："这字没写好，这最后一笔，都压在你的昭字上了。"

班昭突然抱住二哥的胳膊："两个字就得粘在一起，就像我从小粘着你一样，你甩都甩不掉。"

班超习惯性地搂了一下妹妹，心道，这丫头难道察觉出我想让她回京了？

高处俯瞰，空地上两个巨字之间，两骑并在一起，只像白绢上一点洇开的墨迹。

格泰默算了一下时间，喝了一声："望！"迅速走出七名士兵，四人相互搭肩而立，两人蹿到他们肩上，再扣肩，最后一人三两下爬到第二层人的肩上，手作凉棚向来处张望，随即转头冲格泰摇头。格泰叹口气，令两斥候上马。对一名道："你去后面探探，保持在一箭之外，看清即回。"对另一名道，"你多带一匹马，轮骑加鞭，直去于阗，持王旗，去请他们出兵接应。"

瞬间，两骑纵出，各自消失。

任谁都看得出格泰有些紧张，不待问，格泰便沉声道："我知道是谁了。的确是马贼。"

"马贼？"班昭望着远处的气运，"马贼没跟上来，我们停，他们也停，这是怎么做到的？根本看不见我们呀？好像对我们的动态了如指掌。"

"难不成也有个望气高人？"班超打趣道。

"单靠望气，也没法把几十里外的人的动态掐得这么准哪？"班昭摇头，"我是做不到的。"

"他不是一般的马贼，"格泰指了指头顶，"你们看。"班氏兄妹和齐欢都仰头看天，空空荡荡，细看才见灰蒙的云层下，有两三个细小黑点在移动，应该是飞得极高的鸟。

"那是隼，"格泰一一指点，"他就靠这个监视我们的行动。"

“好小啊。”班昭极目望去。

“隼比鹰小多了，跟鸽子差不多大。但速度奇快，灵活善飞，鹰都比不了。”格泰摇头道，“那人最善驯隼，人称隼王。”

“这一带马贼这么猖狂？连打着莎车王旗的军队都敢扰？”班超问。

“于阗产玉，精绝商贾集散，四周自然会滋生一些亡命的马贼。不然，精绝的雇佣军也不会如此名声在外，”格泰道，“但隼王这支，最难对付，因情报准确，专攻击守护薄弱的商队，一击而中，瞬间散去。听说赫塞军团收过大价钱，去寻剿过他们几次，但他们有隼作眼，哪里寻得到？近三年，隼王很少出手了，据说卖情报就够了，无须舔刀口为生。”

“卖情报？怎么卖？”班超好奇道。

“就靠他的隼。他在西域各国各城都会设置秘密的隼舵，负责收集情报和联络，再通过隼将情报集中带到‘隼巢’。隼飞行极快，可以达到奔马的三倍，还能持久，跨过大沙漠到北路去，也不过两天……可以说，隼王是西域知道最多和最快的人。”

“哦，那都什么人向他买情报？”

“刚开始是马贼，了解哪支商队适合打劫，包括行进路线。后来有些大商会也开始买对手的情报，甚至买马贼的情报……据说现在各国的王侯，也向他们买其他国家的情报。”

“你好像对他很熟？”班超问。

“何止熟，我跟他缠斗了七八年了，他设在莎车城里的隼舵，我捣毁了不下五次，”格泰苦笑，“但还是拿他没办法，只能将他的活动范围尽量地从莎车驱远些。想不到他今日又做回马贼，直接向我下手了。”

“你认为他是冲你来的？他跟你们莎车有仇怨？”

“他本就是莎车人，后来从黑鹰骑反出去的……”格泰满眼萧瑟，却不愿多说。班超他们也不好多问，毕竟涉及莎车的秘史——原来西域最诡异、最传奇的马贼头目，竟然出身于莎车黑鹰骑！

去探营的斥候回来了，向格泰报知，四十里外是有一支商队驻停，遥遥看去，商队里没有骆驼，全是马匹，而且能看见不时有隼飞起飞落。

“有多少人马？”格泰问。

“大概六七十人，马有一百匹左右。”

“这点人也想算计骠骑营？”格泰冷笑，但随即召集众人重新上路。

班超与格泰并骑：“隼王的马贼既然无力对付我们，为什么还跟着我们？”

“许多事情我也想不明白，马贼进退亡命，皆为利益。一般来说，马贼是不会直接跟职业军队对撼的，也撼不过。马贼的来源都是些破落户，每股不过十几骑、几十骑。我当年跟隼王交过几次手，他最强盛时，也不过一百多骑。”

“怎么交的手？”

“那时他反出不久，常去偷捕我莎车的野马，我率一百黑鹰骑护马追剿，往复几个月，才把他赶走。”

“那还是你赢了。”

“从没赢得这么憋屈过。他们通过隼，总能洞晓我们的出击，总在我们赶到时，他们就散开了。我们疲于奔命，最终靠黑鹰伤了他们二十多人，被我们追上杀了，他们才退却，但还是偷走了几十匹马。”

“黑鹰骑都……”

“说起来，黑鹰骑已经是最克他的，因为黑鹰可以驱逐他的隼。但也没法完全压制他，因为他曾经是我们的鹰尉，没人比他更了解黑鹰了。”

“夜袭如何？晚上鹰隼就没用了。”

“他虽叫隼王，也善驯枭。枭都是夜眼。我知道班大人怎样想，既然他们战力不及我们，索性夜里冲营。但是没用的，我们这边冲起来，只怕还没见到他们，他们就散开了。我们因此而露出破绽，自己的营地可能会被他们反袭。他们就希望我们露出破绽。”

班超抬眼望向天空，直觉得，到处都是无形的眼睛，冷酷地打量着自己。

89 / 女侠

班超这支护像的队伍，加快了速度。

身后的马贼因为知道被斥候探看过，也不再掩饰，早卸了商队的装扮，索性丢了些隐藏武器的马车，追了上来。

说起来，班超这支队伍除了护像，的确带了不少好东西——疏勒王和莎车王献于汉廷的礼物，都装在马车里，想必都价值连城。如果说这隼王因此而冒险，再加上与莎车的私怨，堪堪说得过去。但班超总觉得没那么简单。

马贼在地平线上露出了踪迹，分成三股，离使团十余里遥遥跟着。格泰完全不理，只是让五十名骠骑全面戒备，护着马车和两位比丘沉默前行。

如此行到天黑，开始扎营，但人不卸甲，马不卸鞍……分成五组，轮班警戒。

旷野暗黑，能在地平线一头看见火光，应该是马贼的营地。夜风吹来，仿佛还能听到断断续续的呼喝欢歌之声，远比这边要坦荡放松。

"感觉这情境有些熟悉，"篝火边，班超坐到格泰身边，"就像那日遭遇的狼群，既不上来撕咬，我们出击也全是无用。"

"只要我们不露出破绽，他们就只能散去，"格泰道，转头看了眼班昭，“多亏了班女使提早发现了他们的行迹，我才能早早派出向于阗求接应的斥候。这一步应该是他们没想到的。”

“你猜到他们的计划了？”班超问。

格泰在雪地上捏了几个雪球，摆了个简易沙盘：“想吃掉五十骠骑，凭他们不行，多半还请了其他伙的马贼。三天后，要过一个叫双线峡的地方，最易两边设伏。我猜得不错的话，那伙马贼就会在那时现身堵住我们，而隼王扮作的商队自然地在我们身后出现，近身偷袭，还堵了退路。”

“现在他们的行藏已露，还会实施这个计划吗？”

“那得看我们。我们其实今天已改了远道，不再过双线峡那样的天然口袋。只要不给他们借地势的机会，就是多来几伙马贼，我莎车骠骑也不怕！”

“那你早上派出去于阗的斥候，走的可是双线峡？”

“当然，那儿可是近道。”

“你就不怕他被埋伏的马贼截了？”

格泰笑道：“消息灵通有灵通的坏处，那伙马贼一定洞晓我们的位置和速度，怎么会提前三天去设伏呢？我打的就是这个时间差。”

班超颔首，心道，这个格泰还真是个将才。

翌日一早，天上飘了些细雪。

骠骑簇在三辆马车四周，淡定上路。

那些马贼倒是大胆了些，三股分左右后三方吊住使团，距离压在了五里以内，在落雪中也能看见他们的影子。

格泰不予理会，只埋头赶路，吃喝时，也只是减慢速度，如此走到天黑扎营。依旧是马不卸鞍，人不卸甲，分组守夜……遥遥能看见马贼扎营的火光，明显比昨夜要近了。

“他们在消磨我们。”班超道。

“就看谁磨得过谁。”格泰道。

“我们时时得防他们，他们却无须如此，明显是我们这边的弦绷得更紧。”

“那也没办法，”格泰指了指天空，“到处都被他们看着。”

“这样下去不行，要是虎头在，或许有不少办法让他们乱了阵脚。”

“是呀，”班昭接口道，“要是恭哥在就好了。”

一夜无话，天亮又开始启程。这些骠骑枕戈待旦，未必就睡好了，难免能看出些疲态。疲惫就会滋生焦躁，焦躁被压抑，就显得异常沉默。这支沉默的队伍让班昭感觉到一种情绪慢慢地在四周积累，越来越稠。

马贼却越发嚣张了，慢慢跟在两箭之地的外围，能看见他们都裹着脏兮兮的皮袍，分出五六支小队，每支也不过五六骑，分布在使团的前后左右。

一名在前方探路的骠骑斥候，尝试趋近一小队马贼，马贼呼啸着散去，绝不接手。如此又派出两名斥候，就像赶狼的猎人，左驱右逐，将几队马贼赶得更远些。

中午时，一个斥候出事了。他被马贼引进了一个古河道，河道里全是碗大的卵石，被雪遮盖着看不出踪迹。马蹄踏上去，就会滑蹄，啪的一下马就失了前蹄，将斥候掀了出去。被驱赶的马贼一片呼哨，掉马驰回来。斥候被迫徒步拔刀，却被五六名马贼一一马上劈刺，就像游戏，最后终被刺倒。一个马贼用套马索缚住尸体的脚，拖在马后面。

众骠骑看得睚眦欲裂，格泰却严令召回另两名斥候归队，继续行军。

箫音幽幽响起，清丽哀婉，却是班昭吹奏的一曲别歌，在飘雪中越升越高，在向死者送行，也纾解着骠骑行将暴起的愤懑。

马贼还在远处呼号叫嚣，他们露在皮袍之外的手和脸，都缠着布条，应该是为了防风，也是蒙面。他们的武器各异，有砍刀、削刀、扫刀和弯刀，奔突中会故意让刀剑互碰，发出鸣响。斥候的尸体在雪地上拖出一条长长的血线，在雪的映照下，更是醒目。

一名像首领的马贼从后面纵马追上来，叫停了他们，一鞭将拖尸的马贼抽下马去。

这首领脸上没有缠布，却涂满了白粉，眉眼处画了黑线，就像厉鬼。首领没有停手，继续抽打着那个马贼，布条纷纷散落。

“隼王说，他们是真正的军人，可以杀，但不能侮辱尸体！”首领声音沙哑低沉，“你去，把尸体埋了。”

说罢，一骑在风雪中退去。

班超突然从深夜里醒来，却不是因为噩梦，而是心中别有所动。

只怕众人并不会像班超这样随时都能睡去，却又随时都会醒来。马贼派出了一支四人的小队，半夜远远围着使团营地奔驰，无规律地敲打着锣鼓，就是在骚扰着骠骑们的睡眠。守夜的人恨得牙痒痒的，却不敢违令出击。

五里外有个马贼的前沿营地，骚扰的小队就是从这里出发的。除了在外骚扰的四人，营地里还留有五六个人，其中一人在雪中守夜。

守夜人不敢点火，这里毕竟离骠骑营太近了，莎车大马真要奔驰起来，五里地不过是几十息之间。

由于距离不远，夜里极静，那骚扰小队的喧哗，也能远远地飘过来，断断续续。守夜人掖紧了自己的羊皮袍，隐隐觉得风声有异，不对，不是风声，而是一种类似胡笳的管乐在吹奏。乐声似夜风般清冽，幽幽咽咽，如泣如诉。守夜人像是被箫声魇住了，呆呆地听着箫声越来越近。一个淡淡的人影，渐渐地显露出来。

那是一个女子，踩在雪上，犹如飘移，无任何分量。头上罩着带着绒毛的风帽，身上披着白色貂皮，按理说冬衣厚重，可是依旧能看出这女子身形纤细，如柳般扶风而行，渐渐来到面前。

守夜人打着了火镰子，照见了女子柔和温婉而年轻的脸，没有一点杀气，只是红唇衔着洞箫，柔荑点按，吹着幽幽的汉家曲调。

另有一名席地而睡的马贼醒了，掀开罩在头上的皮袍，喝了声“谁!”，就坐起身来。少女箫声不停，只是箫口一引，一枚钢针射出，那刚坐起的马贼仰头便倒，在雪地里一动不动了。

守夜人如梦方醒，丢了火镰，拔出弯刀大声呼喝起来，地上又爬起四人，急急抽了刀，围住少女。

箫声还是没停，几个黑影因为刚脱离皮袍铺盖，握刀的手还在寒夜里不住地发抖。

一曲堪堪吹完，少女呵了下冻红的右手，环顾五名马贼，轻轻地说：“你们白天杀了人，我是来讨命的。”

班超觉得自己潜行的本领越来越高了，总算没有白白偷学柳盆子和仙奴一路。他伏在雪地里，能听见远处的兵器相交的声音，还有妹妹出剑时的娇叱。

声音平息后，班超听见夜空里传来了一声枭鸣，心里一惊，跃了起来，奔向马贼营地。

营地里只有一个小帐篷，帐篷外是一些散落的羊皮铺盖，和一具咽喉中了钢针的尸体。离帐篷五六米外，有五具中了箫剑的尸体，一看就是班昭只身夜袭的成果。

班超有点奇怪，为什么马贼不住在帐篷里，那帐篷里却是什么？他撩帐而进，拿出夜明珠一照，见帐篷内只有一个笼子，笼子里有一只鸽子大小的鹰，心道，这便是隼吧？想必妹妹也发现这隼了，只是不忍处置，当下长剑一挥，连笼带隼，一劈两半。

班昭在雪夜里独行，一纾白天的郁闷，心中的快意有点像当年二哥带着十二岁的自己第一次去五陵原“见命”——杀盗墓贼。这次是她独自一人来“见命”，就是为白天丧命的斥候复仇。可惜那些马贼完全不懂江湖规矩，也不会汉语，没问她是谁，她记得自己十二岁时，报的名号是“箫心女侠”。

班女侠的诗心还在激荡，还没凑出一句诗句来，后方却传来了一片马蹄声，听着有五六骑之多她连忙伏身疾奔，可哪有马快，转眼就到了身后。班昭凝身站立，箫剑斜指雪地，静待来犯。娇俏的影子在雪地上犹如寒梅，既脆弱，又孤傲。

“真巧，这不是班女侠吗？”一个声音道。

原来只有一骑，却牵了五匹马，所以声势很大。

一听声音，班昭反有些泄气：“二哥，原来你又偷偷地跟着了。”

班超笑道：“你杀人，我抢马，正好遇到。”

“你拉他们的马做什么？”

“真消耗起来，马在最后很重要，不能留给他们。”班超一伸手，“快！上马。他们的枭已经报过信了，只怕有许多马贼过来援救。”

果真远处亮起不少火把，还有马蹄声隐隐传来。班昭翻身上马，与班超一起向自己的营地驰去。

“本来想在谁都不知道的情况下，去‘见命’的，这样骑马回去，不就谁都知道了?”班昭在马上抱怨。

“为什么不让人知道?”

“这样才是侠客所为!”

90 变数

天亮时，骠骑继续护着使团上路，却发现马贼远不如前一天嚣张，不再分小队骚扰，而是又退回到五里之外，集结在一起，默默跟随。

到了中午，班昭在使团的右前方，发现了一团腾起的气岚光晕，当在二十里外，只是在飘雪中看不清晰身影，只有一条隐隐约约的黑线。

“另一伙马贼出现了。”格泰张望着。

“应该是打算在双线峡打伏击的那伙马贼赶过来了吧？”

“是从那个方向过来的。”

当下派出斥候去探，回来说是一队四五十骑的马贼。

到了近黄昏的时候，使团的左前方，也出现了一团气岚光晕，斥候探后来报知，是一股三十骑左右的马贼。

斥候归来时，天色已暗，使团原地扎营。格泰的神色凝重起来，指挥骠骑如何驻扎。班超笑道：“怎么驻扎，交给老齐就好了。”

齐欢这几日都躲在法兰的车内，现在接了指挥权，按奇门的阵局，扎下一个个帐篷，连车停在何处，都极讲究。

班超跟格泰算账：“咱们算算，后面隼王有七十骑，不，六十骑吧，右边多了五十骑，左边多了三十骑，加起来一百四十骑。骠骑虽只有五十，但训练有素，以一敌二不成问题吧？剩下的四十骑，我和舍妹，还有老齐，可以包了。”

“不是人数的问题，再多点马贼，我莎车骠骑也不惧。”格泰傲然道。

班超也就不追问了。

第二日，三股马贼就这么远远地吊着使团，沉默地行进。临近中午时，正前方出现了一团气运，班昭手搭凉棚，在马上张望：“又来一队……四十里外，好像……这队人不少。”

格泰有点变色了，却没有命令队伍减速。

不过一顿饭的时间，班昭叫道：“他们好像在往我们这儿奔过来了，等会儿就能看见。”

果然，地平线上慢慢浮起一线旌旗。

格泰舒了口气：“是于阗国接应的骑兵来了。”

那支于阗骑兵兀自奔腾不休，扬起雪尘，与起伏的骑兵火红的背旗，交相辉映。格泰也催骠骑提速，没过多久，两军会师。

那去求援的斥候，冲在最前面，来到格泰面前滚鞍下马：“属下不辱使命，引于阗映玉营一百骑来接大汉上使了。”

格泰的眉头早已纾解，去与于阗领军者见礼，互道久仰。两军汇在一处，顿显人强马壮，军威赫赫，两杆王旗飘扬，旗后两支马队夹着车队，向于阗继续挺进。

奇怪的是，三股马贼并没有隐去，而是在二十里之外稳稳地吊着。

“兵力已经逆转，马贼还不肯散去，看来真的是有蹊跷。”班超遥望着四周。

果不其然，第二日，又多出两股马贼，在左右吊着，算起来，马贼又多出七十骑左右的兵力。

“这不对，”格泰的眉头又皱起来了，对班超道，“这绝不是马贼的行径。冬天，商队不及日常季节的五分之一，一般马贼在冬天就收了刀，回家为民。这一下子凑出两百多骑，哪儿来这么多的马贼？而且两国的护卫军队在这摆着，任谁都知道这不是商队，任谁都会掂量掂量，可是他们还是听从隼王的调动……断不至于如此不理智。”

“隼王出了足够的价钱，许了足够的好处呗。”班超懒懒地道，“这已经不是隼王与你们莎车的私怨，而是隼王的背后有出价的人。”

“会是谁？”

“谁最不想南路各国的礼物到达大汉，与大汉交好？”

“匈奴。”

“匈奴已经跑了。”

“那……龟兹王？”

“不错，只有龟兹。你说过，隼王常跟诸国王侯打交道，买卖情报。龟兹王找上他，并不奇怪。而且龟兹王许了他无法拒绝的条件，让他不惜重操旧业，联系旧部或同盟，也要截杀汉使。”

“龟兹王竟然拉拢隼王这样臭名昭著的马贼……”格泰面带不屑。

“说明龟兹王有雄心做西域王。”班超正色道，“易地而处，我也会拉拢隼王，他太有用了。只来充当杀手，真是屈才了。”

又过了一夜，使团进入了沙漠。

马车进不了沙漠，但车厢是特制的，拆了轮子，左右正好能搭在两头骆驼的背上，形成“驼轿”。

沙漠上盖满了雪，在班氏兄妹眼里，是怎样的一种奇观！起伏无尽的沙丘，忽地变成了凝固的白浪，有风吹过，能看见浪头的雪被吹成烟，在风里打旋。沙丘迎风的一面，雪越吹越薄，直到露出沙色，背风的一面，雪却越积越厚……整个白色“海面”，画出了无数黄色山脊的曲线，连绵起伏，宛如梦幻。

但奇景之中，孕育着危险。班昭通过望气，竟然发现前后左右，又多了三股马贼，也就是共有八队人遥遥围着使团同步行进。沙漠里马速会受到很大的限制，而且沙丘起伏，再不是平坦的戈壁地貌，总能被人借势。

斥候四处出巡，发现八股马贼合计的话，已有近四百骑的兵力了。

“整个南路的马贼都聚在这里了吧？”格泰环看地势，“这里正是他们下手的好地方，要不过了沙漠，于阗就快到了。”

“是呀，他们已经开始集结了。”班昭悲哀地望着沙漠边缘的八股气运浮动，起伏的沙丘掩住了许多视线。

格泰命令队伍，慢慢攀向一个巨大的沙丘的顶部，希望一个时辰后能占据高处，即使马贼合围而至，己方骑兵，从高处冲击，必势如破竹。

一个时辰后，一百五十骑的莎车和于阗的精兵聚集在沙丘的最高处，七八顶“驼轿”被卸在沙峰巅上，铁骑一排排都围立在斜坡上，如雕塑般一动不动，盔缨、枪缨、背旗、斗篷……被风吹得飘飞不已。

远处的沙丘后，慢慢升起一线线的马贼，沙雪激荡，人欢马叱，完全露出了行迹，向这边围拢而来。远远的，能听见鹰笛在吹响。

班超抬头望天，只见空中十几只隼在交叉飞行，发出比鹰要细锐的鸣叫。

马贼越驰越近，几股慢慢合在了一起，聚集在使团的上风处的沙丘上，有两百多骑。而下风处，两个沙丘上，各有五六十骑，看来是堵截退路的。聚集的马贼不同于军队，身上的皮袍脏得发黑，脸和手多缠着布条，单手举着弯刀叫嚣。只有少数人披了甲胄，还是不成套的。

格泰迎风对着对面的沙丘喊：“隼王翁赫！你是不是出来见一下故人哪？”

对面无人回应，只见一人暴喝一声，挥刀纵马，一下子两百多骑都发动了，向使团的所在地冲击过来。

马贼冲锋都会呼呼地怪叫，不成队列，但一窝蜂地驰动，也颇有声势。从沙丘冲下，马势越来越快，还顺着风，转眼间就冲到了两个沙丘之间的U形地带。马速这时达到了最高峰，借势就向使团所在的沙丘冲上来。

爬坡不过十丈，马速瞬间就慢了下来，因为沙在马蹄的巨力冲击下，纷纷向下流泻，整个马队就像逆水行舟。

班超与班昭并排，站在队伍的最前方，迎风俯视着正从沙丘下向上冲的马贼，几乎能看清那些布条间露出的狂热的眼神。

“弓！”格泰冷酷地下令。五十名骠骑兵将随身的短弓取下，拔箭以待。

“张！”一阵阵弓被拉满的吱嘎声，骠骑们张弓搭箭，等着马贼进入射程。

骠骑的身后，是于阗铁骑，也一声令下，都将长枪斜斜指向骠骑的头顶上方。

任谁都看得出，在训练有素的正规军的布置下，一排箭出，即将收割一批马贼的性命。随后骠骑会两边散开，一百于阗铁骑会俯冲而下，正面撞击马贼……

班超就站在下令的格泰身边，透过一排排凝固的弓弩，看见了骠骑们一张张坚毅而年轻的脸，眼神笃定，嘴里吐出阵阵白气。班超眼神有些悲悯和恍惚，此战究竟出了什么纰漏和变数，会让这些生命消亡呢？

格泰抽出了马刀，高高举起，“射”的命令即将发出，突然听见身后马蹄驰动。他回头一看，一切都晚了。

于阗铁骑提前冲锋了，压低了枪尖，直接顺着冲势刺到了正在屏息张弓瞄准的莎车骠骑的背上。到处都是枪尖穿透皮甲扎入血肉的声音，崩弦的声音——中枪的骠骑松开了拉紧的弓弦，没有准头的箭飞得遍天都是……

格泰睚眦欲裂，刹那间，他带领的莎车骠骑就被这身边的于阗铁骑偷袭，中枪者超过了五分之四……而一转头，看见还有二十几名于阗铁骑，已将长枪刺入了那些“驼轿”，那里面可是两国奉汉的礼品，还有天竺沙门和齐欢……

班超在侧面最先动了，跃离马背，非攻剑在前，脚踏在那些还连着骠骑身体的枪杆上，一掠而过——不是惘然剑意，而是风廉最直接的剑法——十几名于阗铁骑喉咙喷血，从马上栽下。

班昭也动了，铁箫里接连吹出五六枚钢钉，都扎在五六匹于阗铁骑的马眼里，那马发狂冲撞，一下就乱了阵形。

格泰清醒过来，重整仅七八骑没有受伤的手下，红着眼拔刀反杀过去。莎车骠骑是仅次于黑鹰骑的西域精骑，战力肯定在于阗铁骑之上。如今状若疯虎，专挑人马密集处猛砍……阵形拥堵，马挨着马，于阗铁骑的长枪挥洒不得，转眼间就被劈砍了十几人下马，血肉断肢横飞，这才有人丢了长枪挥刀相迎……可转眼间，班超这个杀神又转头杀回来了，对着奋战的班昭喊：“往侧边跑！”

而沙丘下的马贼，堪堪冲了上来，踏上了已经被血洇红的沙巅雪地。

91 隼王

其实在进沙漠前，班昭便满眼悲哀地看见了命运。

“这些士兵，”她环扫了莎车骠骑和于阗铁骑，悄悄地跟二哥说，“他们……都要死了。”

“怎么？”

“他们头上……都笼着亡气，亡气是橘色的，淡淡的，很好看……”

班超沉默半晌：“看来是和马贼交手了，那也断不至于全军覆没……我怎么都要把他们带出来。”

进入沙漠换车时，班超兄妹立在车边一起看着七八名莎车士兵将车厢改装成驼轿，改好一辆，上路一辆。

这是一种近乎机械重复的操作，卸马，卸辕，车厢两边套挂在驼背上，绑紧，车轮离地，解开轴扣，正好厢轴脱离，将车轮推出来……一辆又一辆，不知不觉，就发现原来堆在身后的一串马车，已经全部改装完被骆驼担进了沙漠。队伍已经在沙脊上走成一条弯弯曲曲的线，这伙人便喘息了一会儿，拍拍手，上马随在队尾。只有一个士兵有些恍惚，他明明记得还有一辆的，怎么……士兵牵着马揉着眼，却被前面已经上路的同伴催促，摇摇头，上马去追了。

班超和班昭殿后，落在了队伍最后。队伍湮没在沙丘背后的一瞬，班超回头看了一眼，对妹妹道："你真的……还要跟着我？"

"你头上又没有亡气，不跟你跟谁？"班昭故作轻松，但抬眼望去，几乎整个队伍都笼在只有她才能看见的橘色光晕中，"我们真的能对抗命运吗？"

"总得试试。"

一个时辰后，两队合起来一百多骑的马贼出现在沙漠边上，循着使团卫队的脚印，沉默地追进了沙漠。

随着马贼在沙丘后消失，大漠沉寂下来。

只有大风吹过，竟然把风景吹得扭曲晃荡起来，晃荡中忽然凭空现出一辆马车来，还有拉车的白马，静静地停在沙漠与雪原的边缘。

车帘打开，齐欢钻了出来，带上斗笠，跳上了赶车的位置。就是在如此的寒意里，齐欢依旧半裸着右臂，赤足穿着草鞋，抖动缰绳，将马车朝另一个方向赶去。

"这就是你刚才说的奇门遁甲？"法兰的声音从车里传来。

"嗯。"

"真是比幻术还神奇。"

班超那一刻，意识到命运原来如此不可抵抗，不可修改。

他知道与马贼的恶战不可避免，但他推论，以一百五十骑正规军，面对两三倍于自己的散兵游勇，就算没有耿恭这样的神箭远攻手，就算对方通过隼眼洞晓己方的一切动向，真要短兵相接，马贼就没有任何偷手可言。若不是指挥重大失误，或中了不可突破的埋伏，断不至于全军覆没。班超决定亲自介入这一战，击溃马贼，让更多的士兵活下来。同时，以防万一，让齐欢遁隐马车，悄悄带两位比丘另走别路，避开马贼的包围。

直到马贼开始攻击，班超也没看出格泰有任何的指挥失误。万万没想到的是，于阗王竟然反了！于阗来接应的一百铁骑，竟然是绞杀骠骑这些鲜活性命的刽子手……

格泰浑身上下已经受了四处伤，但还在奋战。七八名反击的骠骑已经全部殒命。

班昭的箫剑刺落了五六名于阗铁骑后，在马贼合围前，从侧边冲了出去，单骑驰下沙丘。

班超的非攻剑显示出了绝世好剑的风采来，剑锋所过，刀枪尽折。班超心中悲愤莫名，惘然剑意更是黏稠至极，铁骑但觉四周混沌缓慢，连落雪都停滞在空中，偏又有一把快剑，割开了他们的喉咙。剑太快了，班超自己刺破自己遗留的剑意，一穿而过，身后两排的铁骑咽喉处，才喷出血来，溅出几尺。班超跃到了格泰的马背上，左右各三剑，斩断一片刀枪，催马加速，穿过那脖腔还在喷血的“走廊”，突围了出来，只溅得两人一马浑身是血，去追班昭去了。

被这一通反击杀蒙了的于阗铁骑，反应过来，巨大的屈辱感，使他们拍马追压上去。但见沙丘的一面，两骑一前一后，像两支箭一般，犁开沙雪。那沙雪随风而荡，被吹向半空。而他们追击的时候，则腾起更多的沙尘雪末，几十骑呈扇形奔下沙山。

选择侧边突围，是因为这座巨大沙丘的前后皆有马贼，唯这一侧像是一个缺口，但偏这一面，坡面最陡。班超兄妹到底还是吃了不熟沙漠特性的亏——两匹马在巨大的惯性下在沙里疾奔，再也收不住，最后马头前倾，翻滚下去……三个人全被甩离马背，一同在雪中沙上翻滚而下。后面追的铁骑命运更惨，倒下的马匹前后不一，造成相撞和绊飞，竟然有一匹健马四蹄腾空驰动，飞向空中达两丈高，再摔落下来……

班超三人一直滚落到丘底，才停了下来。雪和沙都是柔软之物，只要不相互碰撞，如此翻滚，会武功的人，顶多头昏脑涨，未必会严重受伤。

班超翻身坐起，首先接住滚下来的班昭，再寻找格泰，却见格泰一人躺在几丈外的雪地上，仰面号哭，令人动容。班氏兄妹将他拉起来就跑，因为坡上的人马像雪崩一样地滚下来了。

沙丘上的马贼并没有追击，带着马在丘顶张望着。他们的马下，堆积着莎车骠骑和于阗铁骑的尸体或蠕动的垂死者，血仍在咕嘟嘟地流淌，在寒意中兀自升腾着生动的白烟。

格泰还在哭，好像浑身都迸着血泪。他甩开了班超的拉扯，在雪浪中挥刀去收割那些滚落而下的于阗士兵，每刀都伴随着鲜血泼洒。格泰就像浪里的礁石，在血雾和雪雾之间，若隐若现。

班超则留意着翻滚而下的战马。战马身重体大，在惯性中失蹄翻滚，极易折断前腿，大部分滚落丘底的战马，挣扎着再难站起，嘶鸣一片……却有两匹马在雪中完好地跳起，班氏兄妹心有灵犀，各自抢了一匹，翻身上马。

班超纵马来到格泰身后，格泰有点杀疯了，条件反射般地挥刀回砍，被班超一架，猿臂一探，像抓小鸡一样，将他拎到了身后的马背上，拨马而退。

两骑三人在两大沙丘的夹缝里斜奔，眼见就要冲出合围的范围。

一侧沙丘上站立着一小股马贼，只有五六十人，冷漠地俯视着班超两骑在沙谷里奔驰，不慌不忙地下马，每人都从马的一侧摘下一块木板，又在木板上翻起一个木杆，杆上挂着一幅脏兮兮的破布。诸马贼单脚踏上木板，另一只脚一蹬，就向沙山底滑行而下！

所谓的破布，就如风帆般鼓起来，在这些马贼熟练的操作下，滑板划出一道道弧线，在沙雪上的速度，远快过奔马——奔马在沙漠里，速度达不到平地的一半。

占据了使团原阵地的大批马贼，也开始动了，匀速地以之字形下坡，避免了翻滚的危险。

班超兄妹从没见过沙漠里驾“船”而行的景象，眼见左侧沙坡上，几十道帆影，穿插扭动，逐渐在前方聚集，试图堵截自己……当下用剑背反打马的侧臀，加速强突。突然，前方沙地拱起，有刀光闪现，刀是贴地而来，直奔马蹄。班超人在马上，鞭长莫及，只能拎着格泰跃起，在空中喊着：“小昭，弃马！”

两匹马的马蹄被斩，颓然在沙里翻滚嘶叫，四名斩马刀手，从沙里现出身形。

班超兄妹连着格泰，早借着马势跃出三丈落在雪上。但那些踏滑板而下的马贼，堪堪堵住了前路。

班超叹了口气，与班昭格泰背对背，各自朝外挺着刀剑。

格泰还是不能完全平静，带着哭声：“都怪我，自作主张去搬于阗的援军！不承想……他们……我和骠骑的命是小，却害死了齐上使和两位比丘……”

“他们没在车上。”班超寒声道。

“不在？那在哪儿？”

“老齐和两位比丘就没进沙漠。我知道……沙漠里必有恶战，怕伤及两位比丘，就让老齐护着他们悄悄取道精绝，另走一路。因被隼眼盯着，我只能做得隐秘，没告诉你。”班超却有些悔恨，咬牙道，“我明知……有死战……还是想不到竟是于阗人反了……”

“这些天杀的于阗人……”格泰面色森然，持刀盯着那些慢慢围上来的马贼。他带领的五十莎车骠骑，现在只剩下他一个人了。

沙丘上的马贼以之字形的轨迹下坡，慢慢地将幸存的三人围得严严实实。

有一个马贼单骑向前了几步，单看装束，几乎和别的马贼没有区别，脸上缠着布条，在布条的缝隙里，露出一双阴鸷的灰色的眼。

“翁赫！见到我也不敢露脸吗？”格泰喝道。

“我的老朋友，真不想在这里看到你。”那马贼拉下脸上的布条，露出一张瘦削的脸，下巴上一把修得整齐的胡子。

“你……杀了多少莎车的好儿郎？”

“别赖在我头上。你自己也看到了，是于阗人。我来只是为了两个人。”那人带马围着三人转圈，望着班超道，“汉使班超？班昭？”

“隼王？”班超盯着那人道。

“是。”

“你说的两个人就是我跟舍妹？”班超挡在了妹妹前面。

“你们俩的人头可值钱了。”隼王的声音低沉，甚至有点性感。

“于阗王出了多少钱？”班超盯着隼王问，但看见隼王眼里不易察觉的一丝困惑，随即苦笑，“原来还是龟兹王。”

“那你知道于阗人会暗算我们？”格泰恨恨地追问隼王。

隼王点头：“我得到的消息说，跟你们会师的于阗人会帮我们的忙。”

“于阗王竟然会被龟兹王说动……”班超喃喃自语。那于阗王给班超的印象极深，在他们杀死大巫后，于阗王决断如风，当即杀了匈奴使者前来投靠……如今暗算竟也是如此彻底。

“翁赫！”格泰挺刀而出，“可敢跟我单独一战！”

隼王笑得很好看，虽然已经四十岁左右，依旧看得出当年的英俊：“格泰，你以前……就没赢过我呀。”脸上竟露出回忆的神色，随即带马驰回几步，摇了摇头，高举右手，围拢的几百马贼，里面约有一百人开始张弓搭箭。

班超面色如常地走了出来：“等一等。”

92 死局

隼王拨回马头，静静地看着班超。

班超指着那些还站在带帆滑板上的那些人：“他们好厉害，没他们我们可能就跑了。”

“他们是专门在沙漠里营生的，叫‘沙里飞’，但别人都喊他们是沙贼。”隼王平静地介绍着这股沙漠里才出现的马贼。

“还是你最厉害，能调动他们。”

“就算没他们出手，你们三个也甩不掉我们。”

“只要我们绕到一个沙丘后，我就有办法让你找不到我们。”

“你还有这个能耐？”隼王笑。

“我只是想告诉你，我的人没全在沙漠里，已经有人在进沙漠之前就离开了，知道是你在追杀我们。”

“是吗？”隼王不以为意，显然是不信，“那又怎样？”

“翁赫！”格泰沉声道，“别忘了，我也曾是黑鹰骑。发现你们跟着时，我就唤了我那只黑鹰传信莎车，说路上遇见了你。”

隼王脸上这才有些变色：“无所谓啊，你们想杀我这么些年了，我不还活得好好的？”

班超摇头叹息：“你不知道你已经陷入死局了吗？”

“知道是我干的又如何？我半生都在被各种人追杀，不知破过多少死局。”

“不错，你是真的枭雄。”班超由衷地赞叹。

隼王看着班超，一指山后巨大的沙丘：“看见你在山上的身手，你才是真的英雄。”

“客气了，”班超拱了拱手，“我们真是惺惺相惜，生死——相连。”班超将最后四个字说得很慢。

“你是说……我杀了你，我也一定会死？你有这么重要吗？”

“那当然，因为我是汉使！”

“据我所知，你们汉人的大军已经退到敦煌了。”

“隼王消息好灵通。”

“在西域，没人比我知道得更快、更多。”隼王傲然道。

“汉军回敦煌，只是去过冬补给，开春还会回来的。”

“那又如何？”

“两国交战，不斩来使。更何况大汉和龟兹并没有开战，所以龟兹王并不想担负杀害汉家使者的罪名，所以找了你。现在消息泄露了，事后会怎样？龟兹王一定不会承认，于阗王也不会承认。不仅不承认，还会追杀你灭口。我大汉和莎车则会找你复仇……”

“你以为我会怕？”

“其实是更多人怕你。你是西域知道最多的人。听说你的情报生意都做到诸国王侯那里了……利润很大吧？”

“我这也是靠本事。”

“是，可是知道太多的人，最招人忌惮，何况你还以此要他们的钱。其实他们都想你死，只是没有机会。所以这次，龟兹王将这暗活儿交给你，你还接了——就等于进了死局。不管你成不成事，你都会被所有人追杀。你名声又那么差，到时你说什么都没人信，或装着不信。”

隼王的面色铁青，愣愣地看了班超半晌：“既然杀不杀你，我都死定了，那我干吗不杀你？既然谁都不喜欢我，那我偏要活得更长一些，来恶心他们。”

“好气魄！”班超将剑插在雪上，鼓起掌来，“可是我喜欢你呀。”

隼王的神色精彩起来。

“能给你支撑的，只有大汉。你的本事别人都怕，唯有西域之外的大汉不怕，不仅不怕，还会帮你做大。你的隼舵，做得越多越好。给你一个汉家的官身，诸国就不敢随便搅你的生意。你不是缺马吗？我可以劝莎车王每年供你莎车马。你既然能统一南路马贼，就别做这种居无定所的营生了，待到春天大汉与龟兹姑墨开战时，正是重新洗牌的机会，到那时，我敢许你一城之地。”

“说得好听，都太远了。”

“也有近的，”班超一指那沙丘之上，“那几车疏勒和莎车的宝物，送给你了。”

格泰听了不喜，心道那可是国礼，哪有这样送人的？

隼王大笑起来，笑得几乎要从马上掉下来：“真有意思，那不是已经是我的了？还用你送？”

班超也笑起来：“我手上只有这些，你不满意的话，咱们就一拍两散，不对，是各自去死。”

隼王这才慢慢地止住笑，从怀里掏出一支鹰笛来，在嘴边急急吹奏……不一会儿，天上的几十只隼俯冲而下，在众人的头上盘旋穿动，发出鸣叫。班超却背了手，饶有兴致地看着隼滑行的矫健身姿。

隼王喝道：“且看看谁先去死！”

马贼队伍突然乱起来，原来所有人都举刀砍向了那十几骑幸存的于阗铁骑，大部分人瞬间就被马贼这轮汹涌的攻势分了尸。原来鹰笛不仅能驱鹰，也是隼王用来指挥手下的暗语。

“你看，”隼王指了指，“是他们先死。”

班超喊了一句：“留个活口！”

沙漠边缘，走着两峰骆驼。

在遥遥的天边，能看见一线连绵的雪山。

后一峰骆驼背着货物箱子，前一峰骆驼上坐着一个高大的人裹着葛袍，胸前却“抱”着一个“孩子”。那“孩子”裹着白色裘皮，露出脸来，却有仙人般的五绺长髯。正是鱼又玄。

鱼又玄眯着眼望着沙漠深处，伸出小手掐指而算，半晌，开始摇头：“还是不成。”

骆驼开始转向，面向雪山而行，行进中传来鱼又玄压抑的咳声。鱼又玄咳得满面潮红，平息下来：“我的身体恢复七分了，可惜师叔你……”说着就摇了摇头。

“班超兄妹这一路到底带了什么？”

两峰骆驼，在白茫茫的天地间，犹如芥子。

沙漠里却有三骑在百里外遥远地跟随着鱼又玄。

那是班超兄妹和格泰。

沙漠里的人已经四散。多股马贼分了宝物各回巢穴，让格泰看着心疼，而他的老冤家隼王翁赫，却并有拿多少，一律均分，不免让格泰有了点敬意。

而班超却从隼王，以及于阗铁骑的活口里得到了几个重要信息：一、与隼王打交道的龟兹特使，正是一个身材矮小、病恹恹的人——不用猜，班超也知道是鱼又玄。二、那支于阗铁骑并不是从于阗城出发的，而是从昆仑山下的采玉场映玉营调出来的。映玉营一直控制在于阗丞相私来比手里，调军的军令实际是私来比的手书。早在使团从莎车出发时，隼王就替鱼又玄传信到于阗的隼舵，送密信给私来比。也就是说，这一环围杀，看来还是班家这个一生之敌鱼又玄的手笔。而于阗王未必反了汉，可能只是丞相私来比在暗中参与。班超想起大巫死去时，私来比的悲怆莫名，隐隐觉得大巫的这笔冤债，只怕远没有完结。

“你可知这鱼又玄在何处？”班超脸色阴沉地问隼王。

“他说他会在沙漠之外远远地跟着我们。他有我的隼笼，可以跟我传信，我的隼随时也可以找到他。”隼王一震臂上的隼，“需要我帮你找到他的位置吗？”

“不用了，”班昭在马上仰头闭着眼，指向南方，“我已经看见他了。”

隼王惊骇莫名，这才明白几天前自己小心翼翼地在四十里外跟踪使团，怎么就被发现了行藏。心道，这些汉人，竟都是些异人——鱼又玄能点过去、断未来；班超单人能敌百骑，还自称会隐身秘术；连班昭这个看起来柔弱的女孩，也身手不凡，竟能看见百里之外……

班超兄妹和格泰来到了沙漠边缘，遥遥能看见左侧于阗城墙的一线影子。但班昭却望向东南的那座雪山：“在那边。”

“就两个人？”班超问。

“是。”

两骑出了沙漠，就加起速来，远比鱼又玄的骆驼要快。一口气追了三十余里，昆仑山在雪中的巨大轮廓，开始清晰起来。

“应该就在前面四十里内了。”班昭道，“二哥，那鱼又玄既然是炼气士，是会隐藏气运的，怎么会让我这么轻易地看见他？”

“他前面一直在隐藏啊，后来你能看见他，应该是他认为自己的盘算已经成功了，以为我们已经命归大漠。刚才在出发前，我让隼王传信给他，说事已成，他应该更没什么忌惮了。”

“他身边那个铜手……”

“不用担心，我那一战，敢说他们还没恢复过来。不然沙漠里的围击他们会亲自参加的。现在正是机会，反杀他们。”班超想起那两个人，就有一种抑制不住的恨意，内心一阵躁怒。

“仙奴姐姐说，你在贵霜妄动武功，可能伤了根基。”

“杀他们还是够用的。”

雪原辽阔，能看见远方有一棵孤零零的树，在地平线上。慢慢地驰近，能看见树下卧着一头骆驼，在风雪中默然不动。班氏兄妹来到近旁，发现骆驼被拴在那里，背上还驮着行李。格泰上前将行李的幔布挑开，见是一只隼笼，笼子已空。

“鱼又玄弃了隼笼？”班超一惊，“难道他已知道隼王背叛了他，所以斩断了鹰隼可能带来的追踪？”

“他怎么会知道？”格泰奇道。

“他会许多方术，很难琢磨。”

“那是不是也知道我们来了？”班昭问。

班超沉思半晌，缓缓地摇头：“不好说。但有一点很清楚——他自断行踪，是因为不愿意被发现。说明他害怕。”

班昭笑道：“那还等什么？追上去，杀了他！”

班超定定地看着妹妹：“听着！就算追上了，你和格泰兄主要负责望气望风，出手是二哥的事。”

班昭被二哥的神态和语气吓了一跳，好像一涉及鱼又玄，二哥就阴沉得可怕。她只好嘟囔道：“你这一路都说了好多遍了。”

三十里外，已经临近山脚。

山边的天气，竟然不同原野，飘雪陡然大起来，仿佛从山里吹来。

鱼又玄好似坐在葛袍铜手的怀里。两人一骆的身上，都落满了白雪。

“师叔，他们追上来啦。”鱼又玄合眼掐着指，“班家小儿竟然会点隐藏气运，但只要他舍不得丢掉他们班家的陶印，我就能通过残存的符意感应到他。这几战，我也摸清了他的脾性，杀伐果决，最善借局反杀，所以他一定会来的。”

但裹在葛袍里的铜手一声不吭，鱼又玄还如往常般地自言自语。

“他们兄妹合起来才是角宿！这次去而复返，不知带来了什么。”鱼又玄抬头努力地看向灰蒙蒙的云天，“以我的修为竟看不出所以然。云下的气运没什么特别，云上却好似有异象汹涌，孰不可解。总之不是好事！”

“所以这对兄妹一定得死！可惜啊，师叔，现在你我都是半残之身，只能把他们引到这里。”鱼又玄一指山谷，眯眼而看，“这里面据说是于阗千年来藏玉的所在，但气运怪异，好像是大巫当年出山的地方。里面青气逼人，平常人可能还好，却好似专克制我这样的炼气之人，所以我也不敢进入。但我能感到里面大凶之意境，定能毁了他们。”

风雪越来越大，骆驼竟有点举步维艰。铜手抱着鱼又玄跳下骆驼，动作却显得僵硬。鱼又玄从怀里拿出一个微型的小弩出来，一按扳机，弹出一支三寸的弩箭，钉在骆驼的屁股上。骆驼痛极而呼，向山里奔去。

铜手却抱着鱼又玄朝另一侧徒步而去。铜手的葛色斗篷极大，拖在地上，正好抹平了他在地上的脚步。风雪正盈，只怕不过一顿饭的工夫，那斗篷的拖痕，便会被风雪遮盖，再不露痕迹。

铜手弓着背，裹着家主，身体前倾像一杆斜刺的长枪，逆风在雪中僵硬地行走。风将袍帽吹落，露出铜色的头脸，那只独眼竟是浑浊的琥珀色，没有一点点人的光彩。

玉出昆山

神女无心犹有恨，
昆山藏玉渊自深。

93 美人如玉

“怎么不见了?”班昭带住了马，看了看越来越大的风雪，山的暗影挡在了前面，“他一定是发现我们了。”

格泰更善雪地追踪，一指地上已经被落雪掩盖模糊的骆驼脚印：“快，追上去!”抢先带马疾奔。

越来越靠近山脚时，班超有些疑心，带马观察：“这是进山了吗?”有山势凭借，最易埋伏。

班昭闭眼而观：“还是看不见他们，只是……山里有好浓郁的青气！难道他们进了山，气运被青气遮掩了?”

班超也在细看，只见山气淡淡，尽是风雪：“什么青气?”

“跟大巫的气象有些相似，但隆重、密集了许多!”

班超眯眼体会意境，只觉冷风如刀，忽然打了个冷战：“我怎么觉得有凶意?”

“哪里是凶，分明是大吉!”班昭叫道。

“大吉?”

“不知怎地，我觉得好亲切。”班昭脸上竟有种神往的神情。

班超在望气上，最信妹妹，细看雪地上的骆驼脚印道：“那我们追进去。”

山口越来越高，风雪也越来越大，连骆驼脚印也渐渐无踪了。

班超兄妹掩着脸，穿过山口，地势却低了下去，风雪骤然小了许多。好像风雪就是一个神秘的结界似的。

三人越走越低，积雪却越来越薄，一直延伸到一片密集的云杉林。

“青气就在这片树林的后面。”班昭道。

“鱼又玄去了里面？”班超四周看看，狐疑道。

“那也得进去看看才知道。”

进了林子，竟然有股温暖腐败的气息。这里或许是千百年来少有人经过的原始森林，整个杉林长成一团。树都互相躲让，又都互相争夺，从上到下，没有闲处。树、草、藤都缠在一起，披披挂挂、纠缠环绕。三个人时时用剑砍断拦路的东西，牵着马，蹚了深草走。草极盛，年年枯萎后，积一层厚壳，新草又破壳而出。一脚踏下去，“噗”的一声，有时深，有时浅。

林子里光线稀薄，班超抬眼看去，只见空隙间的天光被树叶隔得很远，只在风声里闪闪烁烁。如此走了一个多时辰，才穿过密林，眼前竟是个极深的谷地。抬头望天，哪里还有乌云？竟然可以望见西沉的太阳，一半已被雪山遮住。山里山外完全是两种天气。最奇的是这里的气温舒适，遍地青翠，远比外面温暖。

班昭心情大好，好像完全忘记了追踪人而来，脱了白色貂皮袍子，丢在马上，自己闭眼大口地呼吸，张开十指，触摸无形的空气：“好纯净的青气！”

班超却相当紧张，留意着四周的动静。

“在那边！”班昭惊异地指向谷内。

“看到鱼又玄了？”班超一惊，跳到了班昭的身前。

班昭睁开眼，手指竟有点发抖：“是……大巫……”

“看……错了吧？”

“不会错的，她的气岚……是青紫色的……像仙气。”

“她……没死？”班超忽想起于阗王跟自己说的，大巫是杀不死的，只会兵解升天。

班昭靠在二哥的胳膊上：“不知道。”

“这鱼又玄和大巫是……一伙儿的？”

班昭皱眉：“我总觉得不可能，他们……太不同了，气运会相触吧？”

“仇恨会把他们合在一起。”

“什么仇恨？”

“一个被我杀了……一次，一个被我杀了半死。”

“不一样的，”班昭摇头，“我总觉得大巫和我们有误会。”

“无论怎样，”班超握紧了非攻剑的剑鞘，“进去看看就知道了。”

“里面还有……好些人呢。”

马的目标太大，正好拴在树边由着它们吃草。三人徒步向谷底进发。

下到谷底时，天色已近黄昏，只见一条乱石密布的河滩出现，水却没有被封冻，轻轻浅浅地流着。河滩宽阔，想象得出，开春时，山上雪水融化，这会是一条怎样汹涌的大河。

三人溯流而上，又行了十余里，看见前面炊烟袅袅，有村庄的样子。

巨石很多，很容易掩住身形，三人在滩石间移动，向村庄靠近时，就看清村庄边有两处瞭望楼，更像是一个军营。再靠近些，就能看清旌旗飘动。

“你看那军旗上的军徽，”班超给妹妹指点着，“与偷袭我们的那支于阗铁骑的军旗是一样的，说明他们其实是从这里出发的。他们自称是映玉营，原来是专门守护于阗的采玉场的。”

“那他们都该死！”格泰咬牙切齿道。

“那这里其实就是采玉场？”班昭道。

“应该是。”班超道。

“难怪青气如此浓郁，是灵玉的气息。昆山美玉享誉千年，原来藏在这个深谷里。”

“鱼又玄能通过私来比调动这支军队，现在躲在这里也就说得通了。”

“可是还是看不到鱼又玄和铜手丝毫的气岚。”

“用你的天眼看看，他就藏不住了吧？”

“那要再靠近些才行。”

天色渐渐暗了下来，一轮红月爬过雪峰之顶，有种妖异的感觉。

三人躲过瞭望塔的视线，慢慢潜到瞭望塔的底下——正是瞭望塔的盲点。格泰守在塔底，兄妹俩轻功皆高，不通过楼梯，而是从架木攀到了塔顶，击晕了哨兵。

瞭望塔上视野极好，正好整个“村庄”都在眼底。

班昭紧闭双眼，还将双耳紧紧捂住。班超知道，妹妹只是在最大限度地发挥“天眼”。这天眼是几个月前，在身陷麦田血阵时，被鱼又玄封了视听功能时激发出来的。所以依旧需要在近似的状况下，效果才最为显著。

班昭只觉得眉心渐渐发亮，出现许多人形的晕光来，有的清晰，有的模糊……但是，又是橘色的晕光，难道这里的好些人……也要死了？“是因为我们来了吗？”班昭想。

半晌，班昭的双手才松了双耳，睁开眼，面色苍白，对着哥哥摇了摇头。

“没有？”

“我看了两遍……肯定没有。”

“难道根本没有进来？”

班昭犹豫了良久，手指指了指上方：“但……大巫……在那里。”

班超循着妹妹的手指望去，却见石滩上游的一侧石壁上，正被红月照着，露出白垩涂饰的岩画。那是一只凤凰的图案，笔画简洁，就像一个符徽。班超心里一动，这个凤徽，分明是见过的……那凤图上长尾环绕的是一个岩洞，洞口悬于石壁中央，石壁上被凿了无数方口，插入方木，形成了台阶，一直排到崖脚。

“那个符徽，”班超指着前方在血月下微微泛光的图案，“在《穆天子西狩图》里有！标记着西王母神国……”班超的声音不自觉地颤抖起来，“难道……这里与神国有关系？”

“也就是说，大巫是跟西王母神国有关系的？”班昭道。

班超一拉妹妹的手：“走，去探探。”

班昭不动：“我……”

“不怕，有二哥呢。”

“我不怕大巫，我怕……你不会再去杀她吧？”

“她若不劫你，我何曾会杀她？可我明明斩了她的头……怎么还活着？真的……是神吗？”

“一定是……有什么误会。”

兄妹俩下了瞭望塔，三人潜出村庄，溯河而上，向那石壁趋近，突然觉得身后的村庄躁动起来，火把点点，像是在结队出动。

三人微惊，忙在巨石后掩好身形，心道，难道被发现了行藏？班超十息之间，就挪动石滩边的卵石结了个遁阵，就是搜寻而来也未必会露出踪迹。

果然见两排铁骑打着火把，夹着一批白袍女子慢慢朝班超兄妹藏身的河滩走来，倒不像是搜寻行动。

铁骑在河滩边每骑相隔两丈一字排开，执着火杖不动，就像人形路灯。而那群白袍女子在火光下纷纷解衣……白衣下竟然一无所有，袍子垂落，即是裸体。

河滩边共计有两百多名女子，瞬时就变得一丝不挂，赤足慢慢走进河里。细看，裸女们人种各异，不乏金发深目分外妖娆者，踏水而行，娉娉婷婷。

谷内虽然远比谷外温暖，流水没有封冻，但也堪称寒意料峭。这些裸女却浑不畏冷，踏水自如。女子们相互并不言语，就像无声的幽灵，披着长发，在浅水里散开，无规律地穿行。

圆月已经升高，血色褪去，变得银亮皎洁。铁骑们像是接到了指令，齐刷刷地熄灭了火把。谷内光亮不减，一众裸女的肌肤，都在月下泛出清辉，曲线流动，伴随着水响。

三人在野外哪里见过如此阵仗的胴体大队，不禁呆了。

“这是……要做什么？”格泰低声惊叹。

“原来……采玉是这样的。”班超道。

“她们只是采玉？”班昭本来有些羞意，但还是忍不住问道。

“她们应该是采玉奴。我在兰台里看过一本《漫玉记》，传说昆山之玉，集阴而生。由女子赤身涉水而采，方阴气相召，美玉不易错过。据说满月时，才是采玉最好的光景，当时天地阴气满布，美玉会在月色中发光，最易辨识……想不到是真的。”

“那也不用大冬天这样啊。”

“冬日是四季之阴啊。再说这河谷必在枯水期才能采玉吧？春夏温暖之时，滩石肯定都被淹没了。唉……原来美人如玉，真不是瞎说。难怪在古义中，玉、月、肉三个字，经常混同……”

“哪有你这样解的？”班昭啐道。

94 / 巫出昆山

风好像是贴着岩壁吹的。

插在峭壁上的木方台阶，宽不过四尺，而兄妹俩已经攀到了悬崖的中部，岩画的凤尾附近了。但台阶没有栏杆及链绳，犹如凌空虚步，风一打过来，犹如哨鸣，人竟然站不住。

班昭以游侠自命，天性风雅，偏想做些胆大妄为的事情，此时却要把二哥的手掐出血来，暗暗埋怨自己手脚发软，冷汗湿透。

趁着众人皆在采玉，三人退却在月色的阴影里，让格泰在崖底的悬梯边潜伏接应，兄妹俩则攀到了岩壁上。班昭想闭眼不看崖下，偏偏闭眼后，觉得有青紫色的晕光大放光明，那是大巫的气运，让她没来由地觉得亲切。“你……是在等我吗？”

班超牵着妹妹贴着岩壁总算攀到了洞口。洞口漆黑一片，只得掏出夜明珠照明，往深处探了几丈，空间却豁然开朗，犹如洞府。洞壁悬有一盏长明灯，其光在这巨大的石洞里则显得微弱。兄妹俩屏息暗行了几十丈，就听见了人声和脚步声。

两人藏好身形，听见是女子说话。

“少巫娘娘说不需侍候了，咱们都退了吧。”

回声如波，洞里深处的声音班氏兄妹也听得极清晰，互望了一眼，心里皆想，这里还有个少巫娘娘？

只听得脚步声散乱，渐渐归于寂静。兄妹俩继续蹑足朝洞府的深处探去。

石灯密集了些，能看清洞里的陈设。石壁上有许多白垩勾勒的图案，少不了又出现了几次凤形符徽。桌椅皆是石制，形态粗粝，但其上的器皿都是美玉的质地，怕也是价值连城。

班昭指了指一道石门，觉得紫色光晕满溢得都要从门缝里流泻出来，轻声道："大巫就在里面。"

班超推了下石门，顿觉沉重，当下用非攻剑刺进门缝，无声地削断门栓，暗催内力一推，石门双开。

门轴还是发出了声响，但见一个十四五岁的青衣少女的背影，正在捧着一件玉器，听见门响，转头忽见屋内出现两个陌生人，惊得手一颤，玉器落了下来。班超眼疾手快，掠过一手在离地半尺处抄住，却是个玉盏，洒出一地的水。少女张嘴惊叫，还未呼出，就被班超一转身捂住了嘴。

班昭迅速掩了石门，扫了石屋一眼，不见有其他人，颇为惊诧。他见石台上有灯，提了来到少女面前，却见少女虽被捂了嘴，只露出半张脸，也能看出面容姣好。班超低头细看，少女还未长成，身子稚嫩娇小，但肤色莹白，双颊微鼓，鼻尖微微翘起，长而浓密的睫毛下，眼波竟然泛出青紫色，闪着惊恐的目光。

"大巫不在这里。"班超环顾左右。

"是她，"班昭虚指着少女的头上，"她的气岚……几乎和大巫一样。"

"几乎一样？"班超奇道。

"她一定就是那个……少巫娘娘。"

少女的眼睛里除了惊恐，还有眼泪，默默地流淌。班昭一直对大巫乃至这少女身上的青紫色气运觉得亲近，见这孩子害怕，心里更是怜惜。

“你答应姐姐，不要喊，我就让这位哥哥放开你，好不好？”班昭柔声道。

少女还在流泪，但看见班昭温婉柔和的脸，慢慢平静下来，缓缓地眨了眨眼。

班昭示意二哥松了手，那少女兀自肩膀在发抖，用袖子拭着泪，抽泣一时难以停止。班昭怜惜之情泛滥于胸，就想去搂女孩的肩，却被二哥拉住。

“你是少巫吗？”班昭极和气地问。

少巫连连点头。

“大巫是你的……什么人？”

少巫看看两人，对班超还是有些畏惧，不自觉地缩近到班昭的身旁：“是我师父。”

“那你以后也会成为大巫吗？”

“不知道……师父没说。”

“你别怕。”

“我不怕姐姐，姐姐身上有玉的味道，让小天觉得……很喜欢，”少巫向班昭靠得更近了，“但他……有些吓人。”少巫甚至不敢转身看班超。

“你叫小天？”

“嗯，师父这么叫我的。我其实不喜欢别人叫我娘娘。”

“那我就叫你小天。其实，这位哥哥也很好的。”班昭轻笑。

“不是的，”少巫有点想躲在班昭身后，“他……身上有红色的火……在流动。看着都疼。”

班昭奇道：“姐姐怎么看不见？”

“师父说，我能看见别人看不见的。”

“姐姐也是能看见别人看不见的……”

“是吗？那能看见什么？”少巫叫起来，神态天真，先前的恐惧一扫而光。

班昭细看少巫的眼神，纯净无瑕：“我看见你的头上，有一层青紫色的光，很好看。”

“是吗？”少巫抬头望去，“我怎么看不到？”

班氏兄妹对视了一眼，觉得这少巫虽已十四五岁，可能是因为一直在山谷里成长，所以心思、性格极其单纯。

“我也看不到你看见的呀。”班昭抚了一下少巫的头发。少巫的个子要比班昭低大半个头，“你刚才在干吗呢？”

少巫指了一下被班超摆在一边的玉盏：“我刚才在给这棵树浇水呢。”

班氏兄妹这才注意到墙边摆着一座玉雕——正是一棵六尺多高的玉树。玉树的形态很美，形式感极强，枝干细密，如流线般挺直，玉白晶莹，唯几枚雕出的树叶，透出碧色的翡意。

班昭奇道：“给它浇水？”

“是呀！她们说，小天只要好好给它浇水，它就会开出花来。开花的那天，师父就会……回来啦。”

“你师父……去哪儿了？”

“师父给坏人害死啦！”少巫忽地又哭起来，抽泣着走到玉树前，手抚碧叶，“小天很想师父，就每天给神树浇水。可是浇了这么久，连片叶子都没多长出来，什么时候才能开花呢？”

班氏兄妹面面相觑，不自觉有些脸上无光。兄妹俩心意相通，都有些诧异：原以为这少巫久居山中，心思纯真而已，现在看来怕是心智不全，也就相当于常人的六七岁吧。细想也不觉得奇怪，天分过分异常的人，或会触及天和，往往累及身体。好像洞晓天机的歌者或卜者，往往是瞎子——比如琴圣师旷，比如史家左丘明……而那些心智貌似癫狂或者痴呆者，才是真正的大通灵人。

班昭怜惜之意又起，上前轻揽少巫的肩，知道多半是神女侍者们因怕少巫思念大巫而哭闹，才编出玉树开花什么的来哄她。班超在一高一矮的两个身影身后劝道："你师父会回来的，她只是骑着风龙，上了天。"班超想起那日与于阗王在雨中的胡诌。

少巫一下子回过头来，眼睛亮起来："你怎么知道我师父会骑风龙？"

"我……猜的。"

"师父带过我骑风龙回家。"

"回家？哪个家？"班超心里一动，指着石壁上画的一个凤形符徽问，"是这里吗？"

"是呀。"

班超忽然有种抑制不住的激动，原以为拼不下去的地图，没想到在这里一下子豁然展开："你家便是西王母神国？"

"你也知道神国呀？"少巫泪痕未干，青紫色的眼眸里却闪动着好奇的光彩，"师父说，已经没有人记得神国了。"

"你知道神国怎么去吗？"班超问。

"我不说。"少巫咬着嘴唇摇摇头，神色戒备起来，口气坚定。

班超和班昭对视了一眼，知道这孩子必是被吩咐过，不可透露神国的消息。但只说"我不说"，而不是"我不知道"，那就说明还是知道的。

班昭轻轻将少巫揽在怀里，将少巫的额发撩在耳后，抹掉少巫的泪痕，柔声道："喜欢姐姐吗？"

"喜欢。"少巫的声音稚嫩可人。

“那带姐姐去好不好？”

“可是……我不会骑风龙啊。”少巫着急道，“师父说，只有三个地方能招来风龙，一个是沙漠里的七星古坛，一个是她的移动神台，还有……就是这里——玉龙河谷。师父教了我怎么把风龙叫来，但是我没学会……怎么骑它。师父说过，不是神国的人，是不给上去的。”

班超听懂了些眉目，原来去西王母神国要通过龙卷风接引。所谓七星塔，其实是湮没在沙漠里的一个古祭坛，用来招风的地方。难怪《穆天子西狩图》里，去神国的路线画到于阗一带就语焉不详，原来要用神术接引。班超想着不禁有些泄气，昆仑山延绵千里，峰峦数百，只怕此生都难觅神踪了。

班昭的心头却透出些莫名的灵光，揽着少巫道：“姐姐也是神国的人呀。”

“是吗？”少巫欣喜道，随即面色变换，暗淡下来，摇了摇头，“姐姐骗我的吧？”

“当然不是呀。”

“那姐姐怎么不会回家了呢？”

班昭闭上眼，回忆着那日在神台上恍惚的梦境，梦里的视角倾斜散乱，好像在飞。“神国里，有好多雪山围绕，有个好高的山崖……崖上面有个白色的……城堡，什么都是白色的，有好多奇怪的鸟在周围飞，还有凤凰……上面都坐着仙女……”

少巫突然紧抓班昭的手，惊喜道：“原来姐姐真是从神国出来的！”

班昭缓缓地睁开眼，还有一种恍惚感：“姐姐离开家太久了。总在外边漂泊，就很容易走丢了。”班昭陷入一种莫名的情境中，说话像梦呓一般。她心里忽然真的好想念汉地的家乡。

“师父说，我们是神，神也会走丢吗？”少巫的声音也显得很遥远。

“人以前都和神在一起，人神不分，都住在那里……后来出来久了，就忘了，再也回不去了。”班昭兀自呢喃。

“不怕！”少巫猛地抓住班昭的袖口一摇，让班昭惊醒过来，“我可以领着姐姐回家！”

95 / 绽放

这两天的变化，真让班超有点消化不良。

局面瞬息万变，几经反转，犹如高空走索。鱼又玄的凭空消失，让班超颇为烦闷。班超觉得鱼又玄就像卡在自己命运咽喉里的一根刺，又像一只永远在暗处窥视的眼，那眼就是一面镜子，在里面能看见自己的脸。就如班昭总觉得自己和大巫是同类一般，班超也隐隐觉得自己和鱼又玄是一种人。只是班昭会对这种认同感到亲切，而班超却觉得深深地厌恶——他厌恶这种相似，就像厌恶另一个自己。

但眼前，西王母神国谜一般的面纱即将揭开，班超顿时精神一振，自己在兰台的奇思妙想，原来都是真的。他当下脱口道："你知道去神国的路？"声音竟有些颤抖。

少巫从班昭的身后探出头来，神色戒备："你……也去吗？"

"我不能去吗？"班超露出尽量和善的笑容。

"你又不是神。"

"谁说不是？我是……天上的星星下凡。"

"神国里就没听说有男的！"

"是吗？"班超摸了摸下巴上的胡茬儿，"可我也是要回家呀。"

"你也是神国出来的？不可能！"少巫叫起来，"师父说，男人都又脏又丑！是……很差、很坏的……”

班昭听得笑起来，揽着少巫道：“姐姐和哥哥是一家人，我家当然是他家了。”

“你们……是一家人……”少巫明显脑子有点转不过来，觉得好像不对，偏又极有道理。她歪着脑袋看着班超半晌，只好说，“那就带上你吧。”

“怎么去呢？”班超得意地眨眨眼。

“我们骑不了风龙，就得走好远好远的路，”少巫把手尽量地张开，想表示远，又单手举得最高，“爬过好高好高的山，才能到都广神峰。”

“都广神峰？”班昭皱眉道。

少巫指了指斜上方：“就是神山啊。神国就在神山的后面。”

班氏兄妹迅速地对视了一眼，不禁面有喜色，原来于阗一带的人崇拜的神山，就在头上。

“只是……”少巫低头拨弄着衣带，看了眼门外，噘着嘴，“她们一定是不让我去的。”

“不怕，”班超几乎用了最可爱的笑容和声音，“趁着她们都睡了，我们偷偷地去，好不好？”

“那……”

“让她们早上找不到你，吓她们一大跳！”

“好呀！”少巫拍起手来，“那我们现在就走吧。”

三人走出洞府，在峭壁的中间俯视整个玉龙河谷，正是圆月最亮的时刻，清辉遍野，能看见河滩里点点的微弱荧光，那或是美玉对采玉奴的召唤吧。

风还是贴壁而过，发出呼啸，那少巫却在岩壁飞出的没有栏杆的台阶上轻盈如飞，显然是走惯了的。班超拉着妹妹的手跟着，都有点腿软。

下到崖底，少巫一指山谷的深处，眼里还闪着兴奋的光，小声道：“就从这里上山。”

班超一看，采玉的范围已经溯流而上了一里，士兵和采玉奴们且走且寻的河滩，正好挡住了三人的进路。

班氏兄妹也不慌，叫了埋伏的格泰现身，少巫由班昭带着，在那些偏大的滩石后闪躲跳跃，眼看就潜过了采玉的范围，突然，头顶上传来了清脆悠远的钟鸣。

班超抬头循声望去，见崖壁的洞口边，已站满了神女，火光大盛。有一个神女敲响了洞口的悬钟。悬钟清亮，回声响彻山谷，原来钟声可能用于祭礼，现在明显当作警报——祭司神女们显然发现她们的少巫娘娘不见了。

整个河滩上的采玉奴和士兵们都抬头仰望，不知就里，只看见有护教神女在崖壁上，用火炬挥出了来犯的信号。一百多骑映玉营铁卫开始在河滩上驰动穿插，搜寻起来。

马蹄的铁掌将卵石踏得脆响，不时地迸出火星。班超反应奇快，抓起一把石头，借势抛撒，迅速布了个简易遁阵，让四人隐在巨石的阴影里。

但遁阵太过简易，只解决了平视的角度，若在山壁上俯视，还是能看出踪迹。一个神女很快就发现了她们的少巫娘娘好像落在了几个外来者手里，几乎魂飞魄散，叫嚷起来。一队护教神女在崖壁的悬梯上，飞奔而下……而洞口的几个神女共举了一个晶石镜子一般的东西，反射着火光，将一道光柱射下来，让阴影里的班氏兄妹等四人瞬间无所遁形。

铁骑们刀剑出手，从四处围拢上来。

班超无奈地摇了摇头，纵身一跃，跳到了巨石之上。格泰背起少巫，随即蹿到班超的身后，班昭也跃起，护在左右。那光柱追跟上来，就像四人站在一个奇异的舞台中心。

班超没有拔剑，而是双手摊开表示没有敌意。但铁骑们迅速布阵，将“舞台”全方位围住。河滩上裸身的两百采玉奴，都停了下来，既不害羞，也不害怕，只是静静地、好奇地看着突然出现的外来者。

铁骑们还在布局，马蹄兵甲叮当作响……马槊在前，弯刀在后，外围还有三十骑在马上弯弓。班超不想做出好像劫持了少巫的姿态，灌注内力暴喝了一声：“且慢！”

这一声且慢，在空谷里并不炸耳，却能让谷里崖上的每个人都听见。声音传出，竟然万籁俱静——铁骑们停下了所有的动作，采玉奴们露出了惊恐的神色，那石崖上从悬梯奔下的神女也突然停在半空中，紧倚在峭壁边。

众人像被魔法定在那里一般，突然后排一个采玉奴高叫不停，回头就跑，随着距离，声音越来越远。瞬间，“魔法”被破解了，女声惊叫连连，两百多采玉奴四散奔逃，月光下长发甩动，裸露的长腿踏得河滩水雾一片……

班昭叫了声：“别怕，我们不是坏人……”但采玉奴们飞快地跑得不知所终。河滩一下空荡了许多。

班超听到了铁甲与兵器间的连响，这是铁骑冲锋前的预兆——士兵们因蓄势待发和紧张带来的抖动。班超的剑在剑鞘里发出嗡鸣声，班昭一听就知道恶战难免，从格泰背上将少巫抱了下来，就要将她慢慢提放到巨石下：“乖，你先回去吧。”

少巫紧抓着班昭的手，却不放开，满脸都是茫然无措，拼命地摇头。

班超浑身绷紧，深吸一口气，一身死气隐隐荡出……却感到了铁骑的异样。

没有杀气？

是恐惧。

因恐惧而颤抖。

铁骑中有人动了。班超手边那暗自鸣叫的非攻剑，却停止了跳动。班超轻蔑地转过头，望向那唯一动的人。

看盔甲穿戴，这人应该是映玉营的首领。

首领戴着面甲，看不见他恐惧的神色。只见他指向班超的剑慢慢地收了回来，凝在胸前却不回鞘，陡然压在自己的脖子上，一划……身体慢慢从马背上栽倒下来。

没等班超反应过来，那一百铁骑也动了。随之一片刀剑落地的声音，士兵们纷纷自刎伏地。一百匹空鞍的战马静静地站在那里，没有离去，只是低头茫然地舔着脚下不动的主人。

哇的一声，少巫被吓得大哭起来。

班昭一手揽住少巫，心下却有一丝的释然。她先前看见这些士兵头上的橘色亡气时，想着他们是不是就要死在自己的剑下了……原来不是，幸好不是。但是，他们为什么要自杀？

兄妹俩忽听见头上有人吟唱，抬眼望去，但见崖壁洞口及旋梯上的神女皆跪下唱祷，像是为自刎的甲士送行。那些神女木无表情，合唱在谷地里却显得空灵肃穆，远远近近，萦绕不休。班超有刹那的恍惚，眼前再现在大巫神台被歌声魅惑的情景。但半空中的歌声里只有哀意，并不慑神……歌声越来越弱，最后停了下来。这些白袍神女在兄妹的注视下站了起来，神色平静地踏前了一步……

班昭一下子掩住了自己的嘴。

兄妹俩眼见十几名神女，从断崖上跳了下来。白袍展开，像白花绽放。花瓣兜住了下坠神女们的面目，露出修长的腿和腰肢的线条……她们绽放了两次——一次在空中，一次在触地——班昭在惊异中几乎没有听见撞击声，只见前前后后十几处尘烟腾起，合着血色绽放……

月色还是如水，河溪依旧潺潺……血无声地渗透河滩，殷殷流进玉龙河里，都掩不住水里玉石对寒月呼应的泠泠光华。

玉龙河谷一下子变得空寂。

班超对这种莫名的结局有些警惕。

但在于阗这种狂热信仰之地，总有许多让班超无法理解的事迹。班超想起那些以人力拉动神台的狂热人群；想起大巫死去后的大雨里，那些在雨中号哭、在泥中撕扯头发的信众……那些自杀的神女，如此从容，如果以汉人的理解，更像是在保守一个秘密。那是一个什么样的秘密？

不对，士兵们的恐惧是真切的。他们又在恐惧什么？这种诡异之地，还是赶快离开为好。

少巫还在哭泣。哭声在空谷里回荡得很远。

班超狠了狠心，在少巫面前蹲了下来：“走，我背你回家吧？”

少巫脸上露出恐惧的神色，一下子跳开，尖叫道：“不要，你身上有火！”

班超摇了摇头，向上游走去。班昭抚慰着少巫，拉起她的手：“这里都是死人，我们赶快走，回家就好了。”

96 / 雪怒

班昭和格泰轮流背着少巫，四人在月色里越攀越高。

天色大亮时，四人已经脱离了河谷盆地，气温越来越低，脚下全是积雪。四人穿过山侧的杉林，已经回看不到山谷了，抬眼却是一座被云雾遮盖的雪山，根本看不见峰顶。

少巫指着那云雾："就在上面，都广峰。"

班超兄妹和格泰抬眼看着，都倒吸一口凉气。

望山跑死马，一行四人在途中宿了两夜才爬到雪峰的山腰以上，路越来越险，宛如贴壁攀缘。一行人进了云雾深处，里面竟是暴风雪。

班超兄妹第一次体会到暴风雪的可怕，远比跨越葱岭艰难得多。山上的暴风雪又叫白毛风，没有固定的风向，所以根本无法借山石躲避。风如剑意，只怕风廉来了，会别有所悟。只是剑意无情，早就刺透了众人的毛裘。班超将袍子递给妹妹，让她裹住少巫，自己则靠吐纳强自御寒，依旧听见自己的牙齿打战，咯咯作响。

天昏地暗中，历经艰险，不知跋涉了多久，终于攀到了云层之上。瞬间便是风停雪歇，但见峰尖静美，半透明一般在阳光下反射出圣洁的光。

班超以手搭棚，眯着眼看着高处似玉柱高耸的冰峰道：“古书上说，有天梯名都广，众神以此上下天地。还说，都广在天地之中，日下无影。我读到此处，还猜想这都广或在岭南之南。当年秦军征南越，大将任嚣留下了本《南异记》，说在岭南之南的夏至左近，日在天中，万物无影。现在才知道，都广还是在昆仑，日下无影是因为白雪映照，四下皆明。”

“二哥真是无所不知。”班昭由衷羡慕，只是天光雪色太过刺眼，有种晕眩的感觉。

一行人在天地清明间只是一排黑点，慢慢地向上移动，天地沉静至极。

太阳转到了冰峰的后面，立时感到气温又寒彻了几分。但天光不再刺眼夺目，几人才渐渐觉得眼睛正常起来，晕眩尽去。

少巫本在格泰背上捂着眼，现在四下张望，高兴起来，在人背上对着头上的峰尖高喊：“滕六出——！”

半晌才有回音传来——六出……六出……出。

少巫哈哈大笑，又喊了一遍。

班昭奇道：“这滕六出是谁？”

“这是雪神的名字，”少巫噘嘴说，“她也不回答我。”说罢又高喊。

班昭的好奇心被招惹出来，几乎要跟着一起高喊，忽隐隐觉得不妥，眼看着一个橘色光晕在少巫的上方扇形展开！细看，这气运却是属于背着少巫的格泰……霍然想起越葱岭时，同行人对自己的警告，一个箭步就捂住了少巫的嘴。

但是晚了。

大家隐隐听见闷雷般的低音，从头顶传来。脚下能感到山体都有点震颤。

班超看见了高山的一片雪衣在裂开……裂缝越来越大，整片开始慢慢下滑……滑落的“雪锋”像一个巨大的船头，犁开一线雪浪……雪浪越来越大，说明阻力也越来越大，那巨大的整片雪衣陡然在挤压中破碎了，化作滔天的雪浪，奔泻而下——雪崩了。

四人从未见过这样的奇观，惊愕得僵直在那里。

还是班超大喝一声快跑，拉着班昭就往山下疾奔，格泰背着少巫紧随其后。

雪浪如云，越腾越高，高逾几十丈。四人的奔逃，就如芥子滚动于苍茫之中。

格泰背着少巫不可避免地越来越落后。雪崩就像一头白色巨兽，眼看就要将这两人吞没了。

班昭忽然甩开了班超的手，回奔向格泰和少巫……刚拉住格泰的衣服，巨大的雪浪就拍击在三人身上。三人翻腾着被送上了几丈的高空，又摔进雪浪里。但班昭没有松手，她知道她如果松手就会失去他们。雪浪里身不由己。天昏地暗，但班昭闭眼依旧能看见那抹橘色的微光。突然有一只熟悉的手，一把抓住了她的手腕！班昭知道那是二哥，只有二哥才能让她如此安心（妄为）。

雪山的斜坡上，也就是雪崩奔流的轨道上，有块凸起的巨岩。雪浪到此被左右分开，燕尾般地喷射。岩下成了暂时的避风港。班超向来杀伐果决，生死一线间的决断，用鱼又玄的话说，堪称天赋——他没有在妹妹回跑时犹豫，而是迅速判断地势，奔到岩下，在雪浪中等着抓住随浪而下的妹妹。

四人挤在岩下，耳边犹如雷鸣，排浪一层层地盖下来，感觉巨岩被雪吞没，只是时间问题。四人在岩下不停地移动和闪躲，奔泻而下的雪将他们的“地盘”越挤越窄，雪迅速地堆积起来，瞬间就埋到了腰。班昭抱着少巫尽量往石缝里缩，这样能给挡在前面的二哥和格泰腾出更多的地方。班昭忽觉得身后的岩壁发软，竟像是土，猛地用肩一撞，果真露出一个狭长的洞口来！当下大叫：“有个洞！”

但外围挡雪的班超和格泰在雪浪隆隆中，哪里听得到？班昭只好先把少巫推进洞里，自己扯着二人往洞里倒。洞口犹如一个缝隙，三人倒进来，才发现石缝很深，一路向下，如滑梯一般，三人滑滚而下……而上方的洞口，瞬间被奔雪盖住，不一会儿便全无光线。

不知滑落了多远，三人才在平缓处停下，四周漆黑莫辨，只能静静地喘息。半晌，班昭轻唤：“小天？”

一阵抽泣声传来，班昭才安了心，正是少巫。

班超取了夜明珠照明，看见少巫就缩在一丈之外，头发散乱，看清三人后，像小孩一般号哭起来。班昭过去将她抱住，少巫断断续续地在哭声里说：“雪神……真坏……就喊喊她……怎么就……生气……”

上方的洞口还能传来沉闷的隆隆声，将近一顿饭的工夫，才寂静下来。

班超叹了口气，借着珠光，细看洞里地势——左右洞壁狭窄，洞顶却相当高，珠光不能照及。整个山洞就像两座山合拢在一起后留下的一道不严实的缝隙。至于缝有多深，班超向里面用力投掷了一块石块，只听得一路滚动，好似没有尽头。

格泰向洞口攀爬，不久回来：“洞口被雪埋死了，不知挖不挖得出去。”

“不如往深处探探，说不定有惊喜。”班超道。

少巫早已平静，缩在班昭的身边，而班昭抱膝坐在那里，懒懒的，发呆。

班昭觉得沮丧。

滚进洞里的一刻，她觉得自己改变了格泰的命运。但现在，她依旧看见了格泰头上三尺的橘色微光，驱之不散。

格泰大哥就要死了吗？这是不可改变的吗？我们未来还将遭遇什么？班昭失神地想着。她觉得她没法把她看见的告诉格泰，甚至跟二哥都不想提起。二哥知道了，又能怎样呢？

班昭最终还是带着少巫，跟在班超和格泰身后，往山洞的深处探路。巨大的石缝里峰回路转，一路向下。一伙人在黑暗里探行了不知多久，休息过几次，得有几个时辰吧，终于感到空气的清冽，激动起来，又经过几个转折，前方露出一线天光来，竟走到了出口。

出口在陡崖般的石壁上，洞口就像石壁上的一道伤痕。一干人在“伤口”里向外探头探脑，看见的却是另外的风景。崖下是一个裂谷，蜿蜒两边不知尽头，谷下云雾缭绕，稀薄处透出些青苍墨绿，不知深几许。

“我们这是到了都广峰的后面吗？”班超转头问少巫。

少巫眼睛忽闪忽闪的，好奇地东张西望：“不知道呀，我从来没来过这里。”少巫扒着岩口，又向上张望了一番，忽然指着对面欢叫起来，“对啦，神国就在对面呀！”

班昭做出了一个噤声的手势：“嘘……”少巫急忙用双手捂了嘴，眼神像小鹿般惊恐，唯恐头上的雪神又听见了。

班超却与格泰面面相觑。裂谷彼岸的山崖虽然坡度舒缓一点，之上依旧是皑皑冰山，只是远不及都广峰险峻。

班超看了看，为今之计，只有攀下谷底，才能到达对面。班超仔细看了看地势，山崖的石缝多有干枯的藤蔓，以他们的身手，攀缘应该不难。但是洞口在夏季可能是个雪水融化后的流泻口，会形成一个小瀑布。如今瀑布被封冻，凝成了一个五六丈的冰崖。如果在远处看，就像山壁上挂着一个巨大的冰锥。也就是说，洞下五六丈的冰锥之上，光滑晶莹，完全没有可攀缘而下的落脚处。

班超从随身的包袱里，拿出一捆绳子来，在洞口找到一个石缝，将绳头打结卡住，另一头丢到冰崖之下，堪堪可以够到冰锥尽头的裸露石壁。

班昭奇道："哥，你哪来的绳子？"

"仙奴的，当年她用这绳子可以舞蛇。"班超试着绳子的力度，不经意想起在洛阳游冶台时看到仙奴的情景，"分开时，她说……她用不到了。"

"我就说呢。"

97 / 深渊

“敢不敢第一个下去？”班超拍了拍妹妹的肩。

“当然敢！”班昭一笑，攀着绳索，就慢慢下去了。

少巫巴巴地看着班昭的头脸消失在洞口，惊异道：“我……不用下去吧？”

班超尽量柔声道：“不怕，我们背你下去，你只要抓紧就好。实在害怕，就闭着眼睛好啦。”

少巫往崖下瞥了一眼，拼命地摇头：“我……不要……我不去了……”

“下去才能到对面的神国呀。我们还需要你带我们去呢。”

少巫点了点头，可是人却往山洞里缩：“我……还是有些害怕。”

“你骑风龙都不怕，怎么会怕这个？”

“那是师父……”少巫的神色黯淡下来，突然蹲在地上，把脸伏在膝间大哭起来。少巫虽有少女外形，心智却不过六七岁，两个大男人对这样的小女孩哭闹几乎束手无策。

想起班昭还在冰崖上挂着，班超皱了皱眉，掌缘在少巫的后颈轻轻一触，少巫伏身便倒，失去了知觉。

班超对格泰道：“我先下，你背着少巫跟紧我，万一她醒了哭闹，我在下面还能照应一下。”

格泰颔首，将娇小的少巫背起，用一件斗篷把少巫的臀腰一包，绑扎在身上。看着班超在洞口消失，自己也紧跟着攀下。

格泰攀下冰崖不过一丈，背后昏迷的少巫，突然睁开了双眼。

班昭、班超、格泰连同背上的少巫，一串地都攀挂在一根绳索上，在那巨大的冰锥上飘飘荡荡。班超几乎看不到妹妹，但他放心妹妹的身手，所以更多的心思都在照应头上的格泰和少巫。忽然就见少巫在格泰的背上动起来，心里一惊，这么快就醒了？看来还是下手过轻了。刚想张口提醒两人别慌，就见少巫在格泰的背上腾起，蹿上了洞口。而格泰骤然从绳索上跌了下去。班超手疾眼快，单手抓住了格泰的一只脚，吊住了格泰下坠的身形。只见其喉管已被割开，喷着血，肯定不得活了。

班超睚眦欲裂，抬眼望向洞口的少巫。那张十四岁左右姣好、圆润的脸上，再没有天真，全是冷厉之色。少巫跪在洞口，手里拿着一把锋长只有三寸的浑黑的匕首，压在绳索上，狠狠地盯着班超。

那瓷娃娃般的脸，一旦写满怨毒，竟有点狰狞，班超在那眼神下都感到了浑身冰冷。

班超不知道，少巫这样的神色在玉龙河谷时就出现了。

那时少巫仍被格泰背在背上，和班超兄妹一起站在被山崖光柱照射的巨石上。无论崖壁上的神女，还是河滩上的铁骑和采玉奴，都能看见少巫慑人的神态。她才是舞台中心的中心。

但是班超他们看不到。

少巫趴在格泰的背上，显得高高在上，面色森然地用小手在脖子上缓缓地做了个封喉的动作……

“原来你是装的。”班超一手抓着绳索，一手抓着格泰的脚，兀自不肯放开这具倒吊着的尸体。

血溅到了班昭的脸上。格泰的脸和喷血的咽喉，就垂在班昭上方的两尺处。班昭看着格泰半睁的眼，流着泪伸手给尸首合了眼睑。那跟随格泰的橘光散了……命运不可改变又不可捉摸，班昭怎么也想不到格泰大哥竟是如此死去。

班昭愤然望向洞口，只是上面挡着哥哥，让她看不见少巫，只能听见少巫几乎声嘶力竭地叫：“你们杀了我师父！”

班超迅速地平静了，虽然他们兄妹俩已经悬挂在绝境里。

“原来那些采玉奴和于阗兵怕的是你！”班超仰脸看着头顶一丈处的少巫。

“我是他们的神！”少巫的声音还是稚嫩，但语调异常成熟。

“你竟然能让一支军队自杀？”

“于阗王肯定不敢得罪你们，我只能让他们这样保守秘密。”

“于阗王果然不知情……”

“你们杀害我师父时，我就在神台侧面最近的那个反七星玉衡楼里，我就在楼顶眼睁睁地看见你……看见你……”少巫说不下去了，眼里迸出泪来，说罢举高了手里的匕首。

班超叹口气，松开了抓住格泰的手。

妹妹班昭眼见着格泰的尸体从身边跌落下去，像在飘，越来越小，直到被深渊的迷雾吞噬。

班超松手后，腾出的手上扬，一支袖箭甩了上去。

少巫急忙仰头，刻不容缓地躲了过去，见到袖箭击在洞壁上，发出清响。

少巫垂下脸来，粉嫩脸颊上，划出一道血痕，血一滴滴流下来，少巫也不擦拭，神情更显凄厉。

“下面是虞渊，我这就送你们下去！”少巫咬着牙一字一字地说。匕首砍下，不仅劈断了绳子，还砍进了石头半寸……

但冰崖上悬着的班超依旧在那儿仰脸看着她，并没有跌下去。

班超发完袖箭，腰上的非攻剑自己弹出鞘来，正好握在手里，内力一吐，刺入冰锥两尺。少巫砍断绳索，班超挂在剑上，扯紧绳子，竟把班昭提上了两尺。兄妹俩心意相通，班昭也把箫剑钉入冰锥，悬身在冰壁上。

把斩断的绳头绑在了剑柄上，班超一按剑柄，腾身站在了露在冰外的半截剑身上，潇洒至极，仰脸冷冷看着少巫。

少巫瞬间有些慌乱，随即双手将匕首插入冰里，俯脸对班超摇头：“没用的。我会破雪诀，所以我不怕雪崩。”说罢，闭眼念咒唱咏，手紧紧握着匕首。班超眼见那匕首下的冰裂出一道缝来……那冰缝好像会生长，越来越长，还分出几道支缝来……支缝再生支缝……整个冰锥都生满了龟裂般的冰缝……

班超大急，这才知道雪崩原来也是少巫杀他们的手段，只是没有成功罢了。他当下手上使劲，嘴里叫：“小昭抓紧！”想把下边的班昭甩上洞口。但这一发力，像是压碎冰锥的最后一根稻草，冰锥按龟裂的纹路……破碎了。

班超和班昭随着碎冰一起，跌下了深渊。

班超的脑子一片空白，觉得前所未有地放松。

或许这样才好。

那一刻他看见了父亲的脸……怎么跌落没有尽头？

耳边传来啼哭般的巨大鸣叫，班超看见一只腾飞的巨鸟，扇动着四只翅膀，恍然觉得天地都在自己的惘然剑意里——能看清每个细节：巨鸟脸似猫头鹰，暗绿深邃的巨眼看了班超一眼，四翅震动，像幻影一般，带动狂风，几乎让班超睁不开眼……巨鸟呼啸而过，以爪抓住了班超的小腿，班超只觉得霍然被倒吊着，天旋地转……这是死神派来接我的怪物吗？

忽觉得眼前绿意迫人，班超头昏脑涨地就觉得小腿一松，身体失重，又被丢下，砰的一声摔到了实处。

班超晃了晃脑袋，入眼的是两只毛茸茸的大鸟。细看，应该是抓自己的怪鸟的幼鸟。两只幼鸟其实比人还大，只是神情蠢萌，步履蹒跚，向班超靠近过来。班超四周环顾，才发现身在一个巨大的鸟巢里。

这是人死去的世界吗？班超还在惶惑，一只幼鸟已叼住班超的胳膊要囫囵下咽，班超急忙挣出，翻出鸟巢，这才看清自己在一个巨大的树冠上。树冠的阔度只怕有十几里，树叶大如桌面，枝繁叶茂。

班超在巨大的树枝上奔行，远离鸟巢。那两只幼鸟根本不会飞行，只能在巢里稚嫩地叫着。班超在树枝上根本望不到地面，但从树叶大小推测，此巨树怎么也高达几百丈。班超觉得自己掉入了小人国，或是自己在跌落中陡然变小了。

远远的，传来了箫声，班超登时狂喜，那是妹妹小昭！

班超在巨大的枝叶间腾跃，向箫声靠近……终于看见班昭在一个巢里倚着一只巨大的幼鸟，吹着箫。奇异的是，那幼鸟对班昭倒是极其温顺。

班昭停了箫，抬起头，看见哥哥就立在三丈外的树枝上，泪慢慢地流下来。兄妹俩相顾无言，半晌，班昭才站起身来：“哥，我们都还活着吧？”

班超笑了，跳到鸟巢里，抹去妹妹脸上的眼泪，柔声道：“你也被大鸟抓了？”

班昭点头。

“你不是说了吗，我头上没有暴死之象。”班超指了指自己的头上。

班昭习惯性地倚在哥哥的怀里：“其实……我看见了格泰大哥的气运……还是想不到……”

班超面色黯然，苦笑道：“谁能想得到呢？我自认闯荡西域以来，算计从不落空……谁承想，被一个小孩子玩弄成这样……直接被打到了地底。”说罢，心里泛起了一股从未有过的挫败感，还有恼怒。

“地底？”班昭四顾看了看周围，“这里是地底吗？”

班超叹口气：“那少巫在砍断绳索前说的什么还记得吗？”

“记得，她说，下面就是虞渊，这就送你们下去！”班昭陡然醒悟，“虞渊！这里是虞渊？山海经说，虞渊在地底，是太阳沉没的地方。还以为……这都是神话。”

“不错，我们应该被扔到了神话里面。”班超抱着妹妹，望着这个神奇的世界。

神国在上

三千弱水尽瑶池，
九天玄女落天边。

98 弱水三千

“你看，这里的一切都能在山海经或是古书里找到印证。”班超捋着妹妹的头发，“这些巨树，应该就是传说中的寻木了。”

“我知道了，”班昭直接咏出古书上的句子，“西北有寻木，垂荫四极，下盖虞渊……”

班超指了指鸟巢里的那只幼鸟：“救了我们的四个翅膀的怪鸟想必是山海经里说的‘嚣’。”

班昭微笑道：“没想到嚣这么可爱。”

“很凶的，嚣把我们扔到巢里，就是喂幼鸟的。刚才它们真的想吃我呢。”班超苦笑。

“不会呀，你看我这只多乖。”

“这里不能多待，要是大鸟回来，发现我们还没被吃掉，只怕会帮孩子的忙。”

“去哪儿呢？”班昭极目四顾，发现虞渊就像一条巨大的裂口，左右山壁高耸，前后却像没有尽头。

“总要下树到地面探探。”

“好，”班昭从鸟巢里拿出了哥哥的非攻剑，剑柄上还绑着绳索，原来班昭摔落时一直没有撒手绳索，“你的剑。”

班超将剑还了鞘，把绳子也卷起收了，带着妹妹沿着树枝去找寻木的主干。不知纵跃了多少次，巨树再没有横枝，兄妹俩站在最靠下的横枝上，才第一次看见幽暗的地面，天色都被绿荫遮盖，潮气四布，寒意阵阵，唯见藤垂千尺，根须如海。

巨树的主干就像一面悬崖，树皮粗粝如巨鳞，“沟壑”纵横，倒是极易攀爬。兄妹俩用了一顿饭的时光，才落到地面上。再抬头仰望，这寻木的直径竟有十几丈宽，更可怖的是，整个虞渊里，好像都是寻木，每一棵相聚两三里，枝叶都免不了相拥一团。

班昭闭眼面向东方，半晌：“少巫这点倒没有撒谎，这里可能离神国很近。我看到了玉的青气，比玉龙河谷的还要清纯。”

班超兄妹在如海的根系中向东方前行，就像翻越一座座围墙。走着走着，忽听见草丛里有异响，陡然跃出一只从未见过的怪兽来，浑身火红，有些粉红色的斑点，像头豹子，只是头上立着一只琉璃色半透明的独角，最奇的是身后甩着一把尾巴，细数竟有五条之多！怪兽吼叫起来，声如金属在石头上摩擦，刺耳至极。

班超一步跨在妹妹身前，拔出剑来，指向怪兽。

班昭经历了这么些，又有二哥护着，并不如何害怕，好奇地盯着这怪兽，皱眉道：“叫得忒难听！五条尾巴！这一定是《山海经》里的‘狰’吧？”

“应该是，”班超一本正经地同妹妹探讨，“狰是上古守护玉的怪兽，你又望见了青气，说明这附近有很多的美玉。”

班昭细看那兽：“守玉兽不是雄者称狰，雌者称狞吗？不知这头是狰还是狞？”

这头狰慢慢趋近，皱着鼻子，喉内呼呼地低吟。班昭突然从哥哥的身后闪出来，柔声对狰道：“乖，你是狰还是狞呀？”

班超本想喝止，却见那狰神色狐疑地看着班昭，慢慢地平静下来。

"这里的动物都对我很好。"班昭有些得意，竟然蹲下来，像逗猫一样，伸出手，"过来。"

那狰果真如大猫般，小心翼翼地伸出头，用鼻子去嗅班昭的手。鼻息喷出的白雾都喷在班昭的手上。班昭翻手摸了下狰的鼻子，狰一脸受用地卧了下来。

班超本来握剑全神戒备，看到此景也放松下来。忽见那狰张开嘴，露出舌头，似要舔妹妹的手。那舌头竟是蓝色的，上面布满细密的白色倒刺……班超一惊，心想这一舔，怕是能舔掉妹妹手上的一层皮肉，赫然出声："小昭！"一把将妹妹扯了回来。

那狰一惊，望向班超的眼神全是愤怒，张口怒吼，那金石摩擦之声，震耳欲聋。班超都被吼声震得心神一散，还未反应，就被狰扑倒在身下。

班昭惊叫一声，箫剑弹出，就要救人，倏然见狰身上爆起血光，身体瞬间被撕开几瓣，一把剑旋转而出，飞向空中。

班超单膝跪地的身形露了出来，猛地起身揽住妹妹的腰退后一丈，避过纷飞的血雨，单手朝天，接住落下的非攻剑。

"旋龙锥！"班昭叹道，旋即一脸惋惜，"其实不用杀它啦！"

话未说完，就听见四周传来阵阵狰的嘶吼，竟有悲鸣的意味。兄妹俩四顾，只见草丛如浪，怕是有许多狰正在扑将过来。

班超也不答话，拉着妹妹就跑。两人轻功俱佳，在根"墙"上纵跃翻飞，而几十头狰慢慢露出火红身形，扇形的尾巴此起彼伏，向兄妹的身后汇聚而来。

四周的景物被拉成了各色的线条，班昭只能看见二哥俊朗的侧脸，清晰生动，却在慢慢地拖后，知道这是要给自己殿后了。但二哥的脸一退后，一只狰奔跑的身影露了出来，与自己平行，二哥的脸又追了上来，刚好挡在自己和狰之间。班昭好胜心大起，跃向空中打了个旋子，同时按动机栝，箫里射出几枚钢钉，登时几头趋近的狰，负伤翻滚……

兄妹俩如此奔了小半个时辰，都没能甩开狰群，却跑出了寻木树林，再无树荫蔽日，眼前天光大亮，两边的山崖如门扇般打开，一面湖水浩浩荡荡地在远处泛着光。

兄妹俩一直奔到了巨大的湖边。群狰也步出了森林，围拢过来，却好像极不愿靠近水，在十几丈外，就停步不前，来回地打旋，不停地嘶吼。班超兄妹巴不得瘫在湖畔边休息，才不理会狰群的示威。

兄妹俩背靠着背，喘息着看着眼前的大湖，只见湖水宁静无痕，宛如镜面，远处的湖心挺立起一座棒槌一般的青黛色的山峰，抬眼看不到高处，只有淡淡的影子。而这淡淡的影子，全倒映在湖水里，上面有多高不可攀，水里就有多深不可测……如此的风景断不像人间所有，班超看着，竟有腿脚发软的震撼。这不是气势撼人，是美。

班昭远远看着湖心天柱一般的孤峰，又闭上眼，竟有迷醉的神色，颤声道："好浓的仙气！尤其是上面。真的……就是这里吗？"

班超抬眼看着，能看见一群白色的飞鸟，像细密发光的点，在朦胧的峰腰移动，无声无息。

"难道神国……就在峰顶？"

狰群早已散开，班氏兄妹疲态尽去，怀着的却是满心的向往和激动。

湖边有一段巨大的枯枝，三丈多长，宛若虬龙。班超让妹妹先跳到枯干上，自己将枯木推入水中代舟，入水七八步后，自己才跃在枯枝之上。枯木在水上行走甚快，而班超却发现这湖水甚是古怪。枯木并没有带起水纹，水也好像并不透明，直如镜子一般照出自己的影像，纤毫毕现。侧眼一看，妹妹俏立在翘起的弧形枯枝上，完整地倒映在水下，闭合出一个近似的圆形，美得如幻梦，又有些诡异。

太静了，为什么没有水纹？班超还陡然发现，自己刚才踏水推舟，裤脚竟然还是干的。班超回头望向岸边，发现湖岸越来越远，沉思着伸手到水里，却不觉得冰凉，正在惊异，忽感觉水里有种吸力，将自己拉向湖里。班超一惊，单手抱住枯木，却发现枯木正在和自己一起下沉。班超自认水性不错，在湖中踩水，才发觉湖水黏稠如膏，如何挣扎都荡不起波澜，只是慢慢下沉，不可阻挡。

那一刻，班超才有些慌了，叫了一声“小昭”，发现自己的脸就没在了水中，再看不见妹妹了。

班昭在枯枝上回过头来。

前面她没有听见一点水声，只顾仰头看着奇美的山色，听见二哥的呼唤，回脸才看见二哥那头的枯木和二哥一起沉入水中。

在班昭眼里，二哥和枯木就像沉入镜子里一样，人与镜像相叠，相互吞噬，慢慢地叠成一线。

班昭愣了一下，扑了过去，好像触到了哥哥的手，那手却在镜面褪成一点，消失了。

班昭几乎同时扑进了水里，但无论怎么在水中摸索，二哥好像在水中凭空不见了。班昭吓得魂飞魄散，俯脸在水中睁眼，却满眼的银色，什么都看不清。班昭心内大急，气急攻心，竟晕了过去。

不知过了多久，班昭醒了过来，发现自己还漂浮在水面上，而水面平静光洁如故，什么都没留下痕迹。

班昭稳定心神，闭目开启天眼……还是什么都没有。

班昭那一瞬不敢想她已经失去二哥了，无论怎么游动，都荡不起涟漪，也无法控制方向。偌大的湖面，两岸渺茫，班昭放弃了划动，在水面上失神地漂移着。

风景依旧绝美，不增一分，不减一毫。

天地无声，只有班昭无助而绝望地哭着……

99 / 少年

湖面阔大，里面映着一个更为阔大的天空。漂浮的班昭在其中几乎可忽略不计，或许只是一只天空悬停的鸟在湖里的映射。偏这时，能看见一叶小舟，在湖面上滑行，竟在镜面上留下了一道横线。

班昭满目空洞，浑不理这小舟由远及近。班昭那一刻才体会了二哥剑意里的惘然……这就是惘然了吧？原来是这样的。原来二哥的心境是这么苦的。为什么呢？她想起二哥心里又悲戚无尽，木然地看着小舟趋近，获救又有什么意义呢？

小舟狭长，船头坐着一人，身形修削，身边停着一只白鹤。船横在面前，班昭才看清那舟子上坐着的是一个……少年。

班昭虽然在悲痛与惘然之中，却瞬间被拔了出来——世上真的有长得如此精致和美丽的……人？

那少年看起来只有十六七岁，触目的是一头飘逸银发，扎了个草草的髻，插的只是根孤峭的枯枝。肤色白得发亮，好似寒玉雕出的人形，双眉斜飞入鬓，双眼细长，墨黑色的眼眸深不见底，好似有种不屑？不对，更像是倦意。

班昭总觉得少年的身后笼着一层淡青的氤氲，忽而一目了然，忽而一无所得。

仙人！

班昭脑子里只有这两个字。

仙人却向她伸出冠玉般的手来，班昭不明所以地递出手，被拉上了船。班昭忽地燃起了巨大的希望，张口道：“还有……我二哥……”

仙人静静地看着班昭，对视下，班昭在那绝美的面目前竟有些窒息感。

仙人缓缓地摇头。

班昭一把抓住了仙人的衣袖：“您……可是仙人。”

“我不是仙人，”声音柔和而干净，“我是散人。”

“散人？”班昭茫然地抓着美少年的衣袖不撒手。

“就是个局边人，”少年望向湖岸，“不在局内，也不在局外。不过很久没见过有人入局了。”

班昭越发不懂了，只固执地抓住他的衣袖摇晃：“救救我二哥！”

少年指着湖水道：“这里是弱水，不浮一物。”随手拔了身边白鹤的一根羽毛，白鹤大叫一声，振翅而起，很不满地飞向天宇。少年将羽毛置于水上，但见羽毛慢慢沉没无痕……

弱水？班昭知道古书上记载的弱水。她在给仙奴和花寡妇讲后羿去昆仑山寻找西王母的故事时，有些神怪的细节她没有说——比如弱水。《山海经》说，西王母之国在昆仑之北，有弱水环之。此水浮不起一芥，因而说是水弱，称为弱水。

班昭颓然松了手，仰头望向那湖心高耸入云的天柱，口里喃喃：“二哥，这里真是你心心念念的西王母神国了……”蓦地泪流满面，再次哀哭起来。

“他又没死，你哭什么？”少年淡然道。

“没死？”班昭抬起头来，满脸泪痕，不明所以。

“你既知这里是西王母神国，难道忘了它又叫不死之国吗？”

“只知道……有不死药……”班昭眼神耀亮起来。

“这里也叫女巫之国，那些男人她不想见罢了。这弱水只浮她想浮的，比如你，还有我这条船。我要是掉水里，也爬不上来。”

班昭这才细看身下的船，发现船竟是没有底的，直接就看见了如镜的水面，而自己只是坐在了船舷上。“没有底的船怎么可以……”班昭惊问。

“因为通透。”

少年的语气柔和，偏又不容置疑。班昭隐隐觉得此话言疏意远，别有深意，可心里全是二哥，忍不住追问着：“那我二哥……现在在哪儿？可还在这水里？”班昭看着脚边镜面里的自己。

少年指了指那天柱般的峰顶：“那要问她了。”

“西王母？”班昭望去，怎么都看不到尽头，“她……就在峰顶？”

少年笑：“那不是山峰，是一棵树。你听说过建木吧？”

“知道，《山海经》说建木是天底下第一大树，百仞无枝，立而无影。原来建木是在虞渊的弱水里扎根……”班昭拼命仰头，“这树高得都入云了，比寻木要高上几十倍吧。”

“寻木算什么？”少年哂笑，“都广被称为天梯，就是因着建木，而不是因为山峰。建木本来上接天外，神明古帝都由此上下，你说会有多高？后来天帝颛顼绝地天通，不让人神来往，一斧斩断了建木。你看到的只是一个树桩罢了。不过，她就将神国建在这个树桩上了。”

班昭只觉得自己所有的才识限制了想象力，树桩上可建国度，那建木究竟是个什么体量？少年的船越靠近湖心，班昭越能体会到建木的雄伟……

“神国只有女人才能去吗？”班昭问。

“是女巫，”少年的眉目转过来，美得班昭有些不敢正视，“男人嘛，上古时，后羿来过一回。一千年前，周穆王来过一次。现在，就是我了。后羿过这弱水，据说是用绳子绑住自己的腰，绳子一头拴在箭上，把自己射到了上面。周穆王的八骏，有一匹叫翻羽的马，又叫绿耳，有鹤一般的翅膀，直接驮了周穆王上去。不像我，只能靠这船……”

突然天际传来一阵难以名状的巨响，犹如滚雷，又像嘶吼，悠悠不绝，随之天地震颤，连弱水都荡出涟漪，传向远岸。建木的高处，其实只是山腰，散出流动的“雾气”，里面星星点点地闪动，班昭细看才知是惊飞出的“飞鸟”。如果能升空近看，班昭一定会惊异这些鸟的巨大，和形象的怪异。连虞渊里的群兽都奔逃远避，更不要说弱水边观望的群狰，早就呼号飞窜……

少年叹口气：“别害怕，是王母。”

班昭惊道：“古书上说，西王母长发豹尾，玉冠虎齿，山巅一啸，便天地震颤，鸟兽奔逃……刚才是她……在叫吗？”

少年淡淡一笑，犹如春暖花开：“这也能信？刚才不过是王母叹口气罢了。”

小舟越来越靠近湖心，建木身上的纹理清晰起来，越发分不清是山石嶙峋还是树瘿斑驳，整体呈青褐色。

“要救二哥，一定要去求……王母吗？”班昭忽有些不寒而栗的感觉。

“上去便知道了。”少年的银发飘飞起来。

“我一定要救出我二哥！”班昭的面容孤绝而坚定，哪怕是见死神刑杀之祖西王母。

少年在船头转过脸来，似笑非笑地看着班昭。

班昭不知不觉地脸在发烧，低头道："谢谢你！我叫班昭，你呢？"

"我叫丹。"

"你看着好小啊，有多少岁呀？"班昭大着胆子问。

少年抬头看向高处，吹了个口哨，那白鹤在空中打了个旋，落回了船头："我的年纪，还没它大。"

"哦，"班昭一下子就放松了，"那我叫你……小丹可以吗？"

少年又笑，仿佛雾气都散开了："随你便。"

还未到湖心的建木之下，班昭发现树根高如雄关城墙，盘桓涌动犹如巨龙，慢慢伸入弱水之中……小舟荡进了两株裸根之间，就像进入了一个峡谷。"谷"身结满绿苔，青碧沁人，上面又生满蔓藤杂花，花朵硕大，以可见的速度慢慢蠕动伸展，更显斑斓妖异。

如此前进了几里，才真正到达了树下。少年一推，班昭几乎惊叫，却发现自己已经下了船，站在了岸上，听见少年在身后道："进去吧。"

班昭抬眼看见了树身——也就是"峡谷"的尽头，是一个极高的，分布着细密纹样、却像天然长出来的拱形大门。班昭粗看这门上的纹理，有藤蔓依附在上边，没有一根直线，婉转延伸，优美迷幻，好似左右门对称，细看绝不相似。班昭在纹理里好像迷失了，觉得里面有河图洛书，有易经术数，有天象地理，好像是整个世界的秘密……一时竟又参透不了，记不清晰，不由想，要是二哥在就好了，他就是个记忆机器。

一阵眩晕，班昭颓然坐倒，回头问："我该怎么进去？"

这才发现那美少年早已人舟俱隐，消逝不见了。

班昭高喊了几声，没人回应，只好走到门前，看清藤蔓之后透出的暗色晶石的光泽，用手细细拨开门上斑驳的枝藤，门面露出幽暗的藏青色质地的花纹，花纹围拢着好像一只眼的图案，眼的中心有一个锁孔，似瞳仁。看着锁孔的形状，班昭心有所动，掏出仙奴所赠的、大巫留下的、其实含着班昭舌尖血的玉玦，缓缓按了上去，堪堪配上锁眼。“眼睛”陡然亮了起来，那光随着花纹传递四周，慢慢蔓延到整扇大门，门好似震动起来……开始有日久年深的尘土落下来，还有藤蔓上的花瓣，纷纷扬扬……大门开启了一道缝隙。

对巨门来说只是一道缝隙，在班昭看来竟阔达一丈。班昭向门内望去，幽暗难辨，试探着走进去，身后的巨门缓缓关闭。

那少年并非踏舟远去，而是孤峭地站在山陇般的巨根上俯视着，银发和衣衫无风自动，飘逸出尘。

“果然是她选中的人。”少年轻轻摇头。

100 / 玄女

身后巨门合拢，班昭陷入黑暗。但班昭是夜眼，稍稍习惯了一会儿，看见一个旋转而上的楼梯，台阶隐隐泛出蓝色的微光。

班昭提裙拾级而上，不知旋转了多少圈，不知不觉发现台阶通到了建木的外壁。台阶环着建木向上，好像极险，却无妨天地美若仙境。班昭觉得自己已在百仞之上，扶壁登临，慌乱渐去，喘息歇息时，仰首四望，见弱水倒映着天地的雪山绿木白云，青绿银白相间，浓淡相宜，融融透透，如梦似幻。

攀到台阶尽头，也只到了建木的腰处，拱起一个平台，上有古篆镌刻“起风台”三字。天空中传来鸣叫，突然巨风涌动，呼啸而下，刮得班昭发衣皆乱，眼见一个巨大阴影落了下来，竟是一只青色的巨鸟。班昭紧贴着墙壁，面对着高达数丈的畜生却不害怕，因为一定是在那个梦里见过的……如果对照《山海经》的图谱，这应该就是鸾吧？青鸾见到班昭便低伏身子，一个翅膀半展伸到班昭面前，像个台阶。班昭有点好奇，摸了摸翅膀上的巨羽，隐隐反射出五彩。青鸾转过头低鸣了一声，像是催促，班昭不再犹豫，攀其背上，青鸾便冲天而起。

班昭紧紧抓住青鸾背上的短羽，只觉得速度快得惊人，扶摇的风打在脸上完全睁不开眼。如此不知过了多久，渐渐觉得青鸾的速度平缓下来，班昭睁开眼，发现青鸾正在盘旋滑翔，低眼看见云朵在下款款移动，或聚或散，围拢着一个巨盘，那巨盘就像飘浮在空中一般。

班昭总算看到了建木被劈斩后的顶端，巨盘阔达十几里，层层盖着一个白玉的宫殿。白玉宫殿并不繁复奢靡，反而是极简风格，线条利落，让人觉得无比洁净高雅，甚至有点冷清。但周天有各种奇禽环绕飞行，还有白衣仙女，衣带飘飘。青鸾带着班昭也在环绕着……就是这个视角！这宫殿，这周边与自己交错的凤鸾，她在大巫的神台上梦见过！

青鸾划过一道巨大的弧线，落在了高台上的大殿里，到处都是白玉质感的透白。班昭下来，来不及看清大殿，因为大殿的正中，卧着一头巨大的蓝眼白虎。

班昭想起初见大巫时，也看见神殿中心卧着白虎，但与神国的这只白虎相比，简直是拙劣的模仿。

蓝眼白虎旁若无人，身后徐徐展开一片白光，赫然现出一只异常巨大的玉色凤凰的身影。凤凰立起巨尾，尾翎上的"眼"，闪着宝蓝色的光，犹如蓝色火焰，缓缓展开，漫盈着整个宫殿。炫目之后，班昭才看见有一女子，柳倚棠睡地斜卧在虎背上，裳如墨，肤胜玉，雍容高贵丽绝寰宇。

刹那间，班昭几乎忘记了呼吸，完全被眼前的女子镇魇住了。没有语言可以形容眼前这个绝代女子。宫殿好像耀亮起来，一束光从巨大的天窗上打下来，让女子全身笼罩在妙不可言的光线里，犹如鸿蒙初开时孕育的第一朵花，未有任何纤尘污染……班昭定定地看着，看不出女子的年纪，好似很大又好似很小……班昭发现自己竟然记不住这张绝世的脸，只要闭眼就一片空白。

女子站起身来，身姿令万世绝倒，款款走近班昭："小家伙，你到底是来了？”

班昭惊醒，跪下俯首，口中喃喃：“班昭……拜见王母。”

仿若有一股柔和的力量，将班昭托起。

“我不是王母，”那女子淡然道，“世人叫我九天玄女。”

九天玄女？班昭思虑着，这个神祇最早出现在黄帝的传说里——黄帝与战神蚩尤大战，九战无一胜绩，全军绝地跪祷西王母，王母派九天玄女从天而降，授黄帝阵法，转败为胜……二哥说，九天玄女是奇门遁甲之祖。说起来，九天玄女算是西王母神国的副神吧。

“你知道你为什么会来吗？”九天玄女的声音摇荡恍惚，又远又近。

“是我二哥带我来的。”班昭道。

“是你自己来的。”

“没有二哥……我来不了。”

“到底是史家的传人，”九天玄女叹息，“你是史家的传人，其实在史家之前，巫史是不分的。你身上有觉醒的巫统。我们会看见你，你也会看见我们。你这不就找来了？”

“我是……女巫？”班昭呢喃道，“和那大巫少巫一样？”

“你比她们高贵，她们只是神国外围的行者，而你是守护者。”

“守护者？守护谁？”

“当然是西王母，”九天玄女的声音就像响在班昭的脑海里，“西王母是天地的母神，万神的源头。我是她在世间最早的成像，那时我叫女娲。”

“您……是女娲。”班昭惊愕无比，“是您造了人类，还修补了天地……”

“那是很久以前的事情了。后来我又成像出伏羲，作为我的对偶神。我是巫，他是觋。其实觋和羲是相通的。我造了人类，是巫统的开端。伏羲画了八卦，就成了史统的开端。”

“是您造的伏羲?”班昭颤声道。这说法有点颠覆，虽然伏羲女娲并称，但世人是觉得伏羲在前，女娲在后。

“不是造，是成像。其实是另一个分出的我。”

“那就是说，八卦其实是……您画的?”

九天玄女摇头：“是分出去的伏羲。”

班昭觉得难懂，心道，难道分出去就回不来了？她嘴里还是问：“八卦不是巫觋用来占卜的吗？怎么算史统的开端?”

“不同的，巫是感应，直接通达。八卦是数理推演，像制定占卜的公式，其实算作学问和记录了，这记录便是史统的萌生。到后来史官仓颉造字，只是八卦的余荫。”

“嗯，史就是记录、文字、知识和积淀的意思。”班昭觉得自己有点明白了。

九天玄女继续道：“伏羲史统这一脉，越来越强，因为文化可以累积、叠加……直到其后人颛顼斩了建木，绝地天通，巫史两脉从此分离。巫是难以捉摸和窥探的，史却是可以看见和理解的。你看，‘觋’这个字里就有个‘见’字。所以现在世人只崇拜伏羲这样的男子，把阳奉为正，把阴贬成负……”

“那……西王母呢？她就不生气?”

九天玄女让那巨大的白虎让开，大殿的中央露出了一个井口。九天玄女召班昭过来：“这里是天地之心。”

班昭疑惑地往井下看，只觉得黝黑混沌，却再也转不开目光。班昭觉得深处有莫名的存在正凝视着自己，心神巨震，急忙紧闭双眼，而眉心的天眼洞开，穿越无数迷雾和空间，去探求对视。

那白虎一甩尾，将班昭推了下去。

班昭惊呼着，黑暗中不知跌落了多久，忽觉得落在了一个柔软处，睁开眼才发现接住自己的是九天玄女，一袭黑色的衣袖卷住了自己。

班昭环顾，发现自己和玄女站在一个岩浆如海的中心的礁石上。头顶的黑暗黏稠厚重，好似与无边的岩浆喷薄涌动，做着争夺和对峙。

脚下的礁石开始拱起，越升越高，班昭几乎站不稳身形，被玄女拉住。礁石从岩浆里露出了更大的形体，班昭才发现这黑色的礁石是一个巨大的龙头，自己和玄女正站在龙头的额顶上，仅额顶就阔达十几丈。班昭看见前方几十丈外是龙的两个鼻孔，喷涌出阵阵岩浆，像是打了个喷嚏。

龙头越抬越高，班昭俯视岩浆之海的远处，浮出了两端拱起的龙身，犹如连绵的山脉。

“这里是弱水的下面，这儿才是真正的虞渊。我们脚下的是烛龙，又叫烛九阴，是远古的神兽，掌管时间，”九天玄女指着滔天的岩浆，“在深处一百里，就是蛰伏的王母。”

“王母……在这儿……”班昭难以置信地看着这洪荒之地。

“这里就是世界的本源，也蕴含着最原始的毁灭与创造的力量。我和烛龙，还有建木上的玉殿，形成了一个巨大的仙阵，守护着王母，镇守着这毁天灭地的原始之力。”

“王母这么……可怕？”班昭颤声道，这远比古书记载的虎牙豹尾什么的更为惊悚。

九天玄女叹息：“创生天地的力量当然可怕，但我就是王母抑制这力量和守护这世界的意志。你身上的巫统在觉醒，你是我们的一员，也将成为守护者。”

“那……我二哥呢？”

“我自会送他回去。”

“那我要是……不想留下呢？”

“你得永生，他回去，有何不好？你若不想如此，你和他便都与我无关了。”

班昭跟在九天玄女的身后，走在弱水的镜面上。

班昭发现脚下坚实，好似弱水不再是水，而是一块巨大的冰面。

镜面上卧着那只巨大的素色凤凰，惊人的美丽的长尾和长颈几乎相交，围出了一块圆形的空地。

九天玄女带着班昭走到空地的中心，墨袖一拂，空地里的镜面逐渐透明起来。班昭看见脚下“封冻”着的班超逐渐清晰起来。

班超双眼紧闭，神态安详，似在沉睡。

“二哥！”班昭跪在地上，隔着“水晶”摸着二哥的脸。水晶之下的弱水竟有流潋的水光，映在班超的脸上，变幻不定。几滴眼泪落下来，碎在冰面上。

“可曾想好了？”九天玄女玄黑的身影倚在凤翅上。

班昭只是哭，跪在地上久久不答。

那只巨大的白凤凰，冲天而起，长尾拂过，冰面又变成了镜面。班超的脸消失了，班昭发现纤指下只是镜中的自己。

九天都回荡着一声凤鸣，骄傲，嘹亮。

班昭抬起头来，看见凤凰已经变成了一个模糊的点。但所有的飞禽都在空中悬停，向那白点致意鸣叫，一时间莺歌燕舞，仙乐啾啾。

班昭知道，这是百鸟朝凤。但她的身体慢慢沉入弱水里。

101 非常道

弱水依旧浩浩荡荡。班昭坐在岸边巨根伸出的一脉根须上，幽幽地吹着箫。

根须离水面一丈多高，箫声就在水面上飘荡。

班昭停了箫，荡着脚，想起小时候她也是这样在高处吹着箫，脚下多半有两个大男孩。

现在脚下的水面上，横着一叶小舟，船头坐着一个银发少年和一只白鹤。那少年扬起脸来，班昭看着那无瑕的面目，无来由地红了脸，轻叫了一声："小丹。"

"真好听！"小丹以手击节。

班昭抬眼望着建木的高处，喃喃道："想不到西王母是这样的。她创造了天地人神，后来又补天正地……可是现在没人记得这些了，现在人们都去崇拜东边的那个叫'泰山'的弹丸小山。在大家眼里王母和昆仑成了掌管死亡和阴暗的古怪存在。"

小丹不答，抚着身边的白鹤。白鹤长颈回环，兀自啄理着自己的白羽。

"我应该留下的，守护王母就是守护世界。可是，我就是舍不得他……"班昭的长箫指了指弱水。"我从记事以来，就没怎么离开过二哥。父亲经常训他，罚他……那时候他只有我……"班昭陷入深深的回忆里，“在我眼里，他是我命里最重要的人了……比父亲母亲大哥他们都重要！也许以后……会出现……”班昭猛地摇了摇头，“没有以后了。”

班昭就这样不停地说下去，拉拉杂杂大部分说的都是二哥，后来才说起了游侠过往，还有义兄耿恭，最后说到西行的三十六骑来……

少年只静静地听着。

天色开始变得瑰红，这是神明之地的盛大黄昏。

西边的红日一半骑在弱水的边缘，映照出一个完整的浑圆。东边升起一轮巨大的弯月，与落日对照。

班昭看着弯月，却想起她说的嫦娥来。那个清冷的女人，在永生月宫里，是怎么目睹着后羿在人间的死亡的？班昭的肩膀在抖动，自顾自地哭泣。

白鹤早就倦了，将头埋在翅里，单足立在船头。小丹眯眼看着红日沉没，脸上映着最后的红光。

班昭终于平静下来，凝出一个笑脸，望向小丹：“谢谢你，小丹，听我说这么多……我决定了，我会留下。”

“好了，那我走了。”小丹上了岸，一挥手，那无底的船化作一头青牛，走到了岸上，小丹骑了上去。

班昭惊道：“牛……”

小丹回脸道：“这牛的名字就是叫‘通透’，它可是雌的哦。”

“你……你……”班昭忽然心有所动，惊愕得几乎说不出话来，“原来二哥说的是对的！竟然是你！你是老聃，不是小丹……我原以为你很老了……”

“的确很老了，六百多岁。”老聃，或者说老子，露出少年迷人的笑意，“你二哥说我什么？”

“我二哥说你当年留下五千言《道德经》，骑牛西出函谷关，或许就是来了这里……”班昭一下从根须上跳下来，口里连珠道，“太史公书上说，你生而白发，所以被叫作老子，其实姓李，有一双大耳朵……”

老子撩开银发，露出一只上耳轮有些发尖的耳朵：“说白发是对的，也的确长了对奇怪的耳朵，说是叫麒麟耳。但我不姓李，我姓老，所以叫老聃。”

班昭还是接受不了老子长着一张绝美少年的脸。只听这青牛上的老子说：“听你说起来，你二哥倒是个通人，读懂了我说的‘知其雄，守其雌’‘玄牝之门’为天地根的道理。我说道生一，一生二，二生三，三生万物，也有别的解法：这一是西王母，二是女娲，三是伏羲。不是伏羲造了万物，而是他命名了万物。这命名便是知，便是动，动便牵及万物。西王母，包括女娲或九天玄女，代表这生死两端，起点和终点。伏羲却昭示了期间的过程。我曾嘲笑世人，比如一个叫孔丘的小伙子，不敢玄思起源和死亡，迷恋于过程里的细节进退和恰如其分的平衡。其实现在想来，他们也很有几分道理的。”

老子继续道：“巫史分离后，史定过去，巫判未来。史要评对错，巫却无是非。你二哥心性太高，从史家追到了神国巫统，当然成了最苦的人。巫的内心是恐惧，史的本质是敬意。问题是他不像你是天生的，他是靠思虑拖着史家的血肉，想冲开这道壁垒……所以你二哥定会被这两种情绪撕扯，不得安宁。其实诸子百家都是从史家分出，除我之外，都不去探这源头，无非是想留下这短短的现世安稳……你知道吗？老而不死是很无聊的，你看这神国，白得干净，因为多余的东西没有意义。你留下来，慢慢地也不会再吹箫，也不会哭了，因为你牵挂的家人，你的情感，随着时间慢慢消逝，到时你的脸慢慢地会和那些守护女巫长成一样……这就是不灭的结果。现在觉得伏羲及他的后人，断了建木，隔绝巫史，贬低王母，无非叫短命的世人，最好不去知晓那未来，活得才有些滋味。"

老子话里的内蕴过于密集和广大，班昭只觉耳边雷鸣阵阵，一时不能完全领悟，不觉痴了。

老子一脸温和，道："今天听你吹箫，听你哭，让我又有了活的感觉。真好。"

说罢骑牛而去。

建木上那含着"天地之心"的中心玉殿前，是一个环形的广场。广场中心有一个独立的石柱。石柱光洁晶莹，不着一物，唯在尽头形成一个五面晶石的尖。

那晶石的五面反射出五彩，据说是女娲补天时，留下的一枚五彩炼石。

高天之上，姿态各异的神鸟在空中遥遥围绕着石柱，列阵而飞，形成一圈圈首尾相顾的圆环。周天响彻着仙乐般的和鸣。

鸟背上再无仙女，因为她们如今都围站在广场上。

她们都是神国的子民——王母的守护女巫，身上披着洁净无瑕的白袍。白袍样式简洁无褶，平滑垂落。

中心的石柱下，立着九天玄女。

玄女的脚下，跪着班昭。

玄女伸出手，将班昭低垂的头挑起来，轻抚着班昭的脸："你真的愿意……"

班昭仰头呆呆地看着九天玄女安详无尘的脸，以及在那之上流动的凤鸾之阵……不禁环首一周，只见四方的女巫静立，一如老子所说的，她们的确都长着一模一样的脸，神态如玄女一般安详平静，甚至冷淡。

班昭不自觉地在流泪，心道，我就要慢慢和她们一样了。她嘴里就要说出那个“愿意”来。

“她其实不愿意的。”

一个声音传来。只见围立的女巫，让开了一条路，一个骑牛的银发美少年，随着青牛的坚蹄，慢慢步入了广场。

“她只想救她二哥而已。玄母何不成人之美？”

九天玄女盯着老子：“先生再过几年，在这里便满了五百之数，就可尽约离去。何必管这等闲事？”

老子笑道：“离开就是去死而已，我不妨再留下五百年。像她这种觉醒的守护者，以后还会有的。”

九天玄女静静地看着老子，老子依旧含笑。谁也不说话，班昭跪在那里，直觉得身前的两人相望了许多年。

九天玄女终于摇摇头，低头看着班昭说：“先生用五百年换你走呢。”

班昭站在神国的边缘，犹如站在天边。

这里是建木横切面的最高处——当年颛顼天帝是斜着砍下的。神国其实是倚着斜面而建的，而班昭这时所站之地，也是神国的最高点。

“我现在是离天最近的人类吧。”班昭仰着头，觉得高天蓝得发黑，日光无遮挡地打在脸上，照得自己睁不开眼，索性闭上眼，咬紧嘴唇，视死如归。

忽听有人在身后说：“把你的箫留给我解闷吧？”

班昭泄了气，只好转过身，将铁箫递过去。

“我送送你。”美少年般的老子，接箫抚弄，幽幽地吹出一曲，竟然不是班昭所熟悉的音质……箫声温厚，意境阔大，犹如远古传来。

班昭只是愣愣地流泪，心里有几分惶惑，觉得自己好像放弃了一个伟大的使命。

九天玄女来到身前，脸上露出一丝惋惜，手指在班昭的眉心一拂：“你的神巫之眼，我只好收了。”

班昭眼前一晕，向后便倒，摔下了建木，跌到云里，带起云雾，划出一条伸展的白色轨迹……

匈奴南犯

山巅凤鸣出梦外，
冰河铁马破境来。

102 梦里梦外

跌落好像没有尽头。

好像总在跌落。跌落虞渊，跌落天地之心的王母蛰伏之地，跌落天柱建木……

班昭悠悠醒来，觉得自己终于停了下来，结束了？

睁开眼，入眼便是二哥班超幽暗的脸。

班昭笑起来，泪又不争气地流出来。身下柔软，知道自己在二哥的怀里，伸手去摸二哥的脸，满手温热，心下道，九天玄女果真将二哥还给我了。

“总算醒了。”二哥一脸关切。班昭看见二哥身后燃着一个火把，照得四周明明灭灭。班昭试图动一动，转头却看见一张熟悉的脸——不正是满脸稚嫩的少巫吗？

班昭一惊，要跳起来，却被班超轻轻按住：“别急，动动内息，看看有没有内伤？”

少巫露出纯真又惊喜的笑容，凑过来叫：“姐姐！”

班昭挣扎起来，指着少巫：“你——”却发现四周隐隐映照出怪石嶙峋的肌理，“这……这是哪里？”

班超担忧地摸摸妹妹的额头，缓缓道：“这是在山洞里。”

“我……我们为什么会在山洞里？”

“你不记得了？”班超忧心地看着妹妹，“我们在山上遇见了雪崩，好在逃到了这个山洞里。但洞口被雪封了，我们只好向洞里探路，你不小心滑到一个石缝里，摔晕了。”

“摔晕了？”班昭难以置信地摸了摸头，确有一个地方生疼，头发下有一个肿块，一按，疼得倒吸了一口气，“我记得……我是从建木上摔下来……”

“什么建木？”班超疑惑道，“我是看着你在身前滑下去的，没来得及拉住。”

班昭摇了摇生疼的头，心道，难道刚才都是做梦不成？不可能，没有那么逼真的梦境吧？班昭尽力回忆之前雪崩入洞的情景，忽道：“这洞的深处是有出口的。”

班超摇了摇头：“我探过了，没有出口。或许有裂缝透气，但人绝过不去。”

“肯定还有没探着的。”班昭站起来似要去探路。

“你都睡了一天了，”班超道，“这一天里，我探遍了这山洞的每个角落……”

“哦，”班昭沉思着，忽觉得哪儿不对劲，“格泰大哥呢？”

班超黯然道：“他……没能进来。被雪崩卷走了。”

“不可能呀，我明明抓住他了……”

“什么……抓住？”班超疑惑了一下，还是一脸怜爱。

“我没抓住吗？”班昭愣了半晌，捂着脸蹲下来，“到底还是躲不过去……我早看到格泰大哥头上的亡气了。”说罢有些愤怒地看向少巫，摸向腰间的铁箫。少巫惊得“啊”的一声，退后了一步。

“我的箫呢？”班昭疑惑地四处寻找，发现身边的武器不见了。

“可能掉到石缝深处了。我找过，全不见踪迹。到时……请老齐再打一支吧。”班超安慰道。

班昭忽然有所悟，缓缓地看向二哥和少巫……真的看不见了。二哥和少巫头上熟悉的气运光岚都不见了。

或许不是梦境。箫留在了老子那里，而自己的天眼禀赋，已被九天玄女收走了。班昭想起地底那头叫烛九阴的远古巨龙，九天玄女说它掌管时间，难道……它真的倒转了时空？

班昭有些站立不稳，茫然地坐回地上，抱着膝，将脸伏在膝间。思绪太过散乱，班昭觉得自己仿佛失去了分量，身上轻飘飘的——那是一种与生俱来的力量。再不能随心所欲地望气了，就像原来缤纷的世界失去了颜色。班昭觉得自己的自信和骄傲都在崩塌……

其实看不到也好，看到反而痛苦，尤其开了天眼之后……反正什么也改变不了！班昭眼前出现那些逝去的脸，那些鲜活的、头顶橘色光晕的人们。

就像老子说的——未来，最好不要让我们知道。要不然，活着都不像活着。

班昭埋头理着自己的胡思乱想，恍惚觉得二哥抚了下自己的头，柔声说："小昭，你好好歇着，二哥再去洞口挖雪，或许要挖个几天吧？"

火把被班超拿到洞口去了，少巫和班昭陷入黑暗里。

少巫与班昭相对而坐，相距不过五尺。少巫在黑暗里看着班昭，总觉着班昭有了些不同，却说不出是什么。

"我昏迷了一天？"黑暗里，班昭抬起头来问。

"不知道啊，姐姐是睡着了吧？……睡了好久。"少巫的声音天真稚嫩，犹如撒娇。

"我哥在探路时，就你在我身边吧？"

“嗯，我一直守着姐姐呢。”

“那你为什么不杀我？”班昭的声音开始变得冰冷。

“什么呀……姐姐，什么杀……不杀的。”

“为你师父报仇。”

“我不懂……”少巫好像着急起来，带着哭音。

“别装了，”班昭有些厌倦，“你想报仇，想亲手杀了我们，但又想全身而退。没有十足的把握，你就不会出手。或许你等过我哥哥入睡，却发现他很少睡觉，即使睡了也很快会醒，根本没有机会。”

少巫真的哭起来：“姐姐，你说什么呀？我害怕……你怎么啦？”

“雪崩是你故意招来的，但不是什么同归于尽，因为你不怕雪崩掩埋，你会‘破雪诀’。”

黑暗里一阵尴尬的沉默。

“你……什么都知道？”少巫的声音冷静起来。

“知道得晚了点，还是让你害死了格泰大哥。”

“你……要杀我了？”

“很想。但我下不了手。”

“为什么？”

“杀死你师父，本来就是场误会。”

“说声误会就完了？”少巫冷笑。

“对我来说是误会。但对我哥他们不是，因为大巫视他人如刍狗，的确想杀死他们。”

“我师父说过……他们当中有凶煞。那个中原术士鱼又玄也说过。”

“什么凶煞？杀人者被杀，就没什么不对。也包括你，”班昭淡笑，“我不杀你，是因为你可能是个未来的守护者。”

“你知道守护者？”少巫大惊道。

“你师父一直希望你成为一个守护者吧？”

“你……是谁？你……是神国的仙使吗？”少巫的声音颤抖起来。

“上神国的路，对我来说，已经没有了。对你可能还不曾结束。别回去了，去神国吧，成为一个守护者。不然……我真会杀了你！”

洞口的雪压得很实，班超用剑挖了两个时辰，才挖出两三丈的雪洞，由于不明方向，所以不知何时才是尽头。

真的很累了，班超越来越焦躁。干粮几乎没有了，因为大部分给养，是背在格泰身上的。再不打开通路，三人几乎都会困死在这里。要命的是，头风又发作了，一侧的头皮，像针扎一般，颅里好似还有闪电在游动。

班超蹒跚着走回洞里，靠着石壁坐下来，闭着眼，咬着牙，从牙缝里一口一口地吸着寒气。忽觉得两只冰凉的指尖，按在自己的太阳穴上。班超无须睁眼，也知道是妹妹，心下安宁，觉得疼痛渐去，两天来，第一次能平静地睡去。

梦境。

班超又看见了那个在梦里杀过自己的宫装女子，长着小昭的脸，好似年纪更大，竟然也在给自己揉着太阳穴。

“你到底是谁？”班超问。

“嘘，”女子伸指做了个噤声的手势，继续轻揉着，“你这里有煞气，像火一样。”

“因为……我是凶星吗？”

女子停了手，叹息道：“你知道了。”

“所以……你要杀我。”

“你是我班家的儿孙，我……也舍不得……”

“你是班家的先人？”班超看着女子的宫装，忽有所悟，“您是……祖姑奶奶——班婕妤？”

“好孩子，”女子抚着班超的脸，“我要走了，再也帮不了你了。”

“走？去哪里？”班超茫然道。

女子的面目模糊起来，班超想抓住脸上的手，却空空如也，只有一个声音在空中：“就看你的选择……”

“祖姑奶奶！”班超大叫一声醒了过来，发现自己抓住的是妹妹班昭的手。

抓得很紧，让班昭觉得有些疼，嘴里却奇道：“你叫我什么？”

班超放了手，颓然道：“我梦见了咱们的祖姑奶奶。”

“班婕妤！入宫写了《团扇歌》《自伤赋》的祖姑奶奶？”

“是，”班超愣愣地看着妹妹，“在梦里，她几乎跟你长得一样。”

“我怎么敢跟祖姑奶奶比。”班昭摇头叹息。

说起来，班家也算皇亲外戚，只是隔得遥远了些。班超看着妹妹的脸，只察觉明暗分明，原来早有一束光从斜上方照耀下来，陡然惊觉——哪儿来的光？转头望去，发现远处的洞口大放光明，急忙跳了起来，冲了上去。

洞口如山的积雪，早被打开了，洞外阳光合着雪光，越发刺眼。

“这是……谁挖开的？”班超看见了一条清晰的雪道，惊诧地问。

班超遮着眼走出来："是小天。"

"她？"

"她会破雪诀。"

"破雪诀？好厉害……她人呢？"

"走了。"

"走啦？去哪儿了？"

"不知道。"

"她还是个孩子。"班超遥遥四顾，哪有半点踪迹？

"她可是少巫。一个通灵者。"

"没有她，我们怎么去西王母神国？"

"不知道，可能神国根本不想被人找到。"班昭低声道，心里还在想怎么跟二哥解释。老子的话在耳边回响起来——"问题是他不像你是天生的，他是靠思虑拖着史家的血肉，想冲开这道壁垒……所以你二哥定会被这两种情绪撕扯，不得安宁。"

应该让二哥息了找神国的心吧？班昭想。

班超往山上怅望了一会儿，转头对班昭道："我身上只有一天的干粮了，赶快下山！"

"二哥……不找神国了？"

班超拉着妹妹的手就走："难道要饿死在山上吗？神国以后再说，我不能让你出事！"

那一刻，班昭又想哭了。

103 / 惊变

下山虽比上山要快，但班超兄妹还是花了两天的时间才回到玉龙河谷。

玉龙河谷空荡荡的，少巫果真没有回来。

“那些采玉奴都去哪儿了呢？”班超从空寂的兵营里找了些给养，牵出两匹马来，扶了妹妹上马，“你看一下气运，谷里或许还有活人的印记？”

班昭怅然地望向班超：“我看不到了。”

“还没好吗？”班超以为多半是脑子受了震荡的缘故，慢慢就会恢复，“再歇几天应该就没事了。”

“应该不会好了。”班昭轻轻道，像惧冷般裹紧了身上的白裘，“我知道的。”

班超觉得下山一路，妹妹都很沉默，现在才感到有些不对劲，笑道：“放心，这是天赋，谁也拿不走。”

“既是上天给的，上天也会收走，”班昭低头平静地看着二哥，“这能力就像我身体的一部分。它不见了，我当然能感到。”

班超愣了半晌：“你……不要紧吧？”

“二哥，我想回……家了。回中原。”

“也好。其实我是希望……这次到敦煌，就让你与比丘一起送金像回洛都的。”

“这样啊。”班昭忽有点失落，还是想听几句二哥留她的话语。

班超兄妹出了玉龙谷，一路向于阗城进发。班昭跟在哥哥后面，思量了很久，突然带停了马。

“二哥，”班昭的声音怯生生的，“我要走了，再也帮不了你了。”语调却越来越高。

班超转过脸，愣愣地看着妹妹，有种错觉，在跟自己说话的仿佛是梦里的祖姑奶奶班婕妤，因为她说了一模一样的话。

“你知道父亲在临走前说了什么吗？”班昭低声道。

班超记得，那日他躺在家庙的屋顶上，在一个难得的梦里醒来，父亲在梦里温和得让他觉得可怕，跳起来奔进父亲养病的房间，只见妹妹抓着父亲的手，泪迹已干，抬眼说，父亲走了。

父亲走时，只有小昭在身旁，班超想，但妹妹从没说过，父亲留下了什么话。在班超眼里，妹妹什么都不会瞒着他。

“父亲……说了什么？”班超莫名有点紧张。

“父亲说……别告诉你的。父亲说，你才是他最看重的孩子，就是太看重了，反而不知怎么对你。父亲说你身上有种你控制不了的禀性和力量……而我的天赋，可能就是为你准备的，可以帮助你看见许多未知的危险。父亲让我多跟着你，不要离开。”

班超有一种伤感的恍然，终于明白了父亲对妹妹自小跟着自己种种胡闹，所持的难以置信的纵容。

“其实，父亲不是怕我遇见危险，”班超黯然道，“是我这个人很危险。”

班超忽然明白，剑夫子为什么迷恋自己身上的“死气”了，“死气”是一种恐惧和激愤——这是一种力量的来源。剑需要力量。也许正是这种东西让父亲戒备，也许也是这种东西让鱼又玄这样的异人辨认出自己是凶宿下凡。

父亲还是爱我的，班超想。妹妹的确是自己的另一个镜面——自己内心充斥着恐惧、愤怒、谋算，还有男人迷恋的权力和功业。而小昭的身上，只能看见单纯、透明、乐观和希望。

对，是希望。希望是人对未来的记忆吧。班超想，父亲是想让过去未来、一正一负、一黑一白的两种气质，相互牵制，相互调和吗？

“那……你为什么还要走呢？”班超问妹妹。

“没了天赋，我其实就是个二哥的累赘，总得叫你分心，时时地保护我……而且我真的……想家了。”

“怎么会？”班超叹口气，自己真能保护好妹妹吗？如果自己真的那么危险的话，“二哥……会把你一直送到敦煌的，去和老齐和法兰他们会合。”

班超兄妹没有公开身份，装扮了一下，随着一支商贾队伍，混入了于阗城。

虽然于阗映玉营铁骑袭击使团未必是于阗王的意志，但丞相私来比在城内的势力不容小觑，班超不敢冒险。听说私来比是于阗王的亲舅舅，遇袭真相如果贸然显露，班超不敢确定于阗王会做何反应，所以得需要更多于阗城内的消息。

兄妹俩更像一对疏勒商人，尤其是班昭贴满了大胡子，垫了肩，披着宽大的棉袍，任谁也看不出她的本来面目。两人从一个巷子扎进去，两旁都是敞开的铺子。铺子里时不时传出唱颂神山和大巫的歌声，商贩用听不懂的语言叫卖，满街高鼻深目的人……再往幽深处，不知道生存了几十年还是几百年的黄泥屋，挤挤挨挨的，把街道拿捏得弯弯曲曲，每一弯每一曲之中又藏着不同的店面。一个拐弯处金光灿烂，叮叮当当声中，工匠们已经开始了劳作。这里是手工作坊，也是卖场，黄铜被加工成酒壶等器皿，现做现卖。班超将一只夸张的铜戒戴在手指上，在一只细腰酒壶上敲打，听着声音。一个年轻的褐眼伙计，笑着凑过来，说里面有更好的物事。兄妹俩随着伙计，穿过幽暗狭窄的廊道，上了一个楼梯，来到一个阁楼里，里面坐着一个目色阴沉的老者，撕着手上的生肉，喂着架子上的一只隼。

这里是于阗城里的一处秘密隼舵。

那伙计对老者极恭谨，说了句“没有尾巴”，就出去了。班超脱下铜戒递了上去，老者细看了一下，点头交回：“班先生？”

班超点头。

老者拿一架杆撑开了天窗，室内陡然亮了一些，架上的隼振翅而起，穿窗而出。

“隼王要见您。”老者回头道。

“隼王在城里？”

“是，隼王一直在等您。”

班超兄妹在城内的一个更混乱处——一家低等的妓院里见到了隼王。

隼王就是屋里的那个妓女。

隼王剃掉了胡子，包裹在头巾和面纱里。虽然隼王堪称英俊，但作为妓女还是显得骨架过于粗大和老了点。瘦削的脸擦了脂粉，倒显得脸形柔和了些。

“今天就是你来陪爷呀？”班超打趣道，心里却暗暗佩服，只觉得这可比纵马大漠的马贼形象可怕多了。

隼王的灰眸阴翳地盯了班超半天，没有说话。

“你不能温柔点吗？太不专业了，”班超被看得尴尬，叹口气，“就算要隐藏，至于这样吗？”

“你说得对，”隼王总算说了句话，语调还是那种低沉的性感，“我们在大漠一分手，我就给龟兹王和私来比分别传信，说你已经被我们杀了。结果……他们第一件事，就是清除我在龟兹和于阗的隼舵。”

“损失大吗？”

“还好，我还有暗舵启动。”

“那你还敢在这里等我？”

“于阗产玉，商贾云集，我在此处经营了多年，还是有把握跟他们周旋的。”

“而且躲在这里是灯下黑。”

隼王意味深长地点了点头：“你追上了鱼先生吗？”隼王还是对那个神仙般的术士保持了言语上的尊敬。

“没有。”

“难怪。”

“怎么了？”

“从昨天开始，于阗城是外松内紧，满街的密探。我差点以为自己露了行藏，现在看来，是私来比可能知道你没死。”

“这个鱼又玄可真是难缠，”班超苦笑，“不过，只要让我见到于阗王，一切都可迎刃而解。”

“你要见于阗王？”

“是，于阗王行事异常果决，只要让他知道真相，就能扳倒私来比。然后，我还可以帮你要点好处，起码在于阗不需要卖身接客了。”

隼王的眼神又灰暗下来，在女妆的面目下，竟有种怨毒的神态，让班超觉得这个妓院里的西域枭雄，实在不接受自己的调侃。

“看来，你没有骗我，”隼王深吐了一口气，“你只是什么都不知道。”

“什么？”

“也是昨天，我接到一个隼信，敦煌的大批汉军已经开始向东撤退了。”

班超本是坐着，惊得站了起来，瞬间平静下来，一字一字地问：“你在敦煌还有隼舵？”

“本是去年汉军刚进来的时候，龟兹王花了大价钱，请我在敦煌建立的。”隼王苦笑，“现在都翻脸了，但敦煌的消息，在我这儿却没中断。”

“不可能，”班超喃喃道，“这时候怎么会撤兵？”

“应该不会有错。消息说，一位姓耿的副帅，在夜里带着一批精骑出敦煌郡朝东南去了，走得很急，兵力不详，目测也有几千骑。而汉军大营上万的大军，也在收拢辎重，只怕迟不过十几日，也会开拔南归。”

班超沉默不语，心中越想越惊。从消息推测，先撤的一定是耿恭的三哥耿秉，窦帅只怕也得带兵回归洛都了。洛都的朝堂发生了什么？如此紧急地调兵回京？大军南归，西域占优的大好局面就成了无源之水。原以为开春时分，大军出关就是解决龟兹等顽国的日子，现在竟然……凉州的陇西王本就与匈奴暗通款曲，这大军撤出敦煌的举措，只怕不日就会传到匈奴那里。到时作为孤军的都护府，开春时等来的就不是窦帅养精蓄锐的精兵回归，而是匈奴的再犯。

娘的！班超忍不住要骂脏话，有一种被出卖的羞辱感。朝堂上那些高官贵族都是什么玩意儿呀？真应了古人说的“食肉者鄙”。

“你给我许的那些好处，全要落空了。”隼王冷笑道。

“你……想怎样？”

“我在想，我把你卖出去，会不会卖个好价钱？”

“晚了，你已经上了各方的追杀名单。”

“你我都知道，要打仗了。打起仗来，我这种搞情报的，很值钱。”

“天真了，隼王，”班超淡笑，“如果敦煌的汉军真的大批南撤，匈奴回来势在必行。这场仗胜负已分，你的情报还值几个钱？他们用不用你无所谓。相反，你在我这里才是值钱的。”

“可是你已出不起什么价钱了。”

“不见得。现在敦煌撤军的消息，除你之外，还有谁知道？”

“敦煌只有隼舵吗？只怕也藏有各国的谍子，只是没有我的隼传信快罢了，过不了多少天，西域的贵人们都会知晓这个消息。”

“那我们的时间不多了。”班超掂指算着日子。

“你打算如何？”

“要不要……跟我一起赌一把？”

104 / 备战

于阗城外松内紧，商人进来容易，出去则盘查严了几倍。每个商队出城，所有人员都会被守门士兵一一核对。丞相私来比的势力就像把无形的梳子，在筛查他想要的人。

班超早放弃了去见于阗王的努力，私来比可能在宫廷里早已张开了罗网，等他来投，却根本见不到于阗王。所以必须在敦煌撤军的消息传来前潜出城去，班超见识过于阗王对时势判断的迅捷，到时只怕他会和私来比合流，私下搜索就会变得公开，更加严密和大张旗鼓。

隼王通过自己的网络，将班超兄妹混入了一支去精绝的商队，连出城文件里都篡改了名号，不怕细查。

出城前，城门附近异常拥挤，因为几乎全城居民也都上街了，班超他们遇见了一个盛大的游行庆典。

大批的螺号齐鸣，盛装的神女祭祀们在居民投撒的花瓣上结队行走。

化装过的班超问身边相送的、依旧是女装的隼王道："他们这是要搞什么?"

"迎少巫娘娘入神庙，继承大巫的衣钵。这个叫作小升座。等到新的神台建好，还会有一次大升座，那时少巫就正式成为大巫了。”隼王不得不在人群中压细了声音说话，“按那些神官的说法，少巫要等到十六岁才能升座，但于阗王说要顺应民意，就提前推动了。依我看，于阗王就是见少巫幼小，如此更好操控吧。”

“何止幼小，简直弱智。”班超苦笑。

只有班昭听着不是滋味。

原来这个小天跑回于阗了。班昭暗暗嘲笑自己的天真。看来自己兄妹还活着的消息应该不是鱼又玄传递给私来比的，是少巫。班昭遥遥看着远处花车上高坐的盛装少巫，心里感叹是不是做错了选择，或许真该杀了……这个绝不简单的孩子。自己是不是又把什么搞砸了？

一直等到下午，班超兄妹才得以出城。离城三十里后，兄妹俩脱离了商队，驻足在一个岔路口上。

班超觉得一路上妹妹满怀心事，却又绝不吐露，仿佛一下就成熟长大了。只有长大才会陷入这许多选择的纠结。

班超伸手抚了一下妹妹皱起的眉头：“二哥本来要送你去敦煌的，但现在不行了。西域要变天了。”班超抬眼看向天空，果真愁云密布，暗流涌动，或许一场空前的大雪真在孕育，“不到两个月，春天就要来了。”

班昭明白，春天来了，匈奴也就来了。

“二哥是要回疏勒？”

“是。”

“那不是更该与我一起赶去敦煌，去拦阻窦帅的大军？”

“来不及了，”班超黯然道，“此去敦煌路远，到达那里怕要一个多月……而赶回疏勒不过十几天，还能做些准备。”

“回去真的有用吗？”班昭抬起头来，想看清二哥头上的气运，偏什么都看不见，“我看不出此去的凶吉。”

“看清凶吉了又怎样？难道大凶就不去了？”

“可我们俩……身上还有皇上的使命……”

“所以……你得回洛都去，追上那两个比丘和金像，把皇差亲自交了。”班超两手扶住妹妹的肩，“去照顾好母亲……还有大哥。”

班昭明白，二哥把使命说得很重，就是想让自己赶在春天之前，离开即将巨变的西域。可是自己偏在这个当口儿，失去了望气的能力。一个人忽然失去了自己最引以为豪的本事，自信也就崩塌了，此时的班昭觉得自己前所未有地弱小。

“我真是没用……”班昭嘤嘤地哭起来，想起那梦一般的神国之旅……自己再不是天选之子，再没有神祇在高天拨动命运垂青自己吧？“二哥，送我回洛都吧，我怕……再没有天命眷顾我们了。”

“这真不像你说的话，班女侠？”班超打趣道，抬眼看着远处延绵的昆仑，峰巅都裹在乌云里，像一条暗青的巨龙，“我其实根本不在乎什么天命。如果按鱼又玄的狗屁说法，我的天命是个凶星，要开天门叫青龙白虎相会，搅动天地……嘿嘿！我也没那么在乎皇命。皇上在我眼里，更多的是那位迷梦先生，只算一种知遇吧。我此刻留下，不为开疆拓土、什么汉家功业，只因我还是个游侠，既然把三十六骑都诓到西域了，总得把他们都带出来吧？”

“那……我一个人……先走了？”班昭咬了咬嘴唇，娇声喝了声“驾”，带马跨上了右边的岔道。

“等一等。”

班昭听见二哥叫，带住了马，却不敢回头。

“给二哥再唱首歌吧？”

班超看着妹妹马上的背影俏立着，马臀上堆积了许多行李，却衬着妹妹即使裹着白裘的身形，更显伶仃瘦弱。妹妹依旧不回头，却沉肩正意，一曲歌声扬起。

“行行重行行，与君生别离。

相去万余里，各在天一涯。

道路阻且长，会面安可知。

胡马依北风，越鸟巢南枝。

相去日已远，衣带日已缓。

浮云蔽白日，游子不顾返……”

歌声合着冬寒，几乎要将班超的去意冻住了，不忍听完，班超催马向左边的岔路驰去，溅起雪末纷飞，一路西去。

一气奔出十里，班超才减了速，吐出胸中的离愁郁气，却听见身后蹄声隐现，回首望去，茫茫雪原的坡线后，升起一骑，踏雪擎苍，红马白裘，迎风而驰，裘帽被风吹偏到一边，散出拉直的长发……

班超不禁呆了，对着跑到面前的人马斥道：“回来做甚？”

班昭满面潮红，喘息着吐出大片的白烟，回瞪着二哥：“从小到大，你干的那些冒险事，可曾甩得掉我？”

一样的神态，一样的话。班超想起当年自己孤骑从扶风奔向洛阳去救即将处斩的大哥时，妹妹就是这样从身后追来，对着自己咬着嘴唇，倔强地说了这句话。仿佛这一路的忧郁情怀一扫而空，小昭又变回了那个忍不住温婉却又总想行侠仗义的大女孩。

班昭催马越过哥哥继续西奔，风里甩出句断断续续的话来：“我也是游侠！我也是……三十六骑……同命同心……一起回家……”

班超摇了摇头，策马追了上去。

疏勒。

都尉黎弇一直留驻在郊外的兵营练兵。

疏勒去年城破时，被征服者龟兹王解散了一半的军队，如今总算恢复了原来的规模，堪堪达到了万骑。只是当年卸甲的老兵不到一半归营，所以有三千余人是新兵蛋子。

但新兵蛋子有其“新”的好处。

西域骑兵的优点是马好，但由于城邦众多，规模所限，战法相对原始，更像从狩猎脱胎而来——统帅以下，是多支百夫长为首的小股部队，各自为战，按经验在战场上像猎手般撕咬对手的弱点，聚散相对自由。缺点是打不了大规模的战争。

老兵们习惯了自己的自由战法，一时难以扭转，黎弇就把三千新兵集在一起，进行齐欢传授的“训练实验”。新兵头三个月，训练严谨，整齐划一地练习他们自己都不大懂的分解动作，还要背熟锣鼓语、旗语、口令等复杂军令。之后才开始练习主要的六种攻击军阵、四种守城换防程序，操作一些见所未见的大型器械。虽然新兵的个人战斗力和经验与老兵相差甚远，但只要听从命令行动，指哪儿打哪儿，在演习中让老兵们吃了不少苦头。

黎弇在齐欢离去后，与齐欢的四个弟子混得烂熟，以师兄弟相称，表示自己也奉掌孤竹令的齐墨使为师。

黎弇有扶王之功，但并没有风光升职，因为太尉这个头衔一般都掌握在王族手中。新的太尉更像虚衔，兵权实际上都在黎弇手里。

这日黎弇在兵营里得报，说有个陌生人求见，说有班上使的密信。原来班超兄妹马不停蹄地赶往疏勒时，早委托隼王往疏勒的隼舵传信了，信的内容简单——做好高级战备，要打仗了。同时转告风廉，王宫的警戒还需加强。

班超兄妹到达疏勒时，应该也是敦煌退军的消息传到龟兹的时间。不出所料，龟兹的军队调动了起来，通过隼舵的密信网络，班超发现疏勒通往北路的各个道路关隘，都被龟兹驻军封锁了。

班超算了算，应该还有一个多月。

在西域北地，几乎没有大型战争会在冬天发生。大雪厚可盈尺，覆盖着枯死的牧草，战马的草料可能就会压倒辎重队伍。何况辎重如何在厚雪中缓慢行走呢？匈奴乃至西域骑兵作战最讲机动和速度，最不善和后勤供给配合了。

班超先见过疏勒王忠和风廉，如今站在兵城上看着黎弇的训练成果，心里还在推测，一开春，龟兹就会出军向焉耆的都护府，而匈奴将会在天山北麓出现，进攻耿恭所在的车师国，让它们头尾不能相顾。

“要打硬仗了。”班超看着城下演练战法和器械的疏勒士兵。

“好啊，我倒要试试我墨门的技艺，”黎弇有那么些兴奋，“您看，这些新兵训练不足半年，却可能是我手上最好的军队。”

“训练和实战还是差别很大的，”班超却没那么乐观，“这些新兵现在看起来有模有样，真到了战场上，看着断肢内脏乱飞、血肉横流时，还能如此有条不紊？而且老兵们知是训练，并不会以命相搏。汉家练兵法也有个缺点，一旦指挥失误或是不畅，士兵们就无所适从，不击自溃。那时可能反而是老兵们更有缠斗能力。”

黎弇愣了一下，醍醐灌顶，却如被浇了一头冷水。

“墨门战法最善防守，而我这次想请将军带兵出击。”

“去打龟兹？”黎弇眼里闪过一丝兴奋，龟兹的破国之耻，对疏勒军人的打击还是太大了。

“是。我料定龟兹会集结军队攻打焉耆和汉家的都护府，必定兵力空虚，我们正好在背后击之。”

“好！我定和先生一起，在朝堂上促成这次出兵！”

“这是火中取栗。”

105 / 来了

龟兹王的外甥兜题，本来极得龟兹王的宠爱，不然也不会被立为疏勒王。

但兜题被废之后，遣回龟兹后，据说被刀架了脖子受了惊吓，喉部还受了伤，深居简出在王宫里，整日养伤兼胡闹，传出不少风流韵事。龟兹王大感失望，对其逐渐疏远，要不是王后一味回护，兜题被赶出王宫居住，也未可知。

这一日，大雪纷扬，兜题在郊外的行宫大举炭火，却请了妓坊的许多舞女们身着薄绸赤足起舞。虽然有棉帘封住门户，寒气依旧让女子们瑟瑟发抖，只能尽力舞动。

一名聪明的舞女，且舞且靠近兜题，因为那边炭炉最多。舞女已舞得身上有汗，却只围一只炭炉转。兜题看得有趣，笑了起来，随手拎了一件皮裘大氅丢了过去，道：“赏你了。”

那舞女一让，皮裘正落在炭火上，瞬间发出焦煳味。

“皮裘哪里有贵人的怀里暖?”那舞女竟然踏上台阶，两步就跨在兜题的怀里。兜题一惊，就发现舞女的手向他怀里伸来，却被兜题一把握住，一抖身，舞女就摔了出去。

舞女这种冒险的争宠行为，还是惊到了堂上的人，乐师停了演奏，一众艺伎皆呆呆地看着，早有随从去拖那舞女……

“算了，”兜题摆了摆手，问那地上的女子，“你是哪家的？”声音依旧有些沙哑，看来伤并未好，却平添了一种性感。

那舞女一骨碌爬起跪好，颤抖着：“小女是……妙达坊的。”

“哦，把她先……收到后院吧。”

众艺伎满面露出羡慕嫉妒的神色。

“散了吧。”兜题一挥手，径自站起入了后堂。

在长廊的无人处，兜题张开手掌，手心是一条两寸见方的丝帕。这是那舞女打算塞在他怀里的，却被他瞬间钩在手心，发现不是什么暗器。丝帕上是由寥寥几笔勾勒的一幅小画——一枝柳枝分杈，吐出两三枚柳叶。

兜题，或者柳盆子，根本不知道隼王的本事，只觉得班头太过神通广大，竟能这样地送信进来。

“开枝散叶，”“兜题”笑容诡异，“总算让我动了吗？”

焉耆的西域都护府。

都护陈睦肯定在焉耆王族之前，知晓了敦煌撤军的命令，大惊之余，当下就邀请一名有望成为世子的焉耆王子来军营议事和狩猎。议事异常顺利，狩猎时，王子箭矢飞到林后，却有一名汉军的校官被王子的箭误“杀”，陈睦大怒，当下将王子扣下。

陈睦和班超一样，推算开春就有战事，要北防匈奴，西防龟兹，兵丁却有些捉襟见肘，当下之计，就是以王子做质，拿到焉耆的三千兵力的指挥权，还有大批的给养，准备硬战一场。

陈睦一直犹豫要不要把敦煌撤军、匈奴春天即将来犯的消息告诉耿恭。车师王他是不信任的，但内弟这个毛头小伙子，怎么才能像他这样拿住车师王的兵权呢？

最终他还是派了五十骑亲兵去车师给耿恭增援和送信，信里希望耿恭像自己一样，铁腕地拿住车师王安得的痛处，一举夺了兵权。

但这五十骑的小队，在翻越天山时，雪深盈腰，杉林密集，不仅行进缓慢，甚至还迷了路……

柳盆子准备行使自己的第一个暗杀计划。

他不是刺行的人，却被刺行的人追杀过。虽然他精通的所有技艺都可以让他成为一个顶尖的杀手，但他瞧不起杀手。这种瞧不起好像是从祖上留传下来的——柳家人虽任性，是巨盗，却绝不嗜杀。

有时候柳盆子觉得刺行的活儿，不过是盗家走歪了的一个分支，就如偷心盗物一般，只不过偷的是命。但刺行的人太过强调冷酷，像机器一般，妨碍了那种游戏感，或者说，艺术感。

偷盗是一种艺术，是一次表演，或者是让艺术（品）暂时消隐的传奇。艺术是不朽的，偷盗只是在流传中增添了变数和波折。但杀人只能带来结束。过分有力的休止，无法带来余味——没有余味的东西，不可能成就艺术。

所以柳盆子在制定行刺目标时，毫不犹豫地选择了最有挑战性、最有余味的目标——一个几乎不是人的人。

就在收到班头通过舞女传达的密令的当天晚上，柳盆子被龟兹王召集入宫密会。柳盆子顶着兜题的脸，出现在会议的角落。柳盆子原以为他身为兜题，早已不招待见，远离了龟兹的权力中心，但这次被召集入宫，才得知，原来大汉西征的大军，退驻敦煌后，突然又从敦煌东撤中原了。

会议上的龟兹王公贵族兴奋不已，他们认为已经获得了对峙的胜利，虽然这胜利来得如此轻易和不知就里。

一如班超推论的那样，龟兹的军事行动一定会配合着匈奴的归来，龟兹王在会议上请出了一直在西域游走的匈奴密使——鱼又玄。

见到轮椅上娇小的鱼又玄的那一刻，柳盆子有些心惊，旋即恍然自己早已不是自己，而是兜题，就在角落安然地观察起来。

龟兹王五十余岁，难免显得有些虚胖，脸上有点纵欲过度的印记。但这一切只是表象。从上一代龟兹王开始，龟兹王统已不是解忧公主那个时代的遗留了。匈奴人在四十年多前杀了旧王，新立了傀儡王统，一直扶持着龟兹。到了这一代龟兹王的苦苦经营，长袖善舞，利用月氏血统，与崛起的贵霜勾连，竟在两个大国之间，找到了平衡和空间，尽得好处，将龟兹自己在西域的实力，经营得有声有色。

几名有兵权的王族建议出军焉耆的大汉都护府，彻底抹掉汉人对西域的官方影响。龟兹王听了半天，却不说话，大家明白，这是在等密使讲讲匈奴一方的意图。

“你们太为单于着想了，”鱼又玄笑着说话了，“你们该多为自己想想。”密使将手指向了地图上的疏勒，“是时候该惩戒一下疏勒的叛乱者了。”

所有人的目光都转到曾经的疏勒王“兜题”身上。柳盆子这才明白他为什么有资格来开这个密会了，因为他即将被塑造成一个“复国者”。

“杀掉那个篡位的忠。”龟兹王遥遥地看了柳盆子一眼。

“你可以亲自杀掉伤害过你的汉使班超。”鱼又玄对着柳盆子微笑示意。

“据说……那班超早离开疏勒了。”有位执掌情报的官员道。

“我刚得到消息，”鱼又玄叹口气，若有所思地看向西方，“班超又在疏勒出现了……他才是大胡单于真正的敌人。”

就是那一刻，柳盆子确定了自己在龟兹的第一个暗杀目标，那个在麦地几乎让三十六骑全军覆没的鱼又玄。

子夜。

天山北麓。

车师北部一百一十里，坡度舒缓，已是莽莽雪原。雪原的一角，崛起一块裸露的巨石，巨石上被人用石块和垒木堆了一个瞭望塔。这是车师国最北面的哨站，也充当着一个烽燧。

这个烽燧日常只有五个人留守，一个月一轮。夜已深，烽帅领着三个烽子已经睡了，只有烽副当值，每三刻，爬到瞭望塔上借映月的雪光，望望远处的动静，不过是按程序操作罢了。

黎明将至，此时是一天当中最冷的时刻，烽副还是像平常那样在塔顶望了一圈，夜风如刀，声若狼嚎，不由缩紧了棉袍，一步步从木梯上爬下去，却看不见身后的垒木边伏着一人，披着白色斗篷，动了一下……一个套马圈准确地套在烽副的脖子上，那披着白斗篷的人执绳跃了下来，那烽副的身躯被吊上去，发不出一声，手脚徒劳地挣扎……直至不动。烽副不知道，他的四个同袍，早先他而去，此时烽燧内血流遍地，四人在睡梦中就被人割了喉。

暗处又走出一名身披白斗篷的人，嘴里叼着一把带血的弯刀，爬上了瞭望塔。瞭望塔的中心架着一堆整齐的柴薪，是用来放烽火的。柴薪边还放着一坛油，用来助火势的。此人慢慢地抽出一根柴禾，蘸了蘸坛里的油，小心翼翼地点着火把，在瞭望塔上来回地挥动……

沉默的雪原好像被唤醒，隐隐发出隆隆声。

雪原的尽头涌动起来，千军万马，仿佛海啸的潮线，从天边蔓延而来。

比班超预想的早了一个月。

原因很简单，出兵的日子是草原大萨满算的。所以无关道理，只是长生天的意志。

班超如果知道是这个原因，只怕又要骂一声了。

所以一切都晚了一步。

匈奴。

来了。

106 凋落

柳盆子对班头的感觉很怪。

自己好像顶讨厌这个家伙，想到那张似睡非睡、似笑非笑的脸，就有点气闷……好像自从这个比自己还年轻的小子出现，自己就被束手束脚似的。

“鱼又玄你不是也没搞定吗？我就把他的人头丢给你！”柳盆子想到这个景象，都有一种快意。

匈奴特使鱼又玄竟然躲在龟兹王宫的后宫内。

柳盆子通过某个暧昧的嫔妃，才了解到，这个鱼又玄善预言，善解签，被嫔妃们当神仙一般供在后宫的一个神殿内。

柳盆子知道鱼又玄是个大术士，也是个大阵师。所有方术、迷阵、幻阵都要依时依势，最忌光天化日，所以柳盆子选择了正午，阳气最盛之时，出现在后宫里。

“兜题”公子转过了大半个王宫，去拜见王后，结果说王后午睡，“兜题”只好坐着小轿蜿蜒地在花园里退出后宫。中途小轿的轿顶一翻，柳盆子已经隐在了一棵树上。

树后旋即转出一名绿衣宫人，一步步地走向了北宫神殿。神殿肃穆，宫人到了殿侧却在柱后消失了。

柳盆子像壁虎一般，沿柱攀上了殿外的斗拱，隐在鳞次栉比之间，合目收息，像睡着了一般。

殿外的日头正是最高的时候，但冬日正午，阳光依旧是斜的，透过屋檐与屋檐的间隙，分外明亮的檐影投在室内地面。殿内的明暗反差极大，亮处刺眼，暗处幽黑……有四名童子守在神像的四角。

天上几朵流云，暗自平移。

一朵云触到了日头，阳光仿佛收缩了一下。就在檐隙一暗的片刻，柳盆子眼都没睁，便翻身入殿掠过檐隙，室内只觉骤然一暗，地上光影一淡，随即又亮起来。四个童子茫然四顾，揉了揉眼，适应了一下，却不知柳盆子已神不知鬼不觉地蜷伏在殿内的斗拱之上了。

柳盆子悬在空中俯瞰，在神像的神案边，盘坐着小小的鱼又玄。虽然只能看见头顶。

柳盆子见识过龟兹隐武的厉害，凝神听了一会儿，殿内只有那四个童子的呼吸，应该没有隐武隐藏。而鱼又玄几乎没有呼吸声，这也不奇怪，术士多精通内息之法，想必是在“龟伏蛇眠”。

柳盆子动了，从屋顶头朝下，斜纵而过。

伞在瞬间打开，伞骨发出四枚毛针，射向神像四角的四名童子。

伞完全张开了。

在空中倒提的伞就像一只篮子，飘移向闭眼静坐的鱼又玄。

伞边的利刃已经开始闪光，它将割下鱼又玄的头颅，让头颅落在“篮子”里。伞在这时正好收拢包住……伞尖触在地上，整个伞柄被顶成一个弧形，猛地一弹，带着柳盆子回到屋檐斗拱上……那四名中针的童子，这才各自倒下……

但柳盆子脑中的预演没有出现，在空中袭向鱼又玄时，忽然听见了一声深沉的吸气声……瞬间感到了巨大的危险。

一只隼在空中鸣叫，舒展着腰身。

而班超在疏勒收到了一封从隼舵急急送来的密信。

信展开只是一方两寸见方的丝帕。

班超皱起眉来，丝帕正是他送给柳盆子的原信，是他画的一枝垂落的吐叶的柳枝，只是柳枝上现在被人补画了一条鱼，挂在那里。

柳盆子这是什么意思？班超心念一动，鱼又玄果然躲在龟兹。

柳盆子这是要杀鱼又玄吗？

班超惊得抓紧了丝帕……

鱼又玄不动如山，但他身后的“神像”却动了。

铜手！柳盆子心内大叫。一直没发现铜手的踪迹，原还以为他不在鱼又玄的身边。或是以班头的说法，铜手已经被他洞穿了胸肺，可能正躲在哪里深养呢。

砰的一声，柳盆子在空中鲜血狂吐，被神像一拳打得横飞，撞碎了殿墙棂窗，摔了出去。

铜手穿了一身金光灿灿的盔甲和神冠，毫不违和，只是出拳后就静静地站在鱼又玄的身后，再也不动，宛若泥塑。

鱼又玄睁开眼来：“昨晚布阵等了你一夜，想不到你竟懂得正午才出手。”

大殿被轰开的洞口，烟尘缭绕，渐渐清晰了一个身影，一位侍卫长站在洞外。

“死了吗？”鱼又玄问。

“不见了。”

鱼又玄愣了半晌，回头看看依旧不动的铜手师叔，铜手的那只琥珀色的独眸，毫无生气。

“看来……那把伞还有盾牌的作用。”鱼又玄只好自顾自地苦笑。

外面一片喧杂，殿门打开，一队人护着龟兹王进来。

“那真不是……题儿吗？”早有人摆位给龟兹王坐下。

“他是汉使班超的人，不是……疏勒王。”鱼又玄依旧管兜题叫疏勒王，这代表匈奴的立场。

“多亏鱼先生识破……”龟兹王越想越怕，转头问侍卫长，“那汉贼呢？”

“肯定跑不了，两百侍卫已经开始围搜，二十多位隐武也追踪过去了。”

……

时不时有消息一一传进神殿。

“那汉贼在银妃宫露了踪迹，有了番打斗……”

“汉贼在铜鹰殿的屋顶被截住……”

“汉贼躲入了燕音堂的水道里，被本就伏在那里的隐武击中……”

“围住了，汉贼被堵在了北官殿的殿后立崖……”

整个龟兹王宫是依山而建，山势三面平缓，靠城墙防护，唯背面石壁陡峭，无须建墙，自成天堑。北官殿就立在崖边，汉贼要是被围在那儿，就再无遁处了。

“我们去看看。”鱼又玄拍手道。

柳盆子已经很累了，从正午行刺失败开始，他已经在王宫里逃亡了两个时辰，遭遇了六次缠斗，身上有八道伤口，最要命的还是铜手击出的内伤。龟兹王宫的好手很多，甚至收拢了几名来自中原的江湖高手，擅长追踪。

柳盆子退往北官殿，本有置之死地而后生的意味，来此之后，才发现算盘打错了。北官殿背后的深崖边，被铺设了悬道，就是伸出悬崖一丈的栈道。从栈道栏杆向下跳，无法贴近崖壁攀爬，就会直接坠到崖底。

柳盆子想悬挂在栈道下边，发现栈道下的石壁边开了许多石窗，早有士兵守候在石道里，用挠钩和长枪伺候。想想也是，既是王宫要地，怎么只会简单地利用天险呢？

柳盆子狼狈地爬回栈道上时，身边落下几支箭来，钉在身边。原来栈道边还修有瞭望楼，发现了他的行踪。柳盆子听见了一声响箭在空中长长的锐鸣，知道马上就会有许多高手和侍卫要围上来了。他心里突然有些恼怒，躲过了几箭，就爬上了那瞭望塔，将那箭手直接就扔下了山崖……

瞭望塔上的视野真好，能看见北官殿外的人，一步步地围过来。而冬日的白天太短，现在太阳就泛红落下，远远地骑在山崖边。真的好累了。柳盆子索性爬出了瞭望楼，翻到了瞭望楼的草顶上，拍开积雪，叼了根草，看着落日，缓缓地喘气。

柳盆子觉得自己此时的样子一定很帅，忽觉得叼草这动作，好似很像那个讨厌的家伙……想起那人跟自己说的最后一句话“玩现了，就跑”，记得自己说，“放心，自认逃命天下第一”。

“真玩现了。”一张口，柳盆子把那草吐了出去。

瞭望塔外渐渐围满了人，人群却让出一条道来，出现了龟兹王和那个坐轮椅的鱼又玄。

鱼又玄抬头道：“你便是柳盆子吧？”

柳盆子也不看他，双手搓把雪，细细地捋头发，将根草插在了鬓角：“正是你柳爷。”

“两都大盗，名不虚传。”

“找到了！找到了！”这时又有侍卫来到龟兹王身边大声地报信：“搜府的人报过来，发现了密室，在里面找到了真正的兜题公子……还活着，就是身子很虚……”

“谢谢你！”鱼又玄抬头遥遥对柳盆子笑道，“没有伤害疏勒王陛下。”

柳盆子低头望去，苦笑摊手：“我们跖门，不爱杀人。”

“可你……却要杀我？”

“当年在野麦地，是你先动的手。”

“我只想杀班超。”

“那你就该死。”

“强盗怎么会为汉家朝廷卖命？”

“我理什么朝廷？”柳盆子嗤笑，“他是我朋友。”

“我其实……会是个很不错的朋友。”

“有可能，”柳盆子笑，“可惜呀，却是那家伙先找到的我……”眼里出现长安那夜屋檐上飞奔的场景，一个白衣青年在月光下立在屋檐……还是那夜，第一次见到仙奴……那张脸本隐在长发里，在如豆的火苗中亮起来。

“是可惜。”鱼又玄深以为憾。龟兹王却越发阴沉，一挥手，身后密集排列的带弓侍卫，纷纷沉弓搭箭。

“我自认没有露出破绽，你是怎么看出我的？”柳盆子不甘心，眼里似乎看不见任何人，只盯着鱼又玄，问出胸中的疑惑。

“我没看呀，我认人从不认脸，只记得头上的气运，”鱼又玄叹气，“所以那天夜里一见你，就知道你是谁了。你在当时还泄了一线的杀气，便知晓你要来杀我了。”

柳盆子忽觉得有些泄气，自己就是打扮出花来，在有些异人眼里可能还是裸体的："那你当时干吗不直接拿下我？还……这么费事？"柳盆子一指眼前的阵势。

"因为你手里可能有疏勒王陛下，"鱼又玄道，"等你来杀我的同时，去救人才是最安全的。"

柳盆子站起身来，拍了拍身上的雪，拨浪着脑袋，像有醉意："懂啦，只有那对怪物兄妹能跟你斗……"眯起眼，直视那清冷泛紫的夕阳，耳边听见弓弦拉满的吱嘎声，令人齿酸。柳盆子猛吸了一口气，整个胸腔瞬间充塞了寒冷，身子抖了一下，有种沁人心脾的快意，眼前却没来由地泛起一张脸……"你会哭吧？傻女人？又要守寡了……"

百十支箭，挂着风，如雨般抛落射来，密密麻麻扎满了瞭望塔的茅草顶，尾羽颤动不已。一支都没有射中柳盆子。因为所有人都看见，柳盆子在箭雨落下的前一瞬，突然腾空跃起，身形轻如飞鸟，似乎在飞行的箭矢上，踏了几步，旋了个身，第一排箭就在空中四散，像炸开了一个礼花……柳盆子随着"礼花"的凋落，一同摔落在深崖之中。

107 错了

都护府在焉耆城内，前后有都护陈睦的五百亲兵守护，另有一千五百骑在城外汉营军镇驻扎。

都护府扣了焉耆王子，焉耆君臣多日来疏通交流，最终服软，将大批牛羊谷物聚集起来，由丞相亲自送到都护府来。

陈睦当然不会善罢甘休地就此放人，他最终想要的是焉耆的兵权，或是焉耆军队全力配合听令的许诺。焉耆丞相很客气，将所有牛羊和盛谷的马车，赶进都护府的大院，低声下气，只要求能见上王子一面。

陈睦哪里会答应，因为王子并没有关在都护府里，早就被悄悄转到城外汉营去了。

焉耆丞相黯然退去，他身后的焉耆都尉却怒目而视，陡然发令，身后的焉耆军就堵住了都护府的门口。

陈睦还在冷笑，都护府大院里那些满盛谷物（在冬天牧草不足时，只能以次等谷物喂马）的马车纷纷破裂，里面藏匿的焉耆兵一跃而出，行动有序，冲入府内各个角落搜寻王子的踪迹。这是一个拯救行动。

陈睦大怒，但自己兵少，一大半人得抵住门前焉耆兵的冲击，少数人在府内剿杀那些搜寻者。这一战来得仓促，不过一刻的时间陈睦就改变了战法，集结所有兵力，放弃都护府，直冲西门。

明显焉耆对这次袭击早做了准备，虽然城内的商贾百姓不知就里，依旧喧闹，大战甫起，人群四散，鸡飞狗跳，但汉军的几百骑人马，踏着满街的狼藉，冲向就近的西门时，西门已然被城卒关闭，门口甚至架设了拒马桩。只是门口堵满了一些商队和出入的百姓，见身后汉军蹄声大作，几百骑杀气腾腾地奔来，都纷纷让开，退在了城门的两边，还有一些吓得往城上跑，被城卒架刀拦在台阶上。

陈睦住了马，发现四面街口，都有旌旗聚集。而身后的都护府，已经燃起了熊熊大火，黑烟滚滚，腾向云霄。

陈睦面上的刀疤，显得更加触目，眯着一只眼，向地上啐了口浓痰。

那些拥挤的商队百姓的人群里，同时冲出几队人来，虽都戴着斗笠，风尘仆仆，却瞬间都拔出了汉军制式的环首刀，分别扑向了拒马桩及台阶上的城卒，数息之间，几十名城卒就被斩杀，还有两队人冲向城头，去袭击女墙后的一排弓箭手。

陈睦能做到都护绝不简单，既然他从不信任焉耆人，所以在西门口，他一直都埋伏着一支便衣的“特务连”，平时就在城门的酒肆茶寮间流连。如今一声令下，顷刻之间就拿下了城门，打开了出城通路。

几百骑顶着零星的箭矢，吱扭吱扭地推开了城门，奔跃而出。陈睦压在最后，歪斜的一只眼，回看了一眼身后掀起烟尘的追兵，用火把点燃了城门，一人一马的身影才消失在火光与浓烟里。

不过两个时辰，两千汉军席卷而来。

焉耆城早就抢修了西门，在破损的城门后堆满了沙石木障。其他城门也早已关闭，城上布满了守兵，这算是真正和都护府撕破了脸。

都护陈睦派去给耿恭的五十骑人马，比预想迟了几天才到达耿恭驻扎的兵镇金蒲城。

耿恭展开姐夫陈睦的信时，其实已经知道敦煌的三哥和窦帅的大军早已开拔撤往洛都，因为有一个人从敦煌送信来了。

耿恭对姐夫信中的叮嘱不以为然，在他看来，早做备战自是不错，但临阵夺取车师兵权的事，肯定不妥，只是完全想不到，此时的陈睦已经被焉耆反噬，正在领兵愤怒地围攻焉耆城呢。

耿恭刚安置完五十名来扩充战力的老兵健卒，掐指算了算，可能只有一个月了，匈奴就会和春天一起来了。偏在这时，听见了头上的警报号角，耿恭奔上城楼，早有玄英、秦厉等将领聚在垛口边，一起望向西边，原野的尽头处，升起一道孤烟……

烽火。那是金蒲城与车师城之间的烽燧点燃的。

车师有战事！在求援！

“匈奴现在就来了？”秦厉握紧了腰刀，眼里竟有些兴奋。

“不可能呀？”玄英也在疑惑，摇着头，“这不合战法呀，大冬天的，马快不起来，雪下不知掩着什么，最伤马蹄了。”

耿恭心里倒是赞同玄英的，匈奴人爱马，断不会让马冒着断草和伤蹄的危险，强行突袭吧？那会是什么？叛乱？对，最可能是叛乱。车师当年在匈奴治下有一段时日了，如今可能都知道匈奴将“归”，只怕暗流涌动，些许城内大族未必和车师王安得同心，发动了叛乱。

“多半车师城内发生叛乱了。”耿恭越想越对，当即下令，“秦厉！”

“在！”

“你带上虎贲兄弟，点三百骑，即刻赶往车师，看能否接应到安得，助他平叛。”

“遵命！”秦厉转身就下了城。

耿恭想了想，又叫了声：“玄英！”

“怎么了，虎头？”

“你也跟去。”

“就我一个？”

“嗯。”

“虎头，你也知道，老秦跟我们羽林有点……不对付。我去了，他……也不听我的。”

“仗由他去打，你去是辅佐安得的。”

“什么意思？”玄英忽有点紧张，“辅佐？去了就不让我回来了？”

“现在看来，车师的军队有些不稳，安得未必控制得住，而且他身边也缺个将才。你也知道，秦厉那小子过于莽撞，真正识大体最得力的，我身边就你一个。”耿恭拍了拍玄英的肩膀，护腕磕在肩甲上，当当作响：“你在那边指挥，那些车师兵或许还能形成像样的战力，最终我们要面对的，是匈奴人。”

玄英被夸成这样，知道没法不去了：“那我……也带几个羽林弟兄？”

“一个也不给，”耿恭板着脸，“他们我得用。”

“好吧。”玄英摇晃着脑袋，往城下走去。

“记着，”耿恭在身后吩咐，“对安得一定得……”

“知道啦，”玄英也不回头，边走边举起右手晃了晃，“出使了这么久，我懂的，对老安得要客客气气的。”

不过一顿饭的时间，耿恭在城头目送着三百骑打着汉旗，秦厉为首，玄英压后，冲出了金蒲城，一路向西，踏起雪末，向着烽烟驰去，直到在雪原上消失。耿恭不知道他的推断和命令错得如此厉害，一支军队真的……就这样在眼前消失了，再没有回来。

三百骑。

在雪中疾驰了一百多里，遥遥看见了车师城一线暗黑色的城墙，哪怕在冬雾中也格外显眼，也格外渺小。

烽烟还在袅袅地升着，慢慢地融在混沌的乌云里，好像漫天的乌云都是聚拢的烽烟，浓得化不开。秦厉爆喝了一声“驾”，催动速度，整支马队举着已经被吹裂的汉旗，呼啦啦的声势，像一艘破冰船，撞开了冰层和迷雾，犁向车师孤城。

冬雾就像落在地上的云，一团团地飘过，忽而混沌，忽而清明。

汉军疾奔着，满耳都是隆隆的马嘶蹄炸，忽地就冲出了一大团迷雾，视线陡然清明起来，只见四周远远近近，层层叠叠，影影绰绰，露出潮水一般的骑兵大军。

这支军队远不像汉军那样，有整齐的队形排列，但驰动舒张自如，并不会相互挤压冲撞，就像一个会自动调解疏密的蜂群。整支军队仿佛全是“黑影”，在迷雾过后，现出健马的轮廓、远比汉人要魁梧的身形，以及带有牦牛般弯角的头盔。

秦厉、玄英突然发现己方三百骑置身在一支浩荡“魔鬼军团”之中，就像一坛油洒在了海水里。油跟水绝不相融，却不得不拥挤在一起。

两边的人看见对方从身前乍现，都极为震惊，因震惊而沉默，茫然对视着，擦身而过。

玄英和秦厉并在一处，相互点头确认，是匈奴大军！玄英不敢发声喝令，抢过军旗挥出旗语，三百骑沉默着向城墙进击，越奔越快，最后全速狂奔起来。

匈奴人像是从惊愕中清醒过来，大声地用匈奴语传令，由近及远，又由远及近，不一会儿，“海水”似被搅动了，汹涌无尽，拱起一个巨大的浪头，追逐着前面犹如冲浪者的汉军。

车师城头，密密麻麻地站着车师守军，盾牌手在第一排，后面是长矛手和钩刀手，再后面是弓箭手。

城楼正中，站着一身甲胄的车师王安得，肩上站着他的雄鹰。

老安得在城上几乎站了两个时辰，一动不动。从斥候探得匈奴先锋大军已经越过最北的烽燧时，就知道匈奴人对车师城势在必得。不夺下这个给养跳板，匈奴的冬季攻势不可能持久。

“真觉得我的车师就予取予求吗？”安得弹了弹胸前已经挂霜的长髯，白眉皱得更紧了。

雪原开始颤动起来，那是马蹄踏动的节奏，似乎将城楼上的雪都震落下来了。城头上不少车师兵的牙齿也跟着抖动起来，不知是寒冷还是紧张。

层层铁骑像是从雪原尽头拱起，一浪一浪地卷过来。在城头俯瞰，冬雾像几条白色的绸带，分割着涌动的“黑潮”，潮头忽隐忽现。

安得那一刻也颤抖起来，这得有一万骑以上吧？不是什么先锋，大军直接来了？兵潮没有阻挡地漫过来，浪头将直接击打在车师城墙上，城墙也会被击碎吧？耿恭将军的援军来了也没有意义……他们只有五百骑……想不到呼衍王这么快就恢复了元气，他不是被汉军两战毁了一半以上的战士吗？想到杀子的仇人，安得的拳握紧了。可是……我真有能力挡住呼衍王上万的铁骑吗？

安得看见匈奴后军层层的旗帜里，围拱着一杆王旗，却模糊地看不清楚。只当自己是老眼昏花，急问身边的武将：“那王旗……好像不是……呼衍王？”

武将躬身禀道：“是左鹿蠡王的王旗。”

“不是呼衍王……”安得沉吟着，在那一刻竟有些动摇。车师真的要跟不是杀子仇人的左鹿蠡王的铁骑正面碰撞吗？

铁骑的潮头炸起的是飞扬的雪末，越冲越近，已经进入三箭之地。

安得听见身边的将军在下令：“弓箭手！”

城墙上所有的弓箭手，张弓满月，箭头慢慢扬起，斜指上方。

安得心里有些恼怒，这个左鹿蠡王有多轻视车师，一个招呼不打，一个使者不派，军队直接就扑到城下攻城，真以为车师城是可以随便轧压的吗？

两箭之地了。

“潮头”的军队穿过了一条冬雾的“绸带”，陡然露出了不一样的服色和旗帜。

“是汉军！”安得看见了三百骑汉军突前，身后甩出一片空地，然后就是浩荡起伏的匈奴大军。

“收弓！”安得喝止了弓箭手，“放桥！开城门！”

108 刺阵

汉军冲进了城下一箭之地，转眼间就到了护城河边。

眼见那门前吊桥正在慢慢落下。

三百骑汉军聚在桥头，和身后潮水般的匈奴大军比起来，只是“海”边的一块礁石。

但这三百骑的确打乱了匈奴的作战部署。左鹿蠡王的确是千里奇袭而来，但也没想过直接攻城拔地，本想在城下震慑，让车师人胆寒，签下城下之盟。不想一支汉军突然出现，就像狼群突遇孤鹿，本能一般追逐起来，一直冲进一箭之地的边缘。

城头一千名弓箭手发射了，如雨的箭矢仿佛砸落了一排冲在最前面的匈奴铁骑，大部分的箭羽插在地面上，形成了一条“界限”。

但匈奴人没有停。一排排的铁骑跨越过“界限”，顶着第二轮箭雨，呼喝着提速。匈奴人的军队，不比汉军那样步调一致，战斗的方式更类似草原狩猎，应变能力远超于训练严谨的汉兵，小组人马随时可各自为战，分工全凭经验，犹如围猎。这正是匈奴战力可怕的地方，战术素养是天生的，但缺点是各部极难达成战略诉求，命令没法整齐划一，一达到底。比如此刻，几位追踪汉军的百夫长，眼见车师城落下吊桥，城门正在开启，本能地觉得天赐良机，就是损失巨大，也要指挥部下抢进门去——全不知此举生生把一个还在犹豫的车师王，逼到了刀口上。

安得拔刀怒吼，肩上的雄鹰振翅而起，落在城楼上的旗杆上。城垛后的弓箭手交替施射，匈奴骑士纷纷落马，刹那间人马翻滚，但冲势不减。

车师城比起汉地的城池来，远算不上高大，秦厉抬头就能看清城头挥刀的安得，知道车师王想用箭势抢下空当，让三百汉军入城。转头望去，匈奴铁骑前赴后继，箭雨根本抵挡不住，强行开城门，就怕再难关上了，只会带来破城。秦厉拨马转了一个圈，抬头向安得拱手行礼，摇了摇头，喝了一声，三百汉骑全部拉马面向匈奴："抽刀！"

秦厉和身后的虎贲八骏，连同两百马刀手齐齐拔刀，刀尖指天，立在右侧。

玄英一马纵出，拦在秦厉的身前："你要做甚？"

秦厉嗤笑了一声："虎头还说你比我会带兵？看不出这个局势吗？"

"别忘了，我虽不如虎头，但射术也是羽林前五，我带五十个马弓手，在此断后，射几个百夫长，怎么也能送你们一部分进城。"

"能有一半吗？"

玄英不语。

"虎贲从不偷生，"秦厉看着越来越近的匈奴，沉声道，"冲起来了，你的箭也挡不了他们，门肯定不能开。"

"那就只能死战了。"玄英舔了舔嘴唇，瞬间张弓搭箭，果真射下一位冲在最前面的百夫长。

玄英转头挑衅地看了秦厉一眼，还未说话，就被秦厉劈手抓住胸甲，拉在了身前。

“死战向来都是我虎贲孤儿的事！”秦厉的唾沫几乎喷在玄英的脸上。

“你们虎贲也就八人，他们可不是。”玄英抓住秦厉的手却撼动不了。

“既以虎贲为将，他们便也是虎贲。此行他们是我的人，与你无关！”秦厉一指头上的城墙，“虎头给我的使命是救援，而你的使命是帮安得带兵。你的人在上面，不在这里！”秦厉撒了手，把玄英推开几步，“记住虎头的命令！”

“刺阵！”秦厉大喝一声，三百汉骑开始结阵——两百马刀手面朝外围成了一把宽剑的形状，里面拢着五十名长槊手，最里面是五十名马弓手。

虎贲八骏充当了剑尖，秦厉握着他独有的长臂砍刀，站在了最前面，雷鸣般喝了声“死战！”。众人皆应“战！”。整个“剑”开始启动，刺向汹涌而来的匈奴铁骑。

安得在城头突然看见汉骑结阵冲向敌阵，吃了一惊，急忙叫停了弓箭手的轮射，眼见那把“巨剑”跨过箭羽与尸体组成的“界限”，劈开了兵潮。

已经垂下一多半的吊桥，又重新拉起。城上垂吊下一只篮子，玄英早就踏冰过了护城河，跨进篮子里，握着绳索，后背擦着城墙，木然地看着汉军冲进乱军的背影，被缓缓拉向城头。

这个冲军之阵，是这些日子以来，耿恭受到九剑侍剑阵，以及精绝雇佣军的兵阵启发，在军中实验苦练，早已练熟的。最外围的马刀手充当“剑”刃，刺入敌阵，与匈奴短兵相接，相互劈砍。而刀手身后的长槊手，被叫作“剑”槽，他们训练有素地将长槊从刀手的缝隙间，刺向与刀手缠斗的敌人，简捷有效，如槽放血。最里面的马弓手，则是用抛射扫荡外围涌上来的敌人。所以，最外围的马刀手，反而成了军阵的防御圈，杀伤力最大的反而是阵内的长槊手和马弓手。但剑尖的虎贲八骏才是阵眼，他们带动着全阵，还要强行切割突破敌营。

这把三百骑组成的巨剑，真把万骑的潮水切开了，插进了敌阵的腹部。

篮子也升到城墙的一半，玄英突然拔出腰刀，割断了绳索，人随着篮子从半空中跳落下去……

巨剑之阵，简直是匈奴战法的克星。匈奴作战的机动性在此时成了弱点。

匈奴人作战除了仪式般地对冲之外，其实很善缠斗，更像群狼搏牛——并不与牛角硬撼，而是利用机动性围着你，你进我退，你退我进，寻机在你的弱处东咬一口，西抓一爪，最后看你血尽倒下。所以“巨剑”刺来，匈奴兵习惯性地散开，攻击两侧，殊不知两侧才是此阵最大的杀伤处，犹如刀刃从血肉处拖过。只见匈奴兵纷纷落马。匈奴人见此更会习惯性散开，想用弓箭抛射来对付。因为匈奴兵分工不强，几乎每个人都能充当马弓手。偏偏秦厉等人作为“剑尖”，带动巨剑专往人马密集处砍杀，裹在兵潮里，让他们顾忌自己人，发不出箭来，反被“剑”里的汉军弓手纷纷收割。“巨剑”所到之处，人仰马翻，血流成河。

真在敌阵中冲杀，“巨剑”远不似在城头观望那样威风写意。

刀剑对砍的金属锐响，几乎能刺破耳膜，双方所有人都在嘶喊，因为嘶喊能冲淡恐惧，放大愤怒。但人的力量太有限了，连着砍断十几个臂膀，刺穿十几具肉体，胳膊就酸痛无力了。人的骨头真硬，刀劈上几回，就钝了口，再砍不透盔甲……冲击不过三刻，汉军所有人都好像虚脱般地无力，但嗓子已哑，叫出的声音像野兽……战斗就像在相互抽打，因为刀枪和战士的神经都钝了。

马刀手在纷纷落马，弓手们的箭已经快射空了，长槊手开始补向外围……秦厉等八骏，还在喊着“虎——贲！”带着全阵斜斜刺向包围圈的东部。

匈奴人被冲蒙了，但在后军瞭望台上的左鹿蠡王看得很清楚，“巨剑”左冲右突，肯定意不在王旗，而是在突围。

左鹿蠡王瞬间有一种巨大的屈辱感，一支仅有几百骑的汉人军队，像一台收割机器一般，在他的虎狼军中犹如过无人之境。他本来嘲笑过呼衍王的失败，如今才体会了震撼和愤怒。左鹿蠡王不停地派出传令兵，让几支身边的精骑直接参与围堵和冲击。

匈奴队伍一旦不是各自凭经验作战，几支精骑的追剿和追击，效果明显。

秦厉右手砍刀，左手短刀，交叉劈旋，在最前方开路，浑身上下、包括战马全是血迹。回过头，发现“巨剑”的阵形几乎被一支斜刺冲来的精骑冲断，高喝着：“收紧！收紧！”拨马带着八骏冲了过去，盯上对方的主将。那是一个千夫长，左鹿蠡王麾下有名的猛将，左手持一把战斧，马鞍两边挂着两排手斧，被其右手一把把地飞出去……飞斧在空中旋转，秦厉眼看着一把劈在自己身边的一个虎贲兄弟面门……秦厉斜刺冲过去，砍刀劈下，却被对方的战斧硬撞，当的一声，秦厉觉得自己的右臂几乎脱臼了，长刀脱手而飞。秦厉本以力量见长，可见现在几乎已经脱力了……但电光石火间，马头撞在对方的马身上，秦厉借势将敌将扑到马下，那人举着战斧被抱住，无处发力，右手没有飞出的手斧正好砍进秦厉的腰腹上，那人刚想把手斧压深一点，就觉得下颌被一把短刀戳穿了……

秦厉压在千夫长的身上，两脚蹬地，将短刀顶到了尽头，那可能是穿到了头骨吧，再也无法前进一步，秦厉猛地一拧刀把，那脸几乎爆开了……秦厉抽刀站起，腰上还挂着斧子。

匈奴人也研究过汉人作战的弱点，汉兵明显对主将的依赖更甚，早有两位百夫长带人冲过来实施“斩首”行动。

秦厉血人一般，站在那里，怒目圆睁，眼白格外耀眼，大喝一声：“来呀！”短刀指着冲在面前的一人。

那人被气势所慑，一时委顿，竟然拉停了马。再想凝神，却被一支箭射在咽喉上，栽了下来。另一位百夫长一惊，正想寻那箭的来处，本能地用手掩住喉部，却被来箭射穿了手掌，钉在了喉咙上，满脸惊愕，慢慢摔下马。

这两箭竟有些虎头的风采，秦厉怀疑是错觉，难道虎头来了？只见身后一骑纵马驰来，胳膊上套着一张弓，执着一支长槊，挑落几个冲来的匈奴骑士，才转马向秦厉一伸手：“上来。”

秦厉一看，不正是玄英吗？原来玄英早就追进了队伍，时而用箭，时而用长槊，在为“巨剑”压尾，才保持着阵形如此长久地不散。

秦厉搭住手，被拉在玄英的马后，那一刻真的好累，头枕在玄英的肩上喘息着。玄英兀自冲杀，秦厉难得休息了一会儿，看见自己的几个虎贲弟兄堵住了缺口，阵形再次收缩，变成小小的一团……因为马刀手已经损失大半，“剑刃”露出了缺口，马弓手们箭已射光，抽刀冲到外围，却成了弱点，成片地落马……三百骑不到一百骑了。自己作为“剑尖”回马救阵，“剑”就没有在割“浪”前行了，瞬间就被团团围住。阵不动，杀伤力就锐减……阵要散了……秦厉看着自己的士兵一个个倒下，几位虎贲同僚眼看只剩下四个了，护在自己的身后，一般地浑身冒血……

“你这羽林干吗要回来……”秦厉伏在玄英的耳边说。

109 虎贲最强

“管什么羽林虎贲，咱们可是三十六骑。”玄英往外冲杀之余，侧头回了一句。眼见已冲到匈奴大军的边缘处，却又有一队铁骑斜刺冲来，打算截住突围的几十骑汉军。

秦厉大笑了几声，咳了起来，兀自在玄英耳边道：“好兄弟，同命同心。”回头望去，汉军阵形完全被冲散了……各自为战的汉军战士，个人战力未必及得上匈奴骑士，全军覆没只怕不过是一两刻的事。“疾！”秦厉忽然转头大喝一声。本就护在四周的虎贲八骏中的残存四骑，一起望向他们的大哥秦厉，眼神一触，即刻夹马挺刀，向截击的匈奴马队冲过去。

秦厉手上的短刀，一刀割在马屁股上，战马吃疼，猛地跳踔，带着两人竟然撞翻了敌方一骑，冲出了重围。

“你干什么！”玄英猝不及防，差点被掀下马去，拉了两下马缰，发现马全不受控制。但一马两人，即使狂奔速度也有限，一小队匈奴精骑分出来，追在身后。

两位敌将马快，逐渐脱离马队，两骑突进。

玄英回头扫了一眼，一摸箭囊，发现正好还余两箭，正待抽箭，却被秦厉按住：“箭留着最后用，他们我来对付。你只管催马。”说罢，秦厉一按马鞍，抬腿一旋，竟然反向坐在马屁股上，直面后方，握紧了短刀。

马后的两骑越追越近，秦厉盯着对方，发现那是两匹火焰般的骏马，毛色如缎，肌束在奔跑中伸张生动，这就是传说中的大宛汗血马吧？两匹马相似，马上的骑士也装束相同，奇的是容貌也一般无二，戴着牛角盔，颧骨高耸……秦厉不知道，他面对的是左鹿蠡王麾下的一对孪生勇士，草原上名声赫赫。

但两人的武器不同，一人是长枪，一人是长刀，一左一右，夹击过来。

长刀斜肩带背地砍来，意在一刀两命。秦厉不得不挡，猛吸一口气，闷哼一声，短刀生生磕开了长刀。那骑顺着刀势，马斜斜纵开。秦厉才看见一支长枪已刺到了胸前。

两人前后错落，配合妙到毫巅，不愧是孪生兄弟，旨在一招制敌。刀在前借着马势斜劈，正好能挡住身后的出枪。某一瞬间，枪是刺向自己兄弟的后心，一错眼，兄弟已让开，枪几乎擦着兄弟的后背，递了进去。

秦厉已经来不及收刀，本能地侧闪了一下，枪尖还是戳进了右胸。

一招得手，使长枪的拼命地前刺，想将马上的两人串在一起，却怎么也推不动。抬眼一看，秦厉右手握紧了连在胸前的枪杆，两眼血红地瞪着自己。

秦厉大喝一声，左手短刀递回，贴胸砍下，劈断了钉在胸里的枪杆。右手却兀自握着敌将一头的枪杆，猛地一拉，对方正在尽力推枪，忽然被拉，身体顿时贴了过来，秦厉左手短刀顺着枪杆划过去，削断了对方的几个手指……

敌将手上失了枪尖的枪杆落在地上，身子摇摇欲坠……却被他使刀的孪生兄弟一把抱住，眼见其喉咙鲜血狂吐，原来秦厉那一刀，还划断了他的喉咙……

秦厉听见那使刀的合泪狂叫越来越远，自己向后一仰，靠在玄英的背上。但那枪扎穿了秦厉的右胸，枪尖从后背透出两寸，触在了玄英的后背上。

玄英回脸大惊，秦厉带着胸腔里呲呲的呼吸声，哼了声：“别回头，接着跑。”

“你得挺住啊。”玄英埋头策马。

“挺着呢。”秦厉干笑着，却见身后雪浪滚滚，追兵还在七八十步外咬着，那匹汗血宝马慢慢地突出来，马背上是那刚刚失去兄弟的长刀勇士，愤怒而变形的脸越来越清晰。

“还是虎头的羽林更有用……”秦厉靠着玄英，眼半闭上了。

玄英疯狂策马，嘴里却带着哭音：“虎贲最强……真的，我们羽林嘴上不服，但都知道，虎贲最强，虎贲最强！”最后说得声嘶力竭，吼叫起来，生怕秦厉听不到。

秦厉闭着眼，享受地笑了一下，但在满是血污的脸上几乎看不出来：“跑，跑回去，一定告诉虎头，是匈奴……来了，”秦厉忽然睁开了双眼，“西域……再没有虎贲了。”纵身从马背上跃了下去。

马驮着两人，速度有限，陡然身上一轻，嘶鸣一声，速度加了上来。

秦厉落在地上，不理身后玄英的叫喊，斜拖着短刀，开始向追兵奔跑。不过五步，速度就提到了极致，迎着最前的火红一骑，对冲过去。

持刀的敌将也是极速，长刀横劈向前……一只头颅飞向空中。

秦厉忽然觉得自己在飞，视线变高……高得可以俯视雪原。一个无头的魁梧躯体，与那汗血宝马撞在了一起！躯体被撞飞了，飞出了四丈多远……马的胸骨被撞得陷落在内脏里，但还是跑出了几步翻到在雪地上，划出好宽的雪沟……那使刀的敌将翻滚了几圈跳了起来，挺刀站在地上，却被一箭钉在侧颈上，另一侧冒出箭尖，仰身栽倒……一定是玄英兄弟的箭！秦厉想看清玄英的身影，却觉得视线翻转，雪地扑面而来，陡然掩住了所有视线……

雪白，血红。

王旗随着左鹿蠡王，慢慢地出现在车师城前。

匈奴大军慢慢分开，让护卫簇拥着左鹿蠡王来到大军的最前列。

或许是恶战的缘故，热血的温度逼散了冬雾，四野敞亮起来。左鹿蠡王一路过来，见到的尽是尸体，心里估算了一下，颇为恼怒。南侵第一战有点猝不及防，莫名其妙，一支好似从天而降的小股汉军，竟然毁伤了自己一千多骑……虽然对方已全军覆没，己方却没有一点点胜利的情绪，完全被打蒙了。

车师王安得和城头上所有的将士，目睹了汉营援军在匈奴大潮中宛如弄潮儿，劈波斩浪，冲左突右……虽然终被大潮吞没，但豪气盈天，依旧让他们热血沸腾，震撼莫名。

左鹿蠡王遥看城上，能看见安得的王旗，旗下站着位披甲的老者，想必就是车师王，脸却看不甚清晰。当下一挥手，一骑举着使节突前，进了城前一箭之地还不停步，径自来到护城河边。

“大胡勇士归来，由尊贵的左鹿蠡王率领！车师上下，还不开城迎接？”使者没有佩戴武器，在河边向城头大喊。

安得城头不语，身边的众将沉默。

使者在城下连喊了三次，城上的诸位大臣都望向安得。安得肩膀一震，肩上的苍鹰振翅而起，俯冲而下，直扑向使者。使者并不简单，但无奈没有佩刀，只能用使节阻挡。不想苍鹰神骏，直接扑在脸上。使者单手掩面躲避，被抓走了皮帽，瞬间披头散发，狼狈不堪。

苍鹰将皮帽带回城头，落到了安得的肩上。

安得翻看着手里匈奴使者的皮帽，睥睨一笑，拔出佩刀，一刀戳穿，皮毛四散。刀尖一甩，帽子被丢到城下，落在护城河面的坚冰上。

“汉不负我，”安得用刀拍打垛口，一字一字地说，“我不负汉。”

使者在城下当然听不到安得的话语，但行为已昭然若揭，即刻捂着脸上鹰爪的抓痕，散落着头发，掉马回到大军之中。

一日后，左鹿蠡王开始强攻车师城。

三日后，车师王安得城头战死。

第四日，城头挑起降旗，车师王世子开城投降。

第六日，匈奴大军七千骑，由车师的降卒带领，奔向百里外的汉家军镇——只有两百多骑的金蒲城。

金蒲城很小，城墙高不过两丈左右，四面各长二十余丈。墙体用黄土一层层夯实，每层内叠加柳枝编成的网格。城内的体量说可驻兵马一千，其实最多只能八百。耿恭带着五百罪卒在这里苦训了大半个冬天，刚有些成效，就有三百骑因援救车师而覆没。现在城中除了剩余的两百骑，还有都护陈睦派来的五十骑精锐。如今不分兵种，全都弃马来到城头守备。

斥候早就撤出烽燧，带回匈奴前来攻城的消息。

耿恭站在城头上，看着西北方，雪雾腾起如烟，必是匈奴铁骑踏雪破冰而来。

其实早在六日前，玄英单骑归来，耿恭就派出两名斥候，一名绕过车师直去乌孙求援；一名南跨天山，去焉耆都护府示警，并尽快带大汉和焉耆的联军来援救。

耿恭知道乌孙出兵的希望渺茫，但还是要告知他们，可以趁乱取渔翁之利，在匈奴的侧后方捣一下乱也是好的。主要的希望要看都护府，但翻越天山，一来一去，最快也得十天。有大批军队运动，只会更慢，耿恭当十三天计，也就是说，金蒲城内的两百五十人，要在兵镇里坚守住七天。

耿恭一点也不知道，去乌孙方向的斥候，路遇了匈奴斥候小队，早被截杀。去都护府的斥候，进入焉耆地界，就被焉耆绿洲的驻军扣下。因为焉耆已经反了，正与两千汉军在焉耆城下对峙。而焉耆王子的人头，早被陈睦挂在了旗杆上……

耿恭看着雪原的尽头慢慢升起了一道黑线，慢慢地变粗，像黑色的墨汁倒在了白绢上，晕开得极快……那是黑色战甲的匈奴大军，铺满了雪野，迅速地溢开。

左鹿蠡王实在憋气，本带了一万铁骑，还没出车师地境，就损了两千骑。尤其被秦厉为首的三百汉骑插进大军的腹部，着实戳得狠了，心有余悸。对汉军越发忌惮，心里也没那么看轻年前兵败西域的呼衍王了。但据投降的车师王世子说，驻在车师国的汉军只有五百骑。那场恶战下，起码有三百汉骑阵亡，算起来金蒲城就只有两百骑的人马了，左鹿蠡王当机立断，挥全军南下，顺势取金蒲城。

匈奴大军的前锋是最快的轻骑，远远看清了金蒲城小小的轮廓。比起车师城，这个军镇真是矮小啊，连护城河都没有，仿佛马不停蹄，城墙就会被踏碎；万军过境，全城都会被碾平……

耿恭站在城头，看着黑骑遮天蔽日，马蹄声并在一起像低沉的滚雷，连续地闷击心脏。身后的兵士们难免有些紧张，敌人实在太多了！

耿恭却有些兴奋，脸上甚至有一丝狂热的神采。

弯弓射雕

万骑潮涌孤城闭，
神箭射马又射王。

110 箭神

班超并不知道，三十六骑里的有些人已经不在了。

匈奴已经拿下了车师城。

隼舵递来了一封来自焉耆的情报，说焉耆反了，被都护府的两千汉军反围了焉耆城。焉耆城内有三千焉耆军，但城外有八处绿洲的兵站，也分散着一千多焉耆兵力，时不时地在外围骚扰汉军。

早在于阗时，当着隼王的面，班超就关心车师的情报，但隼王说，车师国独在天山以北，邻着乌孙和匈奴，不算商道，所以一直不曾设置隼舵。

所以得知焉耆战事先起，班超首先担心起身在车师的耿恭了。焉耆都护府其实是车师的战略后方，不过半个月就开春了，匈奴一旦回侵，车师就独悬在外，独军难持。

他当下请隼舵的人给隼王传信，希望他能派焉耆的隼谍翻越天山，去车师的汉营，建立个简单的隼舵，越快越好。

班超看着地图，想着自己现在能做些什么。焉耆先乱，打乱了所有计划。心里骂着，这个都护陈睦，你就镇不住焉耆吗？原以为开春龟兹会与匈奴一起联动——龟兹会自西向东攻汉军与焉耆的联军，匈奴会自北向南攻汉军与车师的联军。看起来，北路汉军一方绝对劣势，自己所在的疏勒却是一支奇兵，屯有一万兵力。

这几天班超一直关注着龟兹的情报。龟兹虽然大肆摧毁地盘内的隼舵，但依然有两处暗舵在悄悄运行着，传出信来，龟兹和姑墨两国都在集结兵力。姑墨国与龟兹挨在一起，几乎像一个属国，对龟兹王马首是瞻。班超估算了一下，龟兹作为当下西域第一强国，拥有兵力约两万五千骑，而姑墨也有五千骑。这三万的兵力中，如果有一半扑向焉耆，焉耆连同都护府就算合在一起，也只能靠固守支撑。

班超原准备利用隼舵情报速度的优势，一旦龟兹向焉耆出兵，自己就率领疏勒的军队突袭龟兹，围魏救赵，叫龟兹首尾难顾，疲于奔命，能让都护府和焉耆腾出兵力，支援车师，挡住匈奴的南侵。虽然能挡住多久不好说，但抢出的时间，足够令洛都的朝廷做出反应，先派凉州的驻军西援，然后重整大军西征。

但现在全乱了。

焉耆竟然先反了，正跟汉军对峙缠斗，虽然都护府占些优势，但龟兹无须大军出征，只要派出五千骑，战事就会向敌方倾斜。此消彼长，龟兹屯军依旧有两万之众，班超的奇袭还会有作用吗？

班超走出了王宫的房间，在阔大的天台上来回走动，手指不自觉地弹击剑鞘，就像演奏。眼看着东北方车师的方向，叹着气，忽觉得风没以前凛冽，天气也越来越暖。

“春天就快来了。”

车师。

金蒲城。

城头有根挑高的旗杆，扑啦啦展着上下两面旗。上旗绣着一个斗大的“汉”，下旗是朱砂描的，是个“耿”字。

耿恭却立在垛口的垛沿上，高出守军一大截，独自站在翻腾的旗下。城前的雪原已经被黑色的兵潮渗透铺满，海啸般的浪头就击打在金蒲城这块“孤礁”上。

耿恭全副盔甲，透着寒气，却没有那双眼神冰冷。

这个冬季，耿恭训练兵镇里的士兵，跟他们说，我们面对的将是匈奴，所以我们要像匈奴一样，每个人都要会射箭，成为一个好箭手，因为你们是我耿恭带的兵。

所以城头上每个士兵都在肩上斜挎着已经上弦的弓，箭囊斜放在脚边。奇怪的是眼看着匈奴人越冲越近，也没听见耿恭发令，甚至没让大家将弓从肩上摘下来。

匈奴人的面目都几乎看清了，黑潮一下冲进了一箭之地。

耿恭突然从垛沿上跳了下来，喝了一声：“立盾!”

其实不是盾，垛口边立起的是一扇扇木排，高达八尺，斜斜地支着，就像屋檐。

“避!”耿恭又喝了一声，所有城上士兵带着一丝疑惑，不理脚边的箭囊，蹲下缩在木排下。

金蒲城四面城墙加起来，有七十多丈。两百五十人都放到城墙上，每丈也就三四名守城者，所以，城墙上显得稀稀落落。

城下则正好相反。无数铁骑汹汹而来，眼见就要撞在城墙上，突然像流水一般，绕墙分流，不一会儿就围住了整个金蒲城。如果从高空俯瞰，小小的方形城池里，所有屋顶都架设了木排，包括马圈。城墙的四角，每角架设了两台床弩，但弩后却没有操作的人，所有兵士都躲在垛口斜撑的一扇扇木排下。

城外的匈奴铁骑，依旧如流水一般，环城流动，外一层的包围圈则反向流动，让人产生一种奇异的晕眩。两个包围圈里所有的匈奴骑士在驰动中，都侧身弯弓搭箭，往城上抛射。

箭矢如雨，纷纷扎在垛口乃至城内屋顶的木排上，噔噔有声。

耿恭没有蹲下，而是站在两个木栏的缝隙间，向城下观察，身后两个士兵举着两面真正的盾牌，为主将挡漏下来的“雨”。

耿恭瞅准时机，通过缝隙向城下时不时射出一箭。引弓，松弦，动作行云流水。

箭雨像是不会停歇。一支队伍射光了箭囊，自动会流散出去，另一支队伍“流”进来，开始回环和继续抛射。

左鹿蠡王在后军观察着。他发现金蒲城不高，而且对城下一箭之地内的铁骑没什么反击，索性命令大肆抛射，让守军胆寒，再也抬不起头来。胆气于军队最重要，左鹿蠡王估算了一下，四五支马队轮番上去，大概会动用两千骑，差不多射出两万支箭，应该就能把这两百汉军的心气砸碎，无须等到后面带着攻城设备的辎重队伍赶到，守军就撑不住了。

左鹿蠡王欣赏着漫天箭雨的弧线轨迹，忽跑来一位传令兵报知，率领抛射的百夫长萨奇格阵亡了，应该是中了城上的流矢。

左鹿蠡王偏记得这个百夫长的脸，是草原新起的年轻勇士，心里一阵惋惜。

不一会儿，又有消息传来，说有三名十夫长阵亡，中了城上的流矢。

左鹿蠡王眉头皱起来，看来城上还是有零星向城下射箭的，远远望去，只见自家的箭雨兀自倾泻。眼见着又一名传令兵驰来，说百夫长伯别阵亡，中了城上的流矢。

左鹿蠡王纵马跑出几步，来到传令兵面前怒道：“什么流矢？分明城上有个神箭手，专门瞄准领兵的头领。”话音未落，又有传令兵，举角旗驰来。

“又是谁？”左鹿蠡王喝道。

“百夫长铁勒阵亡，还有两名十夫长……中了城上的流矢……”

左鹿蠡王一鞭抽了过去，带马回头，对身边一左一右两名主攻的千夫长下令：“停止攻城！全军后退五里，选地扎营！”再攻下去，汉军胆气未裂，己方的军心倒是要震动了，成批的军官被射杀。

八个牛角号被呜呜吹响，流动的两环包围圈不再射箭，展开成两条黑带，向后军伸展。队伍稍有些混乱，毕竟死了不少临场指挥官。

箭雨停歇了好一阵，城上的汉兵才一个个从木排后站起，看着大片的匈奴铁骑，仿若黑云移动，真的退了。

两百多人站在城墙上，有点浑浑噩噩，刚才的箭雨实在是太震撼了。环顾四周，木排上、房顶上、城头的土墙及地面，都插满了箭羽，灰白色的羽毛，像开出的芦花，整个军镇裸露的地方，仿佛都长出了低矮的芦苇。

“收获不错！”耿恭叫着，“赶紧将这些礼物都收了。”

几位羽林兄弟先动了起来，带着大家开始拔箭和收集。士兵们边做边窃窃私语，讨论的是耿校尉怎么就靠一个人射了十几箭，就把匈奴人射退了。

“校尉爷真的是箭神。”

“是啊，校尉爷射箭的时候，我就蹲在校尉爷的脚边，我一直抬着头看，你猜我看见了什么？”

“看见了啥？赶紧说！”

“我看见那些飞上来的箭，遇见了校尉爷，会拐弯绕过去。”

“真的？”

“你们刚才没看见吗？校尉爷刚才走过的时候，满地插的箭，都在抖？”

“好像是。”

“那是在朝拜箭神。”

……

耿恭又一个人站在了垛沿上，遥望着匈奴人扎营。金蒲城的四面都扎有密密麻麻的军帐，但主营盘对着城门。“这一仗该怎么打呢？”耿恭想。

耿恭不知道自己的身后，有许多狂热崇拜的炽烈眼神，望着自己的背影。

那背影越发高大，比旗杆还高……让他们不再恐惧。

左鹿蠡王的王帐阔大，分为一大一小，大的议事，小的安寝，外围还有幕墙，众人劳作着，到现在还没有扎好。王帐的帐前有一片空地，整齐地放着一排尸体。左鹿蠡王呆呆地站在尸体边。十三位大胡勇士，四名百夫长，九位十夫长，静静地躺在那里。所有人都是眼窝中箭，箭镞入脑，分明是抬头张弓搭箭时，中了箭。对城上的神箭手来说，俯射很难射到咽喉，眼睛便成了头盔下最显露和致命的射点。

“世上真有这么好的箭术？”左鹿蠡王无奈地摇头，“竟然是个汉人。”

到了黄昏，广大的营地灶烟袅袅，而从车师城运来的大批充当马料的谷物，随着辎重队伍被送进了营地。其他辎重主要是一车车的木材木料，当夜就会根据金蒲城的高度，抢制出一批云梯。

左鹿蠡王在王帐里，将千夫长们集在一起开会，要求会议之后，他们麾下所有百夫长、十夫长都穿戴普通士兵的甲胄战袍。所有千夫长，不能进入金蒲城的一箭之地。

“我不想失去你们。”左鹿蠡王左右环顾着他的将领们，“他们有一个神箭手。”

“尊贵的王爷，我们也有神箭手，我的部族就有三位，他们可以射中百步之外的野兔的……那话儿！”

众将大笑了起来，觉得左鹿蠡王过于谨慎了。

“你们看一看，”左鹿蠡王拿出一支箭来，比匈奴的箭长，“他在城上，躲在垛口后面，高处的射程又比低处远得多，我们的神箭手在城下和他对射会吃亏。其实不用那么麻烦，明天正式攻城，只要我们的勇士拼上城头，他的箭就没用了。不过就是两百人。”

111 滋味如何

匈奴人本来不善攻城的，但和精于筑城守墙的汉人争斗了几百年，也总结出一些经验来。天一亮，匈奴大军吹着号角就在城前集结起来，在一箭之地外，出现了一些步兵，扛着七八十架三丈高的云梯，手持着一面盾牌，弯刀就卡在盾牌的里面。

这回匈奴没有疾攻，而是派出使者来到城下喊话。

喊话人会汉语，可能是刚刚投降的车师人。“大胡尊贵的左鹿蠡王，诚心劝耿将军投降！不要无谓地抵抗啦！我们知道你们只有两百人，而左鹿蠡王有一万骑！随时可以踏碎整个城池！我就想问一声，昨日的箭雨，滋味如何？”

城上也有一个大嗓门的士兵，在耿恭交代几句后，开始喊话。

“我家将军说，你们送的箭很不错！这样的雨，可以每天下一点！但是来而不往非礼也，我们会把箭还给你们的！让你们知道，什么是汉家神箭！”

左鹿蠡王远远地听着，喃喃念着“汉家神箭？”，是指那个神箭手吗？

谈判很快破裂，四面的号角又响成一片，匈奴大军开始攻城了。

一支马队七八百骑，如昨日一般，环城而跑，马上弯弓抛射，箭雨落下。汉军与昨日一样躲在屋檐般斜支在垛口的木排下。

耿恭知道，这轮箭雨就是火力压制，让汉军抬不了头，掩护那批扛云梯的步兵冲到城下。虽然通过垛口的箭孔也能发箭，但效率低太多了。正式的弓手射阵，往往分三排，轮转不休。在最后一排时，每人脚边都放着箭囊，随着旗语，整齐地抽箭搭箭；随后整排人前进两步，步到第二排开始引弓拉满；再前进两步来到第一排，随着旗语命令，调整箭的高度（箭头指向的高度，代表不同的射程。比如旗语里发出“三寸”的指令，就是箭头要高出水平三寸的高度。发射官往往是极有经验的将校，根据战场上封锁或杀伤要求，随时调校箭高的指令），看旗子一挥，一排箭射出，整排人迅速退回到第三排，周而复始。三排人的身后，有专门给箭囊补箭的人。但在敌方箭雨的封锁下，汉军不可能在城头排出射阵。

耿恭也没有命令兵士从箭孔发箭，只是缩着。自己想射几名敌方的军官，才发现城下抛射的马队里，再没有披军官甲胄的人，只能拿弓敲了敲头盔，苦笑一下。

匈奴的云梯队伍全力徒步奔跑，迅速跑进了一箭之地，训练有素地将单手的盾牌架在梯边，挡着头顶，全没想到，城上的汉军无动于衷，没发一箭。

云梯队冲到抛射马队的身边，马队倏然分开后退，让开道路。箭雨一下没那么密集了。

城头四角的八架床弩却在盾牌手的掩护下启动了。一架床弩一般有三名床弩手操作，每人配了一位盾牌手遮挡箭雨。八尺长的弩枪，瞄的不是人，而是云梯。八支弩枪弹出，带着呼啸声，击在云梯上，云梯瞬间折断崩散，扛云梯的步兵也被波及，受伤倒下。第一轮弩枪发射，六架云梯被毁。第二轮的弩枪正在操作……但操作被打断了，城下抛射的马队里，其实埋伏着十几名匈奴的神箭手，同时出手射城上四角，盾牌手都保护不住，有些箭准确地穿过盾牌的缝隙，射中了弩枪手。第二轮，弩枪只射出了三支……

耿恭一挥手，伤还没完全好透的玄英，带着几名羽林兄弟，分扑四角，专门压制那些已经露头的匈奴神射手。耿恭也不闲着，一边步向四角指挥补充弩枪手，一边向城下射箭。环城寻了一圈，大部分城下的神射手已被猎杀殆尽。

但还是有许多云梯队冲到了城下，消失在弩枪的射程里。

每支云梯队最前面的两个人，是队伍最重要的两人，他们往往最勇敢也最有技巧。两人冲到城下，眼看就要撞墙，高喊一声“起！”，就跳起把脚蹬在城墙上，横着身带着梯头往墙上跑。身后的几个人高举梯子，最后面的人猛推，两个人奔跑着就被梯子生生推上城头，梯子也就架好了，下面的人迅速爬梯。两人上城的第一件事，就是从盾牌后扯出弯刀，疯狂劈砍守城者，为身后的爬梯同袍争取时间……

金蒲城不高，才两丈，如此操作原本不难，没想到，冲到城下的云梯队大部分都没把云梯搭上城头。几乎都是带梯上城的两个人，在墙上跑到三分之二处，突然松手放了梯子，从半空中摔了下来，落地后要么摔得人事不知，要么打滚惨叫。攻城就是要四壁齐上，让城头的人四顾不暇，但只有极少数云梯上了城头，那最先的两个人就成了靶子，早有瞄好的几支长槊，在他们探出垛口的一瞬，把他们扎穿，然后把尸体顺着梯子挑下去，砸落一串登梯者。

攻城就是要抢，不过一刻，更多的云梯队和攻城步兵穿过了床弩的封锁，来到城下，但还是有大多数梯子架不上去，城下一下显得拥挤混乱起来。云梯上墙要有个助跑距离，有些云梯队试图重整，开始扛梯后退……

外围的匈奴马队，怕误伤攻城者，停止了轮射，慢慢退远，只留着好几名神射手藏在步兵盾牌手的后面配合云梯上城时，射杀阻挡的长槊手。但他们一出手，露出身形，就成了耿恭和几名羽林射手的目标。

箭雨倒是彻底地停了，城头的争夺却开始激烈起来。

耿恭看时机差不多了，对传令官一挥手，那传令官双旗挥舞，大部分缩在木排下的士兵出来了，摘弓搭箭，也不结射阵，各自向爬梯以及城下堆积的匈奴步兵射箭。

箭势比起匈奴的箭雨来，一点也不恢宏，毕竟只有一百多人射箭，又不整齐，看起来稀稀落落的。

但效果极为惊人！

左鹿蠡王就看见在云梯上攀缘的人，纷纷落下；城下的步兵一个个地倒下……他们并没有死，因为每个人都在哀号！那种都不像是人发出的凄厉惨叫。那一刻，左鹿蠡王几乎都不认识自己的军队了……这都是草原上的好猎手、好儿郎，平时被马摔断了腿，也不会吭一声的男人，怎么会……变成这样？

越来越多的人加入了翻滚惨叫的行列，叫声此起彼伏，声嘶力竭……城下没有中箭的步兵，不知所措，好像身在鬼域，抢城的行动不知不觉地停下来了。

左鹿蠡王如梦方醒，下令吹收兵号，然后让马弓手们再次进入一箭之地，接应步兵们回来。

已经退远的马队再想进入一箭之地来个箭雨压制，就不容易了。城上的射程比城下起码远三十步，所以还没等进入张弓时刻，城上的箭就零星射过来了。中箭者与步兵一样，哀号着摔下马去，在马蹄边扭动翻滚，嘶叫不休，两个人都按不住。但命令就是命令，马队继续向前，中箭者越多，最要命的是马中箭的反应，当下疯狂，不仅甩下骑手，兀自红着眼在队伍里乱撞。还没通过那要命的三十步，马队就被疯马们彻底冲乱了。冲进一箭之地的马弓手，也都成了散兵游勇，被城上的射手居高临下地收割。

收兵号越来越急，能跑的匈奴人都逃离了城下的一箭之地，密密麻麻地站在外围看着无法援救的同袍们还有爱马，还在一箭之地内哀号翻滚，像一种古怪而痛苦的合唱。

这合唱里传出深深的恐惧，让倾听者忍不住瑟瑟发抖。

这是什么箭？

城头上也停止了射箭，士兵们静静地看着城下蠕动的狼藉，没有欢呼，好像被成果震住了。也有不少人心生鄙视，匈奴不过如此。

只有玄英背对着垛口慢慢坐下来，扶着已经酸痛得快动不了的右臂，望天喃喃道："老秦，替你杀了三十八个……"

耿恭让传令官向匈奴挥休战旗，但发现匈奴好像不懂，让大嗓门的士兵呼喊，声音却无法穿过那片哀痛的惨哭和呻吟。只好写了封信，绑在弩枪上，用床弩高高地射向城门正前方的敌军。床弩的射程远超过一箭之地，但这把弩枪上还挂了响哨，一路鸣叫，提醒人注意。由于射角很高，弩枪划了一个很大的抛物线，落了下来。这给了匈奴人很多准备时间，纷纷散出一片空地，目睹着弩枪从天而降，砰的一声，扎入地面一尺多深。

早有人取了信，去送给左鹿蠡王。

左鹿蠡王让舌人念出，大意是：汉军可暂时休战，允许贵军来城下接回伤者和尸体。何时再战，任凭贵军，随时恭候。汉家神箭滋味如何?

左鹿蠡王既感佩又无奈,令五百士兵,弃了兵器,去一箭之地内,抬回伤者和尸体。汉军果然依约,没做任何攻击。

战场清理陆续持续到黄昏,左鹿蠡王才回到医帐里去看三百多名伤员。本来已经平静的军营里,又开始发出凄惨至极的哀号,听得周边几里的匈奴士兵不寒而栗,心胆皆寒。原来是军医和巫医正在给伤员们拔箭。

左鹿蠡王皱眉而观,只见箭镞拔出,创口里的血肉翻出,就像被烙铁烙过一般,冒着沸腾的血泡,触目惊心。

左鹿蠡王有点恼火,叫随从把号哭的伤员的嘴全堵上。也有一些咬牙不喊的汉子,他们无须拔箭,多是上午攻城从云梯上摔下来的领头兵。原来在城墙的三分之二处,汉军在墙身上埋了一排箭镞,他们带梯上墙,被扎穿了毡靴底……脚心剧疼攻心,就松了梯子摔了下来……“当时真的很疼,疼得像是人会炸开……”

等到伤员拔箭完毕,人也慢慢平静些,左鹿蠡王才把医者叫出来询问。

“这……是怎么回事儿?”

“箭有毒。”军医变色说。

“这不是毒,是诅咒,”巫医道,“恶毒的、来自地底的诅咒!”

医者意见不一,左鹿蠡王也不知该信谁,拿着一支从伤员身上拔出的箭——可气的是这箭还是匈奴人自己的箭,应该是前一天射进城的,现在被汉军射了回来。左鹿蠡王用指尖轻轻地触了下箭镞,身边早有人大惊提醒:“王爷,使不得!”

左鹿蠡王浑然不觉,转脸看向帐外的城墙,像是自言自语:“这就是他们说的汉家神箭吧。”

金蒲城的城墙内，有个大棚，棚上兀自插着不少雕翎箭。

棚下有个燃烧的炉膛。

或是火旺的缘故，塞外的晚冬虽然极冷，炉前的铁匠却赤裸着上身，独自一锤一锤，锻打着箭镞。火色给铁匠的臂膀和光头镶出了一个红边，照着上面的麒麟文身，宛若立体一般。

那些让匈奴哀号的“神箭”，就出自他的手笔。

墨者齐欢。

112 墨毒

齐欢与两位沙门带着金像，另走一路，直接去了精绝。

精绝王和齐欢本就很投契，对来自贵霜的“商王”信仰者也不算陌生，所以招待得非常周到。得知齐欢一行要赶往敦煌，精绝王也备下了给汉廷的礼物，派了一个使团随行，形成了一支驼队，并雇用了赫塞军团的十名士兵护送。

过鄯善时，齐欢没有去拜会鄯善王，偃旗息鼓，只当过路，最后还算顺利地到达了敦煌。

在敦煌郡，齐欢先以精绝使团的名义，拜见敦煌太守，无奈太守忙于应对驻军，由郡丞接见，主簿亲自招待，将使团及齐欢数人安置到了驿馆。

齐欢找了个机会，拉主簿单独说话，表明自己是窦帅派出的使团成员，现有急事，要见窦帅，还请帮忙引见。

窦帅大军就在这几天筹备移动，主簿见齐欢实在不像个汉吏，而且夹杂在精绝使团内，在这么个敏感的坎儿上出现，难说不是个谍子……便谨慎道：“我都很难见到窦帅。窦帅治军极严，我先报与太守，再转函与他们的军司马呈报，你就在驿馆等消息吧。”

这一等，五六天再没什么消息，齐欢再去找那主簿，主簿总是找借口躲着不见，手下人说，郡府管不了窦帅那边的事，只能等待。

这一天齐欢在驿馆内难免焦躁，却来了个陌生人指名要见齐欢，送来了一简班超的信。

敦煌城南，正是西征汉军的大营。

大营在此驻扎了近四个月，留下了许多用圆木垒成的房子，要比军帐暖和许多，如今被拆得一片狼藉。帐篷早就打包在了辎重车上，排成了三列，车队有几里长，等着后军的骑兵队伍走完，才会启动跟在后面。

一万八千骑的军队，合着辎重后勤的人，合共近三万人，都将于今日浩浩荡荡地出发，奔赴洛都。

窦固在中军正中心，骑着黑色健马，四周围着八名军司马，前方是执旗，外围是执戟……队伍两边有不停来回驰动的传令者，向军司马报知前后军的状况，军司马挑拣些需要决断的，才报与窦帅。

真的值得报知的事不多，所以窦固只管想些心事。朝廷尚书台之前下了一次退兵的命令，被窦固以有违军机推却了，后来又下了一次，本想拖着，结果耿秉来商议，由他带五千轻骑赶回洛都堵上朝廷大臣们的嘴，窦帅继续留在敦煌，等开春再图西域。

窦固隐隐觉得有些蹊跷，耿秉本是军中最坚决收复西域的推动者，也是当今皇上眼里的军中才俊，一个激进派，现在却以放弃自己军功的方式，来保全西域对峙的大势，意味着什么？难道退军的意思来自宫里的那位？那为什么不给他这个主帅下诏呢？

第三次收到尚书台的退兵命令，虽然说的和以前一样，是财政的理由，但出言已颇为严厉，甚至附了些御史的参言，窦固这样的稳重者也坐不住了。同时，他还收到家里的一封信，来自公主——他的妻子，再不犹豫，下令返兵洛都。

“太可惜了！春天将近，此时撤军，前面的投入几乎就全浪费了，老说什么财政原因，连这笔账都不会算吗？”忽然一片嘈杂声，打断了窦固的沉思，窦固回神侧看，路边的树林里竟然冲出一条戴笠大汉，被几支长戟压在肩上，竟然不惧，高喊着：“军司马班超！有急信报与窦帅！”

长戟越来越多，将大汉压跪在雪地上，斗笠也被挑到了一边，露出一个布满刺青的光头来。窦固提马向前几步：“你不是班超！”

“我是班司马的属下。”

“嗯，我记得你。”齐欢实在外貌奇特，所以窦固有印象这大汉是出使三十六骑中的一位，“班先生现在何处？”

“班先生本在于阗，现在应在赶往疏勒的路上。”

“他去疏勒做什么？”

“班先生说，大军一旦退出敦煌，龟兹必将蠢蠢欲动，疏勒就危险了。疏勒还好，有一万骑的兵力，最危险的是车师，将单独面对匈奴人的回犯。”

“一万骑！”窦固沉吟道，“都能为班先生所用？”

“能！”

“不简单，”窦固有一丝疑惑，“班先生人在千里之外，如何能知道我大军撤离的消息？”

“属下不知，我只是收到班头……班先生的一封信，叫我来恳请窦帅留下！”

“军令如山，如何留下？”

“班先生说大军一退，西域的大好局势都将毁于一旦！”齐欢声音低沉有力，压制着激动。

窦固挥手，让指着齐欢的长戟都收了，带马来到齐欢的面前，黯然摇头道："我何尝不知？你们都是我派出去的！退兵之命在于朝堂，虽然有将在外君命有所不授的说法，但大军内势力纷杂，既有南匈奴的降军，也有乌桓、鲜卑的兵团，在外日久，难免生乱。而且我是个外戚，掌兵自重最容易被朝堂诸公攻击了……"

齐欢正正跪地俯首一拜，以膝挪步，挡在窦固的马蹄前："将军爱惜羽毛与声名，可能累及成千上万的人就要死了。"

窦固默然无声，齐欢静跪马前，各自不动。

窦固叹息一声，下马站到齐欢面前，慢慢抱拳施了一礼，转身一挥手，四名执戟武士，跳下马来，要将齐欢拖向一边。齐欢暗哼一声，凝身不动，四名武士哪里拖得动？转眼又下来四名武士，才把齐欢拖开，连头带脸按在雪地里。

齐欢脸掩在雪里喊着："窦帅知道班先生的身份吧？"

窦固本已单脚踩在递来的上马石上，缩了回来，走到齐欢身前，蹲了下来："怎么讲？"

"班头已经从贵霜带回了金像。"

"哦，"窦固让按住齐欢的武士都松了手，他是西征大军中唯一知晓班超作为皇帝密使的身份的。"金像？这是……"窦固看着齐欢，用马鞭指了指天，"上边的差事？"

"是。还有两名天竺来的……大师，护持着金像，现在就在城里的驿馆内。请将军护送他们至洛都，交与……上边。"

"好！"窦固知道此事很郑重。

齐欢站起身，掸掸身上的泥雪，行了一礼，转身就走。

"你是要赶回疏勒吗？"

"回疏勒来不及了，我去车师。"

"车师？"

"去挡匈奴。"

“就你一个人？”

“那里还有我的兄弟，”齐欢已走出了七八步，“我会和他们死在一起。”

“先生……贵姓？”窦固越发心生敬意。

齐欢头也不回：“将死之人而已。”大踏步地走远了。

在都护陈睦派去的五十骑亲兵到达金蒲城之前，齐欢先一天到了，带来了敦煌已经大军南归的消息。

从那天起，齐欢就在打造金蒲城的城防设备，包括城头增加的两台床弩。但还没打造出规模，匈奴人就提前来了……所以才出现第一天全线龟缩，收集敌箭的战法。

玄英单骑归来后的两天，齐欢一直把自己关在大棚里熬炼毒药，专用于涂抹箭镞。

那天耿恭好奇地去看了一下，整个棚子里气味熏天，只见齐欢用块布罩住了口鼻，戴着手套，拿一根木棍搅着一大锅暗褐色的“汤”。

耿恭捂着鼻子走到锅边，好奇道：“这就是见血封喉的箭毒吗？”

齐欢看了耿恭一眼，停了手：“真要那么毒的话，我药没熬完，就已经被毒翻了。我的箭药毒不死人。”

“那……有何用？”

“比毒死更有效。我墨门不嗜杀人，传下这种箭药，却有个好听的名字，也有个难听的名字。好听的名字叫‘寒胆’，因为的确会放入一枚苦胆作为药引。”

“难听的名字是啥？”耿恭来了兴趣。

“叫‘炮杀’。”

“什么意思？”

“吃过炮鸡吗？”

“当然吃过。”

“知道怎么做吗？”

“就是用烧红的铁钎，从鸡的屁股插进去，把鸡烤熟。对了，你们打铁的，倒是很方便做炮鸡吃……”

“这箭药，抹在箭镞上，射进身体，就像烧红的铁钎……插了进去。”

耿恭不自觉地抽了口气：“那得多疼？”

“所以才叫‘炮杀’。我们西域这一路上，没少遇见蝎子草吧？”

“对呀，稍微碰一下，痛得冒汗！简直比蝎子咬了还疼。”

“西域就是蝎子草多，”齐欢敲了敲大锅的锅沿，“我往这里面加了不少！”

“那不得疼上加疼？”

“我墨门的战争经验，在敌众我寡时，杀死对方的人只会激发他们更强的斗志。但如果让他们疼，惨叫，哭喊……就会让所有人畏缩，丢了胆气。你知道的，战场上，胆气有多么重要！”

“懂啦！‘炮杀’杀的不是人，而是胆气。难怪又叫‘寒胆’！真是好名字！”耿恭的手指，一根根地蜷起，慢慢握紧了拳头。

113 / 鏖战

深夜的金蒲城注定是忙碌的。

城外的匈奴大营里的匠人，还在赶制云梯，而要求的物资，还在从车师城源源不断地送来。左鹿蠡王觉得，两百来人的汉军，就算有神箭在手，也经不起车轮战。自己的优势就是人多。白天的败绩，还是太过轻敌，又被神箭的效果镇住了……如果攻势再猛烈些，云梯再多些，攻击点再扩展些，马弓手的抛射压制再延长些……那两百汉军就算没战死，也得累死。

左鹿蠡王看见金蒲城的城头也是火光闪闪，想必也在修葺垛口，添加设备呢。左鹿蠡王带着几十个护卫，在夜色掩护下，出营来到离城墙的五百步内，本想再近些，被护卫死死拉住了。

左鹿蠡王远远看见城头上用篮子同时吊了好几个人出外墙，徐徐向下，吃了一惊，叫一个卫士赶忙驰回营，叫营地警戒，可能会有潜入者烧营骚扰。

再看，那些吊篮吊到城墙三分之二处，就悬在那里，被吊者还举着火把，想要派偷营捣乱者，不至于如此明火执仗。左鹿蠡王又派了七八个侦察者，去潜行到更近处观察，不久回来一名报知，那些悬挂在城外者，好像在墙上布置什么。左鹿蠡王一下明白了，这些人正在墙上埋更多的箭镞，或者还要在旧箭镞上重新抹药或施咒，对付的就是云梯。

突然城头同时向四处高空射出了七八支火箭，像散开的零星礼花。火光在空中划动，虽然微弱，在暗夜里依旧耀眼，依稀能照见一箭之地内的一地脏雪，几名潜入一箭之地内的匈奴侦察者一下露出了身影。火箭插入脏雪里，火却越烧越高，把尾羽都烧着了，照出奔逃者长长的影子。城头值夜的两名善射的羽林卫，没有放过他们。夜箭无声，只是晃动的光影不见了。

左鹿蠡王摇了摇头，被护卫们又拉退了几十步。为什么汉人有这么多神箭手？白天一战，匈奴的神箭手竟然被射杀了一半……那都是被草原各部落捧在手心的宝贝呀！左鹿蠡王想想都心疼。侦察者还是逃回来了几位，与左鹿蠡王的卫队合在一起，退回了大营。

次日，匈奴没有攻城。

又次日，匈奴依旧没有攻城。

金蒲城沉默无声，只是城内的齐欢带着一些人更忙碌了。

两边都在蓄力，像野兽一般，弓起了它的腰。

清晨，匈奴特有的战斗号角，在围着金蒲城星星点点的帐篷营地里，一声赶一声地响起。

城头张望的汉兵，敲起门楼边一面直径四尺的立鼓，咚咚地震撼心魄，催个不停。城内营房里的士兵，披甲执刀挎弓背箭挺盾，陆续跑上城头，站好规定的位置。

匈奴军队开始排开，乌泱泱一步步地围向城池。依旧是骑兵在前，攻城扛梯的步兵在后。不同的是这次云梯队更多，有一百多支，分从城墙的四面推进。

城头上又多出两架床弩，在城门的上方。

以左鹿蠡王从车师得到的情报，金蒲城内只剩下两百骑汉军，但不知陈睦从都护府派过来的五十骑亲兵，都是经验丰富的战士。不过左鹿蠡王就算知道，也不会当回事，手握万骑之众，在他眼里两百还是两百五，简直没有区别。但在耿恭眼里，则是多出了许多战力。三天前，城头直接挑杀上城者的，就是这批老兵，干净利落。

匈奴队伍完全不似以往的战法，万马奔腾地冲击，而是如汉军般与步兵同步慢慢来到一箭之地外五十步，停了下来。前面的骑兵让开，冲出了一队约五百骑的马队，与别的马队明显不同。这批骑兵穿了重甲或是两层甲，手臂上也裹了皮甲。最不一样的是马也都披满了甲胄。装备明显是这两天拼凑出来的，并不整齐，就是为了对付所谓的汉家神箭。

耿恭惊叹了一下敌方的应变能力，大喝一声："床弩，追着他们打！"

正面墙上的四架床弩瞄准了这支正在冲起来的队伍，发出了四支弩枪，带着呼啸声射入敌阵，瞬间撞翻了七八骑。所谓的重甲也挡不了弩枪，人马洞穿，血肉飞散，有一匹披甲的战马被生生地钉在地上。

这支重骑迅速散开，一边跑进一箭之地，一边弯弓搭箭，围城驰动，绝不扎堆，开始向城上抛射。

这批人是左鹿蠡王组织的敢死队，也是第一批抛射压制者，他们知道将成为床弩的目标，但他们愿意以此消耗床弩。

几百支箭射上来，气势远不及三天前蓬勃，但城上的士兵也得避在木排后闪躲。箭孔中也射了些"神箭"下去，几乎没有效果。这些重骑横跑，既难成为床弩的目标，更难成为弓箭的目标，因为弓箭不容易穿透重甲。耿恭射了几箭，依旧让满身甲胄的骑士穿眼而死，但改变不了多少局势。

压制一旦形成，普通骑兵开始启动，冲进一箭之地，仅凭垛口上箭孔发箭，根本挡不住他们，虽然也有一些人马中箭疯狂号叫，却瞬间被后面的骑兵踩踏……更多的匈奴骑兵流到城下，在重骑的外围环城而跑，箭雨又形成了。

马头滚滚，床弩就容易发挥作用了，每枪射入人群，都造成一片人仰马翻，就像在激流里投入巨石，击起大片逆浪一般。耿恭马上发令，弓箭手只对付普通骑兵，放弃重骑；床弩不再发射，弩枪究竟要对付的还是云梯。匈奴人所做的一切，都是为了登城。

果然，上百支云梯队从四面冲进了一箭之地。

十架床弩，顶着城下神箭手的瞄准，全部开火，击断云梯。但床弩的缺点就是发射间隔太长……城下的神箭手专门瞄射床弩手，打断他们的操作程序，减缓发射的周期……床弩手和保护他们的盾牌手都在伤亡中轮换……城上的玄英带着羽林卫则狩猎着城下混在兵群里的神箭手……

云梯队和步兵一冲近，普通骑兵开始退却，让出地方。

重骑也停止奔跑，分散着驻马，等步兵从身边冲过，但他们手不停弓，继续向城上施行有限的火力压制。

此消彼长，城上的“神箭”密集了许多，步兵虽都带了盾牌，还是有不少中箭翻滚者。但四面城墙外，云梯虽然被击碎了二十多架，第一轮冲击还是有两架云梯被搭上了城头。原来每个云梯队又配置了一支长杆队，不再依靠排头兵，将云梯一头用长杆顶到城头上。步兵们举着盾牌，以极快的速度登梯。为了挡住可怕的“汉家神箭”，他们几乎用盾牌遮挡了头上所有视线……第一个匈奴兵在梯上埋头奔跑，看见自己脚踏到了云梯的尽头，才惊觉自己已经登上了城，大喝一声，撤了盾牌，猛地一扑，想挥动弯刀，眼前出现了一排矛头……他是自己撞上去的，身体被悬挂在了矛头上。

那是齐欢带士兵赶制的由墨子设计的封垛车。墨子是历史上最伟大的守城大师。

封垛车已经经过好多代墨者的改良，前面有块厚重的挡板，挡板上固定着两排斜指向下的长矛。一旦有云梯架设到城垛上，就有三名汉军士兵推着封垛车，抵住云梯出口，随即压下车轴上的卡闸，车就只能向前推，却无法后退一步。这种车在平地上，排成一圈，可以用来组合成临时堡垒。排成一线则阻挡对方冲锋最为有效，因为敌军无法逆推，己方却推进一步算一步。

封垛车卡在垛口上，等于绝了这架云梯的进路，云梯上的一串人成了待宰羔羊，不及退下便纷纷中箭，哀号着摔了下去。

但架上城的云梯，越来越多，城上的汉兵疲于奔命。

耿恭一直在城上游走，查缺补漏，总有封垛车一时不到的时候，他的长枪一抡，就能鞭下云梯上一串匈奴兵……他还间或射了二十几支抹了“寒胆”的箭，射的全是重骑胯下的马眼。马一旦疯狂，就会像战车一样，摔下主人，在匈奴步兵中横冲直撞，甚至撞翻云梯，踩伤无数……

只要看见耿恭奔走的身影，城上的士兵就雄心勃发，嘶吼着战斗。耿恭每发出一箭，都会迎来一片欢呼。

接下来……

对汉军来说，这是一种体力的折磨。鏖战持续了一个多时辰，这支没有后备队的军队在城上咬牙苦撑，所有人不再喊叫，默默地战斗，动作已经开始麻木机械，按部就班……敌人实在是太多了。

对匈奴来说，这是一种心力的折磨。汉人怎么有这么多狡猾的手段？越来越多的同袍在四周哀哭翻滚，远比三日前要多。越来越高的哭浪早压过了战斗的吼声。

看谁能撑住。

左鹿蠡王高估了自己的战术安排和战前演讲。

更低估了“寒胆”的力量。

他的演讲的确激起了军队旺盛的斗志和自豪之心，他们是长生天眷顾的子民，草原上狼的后裔……但战斗中看着越来越多哀号无告的同伴，那可怕传言的阴影迅速地在心头膨胀起来。其实早在三天前，匈奴军营里就笼罩着对汉家神箭的恐惧，据巫医说，汉家神箭上附有汉人神祇对大胡人最恶毒的诅咒……我们是人，怎么可能与神对抗？哪怕那是汉人的神……

好些匈奴士兵绝不怕死，但怕中箭。因为哀号呼痛是一种羞耻。他们眼看着那些有名的勇士也会在箭下哭泣，就知道自己中箭后也绝难幸免……

城下一旦出现了有人抽身逃跑，就像推倒了多米诺骨牌一样，一下就蔓延开了，溃败不可阻挡。

左鹿蠡王极为恼怒，他认为再坚持久一点，就一定能登上城墙。也许只差一刻。他命令外围的骑兵成为军法队，驱赶溃败的步兵重新回到城下，但是没有用。军法队挥舞着弯刀，砍得手软，但同胞们宁愿死在自己人刀下，也不愿回到那该死的一箭之地里接受诅咒和屈辱。

步兵们其实就是下马的骑兵，他们掀翻了军法队的人，夺马而逃……

左鹿蠡王无奈拨马回头，四下吹响了收兵的牛角号。

114 春雪

如果这时有预备骑兵营的话，此时打开城门，追击一轮溃兵，一定能收到极大的战果。但是所有人都上城了，所有人连胜利的欢呼都发不出来，一个个坐倒，喘息，才来得及看看自己的伤势。

这一战产生了不少伤亡。阵亡的倒不多，只有十数人，但重伤者有二十多人，轻伤者六十多人。

匈奴一方攻城，死者比例也不算高，但伤者颇为可观。左鹿蠡王带了一万骑南犯，现在可战的兵力竟然只有五千，一千多人在营地养伤。那箭伤两日之后，不再灼伤般疼痛，却愈合得极慢，流淌着溃烂的脓水……

营地里关于诅咒的传说更加坐实，而且又诞生了城上的将军是“箭神”的传说。源头最早可能来自车师的降将，但三战下来，据说军中的神箭手大部分死于箭神之手，而且箭神只射眼睛……真真假假，反正对汉家神箭和箭神的恐惧与日俱增。

接下来三天没有战事。

左鹿蠡王和幕僚们在想破城的方法。

这天匈奴集结大批骑兵来到城门前，但不敢进入一箭之地。一支重骑约两百人，每人手持着约五尺长的笨重火把，冲进了一箭之地。

耿恭没有命令射箭，但四架床弩发射了一轮，击散了马队。但重骑们依旧前冲，来到城前五六十步，就借着马势抛掷火把，然后拨马回驰……火把也就投掷出二三十步，但一百多支火把堆在了一起，犹如柴堆，不一会儿就形成了一个火帘。又一支重骑冲了出来，到五六十步处开始射箭，射完即返。箭头上该是裹了油脂，穿过火帘时就便成了火箭，钉在了城门上。这一轮骑射约有一百支火箭射在了城门上，冬日干燥，城门很快地燃烧起来。

匈奴大军里发出了一片欢呼声。

城上的汉军不为所动，在城门上移来了更多的床弩。更多的射手也聚集在这面的城墙。任谁都知道，匈奴要破门。

匈奴的战马躁动着踏着蹄子，马背上的主人都在等着火势。火帘越来越低矮，火把要烧尽了。城门开始在火中坍塌，露出黑黝黝的洞口。

冲锋号响了起来。

匈奴铁骑拔刀立马，倏然弹出，杀声四起，扇形聚向城门口。

一支支弩枪，都拦阻不了匈奴的冲势，最先头的骑兵撞破了火焰还没完全熄灭的黑炭之门，炭灰火星四散，冲进了门洞。接着连人带马都拍在了密密麻麻的长矛上。

原来城门后，是层层叠叠堆起来的封垛车。而封垛车后面，还有一根根圆木撑架着。

后面的骑兵不知道，还在抢门。门洞只有一丈宽，过多的骑兵疾冲，挤不进去，竟然不少生撞在门边的城墙上……门口瞬间堆积起来，后来的骑兵，甚至跃到了前面人马的头上，门口瞬间堆出个肉山来。

城头向“肉山”泼下了七八桶油，又扔了一排火把下来……

惨叫，马嘶，肉焦味，煳味，黑烟……还有奔跑着散开的火马和火人……

后面前赴后继的铁骑不自觉地停了马，这时，可怕的汉家神箭射了下来。

好不容易想出火攻，却被汉军以牙还牙，左鹿蠡王满心苦涩，却不知先头军队在门洞里遇见了什么，想象必有弓箭手在门口围射，也会架设挡马栏，只要冲势不断，这些阻挡必会被兵潮冲开。他还在咬牙发出冲锋的指令。

堆积的人马，是十架弩枪最好的目标，一支可以洞穿数人，撂倒一片……

冲锋号还在响，千夫长们还在要求自己的兵团出击，但后排的士兵只是拉马转圈，委顿不前。

看着城门口的惨状，左鹿蠡王才反应过来门洞一定是被堵死了，发布了撤军令。

这次进攻时间虽然短暂，但伤亡一点也不亚于几天前。城门口堆积了许多面目全非、宛如焦炭的尸体，四周是号哭滚动的中箭者，外围散落着被弩枪扯碎的支离破碎的人与马……脏雪被鲜血染红渗透，就像在金蒲城前，铺开了一张盛大的、还在生长的红毯。

这次城上的汉兵在尽力地欢呼，压过了城下的哀哭，一直传到撤退的匈奴士兵的耳中。这些草原的骄子都低着头，甚至在想，这座有箭神和神箭的城，不可能被打下来了。

两边已经形成了一种默契，黄昏时，是个安全时刻。一队不带武器的匈奴人，来到城门前收走了尸体和伤者。

伤亡报到了王帐里，阵亡四百多人，医帐里又添了两百多伤员。

左鹿蠡王从没觉得这么挫败。

七千铁骑，死伤惨重，竟然没有拿下两百人的金蒲城。

“不可能，这兵镇里绝不止两百人，怎么都有五百人！”一个幕僚在王帐里激动地喊，“车师人的话不能信！”

左鹿蠡王抓起一只靴子，砸在幕僚的身上：“拿不下五百人，就对吗？”

另一名幕僚说：“我们为什么要跟这座兵镇死磕？我们干吗不率兵翻越天山直接去攻打汉人的都护府？那儿才是我们真正的目标。”

左鹿蠡王把另一只靴子也砸了过去。

其实左鹿蠡王不是没这么想过，但内心的骄傲，觉得放弃攻城好像就是承认失败，无论如何都难以接受。就算为了更大的军事意图，放弃荣誉，领军南下，但留着一支战斗力如此可怕的汉军，还有一个传说中的箭神，在自己的身后，简直如芒刺在背。他同时有种隐隐的恐惧，车师这股汉军已让自己如此磨折，那焉耆的都护府，怎么都有更多的汉军吧？

左鹿蠡王遣走了幕僚，越发觉得骑虎难下。他本是单于南侵的先锋大军，兵行险招，在冬日就提前发起了进攻。而现在这奇兵的时间优势，快被金蒲城蚕食殆尽了。

“长生天啊！还有最博学智慧、最接近神的大萨满！”左鹿蠡王归向北方，双手交抱双肩，跪地祈求，“请赐我一个踏碎敌城的机会吧。”

一连四天没有战事，两边都在等待。

耿恭计算的七天限期早过了，没有等到来自都护府的援军。焉耆出事了吗？难道还有一支匈奴军队，早翻过天山了？耿恭暗自揣测。

隼王一直躲在他的隼巢里，收检着来自各个隼舵的消息。当他看到班超让他派人去车师汉军那里建隼舵的消息时，有点恼火。这个年轻人把他拖入了一个赌局，如果理智分析，好像怎么都没有赢的希望，但这个年轻人身上仿佛有种奇异的气质和魅力，让人折服。“我怎么就信他了？”隼王苦笑。

所以这一天，一个从焉耆绿洲出发的隼舵谍子，背着隼笼，翻过天山来到了车师城。

车师城早已关闭，外人进去不得。谍子在周边逡巡，才从几家牧民那里得知，匈奴已经占了车师，大军东去围困一个汉军的兵镇，打了好些天了……牧民们的马都被征用去运送辎重和给养了。

谍子尝试躲避斥候靠近金蒲城，发现灰暗的帐包，星星点点地围着一座孤城……绝无可能接触到汉军，只好放出了他的隼。

天气越来越不稳定，忽寒忽暖，却相当湿润。那是冬天在与欺到身边的春天做最后的缠斗。缠斗的最惨烈处，就是天降大雪，浓雾笼罩。

左鹿蠡王早上从寝帐出来，发现自己几乎看不清五丈外自己的议帐了，只有一个庞大的轮廓。左鹿蠡王沉思了一会儿，忽然就跪在雪里：“感谢长生天！”

进入议帐，千夫长和幕僚们已经在等着，左鹿蠡王还没走上王座直接发令：“拿我的银箭，将镇守车师的一千骑全部调来。马上去！”

一位幕僚抚胸颔首道：“那车师没人镇守，只怕……”

“就是你，”左鹿蠡王指着那幕僚道，“将营中一千多伤兵，全都带回车师！轻伤的照顾重伤的。马上走！”

“难道是……让他们去守车师吗？”

“难道他们不是大胡的战士吗？”左鹿蠡王挥手，“快去！”

接令的人出了帐，还是有几位大将不解，一位大着胆子问：“王爷又有妙计了？”

“这大雪大雾是长生天赐予我们的，”左鹿蠡王道，“有大雾掩护，我们可以轻易地突破一箭之地，等他们发现时，我们的箭雨会和大雪一起将他们覆盖。”

“对，我们每一次就是差一点点。”一名千夫长道。

“这回大雾能把这一点点补上。”左鹿蠡王点头。

“可是……我们的儿郎已经……有些害怕冲锋了。”另一名千夫长嗫喏。

“所以我要调车师城的守兵来做先锋。”

几位千夫长恍然大悟。车师守军没有被这边兵营的传言感染，也没见识过汉家神箭的可怕以及攻城的惨烈。可能还觉得守车师太过憋屈，正踌躇满志地要立军功呢。此次他们作为生力军抢城，一旦登城成功，就能带动斗志业已委顿的士兵，重振士气战斗。

一直等到午后，生气勃勃的一千骑，人呼马嘶，在大雾大雪中进入了大营。

115 / 天助

雪还在下，越积越厚。

马踏在厚雪上，没有蹄声清脆，只有扑哧声。这很好地遮盖了一支在迷雾中潜行的军队。

金蒲城上的汉军在早晨大雾时，提高了警惕，但等到了下午，绷紧的弦松了许多。

因为干燥，西域的冬雾是丝丝缕缕的，但现在的大雾充塞天地，均匀而混沌。以天山牧民的话说，这样的雾气，代表春天已经从南边来了，把冬天一直推到了天山上。它们正在战斗。

匈奴军队没有骑兵前驱，而是和云梯队、步兵混在一起，慢慢向城墙靠近。除了车师城调来的守军，其他匈奴士兵都心有余悸——他们脚踏的这片土地，曾经倒下了多少同袍，但他们堆积的血迹都被这场雪覆盖了，干干净净，好像什么都没发生过。

飘落的雪花早变成了雪粒，其中还掺杂着雨丝，人不知不觉地湿了一半，寒风一吹透骨的冷，仿佛一队伍都是牙齿磕碰的声音。当他们看见黑乎乎的城墙轮廓时，其实已经进入了一箭之地。

城楼上披着蓑衣的哨兵好像听见了什么声音，一片片地蔓延过来，间杂着马的喷鼻声。城内马圈里有几百匹马，这么长时间都关在圈里，不得奔跑撒欢，经常发生口角。所以哨兵有点疑惑马声是城内还是城外……这时雾气里透出些影子来。

“匈奴袭城！”哨兵刚喊完，就听见漫天的锐风呼啸，一片箭雨落了下来。

哨兵转眼就像一个刺猬倒了下来。

高空中一声春雷劈响，滚动不休，久久不停，刹那间天降大雨，击落了空中所有漫舞的雪，并着箭雨一起，砸在金蒲城上。

班超远在疏勒，一天收到了隼舵传来的两个情报。

先收到的是匈奴早就进犯西域了，由左鹿蠡王领兵。车师王安得已经战死，但匈奴大军却被一个汉军兵镇挡在了天山以北。匈奴久围不下，隼舵的谍子联系不到兵镇内的汉军。班超知道，他的兄弟耿恭在那儿。

班超竟有些乱了方寸。匈奴悄悄提前了近一个月！他知道，耿恭是没有后援的，都护府正陷在与焉耆僵持的苦战中，而且都护陈睦可能到现在都不知道，匈奴已经破了车师城吧。当下就想，如何能带一支军队，绕过龟兹和姑墨，包括混战的焉耆，援救耿恭的金蒲城。班超看着地图，比画着，觉得或可以带着一两千骑疏勒兵，向北突入乌孙地界，绕到车师。虽然冒险，但越想越有道理，恨不得马上就要去王庭去找疏勒王忠借兵了。

紧接着就收到了龟兹境内，有大军移动的消息。

这倒在意料之中，匈奴动了，龟兹一定会动。只是移动方向不是他推算的焉耆，而是自己所在的疏勒！

疏勒已经没有主动权，不管王族们愿不愿意，都要卷入战争了。

班超把班昭、风廉，还有疏勒都尉黎弇叫来开会，通报了所知的情报。

“那我们赶紧去救恭哥呀！”班昭一下就沉不住气了。

风廉抿着嘴，抱着剑：“我可以先带着九剑侍去。今晚就去。”

班超看着黎弇：“黎都尉，我如果管大王借一千骑，去援救车师，大王可会答应？”

黎弇沉默了半晌：“先生开口，大王多半不会拒绝。只是……如何突破龟兹防线？”

“从乌孙绕道去车师，要多少天。”

“正常走北路都要一个月，急行不短于二十天。绕道乌孙的话，怎么都要一个多月，这种僻径，难寻向导，更有许多变数……”

班超看着地图沉吟不语。

“先生……上使大人，这是要抛弃疏勒而去吗？”黎弇面色憋得通红。

“我只是想去救我们的同伴耿副使，你也认识的。”班超温言道，“我只借一千骑，城内还有九千兵力，应该不损多少守备力量。算起来，老齐就在从南路回疏勒的路上，应该也快到了。有他在，我觉得守城不难。”班超并不知道齐欢已经去了金蒲城。

“齐师就要回来啦？”黎弇的眼睛一亮，旋即又暗了下去，“汉使大人不在，我怕整个王庭都没有了主心骨……您代表着大汉的意志和支持。您这时离去，他们只会认为是……”

“为了保命逃跑了？”班超笑道，拍了一下黎弇的肩，“不是还有你吗？你可是墨家弟子，半年来亲自练兵，该看看成果啦。”

“黎某自会舍命守护疏勒，只是那些王族大臣……”黎弇苦笑，“要不当年怎么能让龟兹破城？就怕我这边守着，有人在那边卖着……”

班超不说话，只是盯着地图，良久。

黎弇突然在班超的身后跪了下来，抱拳道：“大人，黎弇恳请大人留下！”

班超回头吓了一跳，急忙去扶，黎弇硬是不起。

班超躲到一边，叹口气：“好，我答应你。我留下守疏勒！”

“真的？”黎弇竟然热泪盈眶。

“黎将军现在该马上去军营啦！”班超一把扯起黎弇，“只怕接下来最忙的都是你。”

黎弇拱手告辞后，班昭抓紧二哥衣袖：“我们真的……不去了？”

“现在还不能走。黎弇说得对，我们一走，龟兹人一围城，疏勒王这孩子就可能会被吓坏的王族大臣们胁迫开城，那样龟兹就能腾出手来，去攻都护府。都护府一旦陷落，耿恭就得腹背受敌。我们留在这牵制住龟兹大军，比变数很大的几千里驰援，可能更有用。”

“那恭哥在那边真能支持得住吗？”

“唯希望都护府能尽快平了焉耆的叛乱，还有敦煌郡的原守军也尽快驰援，他们之间可比我们近得多。”

“你原来不是说，龟兹会先去攻都护府吗？怎么直接就来咱们疏勒了？”班昭问，还是有些忧心车师的恭哥。

“只能说龟兹王颇有雄略。疏勒是西域南北路交并的地方，又是通向贵霜的门户，他没有配合匈奴，而是借着匈奴的来势，想将疏勒失而复得。”

“那……我们只能在这边等着？”

“我这就传信给隼王，希望他在敦煌的隼舵，派人给敦煌太守报个信，说匈奴已经进犯车师，焉耆正在叛乱。而已经在车师的谍子，如果能联系到你恭哥，给他传个口信，让他安心等着。我们破了龟兹之围，就跟他一起去打匈奴。”

“也帮我传个口信。”

“什么？”

“他的命是我的，”班昭咬了咬嘴唇，“不许死！”

这是一种奇怪的雨声。

箭雨落在屋檐和木排上的嘭嘭声，雨水击在积雪上的嗞嗞声。

春天的第一声雷暴，第一场夹雪的暴雨，只属于天山山麓的局部天气，驾临在金蒲城的上空。雾气也被雨水击散，天地清明了许多。

无须警报，箭雨一来，城内兵营里的人就知道匈奴袭城了。一队盾牌兵护着一队弓兵想冲上城墙去，结果伤了十几个人被箭雨挡了回来。

箭雨太密集了。由于城上的十几名哨兵已经牺牲，没有守兵的箭矢干扰，城外的一箭之地进入了前所未有的密集马弓手，就是让城里的汉兵抬不起头来，出不得军营，登不上墙头。

耿恭叫停了所有的行动。

早已披挂完整的军人们，在营房里面面相觑，看着他们的“箭神”一个人站在营房的门口的最前端，屋檐水流如注，羽箭纷纷扎在脚边抖动，好像真的在朝拜箭神。

满营的士兵，只要看着这个背影，就不会丧失信心。

箭神依旧不动，好像在凝神听雨。雨声越来越盛大。

耿恭在想，如果是老班，会怎么做？眼里出现了那对兄妹的影子，只是不知道，此时那兄妹俩也正说着他呢。

“听，”耿恭转过头来，“箭势弱了。因为马弓手要散开，让出地方给他们的云梯队和步兵。可是我们现在上城已经来不及了。”

耿恭指了指头顶，“城头……已经守不住了。”

整个军营鸦雀无声，只有雨声如瀑。

“但我们干吗要守?”耿恭的声音盖过雨声，能让每个人都听见，“这场大雨是老天在帮我们!”耿恭望向在角落独坐的齐欢，齐欢也披戴了一套大号的兵甲，“老齐！你带三十名盾牌兵，把门洞里的封垛车都拉开。玄英！你带几个人，去马圈，把栅栏多破开一些。等箭一停，把马都赶过来!”

“我们去冲阵!”耿恭大喝了一句，“我们练兵这么久，就为了这一刻，直接干他们！夺他们的王旗!”耿恭抽出马刀拍在胸甲上，一声闷响，牙缝里挤出一句，“死——战!”

“战!”所有士兵一起低喝，像野兽低吼，包括无法披甲的伤兵们。

“所有能战的，跟我走!”耿恭看着最后面愤愤难抑的伤兵们，“有伤的，进城门楼，请为我们……击鼓!”

116 斩首

匈奴人也没有想到大雪大雾瞬间转换成暴雨。

他们仰头射箭，几乎被雨打得睁不开眼。好在箭雨压制不需要准头。箭不仅射不准，射程在风雨中也比日常短了，老有些箭好像被雨打落，没上城头就跌落下来。

云梯队和步兵涌了上来，用奔跑来驱逐浑身湿透的苦寒。

马弓手大部分退却，留在前面的也不再抛射，怕提前掉落的箭矢会伤及登城队伍。地面上的厚雪已经变成雪泥，泥泞不堪，徒步的云梯队速度上不来，还极易滑倒。步兵潮才来到城墙下，突然听见门楼上鼓声大作，两面五尺大鼓，隆隆擂动，仿佛震斜了雨线，穿过雨声，与人的心脏共鸣。

咚、咚、咚、咚……鼓点越来越急，像是从远古传来。

早被熏黑的城门洞，从深黑的洞口里，突然传出了马嘶，一支骑兵踏着绵密的鼓点，犹如破墙而出，乱蹄炸起水雾。这是支只有一百五十骑的马队，却在声势上压过了千军万马。因为千军万马已被大雨打得湿淋淋的，像发抖的落汤鸡，斗篷、冠缨、裘毛都贴在脸上身上，早没了气势。

汉军阵形如一把巨剑，切开匈奴人潮，一下就裹入到马弓手的队列里。

马弓手多是从车师城调出来的那批生力军。弓还在手上，无法近战，尚来不及挂弓拔刀，就被一片刀光劈落下马……一支孤军穿透层层猝不及防的兵潮，刺进匈奴军阵的腹部。

巨剑之阵。

许多匈奴士兵还记得。只是这把巨剑里裹着的弓箭手射出的是“汉家神箭”！所到之处，人哭马疯……恐惧的记忆迅速地唤醒和传播，虽不至于溃败，却使匈奴人变得迟钝和不知所措，连登城都不知不觉地停止了。

城上的一些轻伤汉兵，启动了几架床弩，巨矢散射在密集的敌军人潮里，扑倒一片。重伤汉兵则在门楼里，攥着栅栏，嘶喊着：“杀——”

巨剑的剑尖是玄英，一条长枪在左右鞭打，这是虎头教他的家传枪法。玄英和十名都护府来援的精兵，带着全阵扑向王旗。

由于大雾，左鹿蠡王为了指挥顺畅，靠近城墙的距离远比以前的几场战斗要近。因视线所限，他没那么怕城上的床弩。现在汉军突然开城杀出，一百多骑竟然无可阻挡地冲到了自己的一百五十步以内，心中突然恐惧起来，那是“箭神”的阴影。

“他们要杀我！”左鹿蠡王拨马而退，但身后的骑兵只知前方正在战斗，正在向前涌动，竟然让左鹿蠡王的后趋相当不顺利。想用军旗挥出军令，调边翼的马队斜插去阻拦汉军的刺阵，但军旗湿透，在暴雨中根本挥展不开。传令兵的口头呼喊，早被杀声和雨声淹没。

“巨剑”依旧劈波斩浪，直突王旗而来。

左鹿蠡王的亲兵卫队，其实是大军里最精锐、装备最精良的部队，丝毫不乱，一排长盾立起，将左鹿蠡王和王旗一起围住，集中一股两百骑的马队，正面堵截汉军。

一路杀来，胆寒的匈奴就像被收割的稻草，巨剑之阵的伤亡并不大。但遇到的这支卫队就不同了。所有人马甲胄齐全，人脸马脸皆有面甲，头盔在雨中越发黝黑锃亮。

汉军阵里的羽林卫带着三十名射手，一轮抛射，竟然没让对方散了阵形，玄英只能带动“剑尖”正面冲撞上去。

马头对撞，能造成马匹和骑士在空中翻转，跌到敌阵中去。

伤亡瞬间就大起来。

一张张狂热的脸，一把把挥舞的刀。但血刚喷溅出来，就被雨打落了。

战斗力最强的耿恭和齐欢，一直在阵里充当着长槊手，他们在巨剑的腹部，在马刀手的缝隙间连续精准地挑杀着敌人，同时呼喝着同胞：“顶上去！顶上去！”

王旗在退，巨剑在追。就像一把钝剑切进了犀牛的身体，只能艰难地推进。“巨剑”的剑刃在推进中纷纷崩落……其实是一条条鲜活的生命，身体摔落，被纷涌的马蹄踩在血泥里……

“顶上去！”耿恭嘶吼着，眼看着“剑”锋在凋零，越冲越短……耿恭发现自己已经变成了最前列的“剑尖”，看见自己在黏稠的绞杀血阵中，已经离王旗只有五十步了。

但看不见左鹿蠡王。

旌旗高挑，长盾竖起，高墙似的挡住了视线。

一片密集如山的长枪从正前方向他刺过来。

耿恭没有勒马，而是将长槊脱手掼了出去，扎穿了一名敌将的胸膛，自己双足踩在马鞍上，猛地向后一蹬，跳到空中。眼见自己的战马撞在枪林上，被七八支枪戳架着身躯，竟然倒不下去。

从马背起跳，耿恭腾起了几乎一丈。空中已然左弓右箭抓在手里，身体却开始下落。

齐欢在身后看得精准，长槊高挑，耿恭正踩在槊头上，将槊杆压出一个弧度来。齐欢暴喝一声发力，将耿恭弹向了更高处。

耿恭越升越高，隔着五十步，在细密的雨线之后，在摇晃的旌旗之间，越过了竖起的长盾，看见了一双眼，在一张精美的铁色面具后。

左鹿蠡王正在卫队的严密保护中后撤，回眼张望时，看见一团人形的黑影从盾墙上沿升起，奇怪地想，这么高？这人在飞吗？像是跃到了尽头，那黑影坠下去，被盾墙所遮掩看不见了。忽然一种深处的恐惧泛起，左眼一片血红……一支箭从面具的眼孔射入，钉入他的大脑。大脑里最后出现了两个字——箭神？

左鹿蠡王一声没吭，从马上翻倒下去。

那只是电光石火间唯一的契机。耿恭在空中眼里只有目标，射出那箭后，身体后仰下坠，才发现在下面迎接他的是匈奴摇荡如林的枪尖。

齐欢大喝一声，链锤飞出，击断枪杆一片……耿恭就在断枪间摔落到泥里，四周仍满是敌兵，齐齐抛了断枪抽出弯刀，马蹄在耿恭四周踏动……齐欢的链锤突然如莲花般开了，散出三十六枚柳叶刀，匈奴骑兵纷纷摔落马下，栽倒在耿恭身边。

耿恭兀自躺在泥里，大笑，边笑边喊："左鹿蠡王死啦！"

"左鹿蠡王死啦！"齐欢也灌注着雄厚内力高喊，随即又用胡语一遍遍地呼喊。

只剩下八九十名的汉军一下士气如狂，一起喊着"左鹿蠡王死啦！"，还有"箭神！箭神！"的呼声，一边开始疯狂砍杀……

左鹿蠡王的卫队不再阻挡汉军，护着左鹿蠡王的尸体奋力回撤，也不顾及身后向前涌的军队，直接冲撞上去。匈奴军队一下相互踩踏起来，王旗不知所终。混乱的匈奴人开始相信，他们的左鹿蠡王真的死了。

溃败一旦发生，就不可收拾。尤其在暴雨中踩踏无数……耿恭带着八九十骑却裹在身后，像狼赶羊群般地追杀了十几里，都射尽了箭囊里的箭，砍折了马刀，才停了下来。

雨慢慢地住了。

天色像泼墨浸透了的画，唯有西边地平线透着亮，是一抹晕红。原来已经接近黄昏了。

尸体从金蒲城下，一直铺到了匈奴人狼藉的营地。还有人在尸堆里蠕动，呻吟。他们绝大部分并不是被刀剑杀死的，而是因为相互踩踏。

一只手，从尸堆里伸出来，推开尸体，一个人慢慢地爬出来，蹒跚地站起来。没了头盔，头发披散，从盔甲可以看出他是汉人，但脸上身上全都是泥血。

他看了看自己的左手，已经严重变形，血肉模糊。

他用右手捡起一把马刀，拄着地，在血堆中开始寻找幸存的同胞，顺手给没死的敌人补刀。和匈奴相比，汉军的比例太低了，所以他找了半天，也没寻到太多同胞的尸体，更别说幸存者了。他本想将同胞尸体拖出来，发现体力不支，就将长枪插在一边，作为记号。

慢慢地，广阔的尸堆里，直直地竖起了几十支长枪……枪缨在风中已干，飘动起来。

那孤独的身影兀自在寻找，在补刀。西边那线天光也变得暗红，昏暗开始压下来。

“一百零七，一百零八……”他一边补刀一边低声念着，最后坐在一匹马尸的胯骨上休息，“老秦啊，这一百零九条，都算你的……咱们虎头给你报仇啦……左鹿蠡王给虎头射了……”说着说着就满脸是泪。

是玄英。

玄英一直是军阵的“剑尖”，在与左鹿蠡王卫队的第一批人马冲撞时，他被短暂地撞晕了。当他醒来，发现自己被压在尸堆里，正听见四周的人都在喊：“左鹿蠡王死啦！”“箭神！”心下也是狂喜，想从尸体间爬出战斗，正遇到城下匈奴的溃败。人潮从尸堆上踩过，一只铁蹄踏碎了玄英正在攀爬的左手……玄英剧痛攻心，再次失去了知觉。

……

远处传来马蹄声，玄英转头去看，在血色的一线背景下，慢慢露出八九十骑的剪影。那是驱敌归来的耿恭。

玄英想高喊，却发现嗓子早哑透了。

忽然听见身后一里的金蒲城上，鼓声大作，隆隆不止。

原来城头上的伤兵们也看见了那支归来的马队，他们也喊不出声了，唯有用这战鼓迎接他们的将军。

鼓声中，一名伤兵站在门楼的翘檐上，将一面汉旗拼命挥动……

耿恭带着疲惫的战士们，踏过尸横遍野的土地，这或是胜利者，也是生者，最别开生面的检阅。

奇怪的是耿恭没有想象中的兴奋情绪。他看着遍地的血肉，忽觉得有些不真实，北鹿蠡王就这样死在了自己的箭下？号称一万铁骑的南犯匈奴，就这样被打垮了？

涌泉相报

——千里相顾皆疏勒，剑刺枯井涌飞泉。

117 白马寺

洛都。

窦固带领西征军回到京师左近，将军队驻扎在北军大营。西征军的组成成分繁杂，以北军为主体，一些会回归南军，一些回归周边地方，还有些攒军功的勋贵子弟随窦固一起进入洛都。

勋贵子弟们会先回禁军各部，等待功升。

窦固自然要进南宫交回兵符。窦固出征前，兵符是由皇帝亲自交付的，如今归还的仪式，倒也不算马虎，提前回京的耿秉也来了，与窦固一起身着盔甲，跟在窦固之后，共拜兵祖，却没有见到皇上出现，兵符交与一位大内的中常侍。

出宫时，耿秉紧随在窦固身后，不肯离去。

“耿将军有话说？”窦固停下道。

“窦帅还是回来了。这一班师，都护府可怎么办？陇西王和匈奴早就暗通，只怕匈奴很快就要重回西域了。”

现在整个洛都，没有一个人知道匈奴已经进攻西域了，甚至都不知道焉耆叛乱的事。耿秉肯定想不到，正是自己的姐夫陈睦自知对叛乱有责，总想镇压成功之后才向京师呈报……更想不到的是，在车师挡住匈奴千军万马的人，是他的幼弟耿恭。

“你不是说，你先回来堵住堂上诸公的口吗？结果我还是天天收到朝堂退兵的命令。”

“那也得抗住呀。”耿秉跺脚道。

“以你的性格，最该留在西边，可是你为什么会主动先回来？却让我要抗住？”

“你是一军之帅，兵符所在，当然是你在大军才在。”

窦固听罢叹了口气，抬腿就走。

耿秉追上两步：“好吧，我实话实说，我在军中收到了皇上的诏命回京。”

窦固再次停下来，回脸静静看着这位极力促成西征的军中新贵，皇上相当倚重的世家精英。

“去堵朝堂文官的口，也是真的！”耿秉急急道，“我原想着，只要我能见着皇上，就一定能说服皇上平息那些朝上杂音，可是没想到……”

窦固一惊：“你有皇上的诏命，却到现在还没见过皇上？”

“皇上已经好一阵没上朝了，说是病了。我到北宫请见了几回，都被内侍拒了。”

“这才是我回来的缘故，不只是我，南方平叛荆蛮的军队也在归京。朝廷……在收兵符。”

这回轮到耿秉变色：“皇上的病，真的……那么重了？”耿秉虽得皇上看重，但还是外臣，窦固虽是闲置启用，却是外戚皇亲，更深悉内宫中许多消息。耿秉嗅到了一股山雨欲来的气息，正在遍布洛都。

窦固并不回答。

“西域大好的局面，就这样放了？”耿秉在那儿更像喃喃自语。

“我手上倒有一个要交的……皇上的密命。”窦固说得很慢，像在思考，“可能有机会，可以见到内宫里的皇上。”

耿秉的眼一下亮了起来，恭恭敬敬地抱拳，对着时有顶撞的上司，拜了下去。

北宫。

恢宏的德阳殿内，皇帝斜倚在榻上，拥着被衾，身侧站着蔡伦。

榻前五尺，一个珊瑚架上摆着转轮金像。金像后三尺，盘坐着两名光头的缁衣胡人，正是大比丘迦叶摩腾和神念比丘法兰。

正式的礼仪觐见，一般都在南宫进行，但这是一次皇帝的私下接见，却选择了北宫建成不久、从没有正式使用的德阳殿。虽然在柱影之后，站着好些内监和太医，但还是显得大殿空落落的，昏暗暗的。

高耸的殿顶上，泻下一柱光，正落在金像上，仿佛金像本身在发光。

皇帝静静地看着金像那安详的神态，竟有些恍惚。

“来了？”皇帝对着金像道。

“来了。”法兰用汉语回答道。法兰说罢看了一眼师父迦叶摩腾，其实对话的人是大比丘迦叶摩腾，只是师徒此时神念相同，由法兰用汉语说出而已。

“还以为等不到了。”皇帝四下看了下大殿，没有几个人知道，这殿是他为了梦中仙人造的。

一边的蔡伦笑道：“皇上怎么说话呢，怎么可能等不到？现在班超不辱使命，把仙人像请来了，那皇上的身上也将大好了。”

“是浮屠像。”那对师徒道。

“哦，”皇帝看着金像，“叫浮屠啊，真的和梦里看见的一样……”

“浮屠也改变不了这世间的生老病死。”

“他……不是仙人吗？怎么还不能祛病、长生？”蔡伦在一旁插嘴。

“不是仙人，是浮屠。”师徒都闭目双手合十。

“那浮屠来此……何意？”皇帝微笑道。

“安宁。”

“在死亡面前，安宁，或恐惧，又有何区别？”皇帝笑得疲倦，也闭上了眼睛。

“死亡不是结束。陛下。”

……

德阳殿外的台阶下，站着窦固。

他送来了金像和两位天竺沙门，却没有如愿地见到皇帝。内监在殿外把他拦了下来，将沙门带了进去。

皇帝认为这是他个人私密的事，不宜让更多人知晓。窦固虽然也算是皇帝的“家里人”，也只限于知道班超有一个秘密使命，送了来自贵霜的一尊金像回来。完全不知道，这一切跟一个梦有关。

窦固不知等了多久，才见年轻的蔡公公送两位沙门出来。

“窦将军好！”蔡公公极为客气。

窦固点了下头：“皇上……还好？”

“皇上倦了，已经移驾寝殿歇养了。”

“那……”

“皇上说，将军差事办得好。”

窦固内心有些荒凉，自己一军之帅，念的都是西域战事，结果……因这么个小差事被夸。

“请将军送两位大师回大鸿胪寺，跟他们说，辟出寺内一地，永久供养两位大师，还有他们的白马。皇上赐名——白马寺。”

窦固心中暗叹，自己又成了个传口谕跑腿的人。皇上……到底怎么了？这口谕也荒唐，竟然会去供养什么白马那样的畜生？

窦固带着两位沙门穿过重重廊道和宫门，身影越来越小。

窦固永远也想不到，这道小得不能再小的诏命，无关任何政事，只是安置两个西域“术士”与一匹马的白马寺的出现，会对以后的中土世界产生多么久远和深刻的影响。

这或许就是梦想的力量。

广袤的北地草原，有一支匈奴溃兵还在向北奔逃。

队形散落成稀稀拉拉的三个部分，每个部分之间越拉越远，沿途还有人从马上摔下，再也不会起来。

他们整整跑了两天了，不敢停下。离开天山北麓，就离开了暴雨的局部天气，湿透的士兵们都在寒风中颤抖，衣服和盔甲都已结冰，因为他们已经跑到了向北伸延的春天的前面。

他们没有帐篷，没有辎重，没有粮草，也没有了领袖……只能通过奔跑来驱寒，哪怕马会在奔跑中死亡。

有少数人或许清醒过来，知道向北跑也许什么都没有，只有无边的苦寒，或许回去车师城才是正道。但他们不敢，那里离那群可怕的汉人太近了。只能相互裹挟，向北，向北，向北……那儿毕竟是家的方向。

一直跑到了天黑，溃兵最前面的一队人，纵马踉跄地爬上了一个雪坡，最前方的一骑，突然大叫起来，像呼哨，又像哭泣。其他人也攀上了坡线，纷纷落马，将头埋在雪地里痛哭……

坡下是密密麻麻的帐包，每个帐包里泛出昏黄的光，就像一只只灯笼，布满雪野，一直铺到了天边。万盏“灯笼”簇拥着中心十数顶像宫殿般庞大的帐篷，也更加明亮……

那是草原人都景仰的……龙庭。

齐欢给玄英细细地处理了左手，换了药，缠好了绷带。

“齐大师，”玄英在身后问，“我再也射不了箭……使不了枪了吧？”

齐欢不知该怎么回答，继续往屋外走。

“虎头都白教我了。”却听见玄英在身后笑了，“没事的，我的右手还能握刀，照样可以杀匈奴。”

齐欢径自去了城门楼，那里坐着耿恭，透过窗格，看着北面的金蒲城外。

“有些不对。”耿恭转过头来。

齐欢看着耿恭，等他说下去。

“今天派了人去车师城，他们闭门不开，还射箭驱逐。”

“里面应该还有匈奴人。”齐欢应道。

“左鹿蠡王死了，大军都跑了，他们躲在里面等着瓮中捉鳖吗？车师人看着匈奴人已经惨败，还老实地没有变脸……这意味着什么？”

“嗯，他们一定知道些我们不知道的。”

“去年，呼衍王的一万五千骑，在伊吾和车师两败，给咱们大汉赶跑了。凭着左鹿蠡王的一万骑，真的以为能推过西域吗？”

“你是说，左鹿蠡王只是前锋？”

“应该是，更多的匈奴人就要来了。”

“能让左鹿蠡王只做个前锋的人……”

耿恭跳了起来，一拳打在齐欢的胸上：“不错，我们可能会是这几十年来，整个大汉最早见到匈奴单于的人！”

齐欢皱起眉来，看到耿恭双眼明亮，没有恐惧，更像是兴奋。

118 两个疏勒

龙庭就是匈奴的京都。

但龙庭不是城市，或者说，它是一个移动的城市。它随着单于的金帐的移动而移动。

单于在哪里，哪里就是龙庭。

无论是单于，还是匈奴，都不比以前了。大汉也不再是以前的大汉。

前朝高祖时，高祖亲率三十万甲士，冒顿单于领四十万大军，会战于平城，单于将高祖困于白登山七日，最终议和。前朝武帝时，三次进军匈奴，每次都动用骑兵十万以上，步兵倍之，最终让匈奴失去十五万精壮，从此分裂衰落。大汉这边共阵亡了八万将士，损失战马十万匹……各自消损惨烈。

如今，两边再难集结超过五万骑的军队了。

匈奴单于亲征，龙庭四周军帐布满原野，合共三万铁骑，再加上近一万的随从和后勤，即将突入西域。虽比不了当年，但和西域汉军可怜的数量相较，判若云泥。

溃兵们带着左鹿蠡王的尸体，慢慢地聚在了匈奴大营的边缘，拉拉杂杂地也有三千多骑。这群人盔歪甲斜，衣衫褴褛，号哭得就像孩子。他们不在意大营里的轻蔑目光，他们认为自己总算安全了。

左鹿蠡王的尸身被摆在了金帐之外。边上跪着三名幸存的千夫长还有六名左鹿蠡王的亲随。

金帐类似单于的皇宫，由十几个宫殿式的大帐组成。虽然还是帐篷，但并不是扎在地面上，而是在高约五尺的木台上。木台其实是由近千辆的轮车组合而成，充当金帐的地板。行军时，则拆分移动。

单于从金帐的木台上走了下来。

匈奴自称大胡，单于的胡子当然非常可观，浓黑茂密，打着卷堆在胸前，五官却精致苍白，双眼细长，好似眯着。看着年纪正当壮年，三十七八岁，身姿高挑，没戴冠帽，披着发，或者说披着很多的辫子。

左鹿蠡王左眼上的箭已被拔掉，只余下一个深黑的空洞。

单于将一枚金色的圆币，轻轻覆住了空洞。

单于惊诧于左鹿蠡王的溃败，更惊诧的是溃军的讲述——前方有一支“箭神”的军队，就像魔鬼一样可怕，用各种妖法，杀死了草原的高贵子孙。

一个高大老者从金帐的木台走下来，和单于比起来，老者的装扮竟然耀眼奢侈得多——头戴一个半圆形的金盔，盔檐缀满金片穿成的珠串，盔顶插着几尾斑斓的雉鸡长翎……身披着各色毛裘拼制的长袍，手执长杖，杖头高过盔顶，竟是一个完整的鹿的头骨，连着八方伸张的鹿角。

本来跪着回话的一排左鹿蠡王的麾下，见了老者，再次伏地，空中念着：“长生天的仆人，草原上最有智慧的大萨满！”

单于回过脸来，颔首致意：“老师。”

大萨满面色与单于相反，黝黑粗粝，像树皮般皱纹密布，几乎没有一寸的平整。所有的纹路中，有两处三角形的缝隙，露出浑浊的光，那是眼。嘴角下垂，仿佛被一把灰白胡子扎成的辫子（上面也缠进了许多金饰）坠弯的。所以神情像是愁苦，又似悲悯。

“是我错了。”大萨满从自己盔檐上坠下的金串中拔下一枚金币，盖在左鹿蠡王的另一只闭合的眼上，仰头望天，“长生天在惩戒我的傲慢。”

“或许是在考验我们。”单于在一边平静道。

“他们……是魔鬼！”伏地的一名千夫长把手抓进深雪里。

“那我们就去扫除魔鬼。”单于望向南方，淡淡地说。

“这样真的有意义吗？”齐欢道，“还在这里挡着？”

齐欢和耿恭一起在金蒲城的城头检查守备，看着士兵们收集箭羽，置换着损坏的床弩。

“我是军人，挡在这里是天职，也是为将的尊严和家族荣耀。”耿恭道。

“我们的人更少了。如果真是单于的大军来了，这城是守不住的。没想过退回焉耆的都护府？”

“想过，”耿恭苦笑，“但在此驻守，我只有匈奴一个敌人，一旦退到焉耆，西边还有龟兹虎视眈眈，其他邻国见匈奴势大，只会墙头草般地倒过去……就连焉耆人会不会倒戈都难说。所以最好就是在这里面对匈奴。”

“这个自然，”齐欢道，“可是请的援军一直不到，也没有消息，陈都护那边难道不明白这简单的道理吗？”

“我也不知，”耿恭叹息，“老齐，你是守城大师，依你看，我们在此能守多久？”

齐欢眼望四周："城墙矮小，无地势可凭，也难就地取材……我的许多守城之法，无法应用。匈奴再来，我想……守不住七天。"

"地势……就地取材……"耿恭喃喃念着，忽然眼前一亮，"对了，在后面七十里外的山坳里，有一座前代遗留的石砌堡垒，地势险要，卡在入山的口侧，立在半山崖边，就是小了些……"

齐欢精神一振："能容多少人？"

"最多两三百人吧。"

"够了！可有水源？可有林木？"

"都有，石堡有一侧的高林灌木密集得人都进不去。"耿恭曾用那里做过行军拉练的驻地。

"那还等什么？马上准备移师换防！"

金蒲城内整整收捡了三天，打开城门，走出一支不小的车队，竟然超过一百辆车，战马也大多套辕充当了驭马。战士只有一百六十三人了，包括必须坐车的十几名较重的伤员。许多车就是封垛车改的，里面除了储备的粮草、床弩等守备，还有不少采集自匈奴的羽箭、刀枪和盔甲，连同一些战马……匈奴人弃营而跑，其实留下了不少辎重。

这根本不像一支军队，更像是商队，浩浩荡荡地向天山深处进发。七十余里，竟然走了整整一天，夜里才到达山口。耿恭命令山口扎营，天亮再进驻石堡。

天色亮起，齐欢才第一次看清了这个石堡的面目。

军营正好卡在山口上，抬眼右望，这侧的山脊线的腰部拱出一个小回环，一座石堡巍巍然骑在上边。石堡的大门临东，入堡的坡度相对平缓，但是山脊，坡面狭窄；临北的山阴，坡面阔大，但坡度就高了许多；临南的山阳，是一道断崖，几乎没有上路；临西则是更高的山体，或有泉涧的缘故，这一面植被尤其茂盛，杉树林立，灌木刺丛几乎密不透风。

齐欢暗叫了一声好，这石堡倚山势而建，地势险要，石坚墙高，只需防护东北两面，真正是易守难攻。

汉军启营，车队沿着山脊蜿蜒进入石堡。下午时，齐欢就带着几十个人，指导他们在石堡外延挖壕沟，架石碓，按奇门遁甲的思路布起护阵来。

黄昏时，堡内炊烟大起，兵士们劳累一天，开始了他们惬意的吃饭吹牛时光，耿恭和齐欢则站在堡垒的高墙上，观察地形。

“这地方好吧？”耿恭有些得意，“上天要是给我离单于一百五十步以内的机会，我就可以结束这场战争了。”

齐欢沉默不语。

“你们墨者最是敢死，怎么变得这么忧郁？”耿恭笑道。

“墨者敢死，却不能白死。”齐欢缓缓道，“你想得太简单了。单于大军起码是左鹿蠡王的两倍吧？所以……我们守得住，却挡不住。能翻越天山的山口，不止这一个，匈奴不需要非走这边。”

“单于肯定会过来攻打，”耿恭笑道，“他要为左鹿蠡王报仇，也不会容忍翻山之后，身后有根刺。”

“就算如此，单于依旧可以分军南下。”

“他敢分军，我就敢出城打他。”

齐欢摇头：“一般说来，两军相交，头五天都士气高昂，要看兵种、数量和装备；后十天就看谁的士气和胆气还在；但十五天后，数量和士气都不重要了，看粮草。我们前面的大胜，是依靠城池和毒箭，熬过了头五天他们的数量优势，后面他们胆已寒……最终还靠你这样的百步之外斩首夺帅的飞将。但这次，我们擅长的，他们已经知道了，还会重蹈左鹿蠡王的覆辙吗？最终我们不会有机会出城，你也没机会能靠近单于一百五十步内，只会被围困在这里，到耗光粮草为止。”

“那……我们能守多久？”

“以粮草算，三个月吧。”

“够啦。我又派了斥候去都护府求救。”

“那边多少军队？”

“汉军两千，加上焉耆兵三四千，也有五六千骑。只要给我调两千军队，我就敢跟匈奴大军再硬碰一次！”耿恭豪气干云。

齐欢还是摇头，一指马鞍形的山口：“真来了两千骑援军，驻营在哪里？没有城堡依托，与匈奴对战，就算占着高处冲势，能以一敌二甚至敌三，又能支撑多久？”

“老齐，你这话……丧气了，难道我们得逃走不成？”

“我只是说，仅我们根本挡不住。但挡不住也得挡，唯希望多吸引些匈奴的兵力，给敦煌郡，还有疏勒的班头，多些时间。”

说起班超，耿恭眼里却出现了一下班昭的身影，脸不觉地微笑了：“对，老班什么都能算得到，你们在疏勒练的一万兵，总不能白练。老齐，你知道吗，我们脚下的这个石堡，几百年前的名字叫疏勒堡。”

“也叫疏勒？”齐欢奇道。

“据说，在西域话里，疏勒有险恶的意思，大概是说这堡垒地势很绝。”

“险恶……”齐欢沉吟。

“我觉得这是天意，我和老班，虽相隔几千里，却都在守一个叫疏勒的地方。”耿恭的嘴角还在上翘。

齐欢隐觉得这名字不祥，难道两边要同陷险恶吗？他绝不似耿恭那样对战争狂热与乐观，他觉得自己可能会像众多的墨家先贤一样，死于不离不弃，死于大义，死于守城。

119 / 种子

班超所在的疏勒国，全国都调动起来了。

班超向疏勒王忠通报了龟兹与姑墨的联军正在向疏勒进发的消息，朝野震动，有些贵族已经听到些风声，知道在敦煌避冬的西征汉军，已经撤回洛都了。他们心里疑惑，大汉还能是依靠吗？

新朝甫立半年，亲龟兹的势力早被清洗，所以王庭上倒是一片主战的声音，少数人想和也不敢开口。

全国的军事权力，包括贵族们在绿洲的部曲私兵，调配也完全交给了都尉黎弇。黎弇对班超言听计从，权柄其实就等于交到了班超手里。

班超让黎弇下令，将散布各绿洲的私兵、居户、储粮等，全部迁回疏勒城。带不回来的粮或器具，就地掩埋……做到坚壁清野。

命令下得雷厉风行，据说怨声载道。城内一时拥挤不堪。

“班先生，我们一定得这样吗？”黎弇在地图前问。

班超兀自看着地图，也不回头：“听说龟兹姑墨出兵两万以上，除了必要的防守，这可算是举国之兵了。大军出行，最重粮草供给，一般都是要沿途抢粮的，还要拉夫做劳力，你要把这些都留给龟兹人吗？”

“明白了。”

“周边抢不到粮，就只能靠龟兹源源不断地运粮。那我们就有文章可做了，断他的粮道，他们就支持不了多久。”

“先生高明。”黎弇在身后抱拳。

班超指着地图的一角：“这边的地势你肯定比我熟，哪里提前设伏，可以袭击他们押粮草的队伍？”

“这里！”黎弇兴奋地指着地图上的一点，“这里有片山林，倚在这条商道边，以前藏有一股马贼，被我剿光了。粮草只能车运，所以必会走这条大道。我带一支骑兵藏在山林里，定能……”

班超回过头制止：“黎将军不能去。你去了，谁还能调动城里的兵呢？”

“袭击完我就回来。”

“去了，就无须回来了。”

黎弇一愣，不知何意。

班超笑道：“一次是捣不毁粮道的。我希望将军派个得力的人，熟悉周边地形，率一千轻骑，先在此伏击押粮队伍，绝不缠斗，只发射火箭，烧掉一批随军粮草。不等他们救援来，马上跑！但不是跑回来，东躲西藏就好。然后靠你们在那些绿洲掩埋的粮食当补给，打游击，专围绕着粮道烧粮……烧个四五次，他们就支撑不住了。”

“先生妙计！我手下有一名骑督，与我一起在那一带剿过马贼，最合适不过了！”

“那就请将军布置，算时间，明天就得出发了。”班超指着地图上那个点，仿佛看见了敌军粮草烧起的熊熊火光。

齐欢总是石堡里最忙碌的人。

入堡几天来，齐欢一直带着士兵准备装置各种守备，必要时，还得亲自上手安置。堡下东北两面的壕沟已挖出些规模，弯弯曲曲的，连接着一些粗木桩、石碓等障碍物。齐欢在其中布置和掩埋了一些机关。明天开始，齐欢打算每天带人伐一批杉木回来屯着，顺便在西面山林灌木间，布置些陷阱和杀机。

又几天过去，围绕石堡的机关埋伏，越布越多，远远近近，一层一层的。耿恭看着齐欢没日没夜地辛苦，来劝过几次，齐欢道："现在辛苦，以后人就不苦了。"齐欢指着那片藏着无限杀机的坑道，"到时可以靠这个……站岗。"

耿恭笑道："你在这里造了多少哨兵？"

"越多越好，只怕时间不够。"

当天夜里，石墙上守夜的人，听见墙外有摇动的铃铛声，不知道那是齐欢制造的"哨兵"在叫——齐欢还没来得及培训士兵们如何使用和辨别机关。其实是有潜伏而来的夜行者中伏了。

铃声响了几声就停了，高墙上的守夜者们凝神细听，再没有异动，还以为是风，就没有去报告已沉睡的齐欢，或许士兵也是想让这位可敬的大师多睡一会儿。

天蒙蒙亮，齐欢就开了城门，带人继续布置和施工，才在离石堡最远的一处陷阱里，发现了一个奄奄一息的陌生人。

虽不是死亡陷阱，但那人坠下时，大腿和腰都被里面削尖的木桩扎伤了，当下昏迷，失血过多，又冻了一夜，已是出气多入气少了。这些削尖的木桩上，齐欢尚没来得及涂上"寒胆"药，要不然剧痛能使中伏者痛呼，不至于到早上才发现。

昏迷的潜入者是胡人面目，穿着寻常西域牧民的衣物，背着一个奇怪的竹笼，里面困着一只隼鹞，怀里却有一块布条，上面有歪歪斜斜的汉字——我是疏勒信使。齐欢觉得蹊跷，将伤者带回堡内救治，待伤者醒来后，才知道此人原来是隼王的人，带来的却是班超的口信。

在南路送金像的路上，齐欢知道隼王是个可怕的马贼头目，却不知后来隼王竟然和班头合作了。

这个来自焉耆隼舵的谍子潜进车师有段日子了，却无法接近被围困的金蒲城。后来匈奴败走，谍子摸近金蒲城时，发现金蒲城已是一座空城，后来在周边逡巡，才摸清汉军的动向，却要一路躲避各方巡逻的斥候，步行几日，才找到峭立在山口的石城子——疏勒堡。

谍子极其小心，看见石堡周边都是劳作的士兵，外围尽是奔来跑去的斥候，不敢靠近。怕在非常时期，可疑人一露头，不及表明身份，就被射杀了。一直等到夜里，谍子写了“我是疏勒信使”的布条，想挂到石堡门前的树上，待到早上汉兵发现了，自己再现身。不想还未靠近石堡的门，就跌入了陷阱……

醒来的谍子断断续续讲了焉耆和疏勒的状况，耿恭和齐欢才知道，焉耆叛了，都护府陷入了泥潭之中，不可能有援兵了。而班超兄妹已经回到了疏勒，正在面对龟兹的进攻。

口信说是传给耿恭的，很简单，让边上的齐欢和玄英听着皱眉。

口信就两句话：“等着！不许死！”

耿恭却笑起来，他知道那句等着，一定是班超说的。后一句不许死，只能是小昭，因为打小时候，他这条命就答应是她的。

“老班说，他会来的。”耿恭看着齐欢，笃定地说。

“他那么远，还要应对龟兹人……”齐欢隐晦地表达他的悲观。

“他会有办法的！”耿恭丢下一句就沉默了。

在谍子的指导下，他们将这边的情况，简短地写在了一卷细绢里，装入隼鹞脚上的竹管，在堡顶放飞了。

耿恭、齐欢和玄英，努力地仰头望着，直到隼箭一般地消失在云层里。这只隼将一直飞到焉耆的秘密隼舵里，再换隼将信带到无人知晓的隼巢，再次换隼，信才能到达疏勒的班超手里。

晚上，隼谍重伤不治。那只隼就算归来，也再找不到它的主人，不会落下。班超托隼王在车师汉营建立隼舵的计划，等于失败了。

那只高空振飞的隼，带走的是有关车师孤军的最后消息。

耿恭一大早就坐在石墙的垛口上，身后早就立起了高高的汉旗。

他遥遥看着已被齐欢训练过的士兵还在城外做着种种布置和挖掘，而齐欢却躲在堡内的临时“工坊”里，熬制着“寒胆”，打造着奇怪的设备。

耿恭近乎盲目地相信班超这个游侠兄弟，相信他一定会来。只是……不会太早吧？想起老齐阴沉的神态，耿恭觉得小昭的话才暖人——不许死！我们真能活着等到你们兄妹来吗？

耿恭差人叫了堡内指挥布置的玄英上来。玄英是他在羽林的死党，所以在他面前相对随便，没大没小。在虎贲那帮人面前尤其如此，彰显优势。

听见玄英上来站在了身边，耿恭扒着垛口没有看他，两人便一起并排看着山口。

“给你个任务。”耿恭道。

“说。”

“带三匹马，换着骑，一直向东南，去敦煌郡，搬救兵来。”

“你是嫌我是个废人吗？”玄英倏然侧身，瞪视着耿恭的侧脸，微微发抖，“我的右手，依旧可以拿刀……”

耿恭回过脸来，神情郑重，缓缓摇头：“你也听到了，焉耆叛了，都护府不可能有救兵了。班头远在疏勒，还要打败了龟兹人才能来……到那时，咱们……还有都护府可能都不在了。当下最有效的办法，就是从敦煌搬救兵。”

“随便叫个斥候去便好了！”

“斥候去，只能递个军报，连个县尉都见不到！”耿恭冷笑，“你白当这些年的羽林卫了，不知军制吗？敦煌太守能随便派兵出关吗？必须上报朝堂，等到回复的时候……怕耽误很多事了。”

“那我去又有何用？”

“有用！”耿恭从怀里拿出一个锦盒，“从现在开始，你就是我的军长史，带着我的印信，去见敦煌太守，求他出兵。不只是救车师守军，更是救都护府，把事说得越大越好。争取让太守越级出兵，这可是大功。如果他实在谨慎，要呈报，也要他派八百里加急去……得有个有官身的人在一旁站着盯着，这事才可能成。”

玄英出身虽不是显赫的军功世家，却也是官吏之子，知道些官场的习性，当下觉得任务不轻，果真不是谁都能胜任的，但心里总觉不是滋味：“你不是为了让我躲开，才……”

“我们的生死，取决于你的成败！”耿恭一砸玄英的肩，声音严厉起来，“如果不能带兵回来，就别来见我！”

“是，”玄英低下头，接了印信，“何时动身？”

“现在！”

不一会儿，耿恭在高墙上，就看见三匹马、一个人，在堡下穿过层层壕沟，逐渐加速，越奔越远。

“很好。”不知是什么时候，齐欢也来到了城墙上，在耿恭身后望着那抹尘烟，忽然出了声。

“希望真能带兵回来，”耿恭叹口气，转过身，“西域已经没有虎贲了，总得给羽林……还有我们这支孤军，留个种儿。”

120 兵临城下

西域的春天已来，浑没有关中那般的春意，化雪反使体感更冷，城头大风如刀，将班超的披风鼓荡得呼呼作响。班超将双手按在墙垛上，望着视线可及的一片绿洲，那里好像是座只有二十几户人家的小村子，但人畜都被迁进城了。

绿洲之后的地平线，升起一片片烟尘，该是龟兹与姑墨的联军来了。

疾风直接打在脸上，班超却一动不动，心中升起慷慨悲凉的感觉。

班昭站在二哥身后，被二哥抓住了手，听见二哥说："要打大仗了。"

不停地有斥候回来报知敌军靠近的距离，现在城头总算能靠肉眼看见一些敌军踪迹了。那小片绿洲里，突然冲出一小支队伍，约十几骑，向疏勒城全速驰动。

那绝不是斥候，看甲色战袍却是疏勒兵。队伍越来越近，城头上的黎弇有些疑惑，待能看清些身形面目时，大惊失色，高喊："开城！放他们进来！"

吊桥还没收起，城门打开一条缝隙，那支小队鱼贯而入。不一会儿，十几人上到城头，跪在黎弇的面前。城上的人这才看清这排跪地的军人已是浑身浴血。

“你们怎么回来了？”黎弇惊问，转头看了一眼班超。

班超心里一动，猜到那为首的，应该就是黎弇派去烧粮的骑督。想必是烧粮时，被敌方救援部队给咬住了……

“我们提前埋伏在那处山林里，等着他们的先头部队过去，就想着伏击粮队，结果……还没看见粮车，龟兹军队就直接攻向我们隐藏的地方，我们想退出来，发现身后也有龟兹人……被包围了！好像不是我们伏击他们，而是中了他们的伏击！所有兄弟，就突围出了……我们这点人……”骑督叙述得满目含泪，想象得出，那是一场很惨烈也很屈辱的战役。

“没烧到粮……”黎弇退后了一步，又看向班超。

班超却回身看着远处的烟尘，已经慢慢露出些旌旗的影子，一拳击在垛砖上。“鱼又玄！”班超恨恨道，“一定是鱼又玄，他来了，就在龟兹的军队里。”

黎弇不知鱼又玄是谁，茫然无解。

“我们的埋伏的人马，他远远就能看见气岚。”

“望气者？”黎弇毕竟是墨家子弟，听说过不少汉地方术，“那……趁着时间来得及，要不我们再派一支扰粮队伍，从南门绕出去，然后化整为零，多处出击？”黎弇还是不愿意放弃骚扰粮道的大计。

“算了，”班超忽然觉得很懊丧，“这些伎俩，在鱼又玄那里都没用。拉起吊桥吧。”

班超回到垛口前，交臂而站，心下明白，与龟兹的第一个回合就输了，不仅没烧到一根粮草，反而先折损了一千骑。

鱼又玄来了，那柳盆子呢？那日班超收到柳盆子以柳挂鱼的画，就传信去阻止，但隼王的耳目——妙达坊的舞伎已经接触不到“兜题”公子了，好像兜题公子已深居不出，但也没传出什么不好的消息。

班昭知道二哥纷杂的心境，轻轻地倚上来。

班超平静了许多，指着天地之交那线如林的旌旗：“能看见鱼又玄和铜手吗？”

班昭摇头，满目凄然：“我什么都看不见了。”

石城子的守备好像永远都准备不完。

齐欢又命令一队士兵每天去堡外收集石块，每块约西瓜大小，一筐筐地担进石堡，堆得到处都是。毕竟人力有限，只有一百六十三人，忙碌起来，耿恭也亲自上阵担石。

入夜，忙碌一天的兵士们都睡得很香。

齐欢和一些守夜人都在城头上。石堡的城头，不像城池那样方方正正，而是依山势用巨石层层垒砌，形状并不规则，所以垛墙竟有高低两层叠着，可以架设更多器械。垛墙下也不是实心的，有很多石屋，开出不少石窗，可以充当床弩的射口，只是安置时，要把床弩的体量稍做改造。齐欢正在高一层的垛墙上调校一个简易的抛石机。因为城下没了劳作的人，齐欢才敢抛石看看射程。

春夜的星空远比冬夜要亮，一条星河垂落下来，好像跌在了地平线上。是的，地平线越来越亮了。

齐欢一惊，那当然不是跌落的星火，闪光的地平线在寒夜的风里似乎在生长，显得颤抖不定。慢慢地，线生长为一条光带。

单于的大军来了，打着火把。在石堡上看，就像一条岩浆之河，慢慢吞没着原野及夜色。

齐欢并不着急，用手指测了测，匈奴人还在二十里之外。齐欢镇定地叫一个守夜人先去叫醒十几名整日跟他设置机关的士兵——这些日子以来，齐欢已经能叫出一百六十三个人的每人名字——聚到城头上来，而自己亲自下到一个石室里，拍醒了耿恭。

耿恭站到城头上时，那条光带已生长为火河。

齐欢叫来的十几名兵士已经披甲聚到城上，齐欢正在对他们沉声训话。

耿恭遥遥眺望着，用他非凡的听力，凝神听风里带来的声音，突然叫起来："老齐，他们好像停下了。"

齐欢走过去看了看："应该是在扎营。我先带他们下去，出城把那些机关阵先开启了，然后关好城门，防止他们偷袭。等到天亮就能看清他们大营的体量了。"

"干吗要等到天亮？我现在就要去探探！"耿恭脸上有种狠意的笑，"传我的令，儿郎们全起来！"

齐欢一把抓住耿恭的肩："你要做甚？"

"你说过，等他们来了，我们不会再有机会出城作战，也没有机会靠近单于一百五十步以内！所以，趁他们初到未稳，还在扎营，我觉得可以试试。"

"太冒险了。"

"真等他们摆开了阵势，就真没机会了。"耿恭推掉了肩上齐欢的手，往城下走去，后脖领却被齐欢抓住了。耿恭个头不矮，但被齐欢这样的大汉拎着，就像老鹰抓小鸡。

"你是主将！"

"所以你得尊重些。"耿恭也不挣扎。

齐欢松了手，无奈地退了两步："你跟班头一样，有时像个疯子。"

耿恭笑了，提到老班他会升起一股自豪："比不了，他每次发疯，其实都藏着后招。而我，是真疯！等我回来，你再关门，放狗……呃，放那些个机关。”

耿恭下了城，士兵们已经集合在堡内中心的小广场上。耿恭随手指点，挑了五十名士兵，连同自己去武库换了匈奴人的黑色盔甲和兵器，给马蹄上绑了干草，每人嘴里咬着一支雕翎箭，趁着夜色，无声无息地出了城门。

城门外都是壕沟石碓，不过大家都训熟了，见方堆左转，见尖堆右转，走出一条曲折的迷宫路线，就穿过了“雷区”，向山口外的“火河”潜了过去。

……

匈奴大军正在扎营。匈奴人不像汉人军队那样纪律严明，各营界限分明。各个部落受单于召集，混杂在一起，扎起营来，经常互有融合。这样也好，千夫长们认为可以促进陌生战士相互间的感情。

到处都是篝火、旗帜、忙碌扎帐包的士兵，还有举火把在帐包间穿行的骑兵。忽然有一处帐包着火了，人声嘈杂起来，像是赶着扑火。风大，夜里扎营这也是难以避免的事。但另一处帐包也起火了，还有一处……火灾好像此起彼伏，兵营一下就乱了。突然有士兵大声叫杀，人呼马嘶，好像是部落间的士兵出现了冲突。有个千夫长赶去现场镇压，还在大声呼喝着，竟被暗处的一箭射中咽喉，翻下马去。千夫长往往是一个部落的首领或贵人，当下部落的士兵眼都红了，抽出兵器就冲向箭来方向的另一部落的兵帐……冲突越来越大，还有蔓延之势。

冲突快演变为骚乱了。火点依旧在不停地增加……

兵营里突然响起了高亢的号声。

冲突的匈奴士兵大部分人纷纷罢了手，那是专属于龙庭金帐升帐的号角！匈奴人各部间可能多有不服，但对单于，都深具膜拜敬畏之情。这号角是单于在震慑各部。

紧接着，就有传令兵在各营地间穿行呼喝——有敌人袭营！

停手的匈奴人又紧张起来，持着兵器戒备着，高举着火把，却看不见敌人。

这些当然都是耿恭的手笔，五十骑的潜伏小队，穿着匈奴盔甲进入营地简直毫无违和感，一路烧着帐篷，趁着冲突一顿砍杀……越裹越乱。看似东一下西一下毫无章法，却一直切向大营的腹部。耿恭看见了大营中心龙庭金帐高耸的轮廓，但龙庭外围的卫队军帐却丝毫不乱，仿佛有一条无形的界限，和外围的混乱隔开。耿恭知道不能再靠近了，靠近等于露出了行迹。待到金帐里长号齐鸣，混乱和冲突开始渐渐被控制，耿恭无奈，张弓向高空射出一箭，立刻拨马回头，率队混入匈奴的乱兵之中。

匈奴军中有人惊呼，众人皆扬首，只见龙庭前那高耸的旗杆上，那面单于王旗缓缓地飘落下来。

耿恭一行趁乱撤出了匈奴营地，隐在夜色里。

整队人回城，发现一人不少，可匈奴那边却混乱未完，骚动不休，人人自危。到了天亮，才真正平静下来。

这一夜，几乎所有的匈奴人都没有睡觉。在传令兵来回传令的情况下，各部的千夫长向下责令，到百夫长，到十夫长，查点自己的士兵，因为有敌人混入。

其实发现大营里四处着火，冲突不断，金帐就得出结论是有人袭营。但经过一夜的排查和搜索，显然敌人已经神不知鬼不觉地走了。

龙庭外的空地上，满是排好的尸体以及烧伤的士兵。单于走了出来，看见几具尸体被摆在台子上，那是两名千夫长，六名百夫长。单于苍白精致的脸上，看不出表情，其实内心恼火至极。大军还未立稳，尚未开战，就被狠狠抽了一记耳光。

大萨满也走了出来，驼着背，身形竟然比单于还高。他支着鹿杖，望着晨光中半山上的石堡，说："真的像鬼魂一样……我尊贵的单于，惩罚我吧，我的智慧被遮蔽了，竟然没有看见这样一支军队。"

121 围困

疏勒国地处要津，是西域大国，经营了几百年，疏勒大城堪称雄关，城坚墙高，护城河也挖得又宽又深。

龟兹、姑墨的两万大军，在城外十里扎营，正经派了使者到城下喊话，说让伪王忠让位，恢复兜题为疏勒王，则秋毫无犯，两国再递盟约，世代友好云云。

第二日，龟兹大军在城前结阵，打的并不是龟兹王的王旗，而是疏勒王兜题的王旗，意为复国。

班超当下也吊了个疏勒使者出城，要求面见兜题，商议和谈。

一个时辰后，使者被送回，吊上城来，还没下筐，班超就追问，“见到了？”

“见了。”

“怎么样？”

使者摇头：“没有反应，也没有暗示。”

班超那侥幸的一丝希望都破灭了。如果这个兜题是真的，就说明，一、柳盆子没杀他；二、柳盆子真的出事了。

“尿盆出事了……”班超喃喃道。

班超身边的班昭和风廉都是一震。“柳哥被他们……发现了？”班昭颤声道。

“鱼又玄。”班超缓缓地说出了这个名字。

“他……又没有见过柳哥？”风廉道。其实三十六骑里，只有班氏兄妹和风廉直面过鱼又玄。麦田阵里虽然大家有在鱼又玄面前出现过，但都是满身满脸的泥污。

“他是练气士，跟小昭一样能望气，”班超解释道，“就算那一天他未必留意了尿盆的气岚，但我想起他说过一句话，他说，麦田阵是他借疏勒一百士兵摆出来的。也就是说，他应该见过兜题，起码认得兜题的气运。尿盆这样的假兜题在他面前出现，就不难被识破……”

“那柳哥他……会怎样？”班昭问。

“他说他逃命天下第一……希望不是吹牛……”

和谈就是幌子，班超就是要确定兜题的真假身份。所以翌日等不到答复，龟兹大军又开到城前，推出了二百多名疏勒军的俘虏——就是前几日，派去埋伏烧粮的那支反被伏击的队伍。

两百多人被临阵斩首，血流遍地，人头被挑在旌旗上，身体堆成了一堆，上面又堆了柴，开始焚烧，瞬间浓烟滚滚，异味飘荡在城头之上……

黎弇和城头的疏勒兵看得睚眦欲裂，怒发冲冠，跳出几名疏勒将领请命出战。班超不为所动：“他们就是想激我们开城决战，放弃城墙之利。”

见激将法无用，龟兹人在下午开始攻城了。

龟兹人的攻城器械远不像匈奴人那样单调，只有云梯，阵上竟然排有攻城车、荡锤车，还有几架不小的投石机。看来龟兹王这些年也广集各族的匠人，做了多年的准备。

攻城开始，这些器械像是威慑，并没有推进，还是马弓手冲进一箭之地，向城上抛射。

城上的疏勒兵憋着一股火，城上箭矢、石块、铁球……一股脑儿地倾泻而下，瞬间伤了不少龟兹人，这队射手就退回去了。

又一队马弓手上来，射了一排箭就退，躲避城上如雨的回击。

班超看了两轮，就知道龟兹人是在消耗城上的守备器具。当下命令，不许乱射乱放，敌方不到护城河边，不再还击。

又试探了几轮，还不到傍晚，龟兹人就退兵了。

夜晚才是更要防范的时间，班超布置了许多观察哨，防止疏勒人夜袭登城，尤其对方有一个铜手，他可是有能力只身上城，大杀四方。班超专门叫风廉夜里就守在城头门楼里，对付铜手。

总算来了个好消息，班超接到了隼信，得知齐欢竟然和耿恭他们在一起，退守在天山边一个也叫疏勒的石堡里，说有把握坚守三个月。

班超、班昭、风廉都放心不少，在他们眼里，一个远程进攻天才配一个战争防守大师，堪称绝配。

“三个月，我们一定得破了龟兹人的围城。”班超道。

可是接下来的三天，攻城守城就是按部就班。对方的抛石机推近使用了一次，一片石雨砸在城头上，伤了不少人，掩护着攻城车北门突破，但城上守军回敬了几排床弩，钉在攻城车前进的路面上，形成路障。清除路障的龟兹兵就成了城上箭矢的目标，留下了成堆的尸体……龟兹人又退了。

班超没想到龟兹人从开始就如此“保守”地攻城，摆明是做出了长期围困、消耗的架势。对方可有个善于出奇，算计精深的鱼又玄呀，不像是会守正作战的人。

班超缓缓绕了城墙一周，四门观察，细看敌军的阵势，生怕漏算了对方可出奇的地方。

“我们就这么守？”风廉抱着剑跟在班超的身后。

“对。”

“这不像你。”风廉有些郁闷，抿着嘴，印象里班头是不会这么老老实实行事的，“他不来，我去。”

风廉说话向来直接简短，班超知道风廉说的“他”是指铜手。

“不行，那鱼又玄什么都能看见……”班超说了一半突然停了下来，他忽然明白为什么鱼又玄不敢出奇了，就像自己现在这样。

鱼又玄忌讳的是小昭！

鱼又玄并不知道班昭已经失去望气的能力了，在他眼里，班昭还是个比他还可怕的望气者！

这也算兑子吧？班超在城上遥遥看着龟兹的军营。

远在车师的匈奴，也陷入了只能围困的境地。

单于的大军一到，车师城就开城相迎了。但单于没有停，一路南向，结果只看见了一座空空的金蒲城。有随行车师人指引，匈奴大军马不停蹄，入夜才来到石城子所卡的天山山口。不想当夜就被神秘的军队夜袭，乱成了一锅粥……人员损失是小，士气折损才大。

一连休整了好几天，匈奴大营才前进十里，将山口堵住，围在山下，准备正式开战了。

单于的幕僚们仔细观察了山势，发现石城子正面虽然坡缓，但是狭窄。北面的坡面虽宽，但坡度高了不少，骑兵冲击，根本起不了速度。好消息是，石堡体量不大，估算顶多能装三百人马。本来溃兵说法不一，把这支汉军说得越来越多，最多的说是起码有两千人。搞得单于对溃兵更多的神乎其神的说法，已没法全部相信。

攻城开始了。

一支铠甲齐全的骑兵，从正面快速突近石堡，进入一箭之地，却没有遭遇箭矢。再靠近些开始向城上抛射，也没遭到回击。于是带着云梯的步兵开始跟了上去。

骑兵突入城墙五十步时，遭遇了一排陷马坑，不过落下了七八骑，被坑内支好的尖桩洞穿，但阻止不了攻势。骑兵冲到离城墙三十步时，遭遇了弯弯曲曲的几道壕沟。有骑兵提马跃过去，发现壕沟间的落脚处，虚虚实实，埋有尖桩和箭镞，马一旦受伤，不知为何就疯了，几个蹦跳，就摔在壕沟里……有的骑兵想绕进去，转个几圈就发现出不来了。人马停滞，一下就堆积在一起。

城上鼓响，箭雨才射下来。

“寒胆”箭。

号哭声四起，疯马乱撞。

骑兵们进攻之前，得到的命令是，遇到异常就退。

前方旗帜一展，紧跟着骑兵身后跟进的云梯步兵，立刻向北，下到坡面上，把山脊线让出来，让骑兵后退。这一系列的战术安排，明显是这些天练熟的。

骑兵沿山脊后撤，不知谁触动了机关，地面弹出了三道绊马索来——瞬间人仰马翻，摔倒在两侧让出山脊站在坡面上的云梯步兵群里……春雪初化，却没有化尽，几乎变成了薄冰，正是最滑的时候，两面的人马，密密麻麻地翻滚滑下……

下午，匈奴人换了一个攻城角度，从北坡攻上。坡面够宽，所以这回动用的人马达到两千人，全是骑兵。这个坡度虽然冲速快不起来，但这一面好像壕沟少了许多。

骑兵群一直来到三十步内，也没遭遇陷马坑之类的埋伏，反而成功地抛射出了一片箭雨到城上，成功压制了城上的弓箭手。

但石墙那一排石窗后的床弩发射了。床弩的射角与匈奴登临的坡面近乎平行，这是床弩最理想的杀伤面。弩枪呼啸着弹出，像串葫芦一样，带起一长线的伤亡。

垛墙后的两排简易抛石机也发动了，一投两石，转眼间二十块西瓜大小的石头砸入骑兵群。问题是石头砸翻人马后，并不会停止，纷纷蹦跳着向山坡下滚去，这一路不知会伤了多少匹马的纤细的小腿……又带来另一番人仰马翻。

试冲了两轮，伤亡比上午在正面攻击时还大。单于远远看着，传令收兵。

自此，匈奴人就进入了围困模式。但每日白天都用不同的法子试攻，甚至让骑兵每人鞍后都带一包土，冲在壕沟边，就投进去填充。外围的陷马坑都被标记出来了，再难有人上当。

但到了夜里，石城子会把齐欢和一批汉兵，吊下石堡，打着火把去重启和调整机关。把坑道里的土包，垒在壕沟区之外一圈。没多少天，竟堆起一溜儿矮“墙”。壕沟里常有奄奄一息的马，被杀死切割，运进堡内作为食物。而匈奴人的尸体，则被扔到墙外，等着第二日黄昏，由敌方收取；由于城前机关遍布，在心照不宣的黄昏收尸时间里，匈奴人也不敢进入“雷”区抬壕沟里的尸首。

匈奴人也试过在齐欢他们正在壕沟间忙碌时，突然夜攻。齐欢带着二十多名汉兵躲进最里层的壕沟。匈奴人却觉得咫尺天涯，被壕沟切分成狭窄的几队，就是绕不进去，却被城上的弓箭点名般地射落马下。一轮争夺，匈奴人损失不小，只能退却。

翌日黄昏，匈奴来收尸的队伍受到了城上床弩和弓箭的射击，仓皇而逃。

之后，匈奴再没搞过夜袭。

汉军继续默认了收尸时间。

122 / 断流

耿恭和齐欢自认能稳守三个月，没承想不及一月，就陷入了绝境。

大萨满可是草原上最有智慧的人。

石城子的攻守默契还在维持，大萨满则每天带着一队弟子在周边探寻，早出晚归，说是寻找神迹。

这日天不亮，大萨满的探险队就出发了，来到石城子的南面，沿着断崖溯西，绕到了石城子的背后。

断崖虽然难爬，却是捷径，距离远比西面的山坡的路途要短。大萨满的队伍来到崖下就开始为大萨满布置帐篷，简直就像野餐。

“卡撒！”大萨满盘坐在帐边的毯子上，直接就着酒壶的细嘴，抿了一口马奶酒。

弟子当中为首的一人，站了出来。卡撒身形矫健，手长脚长，脸颊上抹着两撇白垩，眼周却描着黑线。

“去吧。”大萨满一挥手。

卡撒转身跑向崖壁，后背绷紧，就像一头豹子，冲到崖壁边却不停步，直接在峭岩上奔跑了四五步，才用手攀缘，好似从豹子变身为了猿猴，快速地向崖顶升去。下面的人可以清晰地看见他背着的那把触目的弯刀，弯度很大，形成个半圆。刀柄上连着黑色铁链，一直缠到腰上。

大萨满却不抬头，开始就着马奶酒撕干肉了。

“野餐”一直进行到下午，有弟子欢叫，因为看见他们的师兄又出现在崖壁上了，正在下来。

卡撒落在地上，跑到帐前，跪地抚胸，也不说话。大萨满把酒壶和肉都推了过去，卡撒依旧跪着，就在毯上大吃大嚼起来。这时弟子们才有人发现，卡撒的黑袍上有血迹，应该是受伤了。

大萨满看着卡撒的吃相，满脸欣慰慈祥，一如普通的草原老人看着孙子。直到卡撒停手，大萨满才问：“怎样？”

卡撒抹了嘴：“从上边很难穿过树林，太密，遍地都是荆棘，还有他们想捕捉猛兽的兽夹和陷阱。但是爷爷说的没错，我看见有一条溪涧从树林里流进了石头城。”

大萨满点头，抚了一把编满金丝的胡子，竟然叮当作响。

卡撒继续说：“我溯流而上，找到了可以拦坝的地方。明天我就绕到北面去探探，总会找出一条可以带队上山的路。”

大萨满站了起来，把鹿杖举向了空中，低沉地唱咏了几句，将高杖顿在地上，“要感谢长生天，这便是我们要找的神迹。”

石堡上严阵以待的汉兵们有些奇怪，匈奴人竟然三天没来攻城了。

齐欢也不惊异，自己如果是对方统帅，也不会每天这么送战士以命试错，还是纯粹地围困最经济。

“这样挺好，不用整日绷着，让大家好好歇歇。”齐欢在城头道。

“就是没人给我们送马吃了，”耿恭笑，“他们要是再多送些，我觉得咱们不只能守三个月。”

问题是不仅没马肉吃了，上午有士兵发现，山上流进城里的溪涧的水量竟然少了一半。齐欢得知，忽有了一种恐惧。堡内本来有一个挖深的蓄水池，溪流将池注满到一定高度，才有出口流出来，沿着水道流向马圈的饮水槽，才流出堡外。

齐欢下令，将蓄水池出口封闭，尽量蓄水，多出来的就用任何容器打走，屯起来。但没积几缸水，溪水在下午断流了。

“上流有人截了水源。”齐欢懊丧地拍了下自己的光头。

“这也没法防范呀，溪流那么长。”耿恭撞了一下齐欢，表示安慰。

“其实，自古很多顽城，都是因为水源被攻下的。水小会被断，水大会被灌。只是没想到，匈奴人也精通这种方法。”

“那我们怎么办？”

“水源是这座城堡最大的弱点，我们得有自己的水源。”

“自已的水源？”

“挖井，现在就挖！”

“我们可是在半山上，还能打井？”

“有些山溪是流在山体里的。”

“真的？你们墨家人懂得真多！”耿恭由衷地说。

挖井并不顺利，第一口井，挖了不到一丈深，就遇见了岩层。

第二口好不了多少，挖了一丈半。

齐欢仔细勘探了一番，在一处深挖下去，倒没有遇见岩层，却挖了三丈深，也没有挖出水。

但全城里有一百多口人和近两百匹马，即使严格限量，每日还是消耗极大，三天下来，蓄水池已经快见底了。

好在春雪还没有化尽，都被士兵们采集来，丢进了蓄水池。

但只是杯水车薪。

耿恭也没闲着，派了两个善于攀爬的士兵，从西墙吊出城去，以刀开路，穿过密林棘丛，去探探溪涧的上游。几个时辰后，只回来了一个，带着箭伤，战袍早被荆棘划成了碎片……报告说，密林之外，溪涧的上游被石块堆了坝，他们两个本想推开几块石头，拆出一角来，结果一阵箭矢袭来……那里竟有匈奴人把守着。

春天日暖，大地的银装褪去，只在背阴的凹处，还保留着零星的积雪。整个原野裸露出枯黄色的遍地草根。雪山的雪线每日都在上移，冰山雪水化作了更多的溪涧流向山下。石堡上都能看见，就在北坡下一条本是干涸的窄窄河道，现在开始溪流涌动，仿佛一条白带，在莽原上蜿蜒伸展，最后穿过匈奴人的营地。

深夜时，耿恭派了一支取水小队，就五个人，每人背两个皮制的水袋，吊下城去，靠着夜色掩护，从北坡潜行下去，到河边打水。

耿恭在城头上倾听。从城底下北坡，再到河边约七百步，耿恭听着小队的步伐渐远，逐渐消失。风沿着北坡而上，打在城墙上。风声里裹带着水流声，甚至有一丝湿气。耿恭听见了遥遥的锣声，随后有匈奴人的叫嚷，恍惚而时断时续……耿恭知道，有埋伏，他们回不来了。

清晨，城上守夜的汉兵能看见同胞的尸体，身上都是羽箭，就像新生的芦苇，静静地卧在河边。白带依旧弧线优美，勾画着草原，在朝阳中闪光发亮。

中午时，一队匈奴人来到河边，扎下了一排帐包，还立起了一个箭塔，似在宣布主权。

黄昏时，五名匈奴骑兵，用套马索套了河边汉兵尸体的脚，开始在草原上拖动。他们绕了一个大圈子，来到东面山脊，开始上山。

城上汉兵愤怒至极，开始用射程最远的床弩瞄准。

耿恭制止了："他们是来送还尸体的。"

果然，那五名匈奴骑兵，进入一箭之地前，将长枪扎在地上，脱了头盔，顶在枪杆上，弓也挂在上面，才继续前行，将尸体拖到靠近"雷"区的墙外，弃了绳索，打马回头。回程中，五名匈奴骑兵相互高声呼叫起来，好似合唱，充满野性，又像示威。他们风一般地下山，拔走长枪。

耿恭无奈，开始给马断水。人一天只能喝一杯水。

只三天下来，每人都嘴唇干裂，对干粮无法下咽。

要命的是人也开始断水了。

但断水的马圈出事了。

马匹断水后就开始焦躁不安，这日有马在圈中对同伴开始撕咬、蹬踢，不久就造成了群体的厮打……兵士发现时，开了马圈，放马出来后，发现约有一半的马浑身伤痕，十几匹马倒在圈里奄奄一息，鲜血淋漓。

每个士兵都跟自己的马，结下深厚的感情，心疼至极，只能将马在石城里到处拴绑，防止它们挤在一处。但是没有水的马，已经迅速消瘦，胯骨尖起。每个士兵都在抱着自己的马，悲哀地安抚着它们的情绪。

石城的小广场上，一字排开了那十几匹奄奄一息的战马。耿恭下令，杀马取血。

马主人噙着泪亲自动手，了断马的痛苦，但他们拒绝饮血……

水才是生命中最重要的。

挺过了两天，全城都是委顿的马和士兵。除了上城职守，士兵们都跟自己的马在一起，用破布包裹起马粪，挤出汁液，自己舔舔，给马舔舔。

毕竟是春天，翌日上午，天上飘过大片的乌云，空气里都有湿润的气息。城里的汉兵无力地欢呼着，雨，太需要一场雨了。士兵们把所有的能积水的器具，都搬到了户外。

大萨满仰头望着乌云。

匈奴人正在山口的另一座山边的巨石上，堆砌一座简易的方台。石头里夹杂着牛羊的头骨，不多久就堆了六尺多高。

大萨满站在了台上。台的四角点起四堆篝火。

大萨满舞动旋转起来，金盔乃至胡子上所挂的金饰叮当作响。舞蹈并不优美，更像一个颤抖的木偶。大萨满双眼紧闭，一手舞着鹿杖，一手舞着一片巨大的牛胛骨，四周缀满了兽铃。铃声中，大萨满的喉底吟唱飘出来，就像地缝里的呻吟……

乌云在移动，慢慢地飘过头顶。

无论城头还是城内，汉兵们全部跪倒在地，全心祈祷上苍眷顾。

乌云投下的巨大阴影在山野间移动，太阳在乌云后显露出来，照在城上，整座城都耀亮起来。此时的阳光，播撒的却是绝望，打在了汉兵身上。

那一瞬间，好似所有人都崩溃了，有人痛哭起来……

之后是麻木。城头上的汉兵靠在垛口边，早不监视匈奴了，只是目送乌云堆到天际的一边，越来越低，灰黑一片地压在地平线上。甚至能看见里面在打闪电，能听见遥远的雷鸣。雨下在了那一边，与这里无关。

一名汉兵站了起来，指着那里，沙哑地喊着："雨……雨！"慢慢地走上了垛口，兀自不停步，一步踏空，断线风筝般摔下城去。

其他士兵抢救不及，堆在城垛边，另一头却有人叫："看啊，援兵来啦！"

士兵们瞬间安静下来，转过头去，见到一个士兵扶着垛口，指着南方，哭喊着："他们来啦！"

123 / 涌泉相报

耿恭就在城头上，一样渴得满目金星。忽听见援兵到了，也一般地狂喜起来："老班来了？"拨开士兵来到朝南的垛口边。

顺着士兵所指，哪里有援兵的影子？

果真有人喊："没有呀。"

"我看到啦！援兵！好多援兵！"有个士兵高叫着。

"我也看见啦！"又有士兵喊。

但大部分的城上士兵，包括耿恭，只能看见莽莽天山，漫漫杉林。

"那领头的，是陈都护吗？"

"是是，是陈都护！"有人应和着。

耿恭觉得眼前的景象越来越诡异，难道是渴出了幻象？为什么他们产生的是一样的幻象？耿恭觉得可能是中了类似大巫的巫术，喝令没有产生幻象的人，把为幻象迷狂的人，拉到城下去。

耿恭不知道，这不是巫术，就是在极致状态下，大家共有的愿望在相互补充，形成了集体幻象。困在大海舢板上的水手们，也会因饥渴产生共有的幻象，看见死去的同伴，而蹈海自尽。

城头瞬间空了，只剩下耿恭一人。

耿恭环顾一周，满心不甘，但现在的状况，想出城拼命，也没有能力。耿恭踩着有些虚浮的脚步，走下城墙，看到了齐欢和七八个士兵靠在墙边喘息，身边有一口漆黑的井口和轱辘支架，旁边堆满了挖出的浮土。

齐欢看着耿恭摇头。

耿恭往井下望："多深了？"

"十五丈。"齐欢的身体也消瘦了许多，浑身都是泥土。他应该是最后的挖掘者，现在力尽虚脱。

"放我下去。"

"没用的，暗河应该没有流过我们城下。"

耿恭不理，钻进了吊筐里。

耿恭在士兵眼里是神一般的人物，虽然疲惫，还是一股脑儿地爬起来，摇动轱辘，将耿恭吊了下去。

好半天，才吊到井底。井底要比井口宽多了，不然展不开挖掘动作。耿恭出了吊筐，眼睛已习惯了黑暗，光源只是头顶铜钱般大小的井口。

耿恭一腔军人世家的血，最不愿认输，想继续挖掘，却发现井底竟没有工具，拔出佩剑来，一剑一剑地戳在土里……越戳越气闷，砰的一声，剑断在深土里。

耿恭忽然便脱了力，扔了断剑，静静地侧卧在土上。在没有人看见的幽暗里，他想哭，眼泪却流不出来。眼泪也是水呀。

"老班！你什么都能算到，你倒是来呀！"耿恭的身体抖动起来。在乌孙人、匈奴人眼里，神一般可怕的军人，像孩子一样号啕起来，"兄弟我就要被憋屈死啦！老子这回……是真过不去啦……"

耿恭拱起身，从背后抽出半截枪来，以枪尖挖掘，将那断刃挖出来，将枪从剑口里用全身力气插深，再小心一点点拔出来……地上留下一个小小的深洞。

耿恭满目温柔，把脸伏在泥土里，把嘴对着洞口，轻轻地说：“小昭呀，妹妹……哥哥我……可是真……喜欢你呀！”

班昭在疏勒城头，看着四起的硝烟，城上往来奔走的疏勒兵，就像幻影，在投放床弩，在推挡封垛车，在引弓射箭，在给投石上浇油点火……班昭眼里只有一个人的身影是清晰的，站在垛口边有条不紊地指挥的，正是他的二哥。

忽然一阵莫名的心悸，班昭抚胸蹲了下来，缓缓抬头，转脸望向东方。

“恭哥？是你吗？”

耿恭跪卧在井底，五体投地，就像是在祈祷，其实只是将嘴吻住洞口，默默念着班昭的名字，一直念得两眼温热，念得满嘴清凉，凉，甘甜……

耿恭舔了舔嘴唇，惊得挺身抬起头来。

只见他用来掩埋心底最后的柔情与遗憾的洞口，正涓涓地渗出水来……

水越来越大，开始涌动，慢慢变成喷涌，溅在耿恭的脸上。耿恭站起身来，靠着井壁，眼见泉眼变成了一个喷射高达五六尺的喷泉。

顾不得浑身湿透，脚底淹没，耿恭拼命摇动着绳子，抬头嘶喊着：“出水啦！出水——啦——”

单于离开了他的金帐，与大萨满并排骑马来到了汉军的石堡的前沿，跨过山边的那条河，向上张望。他们身后只跟着单于的一名彪悍的近卫，还有大萨满的两个孙子，其中一个就是探得山上水源的卡撒，他的兄弟叫卡卓，和他相貌身形相似，只是不说话，背着一把触目的五尺长刀。兄弟俩身后，还跟着一人，一看穿戴，就是草原上的高贵者，此时却像个仆人。

“呼衍王。”前面的单于叫。这名拖在最后的草原贵族急忙催马，来到单于的身边。原来他就是去年先在伊吾败于窦固，后在车师败于耿秉，最后被迫退出西域的呼衍王。如今单于重征西域，他作为原来的西域震慑者，自然也带着所剩的部下五千骑加入了。

“这几日，汉人有何反应？”单于问。

“安静得很，应该都没有力气射箭了，”呼衍王在马上抚胸躬身道，“我愿意带一支骑兵上去攻城。”

“我大胡勇士金贵，何必再为此伤损呢？”大萨满摇头，“不用去攻，再等个三天，这石堡里就不会有活人了。”

忽然就听见山上隐隐传来的欢呼声。

此时的石城内部，陷入了盛大的狂欢之中，一桶一桶的水，源源不断地打上来，而井底的水面，也越涨越高……汉兵们，排队以手捧水而饮，捧给自己的战马饮……水打上来得越来越多，最后演化成泼水节，尽管浑身湿透，汉兵们却没有感到一点料峭的寒意，全是狂热……

单于眼看着空寂的孤城上，远远地涌上许多人，好像对着自己这边大喊大叫。有个汉兵好像脱了个赤膊，站在了垛墙上，冲着这边撒尿。他的身边，还有人把一桶桶的水浇淋在石墙上，城壁因此洇湿了一大片。

“水？”单于悚然道，“他们……有水？”

所有人都望向大萨满。

大萨满茫然了一会儿，满脸肃穆：“这真是一支有神明保护的军队。”

石堡内的汉军经过几天的休整，日趋正常，守城程序恢复得一丝不苟。这天城头上又有锣声警报传来，因为眼看着匈奴大军全部开始拔营，旌旗如云，万骑发动，浩浩荡荡地向山口漫过来。

耿恭和齐欢都冲上城头，士兵各就各位，上弩备石，一扫几日前的委顿，注视着匈奴人的举国之兵，眼里却是野兽般的光彩。几日前，大家都觉得自己与死神擦身而过，并不恐惧，就觉得窝囊。如今又有机会多赚几条匈奴的命，就算死了，也值。就让匈奴人试试，想拿下石城子，得付出多大的代价。

匈奴大军移动并不快，堆满山口时，却没有上山，而是继续向南，往天山深处伸延。几万的铁骑几乎走了半个时辰，后面跟着的是辎重队伍，连龙庭都跟着迁移了。

“匈奴人走啦！”有人欢呼。

耿恭却皱起眉来，和齐欢对视了一眼：“匈奴单于要直接翻天山进犯西域北路了。”

“这就不理我们了？”齐欢沉思道。

“让他们过去，都护府平叛的机会，就……一点都没有了。”

“那我们能做什么？”

“咬住他们，我带兵冲下去，去毁他们的辎重。”耿恭转身就要下令。

齐欢一把按住：“这正是他们等着我们做的。我们这一百多号人，离开了石堡，就什么都不是。还没等到我们冲下山，可能就没了。”

耿恭平静下来，自己的军队离山口一千三百余步，这段距离不可能瞬间抵达，无法发起奇袭，反而成了匈奴人箭雨下的目标。

巨剑之阵也没有机会裹入敌阵之中。

“就这么眼睁睁地看着他们过去？”

齐欢摇了摇头：“没别的办法。焉耆那边没救了，除非玄英能从敦煌搬兵成功。”

“敦煌才有多少兵？汉军主力都回洛都了，谁能对抗单于的大军？”耿恭苦笑，“匈奴人要是卡住北路，老班他们……怕是也过不来了。”

“为什么要等他们来，我们自己不能动吗？”

耿恭眼睛一亮：“对呀！我和乌孙人还是有点交情的，我们可以借路乌孙，去疏勒和老班会合！”耿恭高兴起来，“等匈奴人走干净了，咱们就弃城出发。”

“我的意思是，你带着他们，”齐欢环顾了一圈城上的汉兵，“撤回敦煌。”

“去敦煌？”耿恭明白，这是当下最合理的选择，但心有不甘，就这么放弃战斗了？“可我还没杀够匈奴呢，我可以领着他们继续拼命。”

“他们的命，是他们自己的。”

耿恭摇头：“身为大汉军人，命就不是自己的。”

“打仗是为了胜利，不是为了死。你们能被匈奴几万人围困而不败，逼着他们弃围而去，就是胜利者！胜利者就该活着。你们所有人，都值得活着。”齐欢指着城上城下忙碌的士兵，“他们都活着，才是你这个将军的荣耀。”

耿恭愣了，他想起自己第一次见窦帅时，窦帅跟他说更欣赏李广，不那么崇敬霍去病，说李广爱惜自己将士的性命，同吃同住，互托生死。而霍去病以外戚得权，眼里没有兵，只有功，一将功成万骨枯……当时他没有听懂，以为窦帅只是在自嘲，其实讲的可能就是齐欢的这番道理。

“老说什么你们你们的，是我们。”耿恭打了齐欢一拳。

“我又不是军人。”齐欢微笑，知道已经说服了耿恭。

“你……什么意思？不跟我们走？”

“我去找班头，一个人，路上方便些。”

“娘的！”耿恭又一拳打过去，却满心敬意，“这样，我教我的羽林弟兄，带他们回敦煌。我和你，就我们俩，去疏勒！”

说罢，耿恭握紧拳，凝在齐欢的近前。

齐欢不说话，沉默了一会儿，才将他沙钵大小的拳头，抵了上去。

124 / 消磨

万军过境。

匈奴人的后军的速度很慢，尤其在过山口时，慢慢和前面的中军脱开了。

后军集中的队伍，突然散开，在山口的南边和北面，都开始扎营。

耿恭和齐欢有些错愕，原来单于还是留下来了一支军队，跟着大军启动，只是为了将军营移到更适合堵住汉军的位置驻扎，直接移到了山脊的两边，还堵住了山口。

早有羽林卫通过帐包和马圈的数量，估算出留守的围困军队，差不多七八千骑，迅速地报给了耿恭。

耿恭和齐欢在城头上相顾无语，他们的如意算盘被打破了，匈奴人宁愿分兵，也要拔掉这根插在车师的刺。

“能拖住这么些兵力，也不错。”耿恭道，看着尘烟中隐现的单于旗帜，越来越远。

单于身边随着大萨满和呼衍王。

眼看前军已经开始翻爬天山，单于转头对呼衍王道：“不须送了，回去看住那些汉人。”

呼衍王下马，抱住单于的马靴连同马镫，用额头触了触。

“左鹿蠡王部的三千骑，我留给你。你们在汉人那里丢失的尊严和勇气，还得从他们身上拿回来。”用鞭子轻击呼衍王的裘帽，算是一种祝福。随后鞭子一扬，拍马前行了七八步，又住马回头，“等你的孩子们，恢复了一颗勇士的心，你再带着他们来追随我吧。”

呼衍王露出一丝喜色，跪伏在地上。

单于叹口气，对着停马不前的大萨满道：“老师，你也要留下吗？”

“这也是我的错误，我既然没有看见单于放牧的前路，有一支狼群，就有责任让他们消失，不管他们信奉什么样的神明。最后，我会领着草原的儿郎们，追上单于的脚步。”大萨满说罢，带着弟子们从大队分出，站在一侧，旗幡舞动，兽铃叮当，唱咏着神秘的长歌，为大军护持和送别。

玄英来到敦煌快一个月了，他觉得自己变成了自己讨厌的人。

玄英并不是军功世家出身，但还算官宦子弟。玄英的父亲在长安为官，长兄在洛都廷尉府为吏。官场的话语模式和习性他是略知一二的，尤其长兄在京师玲珑迎合的做派，让他心生鄙视，所以更想在军中立下实在功绩，堂堂正正，封侯拜将……

玄英刚到敦煌时，带着耿恭的印信直接见到了敦煌太守，报知军情十万火急。敦煌太守也是大吃一惊，他其实知道焉耆反叛了，因为班超通过隼舵已经把话传到了，但他没有当一回事。因为都护府的陈都护并没有求援的信使来，说明情况并不恶化，出于同僚间心照不宣的默契，知道这是都护陈睦不想上边知道的事。但得知匈奴已经进犯车师，虽然前锋左鹿蠡王已被击溃，但单于大军随时就到的消息，的确是改变西域形势的大事。

敦煌太守的确不敢擅自出兵，在玄英的催促下，派了八百里加急，报与朝廷定夺。

这一等，便等了七日，不见朝堂的任何回音。玄英只能去求太守越级派兵，刚开始太守还能亲自接见，后来就不露脸了，交给郡尉接待了。

本朝对地方军权的控制远高于前朝，先帝光武撤销了绝大部分郡里的“郡尉”这个职位，只在有边患的边郡才保留了下来。敦煌郡尉出身于行伍，和玄英还算谈得来，跟玄英说，太守也算尽力了，单于亲率大军入西域，敦煌更得防守自保，还得盯着身边陇西王的羌骑不至于作乱。羌骑不动，敦煌的汉骑也不敢动。最理想的情况，是说动陇西王的羌骑出关。

玄英连夜疾奔，赴陇西王府去游说陇西王。陇西王其实在汉家的封号是陇西侯，但本是羌王，又有封地，本地人都称之为陇西王，也没人说他僭越。

陇西王倒是见了玄英，说朝廷盯着羌骑日久，日日自危，真要是派兵出关，只怕一堆罪名要落在头上。敦煌太守这是在推诿责任，连个官文都没有，就叫你来了？

玄英又赶回敦煌郡，请太守出函。依旧是郡尉接待，悄悄与玄英说，耿秉耿副帅撤兵前，专门叮嘱太守盯好陇西王，说他和匈奴可能有暗通，如果太守真出了公函，陇西王以此名义出兵却投了匈奴，太守怎么敢担当？

玄英满心愤怒却不好表露，发现自己不知不觉就成了太守手里的刀，去劝陇西王出兵——出战匈奴，必然折损兵力，等于消减了陇西王的势力；不战而降，等于在凉州抹掉了陇西王，地盘多半被周边两个郡瓜分……

玄英接下来，整日和郡尉混在一处，日日喝酒，变得更加推心置腹。

这夜，玄英从醉翻的郡尉的身上翻出令牌，连夜叫城门守卒开门，奔向城外最近的左营，以令牌命左营都尉召集营中所有轻骑，约一千五百骑，子夜出发西向，去救援车师。

玄英声色俱厉，左营都尉不敢质疑，心下却蹊跷，这样的远征，为何只有左营这点兵力？不见这位长史征调兵力更多的右营？所以出征前，悄悄派了名心腹斥候回敦煌城里去见郡尉。

天亮时，郡尉宿醉醒来得到报信，吓得魂飞魄散，亲自带了一队人出城全力去追。一直追到中午，才追上被骗走的队伍。

一声令下，玄英被一群左营士兵扑到马下，捆了起来，带回了敦煌……

疏勒的围城之战，没有远在车师的汉家兵镇那样惨烈，但规模和死伤都更大。

龟兹姑墨联军，准备充分，几乎每日都攻城，消磨疏勒的神经和战备。

疏勒备战日久，粮草厚实，人口兵员充足，粗算可以闭守一年。带着守城之利，对攻城予以还击。

两万骑的联军，加上后勤补给的七千人，即便个人战力还是远不及匈奴人，但足够将疏勒拖入一片巨大的泥沼，拖住众人难以逃离。

相互的攻守，没多少精彩之处，但战争的磨盘一旦开启，研磨的都是血肉和生命。渐渐地，这血腥的天平开始向疏勒一方倾斜，围困的这段时日，疏勒伤亡有一千多人，对方联军却接近四千。

班超推算着三个月的限期，到两个月时，按这个比例消耗下去，龟兹的优势将被剥尽，可是让他最为忧虑和忌惮的鱼又玄，还是没有现出身影和手段。

更让班超焦躁的是，收到了隼王的来信，报知在焉耆的秘密隼舵，整舵人失踪了，失去了联系，也许是被剿灭了，也许是悄悄逃亡了……关于北线前沿的战事情报，等于彻底断了线。

呼衍王一直围困着半山上的石城——疏勒堡。

“就这样围着？”呼衍王夜里来到大萨满的帐篷里请教。

大萨满这些天恢复了寻找神迹的旅程，依旧早出晚归，每次都拖回来一两块巨石，堆在帐篷外。

“如何打仗，是王爷的事。”大萨满道。

“总不能让那些汉狗那么舒服吧？”

“如何打仗，是王爷的事。”大萨满笑着重复。

第二日，呼衍王指挥了一轮攻城，效果与以前一样，留下了一百多具尸体在城下。

呼衍王气闷了几天，忽然想出个主意来，去车师城调了两千车师降卒过来，在山下扎营，每日白天由匈奴人在后面押着，攻城。

车师兵第一日，不知就里，进入“雷”区正面进攻，损失惨重。日后就学乖了，多是在壕沟外叫嚣和射箭，并将一袋袋的土包扔进壕沟……城上的床弩和箭矢一射，顿时四散。后面的匈奴人一逼，又回来冲上一轮。

匈奴人的军法队，对车师人逼得并不紧，因为他们的主要目的是消耗城上汉军的体力和耐力。白天攻几轮，汉兵在夜里还得劳作，吊下城来修补和开启机关，清理壕沟里堆填的土包。虽然这种攻守，汉军和车师兵双方很快达成了进进退退的默契，但连日下来，劳累的汉兵对食物的消耗，可比枯守时要高多了。

匈奴人并不爱惜车师兵的性命，时不时还会赶着车师人夜攻，出击正在壕沟里劳作的汉人。

汉军被迫陷入了这种消耗的泥潭，眼看着粮食越剩越少，耿恭不得不下令开始限量供食。

转机却莫名其妙地来了。

夜里汉兵照例去壕沟里清理车师人丢下填沟的土包，却发现有两包分量明显很轻，而且带着面香。打开一看，竟是满满的烙饼。

士兵将两袋烙饼带回了城头，报给了耿恭和齐欢。齐欢谨慎，细细验过无毒之后，才分给了大家。汉军的军粮多是粟米，围困期间，做法更是单调，忽然出现了五六十张烙饼，无疑是打了回牙祭。

至此每夜都能收到两三袋干粮混在土包里，对汉军来说，真是个不错的补充。

耿恭知道这是车师兵在示好，白天的攻城战里，双方更加默契，床弩都不开了，只零星地射箭，也不涂抹“寒胆”，偏偏中了流矢的车师兵跟戏精一样，号得震天价响，撒腿就往回跑。

按理说，匈奴人仔细一点，是可以发现这种猫腻的，但他们遇到了不小的麻烦，已无心顾及这边了。

春天万物生长，草原的枯黄和残雪已被嫩绿所取代。同时百虫与湿气滋生，对新来的匈奴人很不友好，于是军营里发生了疫病。虽未大肆蔓延，也有不少匈奴士兵发热呕吐，每天都有数人不治而亡。到夜里，汉军能看见匈奴营地里火光遍布，那是大萨满带领弟子们在驱邪祛病，有的直接是焚尸……

车师人每天的攻城还在继续。这一天，汉兵发现送来的干粮袋里有一块布条，用汉字写着：今晚夜袭。

耿恭与齐欢对着字条商议，不知是否有诈。

“涉及军事，总是要谨慎。”齐欢道。

“车师人当中，肯定有不少心向老车师王安得的。这些日子，他们天天投食，已经表明了态度。还能谨慎到哪儿去？”

“接着呢？他们说要投过来怎么办？”

“正好呀，我们就缺战力和人手啊。”

“你也熟读兵法。这群人里，要是混入了匈奴人的密谍，进城就麻烦了。堡垒总是容易从内部攻破。”

“难不成不接受他们……”

齐欢叹了口气：“我们再看看吧，且看今晚的情报准不准。”

花开花落

尸骨群鸦暗日光，
花开花落皆伤情。

125 王妃

当天夜里，匈奴步兵，趁着夜色，背着云梯，匍匐着爬上北坡，一千人慢慢地就潜伏在坡面上，六七架云梯被传送到离石堡北墙很近的地方。

午夜时，车师兵明火执仗地从山脊线扑上来，对石堡正面攻击。

城上的汉兵好像见怪不怪，射箭还击。车师兵遇箭就退，却又被后面压阵的匈奴军法队赶了回来。以往这种来回，上演个四五次就算结束了，今夜却进退了七八次，好像远没有完。子夜时，呼衍王觉得时机已到，城上汉兵的注意力都在正面，精力和体力都应该消耗得差不多了，发令吹起了号角，北坡埋伏的匈奴兵从坡上一跃而起，迅捷地举高云梯和长杆，要架上城头。

北墙好像早有准备，石窗后的床弩，与垛墙后的简易抛石机，一起发动……瞬间，所有云梯被击毁，山坡上跳跃滚动着石头，让匈奴步兵损伤惨重，接着汉家神箭就射下来了……

呼衍王无奈地叫传令兵吹了撤兵号，心下黯然，难道在前夜潜伏靠近北坡顶时，就被汉军发现了吗？

天色开始蒙蒙亮了，耿恭和齐欢看着北坡上显露出形状的密密麻麻的匈奴尸体，暗自庆幸，若不是提前得知情报，必是一场恶战，绝不会赢得如此轻松。

“匈奴人攻城越来越聪明啦！”齐欢感叹。

匈奴人惨遭损失后，却没有让车师人休息，继续白天攻城，消磨汉军有限的人力。

与车师人再有默契，汉军还是觉得疲惫不堪，分组连轴运转。

这日夜晚，石堡上吊下来七八名汉兵清理壕沟，提取食物，却发现壕沟里倒着一具车师人的尸体，正要拖动，那“尸体”出声了：“我是车师密使，求见耿将军。”

汉兵让他脱了车师兵的盔甲，给他套了个汉军头盔，吊上城去。

耿恭与齐欢被叫醒，连夜接见了这位密使。

密使是位车师人，自称曾是老车师王安得的侍卫之一。他见到耿恭就行礼，说是在去年车师、乌孙、汉军三家共狩联谊时，见过箭神的风采。

“别客套了，有话直说。”耿恭道。

“就是……商议一起灭掉呼衍王。”

“哦，怎么灭？”

“我们做内应，和你们一起突袭匈奴大营。箭神可趁乱寻找到呼衍王，射杀他。”

“你们还剩下多少人？”

“一千四百多骑。”

耿恭沉思了一会儿，脑袋里迅速出现了几条夜袭冲营的路线，觉得此举可成，豪气顿生，道了声：“好！”

“慢着，”齐欢盯着密使道，“你们为什么要灭呼衍王？”

“呼衍王当年杀了我们的小车师王。”

“我知道，但当年车师人虽然悲痛，却没有跟呼衍王翻脸。隔了这些年，竟要报仇了？”

“还有我家大王的仇。”

“可是安得死后，你们却投降了，还来为匈奴人打仗。”

“我们投降……是为了保全全城人的性命。”

“那你们冒险与我们合作，去杀呼衍王，可有必胜的把握？现在呼衍王有多少人？”

“有八千骑吧，这些日子，他们闹瘟疫，前几天那一战，也死了不少，但怎么都有七千骑……”

“我们两边合在一起，也得以一敌五，你们哪来的把握？”

“不是有箭神大人吗？连左鹿蠡王都杀得死……”

“好，就算我们此战必赢。可是你们也知道，单于的大军已去了天山以南，按理，龙庭还是要回草原的。单于回来时，还得经过车师，那时，单于会怎么对你们？投降还能保住全城人的性命吗？”

“这个……”密使也觉得车师人的行为和选择是有点难以自圆其说。

“车师人恨匈奴，我信！所以悄悄地对我们施以援手，我们理解，也感激！你们在安得战死的时候，没有死战，选择了投降，现在却愿赌上全城军民的性命，来袭击呼衍王？是不是有点……疯狂？”齐欢说得很客气，但形象不怒自威，带着慑人的气魄。

密使有点慌了：“我就是个传信的……又不是我的主意……”

“你们军营里谁统兵？”耿恭问。

“是副都尉坎良。”

耿恭想了想，对这人有印象，应该是安得的心腹。

“可我……是王妃娘娘派来的。”密使道。

“王妃？哪个王妃？”耿恭奇道。

“自然是我们车师王妃。”

耿恭想起来了，安得去年忽然新娶了一位王妃，据说举城欢庆，却没有请他去观礼，还是事后听说的。

“你们王妃在军营里？”

“是，坎良大人也听从王妃的。”

“那攻击匈奴也是王妃的计划？”

“是。”

“哦。”耿恭和齐欢对视了一眼，心目中都出现了一个要为丈夫复仇、不计代价的疯狂女性的形象，似乎说得过去。

“我们王妃娘娘，也是汉人。”密使补充道。

耿恭和齐欢又对视了一眼，王妃的形象更丰满了，而且增加了亲切感和敬意——她不只是要报仇，还要挽救自己的同胞。耿恭忽有了种自豪感，只有我们汉家女子，才会有这种坚贞、柔情和大义吧。

“那……具体的计划是什么？”齐欢问。

“王妃娘娘说，具体的由娘娘亲自来说。”

“亲自……来？”齐欢惊道。

“是，娘娘说，这种事，不能叫别人代言，要不……你们也不信。明日夜里，娘娘会到城下。”

耿恭就在垛口上坐着，石头的凉意，能从屁股坚硬地传到身上，但明显能感到夜风的熏柔，春意在天山之北，已经浩荡起来。

西域春天很短，长不过两个月，现在算是仲春时节吧。

耿恭看着匈奴大营的帐篷开始灯残光灭，才与几名汉兵从吊篮下城。他打算亲自迎接这位令人生敬的王妃。

士兵们检查了一下外围的壕沟，只发现了食物，却没见到车师兵的“尸体”。耿恭想想也对，让王妃白天穿着士兵的盔甲，混在进攻人群里，倒在壕沟里，一直等到深夜，的确也太辛苦了。但此时从营地偷偷上来，要冒更大的风险。

耿恭先和士兵们先关闭了一些外围的机关，防止王妃及其护卫不小心中了埋伏。清完了壕沟，一伙人坐在壕沟里静静地等待。

今晚无月，适合潜行。

午夜时，耿恭听见了一个人细密的足音，踏在南坡的新草上，很轻盈，由远及近。一定是个女子，会武功。

耿恭越来越好奇，为什么就一个人？是王妃？还是王妃身边会武功的女护卫？

脚步声停了，驻足在壕沟外三十步左右。

耿恭跃出壕沟，站在壕沟上便已张弓搭箭，凝在那里。

对面俏立着一个窈窕的黑影。

“王妃？”耿恭沉声道。

那身影竟然侧身做了个汉家女子的万福。

“请。”耿恭一躬身。

王妃腰肢一扭，滑步而来，落入壕沟时竟没有多少声响。

耿恭暗赞了一句，在沟内正式抱手平肩，持礼甚恭：“大汉都护府戊校尉耿恭，见过车师王妃。”

众人不再言语，在壕沟里穿绕，来到城墙下，早有两只吊篮等着，将王妃和耿恭一起吊上城去。

城头的齐欢早就等着。

耿恭先跳落城头。王妃身份尊贵，没人敢碰触，但不扶好像又失礼，耿恭和齐欢正在犹豫，王妃已一按垛口，从篮子里跳了下来。借着城头的火把，众人才看清王妃穿着一身黑袍，一张黑丝面纱从头发上，一直垂到腰间。

齐欢也恭恭敬敬地行礼："见过车师王妃。"

王妃哼了一声，也不说话，身子却颤抖起来，像是在抑制无声的哭泣……

"哎呀！"王妃忽然大笑起来，"憋不住了……"原来颤抖是在憋笑。

王妃一揭面纱，指着齐欢道："就猜你在这里！"

"花寡妇！"耿恭先一步认出来，"怎么是你？！"

花寡妇还是笑个不停："你们正经拜我的时候，我费了好大的力气，才没说……乖！"

"你……怎么会在车师王妃的身边？"齐欢还是不苟言笑。

耿恭恍然大悟，被这个花寡妇玩弄了："还真以为是王妃来呢。"

"我就是王妃呀！"花寡妇道。

齐欢和耿恭又愣了。"不是说……王妃是汉人吗？"耿恭喃喃道。

"在西域人眼里，只要是关里来的，都是汉人，他们分不清。我说过，我是夜郎人。"花寡妇道。

"你不是跟……尿盆去龟兹了吗？怎么……在车师当了王妃？那……尿盆他……"耿恭挠着头发，觉得有点乱。

花寡妇的面色沉了下来，啐了一口："说起来……气死人！"

126 / 变化

耿恭和齐欢带着花寡妇，下来城墙，到一间石室里密谈。

花寡妇见没了外人，却在屋内呜呜地哭起来："都怪小柳害我！"

"怎么害你？"耿恭小心问，实在不习惯这种哭笑间无障碍的切换。

"害我……又当了寡妇！"花寡妇越哭越凶。

"打个商量，花寡妇！"耿恭叫起来，"能好好说话吗？从头说。"

"我追他去了龟兹，他对我就没有好脸，老要赶我走！说我会妨碍他做卧底。我说你根本不是卧底，你是卧别的女人的床！他说卧底就是卧床，还是班头叫他这么干的！你说，班头什么人？怎么可能让他干这种事嘛！"

"那个……班头好像是这样说的。"

"真的？"花寡妇愣了一下，"那……我真的坏了他的事？"

"等等，你坏了什么事？你……是不是放毒虫啦？"

"哎呀，我也不想的，一下没忍住！"

"这样尿盆会暴露的。"耿恭扶额道。

"哦，我错了……他也不说清楚，就骂我。我们大吵了一架。

后来我问他，你还要睡谁？他说，你又要去毒人？我说，我只想知道自己差在哪儿？他说他要睡龟兹王妃！那王妃好看是好看，但比我还大不少呢。我说，你怎么会想睡老女人？他说，人家是王妃！男人要的就是那种……征服的感觉……还说跟我睡，就像跟丫鬟睡……”花寡妇口无遮拦，絮絮叨叨地说下去，“我气急了，我说，柳盆子！你能跟王妃睡，我还能跟国王睡呢！他说，好呀，看把你能耐的，慢走不送……”

耿恭怕花寡妇说个没完，截口道：“所以，你就来了车师？”

“对呀，我也不差呀，就睡成了安得，虽然老了点，但他让我当王妃。”

“那你知道我在车师呀，怎么不找我？”

“哎呀，这多丢人呀，是我叫安得别请你……在你们眼里，我不就是小柳的女人嘛。”

“知道你还嫁安得？”

“我气不过，就想气气小柳。再说，他那么喜欢睡王妃的感觉，还可以跟我睡睡嘛。”

“等等，你当了王妃，还要找尿盆……那安得的脑袋不得绿透了？”

“安得的宫里又不止我一个女人，我多个男人又怎么了？”花寡妇瞪着眼睛，又流下泪来，“可他没机会绿了……他人挺好的。”

耿恭对车师王妃的想象，本如斯美好——坚贞，柔情，大义……现在被眼前这个苗蛮女子撕得支离破碎，让人哭笑不得。耿恭拉回话题，正色道：“那你是怎么来的军营？”

“来救你呀！”花寡妇觉得耿恭问得奇怪。

“救我？”

“我知道你在这儿呀，和匈奴一直在掐。我当然得救你，我们是一伙儿的呀！都是三十六骑。”

耿恭瞬间无语，愣了一会儿，把拳凝在空中。

“干什么？”花寡妇走得早，并不熟知这个自发的仪式。

齐欢将拳抵住了耿恭的拳，转头望向花寡妇。花寡妇见两个男人都目光炯炯地望着自己，才把粉拳也抵了上去。

“三十六骑！”耿恭喝了一句。

两个男人一起沉声：“同命同心！”

花寡妇又是笑又是泪，吸着鼻子：“嗯，同命同心！真好。”

“别再叫我寡妇寡妇的，还是叫我幽幽吧。”

一身黑衣的花寡妇，南方的口音软软的，烛光下的神情自有一种媚态。她还没有完全从故人相见的喜悦中出来，指着齐欢道：“我只知道虎头在，谁知来到这边，看见城下有那么多机关阵，就想，这肯定是齐大哥干的吧？你说，你的机栝里，是不是用了我的天蚕丝？”

齐欢点头。

“好，花幽幽……”耿恭实在叫不出口，只好连上了姓，叫花寡妇直接谈正题，“你是怎么让车师军队听你差遣的？”

“不听我的，听谁的？我是王妃呀。”

“不是还有世子吗？”

“那个世子！他爹刚死在匈奴人手里，他就开城投降了。”花寡妇冷笑，“匈奴人进城第一件事，就是立他为车师王，结果他在登基前一天……死啦。”

“是你……下的毒？”

“他该死！”

“好歹……他也算你儿子……”

“我才不要这种便宜儿子！”

“所以现在车师无王，由你来掌控？”

“是呀，我本来让坎良直接领兵反了，可是他不敢。结果匈奴人叫我们来参战打你们，我觉得机会来了，就跟过来了。我本想过来毒死呼衍王，没想到匈奴人根本不相信车师人，两营之间不得走动，我根本见不到呼衍王。所以只能每夜驱一些毒虫，去匈奴人营地里，去咬他们……可毒虫又不认人，明显没咬到呼衍王。”

“哈！匈奴人那儿的瘟疫，原来是你干的？”

“不是我还有谁？”花寡妇一拍胸脯，“老娘一直是很有用的！就是小柳不长眼！不过……听说匈奴营里有个大萨满，好像很厉害，据说就是他使瘟疫没有蔓延。”

“大萨满？”耿恭与齐欢对视一眼，皆不知萨满为何意。

“就是匈奴人的大巫师，连单于都要叫他老师的。”

“该不会又是个大巫？”齐欢沉吟道，想起于阗神台上那位呼风唤雨的“初神”，齐欢还是心有余悸。

“好像又没那么可怕吧？”花寡妇接着说，“这些日子，匈奴人一直押着车师人在城下送死，坎良才听了我的话，下决心反了，愿意和你们一起袭击匈奴大营，杀了呼衍王。包括那个什么大萨满。”

“好呀！具体怎么做？”

“坎良说要给他几天时间布置，所以计划四天后的黄昏哗变。”

“黄昏？”耿恭奇道，“怎么不是夜里？”

“因为老娘呀，夜里，太多的毒虫都不出来。黄昏时，可以将昼虫和夜虫都驱出来……到时候你们就能看到我的真正手段啦！

再说，太黑了，你怎么找呼衍王呀？”

耿恭点头称是。

“到时我先驱虫，待匈奴人大乱时，一千四百骑车师军，就会冲击匈奴营地。你们一看见我们举着蓝旗，就开城冲出来。”花寡妇从身上掏出一大包药粉来，递给齐欢，“齐大哥，这药粉，溶在水里，喷些在人和马身上，我的毒虫就不咬他们啦。”

齐欢接过：“等等，我也给你一些箭药，你们涂在箭上。”

“好呀！匈奴人最怕你们的箭啦！”花寡妇雀跃，“好了，趁着天没亮，我得回去啦。”

“好，等我们打溃了呼衍王，一起去疏勒，去和班头会合。”耿恭道。

“好呀，就是不知……小柳怎样了。”

花寡妇回去后，第一日、第二日的车师兵照样出来攻城，照样投掷土包……走完一天的程序，退兵回营了。

第三日，本以为也是如此，却发现，匈奴的军法队逼着车师人一轮轮地攻击，不许停止。耿恭在城上看得清楚，这次匈奴军法队的人数是平常的两倍，约有一千骑，死死地挡在车师军队的身后。

耿恭觉得不对，急忙差人叫还在城里作坊劳碌的齐欢上城。

两人遥遥看见匈奴军营有一支骑兵动了，流动着围住了车师军营，开始往里面抛射。里面的车师兵骤然遇袭，有点慌乱，很快集结好，顶着箭雨冲了出来，奔上山脊。

“一定是计划泄露了！”耿恭一拳击在垛口上。

城前攻城的车师兵，约有八百骑，由他们的副都尉坎良统领。一见山下自己的军营被袭，就知道计划败露了。军营里有六百骑，有王妃，正冒着匈奴人箭雨的夹击，冲上山来，与自己会合。

坎良知道再难幸免，叹了口气，率领麾下，向军法队杀去，接应王妃的队伍。

如此，一千匈奴军法队，在山脊线上，就是被前后夹击的位置。军法队根本不接战，从山脊线上退落到北坡，让出道路，只是控弦不停，以箭矢布控路面。

王妃的残军在匈奴人的追杀下，穿过箭雨，士兵不停地落马，待两股会合时，王妃带出来的人，只有两百多骑了。

匈奴军队慢慢地从正面碾轧上来，军法队在侧面，封住车师军下坡的道路。

这是一场屠杀。

车师军一直在箭雨中凋零，只能退回到城前一箭之地。

汉兵当然不会攻击车师人，但壕沟前的机关并不会识别他们。不少车师兵已经崩溃，疯狂地向城前奔跑，向城上的汉兵喊救命，却纷纷陷在机关和壕沟里。

匈奴人一直追杀到一箭之地的外围，才停下来，依旧用弓箭不间断地抛射……

城上的床弩射程远，不停地隔着车师兵，对包围的匈奴军队发起攻击，但效果有限。

耿恭和齐欢都明白匈奴的策略——将背叛的车师兵，围堵在石堡前，就看汉军会不会开城营救，如果开城，匈奴人就有机会抢进城去。如果汉兵不开城，那就在一箭之地里，将堆积在城前的车师兵全部射杀。到时车师人的尸体，只怕会填满了壕沟，简直就是完美的“蹚雷”队，为匈奴人的攻城，“铺设”了道路。

车师兵的军心已溃，只有少数人在坎良的带领下向匈奴人反扑，多数人在中间不知所措，只高举着盾牌，护着王妃，在箭雨中逐渐减少……

开城，还是不开城？

这是一个问题。

127 / 京观

城门开了。

这是这座石堡被匈奴围困以来，第一次打开城门。

虽然是只能过一马之缝。

一骑从门缝里冲了出来。

马上是一条大汉，穿着盔甲，却没有戴头盔，露出了光头上的刺青。

——齐欢。

门开一缝，等于开启生命之门。

车师人鞭动战马，向门扑来。

匈奴人进攻的号角高响，匈奴军队再没有一箭之地的忌讳，拔弯刀撞进车师人的军阵。一直在北坡抛射的一千骑匈奴军法队，也冲上山脊，杀向了车师军的中段，正是用盾牌贴身围住王妃的车师王宫侍卫队。

冲向城门的车师兵，跨过第一道壕沟时，发现一排排尖桩斜立起来……还有弹起的绊马索……人与马在空中翻转，掉落到壕沟里。

齐欢的黑马，却几个跨越，来到了壕沟大阵正中的陇上。

车师兵队伍瞬间被匈奴人冲溃，挤压着涌向城墙，纷纷“填充”到壕沟里，倏然不见，就像浪潮，一浪消失，一浪又起……

齐欢一马独立不动，身前皆是人影变幻……眼见车师兵在四周纷纷触发机关，栽落在沟里，源源不断……

“花——幽——！”齐欢大喝一声，满注内力，声音盖过了所有的哭喊……这是齐欢第一次喊这个女人的全名。

只见已经被挤到壕沟附近的盾阵里，突然升起了一个盛装女子，一身珠翠，脚踩着盾沿，跳出了保护她的盾阵，踏着车师士兵的肩或头顶，向齐欢奔了过去。

车师兵从没想过他们的王妃，会有这个能力，但顾不得吃惊，只想奔向城门……

齐欢倒拿锤头，猛地一抡，甩出锤柄的铁链。

花寡妇已经来到了壕沟阵里，再没有士兵可以借力，人就要落到机关阵内，陡见铁链来到面前，伸手抓住，就被铁链拉向了空中。齐欢拨马回奔，花寡妇正好落在了鞍后，一马两人，在壕沟间跳跃，奔回城门。

马穿过城门的一瞬，齐欢从马背上跃起一旋，身体呈“大”字形撑在门缝上，面对着身后前赴后继奔来的车师兵。他们踏着同胞填满壕沟机关的身体，越冲越近，直到形成了一条血肉之桥。一线队伍总算冲到了门前。

门缝上方的齐欢高喝着：“快！快！”

一骑咬着一骑，穿过了城门。

身后的匈奴人，风一般地绞杀过来，散在了车师人的队伍里，敌我难辨，也要抢进城来。果然有一骑匈奴人马快，已到了门边，被空中的一锤，击在头上……门上的齐欢怎么可能允许这种事发生？

齐欢击杀了夹杂在车师兵之间冲到门前的十几骑匈奴，发现后面匈奴人越来越多……闪身跳在门内，肩抗门扇，喝一声："关门！"左右两排汉兵用封垛车顶着城门，关闭这一马之缝。

门缝越来越小，却被伸进来的几支枪杆卡住，被齐欢用铁锤击碎。门最终得以合上。

城头上的耿恭，无奈地摇摇头，下令放箭。刹那间，箭矢、抛石、床弩齐发，砸向因抢门而堆积在城下的人堆，里面还混有不少活着的车师人……

匈奴人从来没有如此接近过城门，不肯罢休，不计损失地又冲了两轮，哭号震天，疯马翻滚，不少士兵被挤下了陡峭的南坡……

呼衍王发现再驱不动士兵冲锋，才无奈退兵。

"一定是有人告密！"花寡妇在城头看着城下血流成河的场景，身上还是王妃的装束，一头的珠翠上还染着鲜血，"为什么会有车师人出卖自己人？"花寡妇嘤嘤地哭起来，"太惨了……"

耿恭和齐欢无语，不是所有人都能……慨然赴死。坎良虽然在之前决定反抗匈奴时犹豫不决，但在城下，他带着少数人为保护王妃，阻击匈奴到了最后时刻，被马踏成泥。

而成功逃入石城内的车师士兵，共计六十七骑。

黄昏时，一队匈奴人，不带武器地来收捡尸体和伤者。这回尸体多，一千多车师人的尸体，四百多匈奴人的尸体，被纷纷抬走。他们还是不敢跨越壕沟。

"为什么不射他们！"花寡妇叫道。

"他们在让死者安宁。你看，他们也收车师人的尸体。"齐欢道。

夜里，吊下的三十名士兵，一直干到天亮，才把壕沟的尸体清完，推到了土墙之外，等着匈奴人来收殓。

接下来，再没有日日攻城的"程序"了。车师军队已经覆没，匈奴军队也不肯妄动，一直在给阵亡者做葬礼。

匈奴人生在草原死在草原，所以他们挖了一个大坑，将战士尸体投进去，不留丘与坟，将土填平，再用马队来回驰动，将土踏实，不过旬月，就会绿草萋萋，再无踪迹。

原车师人的军营已被烧尽，在山脚下留下一片熏黑的空地。匈奴人葬完了自己的同胞，才开始处理堆在这里的车师人的尸体。

尸体被整齐地摆放，围成了一个方块，接着一层层摞上去，最后形成了一个四面梯形的方台。一千多具尸体，足足摞了两丈多高。

汉兵都在城上远远地看着，沉默不语。花寡妇不解："他们这是……要干吗？"

"他们在筑京观，"齐欢皱眉道，"原还以为他们会善待死者……胡虏就是胡虏！"

"京观？是什么？"

"这是军功的一种表现，所以又叫武军。将敌人的尸体堆成方台，暴露在野间。更重要的是一种威慑，敌人尸体不得入土，魂魄不宁，无法回家……只能在异乡永远游荡。匈奴人一定是很恼恨车师人的反叛，才会筑京观泄愤。"

"你说……筑京观是不让魂魄回家……可这里就是车师呀，就是车师人的家呀。"

"可能匈奴人并不深解京观的含义吧？"

京观筑完，匈奴士兵在京观的四角堆石，在石堆外结好木架。几天下来，木架内竟然堆出四座两丈高的无头巨像来。又过一日，四颗雕好的头，被高置在石像的肩上。

这四颗头的石料，正是大萨满前些日子从周边四处探寻而来，日日领着弟子在帐外雕刻，现在正好安上。

木架拆去，四座巨像露出粗粝的身躯。

“杀人石！”城上有认得的车师兵指着石像叫道。

“什么杀人石?”齐欢问。

“就是匈奴人信奉的杀神。”

齐欢在城上细看，发现四座石像的位置挺讲究，可能就是镇杀京观魂魄的灵物，不让这些车师士兵回到车师城。

天气越来越暖，已是暮春时节，草原上的绿草高得开始弯腰。

石堡所在的山坡附近的草长得格外好，可能是血肉浇灌的缘故。而不能入土为安的车师兵的京观，因腐烂发出阵阵恶臭，时不时能被风吹到城头上。

恶臭引来了食腐的乌鸦。

可能是食物太充足的缘故，飞来了五六群乌鸦，以京观为家。白天从城上看，有时根本看不见京观，上面布满了蠕动的黑色。每日早上，无论汉兵还是匈奴兵，都要饱听乌鸦密集的“哑哑”声，看着它们遮天蔽日地向天边飞去，又在黄昏，呼啸归来。

京观的表层，慢慢变成了白色，因为只剩下粼粼白骨在风吹日晒下闪光。

乌鸦会啄断表层的白骨，钻到里层去吃尸体腐肉……一天天过去，京观在变形，在变矮……四周散满了零碎的白骨，一直铺到四座石像的脚下。石像的头上也经常挤满乌鸦，看起来就像巨人饱满的黑发。

呼衍王请教过几次大萨满，作为草原最有智慧的人，能否给他指点，攻克半山上那座并不巍峨的石堡。

他知道，这是单于留给他的一道试题，解不开的话，他在草原的诸侯里，怕是再也抬不起头了。连接西域的草原，可能再不是他的。他统领的各部族会被迁到不那么富饶的草场。

大萨满总是说，不急，堡里汉人的末日就快来了。

不打仗，匈奴士兵也是快乐的。瘟疫已消失无踪，除了前沿轮值戒备的军团，军营里闲散的士兵就去放马，狩猎，唱歌，甚至围拢起来，进行摔跤比赛。

匈奴本就是军民难分，此时他们除了偶尔的军事训练，就是一群牧民的日常。

快乐总是短暂的。

匈奴军营里，忽然流传起一个可怕的传说。

据说，连续几天来，每天都有一到两个将官，或者贵族，在早上被发现，只有一个身体躺在毡床上，头不见了。

呼衍王怕军心不稳，严格保密，但传言越发抑制不住，反而更有恐慌的气氛。据说已经有一个大当户、一个千夫长、四名百夫长……被神秘地斩首。

军营里难得的祥和一去不返。眼看遮掩不住，呼衍王下令军官夜寝时，严加防护。军营里的夜间巡逻变得更加繁密。

一名胥等侯，不敢在帐中独睡，命自己的四名奴仆，在床边持刀而立，以待天明。奇怪的是，这四名奴仆竟不约而同地睡着了，醒来发现主人的头……不见了。

呼衍王亲自调查，发现胥等侯在帐门外还设置了卫兵站岗。三名卫兵轮岗，都诅咒发誓，在站岗期间，不曾见过有人进帐……好像头是自己飞走似的。

传说开始越发荒诞，说山上石堡里，不仅有箭神，还有一个会妖法的“盗首人”，夜施飞剑，专吃人头……贵人的人头肯定更好吃些，但是吃完了贵人的头呢？低级军官都开始心慌起来。

128 盗首人

暮春是天山最美的时刻，草发疯似的生长，开出花来，掩盖住了所有的残忍。半山上白色的石堡迎来了一个短暂的和平时期。

齐欢还是不敢放松戒备，远远望着匈奴人反有些羡慕——匈奴军营之外，大批的马被下了鞍，由着它们在草原上奔跑、打滚和吃草。

看着山下绿得沁人的牧草，齐欢发现自己错得厉害。

他算错了己方的粮食储备。

眼睁睁望着城外的无边碧草——战马天生的食物，却与城内的两百多匹马无缘。城内的战马只能吃储存的谷物——与人类争食。

目前，匈奴人的战马饲料成本是零，遍地都是。汉马的饲料却要由人来节省口粮。

谷物不是马最适合的食物，反而要靠多吃才能保持马的体力。一匹马对谷物的消耗，是一个人的四到五倍！这种消耗，被齐欢低估了。

逃进城来的六十七骑车师兵，对汉军紧缩的人力是个极大补充，但也极速消耗着城内可怜的存粮。

齐欢决定杀马。

先杀备用马。每名将士，都有自己的配马，多出的三十多匹马，每日杀三匹……充当食物。

即使这样，齐欢也不知道，能熬过多久。

对峙的汉人和匈奴人，不知各自的焦虑和苦楚。

入夜，匈奴大营里的巡逻队增加了更多的数量和班次。几乎每个部落的营地边都有人举着火把来回走过。呼衍王的王帐成了各个巡逻队都要照看的重点，常在王帐外可以看见两支巡逻队从不同方向而来，穿插而过。

午夜时分，又有两支巡逻队在王帐的背面相遇，两位队长用眼神打了招呼，队伍蹑足而行，不敢发出声响，生怕扰了王爷的清梦。两队人相向而走，各自的火把，把杂乱游动的人影，映在王帐上。

一队人的最后一位，几无察觉地贴在了王帐的毡墙上，与活动的影子同步飘动，宛若隐形。

巡逻队各自走远，那身影像纸片一般，慢慢地游移到帐顶，用匕首割开一道缝，也不知怎么撑开的帐骨，折身滑了进去。

忽然一声呼哨，火把四起，王帐周围的帐包都冲出提刀的人。蹄声大作，大片骑兵从四面八方蔓延过来，围住了王帐。徒步的人慢慢退到骑兵的身后，呼衍王和大萨满被簇拥着走出来。呼衍王一挥手，几百骑兵，一起提马直立，用前蹄踏向王帐的毡壁，王帐瞬间轰然倒塌……骑兵们呼啸而过，在王帐上来回旋转驰动，整个王帐被踏成了一张摊开的巨毯。

呼衍王意犹未尽，半天不曾叫停。待看见大萨满摇头，才扬手叫骑兵散开，早有徒步的士兵涌出，将踏平的王帐掀开来……一片破碎狼藉的家具和器物里，有一具被踩扁的血肉模糊的匈奴士兵的尸体。火把围照下，呼衍王上前观看，面目破碎，肯定无法辨认。呼衍王皱眉，回头望向大萨满，询问道："这就是那盗首人吗？"

大萨满也在犹豫，蹲下来，五指张开，慢慢放在那不忍直视的尸体上，闭目感知。

突然有一道旋刀，在空中划过一道弧线，倒飞斩向呼衍王的脑后。

呼衍王的护卫都来不及反应，大萨满的孙子卡撒，背上的带链弯刀突然掷出，在几乎触到呼衍王帽子的地方，将那暗器斩下来，火星四溅。惊得呼衍王不及回头，就被两三个护卫扑倒在地，压在身下。

大萨满另一个孙子卡卓，拔出背上五尺的单手长刀，骑马冲进刚才参与马踏王帐的骑兵队伍中，刀尖指着一人："是他！"

那人拉马后退，迅速混在队伍里，几乎不辨。卡卓的马极为神骏，向前一纵，挤开了数骑，一道恢宏的刀光劈下，将一匹马从马鞍处劈为前后两段。而马上的人却不见了。

卡卓一扭头，刀尖又指向一骑："在这儿！"纵马提刀又追了上去。

卡撒双腿一夹马腹，催马与兄弟一起追击。

众人有点糊涂，只好追在那对兄弟的身后……轰隆隆地在帐篷间来回穿行，也不知道追的是谁。唯见众多火把明明灭灭，整个军营影影绰绰。

呼衍王被扶了起来，惊魂未定："那……还是人吗？"

"是人。"大萨满面色平静，"不过这个人……好像会变身，但不怕，刚才我在王爷的帐里熏了天长香，他染了味道，我的孙儿就能找到他。"

卡撒和卡卓，矫健异常，脸上抹着白垩，描了眼线，鼻翼翕动着……一个握着链刀，一个提着长刀，左右呼应着追进混乱的骑兵队伍。那一骑极狡猾，会随着烟尘、光影而动，不错眼盯着都会眼花……偏这人身形极快，迅速就能在空中踢掉别人换马、换装，甚至换脸，边跑还边大声呼喝着不同音质的匈奴语："是他！""在这儿！"

军营里就更乱了。

花寡妇突然从梦里惊醒。

一身的汗，黑暗中陡然坐起，抚着胸喘息，有些心悸。

推开石室的门，原来外边已经天亮了。花寡妇胡乱披了两件衣服，就跑到了城楼上。

耿恭和齐欢早在那里了。因为守夜的士兵发现匈奴兵营有异动，火把涌动，人声马声嘈杂……乱哄哄了小半夜。

"他们到底在闹什么？"耿恭也没观察出个所以然，转头看见花寡妇冲了上来，打了个招呼，"寡妇早啊！"正等着花寡妇抗议，却见花寡妇根本不理他，双手按在垛口上，一直盯着匈奴混乱的军营。

花寡妇就那么认真地看着，眼泪就涌了出来……控制不住地抽泣起来。

"花……幽幽，"耿恭吓了一跳，"你哭什么？"

花寡妇用手背抹了两把脸，转过脸来，却是笑的。

朝阳从石堡正面平平地照过来，映在花寡妇的眼里。耿恭那一刻愣了，这又哭又笑的女人，脸上印着既伤感又幸福的复杂笑意，对着自己说："等我。"

原来花寡妇是很美的。耿恭心道。

却见花寡妇一腾身，从城墙上——跳了下去！

“盗首人”就是柳盆子。

柳盆子不可能死。

落崖好像自古以来就不是什么危险性很高的事儿，何况柳盆子轻功第一，何况……他有伞。

不见不散。

柳盆子以赴死的姿态逃生后并没有马上离开龟兹，因为气不过。但柳盆子实在忌讳鱼又玄，所以蛰伏不动，待到鱼又玄随龟兹大军出征疏勒后，才开始痛下杀手，一连暗杀了几个龟兹大臣和领兵的将军，搞得龟兹日日全城大搜，朝野混乱……实在找不到机会行刺龟兹王，柳盆子才悄悄潜出城去。

柳盆子一路辗转，一路暗杀，播撒混乱，才穿过了那些被焉耆人控制的绿洲，越过天山，来到了车师。

如果没有大萨满，也许柳盆子一个人真能破了石城疏勒堡的困局。也许。

但现在被困的是柳盆子自己。

大萨满的两个孙子卡撒、卡卓，身怀异能，死死咬在了柳盆子身后。柳盆子知道，无论怎么跑，都不能脱离军营，一滴水只有混在海里才是安全的。匈奴营地由此被搅得乱翻了天。

柳盆子怎么也甩不掉，卡撒、卡卓怎么也抓不住。

但天开始亮了，可借的乱象和光影不复存在。卡撒、卡卓的指点、指挥，在匈奴骑兵眼里变得明晰。柳盆子被逐渐驱赶到了军营的外围，最终被剥离出来落了单。

柳盆子单骑的身后，是被他搅动了大半夜的两千多骑愤怒而紧张的匈奴人，扇形地堆在后面，就像是他拖动的一匹无边的斗篷。

柳盆子暗暗叫苦，再如何腾挪变换，也是无用。他的背上留着两道刀口，深的那道正是卡撒飞出的链刀所赐。“好厉害！”柳盆子自问，就是单独正面碰上那对脸抹白垩的兄弟，也未必能赢得了。

柳盆子忽然听见了奇怪的嗡嗡声。

抬眼一看，一团白雾突然从前方的草原升起！

不是白雾，而是密密麻麻、遮天蔽日的各种飞虫……柳盆子不及反应，一人一马撞进了虫“雾”之中。

虫“雾”深处，飞虫更加密集，不少撞到了柳盆子的脸上。柳盆子听见身后都是战马被强拉缰绳后的嘶鸣，看来追击的匈奴人，陡然看见这种异象，也不敢贸然进入。

柳盆子给马降了速，好奇地在“雾”中穿行，发现这些飞虫并不伤人。耳边渐渐听到一丝熟悉的哨声，穿越了昆虫的嗡嗡声……前方的飞虫好似密集起来，却沿着一个方向旋转，就像龙卷风，“风”的中心影影绰绰地露一个窈窕的身影来。

万虫透明扇动的翅膀，逆着朝阳，映射出一种流动的光晕，让这身影在光晕里宛若仙人。

“女人！是你吗？”柳盆子喊，发现自己的嗓子哑了。

“男人……你还知道来？”

万虫突然分开，露出了花寡妇满是泪痕的笑脸。

129 如花美眷

花寡妇就站在马前，仰着脸，傻笑着。

马上的柳盆子，完全是一个大胡子匈奴士兵的形象。

柳盆子摘掉了牛角头盔，甩了甩头，抖散的头发，遮住了脸。双手将长发捋开后，露出了柳盆子本来的面目。

花寡妇就这样着迷、发呆般地看着。柳盆子的每个动作，她都喜欢。

“你来做什么?”花寡妇吸着鼻子，有点幽怨地问。

“总要看看我的女人是不是死了，”柳盆子板着脸，“还有，你得给我解蛊。”

花寡妇露出惊异的神情：“什么蛊?”

“就是……”柳盆子语塞，心里也疑惑起来。

“就是阳痿了是吧?”花寡妇笑得很妩媚，高举着一只手，伸到马头前，“求我。”

柳盆子恨恨地伸出手一拉，把花寡妇拉上了马。

花寡妇是侧身坐在鞍桥上，双手搂住了柳盆子的脖子。可能是触动了柳盆子后背的伤，柳盆子暗哼了一声，忍着没有动。

头顶传来了嗖嗖的破空声。原来匈奴人虽不敢进入“虫”雾，却开始向里面射箭。

柳盆子撑开了他的“不见不散”伞，箭雨噼噼啪啪地打在伞面上。

两人缩在伞下，花寡妇缩在柳盆子的怀里，却在柳盆子的耳边吹气如兰，腻声道：“我是给你下了蛊，但不是害人的蛊。有种虫叫知命，将它切为两半，它们会各自长全。一个种在你的身体里……”花寡妇用手指抠着柳盆子的心口，“一个种在我的身子里……你大概在哪儿，遇见了什么事，我就能感应到……因为这两条虫是一条命。你看——”花寡妇指着满天飞舞的毒虫，“你现在跟我一样，百毒不侵了。就是不能离开我太久，久了就有副作用了……”花寡妇吃吃地笑起来，手不安分地向下抓了一下。

久不吹役虫哨，飞虫开始散开，不再密集。身后的匈奴，渐渐露出黑压压的影子来。

花寡妇亲了柳盆子一口，伸脚滑下马：“你伤了，别给我添乱，快上山去石堡，虎头和老齐会接应你。”一拍马屁股，“我先挡着。”

柳盆子知道花寡妇的本领，纵马驰动，回头喊：“女人！别死了！”

“死了正好！”女人的声音响起，“死了你的蛊就解啦。”

哨声再次响起，柳盆子突然就住了马，对着身形已经模糊的影子喊：“花花……？”

哨子停了，虫雾里传出了大笑：“放心，舍不得！”

匈奴人往虫雾里射了一轮箭后，只能不明所以地等待。眼看着虫群开始散开，隐隐看见一骑穿出，向山脊上的石堡跑去。

一名千夫长不再犹豫，发令所有人向雾后的那一骑追击。

散开的虫群在一种奇怪的哨声中，又聚集起来。

匈奴骑兵如潮，杀进重新浓密的虫雾里。哀号声传了出来，不知其中发生了什么，只有一匹匹没有主人的战马，从雾中跑了出来。

虫雾在向山脊上移动，牢牢地挡住了追击路线。又一片箭雨射到了雾里……但那团雾气还在沿着山脊上升，逐渐露出了原来的笼罩之地。

满地都是插满箭羽的匈奴人的尸体。他们是第一批冲进去失踪的人。

大萨满看着这一切，心中越来越惊。这个神秘的城堡里，都藏着些什么人？一个箭神，一个鬼魅般的盗首人，又出现一个能指挥虫子的人……

大萨满叹了口气："本想等十日圆满后才用的。"带领弟子们，催马驰向落满乌鸦的尸骨京观。

不多久，大萨满一人，孤立在了京观南角的名为"杀人石"的石像头顶。东西北角的三座石像的肩上，都坐着一名弟子。

大萨满两眼向天，张开双臂，开始唱咏，三名弟子应和。声音并不高亢，却源源不绝，像是能升入云层。

京观上，石像下，包括周边，停满乌鸦，方圆几里像铺开一张黑毯。

巨大的"黑毯"鼓动起来，化身为飞毯——却是万鸦腾起，若黑云般遮蔽了天空，阴影颤动着地投在大地上……一时鸦声震天。

"黑云"在空中盘旋，带着振翅引起的风暴和轰鸣，突然一折，侵向已经来到山脊中段的"白雾"。

风暴几乎吹散了"白雾"。最后"黑云"覆盖其上，与白雾缠斗。

如果近看，群鸦俯冲低飞，张着嘴，前赴后继，在“白雾”里吞食毒虫……

花寡妇的哨声更急，“黑云”与“白雾”像是两条在空中相互纠缠的钢丝。两根哨子都在嘴里，鲜血却从哨管里滴出来……

“白雾”越来越小，稠密地围着花寡妇旋转，带动着“黑云”也旋转起来，慢慢包裹住了“白雾”。白色的龙卷变成了黑色的龙卷，就像一只巨大的扭动着的黑塔。

花寡妇的发髻早被乌鸦的喙爪撞散，衣衫开始裂为碎片，身上溅出簇簇血花……

黑塔最终坍塌了，破碎了，四散了，飞走了……除了飘散的血色羽毛，什么都没有留下。

柳盆子早被齐欢接到了城头上。

从乌鸦飞起时，柳盆子就想下城，却被齐欢死死地按在垛口上。现在柳盆子已不再挣扎，只是看着那片空无发愣……“我家……花花呢？我明明还听见哨声呢，”柳盆子转头呆呆地看着齐欢，“你没听见吗？”

散开的乌鸦重新在空中聚成了流动的黑云，还有草原深处其他的乌鸦从四处飞来，扩展着黑云的体量……在大萨满的吟唱中，黑云俯冲而下，“灌注”到了石堡的城头。

“射箭！”耿恭喊。

石堡的守军乱起来，箭射入鸦群，根本阻挡不住……群鸦在攻击人！有的士兵放弃了弓箭，直接用刀剑劈砍……

“点火把！”齐欢喊。

群鸦像是疯了，呱噪着连火都不怕，哪怕变成火鸦，仍旧在飞窜……

无论城头城内，都变成了战场……有的汉兵被啄瞎了眼睛，兀自挥着刀，像在虚空中舞蹈……有人摔下城头……

齐欢飞快地想出了办法，在城中的小广场上，带领士兵架起最大的一个帐包的骨架，用花寡妇留下的所有的天蚕丝，在帐包顶缠了一张疏空的无形的网，尽量多的士兵躲在网下，就像诱饵，无数乌鸦向这群人俯冲攻击，却在空中被割断，破碎……穿过网的乌鸦，被士兵的刀剑砍下。

柳盆子留在了城头，他的铁伞百变，旋转着，能打击一片，还能射出飞针，杀了无数乌鸦……齐欢的锤，散成三十六把飞刀，再聚起来，再散开……用以绞杀空中的群鸦。

鏖战到中午，乌鸦才被剿尽。满城地面漆黑，堆积了一层乌鸦的尸体。天空飘荡的黑色羽毛，纷纷扬扬，像黑色的雪。

还没喘口气，匈奴开始攻城了。

慌乱中对付乌鸦，守军抹有“寒胆”的箭早已射完了，威慑力大减。只能靠城下壕沟阵的机关、城头上的投石机和床弩，打击着城下汹涌而来的匈奴人。

匈奴人知道，汉军已经没有了力气，没有了让人发狂的“神箭”，发疯般地冲了上来，这回他们顶着伤亡，跃过土墙，来到壕沟边就跳马，用弯刀砍在马屁股上，让战马趟“雷”和填堵壕沟……

后来壕沟阵里堆满了战马的尸骨，匈奴人踩在尸骨上开始向城头架云梯。

这是汉军退守石堡以来，第一次有匈奴人成功地爬上了城头……并用血肉堵满了封垛车头上的利刃……战斗顶在垛口上争夺，陷入了人与人直接的肉搏，刀光与血肉横飞，男人野兽般地嘶喊……好在汉军占着地势之利。城头狭窄，没有多少登临点，靠着耿恭、齐欢、柳盆子三位寸步不退的杀神，不停地收割着攻城者的生命。

鲜血染红了整座石头城的白石墙。

匈奴士兵先怯了。

对这座城的恐惧又回来了。

他们的体力也不佳，前面只是撑着一口气。因为柳盆子搅得绝大多数的匈奴人一夜都没有睡。

太阳已经西沉，呼衍王发现他再也催不动他的士兵，恨得亲自冲到溃兵里砍杀，一直累到摔下马来。

吹响退兵号时，城下的匈奴人其实早已走得一干二净。

黄昏艳霞满天，石堡变成了血堡，相互映照，也不知哪边更红。匈奴人也无力来收捡尸体，天地突然变得出奇地宁静。

比死者还静。

黑暗把所有的红吞没。

一战下来，呼衍王失去了一千匈奴士兵的性命。

呼衍王睡不着，去拜见大萨满。

大萨满也消耗得不轻，靠在毡墩上闭目养神。

“草原上最有智慧的大萨满，还能在此召集神鸦为大胡子孙战斗吗？”呼衍王盘坐在一边，双手交臂，含身请求。

大萨满眼都不睁：“神鸦岂是好养的？它们要吃人的血肉。”

“现在正好有很多尸体……”

大萨满睁开了眼，不悦道：“总不能用自己儿郎的尸骨去养吧？他们的魂魄要回到祖先的地方。”

“是我错了。”呼衍王有点惴惴。

“本想一战功成，现在看来，只能围困了。在我想出办法前，别再虚流大胡人的血了。”

石堡内，依旧满地的乌鸦。

没有人有余力清理。

虽有花寡妇带领的车师兵六十七人做补充，全城整个战员也就是两百出头，今天一战下来，减损过半。

耿恭和齐欢坐在城里的石头广场上，木然的背靠背坐在乌鸦尸堆里。

“你说，这些乌鸦能吃吗？”耿恭眼里出现了烤乌鸦的景象。

“不能，”齐欢冷酷地打断，“它们可能有尸毒。”

“尸毒？我可被这些畜生啄了好多下……”耿恭摸了摸脸上的血痂。

“明天我熬几大锅汤药，所有人都喝，祛毒。”

“我们的马死了不少。”

“乌鸦还啄死了马？”

“应该是被乌鸦攻击，不少马惊了，就在马圈里踢咬……这些死马能吃吗？”

“不知道，最好别吃。”

“不吃怎么办？”

“烧了。”

“可惜了。”

“是可惜。”

“欸？尿盆呢？”

“在城头上。”

两人突然沉默起来。

“她还说……等她。”耿恭眼前浮现出花寡妇跳城前的那一抹笑容。那么美的笑靥……泪就下来了，“寡妇这就……没了？”

柳盆子还趴在垛口上，默默地望着花寡妇消失的地方，其实漆黑得什么都望不见。齐欢和耿恭轻轻地站到了他的身后。

柳盆子转过脸来，脸上看不出悲戚，指着暗夜的虚空处，愣愣地说一句：“她救了我。”

“没有她的天蚕丝，我们今天只怕谁都过不去。她救了所有人。”齐欢道。

“是呀，所有人。”柳盆子自言自语，“这个夜郎女人……真了不起。了不起……”声音越来越小。

耿恭悄悄拉了齐欢一把，转身巡到别处去了。

柳盆子觉得自己应该很疼，会号啕，偏偏没这个感觉，就觉得空落落的。

柳盆子一直认为自己不够喜欢这个夜郎女人，但现在脑子里全是这个人，连以为没记住的，不存在的，都一幅幅地重现了。那是在长安城明渠边，桃花掩映的小酒家里，有个风情寡妇卖桃花酒……河里浮着的，都是桃花瓣，水忽然乱了，那是她在洗手……

“女人，你成心的，”柳盆子笑起来，“你就是蛊……”柳盆子把手抚在胸上，“这蛊，可怎么解呀。”

心里空得彻骨。

各归其位

青白相看两不厌，
巫史谶语大梦回。

130 煞气

班昭开始越来越担心二哥了。

因为班超的头风又犯了。其实回到疏勒后，他的头风就时不时发作，比以往更频繁，也比以往更厉害。睡眠变得愈加破碎，聊胜于无，于是班超几乎日夜都在城头上，白天指挥战斗，夜里巡查军备，在别人眼里简直就是一个不需要休息的铁人。

班超双眼布满血丝，显得眼神“嗜血”般锐利，常带的倦意，在别人眼里变成了阴沉。但也因此，班超的威望在疏勒达到了巅峰。

班超的举手投足，越发有种慑人的霸气，在朝堂上，不说话，都会让那些疏勒大臣害怕。

班超的脾气好像也大了，越来越焦躁……只有班昭理解二哥的苦，头风发作起来，会浑身发抖，面唇惨白，浑身汗透……有一次二哥在病痛发作时，砸碎了房间里所有的东西，连他总带在身边的《穆天子西狩图》古简都被扯断踩碎了……缓过来的时候，就一个人坐在一片狼藉上发呆，直到回头看见门口的班昭，疲惫地说了句：“我是不是……很丢人？”班昭从没见过这样失态的二哥。

疏勒大城已经被龟兹姑墨联军围困了两个多月了。

两个多月来，在城墙下来回地拉锯，疏勒的九千守兵，还剩六千。攻城者总是更吃亏些，起码是守城者三倍的伤损。

龟兹人原以为这场战争会很快结束，他们认为自己了解疏勒人。疏勒人达观乐天，好享受，喜财物，有时候还有些小伎俩般的狡猾。他们是天生的商人，所以在西域有谚语，意思是和疏勒人做生意，你就危险了。“疏勒”二字原就有危险的意思……所以疏勒国虽然富足，但国民缺的就是顽强的战意和斗志，还有什么是不可谈的呢？

龟兹人兜题来当疏勒王时，只要没伤损疏勒贵族的利益，他们也没做太大的反弹。

但在今天，疏勒人好像同仇敌忾，一点都没有松动的样子。

因为班超每战过后，都会告诉朝堂上的权贵，我们能赢！我们如今已经将两万敌国联军，打成一万了。没有人敢违背他的话，连疏勒王忠也觉得自己这位大兄变得再不可亲近。

班超觉得不能等了，因为耿恭那边应该等不起。他必须强行了结这边的战事，腾出千里行军驰援的时间。

“以现在的士气，六千骑已经可以出城和对面的一万骑一战了。”晚饭后，班超召集了都尉黎弇来商议军情，“最好一战将他们击溃。”

班超变得越来越强势，最近做决定已不再和大家商议，都是直接发令。班超扫了一眼屋内的人，还有班昭和风廉：“就在今晚！”

“今晚？”黎弇惊道，现在已是黄昏。

“今晚！”班超不容置疑地点头，“你还有两个时辰的准备时间。”

所有人都感到，班超身上有一股暴烈的戾气，让人不可逼视。

深夜的疏勒大城内，早已宵禁，街道上却全是马蹄声脆。

一队一队的骑兵集中到东门和南门。

班超事无巨细地交代着作战细节。

“子时四刻，开东门，两千骑直冲敌人东营，风廉与剑侍大哥们随行，要大杀特杀，还要烧营。”

“直冲？不需要马裹蹄人衔枚吗？”黎弇小心地问了句。

“你是兵法读多了，”班超叹气道，“我们越直接，他们越仓促。子时五刻，一定要等到五刻，开南门，冲南营。”

黎弇本来想问，为什么东南两门不同时行动？南门迟了一刻，不是给南营多了一刻的准备时间？起码都从梦中醒来，有时间执刀出帐了……还有，为什么是攻东营和南营？但是……没敢问。

“黎将军，你坐镇城头主持大局，城内的一千骑不能动，另一千骑可做预备队，随局势支援或接应。”

黎弇一惊：“还是由先生主持……”

“我要和小昭一起跟着出东门。”

“先生无须亲自冲营作战……”

“我不冲营，只是出城，”班超一指西北方的一座山，“我要去那儿。不出意外，那时西营和北营都去驰援东营和南营了，西北方的包围圈会空出一个口子。”

“这……是何安排？在下有些不懂。”黎弇疑惑道。

“我说过，今晚要解决一切。我去那边是要解决鱼又玄。”

“鱼又玄在山上？”

“鱼又玄盯着的，不是于阗城，是我。我去那儿了，他就会出现。”

“先生要带多少人？”

“无须带人，就我们兄妹二人。”班超睥睨一笑，“那山崖挺陡的，军队上不去。”

“我跟你去。”风廉抱着剑，在一边出了声。

“你跟去了，他就不敢来了。东边你去杀狠一点，让他知道你我分开了，他才会放心来找我。”

少年皱了皱眉，没有说话。

似乎所有人都陷入了对班超的盲目信任，这其实是一套非常冒险而直接的计划。

午时四刻，东门打开，风廉和九剑侍打头，两千骑穿过吊桥，迅速提到极速，踏起大片的烟尘。

烟尘散去，慢慢显露出两骑，都披着黑斗篷，遁在夜色里向西北方慢跑。

班昭跟二哥并骑，听见身后远远传来了鼎沸的杀声，心道风廉那边已经开始杀上了，侧眼看向二哥，只见二哥面色沉郁，只一双眼在暗夜里发光，似有一种邪魅和狂热，死死盯着前方。那一刻，班昭有种错觉闪了一下，身边的这个人，不是二哥。

一如所料，两骑顺利穿过了包围圈的缺口，催马全速驰动起来。两刻之后，来到了山底，山并不高，却是座孤峰，犹如一块巨石斜插在地上。班超、班昭弃了马，施轻功攀缘而上。

山顶风大，把天空洗得干干净净，漫天星斗，大如拳头，一道银河斜挂天际，连远处烧营的战火，都在星光下失色。兄妹俩站在那里，觉得人间这些征战，这些生死，这些兴衰……在星空之下，可能比叹息还短。

班昭有些兴奋。今夜，鱼又玄真像二哥说的会来吗？以前总觉得二哥对自己保护得有些过度，连去杀个马贼，都会悄悄跟着。

虽然二哥也带着自己追杀过鱼又玄，但那是要依靠自己望气的眼……想起那次追到了玉龙河谷，结果撞入了神国……神国的一切，一定不是梦……班昭想，因为自己真的失去了能力。

二哥明知道我不能望气了，还带我来……班昭抓紧了手里的剑。对呀，称手的箫剑也没有啦。

这真不像以前的二哥能做出的事。

班超不知道妹妹此刻的心思变幻，只俯瞰着远处兵营的火光游动。他只攻东营和南营，就是给敌人留出了往北边溃败的方向——那是回龟兹的路。如果堵住了龟兹人的后路，只会激起他们的反扑。班超只希望以最小的代价，最快的效率，让龟兹人弃围而走。等到他解决完鱼又玄，天就该亮了吧？他会回城带着那不许黎弇动的一千轻骑，咬到龟兹溃军的身后，并不是为了扩大战果，而是借此穿越龟兹，直奔伊吾，从那里翻越天山，驰救耿恭。

班超脸上泛起自信无比的笑意。

知道妹妹已经看不到鱼又玄和铜手的气岚，班超闭目凝神，泛出身上的死气，感知着周遭。

班超觉得自己从没有像今夜这般，感受到死气的灵动。气随意动，越泛越远，向峰下笼罩而去……比以往都远，远多了，还在蔓延……这是班超从没体会过的意境。

班超睁开了眼，伸手抓住小昭的手，把她拉近到身前。

“来了？”说完，班超才带着小昭一起回身。

峰顶的另一边，慢慢升起一个高大的黑影，展露在星光下。

铜手，还有肩上的鱼又玄。

“好久不见。”

“以后不用见了。”班超冷笑。

班昭锵的一声，拔出了剑。

“这是要不死不休？”鱼又玄看了看四周，转头看向严阵以待的少女，诧异道，“你遭遇什么了？”

“她不能望气了。”班超替妹妹回答，“所以我们是找不到你的，只能等你来找我们。”

“你就知道我一定来？”

“这世间你最想杀的人是我。”

“是你们俩。”

“我知道，在我们去于阗的路上，你专门交代隼王杀我们俩。我只是奇怪，在麦田，你是答应如果我自裁，就放过我妹妹的，怎么后来变成要杀我们两个了？”

“龙生两角，门开两扇。我也是后来才领悟的，角宿是双星，是你们两个。我既然要毁掉天门，当然要杀你们俩。”鱼又玄的眼神反复在兄妹俩的脸上扫来扫去，“有意思。班姑娘竟然没了天眼，失了天势……”一指班超，“难怪你一脸的煞气！总算解通了我的疑惑。”

“什么煞气？”班昭忍不住问。

“你们即是双星一宿，应该是一刚一柔，一亢一潜，一进一退，相互牵制和调和……但不知为什么，姑娘的能力不再，那他身上的凶煞只怕抑制不住了吧？”

班昭侧脸看向二哥，发现二哥双眼更红，用一种她从没见过的狂傲笑意，盯着鱼又玄。班昭忽然想起，少巫说过，二哥身上流动着一种红色的火，非常可怕……那就是煞气吗？

131 / 对决

“你胡说八道的这些，我都不信。”班超轻蔑一笑。

“你明知我不是胡说八道，”鱼又玄叹一口气，“我们可是知己。你只是不愿信而已。”

“多说无益，来个了断吧？”

鱼又玄轻拍了一下铜手的头顶，轻声道：“师叔。”铜手伏腰，将鱼又玄放在了一块一丈多高的岩石的背后靠坐着。

“我是个废人，腿动不了。”鱼又玄的笑声从石后传出来，“待会儿你们三个打起来，可能要地动山摇。不介意我先摆个阵保护自己吧？”

“请便。”

鱼又玄以手指点，铜手迅速搬石、垒石，不过一刻的时间，就在鱼又玄身前摆出一个护阵。

班超的死气笼罩峰顶，感知得到鱼又玄的位置，但护阵一成，便别有气息流动，别成意境，鱼又玄就像消失了。

班超心生钦佩，鱼又玄的阵法造诣出神入化，这是一种结界和隔绝。但班超不担心，整个峰顶都在他的气域之内，他有把握击杀铜手后，能破解阵意，将鱼又玄揪出来。

铜手从岩石后转出来，向前踏了十步，沉默地站在班超兄妹的面前。

“小昭，你到那孤松边站着！”班超的话是不错，口气却是命令式的。

班昭有点不习惯二哥的这种状态，但还是退到二十步外那棵虬龙般的松树下。

“前辈别来无恙？”班超行了个游侠时代的礼节。

铜手木然不动，歪着头，琥珀色的独眼，盯着班超。左手五指全无，只剩一个光秃秃的肉掌。但身体露出来的地方，在星光下发出红铜般的光泽，还散发着一股浓郁的铜锈味道。简直与一座铜像无异。

“师叔不会说话了。”鱼又玄的声音传过来，很柔和。他好像看得见这边，别人却看不到他，“拜你所赐。”

“那次我也伤得不轻。”班超哼了一声。

“师叔伤得更重，又靠狂丹强激潜力……后来便神志不清，只能听懂我一个人的话了。”

“那不真的变成了药人？”

“是，可能是最理想的药人。拜你所赐。师叔在油尽灯枯之时，为了救我，吞了狂丹，却由此与狂丹药力合为一体——武功还在，能感知危机和杀气，用本能战斗，却不知疼痛与疲累。”鱼又玄叹了口气，“但我还是希望原来的师叔能醒来。”

“他还能打出拳罡吗？”

“等会儿试试就知道了。”

“不用试了，他就是你的木偶，我杀掉你不就行了？断线的木偶就没用了。”

“师叔只存着保护我的意志，如何会由着你杀我？”鱼又玄还是改不了循循善诱的习惯，“就算我当下死了，师叔只会记得我这个家主要杀你俩的命令，不会放手的。只是杀了你们之后，他就成了一个没有人能控制，也没有对手的怪物了。”

“你还是话多。”

“改不了了。”鱼又玄笑起来，“你就这么有把握能胜过师叔？”

“其实我只想杀你，”班超叹口气，“不想杀铜手前辈的。但总不能给世间留下个怪物……”

“你才是怪物。”

班超不再答话，开始凝神收拢死气，准备出手了。

忽然发觉收拢不了，几刻前，那种收发由心的快意让班超觉得自己前所未有的强大……但此刻死气就像放出的风筝挂上了树，怎么都拉扯不回……

班昭在松下看着，并不是很担心。

听二哥说，他用风廉的“旋龙锥”废了铜手的左手，用自创的“惘然十二”刺瞎了铜手的一只眼。剑术就是要和高手对碰才能创造。今天，也许能诞生“惘然十三”。

只是今天的二哥……有点……怎么说呢？平时班昭觉得自己与二哥心意相通，可现在却觉得……陌生。

班昭忽觉得有些不对劲，二哥好像在发抖？

班昭蹿了过去，扶住了二哥的胳膊，真的在发抖，嘴里发出牙齿相碰的咯咯声。

头风！二哥要命的头风，在要命的时刻犯了。

“班超，班仲升，你是不是很难受？”鱼又玄的声音还是那么柔和，缓慢。

班超再也支持不住，跪在地上，双掌按住太阳穴，鼻子里发出一声闷哼。疼在脑子里窜动，就像有把刻刀在头颅的内壁刻字……死气开始回来了，却像一根根寒针，刺入皮肤，慢慢钻进内脏……班超在地上缩成一团，忍不住呻吟起来。

班昭吓坏了，跪下来，想抱住二哥，发现稍一触碰，二哥的身体就像碰见火一样颤抖和缩紧……

“我这段时间都在研究你，”鱼又玄道，“你的天赋异禀，想必就是得益于你体内的煞气。这两个多月，我一直在城外盯着你的气岚，虽不真切，但能知晓你的煞气越来越紊乱。今天才明白，应该是班姑娘失去天眼的缘故吧。”

班超虽然疼得发晕，但鱼又玄的每句话都听在心里。煞气？自己的半生噩梦和头痛，都是煞气的缘故？父亲一直让小昭不能离开自己……原来都是因为我是个凶煞？

“那日师叔吃了狂丹却没能杀死你，我发现狂丹也间接地激荡了你的潜力……”鱼又玄继续道，“你刚才闻到师叔身上的铜锈味了？那是我的最后一枚狂丹，抹在了师叔身上。你现在觉得煞气激荡吧？再也控制不住了吧？可能根本不需要杀你，你自己就会爆体而亡。”

班昭越听越惊，怒道：“鱼又玄！你使用卑劣的手段！有能耐让铜手和我二哥公公正正地战一场。”

“匡扶天地的事，无须为小节耽误。”鱼又玄笑道，随机声音严肃起来，“不等了。恭请——角宿——归位！”

铜手动了。

咚咚有声，每一步都能踏碎地上的石子。

班昭抓起手边的剑，跳起来挡住铜手的去路。

铜手不停，琥珀色的独眼，只盯着地上缩成一团的班超。

班昭一剑刺出，正中铜手的心口，却刺不进去。

铜手兀自前行。

班昭把双手抵在剑柄上，身体前倾，剑刃被抵出一个弧形，双脚在地上被迫地向后滑动，依旧挡不住……啪的一声，顶弯的剑刃崩断了。

班昭娇叱一声，拔出一把匕首，跳起来刺向那盯着二哥的独眼。

铜手这才有了反应，劈手推了过来。

班昭不退，闭眼直刺，完全是两败俱伤的战法。

那只巨手卡在了班昭的脖子上，班昭发现，她的匕首离铜手的眼还有半尺的距离，够不到了。当下手指弹动，匕首脱手而出……但这一切，没有铜手闭眼快。匕首扎在铜手的眼皮上，发出当的一声，落在地上。班昭觉得脖子一紧，双脚已经离了地。

铜手的体魄，比齐欢还要高一尺，被举起的班昭更显娇弱，身体徒劳地扭动和挣扎，就像只蝴蝶被钉在了墙壁上。

班昭发不出声音，看见铜手那只无生气的独眼，茫然地看着自己。

班昭却有一种前所未有的放松："二哥，恭哥，妹妹……要走了。"

突然眼前一花，自己摔在了地上。班昭发现那只大手还卡在脖子上，让自己艰于呼吸，抬眼却看见铜手的右手不见了，只有个被斩断的手腕切面，流出铜汁般的液体。

班昭扶着脖子上的断手，急忙回头。只见班超低着头从地上站了起来，手里拎着非攻剑，剑身战栗不已，发出清锐的鸣叫。他的发髻不知什么时候散开了，长发在山风中乱舞……他慢慢扬起了脸，乱发甩在了脑后。

班昭惊呼了一声，只见班超的双眼已看不见瞳仁，只有两点红光，在夜色里格外诡异。

铜手狂叫了一声，声震四野……他的两只手，名垂武林四十年的手，最可怕的手，都毁在了班超的手里。铜手的左手还残存着一只断掌，缓缓举起，向班超推去。

竟无须任何凝势，拳罡就通过断掌打出来了。

山风陡然静了，班超鼓动的乱发垂落了下来……那棵孤松的松针却纷纷抖落。罡气变得不可捉摸。

铜手的断掌还在缓缓推前，慢慢来到了班超面前。班超带着诡异的笑意，瞪着血眼，也不举剑，左手随手一拳，就打在了铜手的断掌上。

两人之间，空气在扭曲，周遭的景色像煮沸般地扭动……

地上碎石，以两人为中心向外扩散，地上的班昭，如遭重击，翻滚着被冲击波推向崖边……一支黑剑从空中落下，钉在地上，正好能被班昭抓住剑把，挂住飘起的身体。

罡气散尽，班昭才摔在地上，浑身气血翻涌，喘息不已……才发现自己抱着的剑是二哥的非攻剑。

班昭站起身来，才发现战斗已经到了意想不到的阶段。只见二哥好像抓住了铜手的一只脚腕，将铜手巨大的身躯抡了起来，像鞭子一样抽在地上——就像一个小孩子甩动一个纸糊的傀儡。

班超抽动了两下，松了手。铜手滚在地上再也不动。班超踢出一脚，铜手的身体飞出十几丈，撞到那棵孤松上。孤松拦腰而折，巨大的树冠弹落到崖下……铜手的身躯软软地趴在松树的断口上。

场面太过震撼，班昭没有一点点胜利的感觉。

那不是二哥的力量。

那不是人的力量。

132 / 各归其位

他……还是二哥吗？

“二哥。”班昭怯怯地叫了一声。

班超不理，身体好似还在疼，还是在颤抖着，乱发无风自动。班超转过身向鱼又玄藏身的石阵走去，呼吸沉重，竟像野兽的低嗥。

班超一拳击在那块巨岩上，结界扭曲着，发出空气摩擦的嗞嗞声，又恢复了原状。

班超不停手，一拳一拳地击下去……结界崩碎了，巨岩也崩碎了……一个孩童般弱小的身体从结界里摔出来，落在地面上。

鱼又玄也一般地披头散发，满脸血污，趴伏在地上。他嘴里难以置信地自言自语：“怎么会这样？怎么会这样……”

班超慢慢转身，向鱼又玄走来，身姿有些僵硬，甚至蹒跚，身体里筋骨间不停地发出爆响……喘息声越来越重，就像一头凶兽慢慢踱来……

鱼又玄伏在地上，星光下的暗影，慢慢地盖住自己，只好闭目待死。

班超慢慢举起了拳，砸了下去。

拳落在一个巨大的身躯上，发出金属撞击的闷响。

铜手竟然扑了过来，把鱼又玄挡在身下，还把班超撞出了两步。

铜手就像一只龟，伏在地上。

班超狂怒起来，摇晃地一手按在铜手的背上，一拳击在铜手的后脑勺上，一声巨响，铜手脸下的岩石破裂了……班超像是陷入了癫狂，一拳一拳地打下去……眼见铜手的头脸陷入岩石里，眼见铜汁般的汁液四溅……

铜手死了。

至死他还弓出身下的空间，护住了他的家主。

鱼又玄一点点地从铜手的尸体下爬了出来，拖着他瘫痪的腿。他奋力地爬着，尽力地远离还在捶击的班超。

班超捶了百十拳，终于停手，跪在地上，伸手抓进了石面，像是挣扎……嘴里发出啊啊声。

班昭那一刻好像听见了那啊啊声里混杂了“昭”的声音，或许是心里听到的。这人一定是二哥！班昭扑了过去。但二哥面前好像有个无形的气场，爆热、炽烈，让她无法触摸。

“二哥！哥——”班昭喊。眼见二哥身上有红光流动，好像整个人都发出熔岩般的光。“哥——”班昭艰难地想抓住二哥。

“没用的，”鱼又玄在一边看着这一切，脸上竟有一丝悲悯之色，“他就要煞气爆体了。”

班昭的泪水在飞，或是被她要靠近的炽烈，蒸发了。

班超整个人越来越亮。

班昭更急，死志萌生：“哥——”身体一轻，像是没了阻力，就扑到了二哥的身上，紧紧抱住。

真的是疼啊，班昭感到二哥身体里的火焰，都涌在了自己的身上。但她不能松手，死死地抱着……班昭身上也发出了光亮。

“啊——”班昭仰头痛叫起来，撕心裂肺。

一道红光，从班昭的头上，直射天宇。

鱼又玄惊呆了。他看见那道红光就像天柱，把整个星空都点亮了，亮得睁不开眼，于是眼前一黑，就什么也不知道了。

鱼又玄醒来的时候，觉得天地变了。

星空依旧广大，但星光好似更亮了，天幕泛出了一种暗紫色。鱼又玄看了看四周，不见了地面的风景，没有疏勒城，也没有战争和原野，只有星光点点，占满所有的视野，好像自己置身的孤峰变成了一块悬于星空里的巨大浮石。

鱼又玄看见班昭明显比他醒得要早，或者根本没失去过知觉，正平静地坐在地上抱着班超的头。班超的胸腹起伏，明显呼吸平稳，只是还没有醒来。

班昭一直呆呆地看着星空，一道一道的流星，拖着长尾，分割着夜空。班昭转脸看过来，却没有仇恨：“我们还在山上吗？”

“在，”鱼又玄用他练气士的方式，感知了一下，“但我们好像进入了一个玄境。”

“玄境……”班昭念着这两个字，不再言语。

鱼又玄习惯性地温习着天上的星象，突然指着东方惊叫：“角宿……归位了！”然后呆呆地看着那对还活着的兄妹。

“怎么了？”

鱼又玄无奈地苦笑：“天地运行过于玄妙，不是我一个术士，一个……史家，可以理解的。”

“所以不知道，是很好的。我觉得我没了天眼……挺好的。”

“好在哪儿？”

“没有困扰，只有一心想做的事，想着的人……比如刚才……

只想着救我二哥。”

两人不再说话，都看着造化般的星空。突然东边泛出了一条清淡的光带，抖动着，变幻着，忽而若一束青绸，忽而状如一弯弧光，一会儿淡绿，一会儿微红……鱼又玄惊道：“东方……有帝王陨落！是大汉天子吗？”

班昭也看着，她是见过天子的，黯然点头，眼前出现那迷梦先生的样子，流下泪来。

西边也露出一片软如纱巾般的波纹，像是随风飘动，呈现出紫色、深红的色彩，犹如晨光曙色……鱼又玄惊呼：“西方也有帝王陨落！”

班昭看着，辨认着说：“是贵霜王丘就却走了。”

两股帝王气运，一东一西，在星空的中线相遇，像是试探，却绝不融合。

“帝王气运都有罡意，在相撞呢。”鱼又玄觉得今天看的异象实在是太多了。

但异象没有结束，东方又升起了一线白丝，极细，却不消散，慢慢变成了晕黄色……“这又是哪位大能异士陨落了？虽不是帝王，却也极为高贵……”鱼又玄低头沉思，想了半天他知晓的异人，还是推测不出是谁。

“是迦叶摩腾大师，”班昭愣愣地看着天宇，“难怪他老说时间不多了。”

“迦叶摩腾？是谁？”

“来自天竺的大比丘，本是贵霜国师，后来随着我们来了西域。要不是你捣乱，我就随着他们一起回中原了。”

鱼又玄还在盯着天上变化的异象：“两股帝王气运像是在征伐试探，但这位比丘的气运调和其间，两边的罡意竟然相容啦！”鱼又玄指着天象大叫。

三股气运浑然一体，竟难分辨，犹如极光变幻，折射出许多光束来，宛若孔雀开屏，最后耀亮了一下，便开始消隐暗淡……星空恢复了原来的样子。只有鱼又玄才能分辨一些星宿的细微差别。

鱼又玄竟然面如死灰，喃喃自语："这就是青龙白虎相见吗？"转过脸看向班昭，"这就是你们打开天门的结果吗？"

班昭摇头："我不懂你在说什么。我们只是凭着心意做事，一直是你在暗处捣乱和啰唆。"

"是啊，"鱼又玄苦笑，一脸凄怆，"我也不知道我都做了些什么？一切都是徒劳，一个时代结束了。可能早就结束了，我……就是不舍……"

班昭还是不解："哪至于这样？为什么不说又一个时代开始了呢？"

在班昭怀里的班超，突然抽动了一下。

班昭大喜，把二哥的头更舒服地枕在手臂上。只见二哥的眉在动，慢慢就睁开了双眼。

"二哥，你可算醒了。"

班超觉得模糊的视界清晰起来，是妹妹的脸。

"我这是？"班超只记得自己突然头风发作，痛得不能坚持……可是要与自己战斗的铜手呢？陡然坐起来。

班昭的视线从二哥的脸上移开，才发现天竟然蒙蒙亮了，星空中许多星辰已近退隐。

班昭咦了一声，看向四周。山风依旧冰凉，山下的疏勒大城现出蓝灰色的朦胧轮廓，外围的龟兹人的兵营杂乱不堪，烧毁的帐篷的灰烬还在飘飞，不曾落下……

鱼又玄所说的玄境消失了？班昭看向鱼又玄，只见鱼又玄还在身边不远，盘腿而坐，闭目朝天，一动不动。

班昭爬过去喂了一声，不见反应，用手一探，竟没了呼吸，触手冰凉，像是死去多时了。

班昭有点惶惑，刚才……那是梦吗？还是跟神国一样，是一场真假难辨的历程。

班超觉得自己浑身酸痛，陡然发现铜手就死在身边，头好像陷进了石头里，又看到了鱼又玄的尸体，惊道："他们都死了？"

班昭过来把二哥艰难地扶起来："死了。"

"怎么……死的？"

"那还不是你打死的？"

"我打死的？……我怎么都……不知道？"

"你不记得了？"

班超摇头。

"你当时就像癫狂了一样。"

班超发现自己连站都站不住了，只能挂在妹妹的肩上："我怎么身上手上都这么疼？"

"那当然啦，你那么死命地打，死命地打……"班昭笑得满目是泪，"头还疼吗？"

"头倒是不疼了。"

其实班昭也浑身无力，再架不住二哥，两人便一起软倒在地上。

山下传来了马队驰动的声音，从山上望去，一支军队正在全速奔向疏勒大城，细看正是疏勒兵。

"看来是追击完溃兵回来了。"班超指着山下，"怎么旗帜这么乱？"

班昭一直侧脸看着二哥，发现二哥虽然疲惫，但两眼清明，再无血丝和戾气，还是那个疏懒甚至有些涎脸涎皮的二哥。

班超挣扎着又想站起：“我们该回城了，带军去救你恭哥。”

班昭如梦初醒：“对，救恭哥！”却发现自己身体发软，根本扶不起二哥了。

突然听见身后有声响，两人回头一看，一个少年的身影抱着剑站在折断的孤松边。

风廉。

风廉走上来，看了看鱼又玄和铜手的尸体：“真给你杀了？”

“好像是。”班超笑。

“你受伤了？”

“好像是，”班超苦笑，“你担心了？”

“不担心，”风廉摇头，“你最近变得很讨厌。”

“你真会说话。”

“杀铜手，为什么要带着昭姐？我担心昭姐，所以来看看。”

“谢谢你，”班昭笑起来，“快带我们回去，去救虎头。”

风廉过来扶住兄妹俩：“走不了了。”

“嗯？”班超愣了一下。

“匈奴人来了。”

133 / 天下缟素

匈奴人来了？匈奴人来到疏勒了？

带着这个天大的疑问，班超竟然在风廉的背上睡着了。有四天没睡了吧？实在太累了。

风廉已不再是初见时的瘦弱身形，这一年多来，长高了许多。现在，他背着班超，抱着班昭，滑落下山，加入了山下正在回城的疏勒军队。

原来风廉与九剑侍在夜袭里大杀四方，龟兹军队的确按班超预想的那样，往北溃败。风廉带着疏勒骑兵一路掩杀，追出五十余里，却遇见了匈奴人的军队。

一支匈奴大军正在前来疏勒，离疏勒百里以内时，天色已晚，就地扎营，想着第二日便能和围困疏勒的龟兹姑墨联军会合。结果四处侦察的斥候发现了从疏勒方向溃败而来的龟兹散兵，匈奴人当下派出两支骑兵，阻击疏勒追兵，顺便把混乱的溃兵集结起来。

风廉带着疏勒兵正杀得兴起，忽然发现身后有两支骑兵从两个方向，斜插而来，意图截住后路。前方溃兵好像也稳住了阵脚，转过身来，身后有更多的旌旗。

九剑侍里面不乏经验老辣者，喝道：“有援兵！有埋伏！”带住军势，全力回冲。

两支截击的匈奴骑兵，本以为合围已成，却被风廉及剑阵一下斩碎，带着大批疏勒骑兵冲出了包围圈。也有几百骑疏勒军追杀得太深，未来得及跟出来。

回城前，风廉叫剑侍们带军回城，自己却上了孤峰……

追兵回城后，急忙准备守备，不出所料，北边烟尘滚滚，一万骑匈奴人连同五千多骑重整的龟兹溃兵，露出了无边的旌旗。

班超这一睡竟然睡了三天。

班超在十四岁以后的记忆中，从来没有睡过这么久，这么香甜。甚至没有梦。

班超醒来时，发现一切回到了原点。疏勒城又被包围了，而包围者以更强大的匈奴人为主。

班超醒来的第一件事，是整理来自隼舵的情报，发现在自己昏睡的第一天，收到了一封来自龟兹的隼信，说匈奴单于带军出现在了龟兹，并与龟兹王在城外会晤。

隼舵虽然是个情报机构，却不是专为收集军事情报而设，隼谍只能报告他们看到的情形，并不知道有一支军队没有停驻，由右贤王带领，来了疏勒。而且谍子只想报告内容详细，没有军情火急的意识，等确定了单于与龟兹王的会晤，才发出了隼信。这封情报还要通过隼巢的整理，才会传到疏勒的隼舵，所以根本没有起到预知的作用。

不过情报自有其价值。班超知道，匈奴人都出现在龟兹和眼前了，那焉耆的都护府，肯定陷落了。那耿恭、齐欢困守的天山之北的那座也叫疏勒的孤城呢？

十天后，有一条隼信从敦煌传来，大汉天子早在十几日前，驾崩了。

班超作为汉臣，向东南方拜了九拜。

在班超眼里，皇帝是个极有风采的人，是除了父亲之外他诚心仰望的人，并不只是因为他是天子。他忽然想起自己最后一次和皇帝对话，是在兰台，当日他跪在地上恭送，皇帝走向帘外，门外亮得刺眼，班超几乎看不清皇帝的身影……皇帝停在那里，跟他说了最后一句话——“长生”。

那时，只有皇帝才会支持自己、相信自己寻找昆仑神国和西王母吧？可是自己不曾找到，也不可能为皇帝带回可以长生的不死神药。

班昭跟在二哥身后一起跪拜，心里想，原来那玄境里看到的天子陨落的气运……都是真的。

“不用去找神国了，”班超黯然地站起来，“没有意义了。”

班昭站在二哥的身后，有些出神：“其实，我们代替不了皇上去找神国，每个人看到的神国应该都不一样，”班昭幽幽道，“或许每个人都有自己的神国。”

班超回头看着妹妹：“你在广都峰不是说过，神国不想被我们找到吗？”

“嗯，不能随便找到。”

“那……为什么说每个人看到的会不一样？”

“记得二哥说梦见过老子，你梦里的老子是什么样的？”

“就是白胡子很长，都快拖在地上了，”班超回忆着，“头发秃得没几根了，对了，眉毛很长，雪白的，能垂到肩上……”

班昭哈哈大笑起来：“你知道我见到的老子是什么样吗？是个很美很美的美少年！”

“美少年？”班超皱眉道。

“你看，都是老子，我们看到的就不一样。”

“梦里的事，怎么说得准？”

“也许梦里的才是准的。要不然皇上为什么派你出来圆梦？你又为什么一定要来西域？”

班超愣了一会儿，摇了摇头，甩掉迷思。

“被你说糊涂了。唉，就这么带着你们来了西域……皇上驾崩，朝廷怕是再难西征了……也不会有援军了。我们……可能再也回不去了。”

天下缟素。

洛都的街面上，到处都是白幡。

大行皇帝停柩北宫十日，众臣商议庙号，最终仪仗十里，蜿蜒郊外，葬于邙山之南的显节陵。白马寺天竺沙门法兰随行，于陵上建浮屠祇园，墓道边立白马刻石。

国丧期间，皇后马氏携太子从南宫的长秋宫迁于北宫的永乐宫。

太子三岁便立为储君，养在皇后身边，如今已十八岁，只待继位，大赦天下。

国之中枢——皇帝躬政的南宫，一切按部就班。但更深的北宫，暗潮汹涌，却无人知晓。

北宫是内宫，主人和使奴三分之二为女子，余者大部分为阉人，只有少数的医官、起居、执戟侍卫等男子能出入，却被严格限制了路线和范围。

原来那些在世人想象中最美丽、最寂寞的女子，都除下了华丽的饰品和宫装，在素服外套上粗麻，菅草为鞋，洗去脂粉，散去花髻，只结一个发鬏，以竹枝作笄，为天子持丧。

一朝天子一朝臣，其实宫闱中的女子和侍奴也是。

比如小黄门蔡公公，总服侍在皇帝身边，年纪和品级不大，却是炙手可热。如今可算门庭冷落了，没有皇上的宠爱，他只是个小黄门，头上还有黄门侍郎、中常侍等不少更高品阶的太监。

蔡公公所居的舒适小院过几日就要交付了，据说有点逾规了，实际是被一名中常侍看中。傍晚时，小院前却来了个拜访的客人。

蔡伦一看，倒是故人，一位叫云清的人，在兰台挂职，实际上是个术士，曾经人称云术士。当年受蔡伦所托，成为楚王英在洛都的门客，日日鼓动楚王收集祥瑞，妄想登基，最终事败获罪。楚王案发酵，株连广泛，云清却在蔡伦的庇护下，入了南宫兰台，挂名整理谶纬之学。

蔡伦见到云清心中却诧异，一个南宫的文吏，怎么出现在了北宫？难道有嫔妃邀他来弄什么厌胜之术？这可是宫中的大忌。他心道，绝不能卷入。待听完云清的来意，他心头大骇。

“汝南王当为天子，这是天意，不可阻挡。”云清说话极有蛊惑力。

汝南王比太子小四岁，由最得宠的阴贵人所生。阴贵人本是皇帝的表妹，太后的侄女，入宫后，尽得专宠。据说，一日阴贵人梦中吃一异瓜，甜美异常，皇帝竟然令大内全国寻索，为阴贵人圆梦，最后敦煌郡献出一瓜，名为穹隆，形状与味道，与梦中一模一样。

汝南王受封后，唯他的封地户数是其他兄弟诸王的两倍。

“先生曾经助我蛊惑楚王，怎么今天却去蛊惑汝南王？”蔡伦皱眉道，“太子不日登基，先生还是不要以此寻祸。”

“这次不是蛊惑，我与几位同道，以六丁推演过十次，”云清微笑，“太子如果……突然登不成基了，你说大臣们会推扶谁？”

蔡伦霍然抬头。

云清缓缓颔首："就在今夜，大事可成。公公于我有恩，今夜之变已成定局，怕公公受到牵连，特来请公公共参从龙之举。"

蔡伦沉思半晌，点头道："好。"

云清忽觉得心口剧痛，发现胸前突出一个箭镞出来。眼见蔡伦就在面前，箭从哪儿来？云清张嘴啊啊地叫不出声来，却见蔡伦并不理他，径自掩门而去。

谁也想不到，被誉为世上守护最安全的北宫，刚一入夜就成了混乱之地。

宿卫的羽林七百人，突然缴了四门守卫的卫尉军的械，强行换防，最后开夏门，放入了一大批黑衣人。

就这样，以极小的代价，四百羽林看住了八百无械的卫尉军及四门，剩下的三百羽林，带着一千多名黑衣人，直奔永乐宫而来。路遇夜行的内侍或宫女，皆杀之。

月色如水，照在汩汩而流的血迹上。

来到永乐宫外，却见宫门紧闭，连个守卫的执戟都看不见。

迅速有黑衣人叠人梯，准备翻越一丈多高的宫墙，却听见几声惨叫，有人中了刀枪似的摔了下来，原来里边像是早有准备。

三百羽林可是久经训练的职业军人，当下拆了广场上一座牌坊的斜撑圆木，当作垒木来撞宫门，砰砰有声。

大门两侧的阙楼上，射下几支箭来，伤了几人。羽林本就善射，几排箭射上去，阙楼里的人就没法冒头了。

撞门又开始了，二十余下，宫门栓终于崩断，门被推开。

门内密密麻麻地挡着一百多名的执戟武士和金瓜武士，大戟金瓜皆长一丈三尺，围指着门口。执戟和金瓜武士皆身材高大、相貌堂堂，盔明甲亮，严格意义上他们算礼仪兵，战力真不好说。

附近站岗的礼仪兵几乎都集中到了永乐宫里来护卫，但只有两三个人身上挂了弓箭，在阙楼这样的好位置上还是几无作用。

羽林看着这些威武的大兵，根本不惧，领头的将官一挥手，一排长枪就和大戟金瓜搅动起来……

一个尖细的声音高叫："皇后驾到！"

134 宫杀

“停手。”一个声音喊。

羽林将官喝了声：“住！”羽林们停了长枪，退后三步，依旧和宫内武士对峙着。

执戟和金瓜武士们却从中间分开，一位白衣戴孝的女子走了出来，身边一个干瘦的老太监，恭身打着一只素色灯笼引着，在羽林的枪林面前并不止步。

女子年纪不轻，身量极高，竟有七尺以上；裙边不动，却是步步生威。

羽林未得命令，却不约而同地步步后退，一直退到门槛之外。

却有一人拨开羽林，喝令羽林退到门阶以下，自己来到女子面前跪下：“参见皇后。”

皇后看清了来人，面上尽是凄然：“原来是大哥。”

本朝皇后姓马，是伏波将军马援的幼女，在她面前跪着的是她的大哥马刻。

“你这个阵仗，肯定不是来见我的，是想见太子吧？”

“听闻太子忧伤过度，已经吐血成升，可谓至孝。”

“哦，想出这么个说法，”皇后倦笑道，“爹爹铸的铜马还放在宣德殿前，你这么做，不是辱没他老人家吗？”

“辱没马家？不，我是为了马家。父亲戎马一生，身后的侯位却被剥夺，您可致力过恢复？按照常例，后族封侯，据说您是百般推脱，不让圣上下诏。”

“我是为了马家的平安。”

“您就想博得一个自己的虚名！”马刻声音虽然愤怒，却依旧垂头跪着，“太子若要继位，贾贵人连同贾家就要翻身了，封后封侯。与我马家更无关系。”

“太子虽不是我所生，但由我一手带大，不会轻待我马家的。”

“他若事事听您的，我家反而没有好处。您必会和以往一样挡住许多封赏，对不对？”

皇后沉默了一会儿：“你图害太子，要扶的是哪一位？”

“汝南王。”

“哦。”

“汝南王答应，登基之后，我马家封侯。”

“那还是个孩子。答应你的是阴家吧？”

“这等事，只能两家联手。羽林右监可是阴家的人，他专门于今天派自己手上的羽林右骑，进宫轮值，夺门放了我集结的门客和家奴进来。”

“就因你是这种性格……我才拦着皇上不要给你这长兄封侯。谁知你竟敢参与这等谋逆的勾当……”

“不是谋逆，是拥扶天子！”马刻的声音高起来。

“你……没把三哥卷进来吧？”皇后黯然道。

“马防？他与您一般，贪图虚名。”

“那就好，”皇后平静下来，“想害太子，须先杀了我。”

马刻拜了一拜：“他身上……没我们马家的血呀。汝南王……也照样尊您为太后。”

“我死了，你们明日怎么编？皇后与太子同时忧伤过度，吐血而亡？且看群臣信不信你们？”皇后冷笑，转身而走。

皇后身边的老太监，踏前一步，挡在门前。

所有羽林和门客家奴，都在望向跪在地上的马刻，只要一声令下，就要冲进去劫持皇后，搜杀太子。

马刻还在犹豫，这支羽林的将官，有些不耐烦，开始缓缓拔刀……这是他们自己的暗号。

老太监弓着的腰背开始伸直，身上爆豆般地噼啪作响，一个不起眼的佝偻老人瞬间变成一位形如仙鹤的高人。他手指一弹，手上挑灯笼的木枝脱手而出。

那将刀拔出一半的将官，刀再也拔不出来了，因为他脸上钉着一支灯笼棍……

老太监一步跨出了门槛，一脚踢向地上那根被羽林用来当撞门锥的圆木……圆木长近两丈，粗可抱怀，被老太监一踢，飞旋而起，横着砸翻了最前一排的几十名羽林。

马刻还跪在门边，张着嘴看着。那脸上插着木枝的将官尸体，才倒在地上……任谁都想不到一个干瘦的老太监有如此神力。

老太监借着一踢之势，倒纵回了门内，两扇大门在执戟武士的共推下，咣当一声关闭，早有内侍宫女们，把手里的家具、花盆、屏风……一股脑儿地堆上来，用来堵门。

已经冲进永乐宫门里的羽林，就这样被皇后一个人逼了出来；已经攻破的大门，就这样被一个老太监发威，然后关上了。

马刻知道自己再无退路，指挥众人再次攻门。

待永乐宫大门已经严重变形，终于又撞开了一人之缝时，一名羽林挺着长枪，就往门缝冲，却听见箭羽的风声，一箭射在这名羽林的后心上。

羽林以骑射著称，一听羽风就知对方用的也是禁军制式箭，齐齐寻找箭来的方向，却发现月光下宫楼翘檐层层叠叠，浓浓淡淡，全是影子。陡然箭风四处纵横，己方的人不停地闷哼倒下。这不是箭雨压制，分明是有许多神箭手在点射，箭无虚发。

黑衣人先乱了，想逃离永乐宫门前的广场，躲到有楼坊可掩护的地方，结果谁跑谁中箭。黑衣人更慌，开始往四面八方散开乱跑，但箭风密集起来，也从四面八方来，像织成了一张箭网，人纷纷在倒下……没有人能离开。

羽林们都弃了长枪，张弓搭箭，想与对手对射，却发现根本看不见对手。

月光并不算暗，但绝不是射手的好时光，对手却在这朦胧的月色里箭无虚发……终于有位羽林颤抖地叫起来："射声军……是射——声——军！"

射声军，一支传说中的军队。

射声军只有五百人的建制，却是由全国军队的神箭手中选拔出来，据说每个人都能闻声夜射，就像今夜一样。

虽同为禁军编制，羽林人却从没在大演中见过射声军。羽林中射术佼佼者有时会被射声军选走，但这些曾经的同僚，一旦加入射声军，就像凭空消失了，再也联系不到。

据说，这是支听命于天子的神秘战队。

黑衣人成片地仆倒，每人身上只有一箭。

羽林们以为自己只是来杀戮的，根本没有带盾，只能对着箭来的楼影胡乱施射。但没有用，站着的人越来越少。

开始有羽林扔了武器，举高双手，高喊投降，但声音被箭镞钉回去了。

广场上的一千多人，就这样……在没见到一个对手的情况下，都死了。

马刻浑身汗透，孤单单地跪在尸堆里。他知道这是绝杀令，不留一个活口。他突然跳起来高喊："我是皇后的哥哥！"开始往永乐宫的门口跑，那里还有打开一人多宽的门缝，嘴里兀自叫着，"皇后！娘娘！八妹——"

一支箭射在他的后颈上，他倒在了离门五尺的地方。

暗夜里，四面八方涌出了一批批灰衣的背弓武士，无声地拖走尸体和满地的武器箭矢，不过一顿饭的时间，永乐宫门前的广场变得空空荡荡，除了弥漫的血腥气，好像什么都没发生过。

两个人影，一高一矮，穿过了广场，进入了永乐宫。

皇后一直没睡，站在皇帝的灵位边，脚边跪着那两位刚刚穿广场而来的人。

"小仆幸不辱使命！"矮的那个正是蔡伦，拜服在地，"还把马大人请来了。"

"你……很好。"皇后道，"先下去吧。"

蔡伦起身俯首后退，退出了灵堂。

原来蔡伦启动机关杀死云清之后，就去找那原来一直护持皇帝微服夜游的老太监，去永乐宫报信和护驾，却发现四门卫尉已被羽林控制，就知宫变在即，沿路集了两百执戟、金瓜武士进入永乐宫，关闭了宫门守护。

皇帝大行，太子尚未登基，皇后就是皇宫名义上的第一主人。皇后也是知晓皇宫密军如何存在和运行的人，下了一旨密诏，让蔡伦通过一条地下密道出宫，去见光禄勋孟将军。这孟将军还有一个职位——射声校尉。

与孟将军一起从密道进宫的路上，蔡伦才发现南北宫地下，有着远比想象还要复杂的密道，可以隐匿一支军队。

射声军从密道出现在了永乐宫的外围，对意图谋逆的一千多人进行了绝杀……

蔡伦退出后，现在皇后身边只跪着一人。

“三哥，”皇后把那人扶起来，“大哥……死了。”

这人正是皇后和马刻谈到过的同父兄弟马防。

“皇后做得对。”马防道。

“我一直让你在宫中管理医官和起居郎……你不会像大哥一般……怨我吧？”

“皇后是最知道我的。”

“好，今夜的事，不存在。”

“是，今夜所有关于宫内各部的流程记录，我都会查阅，肯定与往日一样平常。”

天亮了，南宫所有的内侍和宫女，都被下达了谨言令。

一批批内侍在永乐宫广场上清洗砖缝里的血迹。

皇后下诏向北宫的大臣们告知，太子忧思重病，亟待调养，登基之日只能重新推算。

皇后要在太子“养病”期间，为太子扫清可能的危险和障碍。

马家和阴家没有受到公开的伤害，只是有些人在职位上调离或消失了。甚至阴贵人、汝南王母子也没有受到任何贬斥。

但“事变”有羽林的加入，才是让皇后最震撼的。羽林内部出现了大幅的清洗和辨别。羽林的兵员多是世家子弟，盘根错节，牵扯甚广……京都内所有的军方实权人物都被架空，调军（哪怕只是百人之上）的命令，全部暂时汇于尚书台，而不是军方太尉府。

洛都表面平静，涌起的暗潮和危险却越推越远，甚至波及边疆，旷日持久。

没有人来得及顾及遥远的西域，还有汉家的军人在血与火中，不停地死去。

象从何来

煮革食弦披战旗，
血战力竭谁将归。

135 / 饿呀

孤守石堡的时间早过了三个月，不，四个月，来到了盛夏。

耿恭下令杀马。

抽签杀马。

其实这些日子，汉军吃马肉是极不好的记忆。

早在一个月前，汉兵就是一人一马了。如果突然吃上了马肉，就代表马的主人已经牺牲了——军中兄弟又少一人。军人们会把马的头骨吃干剔净，摆在主人的灵牌前。人与马都是英灵。

但现在杀马，马的主人还在。他要看着所有人吃自己的生死伙伴。还代表他再没有出城冲阵或突围的机会。

主人们之所以能够承受杀马，还因为马正在饿死。谷物早已吃净，城内所有的植物都找来给马吃了，树皮都被马啃尽了……

现在城内只有八十几人，五十余匹马。

但后来，士兵吃马的速度，赶不上马饿死的速度。盛夏炎热，马肉很难存放，最后都摆入了几口废井里，充当地窖。

但饿死的马，还有多少肉呢？

不过一个月，所有的马都死了，这意味着这支汉军丧失了城外的机动能力，除了在城中待援，再无别的出路。

囤积的马肉又能支持多久呢？

匈奴人虽然围困为主，却并不闲着，十天半个月还会变个法子攻一下。比如他们开始砍伐城西的密林了，渐渐地砍出了一条通道，又多出一个进攻口。

汉兵其实是欢迎匈奴攻城的，会有针对地攻击马，只为了晚上下城墙去取些马肉。这想法后来或是被匈奴人识破了，再也不来了。

齐欢延续了发明家的本色，造出了许多机关工具，用来捕鼠和捕鸟。以至于城内的蛇虫鼠蚁都不见了。鸟何时飞来，却是没准的事。

柳盆子所有的优点，合起来变成了一个密林猎人。他可以自由上下城墙，进入城西的密林捕杀小兽，成为城中最受欢迎的人。但好景不长，密林中的小兽也是有限的。

城中人都吃得节省，都以可见的速度消瘦着，个个步履轻飘，衣衫褴褛，随风散发，宛若仙人。

只有柳盆子发型不乱，人却越来越焦躁了，人总是饿着，火气就大——正和虎头在城头吵架。

“你真当你是老大了？凭什么派我去敦煌？我又不是你的属下！”

“只有你能来去自由，去告诉敦煌太守，这边的情况。”

“你不是叫了玄英去吗？”

“到现在都没有消息。”

“那我去又有何用？我好不容易离开了整日通缉我的汉地，干吗又叫我回去？”

“你如果愿意的话，我也更希望……你去疏勒，看看班头他们怎样了？”

“你们倒是兄弟情深，你更想的是小昭吧？”柳盆子冷笑，“我跟你很熟吗？要给你俩传情递话？”

耿恭瞬间也爆了：“你还来劲了！”就要近前打人，被一旁的齐欢拉住。

“就是跟你不熟，所以才不需要你。”齐欢对着柳盆子冷然道。

“哈，我是跟他们不熟，但跟你老齐，也有七八年的交情吧？”

“不过是交流些技艺，互通些有无。”

“是，是……”柳盆子气笑了，“我来也不为你们，我真是找……寡妇的。”说出“寡妇”二字，柳盆子的心态突然崩了，一脚踢在垛砖上，“这他妈什么破城啊，我才来，女人……就死啦！”柳盆子拍着胸脯，对着耿恭，带着哭音，“我的女人死啦……我去给你的女人传话？你想得美呀……”说完就掩面蹲在了垛口边。

“我知道你们想干什么……”柳盆子呜呜地哭着，突然手指城下山脊上的路，“可是……她在那儿呢！你们谁也没见她死对吧？她就是不见了……要是她……突然回来，找不到我可……怎么办呀？”

柳盆子旁若无人地号啕起来。跖门柳氏讲究的就是“顺心意”，柳盆子终于在今日爆发了悲戚。哭着哭着，发现城头没有人了，所有人都下了城。

柳盆子彻底地放开了，躺在城头仰天号哭。

没完没了。

大萨满从没有停止地运用着他的智慧。

借着西侧密林的遮掩，匈奴人早在密林中挖掘了一个深洞，慢慢挖向城内。

挖掘计划持续了两个月，慢慢挖到了石堡的脚底。

但这个计划被发现了。

那日耿恭到处巡查，正好去废井地窖里看看可怜的存粮，结果他的狗耳朵听到了微弱的异响，贴到井壁上一听，就听出了是挖掘之声。

齐欢真是惊诧莫名，觉得简直不是在跟匈奴打仗。

若问挖掘哪家强，墨家门下敢称王。

守城大师齐欢虽没有耿恭那样的变态听力，却将一个大瓮半埋在地窖里，每日在瓮边细听——挖掘的声音便会放大传来。听听便能知晓匈奴的进度。

匈奴挖通的那天，是在晚上。匈奴的入城奇袭小队被汉军在洞口埋伏，最后被齐欢反杀进坑道去，在里面布置了几十处机关。匈奴人在里面吃过多次苦头后，怕汉军反利用地道逃跑，在外头自己填死了地道。

食物依旧是最大的问题。

最后存储的马肉，无论士兵们如何节食，也终于被吃尽。

夏秋之交却是西域最热的时节，匈奴就不来进攻，汉军早就不穿戴让人闷热的盔甲了。不知是谁，发现皮甲煮了可以吃，还有肉皮味……于是库房里堆积的马鞍被翻了出来，上面的多层皮饰被剥了下来……

所有皮具，包括皮甲、皮袍、刀鞘、马鞭……都被收集起来，统一管理。

要命的是，有人越来越弱，开始生病……柳盆子从猎人的身份，变成了密林里的采药者，每日采回各种花草来，供齐欢辨别和试用，还有些充当野菜熬汤。

这个季节，树上、草里也会结些野果，都会被柳盆子采来。他保持了“最受欢迎的人”这个身份。

和秋天一起来的，是匈奴单于。

单于完成了他的龙庭南狩，虽然速度有限，但还是几乎巡遍了西域北路，所到之处，除了疏勒，各国莫有不臣服者。龙庭给各国重新派驻了使者。

西域虽美，单于却不能久离草原，于是计划在冬天到来之前，回到草原深处。

呼衍王去迎接单于，有些无地自容。单于走前说等他拿下石堡，带兵去跟随，结果一直等到单于归来，他还在原地不动，而那座汉人的石堡兀自岿然不动。

倒是大萨满为呼衍王开脱了几句。

单于的旗帜出现在了山口，如云的帐群再次铺满了山麓的两边。单于的龙庭金帐布在了草原最肥美处，在一道河水的弯上。

已经离开快五个月了？单于看着那座孤零零的石城依然挺立在半山上，其震撼远在刚开始与耿恭交手之上。“箭神！耿恭！”单于默默念着这两个词，本来留下呼衍王及左鹿蠡王部的八千军队，欲杀尽这支不到两百人的汉军，就是赌气，就是为死去的左鹿蠡王报仇。如今由大萨满出手，耗时这么久，都不能将这小股汉人剿灭……

大萨满和单于一起望着那座在残阳下血红血红的城堡，说了句：“他们……是神的军队。”

“我想，带走他们。”单于道。

第二日一早，一个匈奴使者，执单于的九节使旗驰马靠近城下，一直到土墙边才止步，高声叫喊，是纯正的汉语。

“长生天最眷顾的、苍狼的子孙最景仰的、我大胡最尊贵的——幽月大单于，十分敬重耿恭将军，说将军是长生天派下的天神化身。愿从此和解，封将军为白屋王，拥有一个部族，三千匹骏马，还有广袤的草场，并将草原上最美丽的居次[1]嫁于你！将军意下如何？”

耿恭在城头上，放声大笑，笑出几声竟然哑了，弱了气势。当下不再出声，张弓快发，使者举的使旗应声而断。

断为三截。

竟是一弦两箭，同时中的。

匈奴一方鸦雀无声，城上的汉兵想欢呼，却也是哑的，有气无力。

使者还算镇静，下马拾起断旗，慢慢在一箭之地内牵马下山，表示无惧。

翌日，使者又来，不再执旗，身后却带了十几个奴仆，还牵了几匹驮马。

十几个奴仆下马，卸下驮马背上的物事，在土墙边垒了石灶，安置四五口大锅，锅下堆柴点火，煮水炖肉，都是上好的羔羊肉。三四刻过后，羊汤羊肉香气四溢，飘上城头。

城上守兵条件反射般地流口水，甚至胃会抽搐。

“妈的，馋老子！”有士兵愤怒了，在城头调动床弩，就要上弩枪射锅，被齐欢制止了。

肉香越来越盛，汉兵们趴在垛口上，忍都忍不住，盯着锅，

---

① 单于的女儿，相当公主。

满眼全是向往。

那使者慢慢喊完前一天的许诺后，最后喊了一句：“单于请将军吃肉！”

耿恭叫：“如何吃肉？”

使者喊：“自然是开城吃肉。”

耿恭回头看了看士兵们，士兵们也都在看他。那一刻，耿恭觉得很辛酸。

耿恭蹬在垛口上，向城下喊：“我有条件！尊驾可愿意来城上细谈？”

那使者不惧：“好！”

城上稍做商议，柳盆子直接从城头纵了下去，轻飘飘地落在地上，惹得煮肉的奴仆们一片惊呼。柳盆子在壕沟陇上如蜻蜓点水，转眼就跨过了土墙，并不理那使者，径自到锅里抓出一大块肉来，也不顾烫，大吃大嚼。随后一手一个，抓了两条羊腿出来，才对使者说：“跟我来。”

柳盆子带着使者在陇上像转迷宫一样，来到了墙下。城上早吊下了两个箩筐。

柳盆子将两只羊腿丢进箩筐里，又让使者坐到另一个箩筐里，向上挥了挥手，两个箩筐开始上升。

使者有点奇怪，不知为什么柳盆子要留在城下？城头的汉兵好像有意在恶作剧，将筐在半空中拉得摇摇摆摆，想让他出丑。使者虽有些晕眩，紧紧抓住绳索，但面色如常，绝不露出怯意，奋力抬头微笑，却吃了一惊，看见柳盆子正两腿荡在垛口外，低头漫不经心地望着他。

使者探出筐外看了一眼墙底，哪里有人？当下就更晕了，这人刚才明明在城下，现在怎么就……上去了？

山脊上列队的匈奴们却看得清楚，就见柳盆子，手脚并用，在城墙上连点，轻轻巧巧地就“飞”上了城头。大萨满身后的卡撒、卡卓，对视了一眼：“盗首人！”

使者上到城头，从筐内爬出来，看见耿恭这个传说中的箭神，站在一个架起五尺高的火盆边，冷冷地看着自己。当下整理袍冠，轻轻抚胸躬身：“将军有何条件？”

136 / 决战

秋天是西域最美的时节，草原开始变色，天山高处的层林泛出金黄和霜红的色带。

天山以北的季节是冬天最长，夏天次之，春天再次之，秋天最短。美总是短暂的。

秋凉已至，代表冬天近在眼前，所谓“胡天八月即飞雪”就是这个意思。

山麓上昼夜间温差极大，秋日的早晨已经能呵出烟来，待中午在日头下，可能又可以打个赤膊。

现在正是清晨，人在山风里会有点瑟瑟发抖。所以城头架的火盆烧得正旺。

火盆架得高于垛口，一是为了夜间照明，给城头守夜者取暖；二是打仗时用于点燃火箭。

使者看见耿恭就那样插着手，跟一群依旧穿着单衣的瘦弱士兵一起，挤在火盆边取暖，也不答他的询问，只招手示意过来烤火。

使者来到火盆边，听见耿恭说了一句：“你就是条件。”

使者愣了一下：“将军何意？”

耿恭看清了使者的面目五官，有点诧异：“你竟是汉人？”

“我是单于的奴仆。”

耿恭对眼前人在气度上的一点点敬意都变成了厌恶，仰天叹了口气：“我想吃肉。”

使者喜道：“好呀！”

耿恭劈手掀掉了使者的帽子，一把抓住使者的头发，将其脸按到了火盆里。火盆边的汉兵都惊得退后了几步，使者的脸在火炭上嗞嗞有声……使者手脚乱蹬，拼命挣扎，惨叫声响彻云霄……

耿恭面色冰冷，手却纹丝不动。

待到使者没了声息也没了动作，耿恭一扬手，将整个尸体提到火盆里……不一会儿，火苗高涨，黑烟腾起。

“过来，”耿恭对震撼无措的士兵们说，“烤了吃了。”

他转头对着城下列队的匈奴高喊：“谢谢单于请的肉！”

喊罢耿恭就径自下城而去，在一旁的齐欢暗暗摇头。齐欢知道，耿恭此举是为了震慑匈奴人的诛心，提振己方的军心，但还是……手段太烈了。

汉兵们的确在城头上大吃大嚼。当然没有吃人，吃的是柳盆子带上来的两条羊腿。

但一箭之地外的匈奴人却分辨不出，只看得头皮发麻，心胆俱寒。

城下那些架锅煮肉的奴仆，吓得急忙草草收了锅，仓皇归队。

单于握紧了拳：“是谁想出煮肉的主意去折辱汉人的？”

旁边有人一指城头的黑烟：“就是他自己。”

单于摇了摇头，拉马回头。

“我等着。耿恭，你会是我手下最伟大的战王。”

班超所在的疏勒大城，也一日一日地攻守到了关键时刻。

匈奴人成了围城的主力，虽然没有龟兹人那么会攻城，但士气高，仗着人力的优势，三天两头地强攻。一万匈奴人，在城下城头的争夺中抛下了三千尸体。

守军也是日日消损，班超开始在城内招募新兵，直接在守城战斗中磨炼。

但热爱“和平”的疏勒人开始怀疑这场战争的情绪，与日俱增。

龟兹军名义上的统帅依旧是废疏勒王兜题，他的旗帜日日在城外飘扬。城内那些蛰伏已久的龟兹谍子，开始秘密活动起来，悄悄地拜访一些疏勒豪族及相关的大臣。

这是一种秘密的串联，越串越广，甚至都串到了疏勒王忠那里。大家都在想着破城后的出路。

班超不得不把精力从城头移到城内，搜捕暴露的敌国谍子，理出可能通敌的名单，抽丝剥茧，却发现暗流越来越可怕。

班超也说不清为什么，自从连睡三天以后，他自此噩梦与失眠竟然好了，头风也再没犯过。但班超每日清晨醒来，却怅然若失，好似失去了一个一直与他并行的世界。

在外人看来，班大人没那么阴沉可怕了，甚至常开两句玩笑……但积威已久，班超就是笑出花来，大家还是不敢放肆。这不，班大人今日竟然在朝堂上亲自砍了两个私通龟兹和匈奴的大臣……

疏勒王忠面色煞白，草草结束了朝会，却被班超追到了后宫里。

“大兄……今日做得很对。”疏勒王忠已不是那个栗色少年了，人长大了，却也委顿了不少，许是后宫过于精彩了。

“你也不想想，别人或许还有退路……”班超尽量和气地说，“兜题还活着，真要是破了城，你会是什么下场？”

疏勒王忠面色变幻，原来大兄什么都知道了。他嘴里喃喃道：“我们……不是也没杀兜题嘛，我不求还拥有什么身份，只要还能……”

“只要还能活着，最好还能放你去做个绿洲之主，是吗？”班超接口道，“不一样的。我们不杀兜题，是因为他的背后是龟兹。而龟兹在大汉眼里，只是一个小国，是下一个归附者。你呢？你的背后是谁？”

疏勒王忠诺诺不能答。

“你的背后是我，是大汉！在龟兹眼里，大汉是庞然大物，所以，留着你对兜题是多大的威胁？我敢肯定，他们一定会杀你的。”

疏勒王忠颤抖起来：“那……那大兄可一定要守住呀。”

班超点了点头，和善地拍了拍疏勒王忠的肩：“放心。”告退离去。

宫门外，都尉黎弇等着：“说服大王了？”

“说服了，”班超苦笑道，“但没有用，大王又拢不住群臣。人都有各自的心思。”

黎弇悲愤莫名：“连疏勒人都不想保疏勒了，竟要靠先生！”

“这样下去，城必破。”班超看向那巍峨城墙的剪影，觉得再高大坚固又有何用，架不住人心的坍塌。

“黎弇愿与城亡！”

“你可能会没这个机会，”班超摇头，“群臣豪族各怀私心，会带散民心，最终将蔓延到军中……军心散了，再被别有用心者煽动，不知哪一日，哪一股小队，就开了城门……然后民众涌去箪食壶浆……你跟谁去战斗？”

“我们疏勒人……”黎弇一脸的泪，“有时真是……亡有余辜。”

“龟兹人的军队，在城外熬了这么久，也不会比我们好多少，应该也快撑不住了。可虑者就是匈奴的七千骑兵。我们趁着军心尚存，必须在七日内行动，出城猛击匈奴……或还有些许置之死地而后生的希望。”班超拍了拍黎弇的肩。

黎弇的眼睛亮了，又暗下去：“七千匈奴，三千龟兹，可有万骑之众……”随即一甩手，“干！总好过连战死都没机会。”

不守了，决战。

达成这个共识后，黎弇日日在军中鼓动士气，操练冲击之军阵，可迟迟等不到班超下达命令。每次去城头询问，班超总是说，等等，机会还没来。

黎弇不解，要等一个什么样的机会？

一直等到了第七日，黎弇越来越焦躁，感到军心正在一日日地在他看不见的暗处销蚀着……黎弇演练完军阵，又登上了城头，站在班超的身后。

班超知道黎弇又来无声地催促了，却不理会，只遥遥地看着敌营。

这几天，匈奴并没有来攻城。

就在敌营外围的东南面，出现了大片的烟尘，渐渐地出现了一些旌旗的影子。匈奴人看来也动了起来，营地内的军人正往东南方集结列队。

班超霍然转身，对黎弇道：“把你准备好的所有队伍，到南门集合！”

“是我们的人？是谁？”黎弇没想到还会有支援军出现。

“黑鹰骑。”

“莎车人？”黎弇惊喜道，莎车黑鹰骑可是西域的一个传说。

“不只黑鹰骑，可能还有莎车骠骑。”

原来班超通过隼舵，终于说动了莎车王，派出了五百黑鹰骑和一千骠骑。

班超并没有多少把握，毕竟在这个局势下，出兵对抗匈奴是非常危险的举动，可能带来灭国之灾。看到那片尘烟时，班超心里也是按捺不住的汹涌与感激……莎车王真是一代豪者。

两刻之后，班氏兄妹、风廉携九剑侍、黎弇，还有齐欢的四名弟子，都披挂了盔甲，站在队列的最前方，看着南门缓缓打开。

黎弇拔刀高喝，众人驰动，带领着两千疏勒骑兵，一千多步兵，涌出城去。

匈奴人正在与东南方突然出现的莎车骑兵对峙，陡见身后的疏勒城冲出了一支军队，极速向军营扑杀过来。军营里的匈奴人只能分出一队人反向而动，来拦阻疏勒人。

班超与风廉剑阵冲在最前面，血光四溅，人与马的残肢乱飞，匈奴人的第一道防线一下就断了，疏勒骑兵顺势冲进军营之中，到处劈砍。太顺利了，这些疏勒兵很兴奋，大肆追杀营房中不及上马的匈奴人。

那边对峙的莎车军队看见匈奴人身后大乱，也发动了冲锋。

黑鹰骑为首，挺着黑缨枪一横排地冲起来。

匈奴人不甘示弱，一横列的铁骑开始加速，开始了仪式般的对冲。

一片鹰啸，黑鹰骑肩上的黑鹰一起起飞，比奔马更快，先一步向驰动的匈奴铁骑俯冲……匈奴人哪里想得到第一波攻击会来自空中？鹰的攻击虽不致命，但脸和眼突然遭到抓啄，就有人翻身落马，带着队形大乱……更多人急忙举高长枪去驱赶飞鹰……这时一排黑缨枪平平地刺穿了他们的身躯。

这轮对冲匈奴人完败。

身后的褐色骠骑，越过黑鹰骑破开的阵线，杀进了匈奴的骑兵阵里。他们才是乱战的主力，黑鹰骑更适合掌控全局，随时机动接应，或率领着黑鹰拿下最艰难的节点。

匈奴骑兵一下被打蒙了，军营被前后夹击，吃了大亏。

但右贤王在草原广有威名，位阶也不是呼衍王或左鹿蠡王可比的。王旗摇动，调西营北营的骑兵一队队地驰援过来，战场开始蔓延，杀声震天，戾气与血腥气腾起……各方小队在里面打旋，碰撞，慢慢越裹越乱，到处都变成了乱战。

本来以匈奴人的战力及兵力，不至于如此混乱，但班超与风廉的剑阵太强，往复来回冲击，不停地分割敌阵，让一队队骑兵首尾难顾，越切越碎……而另一边夹击匈奴的莎车军的战力，也远在匈奴意料之外，右贤王把自己的亲兵卫队都派出来了，一队队兵力的混入，乱战只能越裹越大……就像滚下山的雪球，再也无法中止。

这时候就要比拼耐力和意志了。

匈奴人的个人战力和小股自由组合的战法优势，在疏勒兵面前慢慢发挥出来。血肉间的搏杀还是太过热烈或是冰冷，疏勒兵里的新兵先溃了，第一次看见自己的内脏从身体里流出，便瘫在地上放声大哭……战线某处一旦显出薄弱，匈奴人就像碾肉机器一般压过来……战线一崩，其他疏勒人的斗志随之涣散，开始往城墙败退。

班超他们裹挟其中只能殿后，来回阻挡匈奴人的身后掩杀。

疏勒人一溃散，已经冲进匈奴军阵腹部的莎车骠骑的压力就陡然增大。

黎弇在疏勒军中拼命嘶吼，都挡不住溃势。要命的是，城中的疏勒军队不知在哪个将官的指挥下，关闭了南门。

也许是因为恐惧。

班超浑身浴血，仰天而叹：“只要再坚持一刻，就能和莎车军会合了！”真要那样，班超风廉就敢与黑鹰骑配合，去冲右贤王的王旗……但现在说这些都晚了。

匈奴人的马队流动开始越来越顺畅，周围的枪林刀山海潮般地淹了过来。风廉杀了一圈，血人般地来到班超身边，指着兵潮那头盘旋的黑鹰群：“跟着我，杀穿过去。”

这是最后的计划。班超做什么都会预留一个变招或后招——决战失败的话，他们十六骑，会并入黑鹰骑突围回撤莎车。然后通过南路奔赴鄯善，从那里去向车师救援耿恭……

现在大势将去，十六骑聚拢在了一起。班超回看了一眼他们前后经营了一年的疏勒大城，黯然道：“走吧。”

但匈奴人的势头起来了，莎车军也在向外突围，离班超他们越来越远。

人的力气是有限的，看着汹涌的兵潮：“我们真能杀得过去吗？”班昭喃喃道。

137 / 象骑

被裹在乱战里的，还有龟兹与姑墨的联军，他们也快到了崩溃的边缘。趁着匈奴人慢慢掌握了战局，他们才有机会脱出身来，到一边集结。

这时战场的西北方传来了陌生的号角，伴随着号角的还有奇异的兽鸣。

万马蹬踏，尘烟笼罩，从疏勒大城的城墙后面，慢慢绕出了一支奇怪的队伍的轮廓。

只看轮廓，那像是于阗大巫移动的城堡群。

但是地面在震颤，好像有无数巨大的鼓槌在敲击大地。

兽鸣越来越凄厉，慑人心魄，外围的战马因此而受惊，开始不顾主人的命令，拼命逃离，却窜进更危险的战场深处。

当轮廓在烟尘下清晰起来后，还更加震撼。那是一排排两丈高的长鼻朝天鸣叫的巨象！

这些巨象披着甲胄，脸上画着色彩鲜丽却狰狞的图案，长达七八尺的象牙，像出鞘的巨大弯刀！牙尖处套着金属锐角和矛刺……大象的背上架有藤筐，筐内突前者，是驭象人，手持一丈八尺长的长槊，身后是两名弓箭手，皆全身披甲，只露出两只眼睛……篮边则挂满了箭囊。

战场上的厮杀竟然不知不觉地停下来了。

几乎所有人都看着这些他们前所未见的巨兽，踏着震颤大地的步点，如神迹一般突然降临在面前。

贵霜战象！班超对这些庞然大物却不陌生。他在贵霜时，阎膏珍王子专门向他显摆了自己的战象军阵。只是这些战象怎么出现在疏勒了？

龟兹人的队伍突然一片欢呼，向前来的象群致意招手，挥扬龟兹战旗。

班超知道龟兹王族与贵霜王庭关系密切，他们身上都流着月氏人的血。

“他们是龟兹人的援兵，”班超对发呆的风廉等人道，“趁此机会，我们快走！”

但情况发生了突变，贵霜战象根本不理会龟兹人的示意，号角催促，象群提速，冲进了龟兹人的队伍。大象只要左右摆头，象牙扫到之处，连人带马都会飞出去，撞翻一片……第一排大象，有十几头，甩头的样子就像在共舞，又像在扫地，清扫的“垃圾”就是龟兹骑兵。“垃圾”被扬得老高，甚至空中相互碰撞……十几头象走过，就在人潮中开出了十几条血色走廊，走廊的中间，是踩扁的人与马。

龟兹人一下就溃散了。

贵霜战象的号角没有停，只是第二排大象稍微调整了方向，朝着匈奴右贤王的王旗冲了过去。匈奴人的队伍开始大乱，又是十几条“血沟”朝右贤王“犁”了过去。

右贤王没有慌乱，王旗舞动，一队队的骑兵增援过来。

本来围剿班超的匈奴人，都弃十六骑而去。

但不知怎么阻挡战象。抛射，战象皮厚，还披着甲胄，根本不怕。象背上的驭者和射手都身裹重甲，简直是个移动的堡垒和箭塔。越密集的骑兵冲锋，在大象的象牙刀下伤亡就越多。最可怕的是那种前所未有的威慑！匈奴人根本没见过大象，绝大多数甚至没有听说过。陡然见到这些只能仰望的魔兽，简直是从地狱噩梦里走出来的！大象的鼻子，经常卷起匈奴骑兵，抛向七八丈的高空，由着他们惨叫着摔入堆积的战阵。

班超他们以及莎车军立时压力大减，都原地结阵戒备，任由那些驰援王旗的匈奴人从身边绕过……眼前已变成了贵霜战象与匈奴人的战争，做个“吃瓜群众”是最佳选择，免得被那些庞然大物误伤。

“这些大象是帮我们的！”风廉眼里的兴奋，不亚于第一次看见龙卷风。风廉从没见过大象，虽然听说江南是有象的。

战象们向王旗越冲越近，不可阻挡。右贤王的王旗后驱，却有第三列战象从另一个方向，踏进了匈奴人的骑兵战阵。

还有第四列。

第五列也加入了……

以王旗为中心，大象们扇形一般，“聚”了过来，伴随着血雨和人马的腾飞。

王旗倒了。右贤王不想作为目标，弃旗而遁。

溃败开始了。

匈奴人潮水般地向东北方散去，不可避免地发生踩踏。

但没有军队追击。疏勒军队刚才还挤在南门，哭喊着城头的同胞开门，现在愣愣地看着这一切，不敢相信，原来……我们赢了？

莎车黑鹰骑和骠骑聚在一起，在战场的外围。骠骑的损失惨重，只剩下四百余骑；黑鹰骑也伤亡一百多骑。

班超等十六骑，紧紧拢在一起，立在那里就像血铸的塑像。

所有人都浑身血污，服色面目不辨。三头战象趋近，围着十六骑转圈，观察。

十六骑也不敢稍动，不愿被误解成敌意。

只有班超隐隐猜出了战象出现的缘由。

又一组大象走过来。中间的大象有些不一样，虽然披了甲，但没画狰狞的图案，象头上画着太阳的光芒。象背上也没有藤篮和武士，而是一座精美的笼龛。龛下围拢着素色纱幔。

背龛大象的四周，有三头战象守护，装饰远比普通战象威严。

这组大象一直走到十六骑的面前，停住不动。

气氛有些凝固。

那笼龛的纱幔后，伸出一双手来。

班超懂了，心里想起第一次见柳盆子时，耿恭说过的一句话："那是双多好的手啊！"

那双好手向两边拨开了帷幔，露出一张绝美的脸来，满头的金饰都黯然失色。

班昭欢叫起来："仙奴姐姐！"

风廉不自然地抽动了一下，松开了他的剑柄。

天山北麓的秋天太短，雪就飘下来了。

单于自己都没想到自己这么有耐心，等到了现在。

也许更多的是好奇心，那些汉人怎么活到了现在？单于没有下令过攻城，他就像一个研究者，把半山石堡内的汉人当作了观察的试验品，想看看人到底有多强的生命力。

大萨满也在研究这些人。他觉得这些汉人太有智慧了，每逢绝境都能想出方法解决，他觉得他学到了很多东西。原来人力面对天意，也不全是无从还手。或许这其中也有更深的天意？

天意无情。

天太冷了。石堡里坚守的是一支没有冬衣的军队。

汉军是有制式的冬衣，由军司每年统一分发棉袄。

新冬衣是不可能有了，旧的呢？

旧的都在大家的肚子里。

驻守西域的汉兵，冬衣并不是棉袄，而是更暖的、在当地获取更容易的皮袍。但在这场漫长的饥荒中，所有带皮的东西，包括皮甲和马鞭，都被汉兵煮了吃了。

冷啊，大家只能把库里的随便什么衣物、口袋、旗帜……都披在身上。

城里所有的树，都被砍了当柴烧火取暖，最后开始拆马圈，劈栅栏积柴。

更残酷的是，天地肃杀，柳盆子再也采不来野菜和野果了。

在又冻又饿的情况下，有的士兵一病不起……是再也不会起了。他们的衣物会穿在活人的身上……

齐欢半裸着上身，坐在广场的雪地里，静看烧开的一锅水，落雪融化在里面。

锅边围坐着一群拿各种布片甚至是干草捆在身上取暖的邋遢士兵。

没有什么食物能入锅了。前天，柳爷在树林里挖出了一只冬眠的獾。刚冬眠的动物都很肥，虽然大家只能分一口肉，但油水足，汤鲜啊。昨天虎头射下一只从城上飞过的老鹰，看着很大，拔了毛就又干又柴地没多少肉……但今天就只能喝开水了。

“弓弦是牛筋，”齐欢突然说，“可以吃，就拆下煮了吧。”

士兵们面面相觑，弓就背在他们的肩上。有人开始摘弓，突然有名军官低沉地说：“谁敢！”所有人都停止了动作。

“我们是耿箭神的麾下，视弓如命！这是我们军人的尊严，怎么能煮？”那声音继续道，“齐爷，我知道你是为我们好，但您不是军人，未必懂得。”

齐欢一看，是三十六骑里幸存的几位羽林之一。“你们现在谁还有力气拉开弓？”

“那也不行。有些东西比命重要。”那羽林道。

“还没到那个时刻。也许我们保住命就是为了那个时刻去死，”齐欢缓缓道，“战是因为生，生是因为希望，希望是因为相信。”

耿恭走了过来：“对，我相信。相信他们会来的，一定会来的。在他们来之前，我们得活着。”

耿恭从肩上摘下自己的弓：“这是我父亲的弓。虽然我从没见过他。但这张弓，在整个茂陵——你们知道茂陵有多少军功世家吗？把他们都算上，也没谁能用这张弓，我的哥哥们也不行……也就我啦。”说着扳弓卸弦，“这弦据说是一头大鹿的后腿筋……你们很多人没吃过鹿吧？应该比牛筋味道要好……”甩手把弓弦扔进了锅里。

“您的弓得留着呀……胡狗怕的就是它呀……”有士兵哭道。

“哈！”耿恭大笑一声，“你看不起我的枪和刀吗？”

士兵们不再答话，纷纷将弓弦卸了。

……

又是一日。

石堡最大的房间里，密密麻麻地供满了木牌，有一百多个，每个木牌前都插着一张弓，有的弓下还摆着马的头骨……每个木牌上都刻着死者的名字，就像墓碑。

耿恭率领士兵恭恭敬敬地拜了，开始取弓……

一条条的弓弦扔进锅里……

138 我必归来

疏勒全城陷入了狂欢。

飘雪都不能稍减他们的狂热。绝大多数的百姓，并不知道胜利是怎么得来的。但所有的疏勒士兵都成了英雄。

疏勒王在王宫里举行了盛大的庆祝仪式，接待来自贵霜的圣女殿下。

在疏勒人眼里，贵霜可是堪可与大汉齐观的上国，而一位据说尊位不亚于贵霜公主的殿下亲自驾临，连疏勒王也不敢坐上座，请圣女正座，自己陪在下首。

圣女还好，圣女身边的随从却相当傲慢，对所有礼仪挑剔、一丝不苟。疏勒王忠本是个放荡不羁的，都不敢妄动。如此，班超等人在宴席上除了敬酒，也没机会与仙奴说点久别的私话。礼仪的作用是明确阶层和身份的，本是那么相熟的人，却带来了微妙的隔阂——仙奴不再是当年那个仙奴了，她有贵霜上国神一般的身份，与她表示亲近就像谄媚或显摆……这让班超兄妹觉得很不舒服。

大家像木偶一样完成宴会，圣女一行被安排到了王宫的最幽深处。直到深夜，才有个圣女的女官来请班超，说单独召见。

第二日一早，班超就匆匆和疏勒王告别，带着十六骑和莎车黑鹰骑、骠骑一道，赶往莎车。

出了疏勒城越来越远，班昭追问二哥：“昨天仙奴姐姐为什么只见你一个？她不知道我们都很想她的？”

“她现在身份不同，做什么都不方便。”

“她的潜行功夫不比柳哥差吧？她要有心，可以潜出来见我们的。”

“那像什么话？圣女游侠？”

班昭自己想象了一下，一个浑身金饰珠链的雍容圣女，在暗夜的屋檐上飞纵，也觉得可笑，突然凑在二哥的耳边：“那她单独跟你……说什么啦？”

“就说她是怎么来的。”

“怎么来的？”

“说有龟兹使者去贵霜求援，说围攻疏勒不下，仙奴才知道我们被围了，就请求带兵来了，还是龟兹使者带的路。”

“哈，那这回龟兹人太吃瘪了……那姐姐不是回去没法交代？”

“不知道。”

“就这些？”

“还有，我想请她帮忙，她很为难。”

“帮什么忙？”

“自然是去车师救人。”

“啊？她不肯……”

“嗯……而且也不知，那个家伙是不是还活着。”班超的眼神黯淡起来，“实在是太久了。可惜你又没了天眼。”

“有天眼也看不到那么远，”班昭正色道，“但没了天眼，这里反而清楚了。”班昭一抚心口，“我说不出为什么，就是知道，恭哥还活着！”

班超总是无来由地相信妹妹，登时觉得心定了很多，但胸里的酸楚还是消散不了……

圣女，抑或殿下，单独召见班超时，班超甚至有种庆幸又自豪的情绪——不管这个女子在贵霜的身份如何高贵，在这里她都是我们的仙奴。在莎车陷入绝境时，她会破笼而出……在麦田阵后、在铜手的拳下，她悄然救走自己……如今军势已溃，她带着神兵，犹如从天而降，一举逆转乾坤……

然而这次相见，也让叫班超感到一种伤痛，那不再是“我们”的仙奴了。

所谓的单独召见，形式依旧繁复，甚至隔着一张帘子。班超依稀可以看见珠光宝气的仙奴坐在那里，四周围拢着许多女官。仙奴竟然说贵霜话，再通过舌人用生硬的汉语翻译给班超，有一搭没一搭地问了一些堂皇的官话。

班超心下烦躁，那舌人忽然传译道：“圣女殿下倦了，要换衣休息一会儿，还请汉使在旁室待召。”便有人将班超引到旁边的一间耳室里，不再理会。

班超心道好大的架子，却又舍不得甩手离开。枯坐之间，但听侧壁有声，竟然翻出一个暗门来。班超陡然直立，浮现出的是一个娉婷的身影。

仙奴已卸了典仪时穿的重装，只穿着一袭白袍，红发披在身后，几乎垂在地上……袍下赤着足，静静站在消失的门前。

仙奴虽然穿着睡装，但那种雍容的贵气，却是以前所没有的。班超愣着，这还是那个曾在游冶台几乎可以掌中起舞的胡姬吗？

两人如此隔着一丈，默然相对。

“你……怎么从墙里来了？”班超故作轻松地笑了一下。

“总算能好好说话了。”仙奴也笑了，“班头忘了，我在这宫里上天入地搜杀过隐武，大概没有人比我更了解这里面的密道。”

“是，那时候……多好。”

仙奴回想着，淡笑了一声，说：“回不去了。”

班超的心无端地缩了一下，他总觉得仙奴身上，或是心里，有层厚厚的壳，让他亲近不得。“是啊，”班超叹口气，“真是谢谢你……能来。你的大象真的好厉害。”

“哪里是我的大象？是阎膏珍王副的。”

“王副？”

“就是副国王的意思，相当于王储。”

班超想起了那个英俊魁梧的异国王子。“他不是王孙吗？”

仙奴叹了口气，说：“你见过的老贵霜王已经过世了，现在阎膏珍的父亲登基了，他便成了王副。”

“是他……派大象来的？”

“哪那么简单！我听闻龟兹人跑来求援兵，说疏勒有个汉使很厉害，让他们久围不下……我心道，那不是你吗？好在圣王没有答应他们的请求。后来我去求圣王，出兵反助疏勒，他也没应允。我怕你们有危险，就去找阎膏珍，让他借一百头战象给我，我假说自己要东巡扬教……他一定知道我想做什么，只是不说，因为他竟然叫那龟兹使者随行，说可以顺路送送。只是大象好像不耐寒，过葱岭时，死了八头。”

“他对你倒是真好。”

“好吗？”仙奴愣愣地看着班超，“是好。”

班超不知如何接话，忽道：“我明天一早就走。”

“去哪儿？”

“车师，虎头或许还困在那儿呢。”

“或许？”

“他已经被匈奴人围了大半年了，”班超黯然道，“也不知……

还在不在。所以我想……请你带着战象与我一起去车师吧。”

仙奴的眼神变幻，终于摇了摇头，说：“我不想……欠那人太多。”

“那可是虎头！”班超压抑着自己的怒意，“我们这伙人，你最早认得的就是他吧？”

仙奴面色开始漠然，说：“你最好也别去，太危险了。”

班超像看一个陌生人，缓缓摇头，说道：“三十六骑，同命同心。”

仙奴听了身子一震，低声叹了一句：“我好不容易救你出来……”

班超恭敬行礼：“多谢圣女殿下救命之恩，来日不知是否……还有命相见。班某告辞了。”慢慢低头后退，一步一步退出门去。

班超越谦恭，仙奴越伤心，身子忍不住颤抖起来，慢慢地靠在墙壁上，又滑坐在地上。

“同命同心……我的心哪有那么大，装下这许多人？只有你一个……而已。”

仙奴把脸掩在了如云的长发里。

风廉一个人跑在队伍最前面，脑子里也是一般地胡思乱想。

——姐姐回来了，是来救我们的……但是怎么不好好跟我们说话呢？姐姐真美，比以前还美。真的是圣女呀！只有圣女，才能带着神一般的大象来救我们！可是，她是圣女，就不能跟我们一起走了……风廉心思单纯，完全没有班超那样纠结的自尊。

“先生！先生留步！”身后有人高喊，一骑急速地追上来，打破了所有人各怀的心思。

众人住了马，冲到近前的人是疏勒都尉黎弇，一身的风尘，只穿着轻甲，人与马都喘息着，一看就知道追了很久了。

“先生为何不告而别？”黎弇对着班超马上抱拳。

“与大王告辞过了，只是来不及跟将军话别。”班超回礼。

“先生这是要抛弃疏勒吗？”

“围城已解，大战告捷，是到了我们离开的时候了。救人要紧！我跟你说过，我们要去救自家的兄弟。”

“是，都是我强留先生的……还回来吗？”

班超也不知此去的结果，摇了摇头：“不知道。”

黎弇点了点头，泪就下来了：“您也知道，靠那帮家伙，用不了多久，便又是龟兹的天下了。”

“不是还有你吗？有些事，总得靠自己的。”

“我哪有这个本事？”黎弇苦笑，随即下马，来接班超的马缰，为班超牵马。

班超知道黎弇这是在行送别的古礼，也没推脱。黎弇牵马走了几十步，递回马缰，后退了几步，平叠双手，恭恭敬敬地跪下，“墨家弟子黎弇，恭送班先生！”伏地拜下。

班超叫了声：“使不得，”跳下马来，“将军快起！”

黎弇以头触地，正跪不起。

“将军请起。”班超伸手相扶。

黎弇还是不起。

班超摇了摇头：“何须如此？”俯身硬把黎弇拽起来。这才发现，黎弇的胸前插着一把匕首，锋刃尽没。班超急忙跪下，把黎弇翻过来靠在腿上。

这匕首只能是黎弇自己插的。

“将军……为何要这样？”班超急道。

“其实都是我耽误先生去救自家兄弟的……”黎弇已是弥留状

态，“先生此去，如果没有救到耿将军，是我罪该万死，这条贱命都不堪相抵。如果……救到了，就用这条命留下先生一句话——回来……救救我们疏勒人……”说罢气绝。

所有人都下马围过来，班超抱着尸首，脑中几乎是空白状态，嘴里念念：“你们墨家人……怎么都这样……”慢慢用手将黎弇的双眼合上。

班超回头望去，疏勒大城在地平线上只是一指多高的黑色参差的横线。

“疏勒真是配不上你呀……黎兄弟。”班超感佩莫名，墨者伟大，应了他们的信仰——轻命而兼爱他人。

“放心，他日……我必归来。”

洛都好似比往日还要繁华。

国丧期间，禁歌舞游乐自不待言，店铺也是要闭市的。

后来新帝登基，却说是带病登基的，因为没有从先帝驾崩的伤悲中缓过来，所以完成登基大典后，又幽闭在深宫调养。朝廷暂由马太后主政。这种过渡时日，各种禁令虽已消失，但洛都并没有恢复往日的花样年华。

但这几天不同了，年轻的新皇身体康泰，开始亲政，以贤明著称的太后退归深宫。本该伴随登基一起的大赦天下的诸种诏令迟了两个月，才由天子亲自发布出来。

恩泽广被，祥瑞纷起……洛都的繁华被压抑了这么久才一下绽放出来。

十八岁的天子意气风发，亲政几日来，每日都在殿上与群臣商议讨论，频繁发布各种诏书，厘定大政方向。自然有管钱粮的臣子，说先帝在时，南北都有兵事，消耗过巨，民生凋敝，当休养生息，韬光养晦。

文臣几乎一致认为，这两年集兵征西，只见损耗，不见效果，所以西域的经营，应当果断放弃。

只有驸马校尉耿秉站出来反对，说西域的经营，不可能短期见效，但一旦见效，则利国利民，造福天下。

耿秉以往受先帝欣赏，又一向锐意激进，在朝中其实树敌不少。便有文臣问："那耿大人觉得，经营西域要多久才能见效？"

耿秉沉吟了一下："五年。"

群臣大部分都在摇头。

"不只如此，我们这一年来，错过了拿下西域的最好时机，还得重结西征大军，再征回犯西域的匈奴。"耿秉继续道。

那文臣道："等的便是你这句，重结大军！你可知现在国库还有多少钱粮？当年武帝雄武，数次征北破西，后来又为何全部逐渐丢失？因为匈奴人不事生产、逐草而生、军民不分，因为草原野马遍地……可在我汉地，养军养马，耗费是匈奴人的十倍。武帝以十搏一，消耗的都是文景历年留下的积累，却几乎十年内用尽。虽有一时之畅快，封狼居胥，逐匈奴于千里之外。可是民生恢复起来，也是匈奴人的十倍！所以仅仅十年，匈奴再犯，就组织不起雷霆回击了……历代下来，一退再退，变成如今的样子。你说的经营西域，就是以十搏一，谈什么利国利民？不过是你们武人开疆裂土、建功立业的执念！"

皇帝在一旁击节："道理甚好！但武将就是该有开疆裂土、建功立业的志气，只是与卿家诸位各有立足而已。新朝甫立，肯定以民心民生为本，或待他日再图西域。那西域都护府，就撤销吧。所有汉家兵吏，都撤回来吧。"

朝臣众口一词："皇上圣明！"

同命同心

雪中桃开多寂落，
十三将士归玉门。

139 廷辩

耿秉再也按捺不住，出列跪下："皇上，现在撤不回来了！匈奴回犯西域日久，若不出兵，西域都护府三千兵士，都撤不回来了。"

"现在西域那边的战事如何？"皇上问。

"四个月前，敦煌郡就有求援军报，说匈奴来犯！可是一直没人在意！想必都护府一直陷入苦战。"

尚书台立刻有人出来辩解："是有两次求援军报，但那时先帝有恙，不能亲政，所以……就压下了，只是要求凉州各郡闭关严守。"

众人沉默，明白在那个微妙时期，没人敢派动军队的。

有人问："自那以后，都护府再没军报来？"

答没有。

朝堂上又进入了尴尬的沉默……终于有人说："四个月前的战报，如果算上焉耆到敦煌，敦煌再到洛都的时间，实际战事发生的时刻，当在五个月以前，或许更久……这之后再没有战报，是不是意味着……"

耿秉截口道："我与匈奴交过手，最了解匈奴人的战法。他们善抢掠，不善攻城，而我大汉将兵，最长于守城。匈奴来犯，都护府肯定会据城严守，遭遇围困，所以再也传不出战报，也不奇怪。”

“这也是你的猜测，也许……有更坏的情况。”有人道。

“好，就算耿将军猜对了，那……围困了这么久，一般会伤亡多少？”又有人问。

耿秉觉得其心可诛，怒目而视：“不知道！”

“我知道耿将军爱兵如子的苦心，苍天可鉴！但皇上刚立新政，以仁德示天下，不宜动兵杀……诸事用刚，不祥。”这人看似调和，其实给了更重的一击。

耿秉一人在朝议中苦苦支撑，自己也知道，放弃西域大势已成，但他总不能放弃那些可能还在孤守的士兵吧？那里面还有自己的幼弟和姐夫。

“放弃西域，我是赞同的。”显亲侯窦固终于出了声。窦固三朝之臣，又是西征的主帅，也是西域都护府的设立者，说出这样的话来，别有分量。

“你……”耿秉气得几乎说不出话来。

“我也不知道，现在西域还有多少大汉将兵。”窦固缓缓低头，“他们是我带去的，也是我抛下的。”

窦固走到中间，环顾一番：“西域远哪，荒凉，还冷……所以你们看不上。比起我们关中来，的确不算好地方。但是那三千人，留下来了，他们的家、他们的父母妻儿应该都在关内……他们为什么要留下来？为了先帝的志向，为了大汉的威名。威名有没有用？也许有用，因为你有威名，胡人安分点不敢扰你，你才能做你们说的休养生息。也许没用，因为胡人的脑子跟我们不大一样，有时候真不好捉摸……不讨论这有用没用的问题，但他们！是为大汉留下的！现在我们因为情势有变，因为这样那样的什么难处，就抛弃他们……”窦固说着说着忽然停了下来，声音不再平静，

"我们抛弃了什么？抛弃了子民为大汉赴汤蹈火的心！以后再有边乱，再有夷变……谁来为陛下、为大汉肝脑涂地地战斗？"窦固顿着脚，已声泪俱下，"什么都可以变，但大汉不能变！仅为了一点钱粮利益的算计，你们竟要放弃……好，西域可以放弃，但不能放弃他们！真要是放弃了……这就是大汉的风范吗？"

朝上再无声息，好些人低头，再不敢仰起。

"窦将军言重了，"有人道，"我认同将军，放弃西域之前，我们也该去救回为大汉而战的士兵。"

天子毕竟只有十八岁，被窦固说得勃发了血气："好！就是不惜代价，朕也要带他们回家！"

年轻的天子并不知道这"不惜代价"四字，却惹来了麻烦。文臣们开始再次搬出数据、细节、可行性来论证。他们已经不是在阻止营救，而是在阻止新天子的决策方式。

或许天子是好天子，文臣们也大多是心怀社稷的忠臣，但刚进入新帝亲政模式，正是文臣们与帝王相互博弈和了解的状态。本来被窦固拉过来的舆论局势，因为天子的介入后，反而效果相反了。群臣相当默契而巧妙地在阻止天子，阻击天子的"不惜代价"的言论。他们觉得，如果天子过早地应用自己专断的威权，过于轻易地发布"不惜代价"的豪言和诏令，可能对以后的国事决策带来巨大的风险。所谓天子一跬步，皆关大事，不可忽也。

只是他们说得很委婉，不是说不去救，而是排列出详细的操作过程——从今日开始调拨钱粮须多少时日，其中又要拆挪哪里方可办到……集结上万骑的西征军队，也要时日，比如某军不可动，某军只可派出一千骑……如此这般，到出征要在二十日甚至一个月后。京师开拔，到达敦煌只怕又要多少天……大军一旦出玉门关，就得不虑胜先虑败……云云。

听得天子头都大了："朕虽没打过仗，但也知道军情瞬息万变，兵贵神速……待到你们准备稳妥了，前线还有人在吗？"

"这才是我朝经营西域的难处，相隔万里，两不相知。"舆论开始回到原点。

"不需要在京师集结大军，"耿秉出声了，"也不需要诸位大人筹措钱粮。如果我们只是去救人的话。"

群臣和天子都望向了耿秉。

"臣还算知晓西域的边事。凉州各郡，本就屯有重兵，粮草充足，直接派凉州军队从敦煌出关，才是最迅速有效的。"耿秉道。

"凉州地卡西北要地，真要守军倾巢而动，边防空虚，恐被周边的觊觎者侵入。"有人质疑。

"凉州安置了许多归降的异族，虽然那些羌骑胡骑为我们所用，一旦凉州军力不足，对他们失去了牵制……还是不得不防。"有人担忧。

"不需要牵动那么许多，只要张掖、酒泉、敦煌三郡，各抽调两千骑，汇在一起，就可即刻出兵焉耆。"

"才六千骑？"有人惊道，"我们面对的可不是焉耆人，而是匈奴！"

窦固忽然接口道："前年，呼衍王据车师，有匈奴铁骑过万，就是被耿将军五千轻骑所击败！"

耿秉感激地看着窦固，欠身道："我只是前锋，都是窦帅指挥有方。"

"那时耿将军身后有窦将军的西征大军，自是不同。如今要是六千骑出关，可就是孤军了。"有人谨慎质疑。

耿秉胸有成竹："我了解匈奴。现在冬天了，匈奴人冬天一般干什么？什么都不干，缩在帐篷里抱着妻儿，享受天伦之乐。所以冬天，是他们最想家的时候。春天就进入西域的匈奴人，离家这么久，早就是疲惫之师，加上思念家人，肯定军心不稳，再无战意。我们此去解围救人，无须据守，也不追击缠斗，事成即返，应能全身而退。”

这是一条争议两端的中间道路，皇帝和群臣觉得都可接受，当下不少人开始附议。

皇帝也舒了口气，当即下旨，任命耿秉为征西将军，节制凉州各郡军权，制订和指挥西域营救计划。

“带他们回家。”皇帝道。

耿秉一点时间都不愿耽误，八百里加急，将皇帝的任命诏书和自己的军令一起传给酒泉太守段彭，任他为帅，见令即刻抽调三郡兵马，以最快速度出征。自己随后才从洛都动身上路，去酒泉上任。

酒泉太守段彭见到诏书哪敢耽误，立即派快马去张掖调兵，第二日夜，张掖两千骑赶到酒泉，两郡抽调兵马合在一处，天明赶往敦煌。两日后到达，敦煌太守来迎接，才知道朝堂营救都护府的决心和计划。段彭想询问有关都护府更多的情报，敦煌太守这才想起，在他的郡狱里还关押着一名假传军令调动军队的校尉长史，当下把那长史放出来，给段彭说说西域都护府的情况。

长史被关押日久，带上来已是蓬头垢面，胡子遮了半张脸。听到段彭来意，伏地大哭：“你们怎么才来呀！罪人玄英，愿做马前卒，带太守大人去援救焉耆、车师！”

第二日，三郡兵马合六千骑，以玄英为向导，直奔焉耆的都护府大营所在。

西域的冬天或比凉州早一个月。

六千骑越往西北走，积雪越厚，偏偏风雪从西北横飞而来，整支队伍无论人马，都向前倾斜，偏不会扑倒……顶风而行。

进入焉耆境内时，他们劈头碰到了一支疲惫而缺少战意的匈奴军队——被神秘而恐怖的贵霜战象击溃的匈奴右贤王的军队。千里败退之后，这支低落的队伍想在此北上跨越天山，与单于会合，回归漠北草原深处的家乡。

两边兵力相差仿佛，但狭路相逢勇者胜，凉州汉军心气正高，正面突击对撞，一下就将匈奴人冲垮了。匈奴人一直向后溃逃，四窜的骑兵穿过焉耆城的城下。

匈奴人根本不敢叫城，怕被困住，一路号哭而去，留下遍地尸体。

城上的焉耆人惊呆了。

几日前，右贤王率军而来，被他们奉为上宾。一日前，眼见驻在城外的匈奴大军拔营北去，怎么突然就如此仓皇地跑回来了？紧接着就看见在后掩杀的军队，神威赫赫，旌旗如云……待看清时，原来是汉旗！吓得肝胆俱裂，急忙报于焉耆王庭。

焉耆王本是个暴烈的性子，要不也不会因为儿子被扣，就敢不计后果地与都护陈睦闹翻。陈睦带两千汉军围了焉耆城两个月，愣把三千焉耆兵打得剩下不到一千，眼看就要城破，结果身后有匈奴人过天山而来。陈睦被迫撤围去阻挡匈奴，看见的却是单于带来的两万多骑的无边大军……

焉耆王带领群臣上到城头，看见汉军的旗帜，再没有一点点胆气。群臣更是害怕，知道这分明是大汉来复仇了……眼见着匈奴人都被斩杀了大半……只怕整个焉耆要因为焉耆王以前的草率被屠城了。

140 / 葬礼

如果有一只鹰在空中，可以看见一片平静的雪原，被一支陌生的军队挖开了。

大雪覆盖的伤口，被暴露出来。

在焉耆城北面一百多里的荒野里，大雪被扫开，露出了一个修罗场的遗迹。这是西域都护陈睦在此阻击单于的战场，两千汉兵，无人生还。

匈奴人的尸首应该被他们带走了，而这些汉军的遗体四个月来暴晒于野，被蛆虫蚀咬，被乌鸦、兀鹫啄食，被狼群野狗撕扯……直到冬雪来临，才带来些许的平静。

段彭默默看着这些披挂着汉家甲胄的枯骨，一片一片地敞露出来。看见那个戴罪的向导玄英在和士兵们一起清雪……那都是他都护府的同僚吧？他还能认出曾经的故人吗？

段彭并不觉得意外，都护府失去联系这么久，绝难有幸存之理。

意外的是一个天大的军功撞到了手里，遭遇了匈奴右贤王的军队，而且一击就溃，据主簿统计，共斩敌首三千八百余记……不仅如此，追敌到焉耆城下，焉耆丞相斩焉耆王和匈奴驻使的首级开门献城……

段彭草草立了丞相为新的焉耆王。得知都护陈睦及两千汉兵阵亡之地后，就带军赶来收殓了——这是他此行的任务，带他们——哪怕是魂魄——回家。

尸体都严重残缺腐烂了，不可能寻出陈睦的尸首……段彭命士兵挖了一个共冢掩埋，上插汉旗。所有凉州汉军列队，以军礼向死者送行。

随军的司礼祭司，在冢前洒酒焚肉，向四方神灵祷告，恳请指引厉死的魂魄回乡……

大汉兴于楚地，好楚歌，祭司“起舞”而唱：

“天时怼兮威灵怒，严杀尽兮弃原野。

出不入兮往不反，平原忽兮路超远。

带长剑兮挟秦弓，首身离兮心不惩……”

这是《国殇》之歌，也是军歌的一种，最后全军和之：

“诚既勇兮又以武，终刚强兮不可凌。

身既死兮神以灵，魂魄毅兮为鬼雄。”

沉郁的歌声，逆着飘雪而上，升入云端。

段彭孤军深入西域，很谨慎。因为情报太少，完全不明周边情形——右贤王虽然败走，附近是否还有匈奴军营？会不会反扑？其他的西域邦国到底是敌是友？邦国里可有匈奴的驻使驻军？所以段彭向四方都广派斥候侦察。

一名斥候真的带回来了异常的军报。在南方四十里外，出现了一支军队，看旗号是鄯善骑兵，军力不详，正在向这边快速移动。

“鄯善？鄯善兵怎么会出现在这里？”段彭稍做思索，立刻下令，全军拔营，以急行军速度东归。

不过三刻时间，全军就出发了。

突然一骑突破了卫兵拦在了段彭的马前：“太守大人这是要回敦煌吗？”

段彭一看，正是向导玄英。

“是。”

“可是车师还有耿校尉的守军呢！您不是说，您此行就是接所有守军回家吗？”

“我知道，你曾是耿校尉的长史。你也看见了，都护府早在四个月前全军覆没，车师的守军还要更早地接触单于的主力……断无生理。”

“可是……你不知我家耿校尉有多神勇，连左鹿蠡王都杀了！我们没去怎么能知道他们就没人活着呢？万一……”

“这不是神勇的问题，是时间。实在太久了……”

“您知道吗？耿校尉可是耿秉将军的亲弟弟呀！”

“哦？”段彭沉吟了一会儿，还是摇了摇头，“不管是谁，此行任务已经结束了。”

玄英下马跪在马前：“大人就派一支队伍去看看吧？两千骑就行。”

见玄英如此护主，段彭心里倒有些欣赏，耐着性子解释：“你一路随军而来，也知道，我军日夜兼程，极少休息，又遭逢大战，更显疲惫，如果远去车师，还得翻越已被雪封了的天山……”

“我认路！翻山肯定没有问题！不会伤损多少。”玄英喊道。

“就是说还是会有伤损啦？现在天山之北是什么情况？车师什么情况？是否会遭遇匈奴主力？我不会让军队冒着这么大的风险，只是去……寻找和收殓耿校尉的遗体。哪怕他是耿将军的弟弟。”

玄英哭着伏地叩头不止：“一千骑就行。”

段彭终于耐心耗尽，一鞭子抽下去，喝道：“让开！”

鞭子抽在玄英的脸上，血瞬间就流下来了。但玄英摇了摇头，还是跪地不让。

“你也是当过长史的，如此不识大体！”段彭以鞭相指，“实话告诉你，这四周也危机四伏，正有一支鄯善军队向这边突进，万一还有其他军队参与合围，我军就危险了！现在必须急行军一百里！你再延误军机……我就砍了你！”

当下有士兵将玄英拖开，却突然有人吹警号，眼见斜刺里有两骑突破了外围的防哨，直奔段彭的帅旗而来。

段彭四周的卫兵立马结好了护阵，举盾张弓挺枪……还有四骑拔刀迎上拦截。

两骑瞬间跑近，只见前一骑举着六重节旄的节杖，高喊着：“大汉使节、军司马班超！敢问是哪位将军的军威？”

那四骑听清后没有攻击，而是夹着这突然出现的两骑来到护阵面前。

却见被拖在一边的玄英连滚带爬地挣出来，扑向来人，抱住马腿，叫着：“班头！班头……你可来啦！”

班超颇感诧异，只见一人满脸是血，胡子纵横，掩不住眼里的狂喜……竟一时认不出是谁。

“班头……”对方大哭，“我是玄英啊！”

班超这些日子一直在西域南路急奔，意欲赶赴车师救援。

到达莎车时，专门感谢了莎车王。疏勒一战，莎车军队损失不少，但莎车王还是愿意借兵给班超去救援。但在这一路还要路过于阗、精绝和鄯善，真要带着数量不低的军队过境，肯定会让这些国家惊疑，只怕每关都要惊动对方的守军，再去沟通解释，徒增麻烦，只会拖慢速度。尤其是于阗，少巫已登大巫之位，还有私来比丞相，实在不知会不会有什么变数。所以班超决定十六骑还是以商人身份穿越南路，直到最后一站鄯善，再商议借兵事宜。

赶到鄯善，班超等人才恢复了汉家使臣的身份，拜访鄯善王。

鄯善王对班超依旧有些畏惧，当年三十六骑就把匈奴使团数百人一夜屠尽……现在商议借兵，却不敢轻易答应，毕竟匈奴人已回到西域了。

但班超在鄯善的隼舵却接到了一个好消息，敦煌郡派出了一支汉军出征西域了。鄯善王对班超的情报将信将疑，不敢不借，也不敢借太多，所以叫鄯善都尉带一千骑随行。

“什么？四十里外的鄯善军是你带来的？”段彭知晓情况后，松了口气，真是虚惊一场。

班超也得知了朝廷任了耿秉为征西将军，派了段彭为帅来救援都护府，当下便问：“大人可愿与我会合，一起去车师救援耿校尉？”

段彭摇头：“你真的相信耿校尉还活着？”在他眼里，怎么这位窦帅任命的军司马也不能认清如此显而易见的事实？跟那位疯狂的向导一样。

“不强求大人，只借我一千骑如何？若有战功，全是大人的。”

“我不是贪功冒进之人。班司马既然手上已有军队，何必要借我凉州兵马？”

“不瞒大人，我其实看不上鄯善兵的战力，真要遇见匈奴，还得靠咱们大汉精骑。”

“你也知道会遇见匈奴？车师到底情况如何？”

“说实话，我也不知，但去了不就知道了？”

“太过危险。”

班超失笑道：“不涉危险，叫什么军人？勇敢本是军人之品质。”

“不是我不勇敢，而是我身为主将，不会让我的士兵莫名涉险，也劝班司马不要过于感情用事。”

班超掏出一枚青铜燕符：“我是先帝的密使，此符是先帝亲手所赐，能便宜行事。现以此符调你一千骑！”

段彭心头一震，但还是摇头：“我久在边关，哪里会认得先帝的东西？我辨不了真假，所以不会借兵于你。”

班超一皱眉，仰天叹了一口气。

一直跟在班超身边的那名不起眼的少年，突然从马背上暴起，护卫们眼前一花，就见少年跃到了段彭上空。身边一个护卫眼快，盾牌已挡在段彭头上，两匹马并在一起。但见光华一闪，护卫发现自己的盾牌竟然裂开了……随即见那少年站在段彭的马屁股上，一把锥子般的细剑压在段彭的脖子上。

所有护卫不敢稍动。

“好好跟你说话，就是不行，”班超冷冷地看着段彭，“我再说一遍，我用先帝赐符，调你一千骑！你走你的，回到凉州也不用担责，去跟耿秉说，是我班超干的！他要治你罪，你叫他去问窦帅！”

段彭看着班超冰冷决绝、有恃无恐的眼神……就信了。

141 / 雾战

天山延绵千里，足够将天气一割两半。

天山南麓，雪住天晴，阳光照着雪峰熠熠生辉。

天山北麓，也就是天山之阴，却笼在漫天的雪雾之中。

大雾是在午夜生成的，到了早上，匈奴人出了帐篷，发现五丈之外的帐篷只是个轮廓，十丈之外，只有“灰白”二字，满满当当，充塞天地。

没有一点风，浓雾里的雪，大如鹅毛，缓慢而静悄悄地落，就像是从雾里凝出来的。

龙庭的金帐在雾中变成了巨大的暗影，就像一个巨兽群，卧在那里。

单于在金帐里刚见过大萨满和右贤王。

右贤王是三天前回来的，带来了大汉军队出现在焉耆的消息。这两天右贤王的溃兵陆续从天山那头过来，据说在山上的深雪中陷落了不少。

让单于有些愤怒的是右贤王对疏勒失败的借口，说是遇见了贵霜的魔兽。右贤王的一个幕僚说，叫大象，一种只在极南极热的丛林里才存在的一种神奇动物，不知为何，变成了贵霜人手里魔鬼般的军队。

单于咨询草原最有智慧的大萨满，大萨满说，天地太大了，神祇太多了，奥秘也不是他都能看清的……

左右贤王是单于之下，草原上最有实力的存在。如今右贤王却在西域惨败，折损了自己大半的兵力；之前左鹿蠡王死了，呼衍王一直在车师无甚作为……单于觉得自己大半年来的南狩竟是如此失败。

关键是汉人又回来了。单于与右贤王反复探讨，这支在焉耆突然出现的汉军意味着什么？会不会是汉人再次西征的先锋？那汉人会不会像前年那样，穿过天山进击车师？于是单于请求大萨满占卜，问问进退的凶吉。

不过半个时辰，大萨满带着两个孙子，面色沉郁地回到了金帐里。

“有灾难正在降临，躲在金格尔恶魔的斗篷里，慢慢向我们靠近。”

“是汉人？”

大萨满摇头：“我只能看见阴影，却看不出是哪块云彩落下的。”

单于从巨大的花毯上站起来，胡子乌黑，面目依旧精致白皙，走到大帐的帐口，望着混沌的天地：“老师，我们走吧，回到草原的心脏去。”背影在帐口显得越发黝黑，没有层次，就像一个纸片，唯余落寞。

命令传下去了。右贤王为前军，单于统中军，呼衍王为后军。

龙庭移动过于庞大，只能慢慢收整拆零，渐渐变成一个庞大的车队。单于早就骑了马与大萨满一起站在一块巨石上，巨石上有卫兵立了一个巨大的单于大幡，并燃起一盆大火。

前军已经结好，慢慢穿过巨石下，虽看不清单于，但所有士兵都向巨石上的大幡行礼，接受单于的检阅。再远的士兵只能看见那若隐若现的火光，那是大雾里的灯塔。

在单于眼里，他的士兵是从虚无里出现，在巨石下对他举高弯刀，向他默默致意，然后变得模糊，又走到虚无里。

队伍很长，长得像永远走不完。单于有些厌倦，虽然还在注视着他的军队，却开始和身后的大萨满聊天。

“老师，这次南狩，我们好像什么都没有猎到。”

“不见得，有些收获以后才能看见。一切长生天都会看在眼里。”

“我们死了很多人，很多马。”

“草原上的女人和母马还在怀孕。”

“其实，”单于指向了一个虚无的方向，如果没有大雾，那里应该是半山腰的一个石堡，“此行要是得到了他，我就觉得……都值了。可惜了……”

大萨满也看着那个方向：“他们不是人……人不可能现在还活着。”

“我不信他们是杀不死的，”卡撒的脸上依旧涂着白垩，画着眼线，“我和卡卓可以现在就上去，把他们的人头献给单于。”

单于回过头来，眼神竟有点迷离：“他是我心中的白屋王，是英雄，又像镜子。英雄不该在不堪时死去，不然我也觉得会……很不堪。奇怪吧？”

右贤王统着前军继续在雾中“潜”行，因为就像走在深水中。所有人都骑着马，却不敢奔驰，因为前路不清，也怕一旦跑起来，越跑越散，队伍脱节，甚至迷失方向。这是一种很不匈奴的行军方式，队伍紧密地连着，像条奇长的爬虫，在雪地里蜿蜒扭动。

队伍沉默着前进了十余里，有人开始觉得有心悸的感觉，好像心脏被什么牵引，咚咚地响。后来发现是地面在低沉震颤，像地心传来的鼓声……

前方的雾气里慢慢浮出了许多庞大的影子，踏着抨击心脏的步点。

“魔——兽！”

参加过疏勒战斗的匈奴士兵惊恐地喊着，前锋队伍一下就乱了。

单于的中军最过庞大和臃肿，因为与龙庭随行的有众多的官员和奴仆。中军已经开始启动了，慢慢地穿过巨石。等到行过大半，单于就会从巨石上下来，进入已经布好的仪仗队伍……但就在此时，从后军传来了嘈杂的声音，隐隐好像是杀声。

单于在巨石上向南边张望，却什么也看不见。

一个传令兵奔驰到石下报告，后军遇袭！

“看来汉人还是翻山过来了，”单于开始发令，“命呼衍王稳住阵脚，拦住山口！”

“尊贵的单于，我们得走了。”大萨满道。

“这时候走？我草原的子民可都看着呢，”单于笑，“这个鬼天气！这时候队伍不能散开，散开了很难再聚在一起。就让那些奴仆拉着龙庭辎重先走，所有铁骑留下！”

班超带着一千汉骑和一千鄯骑，由玄英带路，翻越天山。

在山阳还好，翻到山阴处，竟是暴风雪，待下了山，发现大雾弥漫，看不到十丈以外的地方。整个队伍只好连在一起。

班超要求制定一个口令，好在大雾里看不清对方时，相互辨认。

班昭建议："很简单，寻求辨认，就喊'三十六骑！'，听到了就回应'同命同心！'"

于是班超要求两千人都要牢记这个口令：三十六骑，同命同心。在西域，鄯善人与汉人接触最频繁，鄯善王还有汉人血统，所以汉语口令对鄯善兵不是难事。

再往前行，班超要求尽量静默，唯有马的喷鼻声，和蹄踏深雪的扑哧声。如此行进了两三里，发现前方雪地不再平整，有留下的马蹄印和车辙。班超让全队降速，进入高度戒备状态。

玄英道："应该靠近山口了。虎头就在半山上。"

"看来匈奴人没有走，一直都驻扎在车师。"班超心有些下沉，如果匈奴人一直都在，一座孤堡怎么可能维持大半年呢？但随即又有侥幸心理在辩护——如果耿恭他们都死了，匈奴人不需要还在这儿扎营啊……

雾气前方突然传来了叫声，是匈奴语，像是在辨认身份。

班超喝了一声，挺枪就向声音杀去。

经过几次疆场大战，班超发现在马上使剑还是有些吃亏的。于是他拖了把长枪，挎了短刀，把非攻剑背在了背上。班超在遇见沙门法兰之前，没见过学习能力比自己强的人，除了艺术这类过于依靠天赋的东西，班超学什么几乎都能信手拈来。他跟耿恭一起长大，一起打架和练武，对枪法早就烂熟于心。

班超搅动一个枪花，冲进雾里，前方显露出一队人来。班超一枪将为首的挑下，随即枪杆一抡，将三四人从马上鞭下。

风廉带着剑侍的剑阵围了上来。这队匈奴骑兵有七八十骑，瞬间就被砍刺了大半，只有十余骑号叫着散在雾气里。

雾气里匈奴人的喊叫此起彼伏，随后听见许多弦响，零星的箭雨就落了下来。之所以零星，是因为匈奴人也看不清敌人的所在，大部分的箭落在雪地里。

“冲起来！裹进去，别让他们射箭！”班超大喝一声，“玄英，你带一队人去半山的石堡！”

两千骑驰动起来，闷头撞进浓雾里的匈奴后军。兵器相撞，发出成片的锐响，雾气……竟透出些粉红来。那是血。

匈奴人蒙了，陡然身边战声四起，却看不见敌人，习惯性地往拼斗声处射几箭，可能射到的大部分是自己人。

汉鄯联军一与匈奴接战，裹来裹去，队伍就分成了五六个部分，互不相见。随即战场里充斥着“三十六骑！”“同命同心！”相互辨认的喊声，最后就像战斗的号子。

班超与风廉的剑阵冲在最前面，血肉四溅，就像船头劈波斩浪。回头一看，却发现身后的队伍早已脱节。一片片的箭雨落下来，射翻的却是涌上来的匈奴人。

“继续冲！”班超兴奋地喊，“就让他们自己射自己！”

由于视线所阻，匈奴的指挥几乎失效，不可能形成针对性堵截，越来越乱，越乱越慌，胡乱射箭的人也越来越多……班超携着剑阵如过无人之境，穿透了呼衍王的后军。

雾气变淡了一点。血太热了，好像能灼痛白雾，可见度扩展到了二十丈。

单于站在火边，他就是草原人心中的灯塔。

所以他现在不能走。

但他什么也做不了，因为他即使站在巨石之上，也看不清战场局势。

南边的后军杀声盈天，旌旗的影子忽隐忽现。单于并不慌，派了中军一支一千骑的马队支援了过去。

北边的龙庭辎重队伍还在稳步撤退。

突然北边也传来了喧哗之声，不是杀声，更像是哭声……行进的巨大队伍好像停滞了。辎重车队不少装载着搭建龙庭的巨型设备，减速困难，撞在前面的车上，造成了翻车拥堵一片……

单于和大萨满面面相觑，不明所以，内心却大惊，北面可是回家的路啊，发生了什么？

大萨满将鹿杖举高，闭眼默念咒语，半晌，面色大变，睁眼对两个孙子喊："保护单于！"自己便从巨石上跳了下去。

142 杀人石

有传令兵从北边跑到巨石下报告，是右贤王的前军溃败回来，与中军的辎重车队撞在了一起……

单于掩住内心的疑惑，派出中军三千铁骑，命令他们挡住溃势，务必打开朝北的通道。

汉人？不可能，汉人刚出现在南面，怎么可能又挡在了北面？乌孙人？他们竟然敢？但现在正是自己军队心气最弱的时候，真是乌孙人的话，的确麻烦。单于当下又加派了一千骑向北边而去。

巨石边围拢的匈奴军队陆续派出，越来越少，巨石前方空出一大片空地来。

单于忽然发现自己靠南的中军列阵，也传来了杀声，旌旗混乱起来。单于甚至能听见自己的士兵在叫喊，不要射箭！不要射箭！心下诧异，汉人军队这就突破了后军，来到了中军？

大萨满一个人，出现在了雾气笼罩的尸骨京观旁。

京观早已坍塌，被乌鸦吃得只剩下骨堆，但四角矗立着的杀人石巨像，依旧沉默地矗在那里，只是四座巨大的灰影，在盈天的杀声里无动于衷。

混乱的战场没有蔓延到这里，大萨满几个蹿跃，就跳到了一座石像的头顶。他就是在这里作法驱动了成千上万的乌鸦……

大萨满再次高举双手，开始他的吟唱。但这次吟唱和上次大为不同，更像是癫狂后的抽泣……大萨满浑身颤抖着，咒语越来越急……举起左手，伸出两指，指甲又黑又长，一下插进了自己的双眼……大萨满的咒语没有停止，跪在了石像的头顶，右手拔出一把五寸的弯刀，在左手手心一剜，伤口入骨……左手按在石像头顶，手里的血和眼里的血从石像头顶流过石像的前额，分流到石像的双眼里，填满了雕出的瞳孔。

神奇的事情发生了，那双石眼竟然转动起来……杀人石巨像开始颤动起来，先是脖子转动，再是胳膊，再是双腿……最后在大萨满的咒语里蹲了下去，然后一跃而起。

既然已经和身后的汉鄯联军脱节，班超和风廉的剑阵索性闷头朝前杀去。匈奴人越乱就越能给玄英制造搜救的可能和时间。

前方的人总是猝不及防，待看清来犯时，已被班超他们斩于马下，周边的人反应过来追击，却常被摸不清情况的乱箭射下来，所以一路上都有人在喊，不要射箭！

班超他们突然冲到了一片空地上。

原来正是巨石前，单于调走的几队骑兵留下的空地。

冲进空地，班超他们有点茫然，敌人怎么突然就没有了？抬头却看见半空中有一团光。那是巨石上那盆巨大的火炬，在大雾里照出一个模糊的橙色晕圈，晕圈里有一个模糊的人影。

在班超他们看来，这景象就像一个神迹。

追兵也停下来了，向那晕光行礼，高喊着单于。

班超在西域日久，对几种胡语多少有点了解，听到单于这个词，心头一震，带着剑阵就向晕光冲去，巨石的轮廓这才显露出来，看到巨石上火光下站着的一个人。

匈奴人也镇定下来，追到现在，才看清这组汉军原来只有十一骑。或者说，只剩下了十一骑。他们要是知道这十一骑杀穿了半个战阵，来到腹地却一个人都没死，只怕要高念“我的长生天”了。

班超长枪往上一指，对风廉大笑道：“那就是单于！”

“单于？很大吗？”

班超气结：“最大的。”

“哦。”

“我们跑近点，看清楚些。”

班超他们向前跑了三十多步，看清巨石下站着密密麻麻的森严卫队，威武雄壮，长枪如林指着这边……这是匈奴最精锐的部队了吧？专门保护单于。

追兵们没想到十一骑停了向北的步伐，转向东面向巨石而去，也不上前，因为这些汉人马上就会死在草原上最可怕的“天狼骑”手里。

“天狼骑”的领袖也是单于的卫队长，单骑出列，扛着一把青铜巨斧。

十一骑停下来与“天狼骑”对峙。班超还是一脸嚣张，虽然一伙人被围在空地上，但他们根本没慌，因为在这种雾气里，对他们最有利，随时可以继续往北面冲，裹入雾气与人潮中，把整个中军搅乱。

但北面好像越来越乱，根本无须班超他们去冲击。

所有人都望向北方，却看不透发生了什么。杀声、惨叫声、哭声、车辆撞击的轰然破碎声……越来越大。

高处的单于好像喊着什么。

“天狼骑”的队长一挥手，有一半的“天狼骑”——约三百骑——分出，冲到北面的混乱里。

未知最让人恐惧。北边到底发生了什么？单于觉得自己填进去的四千骑好像根本没有挡住什么，溃势还在蔓延过来。有一支多大的军队正在推过来？他派出自己的亲随卫队“天狼骑”三百骑，是代表自己去做军法队的。

单于也看见空地上出现了一小撮汉骑的模糊身影，但他无暇顾及，心思全在为北面的退路而忧虑。

班超也看着北面：“那边是哗变了吗？”

突然听见高空喊叫不绝，抬头一看，有两个匈奴士兵穿过雾气，摔在空地上。

“娘的，天上还会下人哪。”班超叫道，心下也疑惑，这两人是被抛石机抛过来的吧？

空中又有惨叫飘来，好像正从头顶砸下，班超也不让，长枪一举，掉落的人砰的一声穿透在枪尖上。看服饰正是刚派出不久的“天狼骑”！

班超猛地一甩长枪，将尸体抛掉，一个弧线，正落在“天狼骑”队长的马前不远的地方。

这无疑是对“天狼骑”的一种侮辱。“天狼骑”队长扛着巨斧，盯着班超，催马走了过来。

“意外。”班超学他的样儿，也把枪扛在了肩上。

“天狼骑”队长驰动起来。班超也一夹马腹，催马疾冲。

青铜巨斧是匈奴猛将最爱使的兵器，斜肩带背地向班超劈来。

班超手里的枪竟然旋转起来，连雾气都被搅动起来，像个横向的龙卷、白色的钻头，突向敌人。

队长斧势不减，劈向“钻头”，龙卷如烟破散……队长握斧停在那里，散去的龙卷里什么都没有，而自己的胸前却有三尺长的枪杆，还在旋转……队长觉得时间变慢了，看见班超与自己相错而过的同时，背上有一把黑剑自动从鞘里跳了出来……

班超瞬间出剑回剑，一个人头被挑到了几丈的空中，左手却将从“天狼骑”队长后背穿出的七尺长枪拔了出来，往空中一刺，扎中落下的人头。

只一个回合。一气呵成。

单于心头再遭重击，自己的卫队长——龙庭大比中几届的佼佼者，只一个回合就被眼前的汉人杀了？

班超挑着人头转回到风廉马前：“这旋龙锥有七分的模样吧？”

“五分。”风廉道。

“六分吧？”

“你退步了。”

班超无语。他当然知道，自疏勒那山上回来睡了三天之后，虽不再被头风和噩梦所缠，好像被剑夫子夸耀的“死气”却不见了。这无疑对剑气有损，只能他日在剑意上再寻突破了。

“他要走了！”风廉突然大叫。

班超回头，发现“天狼骑”并没有因为主将被杀而前驱复仇，反而在向石后退却。抬眼一看，模糊的单于好像被两个人夹着，从巨石的一侧隐去。

“杀了他！”班超喝。

风廉的马就纵了出去。

班超携九剑侍紧随其后。

十一骑如此就扎到了三百“天狼骑”的身后，眼看着单于在“天狼骑”的中心被扶到马上。

风廉像是有意给班超演示什么才是真正的“旋龙锥”似的，突然发动。旋转的剑气好像不及麦地那时锐利和恢宏，甚至没有带起白雾形成龙卷……但风廉面前的“天狼骑”像是消失了，打开了一个笔直的走廊，直通向单于的身前。风廉纵马几个起落，从“走廊”蹿了过去……身后才开始血肉迸散，漫天断肢。

班超叹了一句：“这孩子！”彻底明白自己为什么会被从夫子门下挤出来了。他本想也冲过去，那血色走廊却消失了，“天狼骑”左右并合在一起，全力转向阻挡班超和剑侍的剑阵。“天狼骑”的野战能力和护持单于的决心发挥出来了，配合与悍勇兼具，班超与剑阵竟然突围不出。

风廉单骑却咬住了单于。

“天狼骑”护卫不停地从两边夹过来，却像稻麦般被风廉割倒。

单于与风廉之间的距离缩短到五丈，风廉计算着，看什么时候发出第二击“旋龙锥”。

地面震动，传来砰砰的闷响。

雾气里出现一个奔跑的两丈多高的杀人石巨像！它高高一跃，从半空中跳下来，落在单于与风廉之间。单于和风廉的马全被震开……单于直接从马上摔下来，风廉拉马踉跄避开十多步才站稳。石像双拳擂地，一声巨响，惊起千堆雪！

风廉的马立起再退后十几步……石像转身，用巨手捧起单于，转向朝北方急奔。

石像的头顶依旧趴着驾驭它的大萨满，两眼已不再流血。他好像将自己的视力转到了石像的眼上。

风廉紧抿薄唇，再次催马如箭，追了上去。石像步幅虽大，但跑姿僵硬，速度还是无法与奔马相提并论。转眼间，风廉追到与石像平行，剑出百下，石像腿上火星四溅，石末乱飞……石人终于失了平衡，向前摔出，在地上滑出十几丈，刮出巨大的雪浪……风廉从马背上跃过去，一脚踏碎了马头，人剑合一，直刺滚落在地的单于……突然，斜刺里有人挡住了剑路，被扬眉剑透胸而过……剑气削掉了单于的帽子，乌黑的发辫散得到处都是。

被洞穿的人是大萨满的孙子卡撒。

卡撒被涂满白垩的脸突然笑了一下，他认为自己的身体已经困住了风廉的剑，链刀挥手而出，竟然把自己和风廉缠在了一起……链刀还在旋转，到尽头时，会插入风廉的后脑勺……

但卡撒和铁链都破碎了，链刀插落在雪地里。

风廉转头，看见石像已经爬起，将单于扛在了肩上。风廉回手一剑，刺下一名追来的“天狼骑”，夺马再追。石像虽然会在奔跑中不停地转向，但还是撞飞了不少匈奴骑兵……风廉再次逼近石像，马头下的雪地里突然蹿出一人，刀光如轮！风廉一下跃到空中，眼见奔马被从马头到马尾生生劈开两半，向两边分飞，血雨迸溅……刀气所及，划伤了空中风廉的小腿。风廉暗叫一声好险！扬眉剑自上而下，插入偷袭者的天灵盖里。

风廉落地拔剑，见偷袭者与使链刀的打扮一样，脸上也涂着白垩，只是兵器是一把五尺的长刀。

风廉还想夺马，却看见那石像撞在一巨物上，竟停了下来。

那巨物竟然一声长叫，被撞翻了。

大象！风廉愣在了那里，完全没有顾及石像已重新调整方向，一跃一跃地在雾里失了踪迹。

一头头的战象显露出来，从风廉的身边走过去。那些从天空而降的匈奴人，应该是被大象鼻子卷住甩上去的……

“仙奴姐姐……”风廉喃喃着，想看见一头背上有笼龛的大象。

“来啦……他们来啦……”

石堡上的幸存者们在哭，泣不成声。

所有的活人，或相互扶持，或背或架，都来到了城头。总共二十六人，能行动自如者，仅十四人。所有人都形销骨立，犹如能行动的骷髅。

耿恭靠在垛墙上，闭着眼，满是欣慰。倾听着这些战斗的声音，真是向往啊。这是一个世家军人的本能。耿恭突然睁开了眼，只有他听得清鼎沸的战声中一直有人在喊：“三十六骑！”“同命同心！”污黑的脸上留下两道泪痕。

向来最重形象的柳盆子，如今连乞丐都不如，身上缠满布条，扒着石墙往雾的深处看，一直看，不错眼地看……雾里终于慢慢露出一支小队来，领头的玄英在哭喊：“虎头！虎头！”

耿恭和所有人好像都失了声……静默中，一个女人的声音在叫：“是恭哥吗？”

耿恭扒着垛口，探出脸来，看见了这一辈子都忘不了的笑颜——那女子高仰着脸，流着泪，却笑靥如花。

143 / 雪火

大雾终于散尽，山口、山麓、雪原尽收眼底。到处都散落着尸体、武器、硝烟、破碎的轮辕、倒伏的旌旗……

单于亲统的匈奴大军侵入西域近一年，如今全部溃退。

在雾中失去方向、盲目裹杀的救援联军早已会合在了一起，围拢着从石堡上接下来的二十六人——他们太虚弱了，都被担架抬了下来，挂在两马之间。

班超下令就地扎营，生火煮粥……必须让那二十六人在医帐里调养一阵才可以上路。

齐欢的四个弟子中，有一个主攻医术，他和两个军医加上班昭，在几个医帐间穿梭，给已经腐烂的伤口上药……每人只能喂十勺粥。

等到空隙，班超才走进了耿恭的帐篷。

“他妈的……才来……”耿恭有气无力地叫。

“你运气太好了，”班超蹲在老兄弟面前，“没想到单于在这儿蹲着，匈奴人这么多，一万多骑吧？我简直是自投罗网！好在有这场大雾，好在……仙奴的大象刚好赶到。”

“仙奴？”

“对，仙奴，”班超拍了拍耿恭的手，“不说话了，好好歇着。”

说罢走了出去。

班超又去了齐欢、柳盆子等人的帐篷，这才知道，花寡妇、秦厉等虎贲八骏、三名羽林卫……三十六骑中的十二位，已经不在了。

剩下的二十四位，除了仙奴，今日在这里又聚在了一起。

对，仙奴没来。

待匈奴人逃尽，贵霜战象的统领来见班超，说圣女早就从疏勒回返贵霜了，临走前命他带着战象借道大宛（已臣服贵霜），沿着天山北麓，远击车师；还说如果能见到班先生，就把一样东西交给他。

那首领交给班超一个布包，就带着战象朝西回归了。

待战象走远，班超才打开布包，里面裹着两枚竹简——应该是拼《穆天子西狩图》里的两枚。班超不禁苦笑，难怪自己总是拼不完那张地图，原来有两枚一直在仙奴的手里。

班超一个人骑马来到了山脊上，看见那石堡已经被一把火烧黑了。那是耿恭被抬下来前要求的。大火烧起来的时候，二十六个人，都转过头，不愿再看一眼。

班超在山脊上看着莽原和天山，只觉得心里一片荒凉。

三十六骑，同命同心。三十六骑，弱了三分之一。

“都是我把你们带来的。”班超在地上摆了十二块石头，堆成了一个小堆，然后用手推雪，把它们都盖了，就像埋葬自己的一段记忆。他和这段记忆坐了一会儿，终于站起来要走，突然从怀里拿出那两枚竹简来，想插在雪堆上。这竹简原来附着他的一个梦，现在好像叠着另一个梦……真的告别得了吗？班超眼前浮现出那双蓝色的眼睛，神色都温柔起来，不知不觉把两枚竹简放到了嘴前……

千百年来，都没有大象在这里出现过。

天山北麓，一队大象踏着雪地缓缓地向西而行。

一百头贵霜的战象，都出生在炎热的天竺，跨越风雪连绵的葱岭时，不耐寒冷，死了八头。穿越漫长的天山北麓，死了二十一头。与匈奴人战斗，死了四头……

现在六十七头战象，除了战士，还配备着三百象奴，五百杂役，展开一条不短的队伍……突然有一骑沿着后面的队伍，追了上来，超越许多头大象，来到一头背着笼龛的大象脚下，抬头叫道："你既来了，为什么不看看大家？"

班超。

笼龛里无人回应。

大象四周的卫队和神官围了上来，挡在班超和大象之间。

"仙奴，我们三十六骑，好些人……都死了。"

笼龛里还是没有反应。

卫士们开始用长枪压住班超的身体，把他往队伍外推。

"你肯定是在乎的，要不你不会来的！"

班超被七八杆枪架着越推越远，终于发怒，非攻剑鸣响起来，七八杆枪都断在地上。更多的卫士围上来……

笼龛里出声了，果然是仙奴的声音，说的是贵霜语。

卫士一下散开，班超又纵马来到笼龛之下，帷幔里一线软鞭卷出，抽向班超，却被班超一把抓住了鞭头……上边一拉，班超离鞍而起，跳到了象背上。四周一片惊呼，却听见仙奴几声呵斥，众人再无声息。班超被软鞭拉进了笼龛的帷幕之中。

仙奴还带着那满是珠串的金色头冠，高贵得让人不敢逼视。班超却不管，一把将仙奴抱住。仙奴既不挣，也不动……"班头怎么知道我来了？”

班超松了手，发现仙奴脸上似笑非笑，从怀里掏出那两枚简：“这上面，有你的……味道。如果一个月前，你就回贵霜了，这上面不会有那么浓的香气，必是你日日把玩……”

仙奴皱眉道：“班头竟有个狗鼻子？”

“为什么要偷我的简？”

仙奴吐了下舌头，露出调皮的神色：“早就偷了。那时想让班头把事情做慢些……后来在贵霜分开时，本想还你的……又想你在西域盘桓久点，或能离我近些。”

班超情动，一把抓住仙奴的手：“既是这样，你为何躲着不见大家，不见我？”

“我怕见了，我就走不了了。一是怕我越发舍不得；二是你们必定不让我走，而我的人又肯定要带我走，你们只怕要和我的人打起来……你手里有一千多人，还有风廉那孩子……别说你干不出来。”

“对……我干得出来！”说罢又将仙奴抱住，嘴就吻了上去。

仙奴一被吻住，身子就软了，慢慢情动起来，双手圈住了班超的腰。

班超吻得意乱情迷，欲罢不能，却发觉仙奴的身体僵硬起来，再无回应。班超松了手，扶住仙奴的双肩细看，果然见仙奴面无表情，恢复了冷若冰霜的样子。

“你……怎么了？”

“我要回家了。别拦我。”

“为什么……”

“这些大象，都是阎膏珍王副的宝贝，一下被我弄死了好多头，怎么都得送还给他。”

“由他们带走就是，何须你去还？”一提到阎膏珍，班超就有些气闷。

“有些事……得亲自还的，我……回去做他的女人了。”

“什么?!”班超劈手又将仙奴抱住，“这就跟我走。”

“你弄疼我了……”仙奴哀叹了一声，“晚了，我已经……是他的女人了。”

班超青筋暴露，将仙奴推开，声音阴沉起来：“你……好呀，恭喜你要做王妃了，以后说不定还会是王后。”

“谢谢。”

班超深吸了一口气，静静看着这个让自己琢磨不透、变化多端的女人，想扶正那被自己拥歪了的头冠，手伸到仙奴的额前，又缩了回来。

仙奴轻笑：“嫌脏?”

班超闷哼一声，挑帷幔而出。

仙奴不用看也知道，班超从象背跳到了马上，牵马回头了。仙奴脸上漠然：“圣女怎么能嫁人?无非是做些苟且之事。”

象群继续行走，帷幔后的仙奴双眼灰暗下去，一只手按着心口，一只手捂着嘴，无声地哀哭……哭了一会儿，仙奴平静下来，咬了下嘴唇，面色越发威严。

仙奴在帷幔后发号施令，整个象群停了下来。仙奴知道队伍里除了神殿的神官和女官，都是阎膏珍王副的属下，这其中会有不少人在盯着她。

仙奴宣告太阳此时进入了赤色之轮，大家要八方祷告，才可平安回到贵霜。神官护持礼仪，安排所有人，以圣女笼龛为中心，面向八方，跪地闭目祷告，直到日落。

祷告声越来越高，在山林间升起……有风掀开了帷幔的一角，里面只有一顶精致至极的头冠摆在坐榻上。没有人知道，他们的圣女还是个潜行大师。

马背上的班超，像被抽空了，比惘然剑意还要惘然。

班超说不清自己是不是愤怒？但愤怒不该有这般的无力感，一如以往被噩梦纠缠似的无可奈何。他心底酸楚地疼起来，竟然比头风还要难受。

班超失魂落魄地在马上摇晃着，也不理马深一脚浅一脚地在深雪里会把他带向何处。

前方树下站着个女人，一身白袍，红褐色的长发只在头上挽了个简单的坠马髻……一双蓝眼睛清清浅浅地望着班超。

班超愣了一下，好似真的发怒了，一鞭甩在马臀上，白马暴起蹿出……班超俯身，单手将女人拦腰抱起……女人惊呼一声，被班超横按在鞍桥上。

马带着两人跑进了茂密的杉林。

……

一匹马空着鞍，从杉林里踱出来。

树枝上挂着一些衣衫。

树下是喘息和低微的呻吟。

他压在她身上，她裸露的肌肤陷在白雪里，比雪多一分柔腻。他忽然觉得晕眩，比在马上驰骋还要颠簸，心里有四分快意、四分美意还有两分恶意，他幻想自己在蹂躏一个最高远的王后。

她闭着眼，泪水结在长密上翘的睫毛上，像霜。肩线和腰线，波浪般地起伏，要浮起他，淹没他……这是一种英烈与柔弱合并的美。

冷热如此分明，火与雪缠斗不绝，嗞嗞作响，相融时带来痉挛和战栗……久久不停。

144 / 散了吗

雨收云散。

两人依旧相拥，不愿稍动。

落日的红光从树缝间透过来，慢慢地移动。仙奴的手指捋着班超的头发，一路划过脊椎的骨节，就像弹奏。

班超浑身一震，发现自己动不了了。班超提动内力并无障碍，知道是被月氏武功抑制了穴道之外的什么气轮业脉。班超这才领会到，这发生的欢愉，表面上自己是驾驭者，实际上却是由仙奴主导的。

仙奴坐了起来，背向着班超。长发上挂着许多晶莹的雪，遮住了大半的身体，两瓣柔肩露了出来，匀如山坡，经得起鹿的失足……仙奴在吹口哨，吹一支曲子，软鞭却像灵蛇一般扭动而上，钩下了树枝上的衣物。

仙奴先把皮袍盖在班超的身上，然后自己开始穿衣梳头结发。那双蓝眸迷离，眼波映在雪上……班超想起自己与铜手硬拼受伤的那夜，也是这样看着仙奴梳头，看着那蓝色的眼波把自己和周边淹没。

“你还是要走？”

仙奴嗯了一声：“怕你捣乱，多休息一会儿就好。”回手抚了一下班超的脸。

班超虽然已经体验前所未有的巅峰，落下时刻，却发现还是不能消解那份一想就痛的屈辱。

“是不是不那样，你就带不出来战象？这一切，都是为了我……是吗？”

仙奴满目柔情地看着班超，只是笑，轻叹了一句：“值了。”不知是回答，还是指刚才的云雨。

“别走。”这个心比天高的人哪，近乎在乞求。

仙奴把班超的上半身抱起，把班超的头枕在自己的臂弯里，用手指勾班超的鼻梁，还有睫毛，扑哧一声笑起来：“小昭说你的睫毛可以架牙签……班头竟然能被我这样拨弄。”

“你知道吗？那时候，我一直在暗处看你。我夜里常潜到北宫的兰台里，去找阿爷感知到的涟漪镜。我确定涟漪镜就在石室里，若要搜找出来，真不容易……可我发现你老在那儿，夜里还不睡，看书，或走来走去……你好像还发现了我，叫我妖先生。”

“你……你就是妖先生？”班超惊奇道，他那时还真以为是什么精怪呢。

“你有时会突然对我隐藏的地方，说一句，妖先生，别来无恙？吓我一跳，你却摇头晃脑地走了。我那时夜夜都会看你……白天在游冶台遇着你，你老是睡觉，其实那些舞我是跳给你一个人看的……唉，你呀！”仙奴的指尖在班超的胸上画圈，“你那么骄傲，什么都不以为意，你要是早点关注我，想着我，就像今日这样不由分说地……要了我……就什么都不一样了。我哪会去做什么圣女？”

仙奴将自己的脸贴在班超的脸上，不停地揉蹭。

“不过做了圣女后，我才理解你一些。阿爷说，你是做大事的人。我现在跟你一样了，都不只是一个人活着，有许多担负，就像欠了许多人似的……也不知这是幸运还是悲哀，是自由还是枷锁……毕竟是自己选择的，也算自由吧。”

“我们各自把自己的事做好，才能更有力量，更得自由。”仙奴将班超扶靠在树干上，捧着脸亲了一下，“你一定要变得强大起来，到时把我接走好不好？我若强大了，也不会借别人的力量，直接找你。”

仙奴站起身来，脸上的红晕还没有消散，单手纤指错落，摆出火焰的手形，套住红日：“愿大光明神，保佑你我。”说罢头也不回，穿林而出。

就像一个真正的女王。

山口的救援军一直驻扎了五天，才开始上路，翻越艰险的天山。

二十六个被救援的人，恢复得很慢，但不得不开始颠簸的归程。在救援军的心目中，他们是奇迹中的奇迹，英雄中的英雄。

但这些英雄从来不会说他们最后经历了什么。在这场亘古未有的守城战里，他们的身心遭受了不可逆的、永久的伤害。没有人知道他们最后是靠什么活下来的，那或是他们永远的秘密。

在路上，有些人正带走这些秘密。这些幸存者，依旧在死亡。

或是他们的身体已经无法适应正常的饮食了，或是他们依靠希望撑到了获救，气一泄，人反而垮掉了。

每个人逝去，全军都给予了盛大的致敬。

一百支响箭同时射向天空，声音尖锐，像风中的哭声。有士兵擂鼓三通，九百九十九记，绵绵不绝……

耿恭、齐欢、柳盆子等幸存者都被抬了出来，架在雪地上，雪里依旧探出些不弯腰的枯草……班超等人站在他们身后，默默无语。

有两名耿恭麾下的羽林卫也过世了。他们留在了回家的路上。

三十六骑，又弱两个。

离敦煌郡的地界还有一天的路程，可是石堡幸存者，包括三十六骑里的四人，就只剩下十三人了。

这十三人，能在明天踏上家国的土地。

入夜后的大帐里，坐着几个人。

班超，班昭，风廉的脸在炭火中明明灭灭。耿恭、齐欢、柳盆子也在，早就能随意走动了，就是步履还是有些飘。他们之中齐欢内力精深，恢复得最好，虽然雄壮的肌肉不再，但骨架沉雄，依旧是条大汉。

齐欢作为医者的本能，还在给耿恭揉着右臂。

“老齐，到底怎么样吗？”耿恭道，“能恢复吗？”

“要听真话？”

“当然。”

“拉弓太多，后背的筋肉都迸裂了……只怕这辈子都不能挽强弓了。身体养好后，就是普通弓，一日也只能射三五箭吧？不然，胳膊就废了……”

“就三五箭？”耿恭叫起来。

“慢慢加量，慢慢恢复……还能再多些。”

众人都转头望向架在那里的耿恭那把雕漆大弓，已经绷了新弦。

“知道吗？”耿恭指着弓说，“我打小的愿望就是有朝一日，做汉廷的射声校尉，现在看来……是不可能啦。”

玉门关。

玉门关在雪原的尽头，露出了一点点紫灰色的影子。

士兵们欢呼起来，那是国门的象征。

班超一骑驰了出来，转个圈，逐个看了看马上的妹妹、风廉、车上的耿恭、柳盆子……所有三十六骑中幸存的诸人。

“我要停步了。你们在此东归，我还要西去。”班超道。

“什么意思？二哥，你不回去？”班昭惊道。

“我此行任务未完，总要去做些了断。”

耿恭道：“朝廷已经宣布，所有西域的军吏，都要撤回，哪还有什么任务？”

“是呀，先帝的差，我们也交了呀。”班昭道，“你不会……还在想着神国吧？”

“神国在这里，”班超笑着拍拍胸口，“就像你说的。”

“那我……也留下。”

“你不是早想回去吗？去看看母亲，看看大哥，还要照顾好你恭哥。”

“我哪用照顾？我也留下得了。”耿恭道。

“我是抗命不归！你这病秧子留下碍事，”班超笑道，“回去养伤吧，你现在是大汉的英雄，举国都在等着你回去，他们不会让你留下的。这也是你耿家的荣耀。回去跟你三哥说，我有些经营西域的想法，也许无须朝廷出钱出人出粮……就靠我一个人，也能把西域拿回来。”

“疯了吧？哪有这等事？”耿恭道，“你是不是被仙奴他爹忽悠糊涂了？还想着立不世之功，万里封侯？”

忽听见仙奴的名字，班超心里刺了一下，笑道：“不是，我只是想通了一些事，必须做。我在西域还欠了好些人的……欠黎弇的，欠隼王的，欠莎车王的……都会给他们一个交代。”

“一个人，哪能这般想？”班昭还是想劝服二哥。

“我在梦里，父亲老跟我说一句话，说没有真假，只有对错。我一直不明白，现在好像有点理解了。真就是实在不虚的存在，老子说过，如果人只认实在的事，或许以后就会出现臣杀君，子杀父的情况……其实人之所以为人，并不是会识别真实，而是偏偏把好似虚无莫名的东西，当作对的。只有人能如此，做着许多无聊、无益的坚持，只因认为是对的。若不如此，我们真成了天地之间的刍狗了。真假无情，对错是情……也不知解得对不对。”

齐欢觉得这个年轻的领袖，身上的气质正悄悄改变，原本阴沉忧郁的底色在消失，越发让他欣赏和钦佩：“好，我还会回西域的，我会去天竺，到时或会找你。”

班超看着西方，眼里尽是苍茫，回身跟大家说：“我也欠大家的，我拉着你们受了这许多折磨，还有些人……不在了，我也要还上的。”

“那是，我看你怎么还？”柳盆子道。

“你以后就是天下第一。”班超手又想去抚风廉的头，却见风廉再也不是稚嫩少年的模样，手悬在那里，收了回来。

“没意思。”偏风廉这次没有躲。

班超打马而去，头也不回。

西域自此将开启一个完全属于班超的时代，只是他没有想到，他再看见玉门关的那一天，已是几十年后了。

145 尾声

长安虽然恢复不了昔日的威严，但毕竟还算西京。

因为前朝帝陵的缘故，皇家宗庙还在，皇帝时不时还要带领群臣来祭祀。

官退民进，长安城的平民可比洛都要多许多，民间的繁华早盖过了洛阳。

长安东边的明渠边的清明门，最是热闹，但都是小家小户，相互认识，他们常站在自己门口就和街坊聊起来，比如说——

“喂，你还记得吗？消失了几年的那个锁匠柳开，回来啦。”

“怎么不记得？他好像是跟着那花寡妇跑了吧？”

“对呀，花寡妇……多可人的样子，就迷上了他。”

“回来了？在哪儿营生呢？”

“他顶了原来那家花寡妇的店呀，正拾掇呢，好像还要卖桃花酒。”

“那不是花寡妇也回来了？”

“那倒没见。”

……

明渠边，还是开满了桃花，桃花间重新开张了一个酒家，卖桃花酒。

店家柳开，三十多岁，据说曾是周边混的，但面目英挺，落拓迷人。难怪说曾经拐跑过一个漂亮的寡妇。

据人说，柳开以前长得更好，脾气也好，现在瘦了好多，棱角分明，气质都变了。

柳开很懒，对客人也不热情，还不雇人，就一人打理店面。

桃花酒酿得也不好，有些旧主顾闻声跑来，跟柳开聊个几句，但一喝酒，就吐出来，说，比花寡妇差远了！柳开变色，说什么寡妇？是我老婆！故人只好说，比老板娘差远了。是差远了，柳开说。

有相熟的直接问，老板娘呢？柳开说，我就在等她呀。

于是大家基本明白了，这柳开多半是路上被花寡妇甩了，只好在这里痴等。

柳开的酒家还经常无故关闭，一下几日不见开门。

酒家就这样冷清下来。

但柳开无所谓。

有些贩夫走卒不在乎口味，还会再来这里打转。主要原因是柳开随便赊账，也不见怎么催促。

大家又说，这柳开没个做生意的样，还穷大方。就说有一次，有船运来，店里坐了不少脚夫，有个说书的，就在店门口讲了回这两年很热的“十三将士归玉门”的故事，那柳开好像是听开心了，说那日所有酒免费……

这日下雨，有些行人湿了身子，想到酒家里喝一杯取暖，却见又关了门。

偏有不更事的，不停地砸门。

柳开就在店里，和着雨声喊：“不开啦。”

还在砸门。

“滚！”

还在砸门。

柳开不再理会，躺在酒炕上。

门外消停了。人却没有走，对着门缝喊：“三十六骑！”

柳开一下跳了起来。

“同命同心！”